Edith Wharton · Das Haus der Freude

EDITH WHARTON

Das Haus der Freude

AUS DEM ENGLISCHEN ÜBERSETZT
VON GERLINDE VÖLKER

PHILIPP RECLAM JUN. STUTTGART

Originaltitel: The House of Mirth

Universal-Bibliothek Nr. 8520[6]

Gesamtherstellung: Reclam, Ditzingen. Printed in Germany 1988

ISBN 3-15-008520-9 (kart.) ISBN 3-15-028520-8 (geb.)

Erstes Buch

I

Selden hielt überrascht inne. Im nachmittäglichen Trubel des Grand Central Bahnhofs hatte der Anblick von Miss Lily Bart seine Augen erfrischt.

Es war ein Montag, früh im September, und er kehrte gerade zu seiner Arbeit zurück nach einem kurzen Abstecher aufs Land; aber was machte Miss Bart in der Stadt um diese Jahreszeit? Wenn sie den Eindruck vermittelt hätte, als wolle sie einen Zug erreichen, hätte er daraus schließen können, er habe sie im Moment des Wechsels von einem Landhaus zum anderen getroffen, wo man sich um ihre Anwesenheit stritt, nachdem die Saison in Newport zu Ende gegangen war. Aber ihr anscheinend planloses Verhalten verwunderte ihn. Sie stand abseits von der Menge und ließ diese an sich vorüberziehen in Richtung auf den Bahnsteig oder auf die Straße und gab sich dabei ein ganz und gar unentschlossenes Aussehen, das, wie er vermutete, auch die Maske für ganz bestimmte Absichten sein konnte. Es kam ihm gleich der Gedanke, daß sie auf jemanden warten würde, aber er fragte sich, warum ihn diese Überlegung derart fesselte. Es war nichts Neues an Lily Bart, und doch konnte er sie nie sehen, ohne daß er ein leises Interesse an ihr verspürte; es war typisch für sie, daß sie ständig Spekulationen verursachte, daß selbst ihre einfachsten Handlungen als Resultat weitreichender Absichten erschienen.

Einem Impuls von Neugier folgend, verließ er den direkten Weg zum Ausgang und schlenderte an ihr vorbei. Er wußte, daß sie, wenn sie nicht gesehen werden wollte, versuchen würde, ihm auszuweichen, und der Gedanke, daß er so ihre Geschicklichkeit auf die Probe stellen würde, amüsierte ihn.

»Mr. Selden – was für ein Glück!«

Sie trat lächelnd einige Schritte vor, schon fast begierig in ihrem Bemühen, ihn abzufangen. Einige Leute, die eben an ihnen vorbeieilten, blieben stehen und schauten sich um, denn Miss Bart war eine Erscheinung, die sogar einen eiligen Vorstadtreisenden auf seinem Weg zum letzten Zug anhalten ließ.

Selden hatte sie nie strahlender gesehen. Ihr Kopf mit den lebhaften Farben, der sich gegen die matte Tönung der Menge abhob, ließ sie noch mehr auffallen als im Ballsaal, und unter ihrem dunklen Hut und Schleier hatte sie wieder die mädchenhafte Weichheit, die Reinheit der Farbe, die sie nach elf Jahren späten Zubettgehens und unermüdlichen Tanzens zu verlieren begann. Waren es wirklich schon elf Jahre, fragte sich Selden erstaunt, und hatte sie wirklich schon ihren neunundzwanzigsten Geburtstag hinter sich, wie ihre Rivalen behaupteten?

»Was für ein Glück!« wiederholte sie. »Wie nett von Ihnen, daß Sie zu meiner Rettung kommen.«

Er antwortete freudig, daß dies zu tun, die Mission seines Lebens sei, und fragte, wie die Rettung denn aussehen solle?

»Oh, irgendwie – Sie könnten sich sogar auf eine Bank setzen und mit mir unterhalten. Man setzt einen Cotillon lang aus, warum nicht einen Zug lang? Es ist hier schließlich nicht wärmer als in Mrs. Van Osburghs Wintergarten – und einige Frauen hier sind auch kein bißchen häßlicher.«

Sie unterbrach sich lachend, um zu erklären, daß sie von Tuxedo aus in die Stadt gekommen sei auf ihrem Weg zu den Gus Trenors auf Bellomont und den Zug um drei Uhr fünfzehn nach Rhinebeck verpaßt habe.

»Und es fährt kein anderer bis halb sechs.« Sie sah auf ihre kleine juwelenbesetzte Armbanduhr zwischen den Spitzen ihres Ärmels. »Genau zwei Stunden zu warten. Und ich weiß nicht, was ich mit mir anfangen soll. Mein Mädchen ist schon heute morgen in die Stadt gefahren, um einige Einkäufe für mich zu erledigen, und sollte um ein Uhr nach Bellomont weiterfahren. Das Haus meiner Tante ist abgeschlossen, und ich kenne keinen Menschen in der Stadt.« Sie sah sich bekümmert im Bahnhof um. »Es ist *doch* noch heißer hier als bei Mrs. Van Osburgh. Wenn Sie Zeit hätten, könnten Sie mich dann nicht ein wenig zum Luftschnappen ausführen?«

Er erklärte, daß er ihr ganz und gar zur Verfügung stehe; das Abenteuer schien ihm recht unterhaltsam. Als Zuschauer hatte er sich immer an Lily Bart gefreut, und sein Leben lag so ganz außerhalb ihres Kreises, daß es ihm Vergnügen bereitete, für kurze Zeit auf die plötzliche Vertrautheit einzugehen, die sich aus ihrem Vorschlag ergab.

»Sollen wir zu Sherry's hinübergehen und eine Tasse Tee trinken?«

Sie lächelte zustimmend, schnitt aber dann eine kleine Grimasse.

»Montags kommen so viele Leute in die Stadt – man kann sicher sein, eine Menge Langweiler zu treffen. Ich bin natürlich so alt wie Methusalem, und es sollte mir nichts ausmachen; aber wenn *ich* auch alt genug bin, Sie sind es nicht«, wandte sie fröhlich ein. »Ich lechze natürlich nach einer Tasse Tee, aber gibt es kein ruhigeres Eckchen?«

Er erwiderte ihr Lächeln, das lebhaft sein Gesicht suchte. Ihre Diskretion interessierte ihn beinahe genausosehr wie ihre Frechheiten; er war ganz sicher, daß beide zu einem sorgfältig ausgearbeiteten Plan gehörten. Bei der Beurteilung von Miss Bart hatte er sich immer des »Beweises aus Zweckmäßigkeit« bedient.

»Die Möglichkeiten, die New York bietet, sind ziemlich mager« sagte er, »aber ich werde zuerst einmal nach einer Droschke sehen, und dann werden wir uns etwas einfallen lassen.«

Er führte sie durch das Gedränge heimkehrender Urlauber, vorbei an Mädchen mit fahlen Gesichtern und absurden Hüten, an flachbrüstigen Frauen, die sich mit Papierbündeln und Palmblattfächern abmühten. War es möglich, daß sie zu derselben Art gehörte? Die Farblosigkeit, die grobe Machart des Durchschnitts der Frauen machte ihm bewußt, wie delikat sie gearbeitet war.

Ein rascher Schauer hatte die Luft abgekühlt, und noch immer hingen Wolken erfrischend über der nassen Straße.

»Wie herrlich! Lassen Sie uns ein wenig spazierengehen«, sagte sie, als sie aus dem Bahnhof traten.

Sie bogen in die Madison Avenue ein und begannen in nördlicher Richtung zu schlendern. Wie sie so neben ihm herging mit ihrem weitausholenden leichten Schritt, kam Selden die Tatsache zu Bewußtsein, daß er ein ungeheures Vergnügen an ihrer Nähe empfand, an der Formung ihres kleinen Ohres, an der kraus nach oben gebogenen Welle ihres Haares – war es vielleicht ein klein wenig künstlich aufgehellt? – und an dem dichten Wuchs ihrer geraden dunklen Wimpern. Alles an ihr war zugleich kraftvoll und exquisit, zugleich stark und fein. Er hatte das unbestimmte Gefühl, daß es große Mühen gekostet haben mußte, sie zu erschaffen, daß viele öde und häßliche Menschen auf mysteriöse Weise hatten geopfert werden müssen, um sie hervorzubringen. Er war sich bewußt, daß die Qualitäten, die sie vor der Menge ihres Geschlechts auszeichneten, vorwiegend äußerlicher Natur waren, so als ob eine feine Glasur von Schönheit und wählerischem Geschmack über ganz gewöhnlichen Ton gezogen worden wäre. Doch diese Analogie ließ ihn unbefriedigt, denn grobes Material würde man nicht zu solcher Vollendung bringen können, und war es nicht möglich, daß der Stoff, aus dem sie gemacht war, von feiner Qualität war, daß die Umstände ihn aber in eine oberflächlich gearbeitete Form gebracht hatten?

Als er diesen Punkt seiner Überlegungen erreicht hatte, kam die Sonne heraus, und ihr aufgespannter Sonnenschirm machte seine Freude an ihrem Aussehen zunichte. Einen Moment später blieb sie stehen und seufzte.

»Oje, mir ist so heiß und ich habe solchen Durst; und was für eine scheußliche Stadt New York doch ist!« Sie blickte mit verzweifeltem Gesichtsausdruck die triste Straße entlang.

»Andere Städte ziehen im Sommer ihre besten Sachen an, aber New York scheint in Hemdsärmeln dazusitzen!« Ihre Augen wanderten in eine der Seitenstraßen. »Jemand war dort wenigstens menschlich genug, ein paar Bäume zu pflanzen. Wollen wir in den Schatten gehen?«

»Ich freue mich, daß meine Straße Ihre Zustimmung findet«, sagte Selden, als sie um die Ecke bogen.

»Ihre Straße? Wohnen Sie hier?«

Sie betrachtete mit Interesse die neuen Häuserfassaden aus Ziegel und Sandstein mit ihren wunderlichen Variationen, die dem übertriebenen amerikanischen Bedürfnis nach Neuheit entsprachen. Andererseits wirkten die Häuser mit ihren Markisen und Blumenkästen aber auch wieder frisch und einladend.

»Ach ja, natürlich: *The Benedick*. Was für ein hübsches Haus! Ich glaube nicht, daß ich es schon einmal gesehen habe.« Sie sah zu dem flachen Gebäude mit seinen Marmorsäulen und der pseudo-georgianischen Fassade hinüber. »Welche sind Ihre Fenster? Die mit den heruntergelassenen Markisen?«

»Im obersten Stockwerk, ja.«

»Und der nette kleine Balkon, ist das Ihrer? Wie schön kühl es da oben aussieht!«

Er zögerte einen Moment. »Kommen Sie herauf, und sehen Sie es sich an«, schlug er vor. »Ich kann Ihnen in kürzester Zeit eine Tasse Tee anbieten – und Sie werden keine Langweiler treffen.«

Die Farbe ihrer Wangen vertiefte sich um ein weniges – noch immer verfügte sie über die Fähigkeit, zur rechten Zeit zu erröten –, aber sie nahm seinen Vorschlag so leichthin auf, wie er gemacht worden war.

»Warum nicht? Es ist zu verlockend – ich werde das Risiko eingehen«, erklärte sie.

»Oh, ich bin nicht gefährlich«, sagte er in demselben Ton. Wahrhaftig, er hatte sie noch nie so gemocht wie in diesem Augenblick. Er wußte, daß sie ohne irgendwelche Hintergedanken zugestimmt hatte; er würde nie ein Faktor in ihren Kalkulationen sein, und es lag etwas Überraschendes, ja fast Erfrischendes, in der Spontaneität, mit der sie einwilligte.

An der Türschwelle hielt er einen Moment inne und suchte nach seinem Hausschlüssel.

»Es ist niemand da; aber ich habe einen Dienstboten, der morgens immer kommt, und es besteht die Möglichkeit, daß er den Teetisch gedeckt und für Kuchen gesorgt hat.«

Er geleitete sie in eine winzige Diele, an deren Wänden alte Stiche hingen. Ihr fielen die Briefe und Karten auf, die in einem unordentlichen Haufen auf dem Tisch zwischen seinen Handschuhen und Spazierstöcken lagen; dann fand sie sich in einer kleinen Bibliothek wieder, dunkel aber freundlich mit Wänden voller Bücher, einem angenehm verblaßten türkischen Läufer, einem unordentlichen Schreibtisch und, wie er vorausgesagt hatte, einem Teetablett auf einem niedrigen Tisch in der Nähe des Fensters. Ein leichter Wind war aufgekommen, der blies die Vorhänge aus Musselin ein wenig in den Raum und brachte einen frischen Duft von den Reseda- und Petunienpflanzen in den Blumenkästen auf dem Balkon mit sich.

Lily sank mit einem Seufzer in einen der abgenutzten Ledersessel.

»Wie herrlich, einen Ort wie diesen ganz für sich allein zu haben! Es ist eine elende Angelegenheit, eine Frau zu sein!« Sie lehnte sich, ihre Unzufriedenheit genießend, zurück.

Selden durchsuchte einen Küchenschrank nach Kuchen.

»Sogar Frauen«, sagte er, »sollen schon das Privileg einer eigenen Wohnung genossen haben.«

»Ach ja, Erzieherinnen – oder Witwen. Aber Mädchen nicht, arme, unglückliche, heiratsfähige Mädchen nicht!«

»Ich kenne sogar ein Mädchen, das in einer Wohnung lebt.«

Sie setzte sich überrascht auf. »Wirklich?«

»Ja, wirklich«, versicherte er ihr und kam mit dem gesuchten Kuchen aus dem Küchenschrank hervor.

»Ach, ich weiß – Sie meinen Gerty Farish.« Sie lächelte etwas unfreundlich. »Aber ich sagte doch *heiratsfähige* Mädchen – und außerdem hat sie eine scheußliche kleine Wohnung und kein Stubenmädchen und so sonderbare Dinge zum Essen. Ihre Köchin macht auch die Wäsche, und das Essen schmeckt dann nach Seife. Das könnte ich nicht leiden, wissen Sie.«

»Sie sollten nicht an den Waschtagen bei ihr essen,« sagte Selden und schnitt dabei den Kuchen an.

Sie lachten beide, und er kniete am Tisch nieder, um die Flamme unter dem Kessel anzuzünden, während sie den Tee abmaß und in die kleine Teekanne mit der grünen Glasur gab. Während er ihre Hand beobachtete, glatt wie ein Stück altes Elfenbein, mit den schmalen rosigen Fingernägeln und dem Saphirarmband, das ihr über das Handgelenk gerutscht war, fiel ihm auf, welche Ironie in seinem Vorschlag lag, ein Leben zu führen, wie es sich seine Cousine Gertrude Farish ausgesucht hatte. Sie war so eindeutig ein Opfer der Zivilisation, die sie hervorgebracht hatte, daß die Glieder ihres Armbands fast wie Handschellen wirkten, die sie an ihr Schicksal ketteten.

Sie schien seine Gedanken erraten zu haben. »Es war häßlich von mir, das von Gerty zu sagen«, sagte sie mit bezauberndem Bedauern. »Ich hatte vergessen, daß sie Ihre Cousine ist. Aber wir sind so verschieden, wissen Sie; ihr macht es Spaß, gut zu sein, und mir macht es Spaß, glücklich zu sein. Und außerdem ist sie frei und ich nicht. Wenn ich es wäre, könnte ich allerdings sogar in ihrer Wohnung glücklich sein. Es muß die reine Glückseligkeit sein, die Möbel so stellen zu dürfen, wie man es gern hat, und alle Scheußlichkeiten dem Aschenmann mitgeben zu können. Wenn ich mir nur den Salon meiner Tante vornehmen könnte, ich wüßte, ich würde ein besserer Mensch werden.«

»Ist er so furchtbar scheußlich?« fragte er teilnahmsvoll.

Sie lächelte ihn über die Teetasse hinweg an, die sie hochhielt, um sie füllen zu lassen.

»Das zeigt, wie selten Sie zu uns kommen. Warum kommen Sie nicht öfter?«

»Wenn ich komme, ist es nicht, um mir Mrs. Penistons Möbel anzuschauen.«

»Unsinn«, sagte sie. »Sie besuchen uns ja überhaupt nicht – und dabei kommen wir so gut miteinander aus, wenn wir uns treffen.«

»Vielleicht ist das der Grund«, antwortete er prompt. »Ich fürchte, ich habe keine Sahne, hätten Sie statt dessen etwas gegen ein Stückchen Zitrone einzuwenden?«

»Das wäre mir sogar noch lieber.« Sie wartete, bis er die Zitrone aufgeschnitten hatte und eine dünne Scheibe in ihre Tasse gab. »Aber das ist nicht der Grund«, bohrte sie weiter.

»Der Grund wofür?«

»Dafür, daß Sie uns nie besuchen.« Sie lehnte sich ein wenig vor, und er konnte einen Schatten von Verwirrung in ihren bezaubernden Augen erkennen. »Ich wünschte, ich wüßte es – ich wünschte, ich würde aus Ihnen klug. Natürlich weiß ich, daß es Männer gibt, die mich nicht mögen; das kann man mit einem einzigen Blick feststellen. Und dann gibt es andere, die sich vor mir fürchten; sie glauben, ich wollte sie heiraten.« Sie lächelte ihn offen an. »Aber ich glaube nicht, daß Sie mich nicht mögen – und Sie können unmöglich denken, ich wolle Sie heiraten.«

»Nein, davon kann ich Sie ohne weiteres freisprechen«, stimmte er zu.

»Nun, dann – ?«

Er trug seine Tasse zum Kamin, lehnte sich gegen den Kaminsims und sah zu ihr hinunter mit einem Ausdruck lässigen Amüsements. Die Provokation in ihren Augen verstärkte sein Vergnügen noch; er hatte nicht gedacht, daß sie ihr Pulver um einer so wenig verheißungsvollen Beute willen verschwenden würde. Aber vielleicht wollte sie nur ihren Einfluß spüren, oder vielleicht kannte ein Mädchen ihrer Art nur Unterhaltungen über Persönliches. Auf jeden Fall war sie erstaunlich hübsch, und er hatte sie zum Tee eingeladen und mußte nun seinen Verpflichtungen gerecht werden.

»Nun denn«, er gab sich einen Ruck, um es herauszubringen, »vielleicht ist *das* der Grund.«

»Was?«

»Die Tatsache, daß Sie mich nicht heiraten wollen. Vielleicht halte ich das nicht für einen so starken Anreiz, Sie zu besuchen.« Er fühlte, wie ein leichtes Zittern sein Rückgrat entlanglief, als er das zu sagen wagte, aber ihr Lachen beruhigte ihn.

»Lieber Mr. Selden, das war Ihrer aber nicht würdig. Es ist dumm von Ihnen, mir Liebeserklärungen zu machen, und Dummheit paßt gar nicht zu Ihnen.« Sie lehnte sich zurück und trank ihren Tee in kleinen Schlucken mit einem so bezaubernd kritischen Gesichtsausdruck, daß er, wenn sie im Salon ihrer Tante gewesen wären, vielleicht versucht hätte, den Gegenbeweis zu ihren Schlußfolgerungen anzutreten.

»Sehen Sie denn nicht«, fuhr sie fort, »daß mir schon genug Männer angenehme Dinge sagen, und daß das, was ich brauche, ein Freund ist, der keine Angst hat, mir die unangenehmen zu sagen, wenn ich das nötig habe? Ich habe einmal geglaubt, Sie könnten dieser Freund sein – ich weiß auch nicht warum, außer daß Sie weder ein Pedant noch ein Flegel sind, und daß ich Ihnen nichts vormachen oder vor Ihnen auf der Hut sein müßte.« Ihre Stimme hatte einen ernsthaften Ton angenommen. Sie saß da und blickte zu ihm auf mit dem besorgten Ernst eines Kindes.

»Sie wissen nicht, wie sehr ich einen solchen Freund brauche«, sagte sie. »Meine Tante ist voll von Anstandsregeln, aber die gelten für das Benehmen, das in den frühen Fünfzigern üblich war. Ich habe immer das Gefühl, daß ich, wenn ich mich wirklich daran halten wollte, auch Organdy und Keulenärmel tragen müßte. Und die anderen Frauen – meine besten Freundinnen – na ja, die benutzen oder verleumden mich, aber es ist ihnen völlig egal, was aus mir wird. Mich gibt es gesellschaftlich einfach schon zu lange; die Leute werden meiner müde. Es fängt schon an, daß sie sagen, ich sollte heiraten.«

Es entstand eine kurze Pause, in der Selden ein oder zwei Erwiderungen überdachte, die darauf angelegt waren, die Pikanterie der Situation noch zu erhöhen. Er verwarf sie jedoch zugunsten der einfachen Frage: »Nun, warum tun Sie es nicht?«

Sie errötete und lachte. »Ah, ich sehe, Sie sind doch ein wirklicher Freund, und diese Frage gehört genau zu den unangenehmen Dingen, nach denen ich verlangt habe.«

»Sie war aber nicht so unangenehm gemeint«, erwiderte er freundschaftlich. »Ist Heirat nicht Ihre Berufung? Ist es nicht das, wofür Sie erzogen wurden?«

Sie seufzte. »Ich glaube schon. Was gäbe es auch sonst?«

»Genau. Und warum geben Sie sich dann nicht einen Ruck und bringen es hinter sich?«

Sie zuckte die Achseln. »Sie reden, als ob ich den ersten Mann heiraten sollte, der mir über den Weg läuft.«

»Ich habe nicht andeuten wollen, daß Sie sich in einer derartigen Zwangslage befänden. Aber es muß doch jemanden mit den erforderlichen Qualifikationen geben.«

Sie schüttelte müde den Kopf. »Ein oder zwei gute Chancen habe ich vergeben, ganz zu Anfang, als ich in die Gesellschaft eingeführt wurde; ich glaube, das tut jedes Mädchen; und, wie Sie wissen, bin ich entsetzlich arm – und sehr kostspielig. Ich brauche eine ganze Menge Geld.«

Selden hatte sich umgewandt, um nach dem Zigarettenkasten auf dem Kaminsims zu greifen.

»Was ist denn aus Dillworth geworden?« fragte er.

»Oh, seine Mutter bekam Angst; sie hatte die Befürchtung, ich würde den gesamten Familienschmuck neu fassen lassen. Außerdem sollte ich ihr versprechen, daß ich den Salon der Familie nicht umdekorieren würde.«

»Aber genau deswegen wollen Sie ja heiraten!«

»Eben. Also schiffte sie ihn nach Indien ein.«

»Pech – aber Sie können doch etwas Besseres als Dillworth finden.«

Er bot ihr den Kasten mit den Zigaretten an; sie nahm drei oder vier heraus, steckte eine zwischen die Lippen und ließ die anderen in ein kleines Goldtäschchen an einer langen Perlenkette gleiten.

»Habe ich denn noch Zeit? Ein paar kurze Züge also.« Sie lehnte sich vor und hielt die Spitze ihrer Zigarette an die seine. Während sie das tat, bemerkte er mit ganz unpersönlichem Wohlgefallen, wie gleichmäßig ihre schwarzen Wimpern an ihren samtigen weißen Lidern wuchsen, und wie der zartlila Schatten unter ihnen langsam in das reine Weiß ihrer Wangen überging.

Sie fing an, in seinem Zimmer umherzuwandern, und betrachtete dabei prüfend zwischen den kleinen Wolken ihres Zigarettenrauchs die Bücherregale. Einige Bände hatten die reife Färbung feiner Punzarbeit und alten marokkanischen Leders, und ihre Augen hingen an ihnen mit liebevollem Blick, nicht mit der Anerkennung des Fachmanns, aber mit der Freude an angenehmen Farben und Stoffen, für die sie in ganz besonderem Maße empfänglich war. Plötzlich veränderte sich ihr Gesichtsausdruck von planlosem Genießen zu aktiver Mutmaßung; sie wandte sich mit einer Frage an Selden.

»Sie sammeln, nicht wahr? Sie kennen sich aus mit Erstausgaben und diesen Dingen?«

»So sehr, wie sich jemand, der kein Geld auszugeben hat, damit auskennen kann. Dann und wann entdecke ich etwas im Abfall, und ich gehe auch manchmal und schaue mir die großen Verkaufsauktionen an.«

Sie hatte sich wieder den Regalen zugewandt, aber jetzt schweiften ihre Augen ohne besondere Aufmerksamkeit über sie hinweg, und er sah, daß sie mit einer neuen Idee beschäftigt war.

»Und Amerikana – sammeln Sie Amerikana?«

Selden machte große Augen und lachte.

»Nein, das liegt nun ganz und gar nicht auf meiner Linie. Sehen Sie, ich bin kein wirklicher Sammler. Ich habe nur gern gute Ausgaben von den Büchern, die ich besonders mag.«

Sie zog ein Gesicht. »Und Amerikana sind wahrscheinlich entsetzlich öde?«

»Ja, das finde ich eigentlich schon – außer für den Historiker natürlich. Aber ein echter Sammler schätzt ein Ding wegen seines Seltenheitswertes. Ich nehme nicht gerade an, daß diejenigen, die Amerikana kaufen, nächtelang aufbleiben, um sie zu lesen. Der alte Jefferson Gryce hat das jedenfalls mit Sicherheit nicht getan.«

Sie hörte mit gespannter Aufmerksamkeit zu. »Und dennoch erzielen sie fabelhafte Preise, nicht wahr? Es kommt mir so seltsam vor, soviel Geld für ein häßliches, schlecht gedrucktes Buch auszugeben, das man doch nie lesen wird. Außerdem nehme ich an, die Besitzer von Amerikana sind nicht einmal Historiker?«

»Nein, nur sehr wenige Historiker können es sich leisten, sie zu kaufen. Sie müssen diejenigen in öffentlichen Bibliotheken oder privaten Sammlungen benutzen. Es ist wohl nur der Seltenheitswert, der den Durchschnittssammler anzieht.«

Er setzte sich auf die Lehne des Sessels, neben dem sie gerade stand, und sie fragte ihn weiter nach den seltensten Ausgaben, ob Jefferson Gryces Sammlung wirklich für die beste der Welt gehalten werde, und was der höchste Preis gewesen sei, den man jemals für eine einzelne Ausgabe erzielt hätte.

Es war so angenehm dazusitzen und zu ihr aufzuschauen, während sie das eine oder andere Buch aus den Regalen nahm, und ihre Finger die Seiten schnell durchblätterten, wobei ihr zum Boden gewandtes Profil sich gegen den warmen Hintergrund der alten Einbände abhob, daß er weiterhin erzählte, ohne auf den Gedanken zu kommen, daß ihr plötzliches Interesse für ein so wenig aufregendes Thema doch eigentlich sonderbar war. Aber er konnte nie lange mit ihr zusammensein, ohne den Versuch zu machen, für das, was sie tat, einen Grund zu finden, und als sie seine Erstausgabe von La Bruyère zurückstellte und sich vom Bücherschrank abwandte, begann er sich zu fragen, worauf sie hinauswollte. Ihre nächste Frage war nicht so geartet, daß sie ihm darüber Aufschluß gegeben hätte. Sie blieb vor ihm stehen mit einem Lächeln, das ihn gleichzeitig in eine gewisse Vertrautheit einzubeziehen und ihn an die Einschränkungen zu erinnern schien, die es ihm auferlegte.

»Tut es Ihnen nie leid«, fragte sie plötzlich, »daß Sie nicht reich genug sind, all die Bücher zu kaufen, die Sie gern haben möchten?«

Er folgte ihrem Blick durch das Zimmer mit dem abgenutzten Mobiliar und den schäbigen Wänden.

»Ja, tut es mir nicht sogar in eben diesem Moment leid? Halten Sie mich für einen Heiligen auf einer Säule?«

»Und daß Sie arbeiten müssen, stört Sie das nicht?«

»Ach, die Arbeit an sich ist nicht so schlecht; ich habe viel für die Juristerei übrig.«

»Nein, aber daß man so angebunden ist, die Routine. Möchten Sie denn niemals einfach wegfahren, um neue Gegenden und neue Leute kennenzulernen?«

»Schrecklich gern, vor allem, wenn ich sehe, wie alle meine Freunde sich beeilen, um auf das Dampfboot zu kommen.«

Sie atmete mitfühlend auf. »Aber es stört Sie nicht genug – um zu heiraten, damit Sie aus dieser Situation herauskommen?«

Selden lachte auf. »Um Gottes willen!« rief er.

Sie erhob sich mit einem Seufzer und warf ihre Zigarette in den Kamin.

»Ah, da liegt eben der Unterschied – ein Mädchen muß, ein Mann kann, wenn er sich dafür entscheidet.« Sie betrachtete ihn kritisch. »Ihr Mantel ist ein bißchen schäbig, aber wen kümmert das. Es hält die Leute nicht davon ab, Sie zum Essen einzuladen. Wenn ich schlecht gekleidet wäre, wollte mich niemand bei sich haben: Wenn eine Frau eingeladen wird, dann ebensosehr um ihrer Kleidung wie um ihrer selbst willen. Die Kleidung ist der Hintergrund, der Rahmen, wenn Sie so wollen; sie garantiert nicht für den Erfolg, aber sie macht einen Teil davon aus. Wer will schon eine schäbige Frau? Von uns erwartet man, daß wir hübsch und gut gekleidet sind, bis wir umfallen – und wenn wir das nicht allein durchhalten können, müssen wir uns einen Teilhaber für das Geschäft suchen.«

Selden schaute sie amüsiert an. Es war unmöglich, auch wenn ihre Augen ihn noch so flehentlich ansahen, ihren Fall mit Sentimentalität zu betrachten.

»Na ja, es liegt sicher schon einiges an Kapital bereit für eine solche Investition. Vielleicht erfüllt sich Ihr Schicksal heute abend bei den Trenors.«

Sie erwiderte seinen Blick fragend.

»Ich dachte, Sie würden vielleicht auch hinfahren – o nein, nicht in dieser Eigenschaft! Aber es werden viele aus Ihrem Kreis da sein, Gwen Van Osburgh, die Wetheralls, Lady Cressida Raith – und die George Dorsets.«

Sie machte eine kleine Pause vor dem letzten Namen und warf ihm unter den Wimpern einen kurzen forschenden Blick zu, aber er blieb ungerührt.

»Mrs. Trenor hat mich eingeladen, aber ich bin bis Ende der Woche unabkömmlich. Und diese großen Gesellschaften langweilen mich.«

»Ach, mich auch«, rief sie.

»Warum gehen Sie dann hin?«

»Das gehört zum Geschäft – Sie vergessen! Und außerdem, wenn ich nicht hinginge, würde ich mit meiner Tante in Richfield Springs Bésigue spielen müssen.«

»Das ist ja fast so schlimm wie eine Heirat mit Dillworth«, stimmte er ihr bei, und sie lachten beide aus reinem Vergnügen über ihre plötzliche Vertrautheit.

Sie schaute zur Uhr.

»Oje! Ich muß gehen. Es ist nach fünf.«

Sie hielt vor dem Kaminsims inne und betrachtete sich im Spiegel, während sie ihren Schleier zurechtsteckte. Ihre Haltung brachte die lange Biegung ihrer schlanken Silhouette zur

Geltung, die ihren Umrissen eine Art urtümlicher Grazie gab – als wäre sie eine gefangene Dryade, für die Konventionen gesellschaftlichen Umgangs gezähmt. Selden dachte darüber nach, daß eben dieser Zug urwaldhafter Freiheit in ihrem Wesen ihrer Künstlichkeit den besonderen Reiz verlieh.

Er folgte ihr durch den Raum bis zum Eingang, aber an der Türschwelle hielt sie ihm ihre Hand mit einer Abschiedsgeste entgegen.

»Es war herrlich; und jetzt werden Sie meinen Besuch erwidern müssen.«

»Aber wollen Sie nicht, daß ich Sie zum Bahnhof begleite?«

»Nein, auf Wiedersehen hier, bitte.«

Sie ließ ihre Hand einen Moment lang in der seinen liegen und wandte ihm ein anbetungswürdiges Lächeln zu.

»Nun dann, auf Wiedersehen und viel Glück auf Bellomont!« sagte er, indem er die Tür für sie öffnete.

Auf dem Treppenabsatz hielt sie an, um sich umzusehen. Die Chancen, daß sie jemanden treffen könnte, standen tausend zu eins, aber man wußte ja nie, und sie zahlte für ihre wenigen Unvorsichtigkeiten immer mit einem zumindest zeitweise betont umsichtigen Verhalten. Es war aber niemand zu sehen, außer einer Putzfrau, die die Treppe scheuerte. Deren eigene üppige Gestalt und die sie umgebenden Geräte nahmen so viel Raum ein, daß Lily, um an ihr vorbeizukommen, ihre Röcke hochnehmen und sich an der Wand entlangschieben mußte. Als sie das tat, hielt die Frau in ihrer Arbeit inne und schaute neugierig auf, wobei sie ihre geballten Fäuste auf das nasse Tuch legte, das sie gerade aus ihrem Eimer gezogen hatte. Sie hatte ein breites blasses Gesicht, das mit einigen Pockennarben bedeckt war, und dünnes strohfarbenes Haar, durch das ihre Kopfhaut auf unangenehme Weise hindurchschien.

»Entschuldigen Sie«, sagte Lily, wobei ihre Höflichkeit Kritik am Benehmen ihres Gegenübers ausdrücken sollte.

Die Frau schob, ohne zu antworten, ihren Eimer zur Seite und starrte weiter auf Miss Bart, die mit einem leisen Knistern ihrer Seidenunterröcke vorbeischwebte. Lily fühlte, wie sie unter diesem Blick errötete. Was dachte dieses Wesen sich? Konnte man niemals auch nur etwas ganz Einfaches, völlig Harmloses tun, ohne gleich den häßlichsten Verdächtigungen ausgesetzt zu sein? Nach der Hälfte der nächsten Treppe lächelte sie darüber, daß es sie derart störte, von einer Putzfrau angestarrt zu werden. Das arme Ding war wahrscheinlich geblendet von einer so ungewohnten Erscheinung. Aber *waren* solche Erscheinungen etwas Ungewöhnliches auf Seldens Treppe? Miss Bart war mit dem Moralkodex in Junggesellenwohnungen nicht vertraut, und wieder stieg ihr die Farbe in die Wangen, als ihr der Gedanke kam, daß der beharrliche Blick der Frau eine vorsichtige Verbindung mit Vergangenem andeuten könnte. Aber mit einem Lächeln über ihre eigenen Befürchtungen schob sie den Gedanken beiseite und beeilte sich nach unten zu kommen, wobei sie sich fragte, ob sie wohl noch vor der Fifth Avenue eine Droschke finden würde.

Unter dem georgianischen Eingangsvorbau hielt sie wieder an und blickte die Straße hinauf und hinunter auf der Suche nach einer Droschke. Es war keine zu sehen, aber als sie den Bürgersteig erreichte, stieß sie fast mit einem kleinen, geschniegelt aussehenden Mann mit einer Gardenie im Knopfloch zusammen, der seinen Hut mit einem erstaunten Ausruf zog.

»Miss Bart? Ja, daß ich gerade Sie hier treffe. Das nenne ich Glück«, erklärte er, und sie entdeckte ein Funkeln amüsierter Neugier zwischen seinen zusammengezogenen Lidern.

»Oh, Mr. Rosedale, wie geht es Ihnen?« sagte sie und bemerkte dabei, daß der unbezähmbare Ärger in ihrem Gesicht mit einer plötzlichen Vertraulichkeit in seinem Lächeln beantwortet wurde.

Mr. Rosedale stand da und betrachtete sie von oben bis unten mit Interesse und Wohlgefallen. Er war ein dicklicher rosiger Mann vom Typ des blonden Juden in eleganter Londoner Kleidung, die ihm wie eine Polsterung paßte, und kleinen, schrägen Augen, die ihm einen Ausdruck verliehen, als würde er Menschen wie Nippsachen abschätzen. Er schaute fragend auf den Eingang des *Benedick*.

»Schätze, Sie waren in der Stadt, um ein paar Einkäufe zu erledigen?« sagte er in einem Ton, der die Vertraulichkeit einer Berührung hatte.

Miss Bart wich ihm ein wenig aus und stürzte sich dann in voreilige Erklärungen.

»Ja, ich bin in die Stadt gekommen, um meine Schneiderin aufzusuchen. Ich bin gerade dabei, den Zug zu den Trenors zu nehmen.«

»Ah, Ihre Schneiderin, natürlich«, sagte er höflich. »Ich wußte gar nicht, daß irgendwelche Schneiderinnen im *Benedick* wohnen.«

»Im *Benedick*?« Sie sah ein wenig verwirrt drein. »Ist das der Name dieses Gebäudes?«

»Ja, das ist sein Name; ich glaube, es ist ein altes Wort für Junggeselle, nicht? Ich bin zufällig der Besitzer des Gebäudes, deswegen weiß ich das.« Sein Lächeln vertiefte sich, als er mit stärkerem Nachdruck hinzufügte: »Aber Sie müssen mir erlauben, Sie zum Bahnhof zu bringen. Die Trenors sind sicher auf Bellomont. Sie haben kaum noch Zeit genug, den Zug um fünf Uhr vierzig zu erreichen. Ich nehme an, die Schneiderin hat Sie warten lassen.«

Lily erstarrte bei dieser kleinen scherzhaften Bemerkung.

»Oh, danke,« stammelte sie; und im selben Moment wurde sie einer Droschke ansichtig, die langsam die Madison Avenue entlangfuhr. Sie winkte mit verzweifelten Gesten.

»Sie sind sehr freundlich, aber ich möchte Sie wirklich nicht bemühen«, sagte sie, wobei sie Mr. Rosedale ihre Hand hinstreckte; und ungeachtet seiner Einwände sprang sie in das rettende Fahrzeug und rief dem Fahrer atemlos zu, wohin er sie fahren solle.

II

In der Droschke lehnte sie sich mit einem Seufzer zurück.

Warum mußte man als Mädchen so teuer für das geringste Abweichen von der Normalität bezahlen? Warum konnte man nie etwas ganz Natürliches tun, ohne es hinter einem kunstvollen Gebäude kleiner Listen verbergen zu müssen? Sie hatte einem Impuls nachgegeben, als sie in Lawrence Seldens Wohnung mitgegangen war, und es war so selten, daß sie sich den Luxus impulsiven Handelns erlauben konnte! Diesmal würde es sie jedenfalls mehr kosten, als sie sich leisten konnte. Es beunruhigte sie sehr, daß sie erkennen mußte, daß sie trotz jahrelanger Wachsamkeit zweimal innerhalb von fünf Minuten einen Fehler begangen hatte. Die dumme Geschichte von der Schneiderin war schlimm genug – es wäre so einfach gewesen, Rosedale zu erzählen, daß sie mit Selden Tee getrunken hatte! Die reine Feststellung der Tatsache hätte diese in harmlosem Licht erscheinen lassen. Aber nachdem sie sich einmal bei einer Unwahrheit hatte ertappen lassen, war es doppelt dumm gewesen, den Zeugen ihrer Verwirrung so schroff abzufertigen. Hätte sie Geistesgegenwart genug bewiesen und Rosedale erlaubt, sie zum Bahnhof zu fahren, so hätte dieses Zugeständnis vielleicht sein Schweigen erkaufen können. Er verfügte über die Genauigkeit seiner Rasse im Abschätzen von Werten, und zu einer lebhaft bevölkerten Nachmittagsstunde in Gesellschaft von Miss Lily Bart den Bahnsteig entlangzugehen, wäre bares Geld in seiner Tasche gewesen, wie er es vielleicht selbst ausgedrückt hätte. Er wußte natürlich, daß auf Bellomont eine große Gesellschaft gegeben würde, und die Möglichkeit, für einen von Mrs. Trenors Gästen gehalten zu werden, hatte er bei seinen Kalkulationen sicher berücksichtigt. Mr. Rosedale war zur Zeit noch in einem Stadium seines sozialen Aufstiegs, in dem es wichtig war, solche Eindrücke hervorzurufen.

Das Ärgerliche war, daß Lily all das wußte, wußte, wie einfach es gewesen wäre, ihn auf der Stelle zum Schweigen zu bewegen, und wie schwierig es werden würde, dies im nachhinein zu tun. Mr. Simon Rosedale gehörte zu den Menschen, die es sich zur Aufgabe machen, alles über jedermann in Erfahrung zu bringen; er glaubte, seine Zugehörigkeit zur Gesellschaft dadurch unter Beweis stellen zu können, daß er eine lästige Vertrautheit mit den Gewohnheiten derjenigen zeigte, die er gern als gute Bekannte hingestellt hätte. Lily war davon überzeugt, daß innerhalb von vierundzwanzig Stunden die Geschichte von ihrem Besuch bei ihrer Schneiderin im *Benedick* unter Mr. Rosedales Bekanntschaft in regem Umlauf sein würde. Das Schlimmste bei alledem war, daß sie ihn immer abweisend behandelt oder ganz ignoriert hatte. Bei seinem ersten Auftreten in der Gesellschaft – als ihr unbedachter Cousin Jack Stepney ihm eine Einladung für eine der ausufernden, unpersönlichen Van-Osburgh-»Riesengesellschaften« besorgt hatte (zum Ausgleich welcher Art von Gefälligkeiten war nur zu leicht zu erraten) –, war Rosedale mit dieser Mischung aus künstlerischem Einfühlungsvermögen und geschäftlicher Cleverness, die seiner Rasse eigen ist, instinktiv zu Miss Bart hingezogen worden. Sie durchschaute seine Motive, denn ihr eigenes Vorgehen wurde von ebenso hübschen Berechnungen gesteuert. Erziehung und Erfahrung hatten sie gelehrt, sich gegenüber Neuankömmlingen gastfreundlich zu verhalten, da sogar ganz und gar nicht Vielversprechende ihr später von Nutzen sein konnten; außerdem gab es genug »Verliese«, die sie verschlucken würden, wenn sie es nicht waren. Aber ein instinktiver Widerwille hatte all die Jahre gesellschaftlicher Disziplin zunichte gemacht und sie Mr. Rosedale ohne jegliche Anhörung in sein »Verlies« abschieben lassen. Er hinterließ nur noch die kleine Welle des Amüsements, das sein schleuniges Abgefertigtwerden bei ihren Freunden hervorrief; und obwohl er später (um die Metapher zu wechseln) weiter unten im Strom wieder auftauchte, war es doch nur für flüchtige Augenblicke mit langen Zwischenzeiten, in denen er unter der Oberfläche blieb.

Bisher war Lily nicht von Skrupeln geplagt worden. In ihrem unmittelbaren Kreis hatte man Mr. Rosedale für »unmöglich« erklärt und man ließ Jack durchaus die Verachtung spüren, die man für seinen Versuch empfand, seine Schulden mit Abendeinladungen zu bezahlen. Sogar Mrs. Trenor, deren Sinn für Abwechslung schon zu einigen riskanten Experimenten geführt hatte, weigerte sich, auf Jacks Bemühungen einzugehen und Rosedale als gesellschaftliche Neuheit auszugeben; sie erklärte, daß dieser kleine Jude ja wohl, soweit sie sich erinnern konnte, bereits ein dutzendmal der Gesellschaft serviert und von ihr zurückgewiesen worden war; und solange Judy Trenor unbeugsam blieb, waren Mr. Rosedales Chancen äußerst gering, über den äußeren Kreis der Van-Osburgh-Riesenempfänge hinaus in die Gesellschaft einzudringen. Jack gab das Rennen mit einem lachenden »Ihr werdet schon sehen« auf, blieb aber mannhaft bei seinen Waffen und zeigte sich mit Rosedale in den Restaurants, die gerade in Mode waren, in Gesellschaft persönlich sehr farbiger, gesellschaftlich aber eher obskurer Damen, die für solche Zwecke jederzeit zur Verfügung stehen. Seine Bemühungen waren bisher jedoch umsonst gewesen, und da Rosedale ohne Zweifel für die Diners zahlte, hatte der Schuldner bisher den größeren Gewinn von der Sache.

Mr. Rosedale war daher, wie unschwer zu erkennen ist, noch kein Faktor, den man fürchten mußte –, es sei denn, man begab sich in seine Gewalt. Und das war genau, was Miss Bart getan hatte. Ihre unbeholfene Schwindelei hatte ihm gezeigt, daß sie etwas zu verbergen hatte; und sie war sicher, daß er noch ein Hühnchen mit ihr zu rupfen hatte. Etwas in seinem Lächeln sagte ihr, daß er nicht vergessen hatte. Sie versuchte mit leisem Schaudern, den Gedanken loszuwerden, aber er verfolgte sie den ganzen Weg zum Bahnhof und auch den Bahnsteig entlang mit einer Beharrlichkeit, als wäre er Mr. Rosedale selbst.

Sie hatte gerade noch Zeit, ihren Platz einzunehmen, bevor der Zug anfuhr; aber nachdem sie sich einmal in ihrer Ecke zurechtgesetzt hatte mit dem instinktiven Gefühl für Wirkung, das sie nie im Stich ließ, schaute sie sich um in der Hoffnung, noch andere Gäste der Trenor-Party zu sehen. Sie wollte sich von sich selbst ablenken, und Konversation war das einzige Fluchtmittel, das sie kannte.

Ihre Suche wurde mit der Entdeckung eines sehr blonden Mannes mit weichem rötlichen Bart belohnt, der am andern Ende des Wagens offenbar versuchte, sich hinter einer entfalteten Zeitung zu verbergen. Lilys Augen leuchteten, und ein kleines Lächeln entspannte ihre Mundwinkel. Sie hatte gewußt, daß Mr. Percy Gryce auf Bellomont sein würde, aber sie hatte nicht mit dem glücklichen Zufall gerechnet, ihn im Zug für sich zu haben. Diese Tatsache vertrieb alle beunruhigenden Gedanken an Mr. Rosedale. Vielleicht würde der Tag schließlich doch noch besser enden, als er begonnen hatte.

Sie fing an, die Seiten ihres Romans aufzuschneiden, wobei sie in aller Ruhe ihre Beute durch die niedergeschlagenen Wimpern hindurch betrachtete und sich gleichzeitig eine geeignete Methode für den Angriff zurechtlegte. Etwas in seiner Haltung völligen Aufgehens in seine Lektüre sagte ihr, daß er sich ihrer Anwesenheit bewußt war: Kein Mensch war jemals derartig in eine Abendzeitung vertieft gewesen! Sie erriet, daß er zu schüchtern war, um zu ihr zu kommen, und daß ihr eine Möglichkeit, ihn anzusprechen, einfallen müßte, die nicht wie ein Annäherungsversuch von ihrer Seite wirken durfte. Der Gedanke, daß jemand, der so reich war wie Mr. Percy Gryce, schüchtern sein könnte, amüsierte sie; aber sie hatte sehr viel Nachsicht mit solchen Eigenarten, und außerdem konnte seine Schüchternheit ihren Zwecken besser dienen als zuviel Selbstsicherheit. Sie verstand die Kunst, den Verlegenen Selbstbewußtsein zu vermitteln, aber sie war nicht sicher, ob sie ebenso über die Fähigkeit verfügte, selbstbewußte Menschen in Verlegenheit zu bringen.

Sie wartete, bis der Zug den Tunnel verlassen hatte und durch die ärmlichen Ausläufer der nördlichen Vororte raste.

Dann, als er seine Geschwindigkeit in der Nähe von Yonkers verlangsamte, stand sie auf und ging langsam den Wagen entlang. Als sie an Mr. Gryce vorüberging, schlingerte der Zug plötzlich, und er merkte, daß eine schmale Hand sich an der Rücklehne seines Sitzes festhielt. Er fuhr erschreckt auf, sein argloses Gesicht sah aus, als ob man es in karmesinrote Farbe getaucht hätte, sogar die rötliche Färbung seines Bartes schien sich zu vertiefen.

Der Zug schwankte wieder und warf Miss Bart dabei fast in seine Arme. Sie verschaffte sich mit einem Lachen Halt und trat ein wenig zurück, aber er wurde vom Duft ihres Kleides umhüllt, und seine Schulter hatte ihre flüchtige Berührung gespürt.

»Oh, Mr. Gryce, Sie sind es? Es tut mir ja so leid – ich habe gerade versucht, den Steward zu finden, um eine Tasse Tee zu bekommen.«

Sie gab ihm die Hand, als der Zug seine normale Geschwindigkeit wieder aufnahm, und stand dann noch ein wenig im Gang, um ein paar Worte mit ihm zu wechseln. Ja – er sei auf dem Weg nach Bellomont. Er habe gehört, daß sie mit von der Partie sein würde – er errötete wieder, als er dies zugab. Und würde er auch eine Woche lang dort sein? Wie wundervoll!

Als ihr Gespräch diesen Punkt erreicht hatte, zwängten sich noch ein paar verspätete Reisende vom letzten Bahnhof in den Wagen, und Lily mußte zu ihrem Sitzplatz zurückkehren.

»Der Platz neben meinem ist frei – setzen Sie sich doch zu mir«, sagte sie über die Schulter, und Mr. Gryce gelang es, wenn er auch ziemlich außer Fassung war, einen Wechsel zu bewerkstelligen, der ihn und seine Taschen an ihre Seite brachte.

»Ah, und hier ist der Steward, und vielleicht können wir unseren Tee jetzt bekommen.«

Sie winkte die Bedienung herbei, und in kürzester Zeit war – mit der Leichtigkeit, welche die Erfüllung all ihrer Wünsche zu begleiten schien – ein kleiner Tisch zwischen ihren Sitzen aufgestellt worden, und sie hatte Mr. Gryce geholfen, seine sperrigen Besitztümer unter diesem zu verstauen.

Als der Tee kam, beobachtete er sie mit wortloser Faszination, während ihre Hände über das Tablett flatterten und sich dabei wunderbar fein und schmal ausnahmen im Gegensatz zu dem groben Porzellan und klumpigen Brot. Es erschien ihm wie ein Wunder, daß jemand mit so lässiger Behendigkeit die schwere Aufgabe meistern konnte, in aller Öffentlichkeit und in einem schlingernden Zug Tee aufzugießen. Er hätte nie gewagt, ihn für sich zu bestellen, um die Aufmerksamkeit seiner Mitreisenden nicht auf sich zu lenken, aber im Schutz ihrer alles Interesse auf sich ziehenden Person, nippte er von dem tintenschwarzen Gebräu mit einem herrlichen Gefühl von Behaglichkeit.

Lily, noch mit dem Geschmack von Seldens Karawan-Tee auf den Lippen, hatte keine große Lust, diesen in der Brühe, die in der Bahn serviert wurde, zu ertränken, während diese Brühe für ihren Reisegefährten reiner Nektar zu sein schien. Aber, wie sie richtig annahm, lag einer der Reize des Tees darin, daß man ihn zusammen trinken konnte, und sie machte sich daran, Mr. Gryces Freuden zur Vollendung zu bringen, indem sie ihn über ihre erhobene Tasse hinweg anlächelte.

»Ist er richtig so, habe ich ihn nicht zu stark gemacht?« fragte sie besorgt, und er antwortete mit Überzeugung, er habe nie besseren Tee getrunken.

»Das könnte womöglich sogar stimmen«, überlegte sie und erwärmte sich bei dem Gedanken, daß Mr. Percy Gryce, der die tiefsten Tiefen hemmungsloser Genußsucht hätte auskosten können, vielleicht wirklich seine erste Reise allein mit einer hübschen Frau unternahm.

Es schien ihr eine glückliche Fügung, daß ausgerechnet sie das Instrument zu seiner Einführung in diese Dinge sein sollte. Manche Mädchen hätten nicht gewußt, wie sie mit ihm umgehen mußten. Sie hätten die Neuheit des Abenteuers überbetont und so versucht, ihn den Reiz einer Eskapade daran empfinden zu lassen. Lilys Methoden aber waren subtiler. Sie erinnerte sich, daß ihr Cousin Jack Stepney Mr. Gryce einmal als einen jungen Mann beschrieben hatte, der seiner Mutter versprochen hat, bei Regen niemals ohne seine Überschuhe auszugehen. Lily legte diesen Hinweis also allem, was sie tat, zugrunde und beschloß, der Szene eine liebenswürdig häusliche Atmosphäre zu verleihen, in der Hoffnung, ihr Reisegefährte werde, statt zum Gefühl, etwas Leichtsinniges oder Ungewöhnliches zu tun, vielmehr zum Nachdenken über die Vorteile einer ständigen Begleiterin gebracht, die einem im Zug den Tee zubereitet.

Aber trotz ihrer Bemühungen ging ihnen der Gesprächsstoff aus, nachdem das Tablett weggeräumt worden war, und sie hatte Anlaß, aufs neue Mr. Gryces Grenzen abzuschätzen. Es war schließlich nicht Gelegenheit, sondern Phantasie, was ihm fehlte, sein geistiger Gaumen würde niemals lernen, zwischen dem Tee der Bahn und Nektar zu unterscheiden. Es gab jedoch ein Thema, auf das sie immer zurückgreifen konnte, eine Triebfeder, die sie nur berühren mußte, um seine einfache Mechanik in Bewegung zu setzen. Sie hatte sich das bisher versagt, weil dies ein letztes Mittel für sie war, und hatte auf andere Künste gezählt, um andere Gefühle zu wekken. Als aber nach und nach ein entschiedener Zug von Langeweile auf seinem offenen Gesicht erschien, erkannte sie, daß extreme Maßnahmen vonnöten waren.

»Und wie«, sagte sie und lehnte sich dabei vor, »geht es mit Ihren Amerikana voran?«

Sein Auge wurde gleich ein bißchen weniger trübe; es war, als ob ein Film, der eben im Entstehen begriffen war, von ihm abgezogen worden wäre, und Lily empfand den Stolz eines geschickten Operateurs.

»Ich habe da ein paar neue Sachen«, sagte er, durchströmt von Freude, wobei er aber seine Stimme senkte, als ob er fürchtete, seine Mitreisenden könnten sich verbündet haben, um ihn auszuplündern.

Sie entgegnete mit einer verständnisvollen Rückfrage, und

ganz allmählich wurde er dazu gebracht, von seinen letzten Erwerbungen zu erzählen. Dies war das einzige Gesprächsthema, das es ihm ermöglichte, sich selbst zu vergessen, oder vielmehr ihm erlaubte, sich seiner selbst ohne Befangenheit bewußt zu sein, denn das war sein Feld, und hier vermochte er eine Überlegenheit geltend zu machen, die ihm nur sehr wenige streitig machen konnten. Kaum einer seiner Bekannten hatte Interesse an Amerikana oder wußte etwas über sie, und das Bewußtsein dieser Unkenntnis machte Mr. Gryces Kenntnisse zu einer angenehmen Erleichterung. Die einzige Schwierigkeit bestand darin, das Thema ins Gespräch zu bringen und an ihm als Hauptgesprächsgegenstand festzuhalten; die meisten Menschen zeigten leider kein Bedürfnis, ihre Unwissenheit vermindert zu sehen, und Mr. Gryce war daher so etwas wie ein Kaufmann, dessen Lagerhäuser bis zum Dach mit Waren gefüllt sind, die er nicht auf den Markt bringen kann.

Aber Miss Bart wollte, wie es schien, wirklich etwas über Amerikana erfahren, und darüber hinaus war sie bereits informiert genug, um die Aufgabe weiterer Belehrung ebenso leicht wie angenehm zu gestalten. Sie befragte ihn auf sehr intelligente Weise, sie lauschte ihm ergeben, und da er auf den Ausdruck von Lethargie gefaßt gewesen war, der normalerweise auf den Gesichtern seiner Zuhörer erschien, wurde er unter ihrem aufnahmebereiten Blick geradezu beredt. Die Bruchstücke, die sie klugerweise bei Selden hatte sammeln können – genau diesen Zufall voraussehend –, halfen ihr nun so ausgezeichnet, daß sie schon anfing, ihren Besuch bei ihm für das glücklichste Vorkommnis des Tages zu halten. Sie hatte wieder einmal ihr Talent bewiesen, vom Unerwarteten zu profitieren, und unter der Oberfläche lächelnder Aufmerksamkeit, die sie ihrem Reisegefährten weiterhin zuwandte, keimten gefährliche Theorien darüber, ob es ratsam sei, plötzlichen Eingebungen zu folgen.

Mr. Gryces Gefühle waren, wenn auch weniger entschieden, doch ebenso angenehm. Er empfand das undeutliche

Kitzeln, mit dem die niederen Organismen auf die Befriedigung ihrer Bedürfnisse reagieren, und all seine Sinne taumelten in einem vagen Wohlgefühl, durch das er Miss Barts Person undeutlich aber wohltuend wahrnahm.

Mr. Gryces Interesse für Amerikana war nicht aus ihm selbst heraus erwachsen; es war unmöglich, ihn sich als jemanden vorzustellen, der eigenständig Geschmack an einer Sache findet. Ein Onkel hatte ihm eine Sammlung hinterlassen, die in bibliophilen Kreisen bereits Beachtung gefunden hatte. Das Vorhandensein dieser Sammlung war das einzige, das je dem Namen Gryce eine gewisse Glorie verliehen hatte, und der Neffe war so stolz auf sein Erbe, als ob es sein eigenes Werk gewesen wäre. Es kam sogar so weit, daß er es als solches ansah und ein Gefühl persönlicher Selbstzufriedenheit empfand, wenn ihm ein Hinweis auf die Gryceschen Amerikana in die Hände kam. Ängstlich bemüht, wie er war, persönlich nicht aufzufallen, hatte er doch ein so exquisites und übermäßiges Vergnügen daran, seinen Namen gedruckt zu sehen, daß dies geradezu ein Ausgleich für seine Furcht vor der Erregung persönlichen Aufsehens zu sein schien.

Um dieses Gefühl so oft wie möglich genießen zu können, abonnierte er alle Zeitschriften, die sich mit dem Sammeln von Büchern im allgemeinen und mit amerikanischer Geschichte im besonderen befaßten. Da sich die Hinweise auf seine Bibliothek in den Seiten dieser Journale häuften, die sein einziger Lesestoff waren, begann er, sich selbst als jemanden zu sehen, der eine wichtige Stellung in der Öffentlichkeit einnimmt, und fing an, den Gedanken daran zu genießen, welches Interesse die Leute, die er auf der Straße traf oder zwischen denen er auf Reisen saß, an ihm haben würden, wenn sie plötzlich erführen, daß er der Besitzer der Gryceschen Amerikana sei.

Die meisten Ängste haben solche geheimen Möglichkeiten der Kompensation, und Miss Bart war scharfsichtig genug zu erkennen, daß innere Eitelkeit im allgemeinen in direkter Proportion zur äußeren Geringschätzung der eigenen Person steht. Mit einem selbstbewußteren Menschen hätte sie nicht gewagt, sich so lange bei einem Thema aufzuhalten oder so übertriebenes Interesse dafür zu zeigen; aber sie hatte erraten, daß Mr. Gryces Egoismus ein durstiger Boden war, der nach ständiger Nahrung von außen verlangte. Miss Bart hatte die Gabe, einen verborgenen Gedankengang zu verfolgen, während sie an der Oberfläche der Unterhaltung mit Leichtigkeit dahinzugleiten schien, und in diesem Fall nahm ihr gedanklicher Abstecher die Gestalt eines schnellen Überblicks von Mr. Percy Gryces Zukunft in Verbindung mit ihrer eigenen an. Die Gryces kamen aus Albany und waren erst vor kurzem in die Hauptstadt eingeführt worden, in die Mutter und Sohn nach dem Tode des alten Jefferson Gryce gekommen waren, um sein Haus in der Madison Avenue in Besitz zu nehmen – ein scheußliches Haus, ganz brauner Stein von außen und schwarzes Walnußholz von innen, mit der Gryceschen Bibliothek in einem feuersicheren Anbau, der wie ein Mausoleum aussah. Lily wußte jedoch bereits alles über sie: Die Ankunft des jungen Mr. Gryce hatte die Mutterherzen von New York höher schlagen lassen, und wenn ein Mädchen keine Mutter hat, die für es ins Zittern kommt, muß es verständlicherweise selbst auf dem Posten sein. Lily hatte deshalb nicht nur dafür gesorgt, den Weg des jungen Mannes zu kreuzen, sondern auch die Bekanntschaft von Mrs. Gryce gemacht, einer monumentalen Erscheinung mit der Stimme eines Kanzelpredigers und einem Kopf, der voll war von den Schandtaten ihrer Dienstboten. Diese Dame kam manchmal, um Mrs. Peniston Gesellschaft zu leisten und zu erfahren, wie es ihr gelang, das Küchenmädchen daran zu hindern, Eßwaren aus dem Haus zu schmuggeln. Mrs. Gryces Wohltätigkeit war von ganz und gar unpersönlicher Art: Fälle, in denen es um die Notlage eines einzelnen ging, betrachtete sie mit Mißtrauen, aber sie unterstützte Institutionen, wenn deren Jahresbericht ein eindrucksvolles Plus verzeichnete. Ihre häuslichen Pflichten waren zahlreich, denn sie reichten von heimlichen Inspektionen der Dienstbotenkammern bis zu unangekündigten Besuchen im Keller; viele Vergnügungen hatte sie sich dagegen nie erlaubt. Einmal jedoch ließ sie eine Sonderausgabe des *Sarum Rule*[1] in roter Schrift drucken und versah alle Kleriker der Diozöse damit. Das vergoldete Album, in dem die Dankesbriefe eingeklebt waren, stellte das wichtigste Schmuckstück auf dem Tisch ihres Salons dar.

Percy war nach Grundsätzen erzogen worden, die eine so exzellente Frau gar nicht umhin konnte, ihm einzuimpfen. Jede Form von Vorsicht und Mißtrauen war einer Natur eingepflanzt worden, die von sich aus schon zögernd und vorsichtig war, mit dem Resultat, daß es für Mrs. Gryce kaum nötig gewesen wäre, ihrem Sohn das Versprechen wegen der Überschuhe abzunehmen, so wenig wahrscheinlich war es, daß er sich im Regen draußen in Gefahr gebracht hätte. Nachdem er volljährig geworden war und das Vermögen des seligen Mr. Gryce geerbt hatte, das dieser mit einem Patent, um frische Luft von Hotels fernzuhalten, gemacht hatte, lebte der junge Mann zunächst weiterhin mit seiner Mutter in Albany; aber nach Jefferson Gryces Tod, als ein weiterer großer Besitz in die Hände ihres Sohnes überging, fand Mrs. Gryce, daß, was sie seine »Interessen« nannte, seine Anwesenheit in New York erforderte. Sie ließ sich also in dem Haus in der Madison Avenue nieder, und Percy, dessen Pflichtgefühl dem seiner Mutter in nichts nachstand, verbrachte all seine Wochentage in einem hübschen Büro in der Broad Street, wo ein Trupp blasser Männer für ein kleines Gehalt bei der Verwaltung der Gryceschen Besitzungen ergraut war, und wo er mit angemessener Ehrerbietung in alle Einzelheiten der Kunst des Geldscheffelns eingewiesen wurde.

Soweit Lily in Erfahrung bringen konnte, war dies bisher Mr. Gryces einzige Beschäftigung gewesen, und man sollte ihr verzeihen, daß sie die Aufgabe nicht als allzu schwer empfand, das Interesse eines jungen Mannes zu wecken, den man bei so strenger Diät gehalten hatte. Auf jeden Fall fühlte sie sich so völlig Herr der Lage, daß sie sich einem Gefühl der Sicherheit hingab, in dem alle Furcht vor Mr. Rosedale und vor den Schwierigkeiten, von denen diese Furcht abhing, hinter dem Horizont bewußten Denkens verschwanden.

Daß der Zug in Garrisons hielt, hätte sie von ihren Gedanken nicht abgelenkt, wenn sie nicht plötzlich einen gequälten Ausdruck in den Augen ihres Reisegefährten entdeckt hätte. Sein Sitz war der Tür zugewandt, und sie erriet, daß er von einem sich nähernden Bekannten beunruhigt worden war, eine Tatsache, die durch sich umwendende Köpfe und eine allgemeine Unruhe bestätigt wurde, so wie es oft geschah, wenn sie selbst ein Eisenbahnabteil betrat.

Sie erkannte die Symptome sofort und war nicht erstaunt, von der hohen Stimme einer hübschen Frau begrüßt zu werden, die in den Zug kam in Begleitung einer Zofe, eines Bullterriers und eines Gepäckträgers, der unter der Last von Taschen und Reisenecessaires daherwankte.

»Oh, Lily – fährst du nach Bellomont? Dann kannst du mir wohl nicht deinen Platz überlassen, oder? Aber ich *muß* einen Platz in diesem Abteil finden – Schaffner, Sie müssen mir sofort einen Platz besorgen! Kann nicht jemand woanders hingesetzt werden? Ich will bei meinen Freunden sitzen. Oh, wie geht es Ihnen, Mr. Gryce? Versuchen Sie doch ihm begreiflich zu machen, daß ich einen Sitzplatz bei Ihnen und Lily haben muß!«

Mrs. George Dorset stand in der Mitte des Ganges, ohne auf den schüchternen Versuch eines Reisenden mit einer Reisetasche zu achten, der sein Bestes tat, ihr Platz zu machen, indem er ausstieg; sie verbreitete um sich jene allgemeine Irritation, die gutaussehende Frauen auf Reisen nicht selten verursachen.

Sie war kleiner und schlanker als Lily Bart, mit einer ruhelosen Biegsamkeit in ihrer Haltung, so als ob man sie hätte zusammenknüllen und durch einen Ring ziehen können, wie die wallenden Stoffe, an denen sie Gefallen fand. Ihr kleines blasses Gesicht schien nur die Fassung für ein Paar dunkler unglaublicher Augen zu sein, deren träumerischer Blick in sonderbarem Kontrast zu der Selbstsicherheit ihrer Stimme und Gestik stand, so daß einer ihrer Freunde bemerkte, sie gleiche einem körperlosen Geist, der eine Menge Raum einnahm.

Nachdem sie schließlich doch entdeckt hatte, daß der Sitzplatz neben Miss Bart zu ihrer Verfügung stand, nahm sie ihn mit einer weiteren Verdrängung ihrer Umgebung in Besitz, während sie erklärte, daß sie am Morgen in ihrem Wagen von Mount Kisko gekommen sei und sich in Garrisons eine Stunde lang die Beine in den Bauch habe stehen müssen, noch dazu ohne den Trost einer Zigarette, weil der Rohling von Ehemann vergessen hatte, ihr Etui aufzufüllen, bevor sie am Morgen weggefahren war.

»Und um diese Tageszeit hast du, nehme ich an, keine einzige mehr übrig, oder Lily?« schloß sie mit klagender Stimme.

Miss Bart fing den erstaunten Blick von Mr. Percy Gryce auf, dessen Lippen nie von Tabak besudelt wurden.

»Was für eine absurde Frage, Bertha!« rief sie und errötete bei dem Gedanken an den Vorrat, den sie bei Lawrence Selden angelegt hatte.

»Wieso, rauchst du nicht? Seit wann hast du es denn aufgegeben? Was – du hast nie – und Sie auch nicht, Mr. Gryce? Ah, natürlich – wie dumm von mir – ich verstehe.«

Und Mrs. Dorset lehnte sich zurück in ihre Reisepolster mit einem Lächeln, das Lily wünschen ließ, es wäre kein Platz neben ihrem frei gewesen.

III

Bridge dauerte auf Bellomont meist bis in die frühen Morgenstunden; und als Lily in dieser Nacht zu Bett ging, hatte sie länger gespielt, als sie sich leisten konnte.

Weil sie kein Bedürfnis verspürte, in ihr Zimmer zu gehen, wo sie sich für ihr Verhalten würde Rechenschaft ablegen müssen, verweilte sie noch ein wenig auf der breiten Treppe und schaute in den Saal hinunter, wo die letzten Kartenspieler um ein Tablett mit hohen Gläsern und silberummantelten Karaffen gruppiert saßen, das der Butler gerade auf einem niedrigen Tisch neben dem Kamin abgesetzt hatte.

Der Saal war mit Arkaden versehen und mit einer Galerie, die von Säulen aus blaßgelbem Marmor getragen wurde. Hohe Büsche blühender Pflanzen hatte man vor dem Hintergrund dunklen Blattwerks in den Ecken arrangiert. Auf dem karmesinroten Teppich dösten ein Jagdhund und einige Spaniels wohlig vor dem Feuer, und das Licht der großen Deckenlampe in der Mitte des Raumes gab dem Haar der Frauen strahlenden Glanz und ließ ihre Juwelen Funken sprühen, wenn sie sich bewegten.

Es gab Augenblicke, in denen solche Szenen Lily viel Freude bereiteten, in denen sie ihrem Sinn für Schönheit und ihrem Verlangen nach der äußerlichen Vollendung des Lebens entgegenkamen; es gab aber auch solche, in denen sie ihr noch verschärft vor Augen führten, wie dürftig ihre eigenen Möglichkeiten waren. Jetzt war gerade ein Moment, in dem sie vornehmlich diesen letzten Gegensatz empfand, und sie wandte sich ungeduldig ab, als Mrs. George Dorset Percy Gryce hinter sich her in ein vertrauliches Eckchen unter der Galerie zog, wobei der Flitter, der sich auf ihrem Kleid schlängelte, im Licht glitzerte.

Nicht, daß Miss Bart gefürchtet hätte, sie könnte den eben erst erworbenen Einfluß auf Mr. Gryce verlieren. Mrs. Dorset würde ihn vielleicht in Erstaunen versetzen oder blenden können, aber sie hatte weder das Geschick noch die Geduld, ihn wirklich zu erobern. Sie war zu ichbezogen, um die Tiefen seiner Schüchternheit zu ergründen, und außerdem, warum sollte sie sich die Mühe machen? Höchstens einen Abend lang konnte es sie amüsieren, sich über seine einfache Art lustig zu machen – danach würde er ihr nur zur Last fallen, und weil sie das wußte, würde sie ihn, erfahren, wie sie war, nicht ermutigen. Aber allein der Gedanke an diese andere Frau, die sich einen Mann nehmen und ihn beiseite schieben konnte, wie sie wollte, ohne ihn als möglichen Faktor in ihren Plänen ansehen zu müssen, erfüllte Lily mit Neid. Percy Gryce hatte sie den ganzen Nachmittag über gelangweilt – schon der Gedanke an ihn schien ein Echo seiner eintönigen Stimme in ihr wachzurufen –, aber sie konnte ihn am andern Morgen nicht einfach unbeachtet lassen, sie mußte ihren Erfolg ausnutzen, mußte sich weiterer Langeweile unterwerfen, mußte ihm von neuem entgegenkommen und ihr Anpassungsvermögen unter Beweis stellen, und all das allein in der Hoffnung, daß er ihr schließlich und endlich die Ehre geben würde, sie für den Rest ihres Lebens zu langweilen.

Ihr Schicksal war hassenswert, aber wie konnte man ihm entrinnen? Welche Wahl hatte sie denn? Sie konnte nur sie selbst sein oder eine Gerty Farish. Als sie ihr Schlafzimmer betrat mit seinem weich abgedunkelten Licht, den Morgenrock aus Spitze über die seidene Bettdecke gebreitet, ihren bestickten Pantöffelchen vor dem Kamin, mit einer Vase voller Nelken, welche die Luft mit ihrem Duft erfüllten, und den neuesten Romanen und Magazinen, die noch unaufgeschnitten auf einem Tisch neben der Leselampe lagen, kam ihr Miss Farishs beengte Wohnung in den Sinn, deren billige Annehmlichkeiten und häßliche Tapeten. Nein, für vulgäre und schäbige Umgebungen, für die elenden Kompromisse der Armut, war sie einfach nicht gemacht. Ihr ganzes Wesen entfaltete sich erst in einer Atmosphäre von Luxus; das war der Hintergrund, den sie brauchte, das einzige Klima, in dem sie zu atmen vermochte. Aber der Luxus anderer war nicht das, was sie wollte. Vor wenigen Jahren hatte er ihr noch genügt: Sie hatte ihre tägliche Zuteilung an Vergnügen angenommen, ohne sich darum zu kümmern, wer sie ihr gab. Jetzt fing sie an, die Verpflichtungen, die daraus erwuchsen, als aufreibend zu empfinden; sie fühlte sich wie jemand, der den Glanz nur als Leihgabe erhält, den sie einmal als ihren eigenen betrachtet hatte. Es gab sogar Augenblicke, in denen ihr bewußt wurde, daß sie für ihren Lebensstil bezahlen mußte.

Lange Zeit hatte sie sich geweigert, Bridge zu spielen. Sie wußte, daß sie es sich nicht leisten konnte, und sie fürchtete sich davor, Geschmack an etwas so Kostspieligem zu finden. Sie hatte die Gefahr am Beispiel von mehr als einem ihrer Bekannten erkannt; einer war Ned Silverton, der liebenswerte blonde junge Mann, der jetzt mit völliger Hingabe dicht neben Mrs. Fisher saß, einer auffälligen, geschiedenen Dame mit Augen und Gewändern, die ebenso aufdringlich wirkten wie die Schlagzeilen, die ihrem »Fall« gewidmet worden waren. Lily konnte sich noch erinnern, wie der junge Silverton in ihren Kreis gestolpert war, mit dem Auftreten des verirrten Arkadiers, der entzückende Sonette in der Zeitschrift seines Colleges veröffentlicht hatte. Seither hatte er eine Vorliebe für Mrs. Fisher und Bridge entwickelt, und letzteres zumindest hatte ihn in Unkosten gestürzt, aus denen ihn mehr als einmal gequälte, unverheiratete Schwestern gerettet hatten, die seine Sonette wie einen Schatz hüteten und ihren Tee ohne Zucker tranken, um ihren Liebling weiterhin über Wasser zu halten. Neds Fall war Lily vertraut: Sie hatte gesehen, wie der Ausdruck seiner bezaubernden Augen – die viel mehr Poesie in sich hatten als seine Sonette – sich veränderte, zunächst von Überraschung in Vergnügen und dann von Vergnügen in Angst, als er nach und nach den Verlockungen des schrecklichen Glücksgottes erlag, und sie hatte Angst davor, dieselben Symptome an sich zu entdecken.

In den letzten Jahren hatte sie nämlich gemerkt, daß ihre Gastgeberinnen von ihr erwarteten, am Spieltisch Platz zu nehmen. Das gehörte zu dem Tribut, den sie für deren ausgedehnte Gastfreundschaft zu entrichten hatte, ebenso wie für die Kleider und die kleinen Schmucksachen, mit denen ihre unzulängliche Garderobe ab und an aufgebessert wurde. Und seit sie regelmäßig spielte, war die Spielleidenschaft in ihr gewachsen. Sie hatte letzthin ein- oder zweimal eine größere Summe gewonnen, aber anstatt sie für künftige Verluste aufzuheben, hatte sie alles für Kleider und Schmuck ausgegeben;

der Wunsch, diese Unvorsichtigkeit wiedergutzumachen, zusammen mit dem ständig wachsenden Vergnügen am Spiel veranlaßten sie, bei jeder neuen Runde höhere Einsätze zu riskieren. Sie versuchte sich mit dem Vorwand zu entschuldigen, daß man in der Trenor-Clique, wenn überhaupt, mit hohem Einsatz spielen mußte oder für pedantisch oder gar knauserig gehalten wurde; aber sie wußte, daß die Spielleidenschaft immer mehr Macht über sie gewann, und daß es in ihrer augenblicklichen Umgebung wenig Hoffnung gab, sich dem zu widersetzen.

An diesem Abend hatte sie überhaupt kein Glück gehabt, und die kleine Goldbörse, die zwischen ihren Schmuckstükken hing, war fast leer, als sie wieder in ihr Zimmer kam. Sie schloß ihren Kleiderschrank auf, nahm ihre Schmuckkassette heraus und sah unter dem Einsatz nach der Rolle aus Scheinen, mit denen sie ihre Börse aufgefüllt hatte, bevor sie zum Dinner nach unten gegangen war. Nur zwanzig Dollar waren noch übrig: Diese Entdeckung war so bestürzend, daß sie einen Augenblick lang glaubte, sie wäre beraubt worden. Dann nahm sie Papier und Bleistift, setzte sich an den Schreibtisch und versuchte auszurechnen, was sie an diesem Tag ausgegeben hatte. Ihre Schläfen pochten vor Müdigkeit, und sie mußte wieder und wieder nachrechnen, aber schließlich wurde ihr klar, daß sie dreihundert Dollar beim Kartenspiel verloren hatte. Sie nahm ihr Scheckbuch heraus, um nachzusehen, ob der Restbetrag größer wäre, als sie in Erinnerung hatte, fand aber, daß sie sich in der anderen Richtung geirrt hatte. Dann wandte sie sich wieder ihren Zahlen zu, aber sie konnte noch so oft hin- und herrechnen, die verschwundenen dreihundert Dollar ließen sich doch nicht wieder herbeizaubern. Es war der Betrag, den sie zurückgelegt hatte, um ihre Schneiderin zu beruhigen; es sei denn, sie hätte das Geld zur Beschwichtigung des Juweliers gebraucht. Auf jeden Fall hatte sie so viele Möglichkeiten, es zu verwenden, daß gerade die Tatsache, daß die Summe unzureichend war, sie hatte so hoch spielen lassen in der Hoffnung, das Geld verdoppeln zu können. Aber sie hatte natürlich verloren, sie, die jeden Penny brauchte, während Bertha Dorset, deren Ehemann seine Frau mit Geld geradezu überschüttete, mindestens fünfhundert eingesteckt hatte; und Judy Trenor, die es sich hätte leisten können, jede Nacht einen Tausender zu verlieren, war mit einer solchen Menge von Geldscheinen vom Tisch weggegangen, daß sie ihren Gästen nicht einmal die Hand geben konnte, als sie ihr Gutenacht sagten.

Eine Welt, in der solche Dinge geschehen konnten, empfand Lily Bart als einen erbärmlichen Ort, aber schließlich hatte sie die Gesetze eines Universums, das sie so bereitwillig aus seinen Berechnungen ausschloß, nie verstehen können.

Sie begann sich auszuziehen, ohne nach ihrer Zofe zu läuten, die sie zu Bett geschickt hatte. Lange genug war sie Sklavin des Vergnügens anderer Leute gewesen, als daß sie nicht rücksichtsvoll gegen diejenigen gewesen wäre, die von ihr abhängig waren; in Augenblicken der Erbitterung kam es ihr manchmal so vor, als seien ihre Zofe und sie in derselben Lage, nur daß letztere ihren Lohn regelmäßiger erhielt.

Als sie vor dem Spiegel saß und ihr Haar kämmte, sah ihr Gesicht hohl und blaß aus, und zwei kleine Linien neben ihrem Mund, kleine Bruchstellen in der weichen Rundung ihrer Wange, jagten ihr einen Schrecken ein.

»Oh, ich muß aufhören, mir Sorgen zu machen!« rief sie aus. »Oder vielleicht ist es nur das elektrische Licht –«, überlegte sie, sprang von ihrem Sitz auf und zündete die Kerzen am Toilettentisch an.

Sie löschte die Wandlampen und betrachtet sich eingehend zwischen den Flammen der Kerzen. Das weiße Oval ihres Gesichtes verschwamm undeutlich gegen den dunklen Hintergrund, das unstete Licht verwischte es wie ein Schleier, aber die kleinen Linien um den Mund blieben.

Lily erhob sich und zog sich in aller Eile aus.

»Das ist nur, weil ich müde bin und über so widerwärtige Dinge nachdenken muß«, sagte sie sich immer wieder, und es kam ihr wie eine zusätzliche Ungerechtigkeit vor, daß solch kleinliche Sorgen eine Spur auf ihrer Schönheit hinterlassen sollten, die ihre einzige Verteidigung gegen eben diese Sorgen war.

Aber die Widerwärtigkeiten waren nun einmal da, und sie konnte nicht von ihnen loskommen. Müde wandte sie sich wieder dem Gedanken an Percy Gryce zu, so wie ein Wanderer seine schwere Last wieder aufnimmt und sich nach einer kurzen Pause weiterschleppt. Sie war sich fast sicher, daß sie ihn »erobert« hatte; noch ein paar Tage Arbeit und sie würde ihre Belohnung davontragen. Aber gerade jetzt erschien ihr dieser Lohn nicht sehr verlockend, sie konnte bei dem Gedanken an ihren Sieg keine Freude finden. Es würde nur eine Erholung von ihren Sorgen sein, mehr nicht – und wie wenig wert wäre ihr das noch vor ein paar Jahren erschienen: Ihre Ambitionen waren in der ausdörrenden Luft des Versagens immer kleiner geworden. Aber warum hatte sie versagt? War es ihr Fehler oder der des Schicksals gewesen?

Sie erinnerte sich, wie ihre Mutter, nachdem sie ihr Vermögen verloren hatten, mit einer Art grimmiger Rachsucht zu sagen pflegte: »Aber du wirst alles zurückbekommen – du wirst alles zurückbekommen, mit deinem Gesicht . . .« Die Erinnerung rief in ihr eine ganze Reihe von Gedanken wach, und sie lag in der Dunkelheit und ließ die Vergangenheit, aus der ihre Gegenwart erwachsen war, wieder auferstehen.

Ein Haus, in dem niemand daheim das Essen einnahm, es sei denn man hatte eine »Gesellschaft«; eine ewig bimmelnde Türglocke; in der Empfangshalle ein Tisch, der mit quadratischen Umschlägen überhäuft war, die man in aller Eile öffnete, und mit länglichen, denen man erlaubte, in den Tiefen einer Bronzeschale zu verstauben; eine Reihe französischer und englischer Zofen, die ihre Kündigung mitten im Chaos eilig durchsuchter Kleiderschränke und Ankleidezimmer aussprachen; eine ebenso schnell wechselnde Dynastie von Kindermädchen und Bedienten; Streitereien in Vorratskammer, Küche und Salon; überstürzte Reisen nach Europa und dann die Rückkehr mit vollgestopften Koffern und mit

Tagen, an denen man endlos auspackte; halbjährige Diskussionen darüber, wo der Sommer verbracht werden sollte; graue Zeiten der Sparsamkeit und glanzvolle Zeiten des Geldausgebens – das war der Hintergrund von Lily Barts ersten Erinnerungen.

Über dieses turbulente Element, das den Namen »Zuhause« trug, herrschte die lebhafte und entschlossene Gestalt einer Mutter, noch jung genug, ihre Ballkleider zu Fetzen zu tanzen, während die verschwommenen Umrisse eines Vaters in eher neutralen Farben den Raum zwischen dem Butler und dem Mann einnahm, der kam, um die Uhren aufzuziehen. Sogar ihren kindlichen Augen war Mrs. Hudson Bart jung erschienen, aber Lily konnte sich an keine Zeit erinnern, in der ihr Vater nicht kahlköpfig und leicht gebeugt gewesen wäre, mit grauen Strähnen im noch verbliebenen Haar und einem müden Gang. Es war ein Schock für sie, als sie später erfuhr, daß er nur zwei Jahre älter als ihre Mutter gewesen war.

Lily sah ihren Vater selten bei Tageslicht. Den ganzen Tag über war er »im Geschäft«, und im Winter war es lange nach Einbruch der Dunkelheit, wenn sie seine erschöpften Schritte auf der Treppe und dann seine Hand an der Tür des Schulzimmers hörte. Er hatte sie gerade ganz still geküßt und das Kindermädchen oder die Erzieherin das eine oder andere gefragt, da kam auch schon Mrs. Barts Zofe, um ihn daran zu erinnern, daß er auswärts essen würde, und er ging – nach einem Nicken für Lily – eilig davon. Im Sommer, wenn er sich ihnen für einen Sonntag in Newport oder Southampton anschloß, schien er noch weiter weg und stiller als im Winter zu sein. Es sah so aus, als ermüde es ihn, wenn er sich ausruhen sollte, und er saß dann stundenlang da und starrte aus einer ruhigen Ecke der Veranda auf den Meereshorizont, während die Unruhe, die das Leben seiner Frau verbreitete, ein paar Meter entfernt unbeachtet weiterging. Im allgemeinen fuhren Mrs. Bart und Lily jedoch den Sommer über nach Europa, und noch bevor das Dampfschiff die Hälfte der

Strecke zurückgelegt hatte, war Mr. Bart hinter dem Horizont verschwunden. Manchmal hörte seine Tochter, wie er dafür gerügt wurde, daß er nicht daran gedacht hatte, Mrs. Barts Überweisung zu schicken, doch die meiste Zeit wurde er weder erwähnt, noch dachte man an ihn, bis seine geduldige, gebeugte Gestalt am Dock in New York auftauchte, um als Prellbock zwischen den ungeheuren Gepäckbergen seiner Frau und den Bestimmungen des amerikanischen Zolls zu fungieren.

Auf diese unstete und doch erregende Weise verbrachte Lily ihre Jugendjahre; im Zickzackkurs glitt das Familienschiff auf einem schnellen Strom der Vergnügungen dahin, hin und her gezogen von der Unterströmung eines ständigen Mangels – des Mangels an Geld. Lily konnte sich nicht an die Zeit erinnern, in der sie Geld genug gehabt hatten, und auf vage Art schien ihr Vater immer an dieser Unzulänglichkeit schuld zu sein. Es konnte jedenfalls mit Sicherheit nicht Mrs. Barts Fehler sein, von der ihre Freunde sagten, sie könne »wunderbar wirtschaften«. Mrs. Bart war berühmt für die unbegrenzten Wirkungen, die sie mit begrenzten Mitteln erzielte, und für die Dame selbst und für ihre Bekannten lag etwas Heroisches darin, so zu leben, als wäre man viel reicher, als es das Kontobuch verzeichnete.

Natürlich war Lily stolz auf die Tüchtigkeit ihrer Mutter in dieser Beziehung; sie war in dem Glauben erzogen worden, daß man, koste es, was es wolle, einen guten Koch haben und, wie Mrs. Bart es nannte, »anständig angezogen« sein mußte. Mrs. Barts schlimmster Vorwurf ihrem Gatten gegenüber war die Frage, ob er denn erwarte, daß sie »im Dreck« leben sollten, und seine verneinende Antwort wurde immer als Rechtfertigung dafür angesehen, in Paris per Telegramm das eine oder andere zusätzliche Kleid zu bestellen und den Juwelier anzurufen, daß er schließlich doch das Türkisarmband schicken sollte, das Mrs. Bart sich am Morgen angesehen hatte.

Lily kannte Leute, die »im Dreck« lebten, und deren Erscheinung und Umgebung rechtfertigten den Widerwillen ihrer Mutter gegen eine solche Lebensform. Diese Leute waren meist Cousins, die in schäbigen Häusern wohnten, mit Kupferstichen nach Coles »Reise des Lebens«[2] an den Wänden ihres Salons und schlampigen Hausmädchen, die »Ich werde nachsehen« zu den Besuchern sagten, die ihre Visite zu einer Stunde machten, in der alle anständigen Leute herkömmlicherweise oder auch wirklich ausgegangen waren. Das Widerwärtige an der Sache war, daß viele dieser Cousins reich waren, so daß in Lily die Vorstellung entstand, daß Leute, die im Dreck lebten, es aus freier Wahl taten und weil ihnen jegliches Anstandsniveau in ihrem Verhalten fehlte. Dies vermittelte ihr das Gefühl bewußter Überlegenheit, und Mrs. Barts Kommentare über die Vogelscheuchen und Geizhälse in der Familie waren nicht notwendig, um Lilys von Natur aus ausgeprägten Geschmack am Luxus zu fördern.

Lily war neunzehn, als die Umstände sie zwangen, ihre Weltsicht zu revidieren.

Im Jahr zuvor hatte sie ein glanzvolles Debüt gehabt, an dessen Rand allerdings eine schwere Gewitterwolke voller Rechnungen aufzog. Das Licht ihres Debüts hing noch am Horizont, aber die Wolke war dunkler geworden und plötzlich brach sie auf. Diese Plötzlichkeit verstärkte den Schrekken, und es gab noch immer Zeiten, in denen sie von neuem mit schmerzhafter Genauigkeit jede Einzelheit des Tages durchlebte, an dem der Schlag fiel. Sie und ihre Mutter hatten am Mittagstisch gesessen, vor ihnen das *chaufroix*[3] und kalter Lachs vom Dinner des vergangenen Abends; es gehörte zu Mrs. Barts wenigen Einsparungen, im Familienkreis die teuren Überbleibsel ihrer Gastlichkeit zu verzehren. Lily empfand die angenehme Mattigkeit, welche die Strafe der Jugend dafür ist, bis zum Morgengrauen getanzt zu haben; ihre Mutter aber war trotz einiger Linien um den Mund und auf ihren Schläfen unter den blonden Haarwellen so munter, entschlossen und rosig, als ob sie nach ungestörtem Schlaf aufgestanden wäre.

In der Mitte des Tisches zwischen den schmelzenden *marrons glacés*[4] und den kandierten Kirschen erhob eine Pyramide aus Rosen ihre kräftigen Stengel; die Blumen hielten ihre Köpfe so hoch wie Mrs. Bart, aber ihre rosarote Farbe hatte sich in verbrauchtes Lila verwandelt, und Lilys Sinn für das Angemessene wurde durch ihr Wiederauftauchen auf dem Mittagstisch verletzt.

»Ich finde wirklich, Mutter«, sagte sie vorwurfsvoll, »wir könnten uns zum Mittagessen ein paar frische Blumen leisten. Nur ein paar Narzissen oder Maiglöckchen –«

Mrs. Bart sah ausdruckslos vor sich hin. Ihre eigene Überempfindlichkeit richtete sich auf die Welt, und es war ihr gleichgültig, wie ihr Mittagstisch aussah, wenn niemand da war, außer ihrer Familie. Aber sie lächelte über die Unschuld ihrer Tochter.

»Maiglöckchen«, sagte sie ruhig, »kosten zur Zeit zwei Dollar das Dutzend.«

Lily war unbeeindruckt. Sie wußte sehr wenig vom Wert des Geldes.

»Wir würden nicht mehr als sechs Dutzend brauchen, um diese Schale zu füllen«, wandte sie ein.

»Sechs Dutzend wovon?« fragte die Stimme ihres Vaters an der Türe.

Die zwei Frauen schauten erstaunt auf, denn, obwohl es Samstag war, war der Anblick von Mr. Bart zur Mittagszeit doch ungewohnt. Aber weder seine Frau noch seine Tochter waren interessiert genug, nach einer Erklärung zu fragen.

Mr. Bart ließ sich in einen Sessel fallen, saß da und starrte geistesabwesend auf ein Stück Lachs in Aspik, das der Butler ihm vorgesetzt hatte.

»Ich habe nur gesagt«, fing Lily wieder an, »daß ich es hasse, verwelkte Blumen auf dem Mittagstisch zu sehen, und Mutter sagt, ein Strauß Maiglöckchen würde nicht mehr als zwölf Dollar kosten. Darf ich dem Blumenhändler nicht sagen, er soll jeden Tag ein paar schicken?«

Sie wandte sich zuversichtlich an ihren Vater, denn er verweigerte ihr selten etwas, und Mrs. Bart hatte ihr beigebracht, ihn zu bitten, wenn ihre eigenen Bemühungen versagten.

Mr. Bart saß regungslos da, den Blick noch immer fest auf den Lachs gerichtet, sein Kinn hing schlaff nach unten; er sah sogar noch blasser aus als sonst, und sein dünnes Haar lag in unordentlichen Strähnen auf der Stirn. Plötzlich sah er seine Tochter an und lachte. Sein Lachen war so sonderbar, daß Lily darüber rot wurde; sie hatte es nicht gern, wenn man über sie lachte, und ihr Vater schien an ihrer Bitte irgend etwas lächerlich zu finden. Vielleicht fand er es dumm von ihr, ihn wegen einer solchen Kleinigkeit zu belästigen.

»Zwölf Dollar – zwölf Dollar pro Tag für Blumen? O natürlich, mein Liebes – bestelle doch gleich Blumen für zwölfhundert.« Er lachte noch immer.

Mrs. Bart warf einen kurzen Blick auf ihn.

»Sie brauchen nicht zu warten, Poleworth – ich werde nach Ihnen läuten«, sagte sie zum Butler.

Der Butler zog sich mit dem Ausdruck stiller Mißbilligung zurück, die Reste des *chaufroix* ließ er auf dem Buffet stehen.

»Was ist los, Hudson? Bist du krank?« sagte Mrs. Bart streng.

Sie hatte für Szenen, die nicht von ihr selbst gemacht wurden, nichts übrig, und sie fand es abscheulich von ihrem Gatten, daß er sich vor den Dienstboten eine solche Blöße gab.

»Bist du krank?« wiederholte sie.

»Krank? – Nein, ich bin ruiniert«, sagte er.

Lily gab einen erschreckten Laut von sich, und Mrs. Bart stand auf.

»Ruiniert –?« rief sie, doch sie hatte sich sofort wieder in der Gewalt und schaute Lily mit ruhiger Miene an.

»Schließ die Tür zum Anrichteraum«, sagte sie.

Lily gehorchte, und als sie sich wieder umwandte, saß ihr Vater da, die Ellenbogen auf den Tisch gestützt, den Teller mit Lachs dazwischen, und den Kopf auf die Hände gebeugt.

Mrs. Bart beugte sich über ihn, ihr Gesicht war weiß, was ihr Haar unnatürlich gelb erscheinen ließ. Als Lily näher kam, sah ihre Mutter sie an: Ihr Blick war zum Fürchten, aber sie gab ihrer Stimme einen gespenstisch heiteren Klang.

»Dein Vater fühlt sich nicht wohl – er weiß nicht mehr, was er sagt. Es ist weiter nichts, aber du gehst besser nach oben; und sprich nicht mit den Dienstboten darüber«, fügte sie hinzu.

Lily gehorchte; sie gehorchte immer, wenn ihre Mutter mit dieser Stimme sprach. Mrs. Barts Worte hatten sie nicht täuschen können, sie wußte gleich, daß sie ruiniert waren. In den dunklen Stunden, die dann folgten, überschattete diese schreckliche Tatsache sogar den langsamen und schweren Tod ihres Vaters. Für seine Frau zählte er nicht mehr, er hatte aufgehört für sie zu existieren, als er seinen Zweck nicht mehr erfüllte, und sie saß bei ihm mit der Unverbindlichkeit, die von einem Reisenden ausgeht, der darauf wartet, daß ein verspäteter Zug abfährt. Lilys Gefühle waren sanfter: Sie empfand Mitleid für ihn auf eine verängstigte und fruchtlose Weise. Aber die Tatsache, daß er die meiste Zeit über bewußtlos war, und daß seine Aufmerksamkeit, wenn sie ins Zimmer kam, nach einem Moment von ihr wegglitt, ließen ihn noch fremder erscheinen als zu ihrer Kinderzeit, in der er immer erst nach Einbruch der Dunkelheit heimkehrte. Es kam ihr vor, als habe sie ihn immer durch einen Nebel gesehen, zuerst durch den der Schläfrigkeit, dann den der Entfernung und Gleichgültigkeit, und jetzt war der Nebel so dicht geworden, daß ihr Vater kaum noch zu erkennen war. Wenn sie ihm irgendwelche kleinen Dienste hätte erweisen können, oder wenn sie mit ihm einige der rührenden Worte hätte wechseln können, die sie aufgrund ausgedehnter Romanlektüre mit solchen Situationen in Verbindung brachte, wäre der töchterliche Instinkt in ihr vielleicht erwacht, aber weil ihr Mitleid keine Möglichkeit fand, sich aktiv auszudrücken, blieb es im Stadium des Zuschauens, vom grimmigen, nie erlahmenden Groll ihrer Mutter überschattet. Jeder Blick von Mrs. Bart und alles, was sie tat, schien zu sagen: »Jetzt tut er dir leid – aber du wirst noch anders denken, wenn du erfährst, was er uns angetan hat.«

Für Lily war es eine Erleichterung, als ihr Vater starb.

Dann setzte ein langer Winter ein. Es war ihnen noch ein wenig Geld geblieben, aber für Mrs. Bart war das schlimmer, als wenn sie gar keines mehr gehabt hätten – der reine Hohn, verglichen mit dem, was ihnen zustehe. Welchen Sinn hatte das Leben schon, wenn sie doch im Dreck leben mußten? Sie versank in eine Art wütender Apathie, einen Zustand reglosen Zorns gegen ihr Schicksal. Ihre besondere Fähigkeit »wirtschaften« zu können ließ sie im Stich, oder sie legte nicht mehr genügend Stolz darein, sich darum zu bemühen. Es war gut und schön zu »wirtschaften«, wenn man damit erreichte, einen eigenen Wagen halten zu können, aber wenn die allergrößte Findigkeit die Tatsache nicht verbergen konnte, daß man zu Fuß gehen mußte, lohnte sich die Mühe nicht mehr.

Lily und ihre Mutter wanderten von Ort zu Ort, entweder machten sie ausgedehnte Besuche bei Verwandten, deren Haushaltung Mrs. Bart kritisierte, während sie es sehr beklagten, daß Mrs. Bart Lily erlaubte, im Bett zu frühstücken, wo das Mädchen doch so wenig Aussichten hatte, oder sie verbrachten öde Wochen in billigen Pensionen auf dem Kontinent, wo Mrs. Bart sich mit wilder Entschlossenheit von den einfachen Mahlzeiten ihrer Gefährten im Unglück fernhielt. Besonders sorgfältig mied sie ihre alten Freunde und die Orte ihrer früheren gesellschaftlichen Erfolge. Armut schien ihr solch ein Eingeständnis des Versagens zu sein, daß sie im Grunde eine Schande war, und sie entdeckte in der freundlichsten Annäherung einen Anklang von Triumph über ihr Unglück.

Nur eines tröstete sie, und das war die Betrachtung von Lilys Schönheit. Sie studierte diese mit einer Art Leidenschaft, so, als ob sie eine Waffe wäre, die sie langsam für ihre Rache geschmiedet hatte. Lilys Schönheit war der letzte Posten ihres Vermögens, das Kernstück, um das herum ihr Leben wieder aufgebaut werden sollte. Mrs. Bart wachte eifersüchtig über sie, als ob sie ihr eigener Besitz wäre und Lily bloß so etwas wie ein Verwalter; die Mutter bemühte sich der Tochter ein Gefühl der Verantwortung einzuprägen, das ein solches Gut verlangte. Sie verfolgte im stillen die Laufbahn anderer Schönheiten, machte ihre Tochter darauf aufmerksam, was man mit einer solchen Gabe erreichen konnte, und hielt sich lange bei den warnenden Beispielen derjenigen auf, die es trotz ihrer Schönheit nicht vermocht hatten, das zu bekommen, was sie wollten; für Mrs. Bart konnte nur Dummheit das beklagenswerte Ende einiger dieser Beispiele erklären. Sie selbst war nicht darüber erhaben, inkonsequent zu sein und das Schicksal, nicht sich selbst, für ihr eigenes Unglück verantwortlich zu machen; aber sie wetterte so scharfzüngig gegen Liebesheiraten, daß Lily glauben mochte, ihre Heirat sei eine solche gewesen, hätte Mrs. Bart ihr nicht oftmals versichert, daß sie dazu »überredet« worden sei – von wem erklärte sie nie.

Lily war gehörig beeindruckt vom Umfang ihrer Möglichkeiten. Die Schäbigkeit ihres gegenwärtigen Lebens verlieh der Existenz, auf die sie, wie sie fand, ein Anrecht hatte, einen tröstlichen Zauber. Einer weniger klaren Intelligenz hätten Mrs. Barts Ratschläge gefährlich werden können, aber Lily hatte begriffen, daß Schönheit nur das Rohmaterial für Eroberungen war, und daß andere Künste vonnöten waren, wollte man damit Erfolge erzielen. Sie wußte, daß es eine subtilere Form der von ihrer Mutter so heftig kritisierten Dummheit gewesen wäre, Überheblichkeit zu zeigen, und sie brauchte nicht lange, um zu lernen, daß eine Schönheit mehr Taktgefühl braucht als die Besitzer eher durchschnittlicher Gesichtszüge.

Ihre Ambitionen waren weniger krude als die von Mrs. Bart. Ein Grund zur Klage war es für diese Dame unter anderem gewesen, daß ihr Gatte – in den ersten Tagen ihrer Ehe, bevor er zu müde für dergleichen war – seine Abende damit verschwendet hatte, »Gedichte zu lesen«, wie sie es vage beschrieb, und unter den Habseligkeiten, die nach seinem Tode in aller Eile zur Auktion weggeschickt wurden, waren ein oder zwei Dutzend abgegriffener Bände gewesen, die zwischen Stiefeln und Medizinflaschen in den Regalen seines

Ankleidezimmers um ihre Existenz gekämpft hatten. Lily besaß eine gefühlvolle Ader, die sie vielleicht aus dieser Quelle mitbekommen hatte und die sogar ihren alltäglichsten Vorhaben einen Anflug von Idealisierung gab. Sie sah ihre Schönheit gern als eine Kraft für das Gute an, als etwas, das ihr Gelegenheit gab, eine Position zu erreichen, in der sie ihren Einfluß zur Verbreitung von Vornehmheit und gutem Geschmack fühlbar machen könnte. Sie liebte Bilder und Blumen und auch gefühlvolle Romane, und es war unvermeidlich, daß sie glaubte, ihr Verlangen nach weltlichen Vorteilen würde durch solche Neigungen veredelt. Sie hatte kein Interesse daran, einen Mann zu heiraten, der weiter nichts als reich war; im geheimen schämte sie sich wegen der geschmacklosen Leidenschaft ihrer Mutter für Geld. Am liebsten wäre Lily ein englischer Adliger gewesen mit politischen Ambitionen und riesigen Ländereien, oder am zweitliebsten, ein italienischer Prinz mit einem Schloß im Apennin und einem ererbten Amt im Vatikan. Gerade aussichtslose Fälle hatten einen romantischen Reiz für sie, und sie stellte sich gern vor, wie sie sich abseits hielt von der vulgären Hast des Quirinals[5] und alles, was ihr Vergnügen bereitete, im Dienste einer unvordenklichen Tradition opferte . . .

Wie lange her und wie weit entfernt ihr all das erschien! Jene ehrgeizigen Pläne waren kaum weniger sinnlos und kindisch gewesen als die Wünsche ihrer Kinderzeit, die sich auf den Besitz einer französischen Gliederpuppe mit echtem Haar gerichtet hatten. War es nur zehn Jahre her, daß sie in ihren Vorstellungen zwischen einem englischen Earl und einem italienischen Prinzen geschwankt hatte? Unnachgiebig ging sie in Gedanken noch einmal dieser trostlosen Zeit nach . . .

Nach zwei Jahren hungrigen Umherwanderns war Mrs. Bart gestorben – gestorben an einem tiefen Ekel. Sie haßte alles Schäbige, und ihr Schicksal war es, selbst schäbig zu leben. Ihre Vorstellungen von einer glänzenden Heirat für Lily waren nach dem ersten Jahr verblaßt.

»Man kann dich nicht heiraten, wenn man dich nicht sieht – und wie kann dich jemand sehen in diesen Löchern, in denen wir festsitzen?« So lautete die ganze Last ihrer Klage, und ihre letzte dringende Bitte an die Tochter war, dem schäbigen Leben zu entkommen, wenn sie nur irgend könnte.

»Laß es nicht an dir hochkriechen und dich in die Tiefe reißen. Kämpfe dich irgendwie da heraus – du bist jung und kannst es schaffen«, insistierte sie.

Sie war während einer ihrer kurzen Besuche in New York gestorben, und dort wurde Lily gleich zum Hauptgesprächsgegenstand eines Familienrates, den ihre reichen Verwandten einberufen hatten, die man sie verachten gelehrt hatte, weil sie im Dreck lebten. Vielleicht hatten diese Verwandten eine leise Ahnung von den Gefühlen, zu denen man sie erzogen hatte, denn keiner von ihnen zeigte ein sehr lebhaftes Verlangen nach ihrer Gesellschaft. In der Tat stand sogar zu befürchten, daß diese Frage ungelöst bleiben würde, bis Mrs. Peniston mit einem Seufzer verkündete: »Ich werde es für ein Jahr mit ihr versuchen.«

Jedermann war überrascht, aber alle verbargen ihre Überraschung, damit Mrs. Peniston nicht verunsichert würde und sich ihre Entscheidung noch einmal überlegen wollte.

Mrs. Peniston war Mr. Barts verwitwete Schwester, und wenn sie auch keineswegs die reichste in der Familie war, fanden die anderen Familienmitglieder doch Gründe genug, warum die Vorsehung ganz eindeutig sie dazu auserwählt habe, die Sorge für Lily zu übernehmen. Zum ersten war sie alleinstehend, und es würde doch reizend für sie sein, eine junge Gefährtin zu haben. Zum zweiten reiste sie manchmal, und Lilys vertrauter Umgang mit fremden Sitten – von ihren konservativeren Verwandten als Unglück beklagt – würde sie zumindest in die Lage versetzen, als eine Art Reiseführer zu fungieren. Aber in Wahrheit war Mrs. Peniston von diesen Überlegungen nicht beeinflußt worden. Sie hatte das Mädchen nur aufgenommen, weil sonst niemand es haben wollte und weil sie von einer falschen Scham geleitet wurde, welche die öffentliche Zurschaustellung von Selbstsucht schwierig machte, wenn sie auch nicht verhinderte, dieser im Privaten nachzugeben. Es wäre für Mrs. Peniston unmöglich gewesen, auf einer einsamen Insel heroisch zu handeln, aber wenn die Augen ihrer kleinen Welt auf sie gerichtet waren, empfand sie ein gewisses Vergnügen an einer solchen Tat.

Sie erntete jedoch den Lohn, auf den Selbstlosigkeit einen berechtigten Anspruch hat, und bekam eine angenehme Gefährtin in ihrer Nichte. Sie hatte erwartet, Lily halsstarrig, kritisch und »fremdländisch« zu finden – denn sogar Mrs. Peniston, die doch dann und wann ins Ausland fuhr, hatte die Furcht der ganzen Familie vor Ausländischem –, aber das Mädchen zeigte eine Fügsamkeit, die jemandem mit mehr Scharfsinn, als ihre Tante ihn bewies, weniger beruhigend erschienen wäre als die offene Selbstsucht der Jugend. Ihr Unglück hatte Lily geschmeidig gemacht, statt sie zu verhärten, und biegsames Material ist weniger leicht zu zerbrechen als festes.

Mrs. Peniston hatte jedoch unter der Anpassungsfähigkeit ihrer Nichte nicht zu leiden. Lily hatte nicht die Absicht, Vorteile aus der Gutartigkeit ihrer Tante zu ziehen. Sie war ehrlich dankbar für die Zuflucht, die sich ihr bot, Mrs. Penistons wohlhabende Einrichtung war zumindest äußerlich nicht schäbig. Aber das Schäbige ist eine Eigenschaft, die sich auf alle mögliche Art und Weise tarnt, und Lily fand bald heraus, daß es in der teuren Routine, aus der das Leben ihrer Tante bestand, ebenso lauerte wie in dem improvisierten Leben in einer Pension auf dem Kontinent.

Mrs. Peniston war eine jener Randfiguren, die dem Leben eine gewisse Polsterung geben. Es war unmöglich, sich vorzustellen, sie hätte jemals im Zentrum irgendwelcher Aktivitäten gestanden. Das Interessanteste an ihr war die Tatsache, daß ihre Großmutter eine Van Alstyne gewesen war. Diese Verbindung mit den wohlgenährten und fleißigen Familien der frühen New Yorker Zeit verriet sich in der kalten Sauberkeit von Mrs. Penistons Salon und ihrer hervorragenden

Küche. Sie gehörte zu jener Klasse von New Yorkern, die immer gut gelebt, sich teuer gekleidet und sonst sehr wenig getan hatte, und diesen ererbten Verpflichtungen kam Mrs. Peniston getreulich nach. Sie hatte immer dem Leben zugeschaut, und ihr Geist ähnelte einem der kleinen Spiegel, die ihre niederländischen Ahnen am Oberlicht ihrer Fenster anzubringen pflegten, so daß sie aus den Tiefen ihrer unergründlichen Häuslichkeit sehen konnten, was sich auf der Straße zutrug.

Mrs. Peniston gehörte ein Landsitz in New Jersey, aber sie hatte sich dort seit dem Tod ihres Mannes nicht mehr aufgehalten – einem weit zurückliegenden Ereignis, das in ihrem Gedächtnis hauptsächlich als Scheidepunkt der persönlichen Erinnerungen zu existieren schien, die den Hauptgegenstand ihrer Unterhaltung darstellten. Sie war eine Frau, die sich mit großer Intensität an Daten erinnerte, und konnte, ohne viel zu überlegen, sagen, ob die Vorhänge im Salon vor oder nach Mr. Penistons letzter Krankheit erneuert worden waren.

Mrs. Peniston fand das Landleben einsam, fand Bäume feucht und hegte eine vage Furcht davor, mit einem Stier zusammenzutreffen. Um sich vor solch unangenehmen Zufällen zu schützen, besuchte sie meist die stärker bevölkerten Badeorte, wo sie sich möglichst unpersönlich in einem gemieteten Haus niederließ und dem Leben durch den schützenden Zierrahmen ihrer Veranda zuschaute. Lily wurde sehr bald klar, daß sie bei einem solchen Vormund nur die rein materiellen Vorzüge guten Essens und teurer Kleidung genießen würde, und wenn sie solches auch wahrhaftig nicht unterschätzte, so hätte sie dies doch liebend gern gegen das eingetauscht, was Mrs. Bart sie gelehrt hatte, als ihre »Chancen« anzusehen. Sie mußte seufzen, wenn sie daran dachte, was die verbissene Energie ihrer Mutter vollbracht hätte, wäre sie mit Mrs. Penistons Mitteln gepaart gewesen. Lily verfügte selbst über ausreichende Energie, aber diese wurde von der Notwendigkeit, sich den Gewohnheiten ihrer Tante anzupassen, in Schranken gehalten. Sie wußte, daß sie sich

Mrs. Penistons Wohlwollen erhalten mußte, koste es, was es wolle, bis sie, wie Mrs. Bart es ausgedrückt hätte, auf eigenen Beinen würde stehen können. Lily hatte für das Vagabundenleben einer armen Verwandten nichts übrig, und um sich Mrs. Peniston anzupassen, mußte sie bis zu einem gewissen Grade die passive Haltung dieser Dame annehmen. Sie hatte zunächst geglaubt, es würde leicht sein, ihre Tante in den Wirbel ihrer eigenen Aktivitäten einzubeziehen, aber in Mrs. Peniston war eine statische Kraft, an der sich die Bemühungen ihrer Nichte umsonst verausgabten. Der Versuch, in ihr eine aktive Einstellung zum Leben zu wecken, war wie das Ziehen an einem Möbelstück, das fest am Boden verschraubt war. Sie erwartete keineswegs von ihrer Nichte, ebenso unbeweglich zu bleiben, nein, sie hatte die ganze Nachsicht des amerikanischen Vormundes für die Lebhaftigkeit der Jugend. Sie hatte auch Nachsicht mit gewissen anderen Gewohnheiten ihrer Nichte. Es erschien ihr selbstverständlich, daß Lily all ihr Geld für Kleidung ausgab, und sie besserte das geringe Vermögen des Mädchens durch gelegentliche »großzügige Geschenke« auf, die für eben diesen Zweck bestimmt waren. Lily, die ausgesprochen praktisch veranlagt war, hätte eine feste Zuteilung vorgezogen, aber Mrs. Peniston schätzte das periodische Wiederaufleben von Dankbarkeit, das die unerwarteten Schecks hervorriefen, und war vielleicht auch gewitzt genug zu erkennen, daß eine solche Methode zu schenken in ihrer Nichte ein heilsames Gefühl der Abhängigkeit wachhielt.

Darüber hinaus hatte sich Mrs. Peniston nicht verpflichtet gefühlt, etwas für ihre Pflegetochter zu tun; sie war einfach beiseite getreten und hatte ihr das Feld überlassen. Lily hatte es übernommen, zunächst mit dem Selbstvertrauen des Besitzers, dann mit nach und nach geringer werdenden Forderungen, bis sie jetzt entdeckte, daß sie wahrhaftig um einen letzten Fußbreit des weiten Feldes kämpfte, das einmal, wenn sie nur gewollt hätte, ihr eigenes geworden wäre. Wie das geschehen war, wußte sie noch nicht. Manchmal dachte sie, es war so, weil Mrs. Peniston sich zu passiv verhalten hatte, dann wieder fürchtete sie, es war so, weil sie selbst nicht abwartend genug gewesen war. Hatte sie einen unangemessenen Siegesdrang gezeigt? Hatte es ihr an Geduld, Anpassungsfähigkeit und Verstellungskunst gefehlt? Ob sie sich diese Fehler nun vorwarf oder sich von ihnen freisprach, machte keinen Unterschied in der Endsumme ihres Versagens. Jüngere und weniger hübsche Mädchen hatte man schon zu Dutzenden verheiratet, und sie war neunundzwanzig und noch immer Miss Bart.

Es kam nun vor, daß sie Anfälle zornigen Aufbegehrens gegen ihr Schicksal durchlebte, wenn sie ein Verlangen verspürte, aus dem Rennen auszusteigen und sich ein unabhängiges eigenes Leben aufzubauen. Aber was für ein Leben konnte das sein? Sie hatte kaum Geld genug, ihre Schneiderrechnungen und ihre Spielschulden zu bezahlen, und keine der vagen Interessen, die sie mit der schönen Bezeichnung »Neigungen« aufwertete, war ausgeprägt genug, ihr ein friedliches, ruhiges Leben zu ermöglichen. Ach nein – sie war zu intelligent, um mit sich selbst nicht ehrlich zu sein. Sie wußte, daß sie alles Schäbige haßte, genausosehr wie ihre Mutter es gehaßt hatte, und sie wollte bis zum letzten Atemzug dagegen ankämpfen, sie wollte sich immer und immer wieder gegen seine Flut aufrichten, bis sie die hellen Gipfel des Erfolgs, die ihrem Griff so oft entglitten waren, erreicht haben würde.

IV

Am nächsten Morgen fand Lily auf ihrem Frühstückstablett ein Kärtchen von ihrer Gastgeberin.

»Liebste Lily«, hieß es da, »wenn es Dir nicht gar zu lästig ist, bis um zehn Uhr unten zu sein, würdest Du dann in mein Zimmer kommen, um mir bei ein paar unangenehmen Pflichten behilflich zu sein?«

Lily schob das Kärtchen beiseite und sank mit einem Seufzer in ihre Kissen zurück. Es *war* lästig, schon um zehn Uhr unten zu sein – zu einer Stunde, die man auf Bellomont vage mit dem Sonnenaufgang verband –, und sie wußte nur zu gut, um was es sich bei den unangenehmen Pflichten in diesem Fall handelte. Miss Pragg, die Sekretärin, hatte wegfahren müssen, und nun gab es Briefe und Tischkarten zu schreiben, verlorene Adressen aufzuspüren und andere gesellschaftliche Plackerei, die erledigt werden mußte. Es galt als selbstverständlich, daß Miss Bart in solchen Notfällen einsprang, und sie übernahm solche Pflichten für gewöhnlich ohne den leisesten Einwand.

Heute aber brachte ihr diese Aufforderung das Gefühl der Versklavung, das der Blick in ihr Scheckbuch gestern nacht in ihr wachgerufen hatte, erneut zu Bewußtsein. Alles in ihrer Umgebung trug dazu bei, sich wohl zu fühlen und die Annehmlichkeiten zu genießen. Die geöffneten Fenster ließen die strahlende Frische des Septembermorgens herein, und zwischen den gelben Zweigen hindurch erblickte sie Hecken und Blumenbeete, die nach und nach weniger geformt in das freie wellige Gelände des Parks übergingen. Ihre Zofe hatte im Kamin ein kleines Feuer angezündet, und es wetteiferte fröhlich mit dem Sonnenlicht, dessen schräge Strahlen auf den moosgrünen Teppich fielen und die geschwungenen Seiten des alten Intarsienschreibtisches liebkosten. Neben dem Bett stand ein Tisch und darauf ihr Frühstückstablett, mit sorgfältig aufeinander abgestimmtem Porzellan und Silber, einer Handvoll Veilchen in einem schlanken Glas und der Morgenzeitung, die ordentlich gefaltet neben ihren Briefen lag. An diesen Zeichen geschickt in Szene gesetzten Luxus' war nichts Neues für Lily, aber auch wenn sie zu der ihr eigenen Atmosphäre gehörten, verlor sie doch nie die Empfänglichkeit für solche Reize. Reine Protzerei hinterließ bei ihr nur das Gefühl der eigenen überlegenen Vornehmheit, aber zu allen subtileren Hinweisen auf Reichtum fühlte sie sich hingezogen.

Mrs. Trenors Aufforderung erinnerte sie jedoch jäh daran, wie abhängig sie war, und sie stand auf und zog sich in gereizter Laune an, der nachzugeben sie sonst zu klug war. Sie wußte, daß solche Gefühle Linien auf dem Gesicht genauso wie auf dem Charakter hinterließen, und sie hatte doch vorgehabt, sich die kleinen Fältchen, die ihre mitternächtliche Begutachtung gezeigt hatte, als Warnung dienen zu lassen.

Die Selbstverständlichkeit, mit der Mrs. Trenor sie begrüßte, verstärkte ihre Gereiztheit noch. Wenn man sich schon zu einer solchen Stunde aus dem Bett quälte und frisch und strahlend zu etwas so Eintönigem wie Briefeschreiben erschien, wäre doch wohl eine besondere Anerkennung dieses Opfers angemessen. Aber Mrs. Trenors Ton ließ nicht erkennen, daß ihr die Tatsache bewußt wäre.

»O Lily, das ist nett von dir«, seufzte sie nur über das Chaos von Briefen, Rechnungen und anderen häuslichen Dokumenten hinweg, die der schlanken Eleganz ihres Schreibtisches ein unangemessen geschäftliches Aussehen gaben.

»Ich habe hier so viel Widerwärtiges heute morgen«, fügte sie noch hinzu, machte dabei in der Mitte des Durcheinanders etwas Platz frei und stand auf, um Miss Bart ihren Stuhl zu überlassen.

Mrs. Trenor war eine große blonde Frau, deren Größe sie gerade noch davor bewahrte, zu üppig zu wirken. Ihre rosige Blondheit hatte schon etwa vierzig Jahre sinnloser Aktivitäten überstanden, ohne auffallende Spuren schlechter Behandlung zu zeigen, wenn man einmal von einem arg reduzierten Mienenspiel absah. Es war schwierig, sie zu beschreiben, man konnte höchstens sagen, daß sie nur als Gastgeberin zu existieren schien, nicht so sehr aus einem übertriebenen Instinkt der Gastfreundschaft heraus, sondern vielmehr, weil sie das Leben nicht ertragen konnte, wenn sie sich nicht unter vielen Leuten aufhielt. Der kollektive Charakter ihrer Interessen nahm sie von den gewöhnlichen Rivalitäten ihres Geschlechts aus, und sie kannte keine persönlicheren Gefühle als die des

Hasses gegen Frauen, die sich anmaßten, größere Diners zu geben oder amüsantere Wochenendgesellschaften als sie zu haben. Weil ihre sozialen Talente, unterstützt von Mr. Trenors Bankkonto, sie bei einem solchen Wettstreit letzthin doch immer den Triumph davontragen ließen, hatte der Erfolg in ihr eine bedenkenlose Gutmütigkeit dem Rest ihres Geschlechts gegenüber entstehen lassen, und in Miss Barts Einstufung ihrer Freunde nach Nützlichkeit nahm Mrs. Trenor den Rang der Frau ein, bei der es am wenigsten wahrscheinlich war, daß sie ihr einmal »die kalte Schulter« zeigen würde.

»Es war schlichtweg unmenschlich von Pragg, jetzt zu verschwinden«, erklärte Mrs. Trenor, als ihre Freundin sich an den Tisch setzte. »Sie sagt, ihre Schwester bekäme ein Baby – als wenn das etwas wäre im Vergleich mit einer Gesellschaft für mehrere Tage! Ich werde sicher alles durcheinanderbringen, und es wird schreckliche Streitereien geben. Als ich unten in Tuxedo war, habe ich eine ganze Reihe Leute für nächste Woche eingeladen, habe aber dann die Liste verlegt und kann mich jetzt nicht mehr erinnern, wer kommen wird. Und diese Woche wird auch ein scheußlicher Reinfall werden – und Gwen Van Osburgh wird heimfahren und ihrer Mutter erzählen, wie sehr sich die Leute gelangweilt haben. Ich hatte gar nicht vor, die Wetheralls einzuladen, das war ein Fehler von Gus. Sie haben Vorbehalte gegen Carry Fisher, weißt du. Als ob man ohne Carry Fisher auskäme! Es *war* natürlich töricht von ihr, sich ein zweites Mal scheiden zu lassen – Carry muß immer alles gleich übertreiben –, aber sie sagt, die einzige Möglichkeit, einen Penny aus Fisher herauszuholen, war es, sich von ihm scheiden und ihn Alimente zahlen zu lassen. Und die arme Carry muß ja mit jedem Dollar rechnen. Es ist wirklich absurd von Alice Wetherall, so ein Theater zu machen wegen ihrer Anwesenheit, wenn man bedenkt, was aus der Gesellschaft geworden ist. Jemand sagte neulich, daß es eine Scheidung und eine Blinddarmentzündung in jeder Familie gäbe, die man kennt. Außerdem ist Carry die einzige, die Gus bei Laune halten kann, wenn wir Langweiler im Haus haben. Ist dir schon aufgefallen, daß *alle* Ehemänner sie mögen? Ich meine alle, bis auf ihre eigenen. Ich finde es ziemlich geschickt von ihr, sich speziell öden Leuten zu widmen – das ist so ein weites Feld, und sie hat es praktisch ganz für sich allein. Sie sorgt ganz zweifellos für Ausgleich – ich weiß, daß sie sich Geld von Gus borgt –, aber andrerseits würde ich sie sogar *bezahlen*, solange sie ihn bei Laune hält, darum kann ich mich nicht beklagen, wenn man es richtig überlegt.«

Mrs. Trenor hielt inne, um sich an dem Anblick zu erfreuen, den Miss Bart bot, die sich bemühte, die verwikkelte Korrespondenz zu entwirren.

»Aber es sind ja nicht nur die Wetheralls und Carry«, begann Mrs. Trenor sich mit frischer Kraft zu beklagen. »Um die Wahrheit zu sagen, ich bin ganz schrecklich enttäuscht von Lady Cressida Raith.«

»Enttäuscht? Hast du sie denn vorher nicht gekannt?«

»Um Himmels willen, nein – ich habe sie gestern zum erstenmal gesehen. Lady Skiddaw schickte sie mit Empfehlungsschreiben zu den Van Osburghs, und ich hörte, daß Maria Van Osburgh in dieser Woche eine große Einladung ihretwegen geben wollte, deswegen dachte ich, es wäre doch lustig, sie wegzuholen, und Jack Stepney, der sie von Indien her kennt, hat das für mich arrangiert. Maria war wütend und hatte doch wahrhaftig die Frechheit, Gwen dazu zu bringen, sich hier einladen zu lassen, damit sie nicht *ganz* übergangen würden – wenn ich gewußt hätte, wie Lady Cressida ist, hätten sie sie mit Kußhand haben können! Aber ich dachte, eine Freundin der Skiddaws wäre mit Sicherheit amüsant. Erinnerst du dich, was für einen Spaß wir mit Lady Skiddaw hatten? Es gab Augenblicke, da mußte ich die Mädchen einfach aus dem Zimmer schicken. Außerdem ist Lady Cressida die Schwester der Herzogin von Beltshire, und ich hatte natürlich angenommen, sie wäre ihr ähnlich, aber mit diesen englischen Familien weiß man ja nie. Sie sind so groß, daß sie für alle möglichen Charaktere Platz haben, und jetzt zeigt sich, daß Lady Cressida von der moralischen Sorte ist, einen Pfarrer geheiratet hat und Missionsarbeit im East End leistet. Stell dir vor, ich mache mir die ganze Mühe wegen einer Pfarrersfrau, die indischen Schmuck trägt und sich für Botanik interessiert! Sie hat Gus gestern dazu gebracht, sie durch die ganzen Treibhäuser zu führen, und hat ihn dann zu Tode gelangweilt, indem sie ihn andauernd nach den Namen der Pflanzen gefragt hat. Denk nur, behandelt die Gus, als wäre er der Gärtner!«

Mrs. Trenor brachte all das in einem Crescendo der Entrüstung vor.

»Nun ja, vielleicht wird Lady Cressida die Wetheralls mit Carry Fishers Anwesenheit versöhnen«, sagte Miss Bart friedfertig.

»Das kann ich nur hoffen! Aber sie langweilt die Männer so schrecklich, und wenn sie auch noch anfängt, Traktate zu verteilen, was sie, wie ich höre, tut, wird es wirklich gar zu deprimierend. Das Schlimmste ist, daß sie zur richtigen Zeit ja ungeheuer nützlich wäre. Du weißt, wir müssen den Bischof einmal im Jahr einladen, und sie hätte dann der ganzen Sache genau den richtigen Ton gegeben. Ich habe immer wahnsinniges Glück mit den Besuchen des Bischofs«, fügte Mrs. Trenor noch hinzu, deren augenblickliche Trübsal durch eine schnell zunehmende Flut von Erinnerungen gespeist wurde. »Als er letztes Jahr kam, hatte Gus ganz vergessen, daß er hier sein würde, und schleppte die Ned Wintons und die Farleys an – das heißt zusammen fünf Scheidungen und sechsmal verschiedene Kinder!«

»Wann fährt Lady Cressida wieder?« fragte Lily.

Mrs. Trenor blickte verzweifelt gen Himmel. »Ach du liebe Güte, wenn ich das nur wüßte! Ich war in solcher Eile, sie von Maria wegzulocken, daß ich doch wahrhaftig vergessen habe, ein Datum zu nennen, und Gus sagt, sie hätte jemandem erzählt, sie habe vor, den ganzen Winter zu bleiben.«

»Hier? In diesem Haus?«

»Sei nicht albern – in Amerika. Aber wenn sie sonst niemand einlädt – du weißt ja, sie gehen *niemals* in ein Hotel.«

»Vielleicht hat Gus das nur gesagt, um dir einen Schrecken einzujagen.«

»Nein – ich habe gehört, wie sie Bertha Dorset erzählte, daß sie sechs Monate überbrücken müßte, während der ihr Ehemann eine Kur im Engadin macht. Du hättest Berthas leeren Gesichtsausdruck sehen müssen! Aber es ist kein Witz, weißt du – wenn sie den ganzen Herbst über hierbleibt, wird sie alles verderben, und Maria Van Osburgh wird sich nicht mehr kennen vor Freude.«

Bei dieser ergreifenden Vorstellung zitterte Mrs. Trenors Stimme vor Selbstmitleid.

»O Judy, als wenn sich auf Bellomont jemals irgendwer gelangweilt hätte!« protestierte Miss Bart taktvoll. »Du weißt genau, selbst wenn Mrs. Van Osburgh alle richtigen Leute zusammenbrächte und dir nur noch die falschen übrigließe, daß du es wärest, die einen Erfolg zu verbuchen hätte, und nicht sie.«

Solch eine Beteuerung hätte Mrs. Trenors Gleichmut normalerweise wiederhergestellt, aber bei dieser Gelegenheit konnte sie die Falten von ihrer Stirn nicht vertreiben.

»Es ist ja nicht nur Lady Cressida«, jammerte sie. »In dieser Woche ist alles falsch gelaufen. Es ist nicht zu übersehen, daß Bertha wütend auf mich ist.«

»Wütend auf dich? Warum?«

»Weil ich gesagt habe, Lawrence Selden würde kommen, aber er wollte dann doch nicht, und sie ist natürlich so uneinsichtig und glaubt, ich wäre daran schuld.«

Miss Bart legte ihren Federhalter nieder und starrte geistesabwesend auf den Brief, den sie zu schreiben begonnen hatte.

»Ich dachte, das wäre vorüber«, sagte sie.

»Ist es auch, was ihn betrifft. Und Bertha war in der Zwischenzeit natürlich auch nicht faul. Aber ich schätze, sie hat im Moment nichts Festes – und jemand wies mich darauf hin, daß ich doch Lawrence einladen sollte. Na ja, ich *habe* ihn eingeladen, aber ich konnte ihn nicht dazu bringen zu kommen, und jetzt wird sie es mir wohl damit heimzahlen, daß sie zu allen anderen absolut biestig ist.«

»Och, sie könnte es ja auch *ihm* heimzahlen, indem sie absolut reizend ist – zu jemand anderem.«

Mrs. Trenor schüttelte traurig den Kopf. »Sie weiß genau, daß er nichts dagegen hätte. Und wer könnte das schon sein? Alice Wetherall läßt Lucius nicht aus den Augen. Ned Silverton kann nicht von Carry Fisher lassen – armer Junge! Gus findet Bertha langweilig, Jack Stepney kennt sie zu gut – und – ach ja, natürlich, da wäre noch Percy Gryce!«

Bei diesem Gedanken richtete sie sich lächelnd auf.

Miss Bart erwiderte dieses Lächeln nicht.

»Oh, es ist nicht sehr wahrscheinlich, daß sie und Mr. Gryce miteinander auskommen.«

»Du meinst, sie würde ihn schockieren und er würde sie langweilen? Na ja, das ist ja kein so ganz schlechter Anfang, weißt du. Aber ich hoffe doch, daß sie es sich nicht in den Kopf gesetzt hat, nett zu ihm zu sein, ich habe ihn schließlich extra für dich eingeladen.«

Lily lachte. »*Merci du compliment*![6] Ich hätte gegen Bertha natürlich keine Chance.«

»Findest du meine Bemerkung zu wenig schmeichelhaft? Das habe ich nicht so gemeint, weißt du. Jeder weiß doch, daß du tausendmal hübscher und klüger bist als Bertha, allerdings bist du nicht so ein Biest wie sie. Und wenn man auf Dauer immer das bekommen möchte, was man will, ist das sehr empfehlenswert.«

Miss Bart sah sie mit geheuchelter Mißbilligung groß an. »Ich dachte, du hättest soviel übrig für Bertha.«

»Oh, hab ich auch – es ist viel sicherer, gefährliche Leute gern zu mögen. Und sie ist gefährlich – wenn ich jemals wußte, daß sie etwas im Schilde führt, dann jetzt. Ich kann das an Georges Verhalten ablesen. Der Mann ist ein perfektes Barometer – er weiß immer genau, wann Bertha einmal wieder –«

»Einen Fehltritt tun wird?« schlug Miss Bart vor.

»Sag nicht so schlimme Sachen! Du weißt, er glaubt noch immer an sie. Und ich will natürlich nicht behaupten, Bertha wäre wirklich schlecht. Sie findet nun einmal Gefallen daran, andere Menschen, und besonders den armen George, unglücklich zu machen.«

»Nun ja, er scheint ja auch wie geschaffen zu sein für diese Rolle; es wundert mich nicht, daß sie lieber etwas fröhlichere Gesellschaft hat.«

»Oh, George ist nicht so trübsinnig, wie du meinst. Wenn Bertha ihm nicht solche Sorgen machen würde, wäre er ganz anders. Oder wenn sie ihn in Frieden ließe und ihm erlaubte, sein Leben so zu gestalten, wie es ihm gefällt. Aber wegen des Geldes traut sie sich ja nicht, ihm ein wenig Freiheit zu lassen, und deswegen tut sie so, als wäre sie eifersüchtig, wenn *er* es grade mal nicht ist.«

Miss Bart schrieb schweigend weiter, und ihre Gastgeberin saß da und hing ihren Gedanken mit stirnrunzelnder Konzentration nach.

»Weißt du was«, rief sie nach einer langen Pause, »ich glaube, ich werde Lawrence anrufen und ihm sagen, daß er einfach kommen *muß*?«

»O nein«, sagte Lily und fühlte, wie ihr die Röte ins Gesicht stieg. Ihr Erröten überraschte sie fast genauso wie ihre Gastgeberin, die, obwohl sie sonst Veränderungen im Gesichtsausdruck nicht sehr aufmerksam verfolgte, sie mit großen Augen verwirrt anstarrte.

»Du meine Güte, Lily, wie hübsch du bist! – Warum nicht? Hast du eine solche Abneigung gegen ihn?«

»Nein, gar nicht; ich mag ihn gern. Aber wenn du von dem wohlwollenden Bemühen, mich vor Bertha zu beschützen, getrieben wirst – ich glaube, ich brauche deinen Schutz nicht.«

Mrs. Trenor richtete sich auf mit dem Ausruf: »Lily! – *Percy*? Willst du damit sagen, du hast es wahrhaftig geschafft?«

Miss Bart lächelte. »Ich will nur sagen, daß Mr. Gryce und ich allmählich sehr gute Freunde werden.«

»Hm – ich verstehe.« Mrs. Trenor betrachtete sie mit verzückten Augen. »Weißt du, es heißt, er habe achthunderttausend im Jahr – und gäbe nichts aus, außer für seine zerfledderten alten Bücher. Und seine Mutter ist herzkrank und wird ihm noch viel mehr hinterlassen. *Oh, Lily, übereile nur nichts*!« beschwor ihre Freundin sie.

Miss Bart lächelte weiterhin, ohne verärgert zu sein. »Ich habe zum Beispiel keine Eile, ihm zu sagen, er habe einen Haufen zerfledderter alter Bücher.«

»Nein, natürlich nicht; ich weiß, wie wunderbar du dich der Interessen andrer Leute annimmst. Aber er ist so entsetzlich schüchtern und leicht schockiert, und – und – – –«

»Warum sagst du es nicht einfach, Judy? Ich habe den Ruf, auf der Jagd nach einem reichen Ehemann zu sein?«

»Oh, das meine ich nicht; er würde es von dir sowieso nicht glauben – zunächst zumindest nicht«, sagte Mrs. Trenor ehrlich und scharfsinnig zugleich. »Aber du weißt ja, daß es hier manchmal recht lebhaft zugeht – ich muß Jack und Gus einen Wink geben – und wenn er glaubte, du wärst, was seine Mutter mit ›leichtlebig‹ bezeichnen würde – ach, na ja, du weißt, was ich meine. Trag dein scharlachrotes *Crêpe de chine*-Kleid nicht zum Dinner, und wenn es eben geht, rauche nicht, Lily, Liebes!«

Lily schob ihre beendete Arbeit mit einem trockenen Lächeln von sich. »Das ist sehr lieb von dir, Judy; ich werde meine Zigaretten wegschließen und das Kleid vom vergangenen Jahr, das du mir heute morgen geschickt hast, tragen. Und wenn dir meine Zukunft wirklich am Herzen liegt, wärst du wohl so gut, mich heute abend nicht aufzufordern, wieder Bridge zu spielen.«

»Bridge? Hat er auch gegen Bridge etwas einzuwenden? Oh, Lily, was wirst du für ein schreckliches Leben führen! Aber natürlich werde ich dich nicht fragen – warum hast du mir nicht schon gestern abend einen Wink gegeben? Es gibt nichts, was ich nicht täte, du armes Spätzchen, um dich glücklich zu sehen!«

Und Mrs. Trenor, erwärmt von dem Eifer ihres Geschlechts, wahrer Liebe den Weg zu bahnen, nahm Lily lange und gründlich in den Arm.

»Und du bist ganz sicher«, fügte sie noch besorgt hinzu, als Lily sich aus ihrer Umarmung wieder freimachte, »daß du nicht doch möchtest, daß ich Lawrence Selden anrufe?«

»Ganz sicher«, sagte Lily.

Die nächsten drei Tage bewiesen zu ihrer eigenen völligen Zufriedenheit Miss Barts Fähigkeit, ihre Angelegenheiten ohne die Hilfe anderer zu betreiben.

Als sie an einem Samstagnachmittag auf der Terrasse von Bellomont saß, lächelte sie über Mrs. Trenors Furcht, sie könnte etwas übereilen. Wenn eine solche Warnung jemals vonnöten gewesen war, so hatten die Jahre ihr eine heilsame Lektion erteilt, und sie schmeichelte sich, daß sie jetzt wüßte, wie sie ihr Tempo dem Objekt ihrer Bemühungen anpassen mußte. Im Falle von Mr. Gryce hatte sie es angebracht gefunden, scheinbar ziellos vorauszueilen, sich im Unbestimmten zu verlieren und ihn so von Tiefe zu Tiefe unbewußter Vertrautheit weiterzulocken. Die sie umgebende Atmosphäre war günstig für diesen Plan, die junge Liebe voranzubringen. Mrs. Trenor hielt Wort und hatte nicht mehr erkennen lassen, daß sie Lily am Bridgetisch erwartete; sie hatte den anderen Kartenspielern sogar zu verstehen gegeben, daß sie keine Überraschung über Lilys ungewohnte Abwesenheit beim Spiel zeigen sollten. Auf diesen Wink hin fand sich Lily im Mittelpunkt jener weiblichen Rücksicht, von der eine junge Frau während der Werbungszeit umgeben ist. Stillschweigend schaffte man für sie im von Menschen wimmelnden Leben auf Bellomont eine gewisse Abgeschiedenheit, und ihre Freunde hätten keine größere Bereitschaft zur Zurückhaltung gezeigt haben können, wenn ihre Werbung mit allen Attributen einer Romanze versehen gewesen wäre. In Lilys

Kreis bedeutete ein solches Verhalten mitfühlendes Verständnis für ihre Motive, und Mr. Gryce stieg in ihrer Achtung, als sie sah, zu welcher Rücksichtnahme er andere veranlaßte.

Die Terrasse auf Bellomont an einem Nachmittag im September war ein günstiger Ort für gefühlvolle Träumereien, und wie Miss Bart so dastand, gegen die Balustrade über dem tiefergelegenen Garten gelehnt, ein wenig abseits von der munteren Gruppe um den Teetisch, hätte sie sich in einem Labyrinth unaussprechlichen Glücks verlieren können. In Wahrheit fanden ihre Gedanken jedoch sehr klaren Ausdruck in der ruhigen Aufzählung der Segnungen, die auf sie warteten. Von dort, wo sie stand, konnte sie diese in der Gestalt von Mr. Gryce verkörpert sehen, der in einem leichten Mantel und Schal nervös auf der Kante seines Stuhles saß, während Carry Fisher mit der ganzen Energie von Augen und Gestik, die ihr Natur und Kunst in Gemeinschaftsarbeit verliehen hatten, ihm die Pflicht aufnötigte, bei der großen Aufgabe einer Verwaltungsreform mitzuwirken.

Mrs. Fishers neuestes Hobby war die Verwaltungsreform. Dem war eine ebenso große Begeisterung für den Sozialismus vorangegangen, und dieser ein energisches Eintreten für Christliche Wissenschaft.[7] Mrs. Fisher war klein, feurig und theatralisch, und ihre Hände und Augen wurden zu bewundernswürdigen Instrumenten im Dienste einer jeden Sache, der sie sich gerade annahm. Sie machte jedoch den Fehler, den viele Enthusiasten machen, und nahm ein gewisses Zögern im Antworten auf seiten ihrer Zuhörer gar nicht wahr, und es amüsierte Lily, wie wenig Mrs. Fisher bewußt war, daß jeder Muskel in Mr. Gryces Haltung Widerstand ausdrückte. Lily wußte, daß er hin- und hergerissen war zwischen der Furcht sich zu erkälten, wenn er zu lange um diese Zeit draußen bliebe, und der Sorge, daß Mrs. Fisher, wenn er sich ins Haus zurückzöge, ihm mit einer Unterschriftenliste folgen könnte. Mr. Gryce hatte eine grundsätzliche Abneigung gegen alles, was er mit »sich engagieren« bezeichnete, und wenn er auch liebevoll um seine Gesundheit besorgt war, beschloß er doch offenbar, daß es sicherer sei, außer Reichweite von Federhalter und Tinte zu bleiben, bis der Zufall ihn aus Mrs. Fishers Schlingen befreien würde. In der Zwischenzeit warf er verzweifelte Blicke in Miss Barts Richtung, deren einzige Antwort es war, ihrer geistesabwesenden Haltung noch mehr Grazie zu verleihen. Sie hatte den Wert von Gegensätzen schätzen gelernt, die ihre Reize richtig zur Geltung brachten, und war sich völlig bewußt, in welchem Ausmaß Mrs. Fishers Redseligkeit ihre eigene Ruhe noch steigerte.

Sie wurde in ihren Gedanken durch das Nahen ihres Cousins Jack Stepney gestört, der an der Seite Gwen Van Osburghs durch den Garten vom Tennisplatz zurückkam.

Besagtes Paar war in dieselbe Art von Romanze verwickelt, in der Lily eine Rolle spielte, und sie empfand eine gewisse Verärgerung, wenn sie daran dachte, weil ihr das wie eine Karikatur ihrer eigenen Situation erschien. Miss Van Osburgh war ein großes Mädchen ohne Rundungen und ganz ohne Glanzlichter; Jack Stepney hatte einmal von ihr gesagt, sie sei so verläßlich wie gebratener Hammel. Sein eigener Geschmack ging mehr in Richtung auf weniger solide und eher scharf gewürzte Speisen, aber Hunger macht jede Nahrung schmackhaft, und es hatte schon Zeiten gegeben, in denen Mr. Stepney so weit gesunken war, sich mit einem Brotkanten zu begnügen.

Lily betrachtete mit Interesse den Ausdruck auf ihren Gesichtern; das des Mädchens war dem ihres Begleiters zugewandt wie ein leerer Teller, den man hochhält, um ihn füllen zu lassen, während der Mann, der neben ihr herschlenderte, bereits die langsam vordringende Langeweile verriet, die bald den dünnen Firnis seines Lächelns durchbrechen würde.

»Wie ungeduldig Männer doch sind!« überlegte Lily. »Alles, was Jack tun muß, um zu bekommen, was er haben will, ist, sich ruhig zu verhalten und das Mädchen ihn heiraten zu lassen; ich dagegen muß kalkulieren und intrigieren, mich zurückziehen und vorgehen, als ob ich einen komplizierten Tanz auszuführen hätte, bei dem ein falscher Schritt mich hoffnungslos aus dem Takt brächte.«

Als die beiden näherkamen, entdeckte sie sonderbarerweise plötzlich eine Art Familienähnlichkeit zwischen Miss Van Osburgh und Percy Gryce. Sie hatten keine Ähnlichkeit im Aussehen. Gryce war gutaussehend auf eine gewisse schulmeisterliche Art – er vermittelte den Eindruck einer gelungenen Schülerzeichnung von einem Gipsabguß –, während Gwens Physiognomie nicht mehr Ausformung aufwies als ein Gesicht, das auf einen Spielzeugballon aufgemalt war. Aber die tiefere Verwandtschaft war unübersehbar: sie hatten beide dieselben Vorurteile und Ideale und dieselbe Fähigkeit, anderer Leute Maßstäbe zunichte zu machen, indem sie einfach nicht wahrnahmen, daß es solche Maßstäbe gab. Diese Eigenschaft hatten sie mit den meisten in Lilys Kreis gemein, sie verfügten über eine Kraft der Negation, die alles, was sich jenseits ihrer eigenen Erkenntnis befand, auszumerzen imstande war. Kurz und gut, Gryce und Miss Van Osburgh waren durch jedes erdenkliche Gesetz geistiger und physischer Übereinstimmung wie füreinander gemacht. »Und doch beachten sie einander nicht«, überlegte Lily, »sie sehen sich nicht einmal an. Jedes möchte ein Wesen von einer anderen Art, von Jacks Art und meiner, mit allen möglichen Eingebungen und Gefühlen und Wahrnehmungen, deren Existenz sie nicht einmal erahnen. Und sie bekommen immer, was sie wollen.«

Sie gesellte sich ein wenig zu ihrem Cousin und Miss Van Osburgh, um sich mit ihnen zu unterhalten, bis ein leichtes Stirnrunzeln bei letzterer sie warnte, daß sogar die Artigkeiten einer Cousine Verdacht erregten, und Miss Bart, die immer darauf bedacht war, an diesem entscheidenden Punkt in ihrem Vorhaben keine Feindseligkeiten zu erregen, wandte sich ab, während das glückliche Paar zum Teetisch weiterging.

Lily setzte sich auf die oberste Stufe der Terrasse und lehnte ihren Kopf gegen das Geißblatt, das sich um die Balustrade rankte. Der Duft der letzten Blüten erschien ihr wie das Sichverströmen der friedlichen Szenerie, einer Landschaft, die bis zum äußersten auf ländliche Eleganz hin gestaltet war. Im Vordergrund glühten die warmen Farben der Gärten. Jenseits des Rasens, mit den Pyramiden des blaß-goldenen Ahorns und der samtenen Tannen, breiteten sich Wiesen aus, auf denen da und dort Vieh wie hingetupft zu erkennen war, und durch eine Lichtung schien der Fluß im silbrigen Septemberlicht weit wie ein See. Lily wollte sich nicht zu dem Kreis um den Teetisch gesellen. Er stand für die Zukunft, die sie gewählt hatte, und sie war zufrieden damit, hatte aber keine Eile, ihren Freuden vorzugreifen. Die Gewißheit, daß sie Percy Gryce heiraten konnte, wenn es ihr gefiel, hatte sie von einer schweren Last befreit, und ihre Geldsorgen waren noch zu frisch in ihrem Bewußtsein, als daß ihre Beseitigung nicht ein Gefühl der Erlösung hervorgerufen hätte, das eine weniger klare Intelligenz für Glück hätte halten können. Ihre niederen Sorgen waren nun zu Ende. Sie würde sich ihr Leben so einrichten können, wie es ihr gefiel, würde in jenen höchsten Himmel entschweben, in den Gläubiger nicht gelangen konnten. Sie würde elegantere Kleider als Judy Trenor und viel, viel mehr Juwelen als Bertha Dorset besitzen. Sie würde für immer von den Ausflüchten, den Berechnungen, den Erniedrigungen der relativ Unbegüterten befreit sein. Statt schmeicheln zu müssen, würde ihr geschmeichelt werden, statt dankbar zu sein, würde sie Dank entgegennehmen. Es gab alte Rechnungen, die sie würde begleichen können, ebenso wie Gefälligkeiten, die sie nun erwidern können würde. Und sie machte sich keine falschen Vorstellungen über das Ausmaß ihrer Macht. Sie wußte, daß Mr. Gryce zu dem kleinlich sparsamen Menschentyp gehörte, der für Impulsivität und Gefühle am wenigsten zugänglich ist. Er hatte die Art von Charakter, bei der Vorsicht ein Laster und guter Rat die allergefährlichste Nahrung ist. Aber Lily war dieser Spezies schon früher begegnet; sie war sich darüber im klaren, daß solch eine bedachtsame Natur wenigstens *ein* wichtiges Ventil für ihren Egoismus finden mußte, und sie war fest entschlossen, ihm das zu sein, was seine Amerikana ihm bisher gewesen waren: das eine Besitztum, auf das er stolz genug war, Geld dafür auszugeben. Sie wußte, daß eine derartige Großzügigkeit sich selbst gegenüber eine Form von Niederträchtigkeit war, und sie beschloß, sich zu einem solchen Grad mit der Eitelkeit ihres Ehegatten zu identifizieren, daß das Erfüllen ihrer Wünsche für ihn die vollkommenste Form der Genußsucht sein würde. Es war gut möglich, daß dieses System zu Anfang die Zuflucht zu eben den Ausflüchten und Berechnungen nötig machen würde, von denen es sie doch ihren Plänen nach befreien sollte; aber sie war sich sicher, daß sie in kurzer Zeit das Spiel nach ihren Regeln würde spielen können. Wie hätte sie ihren Möglichkeiten mißtrauen sollen? Ihre Schönheit selbst war ja nicht der kurzlebige Besitz, der sie in unerfahrenen Händen gewesen wäre; ihre geschickte Art, sie zur Geltung zu bringen, die Sorgfalt, mit der sie sie pflegte, der Nutzen, den sie aus ihr zog, schienen ihr eine Art von Dauerhaftigkeit zu geben. Sie hatte das Gefühl, als könne sie darauf vertrauen, daß ihre Schönheit sie nicht im Stich lassen würde, bis sie ihr Ziel erreicht hätte.

Und das Ziel lohnte sich alles in allem. Das Leben war nicht mehr der Hohn, für den sie es vor drei Tagen noch gehalten hatte. Es gab schließlich doch einen Platz für sie in der überfüllten, selbstsüchtigen Welt des Vergnügens, aus der vor noch so kurzer Zeit ihre Armut sie auszuschließen schien. Die Leute, über die sie sich lustig gemacht und die sie doch beneidet hatte, freuten sich, ihr in dem Zauberkreis, um den ihr ganzes Verlangen sich drehte, einen Platz einräumen zu können. Sie waren nicht so brutal und selbstbezogen, wie sie angenommen hatte –, oder vielmehr, weil es nicht weiter notwendig sein würde, ihnen zu schmeicheln und sich ihnen anzupassen, wurde diese Seite ihres Wesens weniger auffallend. Die Gesellschaft ist ein sich drehender Himmelskörper, der wahrscheinlich nach seinem Standort im Himmel des jeweiligen Betrachters beurteilt wird, und zur Zeit wandte er Lily gerade seine Lichtseite zu.

Im rosigen Schein, der von ihm ausging, schienen ihre Gefährten voll angenehmer Eigenschaften zu sein. Sie mochte ihre Eleganz, ihre Anmut, ihren Mangel an Nachdruck; sogar ihre Selbstsicherheit, die manchmal so sehr einer gewissen Beschränktheit glich, erschien ihr jetzt als ein natürliches Zeichen ihrer gesellschaftlichen Vorrangstellung. Sie waren die Herren der einzigen Welt, die ihr wichtig war, und sie waren bereit, sie in ihren Rang aufzunehmen und diese Welt mitbeherrschen zu lassen. Schon fühlte sie in sich eine verstohlene Loyalität ihren Maßstäben gegenüber, merkte, wie sie Beschränkungen zu akzeptieren bereit war, die Dinge, an die sie nicht glaubten, nicht mehr glauben wollte, und die Menschen, die nicht so leben konnten, wie sie es taten, verachtete und bemitleidete.

Die letzten Sonnenstrahlen fielen schräg auf den Park. Durch die Zweige der langen Allee jenseits der Gärten konnte sie für einen Augenblick blitzende Räder erkennen, und sie erriet, daß weitere Besucher zum Haus kamen. Dann gab es eine Bewegung hinter ihr, sich zerstreuende Schritte und Stimmen: Offenbar löste sich die gesellige Runde um den Teetisch gerade auf. Kurz darauf hörte sie Schritte hinter sich auf der Terrasse. Sie nahm an, daß Mr. Gryce endlich einen Weg gefunden hatte, um aus seiner mißlichen Lage zu entkommen, und sie lächelte über die Bedeutsamkeit der Tatsache, daß er gekommen war, ihr Gesellschaft zu leisten, anstatt sofort an den Kamin zu flüchten.

Sie wandte sich um, ihn willkommen zu heißen, wie es solche Galanterie verdiente, aber ihr Gruß wandelte sich zu einem erstaunten Erröten, denn der Mann, der sich ihr näherte, war Lawrence Selden.

»Sie sehen, ich bin schließlich doch noch gekommen«, sagte er, aber bevor sie Zeit fand zu antworten, war Mrs. Dorset, sich von einer wenig lebendigen Unterhaltung mit ihrer Gastgeberin losreißend, mit einer besitzergreifenden kleinen Geste zwischen sie getreten.

V

Der Sonntagspflicht wurde auf Bellomont vor allem durch das pünktliche Erscheinen des eleganten Pferdewagens Genüge getan, der dazu bestimmt war, die Gesellschaft zu der kleinen Kirche vor den Toren des Anwesens zu befördern. Ob jemand ihn bestieg oder nicht, war weniger wichtig, denn allein dadurch, daß er bereitstand, legte er nicht nur Zeugnis für die orthodoxen Absichten der Familie ab, sondern vermittelte Mrs. Trenor, wenn sie ihn schließlich abfahren hörte, außerdem das Gefühl, sie hätte ihn auf irgendeine stellvertretende Weise auch benutzt.

Es war Mrs. Trenors feste Überzeugung, daß ihre Töchter wirklich jeden Sonntag zur Kirche gingen; aber weil die Konfession ihrer französischen Erzieherin diese in die rivalisierende Kirche rief, und die Mühsal der Woche die Mutter der Mädchen bis zum Mittag in ihrem Zimmer bleiben ließ, war selten jemand da, diese Tatsache nachzuprüfen. Ab und zu, in unregelmäßig auftretenden Anfällen von Tugendhaftigkeit – wenn es in der Nacht im Haus gar zu hoch hergegangen war – zwängte Gus Trenor seine joviale Fülle in einen engen Gehrock und riß seine Töchter aus dem Schlaf, aber normalerweise waren, wie Lily Mr. Gryce erklärt hatte, seine Vaterpflichten vergessen, bis die Kirchenglocken über den Park hinweg erklangen und der Pferdewagen leer wieder abgefahren war.

Lily hatte Mr. Gryce andeutungsweise zu verstehen gegeben, daß eine solche Nachlässigkeit religiösen Pflichten gegenüber ganz und gar im Widerspruch zu den Traditionen stehe, zu denen man sie von Kind an erzogen habe, und daß sie während ihrer Besuche auf Bellomont Muriel und Hilda stets zur Kirche begleitete. Dies entsprach ihrer Versicherung – ihm ebenso vertraulich mitgeteilt –, daß sie, die doch nie zuvor Bridge gespielt hatte, am Abend ihrer Ankunft in das Spiel »hineingezogen« worden war und eine entsetzlich hohe Summe Geld verloren hatte, weil ihr das Spiel und die Regeln für den Einsatz gar nicht richtig bekannt waren. Mr. Gryce genoß Bellomont ganz offensichtlich. Die unbefangene Leichtigkeit und der Glanz des Lebens dort gefielen ihm ebenso wie die Bedeutung, die er als Person dadurch gewann, daß er zu dieser illustren Gruppe reicher Leute gehörte. Andererseits empfand er sie aber als sehr materialistische Gesellschaft; es gab Zeiten, da versetzte ihn die Unterhaltung der Männer und das Aussehen der Damen in Angst und Schrecken, und er war froh, als er hörte, daß Miss Bart trotz all der Leichtigkeit und Selbstsicherheit, mit der sie sich in dieser Gesellschaft bewegte, in einer so zweifelhaften Atmosphäre doch nicht ganz zu Hause war. Aus diesem Grunde war er besonders erfreut zu erfahren, daß sie die beiden Trenor-Mädchen wie gewöhnlich am Sonntagmorgen zur Kirche begleiten würde, und wie er so auf dem Kiesweg vor dem Hauseingang auf und ab ging, seinen leichten Mantel über dem Arm und ein Gebetbuch in der sorgfältig behandschuhten Hand, empfand er den Gedanken an ihre Charakterstärke, die sie den Grundsätzen ihrer Erziehung auch in einer Umgebung die Treue halten ließ, welche religiösen Prinzipien abweisend gegenüberstand, als überaus angenehm.

Lange Zeit hatten Mr. Gryce und der Pferdewagen den Kiesweg für sich, aber weit davon entfernt, die traurige Gleichgültigkeit auf seiten der anderen Gäste zu bedauern, merkte er, wie er die Hoffnung nährte, Miss Bart möge ohne Begleitung erscheinen. Die kostbaren Minuten vergingen jedoch wie im Flug; die großen Braunen scharrten mit den Hufen auf dem Boden, ihre Flanken waren vor lauter Ungeduld scheckig von Schaum; der Kutscher schien auf seinem Sitz langsam zu versteinern, genau wie der Pferdeknecht auf der Türschwelle, und noch immer erschien die Dame nicht. Plötzlich jedoch hörte man Stimmen und das Rascheln von Frauenröcken im Eingang; Mr. Gryce steckte seine Uhr in die Tasche und wandte sich nervös aufgeschreckt der Tür zu, aber nur, um dann Mrs. Wetherall in das Gefährt zu helfen.

Die Wetheralls gingen immer zur Kirche. Sie gehörten zu der großen Gruppe menschlicher Automaten, die durchs Leben gehen, ohne auch nur eine einzige Handlung, die von den übrigen Marionetten ausgeführt wird, ausgelassen zu haben. Es stimmte schon, daß die Bellomonter Marionetten nicht zur Kirche gingen, aber andere, die ebenso wichtig waren, taten es – und Mr. und Mrs. Wetheralls Bekanntenkreis war so groß, daß auch Gott mit auf ihrer Besucherliste stand. Sie erschienen also pünktlich und in ihr Schicksal ergeben, mit dem Gesichtsausdruck von Leuten, die eine langweilige Abendgesellschaft vor sich haben, hinter ihnen die Nachzügler Hilda und Muriel, die gähnten und sich noch gegenseitig ihre Schleier und Bänder festmachen mußten. Die beiden erklärten, sie hätten Lily versprochen, mit ihr zur Kirche zu gehen, und Lily sei ein so lieber Kerl, daß sie nichts dagegen hätten, wenn sie ihr damit einen Gefallen täten, obwohl sie sich gar nicht vorstellen konnten, wieso sie sich das in den Kopf gesetzt hatte, und obwohl sie persönlich ja viel lieber draußen mit Jack und Gwen Tennis gespielt hätten, wenn Lily ihnen nicht gesagt hätte, daß sie kommen würde. Den Misses Trenor folgte Lady Cressida Raith, eine vom Wetter gegerbte Frau in Liberty[8] mit ethnologischem Schmuck behangen, die, als sie den Pferdewagen sah, ihrer Überraschung darüber Ausdruck verlieh, daß sie nicht zu Fuß durch den Park gehen würden; auf Mrs. Wetheralls entsetzten Protest hin, die Kirche liege doch eine ganze Meile weit entfernt, fügte sich ihre Ladyschaft nach einem Blick auf die Höhe von Mrs. Wetheralls Absätzen in die Tatsache, daß man würde fahren müssen, und der arme Mr. Gryce sah sich gezwungen, zwischen vier Damen davonzurollen, für deren geistiges Wohl er nicht das leiseste Interesse verspürte.

Es hätte ihn vielleicht etwas getröstet, wenn er gewußt hätte, daß Miss Bart wirklich vorgehabt hatte, zur Kirche zu gehen. Sie war sogar früher als sonst aufgestanden, um ihren Plan in die Tat umzusetzen. Sie hatte so eine Ahnung, daß der Anblick, den sie in einem grauen Kleid von schlicht frommem

Schnitt bieten würde, ihre berühmten Wimpern auf ein Gebetbuch gesenkt, Mr. Gryces Unterwerfung zur Vollendung bringen und ein gewisses Ereignis unvermeidlich machen müßte, das, wenn es nach ihr ging, während des Spaziergangs, den sie nach dem Mittagessen unternehmen würden, stattfinden sollte. Kurz und gut, ihre Absichten waren nie bestimmter gewesen, aber die arme Lily war, wenn sie nach außen hin auch eine hartglänzende Hülle zur Schau trug, innerlich doch so weich und formbar wie Wachs. Ihre Fähigkeit sich anzupassen, sich in andere Menschen einzufühlen, erwies sich ihr zwar ab und zu bei kleineren zufälligen Ereignissen als hilfreich, stellte in den entscheidenden Augenblicken ihres Lebens jedoch nur ein Hindernis dar. Sie war wie eine Wasserpflanze im Strom der Gezeiten, und heute trug der Lauf ihrer Gefühle sie zu Lawrence Selden. Warum war er gekommen? War es, um sie oder um Bertha Dorset zu sehen? Das war die letzte Frage, die sie im Moment beschäftigen sollte. Sie hätte sich damit zufriedengeben sollen, daß er einfach einer verzweifelten Einladung seiner Gastgeberin gefolgt war, die alles daransetzte, ihn zwischen ihr, Lily, und der üblen Laune von Mrs. Dorset intervenieren zu lassen. Aber Lily hatte nicht eher Ruhe gegeben, als bis sie von Mrs. Trenor erfahren hatte, daß Selden aus eigenem Antrieb gekommen war.

»Er hat mir nicht einmal telegraphiert – er hat ganz zufällig den Zweisitzer am Bahnhof vorgefunden. Vielleicht ist doch noch nicht Schluß mit Bertha«, schloß Mrs. Trenor nachdenklich und ging dann, um ihre Tischkarten entsprechend anzuordnen.

Vielleicht war die Sache wirklich noch nicht zu Ende, überlegte Lily, aber sie würde es bald sein, es sei denn, sie hätte all ihre Geschicklichkeit verloren. Wenn Selden Mrs. Dorsets Ruf folgend gekommen war, so würde er auf Lilys Wunsch hin bleiben. Soviel hatte ihr der vergangene Abend schon verraten. Mrs. Trenor hatte, wie immer ihrem Prinzip folgend, daß ihre verheirateten Freunde zufriedengestellt werden mußten, Selden und Mrs. Dorset beim Dinner nebeneinander gesetzt, hatte aber, den althergebrachten Traditionen der Ehestifter gehorchend, Lily und Mr. Gryce getrennt, erstere mit George Dorset zu Tisch geschickt, während Mr. Gryce und Gwen Van Osburgh ein Paar bildeten.

George Dorsets Konversation störte die Gedanken seiner Tischnachbarin nicht weiter. Er war ein vergrämter Dyspeptiker und immer bemüht, die gesundheitsschädlichen Bestandteile einer jeden Mahlzeit ausfindig zu machen, von dieser Sorge konnte nur die Stimme seiner Frau ihn ablenken. Bei dieser Gelegenheit nahm Mrs. Dorset jedoch nicht an der allgemeinen Unterhaltung teil. Sie sprach in leisen Tönen mit Selden, wobei sie ihrem Gastgeber verächtlich eine entblößte Schulter zuwandte; der seinerseits war weit davon entfernt, Einwände gegen sein Ausgeschlossensein zu erheben, und warf sich in die Exzesse des Menüs mit der glücklichen Verantwortungslosigkeit, die nur ein freier Mann empfindet. Für Mr. Dorset gab die Haltung seiner Frau offensichtlich Anlaß zur Besorgnis, so daß er, wenn er nicht gerade die Sauce von seinem Fisch kratzte oder die feuchten Brotkrumen aus dem Innern seines Brötchens herauslöffelte, seinen dünnen Hals verrenkte, um sie zwischen den Kerzen hindurch wenigstens kurz sehen zu können.

Mrs. Trenor hatte zufälligerweise den Ehemann und seine Gattin einander gegenübersitzend plaziert, und auch Lily war deshalb in der Lage, Mrs. Dorset zu beobachten, und wenn sie ihren Blick ein wenig weiter schweifen ließ, einen schnellen Vergleich zwischen Lawrence Selden und Mr. Gryce anzustellen. Es war dieser Vergleich, der ihr Verhängnis in die Wege leiten sollte. Warum sonst hätte sie sich plötzlich für Selden interessiert? Sie kannte ihn seit mehr als acht Jahren, er hatte zu ihrer Welt gehört, seitdem sie nach Amerika zurückgekommen war. Sie hatte sich immer gefreut, wenn sie neben ihm beim Dinner saß, hatte ihn angenehmer als die meisten Männer gefunden und hatte vage gewünscht, er möge auch jene anderen Qualitäten besitzen, die notwendig waren, um ihre Aufmerksamkeit zu fesseln, aber bisher war sie zu sehr mit ihren eigenen Angelegenheiten beschäftigt gewesen und hatte ihn nur als eine der erfreulicheren Begleiterscheinungen des Lebens angesehen. Miss Bart verstand es, in ihrem eigenen Herzen zu lesen, und sie erkannte, daß sie plötzlich so sehr mit dem Gedanken an Selden beschäftigt war, weil seine Gegenwart ein neues Licht auf ihre Umgebung warf. Nicht daß er auffallend brillant oder außergewöhnlich gewesen wäre, in seinem Beruf wurde er von mehr als einem Mann übertroffen, der Lily schon so manches ermüdende Dinner über gelangweilt hatte. Es lag vielmehr daran, daß er sich einen gewissen gesellschaftlichen Abstand erhalten hatte, eine beneidenswerte Haltung, die erkennen ließ, daß er die Vorführung, die sich ihm bot, objektiv betrachtete, daß er Kontakte außerhalb des großen goldenen Käfigs besaß, in den sie alle gezwängt waren, damit der Mob etwas zu gucken hatte. Wie verlockend Lily die Welt außerhalb dieses Käfigs erschien, als sie seine Tür hinter sich zuschlagen hörte! In Wahrheit wußte sie aber, daß die Tür nie zuschlug, sie stand immer offen, aber die meisten Gefangenen waren wie Fliegen in einer Flasche, die, einmal hineingeflogen, nie wieder ihre Freiheit erlangen konnten. Das Besondere an Selden war es, daß er den Weg nach draußen nie vergessen hatte.

Darin lag das Geheimnis, daß es ihm immer wieder gelang, ihre Sichtweise zurechtzurücken. Als sie den Blick von ihm abwandte, merkte Lily, wie sie ihre kleine Welt mit seinen Augen prüfend betrachtete, es war, als ob man die rosaroten Lampen weggeräumt und das Tageslicht eingelassen hätte. Sie sah den langen Tisch entlang und betrachtete eingehend die Menschen, die an ihm saßen, einen nach dem anderen, von Gus Trenor mit dem schweren Raubtierkopf tief zwischen seinen Schultern, wie er einen Kiebitz in Aspik verschlang, bis zu seiner Frau am andern Ende einer langen Reihe Orchideen, die mit ihrer auffällig zurechtgemachten Schönheit an das Schaufenster eines Juweliers erinnerte, wenn es von elektrischem Licht grell beleuchtet wird. Und zwischen den beiden, welch eine Leere die ganze lange Strecke über! Wie öde und banal diese Leute waren! Lily ging sie mit verachtungsvoller Ungeduld durch: Carry Fisher mit ihren Schultern, ihren Augen, ihren Scheidungen, ihrem ganzen Gehabe, als verkörpere sie einen »pikant geschriebenen Zeitungsartikel«; der junge Silverton, der einmal vom Korrekturlesen leben und dabei ein Epos hatte schreiben wollen und jetzt vom Geld seiner Freunde lebte und eine kritische Meinung in bezug auf Trüffel entwickelte; Alice Wetherall, eine lebendig gewordene Besucherliste, deren glühendste Überzeugungen der Formulierung von Einladungen und dem Schriftbild von Tischkarten galten; Wetherall mit seinem ständigen nervösen Nicken der Zustimmung, seiner Gewohnheit, mit anderen einer Meinung zu sein, noch bevor er wußte, was sie sagen wollten; Jack Stepney mit seinem zuversichtlichen Lächeln und den ängstlichen Augen, eine Mischung aus einem Polizeibeamten und einer reichen Erbin; Gwen Van Osburgh mit all dem arglosen Vertrauen eines jungen Mädchens, dem man immer wieder gesagt hat, es gäbe niemand Reicheren als ihren Vater.

Lily lächelte über die Beurteilung ihrer Freunde. Wie anders waren sie ihr noch vor wenigen Stunden erschienen! Da waren sie Symbole dessen gewesen, was sie gewinnen würde, jetzt standen sie für das, was sie aufgab. Heute nachmittag schien es so, als seien sie voller brillanter Eigenschaften; jetzt sah sie, daß sie nur auf laute Art nichtssagend waren. Unter dem Glanz ihrer Möglichkeiten erkannte sie, wie armselig das war, was sie erreicht hatten. Nicht, daß sie sich ihre Freunde selbstloser gewünscht hätte, nein, sie wünschte nur, sie wären lebensvoller, interessanter. Die Erinnerung daran, wie sie noch vor wenigen Stunden die Anziehungskraft der Werte dieser Leute gefühlt hatte, beschämte sie. Sie schloß ihre Augen für einen Moment, und die leere Routine des Lebens, das sie gewählt hatte, erstreckte sich vor ihr wie eine lange weiße Straße ohne jede Vertiefung oder Windung; es war schon wahr, sie würde in einer Kutsche die Straße entlangrollen, statt sich zu Fuß dahinschleppen zu müssen, aber manchmal hat der Fußgänger das Glück, eine vergnügliche Abkürzung zu finden, die denen auf Rädern versagt bleibt.

Sie wurde von einem glucksenden Lachen, das aus den Tiefen von Mr. Dorsets magerem Hals zu kommen schien, aus ihren Gedanken aufgeschreckt.

»Also wirklich, sehen Sie sich das an«, rief er und wandte sich mit kummervoller Heiterkeit Miss Bart zu –, »Entschuldigung, aber sehen Sie sich nur meine Frau an, wie sie den armen Teufel da drüben zum Narren hält! Man könnte meinen, sie wäre regelrecht hinter ihm her – und dabei ist es, das versichere ich Ihnen, genau andersherum.«

Auf seine dringende Bitte hin wandte Lily sich dem Schauspiel zu, das Mr. Dorset zu so berechtigter Heiterkeit veranlaßte. Es schien ganz offensichtlich so zu sein, wie er gesagt hatte, daß Mrs. Dorset der aktivere Teil der kleinen Szene war; ihr Tischnachbar nahm ihre Annäherungsversuche mit so zurückhaltendem Interesse hin, daß sie ihn nicht einmal von seiner Mahlzeit abzulenken vermochten. Dieser Anblick stellte Lilys gute Laune wieder her, und weil sie wußte, auf welch sonderbare Art Mr. Dorset seine Ehesorgen zu verschleiern pflegte, fragte sie fröhlich: »Sind Sie nicht schrecklich eifersüchtig auf sie?«

Dorset nahm diese witzige Bemerkung freudig auf. »O ja, schrecklich – Sie haben den Nagel auf den Kopf getroffen – hält mich die ganze Nacht hindurch wach. Die Ärzte sagen mir immer, daß eben das meine Verdauung so durcheinanderbringt – daß ich so höllisch eifersüchtig auf sie bin. – Ich kann keinen Bissen von dem Zeug hier essen, wissen Sie«, fügte er plötzlich noch hinzu und schob seinen Teller mit finsterer Miene von sich, und Lily, anpassungsfähig wie immer, wandte ihre strahlende Aufmerksamkeit seiner fortgesetzten Verurteilung von Köchen anderer Leute zu, die noch von einer langen Tirade über die giftigen Eigenschaften geschmolzener Butter ergänzt wurde.

Es kam nicht oft vor, daß er ein so bereitwilliges Ohr fand, und da er ein Mann war, nicht nur ein Dyspeptiker, war es gut möglich, daß er, während er seine Klagen in dieses Ohr goß, nicht unberührt blieb von dessen rosiger Symmetrie. Auf jeden Fall nahm er Lilys Aufmerksamkeit so lange in Anspruch, daß die Süßspeise gereicht wurde, als sie einen Satz auf ihrer anderen Seite auffing, wo Miss Corby, die Komikerin der Gesellschaft, Jack Stepney wegen seiner herannahenden Verlobung neckte. Miss Corbys Rolle war die der Immer-Lustigen, grundsätzlich fiel sie mit einer Kapriole in die Unterhaltung ein.

»Und natürlich wirst du Sim Rosedale zum Brautführer machen!« hörte Lily sie als Höhepunkt ihrer Prophezeiungen hervorbringen, und Stepney antwortete, als wäre er beeindruckt: »Donnerwetter, das ist *die* Idee. Was für ein Mordsgeschenk ich dann aus ihm herausholen könnte!«

Sim Rosedale! Der Name, dessen Widerwärtigkeit durch die Verkleinerung noch gesteigert wurde, drängte sich in Lilys Gedanken wie ein lüsterner Blick. Er stand für eine der verhaßtesten Möglichkeiten, die von einem hinteren Winkel des Lebens ihren Schatten warfen. Wenn sie Percy Gryce nicht heiratete, könnte der Tag kommen, an dem sie höflich zu Männern wie Rosedale würde sein müssen. *Wenn sie ihn nicht heiratete?* Aber sie wollte ihn ja heiraten – sie war sich seiner und ihrer selbst doch ganz sicher. Mit Schaudern wandte sie sich von den verlockenden Wegen ab, auf denen ihre Gedanken in die Irre gegangen waren, und setzte ihren Fuß wieder mitten auf die lange weiße Straße . . . Als sie an diesem Abend auf ihr Zimmer kam, entdeckte sie, daß die letzte Post ihr noch ein neues Bündel Rechnungen gebracht hatte. Mrs. Peniston, die eine gewissenhafte Frau war, hatte sie alle nach Bellomont weitergeschickt.

Also stand Miss Bart am nächsten Morgen auf, voll und ganz davon überzeugt, daß es ihre Pflicht sei, zur Kirche zu gehen. Sie riß sich frühzeitig genug von den Freuden ihres

Frühstückstabletts los, klingelte nach ihrer Zofe, die das graue Kleid zurechtlegen sollte und dann noch zu Mrs. Trenor geschickt wurde, um ein Gebetbuch auszuleihen.

Aber Lilys Vorgehen war zu ausschließlich vernunftbestimmt, um nicht den Keim des Widerstands in sich zu tragen. Kaum waren ihre Vorbereitungen beendet, als sich auch schon eine unterdrückte Gegenwehr in ihr bemerkbar machte. Ein kleiner Funken genügte, um Lilys Vorstellungskraft zu entzünden, und der Anblick des grauen Kleids und des geborgten Gebetbuchs warf ein weitreichendes Licht auf die Jahre, die vor ihr lagen. Sie würde jeden Sonntag mit Percy Gryce zur Kirche gehen müssen. Sie würden einen Kirchenstuhl ganz vorn in der teuersten Kirche von New York haben, und sein Name würde einen herausragenden Platz auf der Liste der Gemeindespenden einnehmen. Nach ein paar Jahren würde er fülliger werden, und man würde ihn zum Kirchenvorsteher ernennen. Einmal im Winter würde der Pfarrer zum Essen kommen, und ihr Gatte würde sie bitten, die Besucherliste durchzugehen und zu überprüfen, ob auch keine Geschiedenen darauf stünden, abgesehen von denjenigen natürlich, die ihre Reue dadurch bewiesen hatten, daß sie sich mit jemandem, der sehr reich war, wiederverheiratet hatten. Es war nichts besonders Schwieriges an dieser Reihe religiöser Verpflichtungen, aber sie stand für einen Teil des überwältigenden Bergs von Langeweile, der drohend seinen Schatten auf ihren Weg warf. Und wer ließ sich an einem solchen Morgen schon willig langweilen? Lily hatte gut geschlafen, und ihr Morgenbad hatte ihr eine angenehm rosige Wärme verliehen, die sehr hübsch auf der klaren Linie ihrer Wange zu erkennen war. An diesem Morgen waren keine Fältchen zu entdecken, oder der Spiegel stand in einem glücklicheren Winkel.

Und der Tag erwies sich als Komplize ihrer Stimmung: es war ein Tag wie geschaffen für impulsive Einfälle und Schwänzerei. Die leichte Luft schien voller Goldstäubchen zu sein, unterhalb des taubedeckten Rasengrüns glühten rot die Wälder, und die Hügel am Fluß schwammen in geschmolzenem Blau. Jeder Tropfen Blut in Lilys Adern lud sie ein, glücklich zu sein.

Das Knirschen der Räder riß sie aus diesen Gedanken, sie lehnte sich gegen die Fensterläden und sah, wie der Pferdewagen seine Fracht aufnahm. Es war also zu spät – aber die Tatsache beunruhigte sie nicht. Ein Blick auf Mr. Gryces niedergeschlagenes Gesicht deutete sogar darauf hin, daß es ganz richtig gewesen war, nicht mitzufahren, denn die Enttäuschung, die er so offen zeigte, würde seinen Appetit auf den Nachmittagsspaziergang sicher eher noch anregen. Sie hatte nicht vor, diesen Spaziergang zu verpassen; ein Blick auf die Rechnungen auf ihrem Schreibtisch genügte, um sie daran zu erinnern, wie notwendig er war. Aber bis dahin hatte sie den Morgen für sich und konnte sich gemütlich überlegen, wie sie die Stunden verbringen sollte. Sie kannte die Gepflogenheiten auf Bellomont gut genug, um zu wissen, daß sie das Haus wahrscheinlich bis zum Mittag für sich haben würde. Sie hatte gesehen, daß die Wetheralls, die Trenor-Mädchen und Lady Cressida sicher im Pferdewagen verstaut worden waren; Judy Trenor würde sich wohl die Haare frisieren lassen, Carry Fisher hatte ihren Gastgeber bestimmt zu einer Ausfahrt mitgenommen, Ned Silverton rauchte wahrscheinlich die Zigarette jugendlicher Verzweiflung in seinem Zimmer, und Kate Corby spielte, soviel war gewiß, Tennis mit Jack Stepney und Miss Van Osburgh. Von den Damen blieb also nur Mrs. Dorset, von der sie nicht wußte, was sie vorhatte, und Mrs. Dorset kam nie vor dem Mittagessen herunter: Ihre Ärzte, behauptete sie, hätten ihr verboten, sich der rauhen Morgenluft auszusetzen.

Über die verbleibenden Mitglieder der Gesellschaft machte Lily sich keine Gedanken, wo auch immer sie gerade waren, sie würden ihre Pläne nicht durchkreuzen. Diese bestanden zunächst einmal darin, ein Kleid anzuziehen, das ländlicher und sommerlicher im Stil war als die von ihr zuerst gewählte Garderobe, und dann mit raschelnden Röcken die Treppe hinunterzueilen, den Sonnenschirm in der Hand, mit der Zwanglosigkeit einer Dame, die ein wenig Bewegung braucht. Die große Halle war leer bis auf das Knäuel Hunde beim Feuer, die mit einem Blick erkannt hatten, daß Miss Bart für einen Spaziergang gerüstet war, und sich mit freigiebigen Angeboten, sie zu begleiten, auf sie stürzten. Sie schob die erhobenen Pfoten, die das freundliche Anerbieten zum Ausdruck bringen sollten, beiseite und versicherte den freudigen Freiwilligen, daß sie bestimmt gleich Verwendung für ihre Gesellschaft haben würde; dann schlenderte sie durch den leeren Saal zur Bibliothek am anderen Ende des Hauses. Die Bibliothek war nahezu der einzige Überrest des alten Herrenhauses von Bellomont, ein langer, weitläufiger Raum, der noch die Traditionen des Mutterlandes in den klassisch verkleideten Türen, den holländischen Kacheln des Kamins und dem reichverzierten Kamineinsatz mit seinen glänzenden Messingurnen verriet. Einige Familienporträts von hohlwangigen Herren mit Knotenperücke und Damen mit großem Kopfputz und kleinem Körper hingen zwischen den Regalen, in denen reihenweise behaglich abgegriffene Bücher standen, Bücher, die zumeist aus der Zeit besagter Ahnen stammten, und zu denen die nachfolgenden Trenors, soweit man sehen konnte, nichts hinzugefügt hatten. Die Bibliothek von Bellomont wurde in der Tat nie zum Lesen benutzt, sie erfreute sich dagegen einer gewissen Beliebtheit als Rauchzimmer oder als Zufluchtsort für Flirts. Lily war jedoch auf den Gedanken gekommen, daß vielleicht bei dieser Gelegenheit das einzige Mitglied der Gesellschaft, das die Bibliothek wahrscheinlich ihrem ursprünglichen Zweck wieder zuführen würde, sich in diesen stillen Raum zurückgezogen hatte. Sie ging geräuschlos über den dichten alten Teppich, auf dem hier und da ein paar bequeme Sessel standen, und noch bevor sie die Mitte des Raumes erreicht hatte, sah sie, daß sie sich nicht geirrt hatte. Lawrence Selden saß tatsächlich am anderen Ende des Raumes, aber obwohl ein Buch auf seinen Knien lag, wurde seine Aufmerksamkeit nicht von diesem in

Anspruch genommen, sondern von einer Dame, deren in Spitze gekleidete Gestalt sich übertrieben schmal gegen das dunkle Polster abhob, als sie sich in einem benachbarten Sessel zurücklehnte.

Lily hielt inne, sobald sie der beiden ansichtig wurde; einen Moment lang schien sie sich zurückziehen zu wollen, aber sie überlegte es sich anders und kündigte ihr Kommen mit einem leichten Schwung ihrer Röcke an, der das Paar die Köpfe heben ließ, Mrs. Dorset mit einem Blick offensichtlichen Mißvergnügens und Selden mit seinem üblichen ruhigen Lächeln. Der Anblick solcher Gelassenheit verunsicherte Lily, aber Verunsicherung hieß für sie nur, sich um noch beeindruckendere Selbstbeherrschung zu bemühen.

»Oje, komme ich zu spät?« fragte sie und legte ihre Hand in die seine, als er ihr entgegenging, um sie zu begrüßen.

»Zu spät – wozu?« erkundigte sich Mrs. Dorset bissig. »Zum Mittagessen ja wohl nicht – aber vielleicht hattest du eine frühere Verabredung?«

»Ja, allerdings«, sagte Lily zutraulich.

»Wirklich? Bin ich dann vielleicht im Wege? Aber Mr. Selden steht dir vollkommen zur Verfügung.« Mrs. Dorset war blaß vor Zorn, und ihre Widersacherin empfand ein gewisses Vergnügen daran, ihre Qual noch etwas zu verlängern.

»Aber Liebste, nein – bleib doch«, sagte sie gutgelaunt. »Ich will dich um Gottes willen nicht vertreiben!«

»Du bist wirklich zu freundlich, aber ich mische mich grundsätzlich nicht in Mr. Seldens Verabredungen.«

Diese Bemerkung wurde mit einem besitzergreifenden Unterton geäußert, der demjenigen, den sie betraf, nicht entging; ein leichtes Erröten der Verärgerung verbarg er, indem er sich bückte, um das Buch wiederaufzuheben, das ihm bei Lilys Kommen heruntergefallen war. Deren Augen weiteten sich auf ganz reizende Weise, und sie lachte leise auf.

»Aber ich bin doch nicht mit Mr. Selden verabredet! Ich war verabredet zur Kirche zu gehen, aber ich fürchte, der

Pferdewagen ist ohne mich abgefahren. *Ist* er schon abgefahren, wissen Sie das?«

Sie wandte sich an Selden, der erwiderte, er habe ihn vor einiger Zeit abfahren hören.

»Ah, dann werde ich wohl laufen müssen; ich habe Hilda und Muriel versprochen, mit ihnen zur Kirche zu gehen. Was, Sie meinen, es sei zu spät, um zu Fuß dorthin zu gehen? Na ja, man soll mir zumindest den Versuch zugute halten können – und noch besser ist ja, daß ich auf diese Weise einem Gutteil des Gottesdienstes entrinne. So brauche ich mir doch nicht mehr so sehr selbst leid zu tun!«

Und mit einem strahlenden Kopfnicken für das Paar, das sie gestört hatte, schlenderte Miss Bart durch die Glastüren und trug ihre raschelnde Grazie die lange Flucht des Gartenweges entlang.

Sie nahm den Weg in Richtung Kirche, aber nicht mit sehr schnellen Schritten, eine Tatsache, die einem ihrer Beobachter nicht entging, der in der Tür stand und ihr mit verwundertem Amüsement nachsah. In Wahrheit empfand sie einen schmerzlichen Schock der Enttäuschung. All ihre Pläne für den Tag waren von der Annahme ausgegangen, daß Selden nach Bellomont gekommen sei, um sie zu sehen. Sie hatte, als sie herunterkam, erwartet, ihn dabei anzutreffen, wie er Ausschau nach ihr hielt, statt dessen hatte sie ihn in einer Situation vorgefunden, die durchaus darauf hinzuweisen schien, daß er Ausschau nach einer ganz anderen Dame gehalten hatte. War es vielleicht doch möglich, daß er wegen Bertha Dorset gekommen war? Bertha schien immerhin soweit von dieser Annahme auszugehen, daß sie zu einer Stunde erschienen war, zu der sie sich gewöhnlichen Sterblichen sonst nie zeigte, und Lily sah im Augenblick keine Möglichkeit, Bertha einen Irrtum nachzuweisen. Ihr kam nicht der Gedanke, Selden könnte einfach dem Bedürfnis gefolgt sein, einen Sonntag außerhalb der Stadt zu verbringen: Frauen lernen nie, in ihrer Beurteilung der Männer ohne gefühlsbedingte Motive auszukommen. Aber Lily war nicht so leicht aus der Fassung zu bringen; Wettbewerb war für sie eher ein Anreiz zum Kampf, und sie überlegte, daß Seldens Kommen – wenn es nicht bedeutete, daß er sich noch in Mrs. Dorsets Fängen befand – ihn so vollkommen unabhängig von ihr zeigte, daß er nicht einmal ihre Nähe fürchten mußte.

Diese Gedanken beschäftigten sie derartig, daß sie in ein Schrittempo verfiel, bei dem es kaum wahrscheinlich war, daß sie die Kirche noch vor der Predigt erreichen würde, und schließlich, nachdem sie die Gärten verlassen und den Waldweg eingeschlagen hatte, vergaß sie ihr Vorhaben völlig und ließ sich auf einer ländlichen Bank an einer Wegbiegung nieder. Der Ort war überaus reizvoll und Lily war nicht unempfindlich für seinen Zauber, ebensowenig wie für die Tatsache, daß ihre Gegenwart diese noch steigerte, aber sie war es nicht gewöhnt, die Freuden der Einsamkeit zu genießen, außer in Gesellschaft, und die Verbindung eines hübschen Mädchens und einer romantischen Szenerie schien ihr zu gelungen, als daß man sie so verschwenden durfte. Es erschien jedoch niemand, um die Gelegenheit wahrzunehmen, und nach einer halben Stunde fruchtlosen Wartens stand sie auf und ging weiter. Sie fühlte langsam das Gefühl von Müdigkeit aufsteigen; der Funke, der sie belebt hatte, war erloschen, und der Geschmack des Lebens wurde schal auf ihren Lippen. Sie wußte kaum, was sie denn gesucht hatte, und warum das Mißlingen ihrer Suche so sehr das Licht an ihrem Himmel ausgelöscht hatte; sie war sich nur des vagen Gefühls bewußt, versagt zu haben, und einer inneren Isolation, die tiefer ging als die Einsamkeit um sie herum.

Ihre Schritte erlahmten, sie hielt an und starrte teilnahmslos vor sich hin, wobei sie mit der Spitze ihres Sonnenschirms in den farnbewachsenen Wegrand stach. Bei dieser Beschäftigung hörte sie Schritte hinter sich und fand Selden an ihrer Seite.

»Wie schnell Sie gehen!« bemerkte er. »Ich dachte, ich würde Sie nie einholen.«

Sie antwortete fröhlich: »Sie müssen ja völlig außer Atem sein! Ich sitze seit einer Stunde unter dem Baum dort.«

»Und warten auf mich, hoffe ich«, gab er zurück, und sie sagte mit einem unbestimmten Lächeln:

»Nun ja – ich habe gewartet, um zu sehen, ob Sie wohl kommen würden.«

»Ich verstehe Ihre Unterscheidung, aber sie macht mir nichts aus, denn das eine ist mit dem anderen verbunden. Aber waren Sie nicht sicher, daß ich kommen würde?«

»Wenn ich lange genug gewartet hätte – aber sehen Sie, ich hatte nur begrenzte Zeit für das Experiment zur Verfügung.«

»Wieso begrenzt? Begrenzt wegen des Mittagessens?«

»Nein, wegen meiner anderen Verabredung.«

»Ihrer Verabredung, mit Muriel und Hilda zur Kirche zu gehen?«

»Nein, aber mit jemand anderem nach dem Gottesdienst heimzukommen.«

»Ah, ich verstehe, ich hätte mir denken können, daß Sie über genügend Alternativen verfügen. Und der andere Jemand kommt auf diesem Weg heim?«

Lily lachte wieder. »Das ist genau das, was ich nicht weiß, und um es herauszufinden, ist es meine Aufgabe, die Kirche zu erreichen, bevor der Gottesdienst vorüber ist.«

»Genau, und meine Aufgabe ist es, Sie daran zu hindern, in welchem Fall der andere Jemand über ihre Abwesenheit verstimmt den verzweifelten Entschluß fassen wird, im Pferdewagen zurückzufahren.«

Lily nahm das mit wiedererwachender Empfänglichkeit auf; seine Albereien erschienen ihr wie das Übersprudeln ihrer inneren Verfassung. »Ist es das, was Sie in solch einem Notfall täten?« erkundigte sie sich.

Selden sah sie mit ernster Miene an. »Ich bin hier, Ihnen zu beweisen«, rief er aus, »zu was ich in einem Notfall fähig bin!«

»Eine Meile in der Stunde zu gehen – Sie müssen zugeben, daß der Pferdewagen da schneller wäre!«

»Ah, aber wird er Sie schließlich und endlich auch finden? Das allein ist der Beweis für den Erfolg.«

Sie sahen einander an und weideten sich an genau demselben Vergnügen, das sie empfunden hatten, als sie solche Absurditäten an seinem Teetisch ausgetauscht hatten. Aber plötzlich veränderte sich Lilys Gesichtsausdruck, und sie sagte: »Nun, wenn das so ist, hat er Erfolg gehabt.«

Selden folgte ihrem Blick und erkannte eine Gruppe von Leuten, die von einer entfernteren Windung des Weges auf sie zukamen. Lady Cressida hatte offensichtlich darauf bestanden, den Rückweg zu Fuß zu machen, und die übrigen Kirchgänger hatten es für ihre Pflicht gehalten, mit ihr zu gehen. Lilys Begleiter sah schnell von einem Mann der Gruppe zum anderen; Wetherall, der respektvoll an Lady Cressidas Seite ging mit seinem versteckten Blick nervöser Aufmerksamkeit und Percy Gryce, der mit Mrs. Wetherall und den Trenors die Nachhut bildete.

»Ah – jetzt verstehe ich, warum Sie Ihr Wissen über Americana auffrischen wollten!« rief Selden im Ton ehrlichster Bewunderung, aber das Erröten, mit dem seine Neckerei beantwortet wurde, gebot jedweder Ausführung, die er noch hatte machen wollen, Einhalt.

Daß Lily Bart etwas dagegen haben könnte, wegen ihrer Verehrer aufgezogen zu werden, oder sogar nur wegen der Mittel, mit denen sie diese für sich einnahm, war Selden so neu, daß ihm blitzartig eine ganze Reihe überraschender Möglichkeiten aufging. Aber sie bemühte sich tapfer, ihre Verwirrung zu verbergen, und sagte, als die Ursache dafür näher kam: »Deswegen habe ich ja auf Sie gewartet – um Ihnen dafür zu danken, daß Sie mir so viele Hinweise gegeben haben!«

»Ah, diesem Thema können Sie in so kurzer Zeit kaum gerecht werden«, sagte Selden, als die Trenor-Mädchen Miss Bart entdeckt hatten, und während sie auf ihr stürmisches Grüßen hin ihnen zuwinkte, fügte er noch schnell hinzu: »Wollen Sie nicht Ihren Nachmittag dafür opfern? Sie wissen, daß ich morgen zurückfahren muß. Wir könnten spazierengehen, und Sie könnten mir in aller Ruhe danken.«

VI

Es war ein vollkommener Nachmittag. Eine tiefere Stille erfüllte jetzt die Luft, und der strahlende Glanz des amerikanischen Herbstes wurde durch einen Dunstschleier gemildert, der sich mit der Helligkeit vermischte, ohne sie zu vermindern.

In den waldigen Niederungen des Parks begann es schon ein wenig kühl zu werden, aber mit ansteigendem Gelände wurde die Luft leichter, und als sie die weiten Hänge auf der anderen Seite der großen Straße hinaufstiegen, erreichten Lily und ihr Begleiter einen Bereich, in dem der Sommer noch lebendig war. Ihr Weg wand sich durch eine Wiese, auf der hier und dort ein paar Bäume standen, dann senkte er sich und wurde zu einem Durchgang zwischen fedrigen Astern und sich purpurrot verfärbendem Dornengesträuch, von wo aus man durch das leise zitternde Eschenlaub hindurch die Landschaft in pastoralen Farben sich verlieren sehen konnte.

Weiter oben umstanden den Weg üppige Büsche von Farnkraut und den glatten Bodenpflanzen, die man auf beschatteten Abhängen findet; dann kamen Bäume mit überhängendem Geäst, und schließlich vertiefte sich der Schatten zum wechselnden Dämmer eines Birkenhains. Die Baumstämme standen in ziemlicher Entfernung voneinander, zwischen ihnen lag nur ein zartfedriger Teppich aus Bodengewächsen. Der Weg wand sich am Waldesrand entlang, gab dann und wann den Blick frei auf eine Wiese im Sonnenlicht oder auf einen Obstgarten, der mit Früchten übersät war.

Lily verfügte nicht über ein echtes Gefühl der Vertrautheit mit der Natur, aber sie hatte geradezu eine Leidenschaft für das Angemessene und war überaus empfänglich für eine Szenerie, die den passenden Hintergrund für ihre eigenen Gefühle abgab. Die Landschaft, die sich vor ihr ausbreitete, erschien ihr wie die Erweiterung ihrer gegenwärtigen Stimmung, und sie fand etwas von ihrem eigenen Wesen in der Ruhe, der Größe, der freien Weitläufigkeit der Landschaft.

Auf den nähergelegenen Hängen flackerten Zuckerahornbäume wie Freudenfeuer, weiter unten lag eine Ansammlung grauer Obstgärten, und da und dort hielt sich noch das Grün eines Eichenhains. Ein paar rote Bauernhäuser lagen schläfrig unter Apfelbäumen, und der weiße Holzturm einer Dorfkirche lugte hinter der Schulter eines Hügels hervor, während ganz weit unten in einem Dunstschleier sich die Hauptstraße ihren Weg zwischen den Feldern bahnte.

»Kommen Sie, setzen wir uns hier hin«, schlug Selden vor, als sie einen offenen Felsvorsprung erreicht hatten, über dem zwischen moosigen Steinen hoch und steil die Birken wuchsen.

Lily ließ sich auf dem Felsen nieder; sie glühte warm von dem langen Aufstieg. Still saß sie da, ihre Lippen noch geöffnet von der Anstrengung der Kletterei, während ihre Augen friedlich über die durchbrochenen Weiten der Landschaft wanderten. Selden streckte sich zu ihren Füßen im Gras aus, er zog seinen Hut in die Stirn wegen der schrägfallenden Sonnenstrahlen und faltete die Hände hinter seinem Kopf, an die Seite des Felsblocks gelehnt. Er hatte kein Bedürfnis, Lily zum Reden zu bringen; ihre schnellatmende Schweigsamkeit schien ein Teil der allgemeinen Ruhe und Harmonie der Welt um sie herum zu sein. Sein eigener Kopf war ganz von einem trägen Gefühl des Wohlbehagens erfüllt, das einen Schleier auf seine Empfindungen legte, genauso wie der Septemberdunst die Landschaft zu seinen Füßen in Schleier hüllte. In Lily aber, obwohl ihre Haltung so ruhig war wie die seine, raste innerlich ein Sturm von Gedanken. Im Augenblick gab es zwei Wesen in ihr, das eine atmete die Freiheit und Heiterkeit ein, das andere schnappte in einem beengten schwarzen Gefängnis nach Luft. Aber das Luftschnappen dieses Gefangenen wurde immer schwächer, und schließlich beachtete das andere Wesen ihn nicht weiter: Der Horizont weitete sich, die Luft wurde kräftiger, und der freie Geist schwang die Flügel gen Himmel.

Sie selbst hätte dieses Gefühl der Lebensfreude nicht erklären können, das sie über die sonnendurchflutete Welt zu ihren Füßen emporzuheben schien. War es Liebe, fragte sie sich, oder bloß die zufällige Verbindung von glücklichen Gedanken und Empfindungen? Wieviel davon hatte sie nur dem Zauber des vollkommenen Nachmittags zu verdanken, dem Duft der verblassenden Wälder, dem Gedanken an all das Öde, dem sie entkommen war? Lily hatte keine eindeutigen Erfahrungen, mit deren Hilfe sie die Beschaffenheit ihrer Gefühle hätte prüfen können. Sie hatte sich zwar schon des öfteren in Schicksale oder Karrieren verliebt, aber nur einmal in einen Mann. Das war schon Jahre her; zur Zeit ihres Debüts war sie von einer romantischen Leidenschaft für einen jungen Herrn namens Herbert Melson ergriffen gewesen, er hatte blaue Augen gehabt und eine leichte Welle im Haar. Mr. Melson, der über keine weiteren verwertbaren Sicherheiten als diese zwei verfügte, hatte nichts Eiligeres zu tun gehabt, als sie zur Eroberung der ältesten Miss Van Osburgh zu verwenden; seit dieser Zeit war er füllig geworden, schnaufte und hatte die üble Angewohnheit, Anekdoten von seinen Kindern zu erzählen. Wenn Lily sich an dieses erste Gefühl erinnerte, war es nicht um einen Vergleich anzustellen zu dem, das sie jetzt beherrschte; das einzig Vergleichbare war das Gefühl von Leichtigkeit, von Befreiung, das sie auch während der kurzen Zeit ihrer jugendlichen Romanze im Wirbel des Walzers oder der Abgeschiedenheit eines Wintergartens empfunden hatte. Bis zum heutigen Tag hatte sie diese Leichtigkeit, dieses Leuchten der Freiheit nicht wieder gekannt, aber diesmal war es mehr als das blinde Suchen des Blutes. Der besondere Zauber ihrer Gefühle für Selden lag darin, daß sie diese verstand; sie hätte ihren Finger auf jedes Glied der Kette legen können, die sie und ihn immer enger verband. Obwohl seine Beliebtheit von der ruhigen Art war, von seinen Freunden eher gefühlt als aktiv ausgedrückt, hatte sie nie den Fehler begangen, seine unauffällige Art für einen Mangel an Bedeutsamkeit zu halten. Sein Ruf, gebildet zu sein, wurde im allgemeinen als ein gewisses Hindernis im Umgang mit ihm betrachtet, aber Lily, die stolz auf ihre liberale Hochschätzung der Literatur war und immer einen Omar Khayam[9] in ihrer Reisetasche hatte, wurde von dieser Eigenschaft gerade angezogen, deren Vorzüge in einer Gesellschaft mit älteren Traditionen, das sagte ihr ihr Gefühl, eher anerkannt worden wären. Darüber hinaus besaß er die Gabe, seiner Rolle gemäß auszusehen, groß genug zu sein, um den Kopf höher als die Menge tragen zu können, und scharf geschnittene, dunkle Gesichtszüge zu haben, die ihm in einem Land eher ungeformter Menschentypen den Ausdruck von jemandem verliehen, der einer reiner ausgeprägten Rasse angehörte und die Merkmale einer einheitlichen Vergangenheit trug. Überschwengliche Menschen fanden ihn ein wenig nüchtern, und sehr junge Mädchen hielten ihn für sarkastisch, aber seine freundlich-distanzierte Haltung, soweit wie nur irgend möglich davon entfernt, einen persönlichen Vorteil geltend zu machen, war gerade die Eigenschaft, die Lilys Interesse erregte. Alles an ihm kam dem wählerischen Element in ihrem Geschmack entgegen, sogar die leichte Ironie, mit der er all das betrachtete, was ihr als das Heiligste erschien. Vielleicht bewunderte sie ihn am meisten dafür, daß er ein ebenso ausgeprägtes Gefühl der Überlegenheit zu vermitteln wußte wie der reichste Mann, den sie je getroffen hatte.

Es war das unbewußte Weiterspinnen dieses Gedankens, das sie plötzlich mit einem Lachen sagen ließ: »Ich habe heute Ihretwegen zwei Verabredungen abgesagt. Und Sie, wie viele haben Sie um meinetwillen abgesagt?«

»Keine«, sagte Selden ruhig. »Meine einzige Verabredung auf Bellomont galt Ihnen.«

Sie blickte zu ihm herunter und lächelte ein wenig.

»Sind Sie wirklich nach Bellomont gekommen, um mich wiederzusehen?«

»Natürlich bin ich das.«

Sie blickte tief in Gedanken versunken vor sich hin. »Warum?« fragte sie leise, mit einer Betonung, die der Frage jeden Anflug von Koketterie nahm.

»Weil Sie für mich ein wunderbares Schauspiel sind; ich sehe immer wieder gern, was Sie gerade so treiben.«

»Woher wollen Sie denn wissen, was ich tun würde, wenn Sie nicht da wären?«

Selden lächelte. »Ich schmeichle mir nicht, daß mein Kommen den Gang Ihrer Handlungen auch nur um Haaresbreite verändert hätte.«

»Das ist doch absurd – denn, wenn Sie nicht hier wären, könnte ich ja wohl offensichtlich nicht mit Ihnen spazierengehen.«

»Nein, aber der Spaziergang mit mir ist nur eine andere Art, Ihr Material einzusetzen. Sie sind eine Künstlerin, und ich bin nun einmal die Farbe, von der Sie heute Gebrauch machen. Es gehört zu Ihrer Klugheit, mit Vorbedacht gewählte Effekte wie improvisiert einzusetzen.«

Auch Lily mußte lächeln, seine Worte waren zu geistreich, als daß sie ihren Sinn für Humor nicht angesprochen hätten. Es war wahr, daß sie seine zufällige Anwesenheit für ihr Vorhaben ausnutzen wollte, oder das war zumindest der Vorwand, den sie sich zurechtgelegt hatte, um ihr Versprechen, mit Mr. Gryce einen Spaziergang zu machen, nicht einlösen zu müssen. Man hatte ihr so manches Mal vorgeworfen, sie sei zu ungeduldig; sogar Judy Trenor hatte sie gewarnt, nicht zu schnell vorzugehen. Nun gut, in diesem Fall würde sie nicht voreilig sein; sie würde ihren Verehrer das Gefühl der Spannung auskosten lassen. Wo Pflicht und eigene Vorlieben so schön zusammenfielen, lag es nicht in Lilys Natur, sie gewaltsam auseinanderzuhalten. Sie hatte ihr Fernbleiben von diesem Spaziergang mit Kopfweh entschuldigt, mit eben dem schrecklichen Kopfweh, das sie am Morgen schon nicht hatte zur Kirche gehen lassen. Und ihr Erscheinen beim Mittagessen rechtfertigte ihre Entschuldigung. Sie wirkte matt, voll leidender Sanftheit und trug ein Riechfläschchen in der Hand. Mr. Gryce waren solche Zeichen der Schwäche völlig neu an ihr; er fragte sich ziemlich nervös, ob sie wohl eine delikate Gesundheit habe, und hegte reichlich voreilige

Befürchtungen in bezug auf die Zukunft seiner Nachkommenschaft. Aber sein Mitgefühl siegte für dieses Mal, und er bat sie dringend, sich keinen Unbilden der Witterung auszusetzen; er verband frische Luft immer mit gefährlichem Ausgesetztsein.

Lily nahm sein Mitgefühl mit matter Dankbarkeit entgegen und drängte ihn, wo sie doch so wenig amüsante Gesellschaft abgeben würde, sich den anderen anzuschließen, die nach dem Mittagessen sich zu einem Besuch im Automobil zu den Van Osburghs nach Peekskill aufmachen wollten. Mr. Gryce war gerührt von ihrer Selbstlosigkeit, und um der drohenden Leere des Nachmittags zu entgehen, war er ihrem Ratschlag gefolgt und traurig davongefahren, ausgerüstet mit Staubhaube und riesiger Schutzbrille; als der Wagen die Allee hinunterfuhr, mußte sie lächeln, so sehr glich er einem verwirrten Käfer in diesem Aufzug.

Selden hatte ihre List mit trägem Amüsement beobachtet. Sie hatte ihm auf seinen Vorschlag, den Nachmittag zusammen zu verbringen, keine Antwort gegeben, aber als ihre Pläne sich vor seinen Augen entfalteten, nahm er mit ziemlicher Sicherheit an, in diese eingeschlossen zu sein. Das Haus war leer, als er endlich ihre Schritte auf der Treppe hörte und langsam aus dem Billardzimmer kam, um sich ihr anzuschließen. Sie trug einen Hut und ein Kleid zum Spazierengehen, und die Hunde sprangen um ihre Füße herum.

»Ich fand dann doch, daß ein wenig frische Luft mit guttun würde«, erklärte sie, und er meinte zustimmend, ein so einfaches Heilmittel wäre sicher einen Versuch wert.

Die Ausflügler würden mindestens vier Stunden unterwegs sein; Lily und Selden hatten den ganzen Nachmittag vor sich, und das Gefühl von freier Zeit und Sicherheit machte die Heiterkeit ihrer Stimmung vollkommen. Mit so viel Zeit sich zu unterhalten, ohne ein festgesetztes Thema ansprechen zu müssen, konnte Lily einmal die seltenen Freuden geistigen Vagabundentums genießen.

Sie fühlte sich so vollkommen frei von Hintergedanken, daß sie seine Andeutungen ein wenig unwillig aufnahm.

»Ich weiß wirklich nicht«, sagte sie, »warum Sie mir immer vorwerfen, ich würde alles im voraus planen.«

»Ich dachte, Sie hätten sich selbst dazu bekannt; Sie haben mir doch neulich erzählt, Sie müßten auf ein bestimmtes Ziel hinarbeiten – und wenn man eine Sache in Angriff nimmt, dann ist es doch eher ein Verdienst, sie gründlich zu betreiben.«

»Wenn Sie damit meinen, daß ein Mädchen, das niemanden hat, der für es denkt, das wohl oder übel selber tun muß, bin ich durchaus bereit, Ihren Vorwurf anzuerkennen. Aber Sie müssen mich ja für eine gräßliche Person halten, wenn Sie glauben, ich würde nie einem spontanen Einfall nachgeben.«

»Ach, aber das glaube ich doch gar nicht; habe ich Ihnen nicht gesagt, daß Ihr Genie gerade darin liegt, Impulse zu Intentionen zu machen?«

»Mein Genie?« wiederholte sie mit einem plötzlichen Anflug von Traurigkeit. »Gibt es überhaupt einen endgültigen Beweis für Genie außer den Erfolg? Und ich habe mit Sicherheit bisher keinen gehabt.«

Selden schob seinen Hut zurück und blickte sie von der Seite her an. »Erfolg – was ist Erfolg? Ich wäre sehr daran interessiert, Ihre Definition zu hören.«

»Erfolg?« Sie zögerte. »Nun, so viel wie möglich aus dem Leben herauszuholen, nehme ich an. Schließlich und endlich ist das eine relative Angelegenheit. Entspricht das nicht Ihrer Vorstellung von Erfolg?«

»Meiner Vorstellung? Um Himmels willen, nein!« Er setzte sich plötzlich voll Energie auf, lehnte seinen Ellbogen auf die Knie und starrte auf die weichen Linien der Felder. »Meine Vorstellung von Erfolg«, sagte er, »heißt persönliche Unabhängigkeit.«

»Unabhängigkeit? Unabhängigkeit von Sorgen?«

»Von allem – von Geld, von Armut, von Luxus und Bedrängnis, von allen materiellen Zufällen. Sich eine Art Republik des Geistes zu erhalten – das nenne ich Erfolg.«

Sie beugte sich vor und antwortete ihm mit plötzlichem Erkennen. »Ich weiß – ich weiß – es ist sonderbar, aber das ist genau das, was ich heute empfunden habe.«

Er sah ihr in die Augen, und sie entdeckte die verhaltene Freundlichkeit in den seinen. »Haben Sie das Gefühl so selten?« sagte er.

Sie errötete ein wenig unter seinem Blick. »Sie halten mich für ein schrecklich minderwertiges Geschöpf, nicht wahr? Aber vielleicht liegt es eher daran, daß ich nie die Wahl hatte. Es gab niemanden, meine ich, der mir von der Republik des Geistes erzählt hätte.«

»Das gibt es nie – sie ist ein Land, zu dem man nur selbst den Weg finden kann.«

»Aber ich hätte den Weg dorthin nie gefunden, wenn Sie ihn mir nicht gezeigt hätten.«

»Ja, es gibt schon Wegweiser – aber man muß sie lesen können.«

»Nun, ich habe es gewußt, ich habe es gewußt!« rief sie glühend vor Begeisterung. »Immer wenn ich Sie sehe, merke ich, wie ich einen Buchstaben dieses Wegweisers entziffere – und gestern – gestern abend beim Dinner – sah ich plötzlich einen kleinen Weg in Ihre Republik.«

Selden sah sie noch immer an, aber mit anderen Augen. Bisher hatte er in ihrer Gegenwart und in der Unterhaltung mit ihr das ästhetische Vergnügen empfunden, das ein Mann, dem Gedankliches wichtig ist, gern im unbekümmerten Umgang mit hübschen Frauen sucht. Seine Haltung war die des bewundernden Zuschauers gewesen, und es hätte ihm geradezu leid getan, an ihr eine gefühlsmäßige Schwäche zu entdecken, die sie daran gehindert hätte, ihre Ziele zu erreichen. Aber jetzt war die Andeutung eben dieser Schwäche zum interessantesten Zug an ihr geworden. Er hatte sie an jenem Morgen in einem Moment der Unordnung angetroffen, ihr Gesicht war bleich und verändert gewesen, und die Einschränkung ihrer Schönheit hatte ihr einen ergreifenden Zauber verliehen. *So sieht sie aus, wenn sie allein ist!* war sein erster Gedanke gewesen, und der zweite hatte die Veränderung in ihr verfolgt, die sein Kommen auslöste. Der Gefahrenpunkt in ihrem Verhältnis zueinander war, daß er an der Spontaneität ihrer Zuneigung nicht zweifeln konnte. Von welchem Blickwinkel aus er ihre langsam wachsende Vertrautheit auch betrachtete, er konnte sie nicht als Teil ihrer Lebenspläne sehen, und das unvorhergesehene Element in einem so exakt geplanten Leben zu sein, war sogar für einen Mann anregend, der Experimente im Bereich der Gefühle aufgegeben hatte.

»Nun und«, sagte er, »hat es Sie dazu gebracht, daß Sie mehr sehen wollen? Werden Sie bald eine von uns sein?«

Er hatte seine Zigaretten aus der Tasche gezogen, während er sprach, und sie streckte ihre Hand nach dem Etui aus.

»Oh, bitte, geben Sie mir eine – ich habe seit Tagen nicht geraucht!«

»Warum diese unnatürliche Abstinenzhaltung? Auf Bellomont raucht doch jeder.«

»Ja – aber es gilt nicht als schicklich für *une jeune fille à marier*[10]; und das bin ich im Moment, *une jeune fille à marier.*«

»Ah, dann fürchte ich, können wir Ihnen keinen Zutritt zu unserer Republik gewähren.«

»Warum nicht? Handelt es sich dabei um eine zölibatäre Vereinigung?«

»Nicht im geringsten, obwohl ich leider sagen muß, daß es dort nicht sehr viele verheiratete Leute gibt. Aber Sie werden jemanden heiraten, der sehr reich ist, und für Reiche ist der Zugang ebenso schwierig wie der zum himmlischen Königreich.«

»Das ist ungerecht, finde ich, denn, wenn ich richtig verstanden habe, ist doch eine Bedingung, um die Staatsangehörigkeit zu erwerben, sich nicht zu viele Gedanken über Geld zu machen, und die einzige Möglichkeit, nicht mehr an Geld denken zu müssen, ist es, eine schöne große Menge davon zu haben.«

»Sie könnten mit dem gleichen Recht sagen, die einzige Möglichkeit, nicht an die Luft denken zu müssen, ist es, genug zum Atmen zu haben. Das stimmt zwar in gewissem Sinne, aber ihre Lungen denken an die Luft, wenn Sie es nicht tun. Und genau so ist es mit ihren reichen Leuten – sie mögen zwar nicht an Geld denken, aber sie atmen es ständig ein. Versetzen Sie sie in ein anderes Element, und Sie werden sehen, wie sie sich winden und nach Luft schnappen!«

Lily blickte geistesabwesend durch die blauen Ringe ihres Zigarettenrauchs.

»Es scheint mir aber«, sagte sie schließlich, »daß Sie einen beachtlichen Teil Ihrer Zeit in dem Element zubringen, das Sie so sehr ablehnen.«

Selden nahm diesen Vorwurf ungerührt hin. »Ja, aber ich habe versucht, ein Amphibienwesen zu bleiben; es macht nichts, solange die Lungen noch in anderer Luft atmen können. Die wahre Alchemie besteht darin, Gold wieder in etwas anderes zu verwandeln, und das ist das Geheimnis, das die meisten Ihrer Freunde verloren haben.«

Lily dachte nach. »Meinen Sie nicht«, gab sie einen Augenblick später zurück, »daß die Leute, die an der Gesellschaft etwas auszusetzen haben, zu sehr dazu neigen, sie als Selbstzweck anzusehen statt als ein Mittel zu etwas anderem, genauso wie die Leute, die Geld verachten, darüber sprechen, als wäre es nur dazu da, in Säcken aufbewahrt zu werden, damit man sich daran ergötzen kann? Ist es nicht gerechter, beides als Chance anzusehen, die man entweder dumm vertun oder klug nutzen kann, je nachdem, wie begabt derjenige ist, dem diese Chance gegeben wurde?«

»Das ist sicher ein vernünftiger Standpunkt, aber das Sonderbare an der Gesellschaft ist, daß die Leute, die sie als Selbstzweck ansehen, auch diejenigen sind, die dazugehören, und nicht die Kritiker am Zaun. Mit den meisten Schauspielen ist es genau andersherum – die Zuschauer mögen sich der Illusion hingeben, aber die Schauspieler wissen, daß das wirkliche Leben sich auf der anderen Seite der Rampenlichter abspielt. Die Leute, welche die Gesellschaft als Gelegenheit ansehen, sich nach der Arbeit zu unterhalten, haben die richtige Einstellung dazu, aber wenn die Gesellschaft zu dem wird, wofür man arbeitet, werden die Verhältnisse im Leben völlig verdreht.« Selden richtete sich auf und stützte sich auf seinen Ellbogen.

»Du lieber Himmel!« erklärte er weiter. »Ich unterschätze die dekorative Seite des Lebens durchaus nicht. Mir scheint sich der Sinn für Pracht und Luxus durch das zu rechtfertigen, was mit seiner Hilfe entstanden ist. Das Schlimme ist nur, daß so viel menschliche Natur in diesem Prozeß verbraucht wird. Wenn wir alle das Rohmaterial für kosmische Effekte sind, wäre man doch lieber das Feuer, das ein Schwert härtet, als der Fisch, der dazu dient, einen Purpurmantel einzufärben. Und eine Gesellschaft wie die unsere verschwendet so gutes Material, um ihr kleines Fleckchen Purpur herzustellen! Sehen Sie sich einen Jungen wie Ned Silverton an – er ist wirklich zu schade, um dazu gebraucht zu werden, die gesellschaftliche Fadenscheinigkeit anderer Leute wieder aufzufrischen. Da ist einmal ein Bursche, der sich auf den Weg gemacht hat, das Universum zu entdecken: Ist es nicht traurig, daß die Sache damit endet, daß er glaubt, es in Mrs. Fishers Salon gefunden zu haben?«

»Ned ist ein lieber Junge, und ich hoffe, er wird sich seine Illusionen lang genug bewahren, um ein paar hübsche Gedichte darüber zu schreiben, aber glauben Sie denn, daß nur in der Gesellschaft die Wahrscheinlichkeit groß ist, daß er sie bald verliert?«

Selden antwortete ihr mit Achselzucken. »Warum nennen wir all unsere hochherzigen Ideen Illusionen und die niedrigen Wahrheiten. Reicht es nicht schon aus, die Gesellschaft zu verdammen, wenn man merkt, daß man eine solche Ausdrucksweise übernimmt? Ich hätte diese Art zu reden in Ned Silvertons Alter beinahe angenommen, und ich weiß, wie Bezeichnungen Meinungen eine andere Färbung geben können.«

Sie hatte ihn noch niemals zuvor mit solcher Bestimmtheit sprechen hören. Für gewöhnlich gab er sich als Eklektiker, der die Dinge mit leichter Hand hin- und herdreht und vergleicht, und der Blick in die Werkstatt, in der seine Überzeugungen geformt wurden, rührte sie.

»Ach, Sie sind genauso schlimm wie andere Sektierer«, rief sie aus. »Warum nennen Sie Ihre Republik eine Republik? Sie ist eine geschlossene Vereinigung, und Sie erheben willkürliche Einwände, nur um andere draußen zu halten.«

»Es ist nicht *meine* Republik; wenn sie es wäre, würde ich einen Staatsstreich inszenieren und Sie auf den Thron setzen.«

»Während Sie glauben, daß ich in Wirklichkeit nicht auch nur einen Fuß über die Schwelle brächte. Sie verachten meine Ambitionen, Sie meinen, sie seien meiner nicht würdig!«

Selden lächelte, aber ohne Ironie. »Na ja, ist das nicht ein Kompliment? Ich halte solche Ambitionen durchaus der meisten Leute für würdig, die sich von ihnen ihr Leben bestimmen lassen.«

Sie wandte sich um und betrachtete ihn ernst. »Aber kann es nicht sein, daß ich, wenn ich die Möglichkeiten dieser Leute hätte, diese besser nutzen würde? Geld steht für alles Erdenkbare, was man damit erreichen kann, es beschränkt sich nicht auf Diamanten und Automobile.«

»Nein, nicht im geringsten; Sie könnten Ihre Freude an diesen Dingen dadurch wiedergutmachen, daß Sie ein Krankenhaus gründen.«

»Aber wenn Sie glauben, daß es diese Dinge sind, an denen ich wirklich Freude habe, müssen Sie meine Ambitionen ja für gut genug für mich halten.«

Selden nahm diesen flehentlichen Einwand mit einem Lachen entgegen. »Ach, meine liebe Miss Bart, ich bin nicht die göttliche Vorsehung, die Ihnen garantieren kann, daß Sie an den Dingen Freude haben werden, die Sie zu bekommen versuchen!«

»Dann ist alles, was Sie mir sagen können, daß ich, nachdem ich mich mit aller Kraft bemüht habe, sie zu bekommen, sie wahrscheinlich nicht besonders mögen werde.« Sie atmete tief ein. »Was für eine elende Zukunft Sie mir vorhersagen!«

»Nun – haben Sie das nicht schon selbst alles so gesehen?«

Langsam röteten sich ihre Wangen, es war kein Erröten, das aus der Aufregung erwuchs, es kam vielmehr aus den tiefsten Tiefen ihres Fühlens; es war, als hätte ihr geistiges Bemühen es hervorgebracht.

»Schon oft, so oft«, sagte sie. »Aber die Zukunft wirkt soviel düsterer, wenn Sie sie mir zeigen!«

Er antwortete nicht auf ihren Ausruf, und eine Zeitlang saßen sie schweigend da, und etwas schwang zwischen ihnen in der weiten Ruhe der Luft. Aber plötzlich wandte sie sich ihm schon geradezu heftig zu.

»Warum tun Sie mir das an?« rief sie aus. »Warum sorgen Sie dafür, daß alles, wofür ich mich entschieden habe, mir hassenswert erscheint, wenn Sie mir nichts an seiner Statt zu geben haben?«

Diese Worte rissen Selden aus der Grübelei, in die er versunken war. Er wußte selbst nicht, warum er sie dazu gebracht hatte, ein solches Gespräch mit ihm zu führen. Von allen Alternativen, wie man einen Nachmittag allein mit Miss Bart verbringen konnte, hätte er diese für die letzte gehalten, die er sich ausgesucht hätte. Aber es war einer der Augenblicke, in dem keiner von beiden mit einer bestimmten Absicht zu sprechen schien, in dem vielmehr eine Stimme tief drinnen in jedem von ihnen den anderen über unergründliche Tiefen des Gefühls hinweg zu rufen schien.

»Nein, ich habe Ihnen nichts dafür zu geben«, sagte er, setzte sich aufrecht hin und wandte sich um, um sie anzusehen. »Wenn ich es hätte, würde es Ihnen gehören, das wissen Sie.«

Sie nahm diese abrupte Erklärung auf eine Weise auf, die noch sonderbarer war als seine Art, sich zu äußern: Sie verbarg ihr Gesicht in den Händen, und er sah, daß sie einen Augenblick lang weinte.

Es dauerte jedoch nur einen Augenblick, denn als er sich näher zu ihr beugte und ihre Hände mit einer eher ernsten als leidenschaftlichen Geste wegzog, wandte sie ihm ihr Gesicht zu; es war nicht entstellt nach ihrem Gefühlsausbruch, und er sagte sich, ein wenig grausam zwar, daß sogar ihr Weinen eine Kunst sei.

Diese Überlegung gab seiner Stimme die nötige Festigkeit, als er zwischen Mitleid und Ironie fragte: »Ist es nicht ganz natürlich, daß ich versuche, all die Dinge, die ich Ihnen nicht bieten kann, schlecht zu machen?«

Ihr Gesicht hellte sich daraufhin auf, aber sie zog ihre Hand weg, nicht mit einer Geste der Koketterie, sondern so, als wolle sie auf etwas verzichten, auf das sie keinen Anspruch habe.

»Aber *ich* bin es doch, die Sie schlechtmachen, nicht wahr«, erwiderte sie freundlich, »wenn Sie so sicher sind, daß das das Einzige ist, was mir etwas bedeutet?«

Selden merkte, wie etwas in ihm erschrak, aber das war nur das letzte Zucken seines Egoismus. Fast sofort antwortete er ganz einfach: »Aber es bedeutet Ihnen doch etwas, nicht? Und ich kann das nicht ändern, wie sehr ich es mir auch wünsche.«

Er hatte so vollständig aufgehört, daran zu denken, wohin ihn diese Wendung des Gesprächs führen könnte, daß er ganz deutlich Enttäuschung empfand, als sie ihm ihr Gesicht zuwandte, auf dem der Spott nur so funkelte.

»Ah«, rief sie aus, »trotz all Ihrer feinen Rederei sind Sie doch ein genauso großer Feigling wie ich, denn Sie hätten nichts von alledem gesagt, wenn Sie nicht genau gewußt hätten, wie meine Antwort aussehen würde.«

Der Schock, den ihre Erwiderung auslöste, hatte zur Folge, daß Seldens schwankende Absichten feste Form annahmen.

»Ich bin mir Ihrer Antwort nicht so sicher«, sagte er ruhig. »Und ich will Ihnen gegenüber so gerecht sein zu glauben, daß Sie es auch nicht sind.«

Jetzt war die Reihe an ihr, überrascht auszusehen; nach einer Weile fragte sie: »Wollen Sie mich heiraten?«

Er lachte laut auf. »Nein, ich will nicht – aber ich würde es vielleicht, wenn Sie es wollten!«

»Das habe ich Ihnen ja gesagt – Sie sind sich meiner so sicher, daß Sie sich das Vergnügen gönnen können, Experimente zu machen.« Sie entzog ihm ihre Hand, die er wieder genommen hatte, und schaute traurig zu ihm herunter.

»Ich mache keine Experimente«, erwiderte er. »Oder wenn ich es doch tue, dann mit mir selbst und nicht mit Ihnen. Ich weiß nicht, welche Folgen sie für mich haben werden – aber wenn eine davon es ist, Sie zu heiraten, will ich das Risiko eingehen.«

Ihr gelang ein schwaches Lächeln. »Es wäre mit Sicherheit ein großes Risiko – ich habe Ihnen nie verborgen, wie groß das Risiko wäre.«

»Ah, Sie sind der Feigling!« rief er aus.

Sie war aufgestanden, und er stand ihr gegenüber, seine Augen sahen in die ihren. Die sanfte Einsamkeit des schwindenden Tages hüllte sie ein; es schien, als seien sie in dünnere Luft emporgehoben. All die feinen Einflüsse der Stunde zitterten in ihren Adern und zogen sie zueinander hin, wie die losen Blätter zur Erde hingezogen wurden.

»Sie sind der Feigling«, wiederholte er und nahm ihre Hände in die seinen.

Sie lehnte sich für einen Moment an ihn, so als ob sie nun endlich ihren müden Flügeln Ruhe gönnen könnte; er hatte das Gefühl, als schlüge ihr Herz eher von der Anstrengung eines langen Fluges als von der Aufregung, welche die neuen Horizonte in ihr erregten. Dann trat sie mit einem kleinen Lächeln der Warnung zurück; »Ich werde scheußlich aussehen in billigen Kleidern, aber ich kann immerhin meine Hüte selbst machen«, erklärte sie.

Sie standen eine Weile schweigend da und lächelten einander an wie Kinder bei einem abenteuerlichen Ausflug, die auf eine verbotene Höhe geklettert sind, von der aus sie eine neue Welt entdecken. Die wirkliche Welt zu ihren Füßen wurde von der wachsenden Dunkelheit verschleiert, und über dem Tal ging der Mond im dunkleren Blau auf.

Plötzlich hörten sie von ferne einen Ton wie das Summen eines gigantischen Insekts, und etwas Schwarzes bewegte sich mit großer Geschwindigkeit in ihr Blickfeld, der Hauptstraße folgend, die sich weiß von dem sie umgebenden Zwielicht abhob.

Lily schreckte aus ihrer versunkenen Haltung auf, ihr Lächeln verschwand, und sie bewegte sich auf den Weg zu.

»Ich hatte keine Ahnung, daß es so spät ist! Wir werden erst nach Einbruch der Dunkelheit zurücksein«, sagte sie schon beinahe ungeduldig.

Selden betrachtete sie überrascht; er brauchte eine Weile, um sie wieder mit denselben Augen wie früher zu sehen; dann sagte er, ohne den Sarkasmus aus seiner Stimme heraushalten zu können: »Das war keiner von unserer Gruppe, der Wagen fuhr in die andere Richtung.«

»Ich weiß – ich weiß –«, sie hielt inne, und er sah trotz der Dämmerung, wie sie rot wurde. »Aber ich habe ihnen gesagt, ich fühlte mich nicht gut, und daß ich nicht ausgehen wollte. Lassen Sie uns hinuntergehen!« murmelte sie.

Selden betrachtete sie weiterhin, dann zog er sein Zigarettenetui aus der Tasche und zündete sich langsam eine Zigarette an. Es erschien ihm in diesem Moment notwendig, durch eine gewohnte Geste dieser Art zu zeigen, daß er wieder mit beiden Beinen auf dem Boden der wirklichen Welt stand; er hatte den geradezu kindlichen Wunsch, seine Begleiterin sehen zu lassen, daß, wo ihr Höhenflug nun einmal vorüber war, er wieder auf festem Boden gelandet war.

Sie wartete, während der Funke unter seiner gewölbten Hand aufsprang; dann bot er ihr die Zigaretten an.

Sie nahm eine mit unsteter Hand, steckte sie zwischen die Lippen und beugte sich vor, um sie an der seinen zu entzünden. In dem nachlassenden Licht beleuchtete der kleine rote Schein den unteren Teil ihres Gesichts, und er sah, wie ihr Mund ein zitterndes Lächeln versuchte.

»Haben Sie es ernst gemeint?« fragte sie mit einem sonderbaren Anflug von Fröhlichkeit, so als hätte sie diesen in aller Eile ihrem Vorrat an gebräuchlichen Stimmvarianten entnommen, ohne Zeit genug gehabt zu haben, den richtigen Ton zu treffen.

Selden hatte seine Stimme besser unter Kontrolle. »Warum nicht?« erwiderte er. »Sie sehen ja, ich bin kein Risiko dabei eingegangen.« Und als sie weiterhin vor ihm stand, ein wenig bleich nach der scharfen Entgegnung, fügte er schnell hinzu: »Gehen wir hinunter.«

VII

Es sprach sehr für die Aufrichtigkeit von Mrs. Trenors Freundschaft, daß ihre Stimme, als sie Miss Bart ermahnte, denselben Klang persönlicher Verzweiflung annahm, wie zu Zeiten, in denen sie das völlige Mißlingen einer Wochenendgesellschaft zu beklagen hatte.

»Ich kann nur sagen, Lily, daß ich nicht klug aus dir werde!« Sie lehnte sich seufzend zurück in ihrem morgendlich ungezwungenen Gewand aus Spitzen und Musselin und wandte den sich häufenden Unannehmlichkeiten auf ihrem Schreibtisch gleichgültig die Schulter zu, während sie mit dem Auge des Arztes, der den Fall aufgegeben hat, die aufrecht vor ihr stehende Patientin betrachtete.

»Ja, wenn du mir nicht gesagt hättest, daß du ernsthaft an ihm interessiert bist – aber ich bin sicher, daß du das von Anfang an ganz klar gemacht hast! Oder warum hast du mich sonst gebeten, dich nicht zum Bridge zu holen und Carry und Kate Corby aus dem Weg zu halten? Ich nehme nicht an, daß du das getan hast, weil er dich so amüsierte; keiner von uns konnte sich vorstellen, daß du ihn auch nur für kurze Zeit ertragen könntest, wenn du ihn nicht heiraten wolltest. Und alle waren fair dir gegenüber, da bin ich ganz sicher! Alle wollten die Sache unterstützen. Sogar Bertha hat sich zurückgehalten – das muß ich zugeben – bis Lawrence zu uns kam und du ihn ihr weggenommen hast. Danach hatte sie das Recht, sich zu revanchieren – warum um Himmels willen mußtest du dich bei ihr einmischen? Du kennst Lawrence Selden doch seit Jahren – warum tust du jetzt so, als hättest du ihn gerade eben entdeckt? Wenn du etwas gegen Bertha hast, so war es dumm, das zu diesem Zeitpunkt zu zeigen – du hättest es ihr ebensogut nach deiner Verheiratung heimzahlen können! Ich habe dir gesagt, Bertha ist gefährlich. Sie war in einer gräßlichen Laune, als sie herkam, aber Lawrences Auftauchen hat ihre Stimmung sehr gehoben, und wenn du sie nur in dem Glauben gelassen hättest, daß er um ihretwillen kam, wäre es ihr nie in den Sinn gekommen, dir so übel mitzuspielen. Oh, Lily, du wirst nie etwas erreichen, wenn du dich nicht ernsthaft bemühst.«

Miss Bart nahm diese Ermahnung völlig ungerührt entgegen. Warum hätte sie ärgerlich sein sollen? War es nicht die Stimme ihres eigenen Gewissens, die durch Mrs. Trenors vorwurfsvollen Ton zu ihr sprach? Aber sogar ihrem eigenen Gewissen gegenüber mußte sie sich zumindest eine scheinbare Verteidigung aus den Fingern saugen.

»Ich habe doch nur einen Tag lang freigenommen – ich dachte, er hätte vorgehabt, die ganze Woche über zu bleiben, und ich wußte, daß Mr. Selden heute morgen abfahren würde.«

Mrs. Trenor schob diese Ausrede mit einer Geste beiseite, die ihre mangelnde Stichhaltigkeit an den Tag brachte.

»Er hatte ja auch vor zu bleiben – das ist das Schlimmste an der Sache. Es zeigt, daß er vor dir davongelaufen ist, daß Bertha ihr Vorhaben durchgeführt und ihn gründlich gegen dich eingenommen hat.«

Lily lachte leise auf. »Oh, wenn er davonläuft, werde ich ihn einholen!«

Ihre Freundin griff nach ihr, wie um sie aufzuhalten. »Was immer du tust, Lily, tu nichts!«

Miss Bart nahm diese Warnung mit einem Lächeln entgegen. »Ich habe nicht wörtlich gemeint, daß ich den nächsten Zug nehmen wollte. Es gibt Mittel und Wege –« Aber sie sprach nicht weiter, um diese genauer zu beschreiben.

Mrs. Trenor korrigierte die gewählte Zeitform mit einiger Schärfe. »Es *gab* Mittel und Wege – mehr als genug! Ich habe nicht angenommen, daß man sie dir ausdrücklich zeigen müßte. Aber mach dir nichts vor – er ist gründlich verschreckt worden. Er ist direkt nach Hause zu seiner Mutter gerannt, und die wird ihn beschützen!«

»Oh, mit ihrem Leben«, gab Lily ihr recht, und zeigte bei der Vorstellung ihre Lachgrübchen.

»Wie kannst du nur *lachen* –« tadelte ihre Freundin sie, worauf Lily sich auf eine nüchterne Einschätzung der Dinge besann und fragte: »Was hat Bertha ihm denn nun wirklich erzählt?«

»Frag mich nicht – schreckliche Geschichten! Anscheinend hat sie alles Mögliche wieder ans Licht gebracht. Oh, du weißt, wie ich das meine – natürlich gibt es nichts *wirklich* Schlimmes, aber ich nehme an, sie hat den Prinzen Varigliano erwähnt – und Lord Hubert – und dann war da noch so eine Geschichte, daß du einmal Geld vom alten Ned van Alstyne geborgt hättest; hast du das getan?«

»Er ist ein Cousin meines Vaters«, warf Miss Bart ein.

»Na, *das* hat sie natürlich ausgelassen. Es sieht so aus, als ob Ned es Carry Fisher erzählt hätte, und die hat es Bertha natürlich weitergesagt. Sie sind alle gleich, glaube mir: Sie halten jahrelang den Mund, und du denkst schon, du wärest in Sicherheit, aber wenn sich eine Gelegenheit ergibt, erinnern sie sich an alles.«

Lily war blaß geworden, in ihrer Stimme klang eine gewisse Härte mit. »Es handelte sich dabei um Geld, das ich beim Bridge bei den Van Osburghs verloren hatte. Ich habe es natürlich zurückgezahlt.«

»Ach ja, aber daran werden sie sich nicht erinnert haben, außerdem war es ja gerade der Gedanke an eine Spielschuld, der Percy in Schrecken versetzt hat. Oh, Bertha wußte, wie sie mit ihm umzugehen hatte – sie wußte genau, was sie ihm erzählen mußte!«

Mrs. Trenor ermahnte ihre Freundin noch etwa eine Stunde lang auf diese Weise. Miss Bart hörte ihr mit bewundernswertem Gleichmut zu. Ihr von Natur ausgeglichenes Wesen war durch lange Jahre erzwungener Anpassung diszipliniert worden, denn sie hatte fast immer ihre eigenen Ziele auf dem Umweg über diejenigen anderer Leute erreichen müssen; und da sie außerdem von Natur aus dazu neigte, unangenehmen Tatsachen ins Gesicht zu sehen, sobald sich diese einmal eingestellt hatten, machte es ihr nichts aus, sich eine unparteiische Darstellung dessen anzuhören, was ihr Leichtsinn sie aller Wahrscheinlichkeit nach kosten würde, und das um so mehr, als ihre Gedanken noch immer eher auf der anderen Seite des Falles beharrten. Im Lichte von Mrs. Trenors lebhaften Kommentaren sah die Rechnung, die sie würde zahlen müssen, allerdings horrend aus, und Lily merkte, daß sie beim Zuhören mehr und mehr zur Sichtweise ihrer Freundin überging. Mrs. Trenors Worte bekamen darüber hinaus für ihre Zuhörerin durch Ängste Nachdruck, von denen Mrs. Trenor selbst kaum etwas ahnen konnte. Überfluß hat, wenn er nicht gerade von einer ausgeprägten Vorstellungskraft belebt wird, nur einen sehr vagen Begriff von den praktischen Belastungen, die Armut mit sich bringt. Judy wußte, daß es »scheußlich« für die arme Lily sein mußte, sich mit Überlegungen aufhalten zu müssen, ob sie sich echte Spitze für ihre Unterröcke leisten konnte, und kein Automobil und keine Dampfyacht zur Verfügung zu haben; aber wie aufreibend unbezahlte Rechnungen sein konnten und wie sehr die kleinen Versuchungen, Geld auszugeben, an einem Menschen nagen konnten, das waren Heimsuchungen, die genauso außerhalb ihrer Erfahrungen lagen, wie die häuslichen Probleme ihrer Putzfrau. Mrs. Trenors Unkenntnis, wie bedrückend die Situation wirklich war, hatte zur Folge, daß sie sie für Lily nur um so quälender machte. Während ihre Freundin ihr vorwarf, daß sie die Gelegenheit, ihre Rivalinnen auszustechen, nicht genutzt hatte, kämpfte Lily einmal mehr in ihrer Vorstellung mit der steigenden Flut von Verpflichtungen, der sie beinahe entkommen wäre. Welcher Wind des Leichtsinns hatte sie wieder auf diese dunklen Meere hinaustreiben lassen?

Wenn zur Vollendung ihrer Selbsterniedrigung noch etwas fehlte, so war es das Gefühl, daß ihr Leben von neuem in die alten Gleise schwenkte, denen sie wieder zu folgen hatte. Gestern noch hatte sich ihre Phantasie mit freien Schwingen flatternd über einer Auswahl möglicher Betätigungen bewegt, jetzt mußte sie sich auf das Niveau alltäglicher Routine zurückfallen lassen, bei der Augenblicke scheinbaren Glanzes und scheinbarer Freiheit sich mit langen Stunden der Unterwürfigkeit abwechselten.

Sie legte ihre Hand bittend auf die ihrer Freundin. »Liebe Judy! Es tut mir leid, daß ich so eine Enttäuschung war, und du bist so gut zu mir. Aber du wirst sicher ein paar Briefe haben, die ich für dich beantworten kann – laß mich wenigstens nützlich sein.«

Sie setzte sich am Schreibtisch nieder, und Mrs. Trenor nahm es mit einem Seufzer hin, daß sie sich wieder an ihre morgendlichen Pflichten machte, der durchblicken ließ, daß Lily sich alles in allem für höhere Zwecke als ungeeignet erwiesen hatte.

Der Mittagstisch zeigte einen verkleinerten Kreis. Alle Männer außer Jack Stepney und Dorset waren in die Stadt zurückgekehrt (es schien Lily wie die Vollendung der Ironie, daß Selden und Percy Gryce mit demselben Zug gefahren sein sollten), und Lady Cressida und die allzeit dienstbeflissenen Wetheralls waren mit dem Automobil zum Mittagessen zu einem entfernten Landhaus geschickt worden. In solchen Zeiten von geringerem Interesse blieb Mrs. Dorset gewöhnlich bis zum Nachmittag auf ihrem Zimmer, aber bei dieser Gelegenheit kam sie, nachdem das Essen zur Hälfte vorüber war, in den Raum geschwebt, hohläugig und mit hängenden Schultern, jedoch mit einer gewissen scharfen Boshaftigkeit unter ihrer gleichgültigen Haltung.

Sie hob die Augenbrauen und schaute sich am Tisch um. »Wie wenige von uns noch übrig sind! Ach, ich genieße diese Ruhe so – du nicht auch, Lily? Ich wünschte, die Männer würden immer wegbleiben – es ist wirklich viel netter ohne sie. Oh, du zählst nicht George, man muß sich schließlich mit seinem Ehemann nicht unterhalten. Aber ich dachte, Mr. Gryce sollte noch für den Rest der Woche bleiben?« fügte sie fragend hinzu. »Hatte er das nicht vor, Judy? Er ist so ein netter Junge – ich frage mich, was hat ihn wohl weggetrieben? Er ist ja ziemlich schüchtern, und ich fürchte, wir könnten ihn schockiert haben, er ist auf eine solch altmodische Art und Weise erzogen worden. Wußtest du, Lily, er hat mir erzählt, daß er noch nie ein Mädchen um Geld habe Karten spielen sehen, bevor er dich gestern abend dabei sah? Und er lebt von den Zinsen seines Einkommens, und behält dabei immer noch eine ganze Menge übrig, die er dann wieder investieren kann!«

Mrs. Fisher beugte sich eifrig vor. »Ich bin der Ansicht, jemand sollte es sich zur Pflicht machen, diesen jungen Mann zu erziehen. Es ist schockierend, daß ihn noch niemand dazu gebracht hat, die Pflichten, die er als Staatsbürger hat, wahrzunehmen. Jeder wohlhabende Mann sollte gezwungen werden, die Gesetze seines Landes zu studieren.«

Mrs. Dorset betrachtete sie ruhig. »Ich glaube, er *hat* immerhin die Scheidungsgesetze studiert. Er sagte mir, er habe dem Bischof versprochen, irgend so eine Petition gegen Scheidungen zu unterzeichnen.«

Mrs. Fisher wurde rot unter ihrem Puder, und Stepney sagte mit einem lachenden Seitenblick auf Miss Bart: »Ich nehme an, er denkt ans Heiraten, und will das alte Schiff noch zusammenflicken, bevor er an Bord geht.«

Seine Verlobte wirkte schockiert über die Wahl seiner Metapher, und George Dorset rief mit sardonischem Grollen aus: »Armer Teufel! Es ist nicht das Schiff, das ihn zugrunde richten wird, es ist die Mannschaft.«

»Oder die blinden Passagiere«, sagte Miss Corby heiter. »Wenn ich vorhätte, eine Reise mit ihm zu unternehmen, würde ich versuchen, mit einem Freund im Laderaum loszufahren.«

Miss Van Osburghs vages Gefühl der Verstimmung kämpfte um angemessenen Ausdruck. »Also, ich weiß wirklich nicht, warum ihr euch alle über ihn lustig macht; ich finde, er ist sehr nett«, rief sie aus; »und das Mädchen, das ihn heiraten würde, hätte auf jeden Fall immer genug, um sorgenfrei leben zu können.«

Sie sah ziemlich verwirrt drein, als ihre Worte mit noch verstärktem Gelächter begrüßt wurden, aber es hätte sie vielleicht getröstet, wenn sie gewußt hätte, wie tief betroffen sie einen ihrer Zuhörer gemacht hatten.

Sorgenfrei! In diesem Augenblick sagte dieses Wort Lily Bart mehr als jedes andere. Sie konnte nicht einmal darüber lächeln, daß die Van-Osburgh-Erbin ein so riesiges Vermögen bloß als Schutz vor der Armut ansah; ihr Kopf war voll davon, was dieser Schutz für sie hätte bedeuten können. Mrs. Dorsets Sticheleien schmerzten sie nicht, denn ihre Selbstironie ging tiefer: Niemand konnte ihr so schmerzende Wunden zufügen wie sie sich selbst, denn niemand anderes – nicht einmal Judy Trenor – kannte das volle Ausmaß ihres Leichtsinns.

Aus diesen wenig ergiebigen Überlegungen wurde sie durch eine geflüsterte Bitte ihrer Gastgeberin gerissen, die sie beiseite zog, als sie den Mittagstisch verließen.

»Lily, Liebes, wenn du nichts Besonderes zu tun hast, darf ich dann Carry Fisher sagen, daß du vorhast, zum Bahnhof zu fahren, um Gus abzuholen? Er wird um vier zurück sein, und ich weiß, daß sie es sich so zurechtgelegt hat, daß sie ihn treffen will. Ich bin natürlich froh, wenn jemand ihn aufheitert, aber ich weiß zufällig, daß sie ihn schon ganz gehörig ausgenommen hat, seitdem sie hier ist, und sie ist so wild darauf, ihn abzuholen, daß ich annehme, sie hat heute morgen noch eine ganze Menge weiterer Rechnungen bekommen. Mir scheint«, schloß Mrs. Trenor voll Mitgefühl für sich selbst, »daß ein Großteil ihrer Alimente von den Ehemännern anderer Frauen bezahlt wird!«

Miss Bart hatte auf dem Weg zum Bahnhof Muße genug, über die Worte ihrer Freundin und deren Bezug auf ihre eigene Situation nachzusinnen. Warum sollte sie darunter zu leiden haben, daß sie einmal für ein paar Stunden Geld von einem viel älteren Cousin geliehen hatte, wenn eine Frau wie Carry Fisher so ihren Lebensunterhalt bestreiten konnte, ohne deswegen das Wohlwollen ihrer männlichen Freunde und die Toleranz ihrer Frauen zu verlieren? Das Ganze drehte sich nur um die lästige Unterscheidung zwischen dem, was eine verheiratete Frau tun durfte und ein junges Mädchen eben nicht. Natürlich war es anstößig, wenn eine verheiratete Frau sich Geld borgte – und Lily war sich der Implikationen einer solchen Tat vollkommen bewußt –, aber trotzdem, es war nun ein *malum prohibitum*[11], das die Welt laut verdammte, aber entschuldigte, und das, wenn es auch vielleicht durch private Rachetaten bestraft wurde, doch nicht die gesamte Mißbilligung der Gesellschaft hervorrief. Kurzum, für Miss Bart gab es keine solchen Gelegenheiten. Sie konnte sich natürlich Geld von ihren Freundinnen leihen – einen Hunderter hier und da, wenn es hoch kam –, aber die waren eher bereit, ihr ein Kleidungsstück oder Schmuck zu geben, und sahen sie gleich etwas schief an, wenn sie andeutete, daß ihr ein Scheck lieber wäre. Frauen verliehen nun einmal nicht großzügig Geld, und diejenigen, unter die sie das Schicksal geführt hatte, waren entweder in derselben Lage wie sie oder zu weit von solchen Problemen entfernt, als daß sie ihre Bedürfnisse verstanden hätten. Das Ergebnis ihres Nachdenkens war der Entschluß, zu ihrer Tante nach Richfield zu fahren. Sie konnte nicht auf Bellomont bleiben, ohne Bridge zu spielen und in weitere Ausgaben hineingezogen zu werden, und ihre üblichen Herbstbesuche fortzusetzen, hieße nur, dieselben Schwierigkeiten wieder heraufzubeschwören. Sie war an einem Punkt angelangt, an dem sofortige Einschränkung vonnöten war, und das einzige billige Leben war ein eintöniges Leben. Sie würde morgen früh nach Richfield abreisen.

Am Bahnhof merkte sie, daß Gus Trenor überrascht und ein wenig erleichtert wirkte, sie dort zu sehen. Sie überließ ihm die Zügel des leichten offenen Zweisitzers, in dem sie zum Bahnhof gefahren war, und als er schwerfällig neben sie kletterte und sie auf ein knappes Drittel des Sitzes drängte, sagte er: »Hallo! Es kommt nicht oft vor, daß Sie mir die Ehre geben. Sie müssen ja in großer Verlegenheit sein, eine Beschäftigung zu finden.«

Der Nachmittag war warm, und seine Nähe machte ihr mehr als sonst bewußt, wie rot und massiv er war, und daß die Schweißtropfen den Staub des Zuges unappetitlich auf der breiten Fläche der Wange und des Halses, die er ihr zuwandte, haften ließ. Aber sie war sich auch darüber im klaren, daß er, einem Blick aus seinen kleinen trüben Augen nach zu schließen, den Kontakt mit ihrer Frische und ihrer schlanken Gestalt genau so wohltuend empfand wie den Anblick eines erfrischenden Getränks.

Die Entdeckung dieser Tatsache half ihr, fröhlich zu antworten: »Es kommt ja auch nicht oft vor, daß ich die Gelegenheit habe. Es gibt eben zu viele Damen, die mir dieses Privileg streitig machen.«

»Das Privileg, mich heimzufahren? Nun, ich bin jedenfalls froh, daß Sie das Rennen gewonnen haben. Aber ich weiß, was wirklich passiert ist – meine Frau hat Sie geschickt. Nun, hat sie, oder hat sie nicht?«

Ihm kamen manchmal die unerwarteten Geistesblitze eines ansonsten eher geistlosen Mannes, und Lily konnte nicht anders, als in das Lachen mit einzustimmen, mit dem er direkt auf die Wahrheit gestoßen war.

»Sehen Sie, Judy findet, daß ich diejenige bin, in deren Gesellschaft Sie am sichersten sind, und sie hat ganz recht«, gab sie zurück.

»Oh, hat sie das? Wenn sie recht hat, dann nur, weil Sie Ihre Zeit nicht mit einem alten Wrack wie mir vertun würden. Wir verheirateten Männer müssen uns mit dem begnügen, was wir kriegen können; die guten Fänge sind für die klugen Kerle, die auf freiem Fuß geblieben sind. Lassen Sie mich eine Zigarre anstecken, ja? Ich habe heute einen scheußlichen Tag gehabt.«

Er hielt im Schatten der Dorfstraße und gab ihr die Zügel, während er ein Streichholz an seine Zigarre hielt. Die kleine Flamme unter seiner Hand färbte sein zum Rauchen aufgeblähtes Gesicht noch tiefer dunkelrot, und Lily wandte ihre Augen in einem plötzlichen Gefühl des Ekels ab. Und trotz allem fanden einige Frauen ihn gutaussehend!

Als sie ihm die Zügel wieder reichte, sagte sie mitfühlend: »Hatten Sie solch eine Menge lästiger Dinge zu erledigen?«

»Ja, das kann man wohl sagen – wirklich!« Trenor, dem selten jemand zuhörte, weder seine Frau noch ihre Freunde, gab sich nun ganz dem seltenen Genuß eines vertraulichen Gespräches hin. »Sie wissen ja gar nicht, wie unsereiner sich abstrampeln muß, um das alles in Gang zu halten.« Er deutete mit der Reitpeitsche in Richtung auf die Ländereien von Bellomont, die sich vor ihnen in üppigen Wellenlinien erstreckten. »Judy hat keine Ahnung, was sie ausgibt – nicht als ob nicht genug da wäre, um das Ganze in Gang zu halten«, unterbrach er sich, »aber als Mann muß man seine Augen offen halten und jeden Börsentip mitnehmen, den man kriegt. Mein Vater und meine Mutter sind immer wie Streithähne mit ihrem Einkommen umgegangen und haben auch ein ganz schönes Sümmchen beiseite legen können – das war ein Glück für mich – aber bei dem Tempo, mit dem wir jetzt weitermachen, weiß ich wirklich nicht, wo ich wäre, wenn ich mich nicht ab und zu auf eine gewagte Spekulation einlassen würde. Die Frauen glauben alle – ich meine: Judy glaubt –

ich hätte nichts weiter zu tun, als einmal im Monat in die Stadt zu fahren und Zinsscheine abzutrennen, aber in Wirklichkeit ist eine teuflische Menge harter Arbeit nötig, um die Maschine in Gang zu halten. Nicht als ob ich heute Grund zur Klage hätte«, fuhr er einen Augenblick später fort, »denn ich habe da ein sehr sauberes Geschäftchen gemacht, dank Stepneys Freund Rosedale. Übrigens, Miss Lily, ich wünschte, Sie würden versuchen, Judy zu überreden, wenigstens einigermaßen höflich zu dem Burschen zu sein. Er wird bald reich genug sein, um uns alle früher oder später aufzukaufen, und wenn sie ihn nur ab und zu zum Dinner einladen würde, könnte ich fast alles aus ihm herausholen, was ich nur wollte. Der Mann ist verrückt danach, die Leute kennenzulernen, die ihn nicht kennen wollen, und wenn ein Mann in dem Zustand ist, gibt es nichts, was er nicht täte für die erste Frau, die sich seiner annimmt.«

Lily zögerte einen Augenblick. Der erste Teil der Rede ihres Begleiters hatte in ihr interessante Überlegungen bewirkt, die aber schroff durch die Erwähnung von Mr. Rosedales Namen unterbrochen wurden. Sie äußerte einen schwachen Protest.

»Aber Sie wissen doch, daß Jack versucht hat, ihn überall hin mitzunehmen, und er war einfach unmöglich.«

»Ach, verdammt – weil er fett und ölig ist und die Manieren eines Krämers hat! Nun, ich kann nur sagen, daß die Leute, die klug genug sind, ihn jetzt anständig zu behandeln, durchaus ihren Nutzen davon haben werden. In ein paar Jahren wird er dazugehören, ob wir ihn wollen oder nicht, und dann wird er keinen Halbe-Million-Tip für ein Dinner weggeben.«

Lilys Gedanken wandten sich von der sich unangenehm aufdrängenden Person Mr. Rosedales ab und wieder den Überlegungen zu, die Trenors vorherige Worte in ihr hatten aufkommen lassen. Diese riesige, geheimnisvolle Wall-Street-Welt der »Börsentips« und »Transaktionen« – konnte sie nicht vielleicht dort einen Ausweg aus ihrer trostlosen Lage finden? Sie hatte oft gehört, daß Frauen auf diesem Weg durch ihre Freunde zu Geld kamen; sie hatte nicht mehr Ahnung als die meisten ihres Geschlechts, von welcher Art solche Geldgeschäfte genau waren, und gerade das Vage an der Sache schien ihre Anstößigkeit zu verringern. Sie konnte sich allerdings nicht vorstellen, daß sie jemals, und sei es in größter Not, so tief sinken würde, einen Börsentip aus Mr. Rosedale herauszuholen, aber an ihrer Seite saß ein Mann, der im Besitz dieser wertvollen Information war, und mit dem sie, als dem Ehemann ihrer besten Freundin, eine schon fast brüderliche Vertrautheit verband.

Im tiefsten Innern ihres Herzens wußte Lily, daß es unwahrscheinlich war, daß sie Gus Trenor damit rühren würde, wenn sie sich an seine brüderlichen Instinkte wandte; aber diese Art, die Situation zu erklären, half ihre Geschmacklosigkeit zu verschleiern, und Lily gab sich immer sehr viel Mühe, vor sich selbst den Schein zu wahren. Ihre persönliche Empfindlichkeit hatte ein moralisches Pendant, und wenn sie einmal einen Rundgang in ihrem Kopf machte, um nach dem Rechten zu sehen, gab es bestimmte verschlossene Türen, die sie nicht öffnete.

Als sie die Tore von Bellomont erreichten, wandte sie sich mit einem Lächeln an Trenor.

»Der Nachmittag ist so herrlich – möchten Sie mich nicht noch ein bißchen weiter spazierenfahren? Ich bin schon den ganzen Tag über so lustlos, und es tut gut, einmal weg von allen anderen zu sein, mit jemandem zusammen, den es nicht stört, wenn ich ein wenig trübselig bin.«

Sie sah so traurig und schön aus, als sie diese Bitte äußerte, schien so gänzlich auf sein Mitgefühl und sein Verständnis zu vertrauen, daß Trenor den Wunsch verspürte, seine Frau könnte sehen, wie andere Frauen ihn behandelten – nicht die angeschlagenen Intrigantinnen wie Mrs. Fisher, aber ein Mädchen, bei dem die meisten Männer Gott-weiß-was dafür geben würden, wenn es sie nur einmal so anschauen würde.

»Lustlos? Warum um Himmels willen sollten Sie denn lustlos sein? War Ihre letzte Sendung an Doucet-Kleidern ein

Reinfall, oder hat Judy Ihnen beim Bridge gestern abend den letzten Cent abgeknöpft?«

Lily schüttelte mit einem Seufzer den Kopf. »Doucet habe ich aufgeben müssen und Bridge auch – ich kann es mir einfach nicht leisten. Um ehrlich zu sein, ich kann mir alles das, was meine Freunde so tun, nicht leisten, und ich fürchte, Judy findet mich oft langweilig, weil ich nicht weiterhin Karten spiele, und weil ich nicht so elegant angezogen bin wie die anderen Frauen. Aber Sie werden mich auch langweilig finden, wenn ich Ihnen von meinen Sorgen erzähle, und dabei erwähne ich sie doch nur, weil ich möchte, daß Sie mir einen Gefallen tun – den größten erdenklichen Gefallen.«

Ihre Augen suchten die seinen noch einmal, und sie mußte innerlich lächeln über den Anflug von unangenehmer Vorahnung, die sie in ihnen las.

»Nun ja, natürlich – wenn es etwas ist, was ich wirklich tun kann –« er brach ab, und sie erriet, daß seine Freude durch die Erinnerung an Mrs. Fishers Methoden gedämpft wurde.

»Den größten erdenklichen Gefallen«, erwiderte sie. »Es ist so: Judy ist böse auf mich, und ich möchte gern, daß Sie mich wieder mit ihr versöhnen.«

»Böse auf Sie? Aber ich bitte Sie, so ein Unsinn –« Seine Erleichterung äußerte sich in einem Lachen. »Aber, Sie wissen doch, wie sie an Ihnen hängt.«

»Sie ist die beste Freundin, die ich habe, und deswegen stört es mich auch so, wenn ich sie ärgern muß. Aber ich glaube, Sie wissen, was sie von mir erwartet hat. Sie hat mit ganzem Herzen gehofft – die Arme –, daß ich heirate – daß ich sehr viel Geld heirate.«

Sie hielt mit einem leichten, peinlich berührten Zögern inne, und Trenor wandte sich abrupt um und sah sie mit wachsendem Verstehen an.

»Sehr viel Geld? Oh, Donnerwetter – Sie meinen doch nicht Gryce? Was – doch? O nein, natürlich werde ich kein Wort darüber verlieren – Sie können sich darauf verlassen, daß ich den Mund halten werde – aber Gryce – guter Gott,

Gryce! Hat Judy wirklich geglaubt, Sie könnten sich dazu überwinden, diesen ungeheuerlichen kleinen Esel zu heiraten? Aber das konnten Sie nicht, was? Und deswegen haben Sie ihm den Laufpaß gegeben, und das ist der Grund dafür, daß er heute morgen mit dem ersten Zug verschwunden ist?« Er lehnte sich zurück, breitete sich noch weiter auf dem Sitz aus, als ob er sich durch das freudige Gefühl seiner eigenen Findigkeit ausdehnte. »Wie, um Himmels willen, konnte Judy nur glauben, Sie würden so etwas tun? *Ich* hätte ihr gleich sagen können, daß Sie sich nie mit so einem kleinen Milchbart zufriedengegeben hätten!«

Lily seufzte noch tiefer. »Manchmal glaube ich«, sagte sie leise, »daß Männer die Motive einer Frau besser verstehen als andere Frauen.«

»Einige Männer zumindest – da bin ich ganz sicher! Ich hätte es Judy *gleich* sagen können«, wiederholte er triumphierend wegen der Überlegenheit über seine Frau, die auf diese Weise entstand.

»Ich habe mir gedacht, daß Sie mich verstehen würden, deswegen wollte ich mit Ihnen sprechen«, erwiderte Miss Bart. »Ich *kann* diese Art Verbindung nicht eingehen, es ist unmöglich. Aber ich kann auch nicht so leben wie all die anderen Frauen um mich herum. Ich bin nahezu gänzlich abhängig von meiner Tante, und wenn sie auch sehr gut zu mir ist, so gibt sie mir doch keine regelmäßige Unterstützung, und in letzter Zeit habe ich Geld beim Kartenspiel verloren, und ich wage nicht, ihr davon zu erzählen. Ich habe meine Spielschulden natürlich bezahlt, aber es bleibt mir kaum noch etwas für meine anderen Ausgaben, und wenn ich mein jetziges Leben so weiterführe, werde ich in schreckliche Schwierigkeiten geraten. Ich habe ein winziges eigenes Einkommen, aber ich fürchte, es ist schlecht angelegt, denn es scheint jedes Jahr weniger einzubringen, und ich verstehe so wenig von Geldangelegenheiten, daß ich nicht einmal weiß, ob der Anwalt meiner Tante, der es verwaltet, ein guter Berater ist.« Sie hielt einen Augenblick inne und fügte in leichterem Ton hinzu: »Ich hatte nicht vor, Sie mit alledem zu langweilen, aber ich möchte gern, daß Sie mir helfen, Judy verständlich zu machen, daß ich zur Zeit nicht so weiterleben kann, wie man es unter Ihnen allen muß. Ich fahre morgen ab, um bei meiner Tante in Richfield zu bleiben, und ich werde dort den Rest des Herbstes verbringen, meine Zofe entlassen und lernen, meine Kleider selbst zu flicken.«

Bei diesem Bild von Schönheit in Not, dessen Pathos sich durch die leichte Hand, mit der es gezeichnet wurde, noch erhöhte, konnte Trenor ein Murmeln entrüsteten Mitgefühls nicht unterdrücken. Wenn seine Frau ihn vierundzwanzig Stunden früher in bezug auf Miss Barts Zukunft um Rat gefragt hätte, hätte er gesagt, daß ein Mädchen mit extravaganten Neigungen und ohne Geld den ersten reichen Mann heiraten sollte, den es bekommen konnte, aber jetzt, wo der Gegenstand des Problems neben ihm saß, sich um Mitgefühl bittend an ihn wandte und ihm das Gefühl vermittelte, er verstehe sie, Lily, besser als ihre besten Freunde, und ihm dies alles um so deutlicher machte durch die exquisite Nähe, mit der sie auf ihn wirkte, war er bereit zu schwören, daß eine solche Heirat eine Entweihung sei und daß er als Ehrenmann einfach die Pflicht hatte, alles zu tun, was er konnte, um sie vor den Ergebnissen ihrer Uneigennützigkeit zu schützen. Dieser Impuls wurde noch durch die Überlegung verstärkt, daß sie, wenn sie Gryce geheiratet hätte, von Schmeichelei und Wohlwollen umgeben wäre, während sie jetzt, da sie sich geweigert hatte, sich selbst aus Berechnung zu opfern, mit allem, was ihr Widerstand sie kostete, allein gelassen wurde. Zum Teufel, wenn er einen Ausweg aus solchen Schwierigkeiten für eine berufsmäßige Schmarotzerin wie Carry Fisher finden konnte, die einfach so etwas wie eine Gewohnheit darstellte, eher dem körperlichen Kitzel von Zigaretten oder Cocktails vergleichbar, so konnte er doch sicher genausoviel für ein Mädchen tun, das sich an seine edelsten Gefühle des Mitleids wandte, und das seine Nöte mit der Zutraulichkeit eines Kindes vor ihm ausbreitete.

Trenor und Miss Bart setzten ihre Spazierfahrt bis lange nach Sonnenuntergang fort, und ehe sie vorüber war, hatte er mit ersten Zeichen des Erfolgs versucht, ihr zu beweisen, daß er, wenn sie ihm nur vertrauen würde, für sie zu einer hübschen Geldsumme kommen könnte, ohne das Bißchen, das sie besaß, in Gefahr zu bringen. Sie verstand wirklich zu wenig von den Manipulationen des Börsenmarktes, um seine technischen Erklärungen zu begreifen, oder vielleicht sogar zu erkennen, daß so manche Punkte darin verschleiert wurden. Der Dunstkreis, der das Geschäft umgab, diente als Schleier für ihre Verlegenheit, und durch die allgemeine Verschwommenheit strahlten ihre Hoffnungen wie Lichter im Nebel. Sie verstand nur, daß ihre bescheidenen Anlagen auf mysteriöse Weise und ohne Risiko für sie selbst vervielfacht werden sollten, und die Zusicherung, daß dieses Wunder in kurzer Zeit stattfinden würde und daß es keine langwierige Zwischenzeit geben würde, die Platz für Spannung und Rückschläge ließe, befreite sie von ihren noch verbleibenden Skrupeln.

Wieder einmal fühlte sie, wie ihre Last leichter wurde, und damit, wie unterdrückte Aktivitäten wiederauflebten. Waren ihre augenblicklichen Sorgen gebannt, so war es leicht sich vorzunehmen, daß sie sich niemals wieder in einem solchen Engpaß befinden würde, und jetzt, wo die Notwendigkeit, sparsam zu sein und sich vieles zu versagen, aus ihrem unmittelbaren Gesichtsfeld rückte, fühlte sie sich bereit, mit jeder anderen Forderung, die das Leben ihr stellen mochte, fertig zu werden. Sogar die unmittelbare, Trenor etwas näherrükken und seine Hand beruhigend auf der ihren ruhen zu lassen, als sie heimfuhren, kostete sie nur ein kurzes widerwilliges Schaudern. Es gehörte mit zum Spiel, ihm das Gefühl zu vermitteln, daß ihre Bitte einem Impuls ohne jede Berechnung entsprungen war, den die Sympathie, die er ihr einflößte, ausgelöst hatte. Das erneute Wissen über ihre Macht im Umgang mit Männern war nicht nur ein Trost für ihre verletzte Eitelkeit, sondern half ihr auch, den Gedanken an ihre Ansprüche zu verschleiern, auf die er mit seinem Verhalten anspielte. Er war ein grobschlächtiger, geistloser Mann, der bei all seiner gespielten Autorität in dem teuren Theater, für das er mit seinem Geld bezahlte, ein überflüssiger Statist blieb, für ein kluges Mädchen würde es sicherlich leicht sein, ihn mit Hilfe seiner Eitelkeit zu fesseln und die Verpflichtung so auf seiner Seite zu halten.

VIII

Der erste Scheck über tausend Dollar, den Lily mit einem verschmierten Gekritzel von Gus Trenor erhielt, stärkte ihr Selbstvertrauen genau in dem Maße, in dem er ihre Schulden tilgte.

Das Geldgeschäft rechtfertigte sich durch sein Ergebnis; sie sah jetzt, wie absurd es gewesen wäre, sich wegen irgendwelcher primitiver Skrupel eines so leichten Mittels zu berauben, ihre Gläubiger zu beruhigen. Lily fühlte sich wirklich ehrenhaft, als sie die Summe in verschiedenen kleinen Beschwichtigungsgeldern unter den Geschäftsleuten, denen sie Geld schuldig war, verteilte, und die Tatsache, daß eine neue Bestellung jede Bezahlung begleitete, verminderte ihr Gefühl von Uneigennützigkeit nicht. Wie viele Frauen hätten an ihrer Stelle die Bestellung aufgegeben, ohne vorher etwas zu zahlen!

Sie fand es zu ihrer eigenen Beruhigung leicht, Trenor bei guter Laune zu halten. Seinen Geschichten zuzuhören, Vertraulichkeiten mit ihm zu teilen und über seine Späße zu lachen, schien für den Augenblick alles zu sein, was von ihr erwartet wurde, und die Zufriedenheit, mit der ihre Gastgeberin diese Aufmerksamkeiten betrachtete, nahm diesen auch den leisesten Anflug von Zweifelhaftigkeit. Mrs. Trenor nahm offensichtlich an, daß Lilys zunehmend vertrauter Umgang mit ihrem Gatten einfach ein indirekter Weg war, ihre eigene Freundlichkeit zu erwidern.

»Ich bin so froh, daß du und Gus so gute Freunde geworden seid«, sagte sie beifällig. »Es ist wirklich zu reizend von dir, so nett zu ihm zu sein und all seine langweiligen Geschichten zu ertragen. Ich weiß, wie sie sind, weil ich sie mir anhören mußte, als wir verlobt waren – ich bin sicher, er erzählt noch immer dieselben. Und jetzt muß ich nicht mehr dauernd Carry Fisher zu uns einladen, um ihn bei guter Laune zu halten. Sie ist der reinste Geier, weißt du; und sie hat überhaupt keinen Sinn für Moral. Sie bringt Gus dazu, für sie zu spekulieren, und ich bin sicher, daß sie nie bezahlt, wenn sie Geld verliert.«

Miss Bart konnte über eine solche Lage der Dinge schaudern, ohne Verlegenheit wegen ihrer eigenen Situation zu empfinden. Diese war doch mit Sicherheit von ganz anderer Art. Die Frage, ob sie zahlen würde, wenn sie Geld verlöre, stellte sich für sie gar nicht, denn Trenor hatte ihr ja versichert, sie könne sich darauf verlassen, daß sie nichts verlieren würde. Bei der Übersendung des Schecks hatte er erklärt, er habe auf Rosedales »Tip« hin fünftausend für sie verdient und viertausend wieder in dasselbe Unternehmen gesteckt, weil man sich eine weitere »tüchtige Kurssteigerung« versprach; sie entnahm daher seinen Erklärungen, daß er jetzt mit ihrem eigenen Geld spekulierte und daß sie ihm dementsprechend nicht mehr schuldete, als ein so unbedeutender Dienst erwarten ließ. Vage glaubte sie, er habe, um den ersten Betrag aufzubringen, auf ihre Sicherheiten Geld geliehen, aber dies war ein Punkt, bei dem sich ihre Neugier nicht weiter aufhielt. Die war im Moment ganz auf das wahrscheinliche Datum der nächsten »tüchtigen Kurssteigerung« gerichtet.

Neues in bezug auf dieses Ereignis erfuhr sie einige Wochen später bei der Feier von Jack Stepneys Verheiratung mit Miss Van Osburgh. Als Cousine des Bräutigams war Miss Bart gebeten worden, als eine der Brautjungfern zu fungieren, aber sie hatte unter dem Vorwand abgelehnt, daß ihre Teilnahme, weil sie viel größer wäre als die anderen anwesenden Jungfern, die Symmetrie der Gruppe beeinträchtigen könnte. Die Wahrheit war, daß sie schon zu viele Bräute auf dem Weg zum Altar begleitet hatte; wenn man sie das nächste Mal dort sehen würde, wollte sie die Hauptfigur der Zeremonie sein. Sie wußte von den Späßen, die auf Kosten junger Mädchen gemacht wurden, die der Öffentlichkeit zu lange vor Augen gewesen waren, und sie war fest entschlossen, jedwede Art von angemaßter Jugendlichkeit zu vermeiden, die den Leuten Veranlassung geben könnte, sie für älter zu halten, als sie in Wirklichkeit war.

Gwen Van Osburghs Hochzeit wurde in der Dorfkirche in der Nähe des Anwesens am Hudson, das dem Vater gehörte, gefeiert. Es gab eine der »einfachen ländlichen Hochzeiten«, zu der die Geladenen in Sonderzügen herangeschafft werden und von der die Horden ungebetener Gäste durch das Eingreifen der Polizei ferngehalten werden müssen. Während diese schlichten ländlichen Riten stattfanden, in einer Kirche, die zum Bersten voll mit allem, was sich modisch nennen durfte, und mit Orchideengirlanden geschmückt war, schlängelten sich die Vertreter der Presse mit dem Notizbuch in der Hand durch das Labyrinth der Hochzeitsgeschenke, und der Beauftragte eines cinematographischen Syndikats stellte seine Gerätschaften vor der Kirchentür auf. Es war die Art von Szene, in der Lily sich oft selbst als Hauptakteurin gesehen hatte, und bei dieser Gelegenheit bestärkte die Tatsache, daß sie wieder einmal nur belangloser Zuschauer und nicht die geheimnisvoll verschleierte Figur im Mittelpunkt der Aufmerksamkeit war, ihre Entschlossenheit, die letztgenannte Rolle zu spielen, noch bevor das Jahr vorüber wäre. Daß sie ihrer unmittelbaren Ängste enthoben war, machte sie nicht blind dafür, daß diese möglicherweise wieder auftauchen könnten; es gab ihr nur genug Lebensmut, sich wieder einmal über ihre Zweifel zu erheben und aufs neue an ihre Schönheit, ihre Macht und ihre allgemeine Befähigung, ein brillantes Schicksal zu erobern, zu glauben. Es konnte einfach nicht so sein, daß jemand, der sich derartiger Fähigkeiten zu herrschen und zu genießen bewußt war, zu ewigem Versagen verdammt sein sollte; und ihre Fehler erschienen ihr im Lichte ihres wiederhergestellten Selbstvertrauens leicht wiedergutzumachen.

Die Entdeckung des ernsthaften Profils und des sauber gestutzten Bartes von Mr. Percy Gryce in der benachbarten Kirchenbank ließ solche Überlegungen besonders angebracht erscheinen. Etwas geradezu Bräutliches sprach aus seinem Aussehen, seine große weiße Gardenie hatte etwas Symbolisches, das Lily als gutes Omen ansah. Wenn man es recht bedachte, wirkte er in einer Versammlung von Menschen seiner eigenen Art nicht eben lächerlich; ein freundlicher Kritiker hätte seine Massigkeit vielleicht gewichtig genannt, und er zeigte sich in der Haltung leerer Passivität, welche die sonderbaren Eigenheiten ruheloser Menschen zum Vorschein bringt, von seiner besten Seite. Sie nahm an, er sei die Art von Mann, dessen Sentimentalität von den konventionellen Bildern einer Hochzeit geweckt würde, und sie sah sich schon, wie sie in der Abgeschiedenheit des Van Osburgh'schen Wintergartens geschickt mit Empfindungen spielen würde, die auf solche Weise für ihre Hand vorbereitet waren. Und wirklich, wenn sie sich unter den Frauen um sie herum umschaute und sich dann an das Bild erinnerte, das sie von ihrem Spiegel mitgenommen hatte, schien es nicht so, als sei besondere Geschicklichkeit vonnöten, um ihren Fehler wiedergutzumachen und ihn noch einmal dazu zu bringen, sich ihr zu Füßen zu werfen.

Der Anblick von Seldens dunklem Kopf in einer Kirchenbank fast genau ihr gegenüber störte für einen Moment ihre ausgewogene Selbstzufriedenheit. Ihr stieg das Blut zu Kopfe, als ihre Augen sich trafen, doch gleich darauf empfand sie eine entgegengesetzte Bewegung in ihrem Innern, eine Welle des Widerstandes und des Zurückweichens. Sie wünschte, sie würde ihn nicht mehr wiedersehen, nicht weil sie seinen Einfluß fürchtete, sondern weil seine Gegenwart immer dazu führte, daß ihr ihre Erwartungen an das Leben wertlos erschienen, und daß ihre ganze Welt aus den Angeln gehoben wurde. Außerdem war er eine lebendige Erinnerung an den schlimmsten Fehler ihres Lebens, und die Tatsache, daß er die Ursache für diesen Fehler gewesen war, besänftigte ihre Gefühle für ihn nicht gerade. Sie konnte sich noch immer einen Idealzustand menschlicher Existenz vorstellen, in dem, während für alles andere ohnehin schon gesorgt war, der Umgang mit Selden die letzte Vervollkommnung des Luxus sein mochte, aber in der Welt, so wie sie war, würde ein solches Privileg wahrscheinlich mehr kosten, als es wert war.

»Lily, Liebes, du hast noch nie so schön ausgesehen! Du machst den Eindruck, als hättest du gerade etwas ganz Wundervolles erlebt!«

Die junge Dame, die ihre Bewunderung für ihre auffallende Freundin auf diese Weise zum Ausdruck brachte, ließ für ihre eigene Person kaum an solch glückliche Möglichkeiten denken. Miss Gertrude Farish gehörte im Gegenteil zum Typus der Mittelmäßigen und Erfolglosen. Wenn ihr weiter, offener Blick und die Frische ihres Lächelns dafür einen Ausgleich bildeten, so waren dies doch Eigenschaften, die nur ein einfühlsamer Beobachter wahrnehmen würde, bevor ihm auffiel, daß ihre Augen von einem recht alltäglichen Grau und ihre Lippen ohne Rundungen waren, die einen nicht mehr losließen. Lilys Einstellung zu Gerty Farish schwankte zwischen Mitleid, wegen ihrer begrenzten Möglichkeiten, und Ungeduld darüber, daß sie diese so heiter hinnahm. Für Miss Bart war, genau wie für ihre Mutter, das ruhige Sich-Schicken in schäbige Lebensumstände ein Beweis für Dummheit, und es gab Augenblicke, in denen sie im vollen Bewußtsein ihrer eigenen Fähigkeit, genau so auszusehen und sich zu verhalten, wie es die Situation verlangte, fast das Gefühl hatte, daß andere Mädchen häßlich und minderwertig waren, weil sie es nicht anders wollten. Sicherlich mußte niemand derart offen eingestehen, daß er sein Schicksal ergeben hinnahm, wie es sich in der »praktischen« Farbe von Gerty Farishs Kleid und dem zurückhaltenden Schnitt ihres Hutes zeigte. Es war fast genauso dumm, durch seine Kleidung zu verraten, daß man von seiner eigenen Häßlichkeit wußte, wie durch sie zum Ausdruck zu bringen, daß man sich selbst für schön hielt.

Natürlich war es vernünftig von Gerty, da sie nun einmal so entsetzlich arm und schäbig war, sich der Philanthropie und Symphoniekonzerten zu widmen; aber es lag etwas Aufreizendes darin, daß sie so tat, als böte das Leben keine größeren Freuden und als könne man genausoviel Interesse und Spaß am Leben in einer beengten Wohnung haben wie im Prunk des Van Osburgh'schen Anwesens. Heute irritierten ihre zwitschernden Begeisterungsausbrüche Lily jedoch nicht. Sie schienen nur ihre eigene herausragende Persönlichkeit zur Geltung zu bringen und ihrem Lebensplan eine hochfliegende Weite zu geben.

»Komm, gehen wir und werfen wir einen Blick auf die Geschenke, bevor alle anderen das Eßzimmer verlassen!« schlug Miss Farish vor und hängte sich am Arm ihrer Freundin ein. Es war typisch für sie, daß sie ein sentimentales und neidloses Interesse für alle Einzelheiten der Hochzeit zeigte; sie gehörte zu den Leuten, die während des Gottesdienstes ihr Taschentuch immer bereithalten und eine Schachtel mit Hochzeitskuchen fest in der Hand haltend nach Hause gehen.

»Haben sie das nicht alles schön gemacht?« meinte sie weiter, als sie den entfernten Salon betraten, der zur Ausstellung von Miss Van Osburghs bräutlichen Errungenschaften diente. »Ich sage immer, niemand arrangiert solche Dinge besser als unsere Cousine Grace! Hast du jemals etwas Köstlicheres zu dir genommen als diese Hummermousse mit Champagnersauce? Ich war schon vor Wochen fest entschlossen, diese Hochzeit nicht zu verpassen, und stell dir nur vor, wie herrlich sich alles ergeben hat. Als Lawrence Selden hörte, daß ich kommen würde, bestand er darauf, mich eigenhändig abzuholen und zum Bahnhof zu fahren, und wenn wir heute abend heimgehen, soll ich mit ihm bei ›Sherry's‹ essen gehen. Ich bin wirklich so aufgeregt, als würde ich selbst heiraten!«

Lily lächelte; sie wußte, daß Selden immer sehr freundlich zu seiner langweiligen Cousine gewesen war, und sie hatte sich oft gefragt, warum er so viel Zeit auf so wenig einträgliche Weise verbrachte, aber jetzt bereitete ihr der Gedanke ein unbestimmtes Vergnügen.

»Siehst du ihn oft?« fragte sie.

»Ja, er hat die schöne Angewohnheit, sonntags hereinzuschauen. Ab und zu sehen wir uns zusammen ein Theaterstück an, aber in letzter Zeit habe ich nicht viel von ihm gehabt. Er sieht nicht gut aus, und er scheint nervös und unruhig zu sein. Der liebe Gute! Ich wünschte, er würde ein nettes Mädchen heiraten. Ich habe es ihm heute gesagt, aber er meinte, er würde sich nicht für die wirklich netten interessieren, und die anderen würden sich nicht für ihn interessieren – aber das war natürlich einer von seinen Scherzen. Er könnte niemals ein Mädchen heiraten, das nicht nett wäre. O Lily, hast du jemals solche Perlen gesehen?«

Sie waren vor dem Tisch stehengeblieben, auf dem die Juwelen der Braut ausgestellt wurden, und Lilys Herz zog sich voll Neid zusammen, als sie bemerkte, wie das Licht sich auf ihrer Oberfläche brach – der milchige Schimmer perfekt aufeinander abgestimmter Perlen, das Blitzen der Rubine, das sich gegen den dazu kontrastierenden Samt abhob, das intensiv blaue Strahlen von Saphiren, denen die umgebenden Diamanten Licht und Feuer verliehen; all diese kostbaren Farben verstärkt und vertieft durch die unterschiedliche Kunstfertigkeit, mit der sie gefaßt waren. Das Leuchten der Steine wärmte Lilys Adern wie Wein. Umfassender als jeder andere Ausdruck von Reichtum symbolisierten sie das Leben, nach dem sie verlangte, ein Leben anspruchsvoller Zurückhaltung und Verfeinerung, in dem jede Einzelheit die Vollendung eines Juwels haben sollte, und dessen Gesamtheit eine harmonische Fassung für ihre eigene juwelengleiche Seltenheit bildete.

»O Lily, sieh dir dieses Diamantkollier an – es ist so groß wie ein Teller! Wer kann denn das geschenkt haben?« Miss

Farish beugte sich kurzsichtig über die beigefügte Karte. »*Mr. Simon Rosedale*. Was, dieser fürchterliche Mann? O ja – ich erinnere mich, er ist ein Freund von Jack, und ich glaube, unsere Cousine Grace mußte ihn heute einladen; aber sie wird es sicher ziemlich abscheulich finden, zulassen zu müssen, daß Gwen solch ein Geschenk von ihm annimmt.«

Lily lächelte. Sie zweifelte daran, daß Mrs. Van Osburgh in dieser Beziehung irgendwelchen Widerwillen empfand, aber sie kannte Miss Farishs Gewohnheit nur zu gut, ihr eigenes Feingefühl genau den Personen zuzuschreiben, die am wenigsten von dergleichen belastet wurden.

»Nun ja, wenn Gwen nicht möchte, daß man sie es tragen sieht, kann sie es ja immer noch gegen etwas anderes eintauschen«, bemerkte sie.

»Ah, hier haben wir etwas viel Hübscheres«, meinte Miss Farish weiter. »Sieh dir diesen exquisiten weißen Saphir an. Ich bin sicher, daß derjenige, der ihn ausgesucht hat, sich besondere Mühe dabei gegeben hat. Wie heißt er denn? Percy Gryce? Ah, dann überrascht es mich nicht!« Sie lächelte bedeutungsvoll, als sie die Karte zurücklegte. »Du hast natürlich davon gehört, daß er Evie Van Osburgh seine ganze Aufmerksamkeit schenkt? Unsere Cousine Grace ist so angetan davon – es ist eine richtige Romanze! Er hat sie bei den George Dorsets zum ersten Mal getroffen, es ist erst sechs Wochen her, und es ist wirklich die netteste Verbindung, welche die liebe Evie nur eingehen kann. Oh, ich meine nicht wegen des Geldes – sie hat natürlich selbst genug –, aber sie ist so ein ruhiges, häusliches Mädchen, und anscheinend hat er ganz dieselben Vorlieben; deswegen passen sie ganz ausgezeichnet zueinander.«

Lily stand da und starrte geistesabwesend auf den weißen Saphir auf seinem Samtbett. Evie Van Osburgh und Percy Gryce? Die Namen hallten wie Hohn in ihrem Kopf wider. *Evie Van Osburgh?* Die jüngste, plumpeste und langweiligste der vier langweiligen und plumpen Töchter, die Mrs. Van Osburgh mit unüberbietbarer Geriebenheit eine nach der anderen in beneidenswerten Nischen des Lebens »untergebracht« hatte! Ach, die glücklichen Mädchen, die unter dem Schutz der Liebe einer Mutter aufwuchsen – einer Mutter, die weiß, wie man Gelegenheiten schafft, ohne Zugeständnisse zu machen, wie man eine gewisse Nähe zum Vorteil gedeihen läßt, ohne zu erlauben, daß der Appetit durch Gewohnheiten abgestumpft wird! Das klügste Mädchen kann sich verkalkulieren, wenn es um seine eigenen Interessen geht, kann im einen Moment zuviel zugestehen und sich im nächsten zu sehr zurückziehen; es ist die niemals nachlassende Wachsamkeit und Voraussicht einer Mutter vonnöten, um Töchter sicher in den Armen von Reichtum und angemessenem Status landen zu lassen.

Lilys vorübergehende Sorglosigkeit schwand unter dem erneuten Gefühl, versagt zu haben, dahin. Das Leben war zu dumm, zu ungeschickt! Warum sollten Percy Gryces Millionen mit einem weiteren großen Vermögen verbunden werden, warum sollte dieses tölpelhafte Mädchen Machtmittel erlangen, die es doch nie zu gebrauchen wissen würde?

Sie wurde durch eine wohlbekannte Berührung an ihrem Arm aus diesen Überlegungen gerissen und sah, als sie sich umwandte, Gus Trenor neben sich. Sie fühlte, wie der Ärger darüber sie durchzuckte: Welches Recht hatte er, sie zu berühren? Zum Glück war Gerty zum nächsten Tisch gewandert, und sie waren allein.

Trenor, der in seinem engen Frack noch fülliger als sonst aussah und dem die Gesichtsröte, welche die hochzeitlichen Trankspenden verursacht hatten, nicht gut zu Gesicht stand, betrachtete sie mit unverhohlenem Beifall.

»Donnerwetter, Lily, du siehst wirklich umwerfend aus!« Er war unbemerkt dazu übergegangen, sie beim Vornamen zu nennen, und sie hatte nie den richtigen Augenblick gefunden, ihn zurechtzuweisen. Außerdem nannten sich unter ihren Bekannten alle Männer und Frauen beim Vornamen; nur wenn sie von Trenors Lippen kam, hatte die vertrauliche Anredeform eine unangenehme Bedeutsamkeit.

»Nun«, fuhr er fort, noch immer jovial und völlig unempfindlich für ihre Verärgerung, »hast du dich schon entschlossen, welches dieser hübschen Schmuckstückchen du morgen bei Tiffany nacharbeiten lassen willst? Ich habe einen Scheck für dich in meiner Tasche, der dir in dieser Beziehung nicht schlecht weiterhelfen wird.«

Lily warf ihm einen erstaunten Blick zu: Seine Stimme war lauter als gewöhnlich, und der Raum fing an, sich mit Menschen zu füllen. Aber als ein hastiger Blick ihr versichert hatte, daß sie noch außer Hörweite waren, machte ihre Besorgnis einem freudigen Gefühl Platz.

»Eine weitere Dividende?« fragte sie und rückte näher an ihn heran in dem Bemühen, niemanden mithören zu lassen.

»Nun ja, nicht genau, bei der Kurssteigerung habe ich verkauft und vier Tausender für dich herausgeholt. Nicht schlecht für einen Anfänger, was? Ich schätze, du fängst an zu glauben, du wärest ein ganz schön cleverer Spekulant. Und vielleicht wirst du den armen alten Gus nicht für so einen schrecklichen Esel halten, wie es manche Leute tun.«

»Ich halte Sie für den allerbesten Freund, aber ich kann Ihnen jetzt nicht angemessen Dank sagen.«

Sie schaute mit einem strahlenden Blick in seine Augen, der den Handschlag ersetzen mußte, auf den er Anspruch erhoben hätte, wenn sie allein gewesen wären – und wie froh war sie, daß sie es nicht waren! Die Neuigkeit erfüllte sie mit dem Gefühl von Wärme, das das plötzliche Verstummen körperlichen Schmerzes hervorbringt. Die Welt war doch nicht so dumm und ungeschickt, ab und zu gab es auch für den Unglücklichsten einen Glückstreffer. Bei diesen Gedanken bekamen ihre Lebensgeister wieder Auftrieb; es war bezeichnend für sie, daß ein unbedeutendes bißchen Glück gleich all ihren Hoffnungen Flügel verlieh. Sofort kam ihr die Idee, daß Percy Gryce doch nicht unwiederbringlich verloren sein mußte, und sie lächelte bei dem Gedanken, wie aufregend es sein würde, ihn Evie Van Osburgh wieder wegzunehmen. Was konnte ein solches Gänschen schon gegen sie ausrichten, wenn sie es darauf anlegte und sich Mühe gab? Sie schaute sich um in der Hoffnung, Gryce zu entdecken, aber statt dessen traf ihr Blick auf die glatte Miene Mr. Rosedales, der durch die Menge schlüpfte mit einem halb unterwürfigen, halb aufdringlichen Ausdruck, als ob er in dem Moment, in dem man seiner Gegenwart gewahr würde, zu den Dimensionen des Raumes anschwellen könnte.

Da sie nicht der Auslöser für diese Vergrößerung sein wollte, wandte Lily ihren Blick schnell wieder Trenor zu, dem der Ausdruck ihrer Dankbarkeit anscheinend nicht die vollkommene Genugtuung gebracht hatte, die sie eigentlich hatte hervorrufen wollen.

»Zum Teufel mit deiner Dankerei – ich will nicht, daß du mir dankst, aber ich *hätte* gern die Möglichkeit, ab und zu ein Wort mit dir zu wechseln«, murrte er. »Ich dachte, du würdest den ganzen Herbst bei uns verbringen, und nun hab ich dich im vergangenen Monat kaum ein einziges Mal gesehen. Warum kannst du nicht heute abend mit uns nach Bellomont zurückkommen? Wir sind ganz allein, und Judy ist in einer fürchterlichen Laune. Komm mit und heitere unsereinen etwas auf. Wenn du ja sagst, nehme ich dich im Wagen mit, und du kannst dein Mädchen anrufen und ihm sagen, es solle deine Siebensachen mit dem nächsten Zug aus der Stadt mitbringen.«

Lily schüttelte den Kopf mit ganz charmant gespieltem Bedauern. »Ich wünschte, ich könnte – aber es ist ganz unmöglich. Meine Tante ist in die Stadt zurückgekehrt, und ich muß in den nächsten paar Tagen bei ihr bleiben.«

»Also, ich sehe dich, seitdem wir so gute Freunde geworden sind, viel seltener als früher, als du Judys Freundin warst«, fuhr er mit unbewußtem Scharfsinn fort.

»Als ich Judys Freundin war? Bin ich denn nicht mehr ihre Freundin? Sie sagen wirklich völlig absurde Sachen! Wenn ich ständig auf Bellomont wäre, würden Sie meiner sehr viel schneller überdrüssig als Judy – aber kommen Sie und besuchen Sie mich bei meiner Tante am nächsten Nachmittag, den

Sie in der Stadt verbringen, dann können wir uns gemütlich und in aller Ruhe unterhalten, und Sie können mir sagen, wie ich mein Vermögen am besten investiere.«

Es stimmte, daß sie während der letzten drei oder vier Wochen Bellomont ferngeblieben war unter dem Vorwand, andere Besuche machen zu müssen, aber sie begann nun zu fühlen, daß die Rechnung, deren Begleichung sie auf diese Weise aus dem Weg hatte gehen wollen, in der Zwischenzeit Zinsen angesammelt hatte.

Die Aussicht auf eine ruhige gemütliche Unterhaltung empfand Trenor, wie es schien, nicht als so rundherum zufriedenstellend, wie sie gehofft hatte, und seine Stirn blieb gerunzelt, als er sagte: »Oh, ich kann nicht behaupten, daß ich dir jeden Tag einen neuen Tip versprechen kann. Aber da ist etwas, was du für mich tun könntest, und zwar, sei ein wenig höflich zu Rosedale. Judy hat versprochen, ihn zum Essen einzuladen, wenn wir in die Stadt kommen, aber ich kann sie nicht dazu bringen, ihn auf Bellomont zu empfangen, und wenn ich ihn jetzt zu dir bringen dürfte, würde das schon einiges ausmachen. Ich glaube, nicht einmal zwei Frauen haben heute nachmittag mit ihm gesprochen, und ich kann dir sagen, er ist ein Bursche, bei dem es sich auszahlt, wenn man ihn anständig behandelt.«

Miss Bart machte eine ungeduldige Bewegung, unterdrückte aber die Worte, die sie schon fast begleitet hätten. Alles in allem war dies ein unerwartet leichter Weg, ihre Schuld zu begleichen, und hatte sie nicht eigene Gründe, um höflich zu Mr. Rosedale sein zu wollen?

»O ja, bringen Sie ihn auf jeden Fall zu mir«, sagte sie lächelnd, »vielleicht kann ich ja auch selbst einen Tip aus ihm herausholen.«

Trenor hielt abrupt inne, und seine Augen sahen fest in ihre mit einem Blick, der sie die Farbe wechseln ließ.

»Also, weißt du – du wirst wohl bitte daran denken, daß er ein verfluchter Prolet ist«, sagte er, und mit einem leisen Lachen wandte sie sich zum offenen Fenster, neben dem sie gestanden hatten.

Das Gedränge im Zimmer hatte zugenommen, und sie verspürte Bedürfnis nach Bewegungsfreiheit und frischer Luft. Beides fand sie auf der Terrasse, wo sich nur noch ein paar Männer bei Zigaretten und Likör aufhielten, während hier und da Paare über den Rasen zu den herbstlich gefärbten Einfassungen des Blumengartens schlenderten.

Als sie weiter heraustrat, kam ein Mann aus der Gruppe der rauchenden Herren auf sie zu, und sie fand sich Auge in Auge mit Selden. Das Herzklopfen, das seine Nähe immer verursachte, wurde durch eine gewisse Befangenheit noch verstärkt. Sie hatten sich seit dem Spaziergang am Sonntagnachmittag auf Bellomont nicht gesehen, und das damals Geschehene war ihr noch so lebhaft in Erinnerung, daß sie kaum glauben konnte, er sei sich dessen weniger bewußt. Aber seine Begrüßung drückte nichts weiter aus als die Befriedigung, von der jede hübsche Frau erwartet, daß sie sich bei ihrem Anblick in den Augen eines Mannes spiegelt. Diese Entdeckung war zwar ihrer Eitelkeit zuwider, aber beruhigend für ihre Nerven. Zwischen der Erleichterung, Trenor entkommen zu sein, und der vagen Furcht vor dem Treffen mit Rosedale, war es wohltuend, sich für einen Moment in dem Gefühl völligen Verstehens auszuruhen, das Lawrence Seldens Verhalten immer vermittelte.

»Das ist aber ein Glück«, sagte er lächelnd. »Ich habe mich schon gefragt, ob ich noch ein paar Worte mit Ihnen würde wechseln können, bevor uns der Sonderzug wieder entführt. Ich bin mit Gerty Farish gekommen, und ich habe ihr versprochen, daß sie den Zug nicht verpassen wird, aber ich bin sicher, sie versorgt sich noch bei den Hochzeitsgeschenken mit gefühlvoller Erquickung. Anscheinend betrachtet sie deren Anzahl und Wert als Beweis für die selbstlose Zuneigung der sich verehelichenden Parteien.«

Es lag nicht der leiseste Anflug von Verlegenheit in seiner Stimme, und wie er so zu ihr sprach, leicht an den Fensterrahmen gelehnt, und seine Augen mit unverhohlener Freude an ihrer Grazie auf ihr ruhten, fühlte sie mit einem leichten

Frösteln des Bedauerns, daß er ohne Mühe wieder zu dem Verhältnis zurückgekehrt war, das sie vor ihrer letzten Unterhaltung zueinander gehabt hatten. Der Anblick seines völlig unversehrten Lächelns versetzte ihrer Eitelkeit einen Stich. Sie sehnte sich danach, etwas mehr für ihn zu sein als ein Stück hübsches Aussehen mit Empfindungsvermögen, eine vorübergehende Ablenkung für sein Auge und sein Gehirn, und diese Sehnsucht verriet sich in ihrer Antwort.

»Ach«, sagte sie, »ich beneide Gerty um ihre Fähigkeit, all unsere häßlichen und prosaischen Arrangements mit Romantik zu verkleiden! Ich habe meine Selbstachtung nicht wiedergewonnen, seit Sie mir gezeigt haben, wie armselig und unwichtig meine Ambitionen waren.«

Die Worte waren kaum ausgesprochen, als ihr klar wurde, wie unglücklich sie gewählt waren. Es schien ihr Schicksal zu sein, sich Selden immer von ihrer schlechtesten Seite zu zeigen.

»Ich dachte«, erwiderte er leichthin, »daß ich im Gegenteil dazu gedient hätte, zu zeigen, daß sie Ihnen wichtiger waren als alles andere.«

Es war, als würde eine begierige Strömung ihres Wesens durch ein plötzliches Hindernis aufgehalten, das sie auf sich selbst zurückwarf. Sie sah ihn hilflos an wie ein verletztes oder verängstigtes Kind; dies, ihr wirkliches Selbst, das er aus den Tiefen hervorrufen konnte, war so wenig daran gewöhnt, sich allein zu bewegen!

Ihre flehentliche Hilflosigkeit brachte in ihm wie immer eine versteckte Saite der Zuneigung zum Klingen. Es wäre ihm völlig gleichgültig gewesen, wenn er entdeckt hätte, daß seine Nähe sie geistreicher machte, aber dieser kurze Einblick in eine getrübte Stimmung, der nur ihm allein gewährt wurde, schien ihn wieder einmal in eine abgesonderte Welt mit ihr zu versetzen.

»Zumindest kann das, was Sie von mir denken, nicht schlimmer sein, als was Sie mir sagen!« rief sie mit einem zitternden Lachen aus, aber bevor er antworten konnte, wurde das gegenseitige Verständnis, das von einem zum andern strömte, abrupt durch das Wiederauftauchen von Gus Trenor zum Stocken gebracht, der mit Mr. Rosedale im Schlepptau näher kam.

»Zum Henker, Lily, ich dachte schon, du wärst mir entwischt; Rosedale und ich haben alles nach dir abgesucht!«

Seine Stimme hatte einen Anklang von ehelicher Vertrautheit; es kam Miss Bart so vor, als entdecke sie in Rosedales Augen ein zwinkerndes Erkennen dieser Tatsache, und dieser Gedanke verwandelte ihre Abneigung gegen ihn in Abscheu.

Sie erwiderte seine tiefe Verbeugung mit einem leichten Nicken, das noch verachtungsvoller wurde, weil sie fühlte, wie überrascht Selden sein mußte, daß sie Rosedale zu ihren Bekannten zählte. Trenor hatte sich abgewandt, und sein Begleiter stand weiterhin vor Miss Bart, wachsam und erwartungsvoll, seine Lippen zu einem Lächeln geöffnet, was immer sie auch sagen würde, und sein Rücken sich des Privilegs bewußt, mit ihr gesehen zu werden.

Jetzt galt es, taktvoll zu sein und die Gesprächspause schnell zu überbrücken, aber Selden lehnte noch immer am Fenster, ein unbeteiligter Beobachter der Szene, und im Bann seiner Beobachtung fühlte Lily sich machtlos, ihre Künste wie sonst einzusetzen. Die Furcht, Selden könne den Verdacht hegen, sie hätte es nötig, sich einen Mann wie Rosedale geneigt zu machen, gebot den trivialen Phrasen der Höflichkeit Einhalt. Rosedale stand noch immer in erwartungsvoller Haltung vor ihr, und sie fuhr fort, ihn schweigend zu betrachten, ihr Blick genau auf einer Höhe mit seiner glänzenden Glatze. Der Blick machte das, was ihr Schweigen besagte, vollkommen eindeutig.

Langsam wurde er rot, trat von einem Fuß auf den anderen, befingerte die üppige schwarze Perle an seiner Krawatte, und zwirbelte nervös seinen Schnurrbart; dann beäugte er sie von Kopf bis Fuß, trat zurück und sagte mit einem Seitenblick zu Selden: »Also wirklich, ich habe noch nie eine so mordsmäßig elegante Aufmachung gesehen. Ist das die neueste Schöpfung der Schneiderin, die Sie immer im *Benedick* besuchen? Wenn ja, wundert mich nur, daß all die anderen Frauen nicht auch zu ihr gehen!«

Die Worte hoben sich scharf von Lilys Schweigen ab, und sie sah blitzartig, daß ihr eigenes Verhalten ihnen so viel Nachdruck verliehen hatte. In einer normalen Unterhaltung wären sie vielleicht ohne besondere Beachtung durchgegangen, aber nach ihrer langen Pause nahmen sie eine besondere Bedeutung an. Sie fühlte, ohne aufzublicken, daß Selden sie sofort begriffen hatte und es unvermeidlich war, daß er die Anspielung in Zusammenhang mit ihrem Besuch bei ihm bringen würde. Diese Gewißheit steigerte ihren Ärger über Rosedale, aber auch ihr Gefühl, daß wenn überhaupt, dann jetzt der Augenblick gekommen war, ihn sich geneigt zu machen, wenn es ihr auch zuwider war, das in Seldens Gegenwart zu tun.

»Woher wollen Sie denn wissen, daß die anderen Frauen nicht auch zu meiner Schneiderin gehen?« erwiderte sie. »Sie sehen ja, ich habe keine Bedenken, ihre Adresse an meine Freunde weiterzugeben!«

Ihr Blick und ihr Tonfall bezogen Rosedale so offensichtlich in diesen privilegierten Kreis ein, daß sich seine kleinen Augen vor Genugtuung zusammenzogen und ein wissendes Lächeln seinen Schnurrbart nach oben hob.

»Donnerwetter, die brauchen Sie auch nicht zu haben!« erklärte er. »Sie könnten denen den ganzen Kram lassen und würden sie noch immer spielend ausstechen!«

»Ach, das ist nett von Ihnen, und noch netter wäre es, wenn Sie mich in ein ruhiges Eckchen entführen und mir ein Glas Limonade oder irgendein unschuldiges Getränk besorgen würden, bevor wir alle zum Zug hetzen müssen.«

Sie wandte sich ab, während sie sprach, und ließ ihn an ihrer Seite daherstolzieren durch die Gruppen, die sich auf der Terrasse versammelten, während jeder Nerv in ihr zitterte, wenn sie daran dachte, was Selden von der Szene hatte halten müssen.

Aber unter dem ärgerlichen Gefühl, daß alles verkehrt lief, und unter der dünnen Oberfläche, die ihre Unterhaltung mit Rosedale bildete, hielt sich zäh ein dritter Gedanke; sie hatte nicht vor heimzufahren, ohne versucht zu haben, die Wahrheit über Percy Gryce herauszufinden. Der Zufall oder vielleicht sein eigener Entschluß hatte sie seit seinem hastigen Rückzug von Bellomont voneinander ferngehalten; aber Miss Bart war eine Expertin darin, das Beste aus dem Unerwarteten zu machen, und die unangenehmen Ereignisse der letzten paar Minuten – Selden genau den Teil ihres Lebens vor Augen geführt zu haben, über den sie ihn am meisten im Ungewissen zu halten wünschte – verstärkte ihr Verlangen nach Schutz, ihr Verlangen danach, solchen erniedrigenden Zufällen zu entrinnen. Jede eindeutige Situation wäre erträglicher als dieses Lavieren mit Möglichkeiten, das sie ständig in einer Haltung unbehaglicher Wachsamkeit jeder neuen Wendung ihres Lebens gegenüber verharren ließ.

Im Haus herrschte allgemeine Aufbruchstimmung wie bei Zuschauern, die sich zum Heimgehen bereitmachen, nachdem die Hauptakteure die Bühne verlassen haben, aber unter den noch anwesenden Gruppen konnte Lily weder Gryce noch die jüngste Miss Van Osburgh entdecken. Daß beide fehlten, ließ sie Schlimmes ahnen, und sie entzückte Mr. Rosedale mit dem Vorschlag, sich zu den Wintergärten am hintersten Ende des Hauses zu begeben. Es waren gerade noch genug Leute in der langen Flucht von Räumen übrig, um ihren Gang durch diese auffällig zu machen, und Lily war sich der Tatsache bewußt, daß ihr amüsierte und fragende Blicke folgten, die sowohl an ihrem Gleichmut wie an der Selbstzufriedenheit ihres Begleiters als harmlos abglitten. Es machte ihr in diesem Moment sehr wenig aus, mit Rosedale gesehen zu werden; ihr ganzes Denken konzentrierte sich auf den Gegenstand ihrer Suche. Letzterer war jedoch in den Wintergärten nicht zu entdecken, und Lily, plötzlich bedrückt durch die Überzeugung, versagt zu haben, überlegte, wie sie einen Weg finden könnte, ihre jetzt überflüssige

Begleitung loszuwerden, als sie auf Mrs. Van Osburgh trafen, die erhitzt und erschöpft war, aber in dem Bewußtsein, ihre Pflicht getan zu haben, strahlte.

Sie betrachtete die beiden einen Augenblick mit dem gütigen, aber leeren Auge der müden Gastgeberin, für die die Gäste sich zu drehenden Punkten in einem Kaleidoskop der Müdigkeit reduziert haben, dann wurde ihre Aufmerksamkeit plötzlich gefesselt, und sie bemächtigte sich Miss Barts mit einer vertraulichen Geste.

»Meine liebe Lily, ich hatte gar keine Zeit, mich mit dir ein wenig zu unterhalten, und jetzt, nehme ich an, bist du gerade auf dem Sprung. Hast du Evie gesehen? Sie hat dich überall gesucht, sie wollte dir doch ihr kleines Geheimnis anvertrauen; aber ich glaube, ich darf annehmen, du hast es schon erraten. Die Verlobung wird nicht vor nächster Woche bekanntgegeben – aber du bist eine so gute Freundin von Mr. Gryce, daß sie beide wollten, daß du die erste bist, die von ihrem Glück erfährt.«

IX

In Mrs. Penistons Jugend war die elegante Welt im Oktober in die Stadt zurückgekehrt; deswegen wurden am zehnten Tag dieses Monats die Jalousien ihrer Residenz in der Fifth Avenue hochgezogen, und die Augen des sterbenden Gladiators aus Bronze, der den Platz im Salonfenster innehatte, nahmen die Wache über die verlassene Durchfahrt wieder auf.

Die ersten zwei Wochen nach ihrer Heimkehr hatten für Mrs. Peniston den Stellenwert eines häuslichen Äquivalents religiöser Einkehrtage. Leinen und Decken »ging sie durch« in genau demselben Geist, wie der Reumütige die inneren Windungen seines Gewissens erforscht; sie fahndete nach Motten, wie die schwer geprüfte Seele nach lauernden Schwächen sucht. Das oberste Regal eines jeden Abstellraums mußte seine Geheimnisse preisgeben, Keller und Kohlenkiste wurden gründlich bis in ihre tiefsten Tiefen untersucht, und im Endstadium dieser Reinigungsriten wurde das ganze Haus in bußfertiges Weiß gehüllt und von sühnender Seifenlauge überflutet.

Während der Phase dieser Maßnahmen betrat Miss Bart am Nachmittag, als sie von der Hochzeit bei den Van Osburghs zurückkam, das Haus. Die Rückfahrt in die Stadt war nicht dazu angetan gewesen, ihre Nerven zu beruhigen. Auch wenn Evie Van Osburghs Verlobung offiziell noch ein Geheimnis war, war es doch eines, von dem die unzähligen vertrauten Freunde der Familie schon wußten, und die Zugladung heimfahrender Gäste summte wie ein Bienenkorb von Andeutungen und Erwartungen. Lily war sich der Rolle, die sie in diesem Drama der versteckten Andeutungen spielte, zutiefst bewußt; sie konnte sich genau vorstellen, wie das Amüsement beschaffen war, das diese Situation hervorrief. Zu den ungeschliffenen Formen, in der ihre Freunde ihr Vergnügen genossen, gehörte auch eine laute Freude an solchen Komplikationen; der Reiz lag darin, das Schicksal dabei zu ertappen, wie es jemandem einen Streich spielte. Lily wußte nur zu gut, wie sie sich in schwierigen Situationen zu betragen hatte. Sie nahm in jeder Nuance eine Haltung zwischen Sieg und Niederlage ein; jede Andeutung wurde ohne Mühe durch die heitere Gleichgültigkeit ihrer Haltung abgeschüttelt. Aber sie fing an zu fühlen, wie anstrengend dies Verhalten war; die Rückwirkung war jetzt schon schneller zu bemerken, und sie versank in noch tieferem Abscheu vor sich selbst.

Wie immer in ihrem Fall, fand dieser moralische Rückschlag ein körperliches Ventil in einem verstärkten Widerwillen gegen ihre Umgebung. Sie fand die selbstzufriedene Häßlichkeit von Mrs. Penistons schwarzem Walnußholz abstoßend, den rutschigen Glanz der Kacheln in der Halle und den vermischten Geruch von Schmierseife und Möbelpolitur, der ihr an der Tür entgegenströmte.

Die Treppen waren noch ohne Teppich, und auf ihrem Weg nach oben zu ihrem Zimmer wurde sie auf dem Treppenabsatz von einer impertinenten Flut von Seifenlauge aufgehalten. Sie hob ihre Röcke hoch und trat mit einer ungeduldigen Geste zur Seite; als sie das tat, hatte sie das sonderbare Gefühl, sich schon einmal in derselben Situation befunden zu haben, nur in einer anderen Umgebung. Es kam ihr vor, als stiege sie noch einmal die Treppen von Seldens Wohnung hinab, und als sie hinuntersah, um diejenige auszuschelten, welche die seifige Flut so freigebig verteilte, traf sie wieder auf den erhobenen starren Blick, der schon einmal unter ähnlichen Umständen trotzig ihren Weg gekreuzt hatte. Es war die Zugehfrau vom *Benedick*, die, auf ihre hochroten Ellenbogen gestützt, sie prüfend betrachtete mit derselben unerschütterlichen Neugier und demselben Widerwillen, sie vorbeizulassen. Bei dieser Gelegenheit befand sich Miss Bart jedoch auf ihrem eigenen Grund und Boden.

»Sehen Sie nicht, daß ich vorbeigehen möchte? Bitte nehmen Sie Ihren Eimer da weg«, sagte sie scharf. Die Frau schien sie zuerst nicht zu hören, dann schob sie, ohne ein Wort der Entschuldigung, ihren Eimer zurück und zerrte den nassen Wischlappen über den Treppenabsatz, wobei sie die Augen fest auf Lily gerichtet hielt, als diese vorüberschwebte. Es war unerträglich, daß Mrs. Peniston solche Kreaturen im Haus herumlaufen hatte, und Lily betrat ihr Zimmer mit dem festen Entschluß, daß die Frau noch am selben Abend entlassen werden sollte.

Mrs. Peniston war jedoch zur Zeit Beschwerden nicht zugänglich; seit dem frühen Morgen hatte sie sich mit ihrer Zofe eingeschlossen, um ihre Pelze durchzugehen, ein Vorgang, der den Höhepunkt im Drama der Renovierung des Haushaltes bildete. Auch am Abend fand Lily sich allein, denn ihre Tante, die selten auswärts aß, war der Einladung eines Van Alstyne'schen Cousins gefolgt, der sich auf der Durchreise in der Stadt befand. Das Haus in seinem Zustand unnatürlicher Makellosigkeit und Ordnung war so bedrükkend wie ein Grab, und als Lily nach ihrem kurzen Mahl zwischen verhüllten Anrichten in den eben erst von Abdekkungen befreiten Glanz des Salons schlenderte, fühlte sie sich, als wäre sie in den erstickend engen Grenzen von Mrs. Penistons Existenz lebendig begraben.

Normalerweise richtete sie es so ein, daß sie während der Zeit häuslicher Erneuerung nicht daheim war. Diesmal hatte jedoch eine Vielzahl von Gründen zusammengewirkt, um sie in die Stadt kommen zu lassen, und der wichtigste von diesen war die Tatsache, daß sie weniger Einladungen als sonst für den Herbst erhalten hatte. Sie war so lange daran gewöhnt gewesen, von einem Landhaus zum nächsten zu ziehen, bis das Ende der Ferien ihre Freunde in die Stadt brachte, daß die unausgefüllte Zeit, die jetzt vor ihr lag, in ihr ein schmerzliches Empfinden ihrer nachlassenden Popularität hervorrief. Es war, wie sie Selden gesagt hatte – die Leute waren ihrer überdrüssig. Mit einem neuen Charakter hätten sie sie willkommen geheißen, aber als Miss Bart kannten sie sie in- und auswendig. Auch sie selbst kannte sich in- und auswendig und hatte die alte Geschichte gründlich satt. In manchen Augenblicken sehnte sie sich blindlings nach irgend etwas anderem, nach irgend etwas Fremdem, Fernem und Unerprobtem, aber selbst ihre ausschweifendste Phantasie reichte nicht weiter, als sich ihr bisheriges Leben in einer neuen Umgebung vorzustellen. Sie konnte sich ihre eigene Person nirgendwo anders vorstellen als im Salon, wo sie Eleganz verbreitete, wie eine Blume Duft verströmt.

Vorerst sah sie sich, als der Oktober näher kam, vor die Alternative gestellt, entweder zu den Trenors zurückzukehren oder bei ihrer Tante in der Stadt zu bleiben. Sogar das langweilige New York im Oktober, das einen ganz trostlos machte, und die seifigen Unannehmlichkeiten von Mrs. Penistons Behausung waren, fand sie, dem vorzuziehen, was sie auf Bellomont erwarten mochte, und mit dem Ausdruck heroischer Anhänglichkeit erklärte sie ihre Absicht, bis zu den Ferien bei ihrer Tante zu bleiben.

Opfer dieser Art werden manchmal mit Gefühlen angenommen, die ebenso gemischt sind wie die, die sie hervorgebracht haben, und Mrs. Peniston bemerkte zu der Zofe, die am meisten ihr Vertrauen besaß, daß, wenn jemand aus der Familie in einer solchen Krise bei ihr sein sollte (obwohl man sie doch seit vierzig Jahren für fähig genug gehalten hatte, das Aufhängen ihrer Vorhänge selbst zuwege zu bringen), sie Miss Grace Miss Lily vorgezogen hätte. Grace Stepney war eine entfernte Cousine mit anpassungsfähigen Manieren und Interessen, die sie anderen nachempfand, jemand der eifrig einsprang, den Abend mit Mrs. Peniston zu verbringen, wenn Lily allzu beharrlich auswärts aß, der Bésigue spielte, gefallene Maschen aufnahm, die Todesfälle aus der *Times* vorlas und von Herzen die lila Satinvorhänge im Salon, den sterbenden Gladiator im Fenster und das sieben mal fünf Zoll große Gemälde vom Niagara bewunderte, das den einzigen künstlerischen Exzeß in Mr. Penistons gemäßigter Laufbahn als Maler darstellte.

Unter normalen Umständen langweilte diese exzellente Cousine Mrs. Peniston so sehr, wie jemand, der solche Dienste annimmt, meist von dem, der sie ausführt, gelangweilt wird. Sie zog die geistreiche und unzuverlässige Lily bei weitem vor, die ein Ende der Häkelnadel nicht vom andern unterscheiden konnte und die schon oft ihre Gefühle durch den Vorschlag verletzt hatte, man solle den Salon doch »neu gestalten«. Aber wenn es darum ging, fehlende Servietten zu suchen oder bei der Entscheidung zu helfen, ob die Hintertreppe neue Teppiche brauche, war Graces Urteil sicher vernünftiger als das von Lily, ganz abgesehen davon, daß letztere etwas gegen den Geruch von Bienenwachs und brauner Seife hatte und sich verhielt, als meine sie, ein Haus solle sich von selbst sauber halten, ohne Beistand von anderen.

Wie sie so unter dem freudlosen Licht des Kristallüsters im Salon saß – Mrs. Peniston zündete die Lampen nie an, außer wenn man »in Gesellschaft« war – schien es Lily, als beobachte sie, wie sich ihre eigene Gestalt durch Korridore von neutralfarbener Langeweile in der Ferne eines mittleren Alters wie dem von Grace Stepney verlor. Wenn sie aufhörte, Judy Trenor und ihre Freunde zu amüsieren, würde sie sich darauf zurückziehen müssen, Mrs. Peniston zu unterhalten; wohin ihr Blick sich auch wandte, sie sah immer nur eine Zukunft, in der sie den Launen anderer dienstbar war, und nirgendwo die Möglichkeit, ihre eigene begierig danach verlangende Individualität zur Geltung zu bringen.

Das Klingeln der Türglocke, das mit besonderem Nachdruck durch das leere Haus hallte, enthüllte ihr plötzlich das Ausmaß ihrer Langeweile. Es war, als ob die ganze Verdrießlichkeit der vergangenen Monate in der Leere dieses endlosen Abends zusammenflösse. Wenn das Klingeln doch nur einen Ruf aus der Außenwelt bedeutete – ein Zeichen, daß man sich ihrer noch erinnerte und sie brauchte!

Nach einiger Zeit erschien das Hausmädchen und erklärte, daß jemand draußen sei, der darum bitte, Miss Bart sehen zu dürfen, und als Lily auf eine genauere Beschreibung drang, fügte es hinzu:

»Es ist Mrs. Haffen, sie will nicht sagen, was sie will.«

Lily, der dieser Name nichts sagte, öffnete die Tür für eine Frau mit einem ziemlich mitgenommenen Hut, die unverrückbar fest unter dem Licht der Eingangshalle stand. Der grelle Schein des nicht abgedunkelten Gaslichts beleuchtete ein vertrautes, pockennarbiges Gesicht und die rötliche Kopfhaut, die unter dünnen Strähnen strohfarbenen Haars durchschaute. Lily sah die Putzfrau überrascht an.

»Möchten Sie zu mir?« fragte sie.

»Ich würde gern kurz mit Ihnen reden, Miss.« Der Ton war weder aggressiv noch konziliant, er verriet nichts in bezug auf das Anliegen der Sprecherin. Dennoch mahnte ein Instinkt Lily zur Vorsicht, und sie zog sich aus der Hörweite des sich noch in der Halle aufhaltenden Stubenmädchens zurück.

Sie gab Mrs. Haffen ein Zeichen, ihr in den Salon zu folgen, und schloß die Tür, als sie eingetreten waren.

»Was wünschen Sie denn?« fragte sie.

Die Putzfrau stand da, die Arme in ihrem Schultertuch gefaltet, wie solche Frauen es meistens tun. Sie entfaltete das Tuch und brachte ein kleines Paket zum Vorschein, das in schmutziges Zeitungspapier gewickelt war.

»Ich hab hier was, das Sie vielleicht gern sehn würden, Miss Bart.« Sie sprach ihren Namen mit unangenehmer Betonung aus, als ob die Tatsache, daß sie ihn kannte, mit ein Grund für ihre Anwesenheit wäre. Für Lily klang ihr Tonfall wie eine Bedrohung.

»Sie haben etwas gefunden, das mir gehört?« fragte sie und streckte ihre Hand aus.

Mrs. Haffen trat zurück. »Nun ja, wenn das so ist, nehm ich doch an, daß es genausogut mir gehört wie sonst wem«, gab sie zurück.

Lily sah sie verdutzt an. Sie war jetzt sicher, daß das Verhalten ihrer Besucherin eine Drohung ausdrückte; aber bei aller Versiertheit, über die sie in bestimmte Richtungen auch verfügte, lag doch nichts im Umkreis ihrer Erfahrung, das sie darauf vorbereitet hätte, die genaue Bedeutung der gegenwärtigen kleinen Szene einzuschätzen. Sie hatte jedoch das Gefühl, daß diese so schnell wie möglich beendet werden müsse.

»Ich verstehe Sie nicht; wenn dieses Paket nicht mir gehört, wieso haben Sie dann nach mir gefragt?«

Die Frau ließ sich durch die Frage nicht erschrecken. Sie war offensichtlich darauf vorbereitet, sie zu beantworten, aber wie alle ihrer Klasse, mußte sie weit zurückgehen, um einen Anfang zu finden, und erst nach einer langen Pause antwortete sie: »Mein Mann war Hausmeister im *Benedick* bis zum ersten des Monats; seitdem kann er keine Arbeit mehr finden.«

Lily schwieg, und die Frau fuhr fort: »Es war auch nich unsere Schuld, war es nich; der Verwalter hatte jemand anders, für den er die Stelle wollte, und uns ham se vor die Tür gesetzt mit Sack und Pack, nur weil 's ihm so paßte. Ich war letzten Winter lange krank, und dann hab ich auch noch eine Operation gehabt, die alles verbraucht hat, was wir auf die Seite gelegt ham, und es is wirklich schwer für mich und die Kinder, wenn Haffen so lange keine Arbeit hat.«

Dann war sie also gekommen, um Miss Bart zu bitten, eine Stelle für ihren Mann zu finden, oder, das war noch wahrscheinlicher, um die Fürsprache der jungen Dame bei Mrs. Peniston zu erreichen. Lily wirkte immer so, als bekäme sie alles, was sie wollte, so daß sie schon daran gewöhnt war, um Vermittlung gebeten zu werden, und von ihrer vagen Furcht befreit, flüchtete sie sich in konventionelle Formeln.

»Es tut mir leid, daß Sie solche Schwierigkeiten hatten«, sagte sie.

»Oh, das hatten wir, Miss, und das is erst der Anfang. Wenn wir bloß 'ne neue Stelle hätten – aber der Verwalter, der hat was gegen uns. Es is auch nich unsre Schuld, isses nich, aber –«

An diesem Punkt konnte Lily ihre Ungeduld nicht mehr im Zaum halten. »Wenn Sie mir irgend etwas zu sagen haben –« warf sie ein.

Der Ärger der Frau über diese Zurechtweisung schien ihren langsamen Gedankengängen auf die Sprünge zu helfen.

»Ja, Miss, dazu komm ich ja grade«, sagte sie. Sie hielt wieder inne, die Augen auf Lily gerichtet, und dann fuhr sie fort, weitschweifig zu erzählen: »Als wir beim *Benedick* beschäftigt warn, mußte ich die Zimmer der Herrn versorgen; wenigstens hab ich se samstags ausgefegt. Manche von den Herrn kriegten so einen Haufen Briefe, so was hab ich noch nie gesehn. Die Papierkörbe von denen warn bis zum Rand voll, und die Papiere fieln auf den Boden. Vielleicht sind die so unvorsichtig, weil se so viele ham. Manche sind schlimmer als andre. Mr. Selden, Mr. Lawrence Selden, der war einer von den vorsichtigsten, hat seine Briefe im Winter verbrannt und im Sommer in Schnipsel gerissen. Aber manchmal hat er so viele gehabt, da hat er se nur zusammengelegt, so wie die andern, und das Ganze einmal durchgerissen – wie hier.«

Während sie sprach, hatte sie die Schnur von dem Paket in ihrer Hand gelöst, und nun zog sie einen Brief heraus, den sie auf den Tisch zwischen Miss Bart und sich legte. Wie sie gesagt hatte, war der Brief entzweigerissen, aber mit einem schnellen Griff legte sie die zerrissenen Seiten aneinander und strich das Papier glatt.

Eine Welle der Entrüstung überkam Lily. Sie hatte das Gefühl, in der Gegenwart von etwas Widerwärtigem zu sein, das sie bisher nur undeutlich ahnte – die Art von Widerwärtigkeit, über die Leute miteinander flüsterten, von der sie aber nie gedacht hätte, sie könnte einmal ihr Leben berühren. Sie trat voll Ekel zurück, aber ihre Bewegung wurde durch eine plötzliche Entdeckung aufgehalten: Unter dem grellen Licht von Mrs. Penistons Kristallüster hatte sie die Handschrift des Briefes erkannt. Es war eine große, auseinanderdriftende Schrift mit einem männlichen Schwung, der nur schwach ihre Zusammenhanglosigkeit und Schwäche verbarg, und die Worte, die in dicker Tinte auf zartgefärbtes Briefpapier gekritzelt waren, schmerzten in Lilys Ohr, als ob sie sie gesprochen gehört hätte.

Zuerst begriff sie die ganze Bedeutung der Situation nicht. Sie verstand nur, daß vor ihr ein Brief lag, von Bertha Dorset geschrieben und mit aller Wahrscheinlichkeit an Lawrence Selden adressiert. Er hatte kein Datum, aber die Schwärze der Tinte bewies, daß er vor relativ kurzer Zeit geschrieben worden war. Das Paket in Mrs. Haffens Hand enthielt ohne Zweifel weitere Briefe derselben Art – ein Dutzend, nahm Lily aufgrund seines Umfangs an. Der Brief vor ihr war kurz, aber die wenigen Worte, die ihr Gehirn aufgenommen hatte, bevor sie sich noch bewußt war, sie zu lesen, erzählten eine lange Geschichte – eine Geschichte über die in den letzten vier Jahren die Freunde der Schreiberin gelächelt und die Schultern gezuckt hatten; sie sahen sie nur als einen der zahllosen »pikanten Wechselfälle« der menschlichen Komödie an. Nun bot sich Lily die andere Seite dar, die vulkanische Unterseite der Oberfläche, über die Mutmaßungen und Andeutungen so leicht hinweggleiten, bis der erste Spalt ihr Flüstern in einen Schrei verwandelte. Lily wußte, daß es nichts gab, was die Gesellschaft so übelnahm, wie denjenigen ihren Schutz gewährt zu haben, die davon nicht zu profitieren wußten; weil er ihr stillschweigendes Gewährenlassen verrät, bestraft die Gesellschaft den Übeltäter, den sie ertappt. Und in diesem Fall gab es keinen Zweifel in bezug auf die Lage. Der Kodex von Lilys Welt bestimmte, daß der Ehemann einer Frau der einzige Richter über ihr Verhalten sein sollte; sie war rein technisch so lange über jeden Verdacht erhaben, wie sie den Schutz seiner Zustimmung oder sogar nur seiner Gleichgültigkeit genoß. Aber bei einem Mann von George Dorsets Naturell gab es keine Hoffnung auf Vergebung – derjenige, der diese Briefe seiner Frau besaß, konnte mit einem Mal das ganze System ihrer Existenz zum Einsturz bringen. Und in welche Hände war Bertha Dorsets Geheimnis geraten! Für einen Augenblick vermischte die Ironie dieses Zufalls Lilys Ekel mit einem wirren Gefühl von Triumph. Aber der Ekel behielt doch die Oberhand – all ihre instinktiven Widerstände, seien es die des Geschmacks, der Erziehung oder blinde, ererbte Skrupel, wandten sich gegen das andere Gefühl. Ihre ausgeprägteste Empfindung war die persönlicher Beschmutzung.

Sie trat zurück, als ob sie soviel Distanz wie nur möglich zwischen sich und ihre Besucherin legen wollte. »Ich weiß nichts von diesen Briefen«, sagte sie. »Ich habe keine Ahnung, warum Sie sie hergebracht haben.«

Mrs. Haffen sah sie unverwandt an. »Ich werd Ihnen sagen warum, Miss. Ich hab se hergebracht, um se zu verkaufen, weil ich keinen andren Weg weiß, um an Geld zu kommen, und wenn wir unsre Miete nich bis morgen abend bezahlt ham, wern wir rausgeworfen. Ich hab noch nie so was gemacht, und wenn Sie mit Mr. Selden oder mit Mr. Rosedale sprechen würd'n, ob Haffen nich wieder beim *Benedick* arbeiten kann – ich hab Sie mit Mr. Rosedale sprechen sehn an dem Tag, wo Sie aus Mr. Seldens Wohnung gekommen sind –«

Lily lief bis zum Haaransatz rot an. Jetzt verstand sie – Mrs. Haffen nahm an, sie sei die Schreiberin der Briefe. Im ersten Ansturm ihres Ärgers wollte sie schon nach dem Mädchen läuten und die Frau hinausweisen lassen, aber ein unklarer Impuls hielt sie zurück. Die Erwähnung von Seldens Namen hatte einen neuen Gedankengang bei ihr in Bewegung gesetzt. Bertha Dorsets Briefe waren ihr vollkommen gleichgültig – sie mochten dorthin gehen, wohin der Lauf des Zufalls sie trug! Aber Selden war unausweichlich in ihr Schicksal verwickelt. Männer leiden auch im schlimmsten Falle nicht sehr unter einer solchen Bloßstellung, und in diesem Fall hatte die blitzartige Ahnung, die Lilys Gehirn die Bedeutung der Briefe offenbart hatte, ihr auch verraten, daß diese Briefe Bitten waren, wiederholte und deswegen wahrscheinlich unbeantwortete Bitten, eine Verbindung zu erneuern, welche die Zeit offenbar gelockert hatte. Dennoch, die Tatsache, daß er es zugelassen hatte, daß diese Korrespondenz in fremde Hände fiel, würde Selden der Nachlässigkeit in einer Sache überführen, bei der die Welt sie für am wenigsten entschuldbar hält; außerdem mußte man größere Risiken in Betracht ziehen, wo ein Mann von Dorsets empfindlichem Gleichgewicht betroffen war.

Wenn sie all diese Dinge abwägte, so war es unbewußt: Klar war sie sich nur über das Gefühl, daß es Seldens Wunsch wäre, die Briefe gerettet zu wissen, und daß sie sie deswegen in ihren Besitz bringen mußte. Über diesen Gedanken gingen ihre Überlegungen nicht hinaus. Sie stellte sich allerdings kurz vor, wie sie das Paket Bertha Dorset zurückgeben würde und welche Möglichkeiten eine solche Rückerstattung eröffnen würde; aber dieser Gedanke warf ein Licht auf Abgründe, vor denen sie voll Scham zurückschrak.

In der Zwischenzeit hatte Mrs. Haffen, die ihr Zögern schnell erkannt hatte, das Paket bereits geöffnet und seinen

Inhalt ordentlich auf dem Tisch ausgebreitet. Alle Briefe waren mit dünnen Papierstreifen zusammengefügt worden. Einige waren in kleine Stücke, andere nur entzweigerissen worden. Obwohl es nicht viele waren, bedeckten sie doch so ausgebreitet fast den ganzen Tisch. Lilys Blick fiel auf ein Wort hier und dort – dann sagte sie mit leiser Stimme: »Was soll ich Ihnen dafür bezahlen?«

Mrs. Haffens Gesicht rötete sich vor Zufriedenheit. Es war offensichtlich, daß die junge Dame schreckliche Angst hatte, und Mrs. Haffen war die Frau, um aus solchen Ängsten das meiste zu machen. Weil sie einen einfacheren Sieg erhoffte, als sie vorausgesehen hatte, nannte sie eine exorbitante Summe.

Aber Miss Bart war eine weniger leichte Beute, als man von ihrer unvorsichtigen Eröffnung hätte erwarten können. Sie weigerte sich, den genannten Preis zu bezahlen, und nach einem Augenblick des Zögerns setzte sie ihm ein Gegenangebot in der halben Höhe entgegen.

Mrs. Haffen erstarrte sofort. Ihre Hand wanderte zu den ausgebreiteten Briefen, sie faltete sie langsam und tat, als wolle sie sie in ihre Verpackung zurücklegen.

»Ich nehm an, sie sind mehr wert für Sie als für mich, Miss, aber die Armen müss'n genausogut leben wie die Reichen«, bemerkte sie kurz und bündig.

Lily zitterte innerlich vor Angst, aber die Anspielung gab ihrem Widerstand Rückhalt.

»Sie irren sich«, sagte sie gleichgültig. »Ich habe Ihnen so viel angeboten, wie ich willens bin, für diese Briefe zu geben, aber es kann auch noch andere Wege geben, sie zu bekommen.«

Mrs. Haffen schaute mißtrauisch auf; sie hatte zuviel Erfahrung, als daß sie nicht gewußt hätte, daß der Handel, in den sie sich eingelassen hatte, Gefahren mit sich brachte, die ebensogroß waren wie die erhofften Vorteile, und in ihrer Vorstellung sah sie die ausgeklügelte Maschinerie der Rache, die ein Wort dieser gebieterischen jungen Dame in Bewegung setzen konnte.

Sie wischte ihre Augen mit einer Ecke ihres Schals und murmelte durch ihn hindurch, daß noch nichts Gutes davon gekommen wäre, wenn man zu hart zu den Armen wäre, aber daß sie für ihr Teil noch nie vorher in so ein Geschäft verwikkelt gewesen wäre und daß, bei ihrer Ehre als Christin, sie und Haffen doch nur gedacht hätten, daß die Briefe nicht weitergereicht werden dürften.

Lily stand reglos da und hielt zwischen sich und der Putzfrau so viel Distanz wie nur eben damit vereinbar war, daß man leise sprechen mußte. Der Gedanke, um die Briefe zu handeln, war ihr unerträglich, aber sie wußte, daß, wenn sie den Anschein machte, schwach zu werden, Mrs. Haffen sofort ihre ursprüngliche Forderung erhöhen würde.

Sie konnte sich später nie daran erinnern, wie lange das Duell gedauert hatte, oder was der entscheidende Zug gewesen war, der sie endlich, nach einer Zeit, welche die Uhr in Minuten angab, das schnelle Pochen ihres Pulses aber in Stunden, in den Besitz der Briefe brachte; sie wußte nur, daß die Tür schließlich geschlossen war, und sie allein mit dem Päckchen in der Hand dastand.

Sie verwandte keinen Gedanken daran, die Briefe zu lesen, sogar Mrs. Haffens schmutziges Zeitungspapier zu entfalten wäre ihr erniedrigend erschienen. Aber was wollte sie mit seinem Inhalt denn anfangen? Der Empfänger der Briefe hatte vorgehabt, sie zu vernichten, und ihre Pflicht war es nun, sein Vorhaben auszuführen. Sie hatte kein Recht, sie zu behalten – das zu tun, hieße jedwedes Verdienst zu vermindern, das darin liegen mochte, sie sichergestellt zu haben. Aber wie konnte man sie so wirksam vernichten, daß es kein weiteres Risiko geben würde, sie könnten noch einmal in solche Hände fallen? Mrs. Penistons eisiges Kamingitter leuchtete in abschreckendem Glanz; das Feuer wurde, wie die Lampen, nie angemacht, es sei denn, man hatte Gäste.

Miss Bart wandte sich gerade ab, um die Briefe nach oben zu tragen, als sie die Außentür sich öffnen hörte und ihre Tante den Salon betrat. Mrs. Peniston war eine kleine rundliche Frau mit einer farblosen Haut, die von leichten Falten durchzogen war. Ihr graues Haar war mit Akkuratesse frisiert, und ihre Kleider wirkten übertrieben neu und doch ein wenig altmodisch. Sie waren immer schwarz, saßen eng an und hatten einen teuren Glanz; Mrs. Peniston gehörte zu den Frauen, die zum Frühstück Jett trugen. Lily hatte sie noch nie gesehen, ohne daß sie in glänzendem Schwarz gepanzert gewesen wäre, mit kleinen engen Stiefelchen und dem Ausdruck dessen, der gepackt hat und bereit ist, sich auf den Weg zu machen; aber auf den Weg machte sie sich nie.

Sie sah sich im Salon mit einem peinlich genau prüfenden Blick um. »Ich habe einen Lichtschimmer unter einer der Jalousien gesehen, als ich vorbeifuhr; es ist wirklich unglaublich, daß ich dieser Frau nicht beibringen kann, sie auf gleiche Höhe herunterzuziehen.«

Nachdem sie diese Unregelmäßigkeit korrigiert hatte, setzte sie sich auf einen der glänzenden lila Sessel; Mrs. Peniston saß immer auf einem Sessel, nie in einem. Dann heftete sie ihren Blick auf Miss Bart.

»Meine Liebe, du siehst müde aus; ich nehme an, es ist die Aufregung wegen der Hochzeit. Cornelia Van Alstyne war voll davon; Molly war da, und Gerty Farish kam für eine Minute vorbei, um uns davon zu erzählen. Ich finde es etwas seltsam, daß sie Melonen vor dem *consommé*[12] serviert haben, ein Hochzeitsfrühstück sollte immer mit einem *consommé* beginnen. Molly mochte die Kleider der Brautjungfern nicht besonders. Sie hatte es aus erster Hand von Julia Melson, daß sie dreihundert Dollar das Stück bei Céleste gekostet haben, aber sie sagt, sie hätten nicht danach ausgesehen. Ich bin froh, daß du dich entschlossen hattest, nicht Brautjungfer zu sein, dieser lachsrosa Farbton hätte dir nicht gestanden.«

Mrs. Peniston hatte viel Freude daran, die kleinsten Kleinigkeiten von Festivitäten zu besprechen, an denen sie nicht teilgenommen hatte. Niemand hätte sie dazu gebracht, die Anstrengung und Mühsal einer Teilnahme an der Hochzeit bei den Van Osburghs auf sich zu nehmen, aber ihr Interesse an dem Ereignis war so groß, daß sie, nun da sie bereits zwei Versionen davon gehört hatte, durchaus bereit war, ihrer Nichte eine dritte zu entlocken. Lily war jedoch auf bedauerliche Weise unachtsam gewesen und hatte sich kaum Einzelheiten des Festes gemerkt. Sie hatte es versäumt, auf die Farbe von Mrs. Van Osburghs Kleid zu achten und konnte nicht einmal sagen, ob das alte Sèvres der Van Osburghs für den Tisch der Braut gebraucht worden war, kurzum, Mrs. Peniston fand, daß sie zur Zuhörerin besser taugte als zur Erzählerin.

»Also wirklich, Lily, ich weiß nicht, warum du dir die Mühe gemacht hast, zu der Hochzeit zu gehen, wenn du dich nicht daran erinnerst, was passiert ist und wen du dort gesehen hast. Als ich ein junges Mädchen war, pflegte ich die Speisekarte von jedem Dinner, zu dem ich gegangen bin, aufzubewahren, und dann habe ich die Namen der Leute auf die Rückseite geschrieben; und meine Cotillon-Gebinde habe ich nicht weggeworfen, bis dein Onkel starb, und es unpassend schien, so viele bunte Sachen im Haus zu haben. Ich erinnere mich, ich hatte einen ganzen Wandschrank voll davon, und ich kann dir bis zum heutigen Tag sagen, auf welchen Bällen ich sie bekommen habe. Molly Van Alstyne erinnert mich daran, wie ich in dem Alter war; es ist erstaunlich, was sie alles bemerkt. Sie konnte ihrer Mutter genau erzählen, wie das Hochzeitskleid geschnitten war, und wir wußten sofort, wegen der Falte im Rücken, daß es bestimmt von Paquin gekommen war.«

Mrs. Peniston stand plötzlich auf und ging auf die vergoldete Uhr zu, die, gekrönt von einer helmtragenden Minerva, auf dem Kaminsims zwischen zwei Malachitvasen thronte; sie fuhr mit ihrem Spitzentaschentuch zwischen Helm und Visier.

»Ich wußte es – das Stubenmädchen staubt da nie ab!« rief sie aus und zeigte triumphierend einen winzigen Flecken auf ihrem Taschentuch, dann setzte sie sich wieder und fuhr fort:

»Molly fand, daß Mrs. Dorset die bestangezogene Frau auf der Hochzeit war. Ich habe keine Zweifel, daß ihr Kleid mehr *kostete* als die der andern, aber die Vorstellung, die ich davon habe, gefällt mir nicht so recht – eine Kombination aus Zobel und *point de Milan*[13]. Man sagt, daß sie zu einem neuen Mann in Paris geht, der keine Bestellung annimmt, bis die Kundin einen Tag mit ihm in seiner Villa in Neuilly verbracht hat. Er sagt, er müsse das häusliche Verhalten seines Gegenstandes studieren – eine höchst sonderbare Übereinkunft, würde ich sagen! Aber Mrs. Dorset hat es Molly selbst erzählt, sie sagte, die Villa sei voll der ausgesuchtesten Dinge gewesen, und es hätte ihr richtig leid getan, als sie gehen mußte. Molly sagte, sie habe nie besser ausgesehen; sie wäre glänzender Laune gewesen und hätte gesagt, sie habe eine Verbindung zwischen Evie Van Osburgh und Percy Gryce zustande gebracht. Sie scheint wirklich einen sehr guten Einfluß auf junge Männer zu haben. Ich hörte, daß sie sich jetzt dieses dummen Silverton-Jungen annimmt, der sich von Carry Fisher den Kopf hat verdrehen lassen und so schrecklich hoch gespielt hat. Nun, wie ich bereits gesagt habe, Evie ist wirklich verlobt; Mrs. Dorset hatte sie zusammen mit Percy Gryce bei sich eingeladen und alles arrangiert, und Grace Van Osburgh ist im siebten Himmel – sie hatte schon fast die Hoffnung aufgegeben, Evie zu verheiraten.«

Mrs. Peniston hielt wieder inne, aber diesmal richtete sich ihr prüfender Blick nicht auf die Möbel, sondern auf ihre Nichte.

»Cornelia Van Alstyne war so überrascht, sie hatte gehört, daß du den jungen Gryce heiraten würdest. Sie traf die Wetheralls, gleich nachdem sie mit dir auf Bellomont gewesen waren, und Alice Wetherall war ganz sicher, daß eine Verlobung stattgefunden hatte. Sie sagte, daß, als Mr. Gryce eines Morgens unerwartet abreiste, sie alle gedacht hätten, er wäre in aller Eile in die Stadt gefahren, um den Ring zu besorgen.«

Lily erhob sich und ging zur Tür.

»Ich glaube, ich bin wirklich müde, ich werde wohl zu Bett gehen«, sagte sie, und Mrs. Peniston, die plötzlich durch die Entdeckung abgelenkt wurde, daß die Staffelei, die das Porträt in Kreide des seligen Mr. Peniston trug, nicht genau auf einer Linie mit dem Sofa vor ihr stand, bot ihrem Kuß eine geistesabwesende Stirn.

In ihrem Zimmer drehte Lily den Gasbrenner an und blickte auf das Kamingitter. Es war genauso auf Hochglanz poliert wie das unten, aber hier konnte sie zumindest mit einem geringeren Risiko, die Mißbilligung ihrer Tante auf sich zu ziehen, ein paar Papiere verbrennen. Sie machte sich jedoch nicht sofort daran, sondern ließ sich in einen Sessel fallen und sah sich müde um. Ihr Zimmer war groß und komfortabel möbliert – es erregte den Neid und die Bewunderung der armen Grace Stepney, die in einer Pension wohnte, aber im Gegensatz zu den hellen Farben und der luxuriösen Ausstattung der Gästezimmer, in denen Lily so viele Wochen ihres Lebens zubrachte, schien es so trostlos wie ein Gefängnis. Der gewaltige Kleiderschrank und das Bettgestell aus schwarzem Walnußholz waren aus Mr. Penistons Schlafzimmer in ihres übergesiedelt, und die magentarote unechte Samttapete, mit einem Muster, das in den frühen Sechzigern sehr beliebt gewesen, war mit großen Stahlstichen behangen, die Anekdotisches darstellten. Lily hatte versucht, diesen reizlosen Hintergrund durch ein paar geringfügige Zugaben zu mildern, in der Form eines mit Spitzen geschmückten Toilettentisches und eines bemalten Tischchens bedeckt mit Photographien; aber die Vergeblichkeit ihres Versuches fiel ihr auf, als sie so im Zimmer umherblickte. Welch ein Gegensatz zu der subtilen Eleganz der Umgebung, die sie für sich selbst ausgedacht hatte – einer Wohnung, die den komplizierten Luxus der Einrichtung ihrer Freunde um das ganze Ausmaß künstlerischer Sensibilität übertreffen sollte, das ihr das Gefühl gab, ihnen überlegen zu sein, in der jeder Farbton und jede Linie zusammenwirken sollten, ihre Schönheit noch zu steigern und ihrem Wohlleben eine besondere Note zu geben!

Wieder einmal wurde das Gefühl physischer Häßlichkeit, das sie nicht losließ, durch ihre geistige Niedergeschlagenheit verstärkt, so daß jedes Möbelstück, das ihr Auge beleidigte, seinen aggressivsten Teil in den Vordergrund zu schieben schien.

Die Worte ihrer Tante hatten ihr nichts Neues gesagt; aber sie hatten das Bild Bertha Dorsets wiederaufleben lassen, lächelnd, von Schmeichlern umgeben, siegreich, sie durch Andeutungen ins Lächerliche ziehend, die für jedes Mitglied ihrer kleinen Gruppe verständlich waren. Der Gedanke an den Spott traf sie tiefer als jede andere Empfindung: Lily kannte jede Wendung im Vokabular der Anspielungen, mit denen man den Opfern ohne Blutvergießen die Haut abziehen konnte. Ihre Wangen brannten bei der Erinnerung, und sie erhob sich und nahm die Briefe wieder auf. Sie hatte nicht mehr vor, sie zu vernichten, diese Absicht war durch Mrs. Penistons Worte schnell ausgelöscht worden.

Statt dessen ging sie zu ihrem Schreibtisch, zündete eine Kerze an, verschnürte und versiegelte das Paket; dann öffnete sie den Kleiderschrank, zog eine Dokumentenmappe hervor und legte die Briefe hinein. Dabei kam ihr der Gedanke, welche Ironie darin lag, daß sie Gus Trenor die Mittel verdankte, um sie zu kaufen.

X

Der Herbst schleppte sich monoton dahin. Miss Bart hatte ein, zwei Kärtchen von Judy Trenor erhalten, die ihr Vorwürfe machte, daß sie nicht nach Bellomont zurückkam, aber sie antwortete nur ausweichend und schob die Verpflichtung vor, bei ihrer Tante bleiben zu müssen. In Wirklichkeit wurde sie ihres einsamen Lebens bei Mrs. Peniston schnell überdrüssig, und nur die Freude daran, ihr kürzlich erworbenes Geld auszugeben, brachte ein wenig Licht in ihre öden, trüben Tage.

Ihr ganzes Leben lang hatte Lily Geld genauso schnell ausgehen sehen, wie es ins Haus kam, und welche Theorien sie auch immer in bezug darauf entwickelte, daß es eine sinnvolle Vorsichtsmaßnahme wäre, einen Teil ihrer Einnahmen zurückzulegen, so hatte sie doch unglücklicherweise keine rettende Vorstellung davon, welche Risiken sie einging, wenn sie nicht so handelte. Es verschaffte ihr eine tiefe Befriedigung zu wissen, daß sie zumindest für ein paar Monate unabhängig von der Freigebigkeit ihrer Freunde sein würde, daß sie sich den Leuten zeigen konnte, ohne sich immer fragen zu müssen, ob nicht ein scharfes Auge an ihrem Kleid die Spuren von Judy Trenors wieder aufgefrischter glanzvoller Toilette erkennen würde. Die Tatsache, daß das Geld sie für eine gewisse Zeit von allen kleineren Verpflichtungen enthob, trübte ihren Sinn für die größere, die es mit sich brachte, und da sie vorher nie gewußt hatte, wie es ist, wenn man über eine so große Summe verfügen kann, ließ sie sich genüßlich viel Zeit bei dem Vergnügen, sie auszugeben.

Bei einer solchen Gelegenheit lief ihr, als sie ein Geschäft verließ, wo sie eine Stunde lang den Kauf eines Reisenecessaires von kompliziertester Eleganz erwogen hatte, Miss Farish über den Weg, die dasselbe Geschäft betreten hatte mit dem bescheidenen Vorhaben, dort ihre Uhr reparieren zu lassen. Lily fühlte sich gerade ungeheuer tugendhaft. Sie hatte sich entschlossen, den Kauf des Reisenecessaires so lange aufzuschieben, bis sie die Rechnung für ihren neuen Umhang für die Oper erhalten würde, und dieser Entschluß gab ihr das Gefühl, viel reicher zu sein als zu dem Zeitpunkt, an dem sie das Geschäft betreten hatte. In dieser Stimmung von Selbstgratulation hatte sie ein mitfühlendes Auge für andere, und es fiel ihr auf, wie niedergeschlagen ihre Freundin wirkte.

Miss Farish hatte, wie sich herausstellte, eben eine Sitzung des Komitees einer ums Überleben kämpfenden Wohlfahrtsorganisation verlassen, für die sie sich engagierte. Das Ziel dieser Vereinigung war es, bequeme Wohnungen mit einem Lesezimmer und anderen bescheidenen Erholungsmöglichkeiten einzurichten, wo junge Frauen aus der Klasse der Büroangestellten eine Zuflucht finden konnten, wenn sie keine Arbeit hatten oder Ruhe brauchten, und der Finanzbericht des ersten Jahres hatte eine so bedrückend schlechte Bilanz gezeigt, daß Miss Farish, die von der Dringlichkeit der Unternehmung überzeugt war, entsprechend entmutigt war von dem geringen Interesse, das diese hervorrief. Altruistische Gefühle waren in Lily nicht entwickelt worden, und die Erzählungen über die philanthropischen Bemühungen ihrer Freundin hatten sie oft gelangweilt, aber heute wurde ihre flinke, zur Dramatisierung neigende Phantasie von dem Gegensatz zwischen ihrer eigenen Situation und einer solchen, wie sie sich in manchen von Gertys »Fällen« darstellte, gefesselt. Das waren junge Mädchen wie sie; einige vielleicht hübsch, andere nicht ohne Anklänge ihrer eigenen verfeinerten Empfindsamkeit. Sie stellte sich vor, ein Leben wie diese Mädchen zu führen – ein Leben, in dem der Erfolg ebenso elend war wie das Versagen –, und diese Vorstellung ließ sie voll Mitgefühl erschaudern. Das Geld für das Reisenecessaire war noch in ihrer Tasche; sie zog ihre kleine goldene Geldbörse hervor und ließ einen großzügigen Teil von dieser Summe in Miss Farishs Hand gleiten.

Die Befriedigung, die ihr ihre Handlungsweise vermittelte, war ganz von der Art, wie sie sich der leidenschaftlichste Moralist nicht besser hätte wünschen können. Lily empfand ein neues Interesse an sich als einem Menschen mit wohltätigen Instinkten; bisher hatte sie nie daran gedacht, Gutes zu tun mit dem Reichtum, den zu besitzen sie sich so oft erträumt hatte, aber jetzt erweiterte sich ihr Horizont durch die Vorstellung einer verschwenderischen Philanthropie. Außerdem hatte sie jetzt das Gefühl – das Ergebnis eines undurchschaubaren logischen Denkprozesses –, daß ihr kurzer Ausbruch von Großzügigkeit alle vorangegangenen Extravaganzen gerechtfertigt hatte und auch alle entschuldigte, in denen sie künftig schwelgen würde. Miss Farishs Überraschung und Dankbarkeit bestätigten dieses Gefühl noch, und Lily ging mit einer Selbstachtung von ihr, die sie natürlicherweise mit den Früchten des Altruismus verwechselte.

Ungefähr um diese Zeit wurde sie außerdem aufgemuntert durch eine Einladung, die Woche um Thanksgiving in einem Lager in den Adirondacks zu verbringen. Die Einladung war von der Art, die vor einem Jahr noch eine weniger bereitwillige Antwort hervorgerufen hätte, denn die Gesellschaft wurde, wenn auch von Mrs. Fisher organisiert, ganz offensichtlich von einer Dame unbekannter Herkunft und unbezähmbarer gesellschaftlicher Ambitionen gegeben, deren Bekanntschaft zu machen Lily bisher vermieden hatte. Nun aber neigte sie dazu, mit Mrs. Fishers Ansicht übereinzustimmen, daß es egal war, wer die Gesellschaft gab, solange alles den richtigen Rahmen hatte; und allem den richtigen Rahmen zu geben, war (unter kompetenter Anleitung) Mrs. Wellington Brys Stärke. Die Dame (deren Gatte als »Welly« Bry an der Börse und in sportliebenden Kreisen bekannt war) hatte ihrer Entschlossenheit weiterzukommen bereits einen Ehemann und diverse kleinere Verpflichtungen geopfert; und, nachdem sie Carry Fisher einmal zu fassen bekommen hatte, war sie klug genug zu erkennen, wie weise es war, sich ganz der Leitung dieser Dame anheimzugeben. Alles hatte dementsprechend den richtigen Rahmen, denn Mrs. Fishers Freude an Verschwendung kannte keine Grenzen, wenn sie nicht ihr eigenes Geld ausgab, und ein guter Koch war, wie sie ihrer Schülerin gegenüber bemerkte, die beste Einführung in die Gesellschaft. Wenn die Gäste nicht so erlesen waren wie die Küche, bot sich den Welly Brys doch zumindest die Genugtuung, zum ersten Mal in den Gesellschaftsspalten der Zeitungen zusammen mit ein, zwei bemerkenswerten Namen zu erscheinen, und an erster Stelle unter diesen stand natürlich der von Miss Bart. Die junge Dame wurde von ihren Gastgebern mit entsprechender Ehrerbietung behandelt, und sie war gerade in einer Stimmung, in der solche Aufmerksamkeiten willkommen sind, ganz gleich von wem. Mrs. Brys Bewunderung war der Spiegel, in dem Lilys Selbstzufriedenheit ihre verlorenen Umrisse wiedergewann. Kein Insekt hängt sein Nest an Fäden, die so dünn sind wie die, die das Gewicht menschlicher Eitelkeit tragen, und das Gefühl, bei den Unbedeutenden Einfluß zu haben, reichte aus, um in Miss Bart das angenehme Bewußtsein ihrer Macht wiederherzustellen. Wenn diese Leute ihr den Hof machten, so bewies das, daß sie in der Welt, nach der sie strebten, noch immer eine bedeutende Rolle spielte, und sie war nicht darüber erhaben, es in gewissem Maße zu genießen, sie durch ihre Eleganz zu blenden und die undeutliche Empfindung, daß sie ihnen überlegen war, noch weiter zu entwickeln.

Vielleicht aber entsprang ihre Freude mehr, als ihr klar war, dem physischen Anreiz ihres Ausflugs, der Herausforderung, welche die knackige Kälte und die anstrengenden Wanderungen in den winterlichen Wäldern bot. Sie kehrte verjüngt und strahlend in die Stadt zurück und war sich einer klareren Farbe auf den Wangen und frischer Elastizität in den Muskeln wohl bewußt. Die Zukunft schien voll unbestimmter Versprechungen, und all ihre Befürchtungen wurden von dem lebensfrohen Strom ihrer Stimmung außer Sichtweite getragen.

Einige Tage nach ihrer Rückkehr in die Stadt bereitete ihr der Besuch von Mr. Rosedale eine unangenehme Überraschung. Er kam spät, zu der vertraulichen Stunde, in der der Teetisch noch in freundlicher Erwartung am Feuer stehen bleibt, und sein Verhalten zeigte alle Bereitwilligkeit, sich den intimen Umständen anzupassen.

Lily, die das unklare Gefühl hatte, daß er mit ihren glücklichen Spekulationen irgendwie zu tun hatte, versuchte ihn mit der Herzlichkeit zu empfangen, die er erwartete; aber es lag etwas in der Art seiner Freundlichkeit, das die ihre dämpfte, und sie merkte deutlich, daß sie bei jedem Schritt im Verlauf ihrer Bekanntschaft einen neuen Fehler machte.

Mr. Rosedale ließ sich ohne Zögern in einem benachbarten Sessel nieder, nippte kennerhaft an seinem Tee mit dem Kommentar: »Sie sollten zu meinem Händler gehen, um etwas wirklich Gutes zu bekommen«, und schien den Widerwillen, der sie in eisig aufrechter Haltung hinter dem Teegerät sitzen ließ, ganz und gar nicht zu bemerken. Es war vielleicht gerade ihr reserviertes Verhalten, das seine Sammlerleidenschaft für Seltenes und Unerreichbares ansprach. Er wies jedenfalls mit keinem Anzeichen darauf hin, daß er es übelnahm, und schien bereit, mit seinem Verhalten für all die Ungezwungenheit zu sorgen, die in ihrem fehlte.

Der Grund seines Kommens war der, daß er sie fragen wollte, ob sie die Eröffnungsvorstellung der Oper in seiner Loge besuchen wolle, und als er sah, daß sie zögerte, versuchte er sie zu überreden: »Mrs. Fisher kommt, und ich kann für die Anwesenheit eines enormen Bewunderers von Ihnen garantieren, der mir niemals vergeben wird, wenn Sie nicht annehmen.«

Da Lilys Schweigen seine Anspielung unbeantwortet ließ, fügte er mit einem vertraulichen Lächeln hinzu: »Gus Trenor hat versprochen, extra deswegen in die Stadt zu kommen. Ich schätze, er würde noch ein ganzes Stück weiter gehen um des Vergnügens willen, Sie sehen zu dürfen.«

Miss Bart fühlte, wie Verärgerung in ihr aufstieg; es war widerwärtig genug, ihren Namen zusammen mit dem von Gus Trenor zu hören, und von Rosedales Lippen war eine solche Anspielung besonders unangenehm.

»Die Trenors sind meine besten Freunde – ich glaube, wir würden alle weit gehen, um einander zu sehen«, sagte sie scheinbar ganz und gar damit beschäftigt, frischen Tee zu bereiten.

Das Lächeln ihres Besuchers wurde zunehmend vertraulicher. »Nun, ich dachte im Moment nicht gerade an Mrs. Trenor – man sagt, Gus täte das auch nicht immer, wissen Sie.« Dann, es wurde ihm wohl vage bewußt, daß er nicht den richtigen Ton getroffen hatte, fügte er noch hinzu: »Ach übrigens, wie steht es denn mit ihrem Glück an der Wall

Street? Ich hörte, daß Gus im letzten Monat eine hübsche Stange Geld für sie herausgeholt hat.«

Lily stellte die Teedose mit einer jähen Bewegung ab. Sie merkte, daß ihre Hände zitterten, und faltete sie fest auf den Knien, um sie zur Ruhe zu bringen; aber ihre Lippen zitterten auch, und einen Moment lang fürchtete sie, das Zittern könnte sich auch ihrer Stimme mitteilen. Als sie sprach, war es jedoch im Ton völliger Unbeschwertheit.

»Ah, ja – ich hatte etwas Geld zu investieren, und Mr. Trenor, der mir in diesen Dingen behilflich ist, gab mir den Rat, es in Aktien anzulegen statt in Hypotheken, wie es der Berater meiner Tante wollte; und, wie das Leben so spielt, habe ich wohl einen ›Glückstreffer‹ gemacht – nennen Sie das so? Denn davon machen Sie, glaube ich, selbst auch eine ganz stattliche Anzahl.«

Sie lächelte jetzt zurück, entspannte ihre steife Haltung und erlaubte ihm durch kaum wahrnehmbare Veränderungen in Blick und Verhalten einen Schritt weiter in Richtung auf einen vertrauten Umgang zu rücken. Ihr Selbsterhaltungstrieb gab ihr immer die Kraft, sich erfolgreich zu verstellen, und es war nicht das erste Mal, daß sie ihre Schönheit dazu gebraucht hatte, die Aufmerksamkeit von einem unbequemen Thema abzulenken.

Als Mr. Rosedale sich verabschiedete, trug er nicht nur die Annahme seiner Einladung davon, sondern auch ganz allgemein das Gefühl, sich auf eine Weise betragen zu haben, die dazu angetan war, seine Sache zu fördern. Er hatte immer schon geglaubt, daß er eine leichte Hand und eine kennerhafte Art im Umgang mit Frauen habe, und daß Miss Bart so prompt (wie er es genannt haben würde) »auf seinen Kurs eingeschwenkt war«, bestätigte sein Vertrauen in seine Fähigkeit, mit dem unberechenbaren Geschlecht richtig umzugehen. Die Art und Weise, wie sie ihre Transaktionen mit Trenor beschönigt hatte, betrachtete er sogleich als Tribut für seinen eigenen Scharfsinn und als Bestätigung für seine Verdächtigungen. Das Mädchen war ganz offensichtlich nervös, und Mr. Rosedale war, wenn er kein anderes Mittel sah, seine Bekanntschaft mir ihr zu vertiefen, nicht darüber erhaben, Vorteil aus ihren Ängsten zu ziehen.

Er ließ Lily in einem Zustand von heftigem Ekel und Furcht zurück. Es schien unglaublich, daß Gus Trenor mit Rosedale über sie gesprochen haben sollte. Bei all seinen Fehlern verließ sich Trenor doch auf seine überlieferten Grundsätze, und bei ihm war es noch weniger wahrscheinlich, daß er sich über sie hinwegsetzen würde, weil sie so ganz und gar instinktiv waren. Aber Lily erinnerte sich mit Schrecken, daß es gesellige Augenblicke gab, in denen, wie Judy ihr anvertraut hatte, Gus »dumm daherredete«; in einem solchen war ihm ohne Zweifel das fatale Wort entschlüpft. Was Rosedale anbetraf, so kümmerte es sie nach dem ersten Schrecken nicht weiter, welche Schlüsse er gezogen hatte. Obwohl sie sonst meist gewandt genug war, was ihre eigenen Interessen anging, machte sie den Fehler, der bei Leuten mit instinktiven gesellschaftlichen Gewohnheiten häufig ist, anzunehmen, daß die Unfähigkeit, sich diese schnell anzueignen, eine allgemeine Dummheit miteinschließt. Bloß weil eine Hausfliege ohne Sinn und Verstand gegen die Fensterscheibe prallt, mag der Salon-Naturkundler vergessen, daß sie unter weniger künstlichen Bedingungen durchaus in der Lage ist, Entfernungen abzuschätzen und mit aller Akkuratesse, die zu ihrem Wohlergehen vonnöten ist, Schlüsse zu ziehen; und so ließ die Tatsache, daß Mr. Rosedales Benehmen im Salon einer Dame der Überblick fehlte, Lily ihn auf eine Rangstufe mit Trenor und den anderen dummen Männern, die sie kannte, einordnen und ließ sie glauben, ein wenig Schmeichelei und das gelegentliche Annehmen seiner Gastfreundschaft würden genügen, um ihn harmlos zu machen. Es war jedoch ganz ohne Zweifel angebracht, sich bei der Eröffnungsvorstellung der Oper in seiner Loge zu zeigen; und schließlich, da Judy Trenor ohnehin versprochen hatte, sich seiner in diesem Winter anzunehmen, war es genausogut, sich des Vorteils zu bemächtigen, die erste auf diesem Gebiet gewesen zu sein.

Einen oder zwei Tage nach Rosedales Besuch fühlte Lily sich wie verfolgt von dem Bewußtsein um Trenors unbestimmten Anspruch an sie, und sie wünschte, sie hätte eine klarere Vorstellung, von welcher Art die Transaktion genau war, die sie seiner Gewalt ausgeliefert hatte; aber ihr Kopf schrak vor ungewöhnlichen Anstrengungen zurück, außerdem hatten sie Zahlen schon immer völlig durcheinandergebracht. Darüber hinaus hatte sie Trenor seit dem Tag der Hochzeit bei den Van Osburghs nicht gesehen, und da er auch weiterhin abwesend blieb, wurden die Spuren von Rosedales Worten bald von anderen Eindrücken ausgelöscht.

Als der Eröffnungsabend der Oper herankam, waren ihre Befürchtungen so völlig verschwunden, daß der Anblick von Trenors rotem Gesicht im Hintergrund von Mr. Rosedales Loge sie mit einem Gefühl angenehmer Beruhigung erfüllte. Lily hatte sich noch nicht mit dem Gedanken abgefunden, daß sie bei so einer öffentlichen Gelegenheit als Rosedales Gast auftreten mußte, und es war eine Erleichterung, die Unterstützung von irgend jemand aus ihrem eigenen Kreis zu finden, denn Mrs. Fishers üblicher gesellschaftlicher Umgang war zu bunt gewürfelt, als daß ihre Anwesenheit die von Miss Bart hätte rechtfertigen können.

Für Lily, die die Aussicht, ihre Schönheit in der Öffentlichkeit zeigen zu können, immer belebte, und die sich am heutigen Abend genau bewußt war, wie sehr ihre Kleidung den Eindruck, den sie machte, noch steigerte, vermischte sich Trenors unverwandtes Starren mit der allgemeinen Menge bewundernder Blicke, als deren Mittelpunkt sie sich fühlte. Ach, es war schön, jung zu sein, Ausstrahlung zu besitzen, das erwärmende Gefühl der eigenen Schlankheit, Stärke, Elastizität, ausgewogener Proportionen und frischer Farben zu vermitteln, zu fühlen, wie man zu Höhen emporgehoben wurde, durch die unsagbare Grazie, die das körperliche Gegenstück zum Genie darstellt!

Jedes Mittel schien recht zu sein, um ein solches Ziel zu erreichen, oder vielmehr, wenn man das Licht richtig einstellte, was Miss Bart durch viel Übung schon sehr gut verstand, wurde die ganze Angelegenheit zu einem bloßen Schlaglicht in der allgemeinen strahlenden Helligkeit der Wirkung. Aber brillante junge Damen, die ihr eigener Glanz ein wenig blind für anderes macht, vergessen leicht, daß der bescheidene Satellit, der in ihrem Licht untertaucht, noch immer seine eigenen Kreise zieht und auch selbst Wärme erzeugt. Wenn Lilys poetische Freude des Augenblicks von dem niedrigen Gedanken ungestört blieb, daß ihr Kleid und ihr Opernumhang indirekt von Gus Trenor bezahlt worden waren, so verfügte letzterer von seiner Anlage her nicht über genug Poesie, um die prosaischen Tatsachen aus dem Blickfeld zu verlieren. Er wußte nur, daß Lily noch nie in ihrem Leben eleganter ausgesehen hatte, daß es keine einzige Frau im ganzen Haus gab, die gute Kleidung so zur Geltung brachte, wie sie es tat, und daß er, dem sie doch die Möglichkeit für ihren Auftritt verdankte, bisher noch keine Belohnung erhalten hatte, außer der, sie in Gesellschaft von mehreren hundert weiteren Augenpaaren anstarren zu dürfen.

Für Lily war es deshalb eine unangenehme Überraschung, daß Trenor, als sie sich zwischen zwei Akten allein im hinteren Teil der Loge befanden, ohne Vorreden und in einem Ton verdrießlicher Autorität sagte: »Jetzt hör mal, Lily, wie soll man dich denn jemals zu Gesicht kriegen? Ich bin drei oder vier Tage die Woche in der Stadt, und du weißt, daß eine Zeile an den Club mich immer erreicht, aber du scheinst dich jetzt gar nicht daran zu erinnern, daß ich auch noch da bin, außer wenn du einen Börsentip aus mir herausholen willst.«

Die Tatsache, daß die Bemerkung äußerst taktlos war, machte ihre Erwiderung nicht leichter, denn Lily war sich nur zu klar bewußt, daß dies nicht der Moment war, ihre schlanke Gestalt aufzurichten und die Augenbrauen hochzuziehen, womit sie normalerweise beginnenden Zeichen von Aufdringlichkeit ein Ende machte.

»Ich bin sehr geschmeichelt, daß Sie mich sehen möchten«, erwiderte sie und versuchte es statt dessen mit einem unbeschwerten Ton, »aber, wenn Sie meine Adresse nicht verlegt haben, wäre es leicht gewesen, mich an welchem Nachmittag auch immer bei meiner Tante zu finden – um die Wahrheit zu sagen, ich hatte durchaus erwartet, daß Sie mich dort aufsuchen würden.«

Wenn sie hoffte, ihn durch diese letzte Konzession zu beschwichtigen, so war der Versuch ein Fehlschlag, denn er antwortete nur mit jenem vertrauten Zusammenziehen der Augenbrauen, das ihn am beschränktesten aussehen ließ, wenn er ärgerlich war: »Zum Teufel mit Besuchen bei deiner Tante, da verschwendet man nur den Nachmittag damit zuzuhören, wie andere Kerle sich mengenweise mit dir unterhalten! Du weißt, es liegt mir nicht, in der Menge herumzusitzen und zu schwatzen – ich würde mich immer lieber davonmachen, wenn diese Art von Zirkus stattfindet. Aber warum können wir nicht zusammen eine kleine Vergnügungstour irgendwohin unternehmen – einen netten, ruhigen kleinen Ausflug wie die Fahrt auf Bellomont damals, als du mich am Bahnhof abgeholt hast?«

Er lehnte sich unangenehm nah zu ihr herüber, um seinen Vorschlag mitzuteilen, und sie meinte, ein vielsagendes Aroma zu riechen, das die dunkle Röte auf seinem Gesicht und die funkelnde Feuchtigkeit auf seiner Stirn erklärte.

Der Gedanke, daß jede übereilte Antwort einen unangenehmen Ausbruch seinerseits hervorrufen könnte, milderte ihren Ekel zu Vorsicht, und sie antwortete mit einem Lachen: »Ich verstehe nicht ganz, wie man wohl in der Stadt Fahrten aufs Land unternehmen soll, aber ich bin ja nicht immer von bewundernden Massen umgeben, und wenn Sie mich wissen lassen, an welchem Nachmittag Sie kommen, werde ich alles so arrangieren, daß wir ein nettes ruhiges Gespräch haben können.«

»Zum Teufel mit Gesprächen! Das sagst du immer«, erwiderte Trenor, dessen Flüche an Einfallsreichtum zu wünschen übrigließen. »Damit hast du mich schon auf der Hochzeit bei den Van Osburghs abgefertigt – aber wenn man das einmal in klarem Englisch ausdrücken will, so heißt das, daß du jetzt, wo du aus mir herausgeholt hast, was du wolltest, lieber jeden anderen um dich herum haben würdest.«

Bei den letzten Worten hatte er seine Stimme durchdringend erhoben, und Lily errötete vor Ärger, aber sie blieb Herr der Lage und legte ihre Hand beschwichtigend auf seinen Arm.

»Seien Sie nicht albern, Gus; ich kann nicht zulassen, daß Sie auf diese lächerliche Art mit mir sprechen. Wenn Sie mich wirklich sehen wollen, warum sollten wir nicht an einem Nachmittag irgendwann einen Spaziergang im Park machen? Ich bin ganz Ihrer Meinung, es ist sehr amüsant, ländliche Sitten in der Stadt zu pflegen, und wenn Sie Lust haben, werde ich mich dort mit Ihnen treffen, und wir werden die Eichhörnchen füttern gehen, und Sie dürfen mich in einer Dampfgondel auf den See hinausfahren.«

Sie lächelte, als sie sprach, und ließ ihre Augen auf den seinen ruhen in einer Art, die ihrer Neckerei die Schärfe nahm und ihn plötzlich ihrem Willen gefügig machte.

»Also gut, in Ordnung, das ist ein Vorschlag. Wirst du morgen kommen? Morgen um drei Uhr am Ende der Promenade? Ich werde pünktlich dort sein, denk dran, du wirst dein Wort halten, Lily, ja?«

Aber zu Miss Barts Erleichterung wurde eine Wiederholung ihres Versprechens durch das Öffnen der Logentür, die George Dorset einließ, zunichte gemacht.

Mißmutig überließ ihm Trenor seinen Platz, und Lily wandte sich dem Neuankömmling mit einem strahlenden Lächeln zu. Sie hatte mit Dorset seit ihrem Besuch auf Bellomont nicht gesprochen, aber etwas in seinem Blick und seinem Verhalten sagte ihr, daß er sich an das freundschaftliche Verhältnis, das zuletzt zwischen ihnen bestanden hatte, erinnerte. Er war nicht der Mann, dem es leichtfiel, seiner Bewunderung Ausdruck zu verleihen; sein langes bläßliches Gesicht schien immer wie verschanzt zu sein gegen freundliche Gefühle. Aber wo es um ihren eigenen Einfluß ging, sandte Lilys Intuition fadenartige Fühler aus, und als sie Platz für ihn auf dem engen Sofa machte, war sie sicher, daß er ein stilles Vergnügen dabei empfand, ihr nahe zu sein. Wenige Frauen machten sich die Mühe, liebenswürdig zu Dorset zu sein, und Lily war auf Bellomont freundlich zu ihm gewesen und lächelte ihm jetzt, diese Freundlichkeit auf eine himmlische Art erneuernd, zu.

»So, da wären wir also, für weitere sechs Monate zu diesem Gejaule verdammt«, fing er klagend an. »Nicht die Spur eines Unterschieds zwischen diesem Jahr und dem vergangenen, außer daß die Frauen neue Kleider und die Sänger keine neuen Stimmen haben. Meine Frau ist musikalisch, wissen Sie – schleppt mich jeden Winter auf einer derartigen Tour mit. Bei italienischen Abenden ist es nicht so schlimm – dann kommt sie spät, und es bleibt noch Zeit zum Verdauen. Aber wenn sie Wagner geben, müssen wir uns mit dem Dinner beeilen, und ich muß dann dafür bezahlen. Und der ständige Luftzug ist abscheulich – Erstickung vorn und hinten Rippenfellentzündung. Da, Trenor verläßt die Loge gerade, ohne den Vorhang zuzuziehen! Bei einem Fell wie seinem macht Zug natürlich nichts aus. Haben Sie Trenor jemals beim Essen beobachtet? Wenn ja, würden Sie sich wundern, warum er noch am Leben ist; ich nehme an, er ist auch innen aus Leder. – Aber ich bin eigentlich gekommen, um Ihnen zu sagen, daß meine Frau möchte, daß Sie am nächsten Sonntag zu uns kommen. Sagen Sie um Himmels willen ja. Sie hat da auch noch jede Menge Langweiler eingeladen – Intellektuelle, meine ich; das ist ihre neue Richtung, wissen Sie, und ich bin nicht sicher, ob das nicht noch schlimmer als Musik ist. Einige von denen haben langes Haar und fangen gleich bei der Suppe eine Streiterei an und beachten gar nicht, wenn ihnen etwas gereicht wird. Die Folge ist, daß das Dinner kalt wird und ich Verdauungsstörungen habe. Dieser alberne Esel Silverton bringt sie ins Haus – er schreibt Gedichte, wissen Sie, und Bertha und er sind dabei, die dicksten Freunde zu werden. Sie könnte besser schreiben als jeder von denen, wenn sie wollte, und ich mache ihr keinen Vorwurf daraus, daß sie intelligente Leute um sich haben möchte; ich sage nur: ›Laßt mich sie nicht beim Essen sehen!‹«

Der Kern dieser sonderbaren Mitteilung ließ Lily überaus freudig erbeben. Unter normalen Umständen wäre nichts Überraschendes an einer Einladung von Bertha Dorset gewesen, aber seit der Episode auf Bellomont hatte eine uneingestandene Feindseligkeit die beiden Frauen voneinander ferngehalten. Nun fühlte Lily mit einer plötzlichen Anwandlung inneren Erstaunens, daß ihr Hunger nach Vergeltung verlöscht war. *Wenn du deinem Feind vergeben willst*, sagt das malayische Sprichwort, *so füge ihm zunächst eine Verletzung zu*; und Lily erfuhr nun die Wahrheit dieses kurzen Sinnspruchs. Hätte sie Mrs. Dorsets Briefe vernichtet, so hätte sie sie vielleicht weiterhin gehaßt, aber die Tatsache, daß sie in ihrem Besitz geblieben waren, hatte ihrem Groll Genüge getan.

Sie gab lächelnd ihre Zustimmung und sah in der Erneuerung dieser Beziehung eine willkommene Gelegenheit, Trenors Zudringlichkeit zu entkommen.

XI

Inzwischen waren die Ferien zu Ende gegangen, und die Saison begann. Fifth Avenue war zu einem nächtlichen Strom von Kutschen geworden, der zu den in Mode gekommenen Wohnungen um den Park herum hinaufwogte, wo beleuchtete Fenster und vorgezogene Marquisen die übliche Routine der Gastlichkeit verkündeten. Andere Nebenflüsse kreuzten den Hauptstrom und trugen ihre Fracht zu den Theatern, den Restaurants oder zur Oper, und Mrs. Peniston auf dem einsamen Wachturm ihrer Fenster im oberen Stockwerk konnte ganz genau sagen, wann der ständige Geräuschpegel durch einen plötzlichen Zufluß verstärkt wurde, der sich in Richtung auf einen Ball bei den Van Osburghs bewegte oder wann die Zunahme der Räder nur hieß, daß die Oper vorüber war oder daß es ein großes Dinner bei »Sherry's« gab.

Mrs. Peniston verfolgte die Entwicklung und den Höhepunkt der Saison mit so brennendem Interesse wie der aktivste Teilnehmer an den Festivitäten, und als Zuschauer boten sich ihr Gelegenheiten zu vergleichen und zu verallgemeinern, auf die jene, die dabeigewesen waren, natürlich verzichten müssen. Niemand hätte eine genauere Liste über gesellschaftliche Fluktuationen aufstellen oder mit größerer Unfehlbarkeit den Finger auf die unterschiedlichen Merkmale einer jeden Saison legen können: ihre Langeweile, ihre Extravaganzen, ihren Mangel an Bällen oder das Übermaß an Scheidungen. Ein besonders hervorragendes Gedächtnis besaß Mrs. Peniston für die Wechselfälle im Leben der »neuen Leute«, die mit jeder wiederkehrenden Flut an die Oberfläche kamen und entweder von ihrer Gewalt erneut zum Untertauchen gebracht wurden oder triumphierend außerhalb der Reichweite neidischer Wogen landeten, und sie neigte dazu, im nachhinein eine bemerkenswerte Einsicht in das endgültige Schicksal dieser Leute zu zeigen, so daß sie, wenn sich deren Geschick erfüllt hatte, fast immer zu Grace Stepney, die ihren Prophezeiungen zuhören mußte, sagen konnte, daß sie ja genau gewußt hätte, was passieren würde.

Die laufende Saison hätte Mrs. Peniston als die bezeichnet, in der jedermann »sich verarmt fühlte« außer die Welly Brys und Mr. Simon Rosedale. Es war ein schlechter Herbst für die Wall Street gewesen, wo die Preise fielen in Übereinstimmung mit dem sonderbaren Gesetz, das beweist, daß Eisenbahnaktien und Baumwollballen empfänglicher für die Anweisungen der ausführenden Gewalt sind als so manche achtenswerte Bürger, die zu allen Vorteilen der Selbstverwaltung erzogen worden sind. Sogar Vermögen, die angeblich unabhängig vom Markt waren, verrieten entweder eine geheime Abhängigkeit von ihm oder wurden in der Folge in Mitleidenschaft gezogen; die elegante Welt saß schmollend in ihren Landhäusern oder kam inkognito in die Stadt; allgemeine festliche Veranstaltungen wurden öffentlich mißbilligt, und Zwanglosigkeit und kurze Dinners wurden die Mode.

Aber die Gesellschaft, der es eine Weile gefiel, Cinderella[14] zu spielen, wurde der Rolle am Herd bald überdrüssig und hieß die gute Fee in der Gestalt eines jeden Zauberers willkommen, der mächtig genug war, den geschrumpften Kürbis wieder in die goldene Kutsche zu verwandeln. Allein die Tatsache, reicher zu werden in einer Zeit, in der die Anlagen der meisten Leute schrumpften, ist dazu angetan, Aufmerksamkeit und Neid zu erwecken, und Gerüchten der Wall Street zufolge hatten Welly Bry und Rosedale das Geheimnis entdeckt, um dieses Wunder Wirklichkeit werden zu lassen.

Besonders von Rosedale hieß es, er habe sein Vermögen verdoppelt, und man redete darüber, daß er das eben vollendete Haus eines der Bankrotteure des Börsenkrachs kaufen würde, der im Zeitraum von zwölf kurzen Monaten dieselbe Anzahl Millionen verdient, ein Haus in der Fifth Avenue gebaut, eine Gemäldegalerie mit alten Meistern gefüllt und ganz New York dort empfangen hatte und dann zwischen einer Krankenschwester und einem Arzt außer Landes geschmuggelt worden war, während seine Gläubiger vor den alten Meistern Wache standen und seine Gäste einander erklärten, sie hätten nur bei ihm diniert, weil sie seine Bilder hatten sehen wollen. Mr. Rosedale hatte vor, eine weniger meteorische Karriere zu machen. Er wußte, daß er sich langsam würde vorarbeiten müssen, und die Instinkte seiner Rasse befähigten ihn, Niederlagen zu erleiden und Verzögerungen hinzunehmen. Aber er erkannte schnell, daß diese alles in allem langweilige Saison ihm eine außergewöhnlich gute Gelegenheit bot zu glänzen, und er machte sich mit geduldigem Fleiß daran, den Hintergrund für seinen wachsenden Ruhm zu gestalten. Mrs. Fisher leistete ihm in dieser Zeit unschätzbare Dienste. Sie hatte so viele Neulinge auf der gesellschaftlichen Bühne in Szene gesetzt, daß sie schon so etwas wie ein Teil des ständigen Repertoires war, das dem erfahrenen Zuschauer genau sagt, was passieren wird. Aber Mr. Rosedale wollte auf die Dauer eine individuellere Umgebung. Er hatte ein Gefühl für Nuancen, die zu erfassen Miss Bart ihm nie zugetraut hätte, weil er in seinem Benehmen nicht über die entsprechenden Varianten verfügte, und es wurde ihm immer klarer, daß Miss Bart genau die ergänzenden Eigenschaften besaß, die vonnöten waren, um sein gesellschaftliches Ich abzurunden.

Solche Details hatten keinen Platz im Bereich von Mrs. Penistons Vorstellung. Wie viele Köpfe mit umfassendem Überblick, neigte der ihre dazu, die *Einzelheiten* im Vordergrund zu übersehen, und es war wahrscheinlicher, daß sie wußte, wo Carry Fisher den Küchenchef für die Welly Brys gefunden hatte, als was mit ihrer eigenen Nichte geschah. Es fehlte ihr jedoch nicht an Informanten, die bereit waren, ihre Unzulänglichkeiten wettzumachen. Grace Stepneys Gehirn war wie eine Art moralisches Fliegenpapier, von dem die brummenden Einzelheiten des Klatsches mit fataler Anziehungskraft angezogen wurden, und wo sie in den Fängen eines unerbittlichen Gedächtnisses festhingen. Lily wäre überrascht gewesen, hätte sie gewußt, wie viele unbedeutende Tatsachen in bezug auf ihre Person in Miss Stepneys Kopf Unterkunft gefunden hatten. Sie war sich durchaus bewußt, daß sie für schäbige Leute von Interesse war, aber sie nahm an, es gäbe nur eine Form von Schäbigkeit, und daß Bewunderung für den Glanz anderer der natürliche Ausdruck dieses minderwertigen Zustandes sei. Sie wußte, daß Gerty Farish sie blind bewunderte, und glaubte deswegen, daß sie dieselben Gefühle in Grace Stepney erweckte, die sie als eine Gerty Farish ohne die rettenden Eigenschaften von Jugend und Enthusiasmus einordnete.

In Wirklichkeit unterschieden sich die beiden voneinander genauso wie von dem Objekt ihrer gemeinsamen Betrachtungen. Miss Farishs Herz war ein Quell zartfühlender Illusionen, Miss Stepneys ein präzises Register von Fakten, die sich in bezug auf sie selbst ergaben. Sie hatte Empfindungen, die

Lily bei einer Person mit sommersprossiger Nase und roten Augenlidern, die in einer Pension lebte und Mrs. Penistons Salon bewunderte, komisch erschienen wären; aber die Einschränkungen der armen Grace gaben diesen Empfindungen ein noch konzentrierteres Innenleben, so wie karger Boden bestimmte Pflanzen durch Aushungern zu intensiverer Blüte treibt. Zwar besaß sie keine abstrakte Neigung zur Boshaftigkeit; sie mochte Lily nicht deswegen nicht, weil sie glanzvoll und überlegen war, sondern weil sie glaubte, Lily möge sie nicht. Es ist weniger verletzend, sich für unbeliebt zu halten als für unbedeutend, und Eitelkeit nimmt lieber an, Gleichgültigkeit sei eine verborgene Form der Unfreundlichkeit. Sogar die wenigen Artigkeiten, die Lily Mr. Rosedale zudachte, hätten Miss Stepney zu ihrer lebenslangen Freundin gemacht; aber wie konnte sie vorhersehen, daß es sich lohnte, eine solche Freundschaft zu pflegen? Außerdem, wie kann eine junge Frau, die noch niemals unbeachtet geblieben ist, die Qualen ermessen, die diese Kränkung einem Menschen bereitet? Und schließlich, wie konnte Lily, die daran gewöhnt war, unter einer Flut von Einladungen zu wählen, erraten, daß sie Miss Stepney tödlich beleidigt hatte, als sie dafür sorgte, daß diese von einem der wenigen Dinner bei Mrs. Peniston ausgeschlossen wurde?

Mrs. Peniston gab nicht gern Einladungen zum Dinner, aber sie hatte einen ausgeprägten Sinn für familiäre Verpflichtungen, und als die Jack Stepneys von ihren Flitterwochen heimkehrten, hielt sie es für ihre Pflicht, die Lampen im Salon anzuzünden und ihr bestes Silber aus den sicheren Tresorkammern hervorzuholen. Mrs. Penistons seltenen Einladungen gingen Tage herzzerreißender Unschlüssigkeit über jede Einzelheit des Festes voraus, von der Sitzordnung der Gäste bis zum Muster der Tischdecke, und im Verlauf dieser vorbereitenden Diskussionen hatte Mrs. Peniston ihrer Cousine Grace unvorsichtigerweise zu verstehen gegeben, daß sie, wo das Dinner doch eine Familienangelegenheit sei, vielleicht mit dabei sein könnte. Eine Woche lang hatte diese Aussicht Miss

Stepneys farblosem Leben neues Licht geschenkt, dann hatte man sie wissen lassen, daß es besser wäre, wenn sie an einem anderen Tag käme. Miss Stepney wußte genau, was geschehen war. Lily, für die Familienfeiern Angelegenheiten von reinster Langeweile waren, hatte ihre Tante überredet, daß ein Dinner mit den »richtigen« Leuten weit mehr dem Geschmack des jungen Paares entspräche, und Mrs. Peniston, die sich in gesellschaftlichen Dingen ganz auf ihre Nichte verließ, hatte sich dazu überreden lassen, Graces Exilierung zu verhängen. Schließlich konnte Grace an jedem anderen Tag kommen; warum sollte sie etwas dagegen einzuwenden haben, vertröstet zu werden?

Eben weil Miss Stepney an jedem anderen Tag kommen konnte – und weil sie wußte, daß ihren Verwandten ihre unbeschäftigten Abende kein Geheimnis waren, ragte dieser Vorfall gigantisch an ihrem Horizont auf. Es war ihr klar, daß sie sich bei Lily dafür zu bedanken hatte, und ihre dumpfe Abneigung wandelte sich zu aktiver Feindseligkeit.

Mrs. Peniston, bei der sie ein, zwei Tage nach dem Dinner hereinschaute, legte ihre Häkelarbeit nieder und wandte sich abrupt von ihrer verstohlenen Beobachtung der Fifth Avenue ab.

»Gus Trenor? – Lily und Gus Trenor?« sagte sie und wurde plötzlich so blaß, daß ihre Besucherin schon fast Angst bekam.

»Oh, Julia ... ich meine natürlich nicht ...«

»Ich weiß nicht, *was* du meinst«, sagte Mrs. Peniston mit einem verängstigten Zittern in ihrer kleinen, leicht reizbaren Stimme. »So etwas gab es zu meiner Zeit überhaupt nicht. Und meine eigene Nichte! Ich bin nicht sicher, ob ich dich recht verstehe. Sagen die Leute, er sei in sie verliebt?«

Mrs. Penistons Entsetzen war echt. Obwohl sie sich rühmte, mit den geheimen Berichten aus der Gesellschaft auf unvergleichliche Weise vertraut zu sein, besaß sie die Unschuld eines Schulmädchens, das Schlechtigkeit für etwas aus »der Geschichte« hält und das nie auf die Idee käme, daß die Skandale, von denen es während der Schulstunden liest, sich vielleicht in der Nebenstraße wiederholen. Mrs. Peniston hatte ihre Vorstellungskraft ebenso verhüllt gehalten wie die Möbel in ihrem Salon. Sie wußte natürlich, daß die Gesellschaft »sich sehr verändert hatte«, und daß viele Frauen, die ihre Mutter noch für »eigenartig« gehalten hatte, jetzt eine Stellung einnahmen, in der sie kritisch sein konnten, was ihre Besucherlisten anging; sie hatte die Gefahren der Scheidung mit ihrem Geistlichen besprochen und war manchmal dankbar, daß Lily noch unverheiratet war, aber der Gedanke, daß ein Skandal irgendwelcher Art mit dem Namen eines jungen Mädchens in Zusammenhang gebracht werden konnte, war ihr so neu, daß sie genauso bestürzt darüber war, als hätte man ihr vorgeworfen, ihre Teppiche den ganzen Sommer über auf dem Boden gelassen oder sonst ein wichtiges Gesetz in der Haushaltsführung verletzt zu haben.

Als ihr erster Schrecken nachließ, begann Miss Stepney, die Überlegenheit zu fühlen, die ein weiterer Horizont verleiht. Es war wirklich bemitleidenswert, so wenig von der Welt zu wissen wie Mrs. Peniston!

Sie lächelte über deren Frage. »Die Leute sagen ja immer allerlei Unangenehmes – aber sicher ist, daß sie sehr oft zusammen sind. Eine meiner Freundinnen hat sie gestern nachmittag im Park getroffen – ganz spät, nachdem die Laternen schon angezündet worden waren. Es ist wirklich schlimm, daß Lily sich so auffällig benimmt.«

»*Auffällig*!« keuchte Mrs. Peniston. Sie beugte sich vor und senkte ihre Stimme, um ihr Entsetzen zu mildern. »Was sagt man denn? Daß er sich scheiden lassen und sie heiraten will?«

Grace Stepney lachte ganz offen. »Du meine Güte, nein! Das würde er wohl kaum tun. Es – es ist ein Flirt – sonst nichts.«

»Ein Flirt? Zwischen meiner Nichte und einem verheirateten Mann? Willst du damit sagen, daß Lily, mit ihrem Aussehen und all ihren Vorzügen, keine bessere Verwendung für ihre Zeit fände, als sie mit einem dicken dummen Mann zu verschwenden, der fast alt genug ist, um ihr Vater zu sein?« Dieses Argument klang so überzeugend, daß es Mrs. Peniston soweit beruhigte, ihre Handarbeit wieder aufzunehmen, während sie darauf wartete, daß Grace Stepney ihre zerschlagenen Kräfte wieder sammele.

Aber Miss Stepney war im nächsten Moment wieder zur Stelle. »Das ist ja das Schlimmste daran – die Leute sagen, sie verschwendet ihre Zeit nicht! Jeder weiß, wie du sagst, daß Lily zu gutaussehend ist und – und zu charmant – um sich einem Mann wie Gus Trenor zu widmen, es sei denn –«

»Es sei denn?« kam das Echo von Mrs. Peniston.

Ihre Besucherin rang nervös nach Luft. Es war angenehm, Mrs. Peniston zu schockieren, aber nicht, sie bis an den Rand des Ärgers zu bringen. Miss Stepney war nicht vertraut genug mit dem klassischen Drama, um sich im voraus daran zu erinnern, wie die Überbringer schlechter Nachrichten im allgemeinen empfangen werden, aber jetzt kam ihr plötzlich eine Zukunftsvision von verscherzten Einladungen zum Dinner und einer eingeschränkteren Garderobe als mögliche Konsequenz ihrer Uneigennützigkeit. Zur Ehre ihres Geschlechts siegte jedoch der Haß auf Lily über eigensüchtigere Bedenken. Mrs. Peniston hatte den falschen Augenblick gewählt, die Reize ihrer Nichte zu rühmen.

»Es sei denn«, sagte Grace und lehnte sich vor, um mit leisem Nachdruck zu sprechen, »es sei denn, es wären materielle Vorteile damit verbunden, daß sie liebenswürdig zu ihm ist.«

Sie fühlte, daß dieser Augenblick schrecklich war, und erinnerte sich plötzlich, daß Mrs. Penistons schwarzes Brokatkleid mit den Fransen, an denen geschliffene Jettsteine hingen, am Ende der Saison ihr gehört hätte.

Mrs. Peniston legte wiederum ihre Handarbeit nieder. Ein anderer Aspekt desselben Gedankens tat sich ihr auf, und sie fand, daß es unter ihrer Würde war, sich ihre Nerven von einer abhängigen Verwandten aufreiben zu lassen, die ihre alten Kleider trug.

»Wenn es dir Spaß macht, mich mit mysteriösen Andeutungen zu verärgern«, sagte sie kalt, »so hättest du zumindest eine passendere Zeit wählen können, als es genau dann zu tun, wenn ich mich gerade von den Anstrengungen einer großen Dinnereinladung erhole.«

Die Erwähnung des Dinners zerstreute Miss Stepneys letzte Skrupel. »Ich weiß wirklich nicht, warum ich mir den Vorwurf machen lassen sollte, es würde mir Spaß machen, dir über Lily die Wahrheit zu sagen. Ich war mir sicher, daß ich keinen Dank dafür ernten würde«, erwiderte sie zornig aufbrausend. »Aber schließlich habe ich noch etwas Familiensinn, und da du die einzige bist, die überhaupt Autorität über Lily hat, fand ich, du solltest wissen, was man von ihr sagt.«

»Nun«, sagte Mrs. Peniston, »worüber ich mich beklage, ist ja, daß du mir noch nicht erzählt hast, *was* man von ihr sagt.«

»Ich habe nicht angenommen, daß ich es so deutlich würde aussprechen müssen. Die Leute sagen, daß Gus Trenor ihre Rechnungen bezahlt.«

»Ihre Rechnungen bezahlt – ihre Rechnungen?« Mrs. Peniston lachte auf. »Ich kann mir gar nicht vorstellen, wo du solch einen Unsinn aufgeschnappt hast. Lily hat ihr eigenes Einkommen – und ich sorge sehr großzügig für sie –«

»Oh, das wissen wir alle«, unterbrach Miss Stepney trokken. »Aber Lily trägt eine ganze Menge eleganter Kleider –«

»Ich sehe sie auch gern gut angezogen – das ist ja wohl nur angemessen!«

»Sicher, aber dann sind da auch noch ihre Spielschulden.«

Miss Stepney hatte anfangs nicht vorgehabt, diesen Punkt zur Sprache zu bringen, aber Mrs. Peniston hatte die Schuld ihrer eigenen Ungläubigkeit zuzuschreiben. Sie war wie die halsstarrigen Zweifler an der Heiligen Schrift, die vernichtet werden müssen, um überzeugt zu werden.

»Spielschulden? Lily?« Mrs. Penistons Stimme bebte vor Ärger und Verwirrung. Sie fragte sich, ob Grace Stepney verrückt geworden war. »Was meinst du mit ihren Spielschulden?«

»Nur daß man, wenn man Bridge um Geld spielt, in Lilys Freundeskreis mit großer Wahrscheinlichkeit eine Menge verliert – ich nehme nicht an, daß Lily immer gewinnt.«

»Wer hat dir erzählt, daß meine Nichte um Geld Karten spielt?«

»Gnade, Julia, sieh mich nicht an, als wollte ich dich gegen Lily einnehmen! Jeder weiß, daß sie ganz verrückt auf Bridge ist. Mrs. Gryce hat mir selbst erzählt, daß es ihre Spielleidenschaft war, was Percy Gryce verschreckt hat – anscheinend war er anfangs wirklich von ihr eingenommen. Aber es ist unter Lilys Freunden natürlich durchaus Sitte, daß Mädchen um Geld spielen. Es ist sogar so, daß die Leute eher geneigt sind, es ihnen nachzusehen.«

»Was nachsehen?«

»Daß sie knapp bei Kasse sind – und Aufmerksamkeiten von Männern annehmen wie Gus Trenor – und George Dorset –«

Mrs. Peniston ließ noch einen Aufschrei hören. »George Dorset? Ist da noch jemand anderes? Ich möchte gern auch das Schlimmste wissen, sei so gut!«

»Nun drück es doch nicht gleich so aus, Julia. In letzter Zeit ist Lily recht häufig bei den Dorsets gewesen, und er bewundert sie anscheinend – aber das ist ja schließlich nur natürlich. Und ich bin sicher, an den entsetzlichen Sachen, die die Leute sagen, ist nichts Wahres, aber sie *hat* in diesem Winter eine beträchtliche Menge Geld ausgegeben. Evie Van Osburgh war neulich bei Céleste, um ihre Aussteuer zu bestellen – ja, die Hochzeit findet im nächsten Monat statt – und sie hat mir erzählt, Céleste hätte ihr die erlesensten Sachen gezeigt, die sie gerade im Begriff war, Lily zuzuschikken. Und die Leute sagen, daß Judy Trenor sich mit ihr wegen Gus zerstritten hat, aber es tut mir wirklich leid, daß ich überhaupt etwas gesagt habe, wenn ich es auch nur gut gemeint habe.«

Mrs. Penistons echte Ungläubigkeit befähigte sie, Miss Stepney mit einer Verachtung zu entlassen, die von schlechter

Vorbedeutung für die Aussichten dieser Dame zeugte, das schwarze Brokatkleid zu erben; aber Köpfe, die der Vernunft völlig unzugänglich sind, haben im allgemeinen doch irgendeinen Sprung, durch den Verdächtigungen hindurchsickern, und die Andeutungen ihrer Besucherin glitten nicht so einfach von ihr ab, wie sie erwartet hatte. Mrs. Peniston verabscheute Szenen, und ihre Entschlossenheit, solche zu umgehen, hatte sie immer dazu veranlaßt, sich von den Einzelheiten in Lilys Leben fernzuhalten. In ihrer Jugend hatte man nicht geglaubt, junge Mädchen brauchten genaue Überwachung. Man nahm allgemein an, sie seien ganz von dem legitimen Geschäft in Anspruch genommen, sich den Hof machen zu lassen und zu heiraten, und Einmischung in diese Angelegenheiten von seiten ihrer natürlichen Erziehungsberechtigten wurde für ebenso unangebracht gehalten wie die plötzliche Teilnahme eines Zuschauers an einem Spiel. Es hatte natürlich auch »leichtlebige« Mädchen gegeben, sogar zur Zeit von Mrs. Penistons ersten Erfahrungen, aber ihre Leichtlebigkeit verstand man schlimmstenfalls als überschüssige Lebenskraft, gegen die es keinen schlimmeren Vorwurf geben konnte als den, »nicht damenhaft« zu sein. Die moderne Leichtlebigkeit war anscheinend synonym mit Unmoral, und der bloße Gedanke an Unmoral war für Mrs. Peniston so widerwärtig wie Küchengeruch im Salon; er gehörte zu den Vorstellungen, die ihr Denken sich zuzulassen weigerte.

Sie hatte nicht die Absicht, vor Lily alsbald das zu wiederholen, was sie gehört hatte, oder gar dessen Wahrheit durch eine diskrete Befragung zu ermitteln. Das zu tun, könnte eine Szene heraufbeschwören, und eine Szene bei dem zerrütteten Zustand von Mrs. Penistons Nerven, mit den noch nicht überstandenen Nachwirkungen des Dinners und einem Kopf, der noch immer von neuen Eindrücken summte, bedeutete ein Risiko, das zu vermeiden sie für ihre Pflicht hielt. Aber in ihren Gedanken verblieb ein bestimmter Bodensatz von Verstimmung gegen ihre Nichte, der sich um so mehr verfestigte, als er nicht durch Erklärungen oder eine Diskussion bereinigt wurde. Es war entsetzlich von einem jungen Mädchen zuzulassen, daß man über es sprach; wie unbegründet die Anschuldigungen gegen Lily auch sein mochten, sie mußte schuld daran sein, daß man sie erhoben hatte. Mrs. Peniston fühlte sich, als ob eine ansteckende Krankheit im Haus gewesen wäre, und sie war dazu verurteilt, zitternd zwischen ihrem verseuchten Mobiliar zu sitzen.

XII

Miss Bart war tatsächlich auf Abwege geraten, und keiner ihrer Kritiker konnte sich dieser Tatsache lebhafter bewußt sein als sie selbst, aber sie hatte das fatalistische Gefühl, von einem falschen Seitenweg zum nächsten geführt zu werden, ohne jemals den richtigen Weg zu erkennen, bis es zu spät war, ihn einzuschlagen.

Lily, die sich über engstirnige Vorurteile erhaben fühlte, hatte nicht geglaubt, daß die Tatsache, daß sie Gus Trenor ein wenig Geld für sie verdienen ließ, jemals ihr Selbstwertgefühl beeinträchtigen würde. Und die Sache an sich schien harmlos genug zu sein, nur war sie eine reiche Quelle für unheilvolle Komplikationen. Als die Freude daran, das Geld auszugeben, sich erschöpft hatte, wurden diese Komplikationen immer bedrückender, und Lily, deren Kopf streng logisch dabei vorgehen konnte, die Gründe ihres Unglücks auf andere zurückzuführen, rechtfertigte sich mit dem Gedanken, daß sie all ihre Sorgen der Feindschaft Bertha Dorsets zu verdanken hatte. Diese Feindschaft hatte sich jedoch augenscheinlich in einem erneuten freundschaftlichen Umgang zwischen den beiden Frauen aufgelöst. Aus Lilys Besuch bei den Dorsets hatte sich für beide Seiten die Entdeckung ergeben, daß sie einander nützlich sein konnten, und der zivilisierte Instinkt findet ein subtileres Vergnügen daran, sich einen Gegner zunutze zu machen, als daran, ihn zu vernichten. Mrs. Dorset befaßte sich nämlich mit einem neuen Experiment in Gefühlsdingen, dessen rosiges Opfer Mrs. Fishers ehemaliges Besitztum, Ned Silverton, war; und in solchen Zeiten sah sie sich besonders genötigt, wie Judy Trenor einmal bemerkt hatte, die Aufmerksamkeit ihres Ehemannes abzulenken. Dorset war ebenso schwer bei Laune zu halten wie ein Wilder, aber selbst seine völlige Ichbezogenheit war gegen Lilys Künste nicht gefeit, oder vielmehr waren diese genau darauf abgestellt, auf ein unsicheres Ich einzugehen. Ihre Erfahrung mit Percy Gryce kam ihr gut dabei zustatten, um Dorsets Launen entgegenzukommen, und wenn der Antrieb zu gefallen weniger drängend war, so lehrten sie die Schwierigkeiten ihrer Situation, das Beste aus kleinen Gelegenheiten zu machen.

Es war kaum wahrscheinlich, daß der vertraute Umgang mit den Dorsets ihre Schwierigkeiten im materiellen Bereich ändern würde. Mrs. Dorset verfügte über keine von Judy Trenors freigebigen Impulsen, und es war nicht anzunehmen, daß Dorsets Bewunderung in finanziellen »Tips« Ausdruck finden würde, selbst wenn Lily Lust gehabt hätte, ihre Erfahrungen in dieser Richtung zu wiederholen. Was sie sich im Moment von der Freundschaft der Dorsets versprach, war ausschließlich die gesellschaftliche Sanktion, die sie ihr verschaffte. Sie wußte, daß die Leute anfingen, über sie zu reden, aber diese Tatsache beunruhigte sie nicht so, wie sie Mrs. Peniston beunruhigt hatte. In ihrem Freundeskreis war solcher Klatsch nicht ungewöhnlich, und ein gutaussehendes Mädchen, das mit einem verheirateten Mann flirtete, empfand man nur als jemanden, der bis an die Grenzen seiner Möglichkeiten geht. Es war Trenor selbst, der ihr Angst machte. Ihr Spaziergang im Park war kein Erfolg gewesen. Trenor hatte jung geheiratet, und nach seiner Heirat hatte sein Umgang mit Frauen nicht die Form gefühlvollen Plauderns angenommen, das ständig auf sich selbst zurückläuft wie die Gänge in einem Labyrinth. Er war zuerst verdutzt und dann verärgert darüber, sich immer wieder zum selben

Ausgangspunkt zurückgeführt zu finden, und Lily merkte, daß sie nach und nach die Kontrolle über die Situation verlor. Mit Trenors Stimmungen zurechtzukommen war wahrhaftig zur Zeit schwierig. Trotz seiner Absprachen mit Rosedale war er von dem Fall der Aktien ziemlich hart betroffen, seine Haushaltsausgaben wurden ihm zur Belastung, und er schien auf allen Seiten einer widerspenstigen Opposition gegen seine Wünsche zu begegnen, statt des mühelos zu erreichenden Glücks, das ihm bisher zuteil geworden war.

Mrs. Trenor war noch immer auf Bellomont, hielt das Stadthaus aber geöffnet und fiel dort ab und zu ein, um ein wenig vom Geschmack der großen Welt mitzubekommen; sie zog aber die wiederholte Aufregung von Wochenendgesellschaften den Einschränkungen einer langweiligen Saison vor. Seit den Ferien hatte sie nicht wieder darauf gedrängt, Lily solle doch nach Bellomont zurückkehren, und als sie sich zum ersten Mal in der Stadt trafen, kam es Lily so vor, als schwinge in ihrem Verhalten eine gewisse Kälte mit. War es nur die Art, wie sie ihrem Mißvergnügen über Miss Barts Versäumnis Ausdruck verlieh, oder hatten sie beunruhigende Gerüchte erreicht? Die letztere Möglichkeit war wenig wahrscheinlich, und doch war Lily nicht ganz frei von Unbehagen. Wenn ihre vagabundierenden Gefühle für andere Menschen irgendwo Wurzeln geschlagen hatten, so war es in ihrer Freundschaft für Judy Trenor. Sie glaubte daran, daß die Zuneigung ihrer Freundin aufrichtig war, wenn sie sich auch manchmal auf selbstsüchtige Art äußerte, und sie schreckte mit ungewöhnlichem Widerwillen vor dem Risiko zurück, sich dieser Freundin zu entfremden. Aber davon einmal abgesehen, war sie sich nur allzu klar bewußt, wie sich eine solche Entfremdung auf ihr Leben auswirken würde. Die Tatsache, daß Gus Trenor Judys Ehemann war, war zeitweilig Lilys vordringlichster Grund dafür, ihn nicht zu mögen, und sich über die Verpflichtung zu ärgern, der sie sich nun ihm gegenüber ausgesetzt sah.

Um ihre Zweifel zu entkräften, fragte Miss Bart bald nach Neujahr an, ob ihre Teilnahme an einer Wochenendgesellschaft auf Bellomont »genehm« sei. Sie hatte im voraus erfahren, daß die Anwesenheit einer großen Gesellschaft sie vor allzu großer Aufmerksamkeit von Trenors Seite bewahren würde, und das telegraphische »Komm unbedingt« seiner Frau schien ihr zu versichern, wie gewohnt willkommen geheißen zu werden.

Judy empfing sie durchaus freundschaftlich. Die Sorgen, die eine große Gesellschaft mit sich brachte, hatten vor persönlichen Gefühlen immer den Vorrang, und Lily bemerkte keine Veränderung im Verhalten ihrer Gastgeberin. Dennoch wußte sie bald, daß das Experiment, nach Bellomont zu kommen, kein Erfolg werden würde. Die Gesellschaft setzte sich aus, wie Mrs. Trenor es nannte, »engstirnigen Leuten« zusammen – ihre Universalbezeichnung für alle, die nicht Bridge spielten – und, da es ihre Gewohnheit war, all diese Obstruktionisten einer Gruppe zuzuordnen, pflegte sie sie gemeinsam einzuladen, belanglos, über welche Eigenschaften sie sonst noch verfügten. Das Resultat war naturgemäß eine unvermeidbare Ansammlung von Leuten, die nichts miteinander gemein hatten als ihre abstinente Haltung gegenüber Bridge, und die Reibereien, die in einer Gruppe aufkommen, der die eine gemeinsame Neigung fehlte, die sie hätte einigen können, wurden in diesem Fall durch schlechtes Wetter und die kaum verborgene Langeweile ihres Gastgebers und ihrer Gastgeberin noch verschlimmert. In solchen Notfällen hätte sich Judy normalerweise an Lily gewandt, um die widerstreitenden Elemente in Einklang zu bringen, und Miss Bart, die annahm, daß solch ein Dienst von ihr erwartet wurde, machte sich mit dem üblichen Eifer an ihre Aufgabe. Aber von Anfang an bemerkte sie einen subtilen Widerstand gegen ihre Bemühungen. Wenn Mrs. Trenors Verhalten ihr gegenüber auch unverändert war, so lag doch eine leichte Kälte in dem der anderen Damen. Eine gelegentliche sarkastische Anspielung auf »Ihre Freunde, die Wellington Brys« oder auf »den kleinen Juden, der das Haus der Greiners gekauft hat – jemand erzählte uns, daß Sie ihn kennen, Miss Bart« – zeigte

Lily, daß sie bei dem Teil der Gesellschaft in Ungnade gefallen war, der, während er am wenigsten zu ihrem Amüsement beiträgt, sich das Recht anmaßt zu entscheiden, welche Formen dieses Amüsement anzunehmen hat. Die Anzeichen waren nur oberflächlich, und noch vor einigen Jahren hätte Lily über sie gelächelt und auf den Charme ihrer Persönlichkeit vertraut, jegliche Vorurteile gegen ihre Person zu zerstreuen. Aber jetzt war sie empfindlicher gegen Kritik geworden und hatte weniger Vertrauen in ihre Macht, diese zu entwaffnen. Sie wußte außerdem, daß, wenn die Damen auf Bellomont sich erlaubten, ihre Freunde offen zu kritisieren, das der Beweis dafür war, daß sie keine Bedenken hatten, sie hinter ihrem Rücken derselben Behandlung zu unterziehen. Die nervöse Befürchtung, irgend etwas in Trenors Verhalten könnte dazu angetan sein, die Mißbilligung der Damen zu rechtfertigen, ließ sie jeden Vorwand nutzen, ihm aus dem Weg zu gehen, und sie verließ Bellomont in dem Bewußtsein, in Hinsicht auf jedes Vorhaben, das sie hergeführt hatte, gescheitert zu sein.

In der Stadt wandte sie sich wieder Beschäftigungen zu, die für den Augenblick die wohltuende Wirkung hatten, unangenehme Gedanken zu verbannen. Die Welly Brys hatten sich nach langen Debatten und besorgten Beratungen mit ihren neu erworbenen Freunden zu dem kühnen Unterfangen entschlossen, eine große Einladung zu geben. Die Gesellschaft als Gesamtheit in Angriff zu nehmen, wenn die eigenen Kontakte auf einige wenige Bekannte beschränkt sind, gleicht dem Vormarsch in ein fremdes Land mit einer ungenügenden Anzahl von Kundschaftern; aber solch eine voreilige Taktik hat schon manchmal zu brillanten Siegen geführt, und die Brys hatten beschlossen, ihr Schicksal auf den Prüfstein zu stellen. Mrs. Fisher, der sie die Leitung der Angelegenheit anvertrauten, hatte entschieden, daß *tableaux vivants*[15] und kostspielige Musik zwei Köder seien, die mit größter Wahrscheinlichkeit die erhoffte Beute anziehen würden, und nach längeren Verhandlungen und der Art von Drahtzieherei, in der sie unübertroffen war, hatte sie ein Dutzend Damen der Gesellschaft dazu gebracht, sich in einer Reihe von Bildern zur Schau zu stellen, für deren Arrangement man durch ein weiteres Wunder der Überredung den namhaften Porträtmaler Paul Morpeth gewonnen hatte.

Lily war bei solch einer Gelegenheit ganz in ihrem Element. Unter Morpeths Anleitung fand ihr ausgeprägter Sinn für Gestaltung, der bisher keine bessere Nahrung als das Entwerfen von Kleidern und Bepolsterung gefunden hatte, begeisternde Ausdrucksmöglichkeiten bei der Anordnung von Dekorationen, beim Studium von Körperhaltungen und beim wechselnden Einsatz von Licht und Schatten. Ihr Instinkt für das Dramatische wurde durch die Wahl der Themen geweckt, und die prachtvollen Nachbildungen historischer Bekleidungen entfachten ihre Vorstellungskraft, die eben nur visuelle Eindrücke ansprechen konnten. Am vollkommensten war jedoch ihre Freude daran, ihre eigene Schönheit unter einem neuen Aspekt zeigen zu können, nachzuweisen, daß ihre Schönheit nicht bloß eine in sich geschlossene Eigenschaft war, sondern ein Element, das alle Gefühle zu neuen Formen der Grazie auszubilden vermochte.

Mrs. Fishers Maßnahmen waren gut gewählt gewesen, und die Gesellschaft, die man in einem langweiligen Moment überrascht hatte, erlag der Versuchung, die sich in Mrs. Brys Gastlichkeit bot. Die protestierende Minderheit war in der ungeheuren Menge, die ihren Prinzipien abschwor und kam, schnell vergessen, und die Zuschauerschar war fast ebenso brillant wie die Vorführung.

Auch Lawrence Selden war unter denjenigen, die vor den gebotenen Anreizen kapituliert hatten. Wenn er nicht oft nach dem allseits anerkannten gesellschaftlichen Gesetz handelte, daß ein Mann gehen kann, wohin immer er will, so lag das daran, daß er seit langem die Erfahrung gemacht hatte, daß Vergnügungen für ihn vor allem in einer kleinen Gruppe Gleichgesinnter zu finden waren. Aber er genoß spektakuläre

Effekte und hatte durchaus Sinn für die Rolle, die Geld bei ihrer Hervorbringung spielte; alles, was er verlangte, war, daß die sehr Reichen ihrer Berufung als Regisseure gerecht würden und ihr Geld nicht auf langweilige Art ausgaben. Das konnte man den Brys mit Sicherheit nicht vorwerfen. Ihr vor kurzem erbautes Haus war, was immer ihm als Rahmen für eine gemütliche Häuslichkeit fehlen mochte, fast so gut geeignet für die Entfaltung einer festlichen Schar wie eine der luftigen Vergnügungshallen, welche die italienischen Architekten aus dem Boden stampften, um der Gastlichkeit der Fürsten den richtigen Rahmen zu geben. Die Atmosphäre des Improvisierten war wirklich auffallend fühlbar; so frisch, so schnell hervorgezaubert war die ganze *mise-en-scène*[16], daß man die Marmorsäulen berühren mußte, um herauszufinden, daß sie nicht aus Pappe waren, und sich in einen der Sessel aus Damast und Gold setzen mußte, um sicherzugehen, daß er nicht nur auf die Wand gemalt war.

Selden, der eine der Sitzgelegenheiten einer solchen Prüfung unterzogen hatte, betrachtete von einem Winkel des Ballsaals aus die Szene mit aufrichtigem Vergnügen. Die Gesellschaft hatte, dem dekorativen Instinkt gehorchend, der in einem eleganten Ambiente nach eleganter Kleidung verlangt, eher ein Auge auf Mrs. Brys Umgebung gehabt als auf sie selbst. Die Menge auf ihren Sitzen, die den ungeheuren Raum ohne unpassendes Gedränge füllte, bot eine Fläche von prachtvollem Tuch und juwelengeschmückten Schultern dar, die mit den girlandenbehangenen vergoldeten Wänden und dem kräftigfarbigen Prunk der venezianischen Decke vollkommen harmonierte. Am äußersten hinteren Ende des Raumes hatte man hinter einem Proszeniumsbogen eine Bühne aufgebaut, die mit Bahnen aus altem Damast verhängt war; aber in der Pause, bevor diese Vorhänge sich öffneten, wurde kaum ein Gedanke daran verschwendet, was sie offenbaren würden, denn jede Frau, die Mrs. Brys Einladung angenommen hatte, war mit dem Versuch beschäftigt herauszufinden, wie viele ihrer Freundinnen dasselbe getan hatten.

Gerty Farish, die neben Selden saß, war ganz in das unverhüllte und kritiklose Genießen der Situation versunken, das auf Miss Barts feinere Wahrnehmungsfähigkeit so irritierend wirkte. Es konnte sein, daß Seldens Nähe etwas mit der besonderen Beschaffenheit des Vergnügens seiner Cousine zu tun hatte, aber Miss Farish war so wenig daran gewöhnt, ihre Freude an solchen Szenen mit ihrer eigenen Teilnahme daran in Verbindung zu bringen, daß sie sich nur eines tieferen Gefühls der Befriedigung bewußt war.

»War es nicht furchtbar nett von Lily, mir eine Einladung zu beschaffen? Carry Fisher wäre es natürlich nie eingefallen, mich auf die Liste zu setzen, und es hätte mir so leid getan, all das zu verpassen – und vor allem Lily selbst nicht sehen zu können. Jemand hat mir erzählt, die Decke sei von Veronese – du weißt doch so etwas, Lawrence. Ich nehme an, sie ist sehr schön, aber diese Frauen sind so entsetzlich dick. Göttinnen? Nun, da kann ich nur sagen, wenn sie Sterbliche gewesen wären, und Korsetts hätten tragen müssen, wäre das besser für sie gewesen. Ich finde unsere Frauen viel hübscher. Und dieser Raum paßt so wunderbar – jeder einzelne sieht richtig gut aus! Hast du jemals solchen Schmuck gesehen? Schau dir Mrs. George Dorsets Perlen an – wahrscheinlich könnte man mit der kleinsten die Miete für den Mädchen-Club für ein Jahr bezahlen. Nicht daß ich wegen des Clubs zu klagen hätte; alle sind so ungeheuer freundlich gewesen. Habe ich dir erzählt, daß Lily uns dreihundert Dollar gegeben hat? War das nicht einfach großartig von ihr? Und dann hat sie eine Menge Geld bei ihren Freunden gesammelt – Mrs. Bry hat uns fünfhundert gegeben und Mr. Rosedale tausend. Ich wünschte, Lily wäre nicht so nett zu Mr. Rosedale, aber sie sagt, es wäre sinnlos, unhöflich zu ihm zu sein, weil er den Unterschied doch nicht bemerken würde. Sie kann es einfach nicht über sich bringen, die Gefühle anderer Menschen zu verletzen – es ärgert mich furchtbar, wenn ich höre, daß man sie kalt und eingebildet nennt. Die Mädchen im Club sagen ihr das jedenfalls nicht nach. Weißt du, daß sie zweimal mit mir dort war? – Ja, Lily! Und du hättest die Augen der Mädchen sehen sollen! Eins von ihnen meinte, sie einfach anzusehen, wäre genauso schön wie ein Tag auf dem Land. Und sie saß da und lachte und unterhielt sich mit ihnen – überhaupt nicht so, als würde es sich um *Wohltätigkeit* handeln, weißt du, sondern als würde es ihr genausoviel Spaß machen wie ihnen. Seitdem fragen sie immer, wann sie denn einmal wiederkommt, und sie hat mir versprochen – oh!«

Miss Farishs vertrauliche Ergüsse wurden durch das Öffnen der Vorhänge vor dem ersten *tableau* unterbrochen – einer Gruppe von Nymphen, die in den rhythmischen Körperhaltungen von Botticellis »Frühling« über einen mit Blumen bestreuten Rasen tanzten. Der Effekt von *tableaux vivants* hängt nicht nur vom geglückten Einsatz der Beleuchtung und dem täuschenden Einfügen von Gazeschichten ab, sondern auch von der entsprechenden Einstellung der geistigen Wahrnehmung. Für unvorbereitete Gemüter bleiben sie trotz aller kunstvollen Nachhilfen nur eine bessere Art von Wachsfiguren; aber einer empfänglichen Einbildungskraft vermögen sie zauberische Einblicke in die Grenzwelt zwischen Wirklichkeit und Imagination zu vermitteln. Selden besaß eine solche, er konnte sich Phantasie anregenden Einflüssen so völlig hingeben wie ein Kind dem Zauber eines Märchens. Mrs. Brys *tableaux* ging auch nicht eine einzige der Eigenschaften ab, die vonnöten sind, solche Illusionen hervorzurufen, und unter Morpeths planender Hand folgten sie einander wie der rhythmische Gang eines prachtvollen Frieses, in dem die vergänglichen Linien lebendigen Fleisches und das ruhelose Licht junger Augen zu plastischer Harmonie gemildert sind, ohne den Reiz des Lebendigen zu verlieren.

Die Szenen waren alten Bildern entnommen, und den Teilnehmerinnen hatte man mit kluger Überlegung Charaktere zugedacht, die zu ihrem Typ paßten. Niemand hätte zum Beispiel einen typischeren Goya abgeben können als Carry Fisher mit ihrem kleinen, dunkelhäutigen Gesicht, mit der übertriebenen Glut in den Augen, mit der Herausforderung, die in ihrem ganz offenkundig gemalten Lächeln lag. Eine überaus brillante Miss Smedden aus Brooklyn zeigte perfekt die üppigen Kurven von Tizians »Tochter«, indem sie ihr goldenes Tablett, das mit Trauben beladen war, über das harmonisierende Gold ihres gekräuselten Haares und den reichen Brokatstoff ihres Gewandes hob, und eine junge Mrs. Van Alstyne, die dem zarteren holländischen Typ angehörte mit einer hohen, von blauen Äderchen durchzogenen Stirn und blassen Augen und Wimpern gab einen ganz typischen van Dyck ab, wie sie in schwarzem Satin vor einem verhangenen Torbogen stand. Dann sah man Nymphen von der Kauffmann, die den Altar der Liebe mit Girlanden schmückten, ein »Abendmahl« von Veronese, lauter schimmernde Stoffe mit perlengeschmückten Köpfen und marmorner Architektur, und eine Gruppe nach Watteau mit Laute spielenden Komödianten, die bei einem Brunnen in einer sonnenbeschienenen Lichtung lagerten.

Jedes der flüchtigen Bilder sprach Seldens Fähigkeit, sich Phantasien anheimzugeben, an und führte ihn in solche Weiten der Vorstellungskraft, daß sogar Gerty Farishs ständige Kommentare – »Oh, wie schön Lulu Melson aussieht!« oder »Das muß Kate Corby sein, dort rechts in Lila« – den Zauber der Illusion nicht zerstörten. Wahrhaftig, die Person der Schauspielerin war so geschickt auf die Szenen, in denen sie auftrat, abgestimmt, daß sogar der am wenigsten Phantasiebegabte in der ganzen Zuschauerschar das Erregende des Gegensatzes spüren mußte, als der Vorhang sich plötzlich vor einem Bild öffnete, das schlicht und unverbrämt das Porträt von Miss Bart war.

Hier gab es keinen Zweifel daran, daß das Persönliche vorherrschte – das einhellige »Oh!« der Zuschauer war ein Tribut nicht an die Pinselführung in Reynolds »Mrs. Lloyd«, sondern an die Schönheit Lily Barts in Fleisch und Blut. Sie hatte ihre künstlerische Intelligenz dadurch bewiesen, daß sie einen Typ gewählt hatte, der dem ihren so gleich war, daß sie die

Person verkörpern konnte, ohne aufzuhören, sie selbst zu sein. Es war, als wäre sie nicht aus Reynolds' Leinwand heraus, sondern in diese hineingetreten und hätte so das Phantom seiner toten Schönheit durch die Ausstrahlung ihrer lebenden Grazie verbannt. Der Impuls, sich in einer prachtvollen Umgebung zu zeigen – einen Augenblick lang hatte sie daran gedacht, Tiepolos »Cleopatra« darzustellen – hatte dem richtigeren Instinkt Platz gemacht, ihrer Schönheit ohne Hilfestellung zu vertrauen, und sie hatte mit Bedacht ein Bild ohne ablenkendes Zubehör wie Kleidung oder Umgebung gewählt. Die blassen Drapierungen und der Hintergrund aus Blattwerk, vor dem sie stand, dienten nur dazu, die langen dryadengleichen Linien zur Geltung zu bringen, die von ihrem in der Schwebe gehaltenen Fuß bis zu ihrem erhobenen Arm führten. Die noble Spannkraft ihrer Haltung, welche die Vorstellung erhabener Grazie vermittelte, ließ den Hauch von Poesie in ihrer Schönheit offenbar werden, den Selden in ihrer Gegenwart immer spürte, während er das Gefühl dafür verlor, wenn er nicht mit ihr zusammen war. Jetzt war der Ausdruck dieser seltenen Eigenschaft so lebhaft, daß es ihm vorkam, als sähe er die richtige Lily Bart zum ersten Mal vor sich, befreit von den Trivialitäten ihrer kleinen Welt, und als könne er für einen Augenblick ein Merkmal der ewigen Harmonie erfassen, von der ihre Schönheit ein Teil war.

»Verflucht kühn, sich in dem Aufzug zu zeigen, aber, bei Gott, es ist auch nicht ein Bruch in den Linien irgendwo zu entdecken, und ich schätze, sie wollte, daß wir das wissen!« Diese Worte, von dem erfahrenen Connaisseur Mr. Ned Van Alstyne geäußert, dessen parfümierter weißer Schnurrbart Seldens Schulter gestreift hatte, wann immer der geöffnete Vorhang eine außergewöhnlich günstige Gelegenheit zum Studium weiblicher Umrisse bot, berührten den, der sie hörte, auf unerwartete Weise. Es war nicht das erste Mal, daß Selden hörte, wie man leichthin von Lilys Schönheit sprach, und bisher hatte der Ton derartiger Kommentare seine Ansicht von ihr unmerklich beeinflußt. Aber jetzt erweckte dieser Ton nur ein Gefühl entrüsteter Verachtung. Das war die Welt, in der sie lebte, das waren die Normen, an denen gemessen zu werden ihr Schicksal war! Geht man zu Caliban, um ein Urteil über Miranda[17] zu hören?

In dem langen Augenblick, bis der Vorhang fiel, hatte er Zeit genug, die ganze Tragödie ihres Lebens zu erfühlen. Es war, als ob ihre Schönheit, auf diese Weise von allem losgelöst, was sie billig und vulgär machte, hilfesuchend ihre Hände zu ihm ausgestreckt hätte von einer Welt aus, in der er und sie sich einmal einen Moment lang getroffen hatten, und in der wieder bei ihr zu sein er ein überwältigendes Verlangen verspürte.

Der Druck ekstatischer Finger ließ ihn erwachen. »Ist sie nicht einfach zu schön, Lawrence? Magst du sie nicht auch am liebsten in dem einfachen Kleid? Es läßt sie so aussehen wie die richtige Lily – die Lily, die ich kenne.«

Er sah in Gerty Farishs Augen, die vor Begeisterung überlaufen wollten. »Die Lily, die *wir* kennen«, verbesserte er sie, und seine Cousine strahlte über das stillschweigende Einverständnis und rief freudig aus: »Das werde ich ihr erzählen! Sie sagt immer, du könntest sie nicht leiden.«

Als die Vorstellung vorüber war, war es Seldens erster Impuls, Miss Bart zu suchen. Während Musik die Pause füllte, die den *tableaux* folgte, hatten die Schauspieler hier und dort in der Zuschauerschar Platz genommen und belebten so deren konventionelles Äußeres durch ihre in unterschiedlichem Grade pittoreske Kleidung. Lily war jedoch nicht unter ihnen, und ihre Abwesenheit hatte zur Folge, daß die Wirkung, die sie auf Selden ausgeübt hatte, noch länger anhielt; es hätte den zauberischen Bann gebrochen, sie allzubald in der Umgebung zu sehen, aus der der Zufall sie so glücklich herausgelöst hatte. Sie hatten sich seit dem Hochzeitstag der Van Osburghs nicht gesehen, und von seiner Seite aus war das Vermeiden eines Zusammentreffens absichtlich gewesen. An diesem Abend wußte er jedoch, daß er sich früher oder später an ihrer Seite finden würde, und obwohl er sich von der auseinandertreibenden Menge schieben ließ, wohin diese wollte, ohne das unmittelbare Bemühen, sie zu finden, entsprang sein Aufschieben dieses Momentes nicht irgendeinem noch verbliebenen Widerstand, sondern dem Wunsch, für kurze Zeit noch in dem Gefühl vollkommener Kapitulation zu schwelgen.

Lily zweifelte keine Sekunde daran, was das Gemurmel, das sie bei ihrem Erscheinen begrüßte, bedeuten könnte. Kein anderes *tableau* war mit genau diesem Ton des Beifalls aufgenommen worden; er war ganz offensichtlich durch sie selbst hervorgerufen worden und nicht durch das Bild, das sie verkörperte. Sie hatte im letzten Moment befürchtet, daß sie mit dem Verzicht auf die Vorteile einer üppigeren Ausstattung zuviel riskierte, und ihr vollkommener Triumph vermittelte ihr ein berauschendes Gefühl, ihre Macht wiedergewonnen zu haben. Da sie den Eindruck, den sie erzielt hatte, nicht vermindern wollte, hielt sie sich von den Zuschauern fern bis zu dem Moment des allgemeinen Aufbruchs zum Abendessen und hatte so eine zweite Gelegenheit, sich vorteilhaft zur Geltung zu bringen, als die Menge sich langsam in den leeren Salon ergoß, in dem sie stand.

Sie war bald der Mittelpunkt einer Gruppe, die zunahm und sich neu zusammensetzte, als die Bewegung allgemein wurde, und die einzelnen Bemerkungen zu ihrem Erfolg waren eine köstliche Verlängerung des Beifalls der Menge. In solchen Augenblicken verlor sie ein wenig von ihrer angeborenen Empfindsamkeit, und die Qualität der Bewunderung wurde ihr weniger wichtig als die Quantität. Unterschiede der Person lösten sich in der wärmenden Atmosphäre des Lobes auf, in der ihre Schönheit sich öffnete wie eine Blume im Sonnenlicht, und wenn Selden ein, zwei Augenblicke eher nähergekommen wäre, hätte er gesehen, daß sie Ned Van Alstyne oder George Dorset den Blick schenkte, den für sich selbst zu erhaschen er sich erträumt hatte.

Das Glück wollte es aber, daß das eilige Nahen von Mrs. Fisher, als deren Adjutant Van Alstyne eingesetzt war, die

Gruppe auflöste, bevor Selden die Schwelle des Raumes erreichte. Einige Männer begaben sich auf die Suche nach ihrer Partnerin für das Abendessen, und die anderen machten, als sie Selden näherkommen sahen, Platz für ihn, ganz den Regeln des stillschweigenden Zusammengehörigkeitsgefühls des Ballsaals entsprechend. Lily stand deswegen allein da, als er sie erreichte, und als er den erwarteten Blick in ihren Augen fand, bereitete ihm das die Genugtuung anzunehmen, er habe ihn hervorgerufen. Der Blick vertiefte sich wirklich, als er auf ihm ruhte, denn sogar in diesem Moment der Selbstberauschung fühlte Lily den schnelleren Pulsschlag des Lebens, den seine Nähe immer bewirkte. Auch las sie in seinem antwortenden Blick die köstliche Bestätigung ihres Triumphes, und solange der Moment währte, schien es ihr nur um seinetwillen wichtig, schön zu sein.

Selden hatte ihr ohne ein Wort den Arm gereicht. Sie nahm in schweigend, und sie wandten sich ab, nicht auf das Eßzimmer zu, sondern gegen die Flut, die dorthin einsetzte. Die Gesichter um sie herum strömten vorbei wie die fließenden Bilder im Schlaf; Lily bemerkte kaum, wohin Selden sie führte, bis sie durch den gläsernen Eingang am Ende einer langen Folge von Räumen gingen und plötzlich in der duftenden Stille eines Gartens standen. Der Kies knirschte unter ihren Füßen, und um sie herum herrschte die gläserne Dunkelheit einer Mittsommernacht. Hängende Lichter schufen smaragdgrüne Einbuchtungen in den Tiefen des Blattwerks und ließen den Sprühregen des Springbrunnens zwischen Seerosen weiß erscheinen. Der verzauberte Ort war verlassen; kein Laut war zu hören, nur das Aufplatschen des Wassers auf den Blättern der Seerosen und ein fernes Klingen der Musik, das ebensogut über einen schlafenden See hätte wehen können.

Selden und Lily standen still und nahmen das Unwirkliche der Szenerie hin wie einen Teil ihrer traumartigen Empfindungen. Es hätte sie nicht überrascht, den Sommerwind auf ihren Gesichtern zu spüren oder zu sehen, wie die Lichter unter den Zweigen sich im weiten Bogen des Sternenhimmels wiederholten. Die sonderbare Einsamkeit um sie herum war nicht ungewöhnlicher als das süße Gefühl, darin allein zu sein.

Schließlich entzog ihm Lily ihre Hand und ging einen Schritt weiter, so daß ihre weißgekleidete schlanke Gestalt sich gegen die Schatten der Zweige abhob. Selden folgte ihr, und sie setzten sich, noch immer ohne zu sprechen, auf eine Bank neben dem Springbrunnen.

Plötzlich hob sie die Augen mit der flehentlichen Ernsthaftigkeit eines Kindes zu ihm auf. »Sie sprechen nie mit mir – Sie denken schlecht von mir«, murmelte sie.

»Auf jeden Fall denke ich an Sie, weiß Gott!« sagte er.

»Warum sehen wir dann einander nie? Warum können wir nicht Freunde sein? Sie haben mir einmal versprochen, mir zu helfen«, fuhr sie in demselben Ton fort, als würden die Worte ohne ihr Zutun aus ihr herausgeholt.

»Die einzige Möglichkeit, Ihnen zu helfen, ist, Sie zu lieben«, sagte Selden mit leiser Stimme.

Sie erwiderte nichts darauf, aber ihr Gesicht wandte sich mit der sanften Bewegung einer Blume zu ihm hin. Langsam kam sein eigenes darauf zu, und ihre Lippen berührten sich.

Sie wich zurück und erhob sich von ihrem Sitz. Auch Selden erhob sich, und sie standen einander gegenüber. Plötzlich nahm sie seine Hand und preßte sie für einen Augenblick gegen ihre Wange.

»Ach, lieben Sie mich, lieben Sie mich – aber sagen Sie es mir nicht!« seufzte sie, ihre Augen in den seinen, und bevor er noch etwas erwidern konnte, hatte sie sich abgewandt, war durch den Bogen aus Zweigen geschlüpft und in der strahlenden Helligkeit des Raumes dahinter verschwunden.

Selden blieb da stehen, wo sie ihn verlassen hatte. Er wußte zu gut, wie flüchtig vollkommene Momente sind, als daß er versucht hätte, ihr zu folgen, aber schließlich ging er ins Haus zurück und schritt durch die verlassenen Räume zur Tür. Einige Damen in üppigen Mänteln hatten sich schon im marmornen Vestibül versammelt, und in der Garderobe fand er Van Alstyne und Gus Trenor.

Der erstere hielt bei Seldens Näherkommen in der sorgfältigen Wahl einer Zigarre aus den silbernen Kästen inne, die einladend neben der Tür bereitgestellt worden waren.

»Hallo, Selden, gehen Sie auch? Sie sind, wie ich sehe, ein Epikureer wie ich selbst, sie wollen auch nicht sehen, wie all diese Göttinnen Schildkrötensuppe in sich hineinschlingen. Herrgott, war das ein Anblick, all diese gutaussehenden Frauen, aber meinem kleinen Cousinchen konnte keine von denen das Wasser reichen. Zum Thema Juwelen – was soll eine Frau mit Schmuck, wenn sie sich selbst zum Vorzeigen hat? Das Dumme an all diesen Volants, die sie tragen, ist, daß sie ihre Figur verdecken, sofern sie eine haben. Ich wußte bis zum heutigen Abend gar nicht, was für herrliche Umrisse Lily hat.«

»Es liegt wahrscheinlich nicht an ihr, wenn es jetzt nicht jeder weiß«, knurrte Trenor, das Gesicht rot von dem Kampf, in seinen pelzbesetzten Mantel zu kommen. »Zeugt von verflucht schlechtem Geschmack, so nenne ich das – nein, keine Zigarre für mich. Man weiß ja nie, was man da raucht in diesen neuen Häusern – gut möglich, daß der Küchenchef die Zigarren einkauft. Zum Abendessen bleiben? Nicht, wenn ich es vermeiden kann! Wenn Leute ihre Räumlichkeiten so vollstopfen, daß man nicht einmal in die Nähe von denen kommt, mit denen man sprechen will, kann ich ja gleich zur Rush-hour in der Hochbahn zu Abend essen. Meine Frau hatte verdammt recht wegzubleiben; sie meint, das Leben ist zu kurz, um es damit zu verbringen, neue Leute für die Gesellschaft zurechtzubiegen.«

XIII

Als Lily aus glücklichen Träumen erwachte, fand sie zwei Kärtchen auf ihrem Nachttisch.

Das eine kam von Mrs. Trenor, die ihr mitteilte, sie käme am heutigen Nachmittag zu einem kurzen Besuch in die Stadt und sie hoffe, Miss Bart würde mit ihr dinieren können. Das andere war von Selden. Er schrieb kurz, daß ein wichtiger Fall ihn nach Albany riefe, von wo er bis zum Abend nicht zurückkehren könne, und bat Lily, ihn wissen zu lassen, zu welcher Stunde am darauffolgenden Tage sie ihn empfangen würde.

Lily lehnte sich in ihre Kissen zurück und betrachtete seinen Brief nachdenklich. Die Szene im Wintergarten der Brys war wie ein Teil ihrer Träume gewesen; sie hatte nicht erwartet zu erwachen und einen solchen Beweis für ihre Wirklichkeit zu finden. Zuerst regte sich nur Verärgerung; dieses unvorhergesehene Verhalten Seldens brachte eine weitere Schwierigkeit in ihr Leben. Es sah ihm so ganz und gar nicht ähnlich, solch einem irrationalen Impuls nachzugeben! Hatte er wirklich vor, sie zu fragen, ob sie ihn heiraten wolle? Sie hatte ihm einmal gezeigt, wie unmöglich eine solche Hoffnung war, und sein Benehmen daraufhin schien zu beweisen, daß er die Situation angenommen hatte, und zwar mit einer Verständigkeit, die doch ein wenig verletzend für ihre Eitelkeit gewesen war. Es war um so angenehmer herauszufinden, daß diese Verständigkeit nur um den Preis, sie nicht mehr zu sehen, aufrechterhalten werden konnte; aber, wenn auch nichts im Leben so süß war wie das Gefühl ihrer Macht über ihn, so sah sie doch die Gefahr, die in einer Fortsetzung der Episode von gestern nacht lag. Da sie ihn nicht heiraten konnte, wäre es anständiger ihm gegenüber und einfacher für sie selbst, ihm ein paar Zeilen zu schreiben, in denen sie auf freundschaftliche Art vermied, auf seine Bitte, sie sehen zu dürfen, einzugehen; er war nicht der Mann, einen solchen Wink mißzuverstehen, und wenn sie sich das nächste Mal träfen, würde ihr bisheriges freundschaftliches Verhältnis wiederhergestellt sein.

Lily sprang aus dem Bett und lief gleich zu ihrem Schreibtisch. Sie wollte sofort schreiben, solange sie noch auf ihre Entschlossenheit vertrauen konnte. Sie war noch matt von ihrem kurzen Schlaf und den freudigen Aufregungen des Abends, und der Anblick von Seldens Schrift rief ihr den Höhepunkt ihres Triumphes ins Gedächtnis zurück; den Augenblick, als sie in seinen Augen las, daß keine Philosophie vor ihrer Macht sicher war. Es wäre schön, dieses Gefühl noch einmal zu verspüren . . . niemand sonst konnte es ihr in seiner ganzen Fülle vermitteln, und sie konnte es nicht ertragen, ihre Stimmung schwelgerischer Rückblicke durch eine definitive Absage zu verderben. Sie nahm ihren Füllfederhalter und schrieb hastig: »*Morgen um vier*«; dabei sagte sie leise zu sich selbst, als sie das Blatt in den Umschlag schob: »Ich kann ihm ja mit Leichtigkeit absagen, wenn es erst morgen ist.«

Judy Trenors Einladung war Lily sehr willkommen. Es war das erste Mal, daß sie direkt aus Bellomont von ihr hörte, seitdem ihr letzter Besuch dort zu Ende gegangen war, und noch immer überkam sie manchmal die Furcht, Judys Mißvergnügen erregt zu haben. Aber diese so typische Aufforderung schien ihr früheres Verhältnis wiederherzustellen, und Lily lächelte unwillkürlich bei dem Gedanken, daß ihre Freundin sie wahrscheinlich zu sich bestellte, um von der Einladung bei den Brys zu hören. Mrs. Trenor war von dem Fest ferngeblieben, vielleicht aus dem Grund, den ihr Gatte so offen und deutlich ausgesprochen hatte, vielleicht auch weil sie, wie Mrs. Fisher es doch ziemlich anders deutete, »neue Leute in der Gesellschaft nicht ertragen konnte, wenn sie sie nicht selbst entdeckt hatte«. Auf jeden Fall hegte Lily den Verdacht, daß Judy, wenn sie auch hochmütig daheim auf Bellomont geblieben war, doch von der brennenden Begierde gepackt war, zu hören, was sie verpaßt hatte, und genau zu erfahren, in welchem Maße Mrs. Wellington Bry alle vorherigen Bewerber um gesellschaftliche Anerkennung übertroffen hatte. Lily war durchaus bereit, diese Neugier zu befriedigen, aber es traf sich, daß sie auswärts essen gehen wollte. Sie beschloß jedoch, Mrs. Trenor für ein paar kurze Augenblicke zu besuchen und läutete deshalb nach ihrer Zofe, um ein Telegramm aufzugeben, in dem stand, daß sie am selben Abend um zehn bei ihrer Freundin sein würde.

Sie dinierte bei Mrs. Fisher, die einige der Darstellerinnen des vergangenen Abends zu einer informellen kleinen Festlichkeit versammelt hatte. Nach dem Dinner sollte es Negermusik im Studio geben – denn Mrs. Fisher hatte sich, nachdem sie an der Republik nachgerade verzweifelt war, der Bildhauerkunst zugewandt, und an ihr kleines, überfülltes Haus ein geräumiges Appartement angebaut, das, was auch immer seine Bestimmung in ihren Stunden bildhauerischer Inspiration sein mochte, zu anderen Zeiten dazu diente, ihre unermüdliche Gastlichkeit ausüben zu können. Es fiel Lily schwer zu gehen, denn das Dinner war amüsant gewesen, und sie wäre gerne noch bei einer Zigarette gemütlich sitzen geblieben und hätte auch gern noch ein paar Lieder gehört, aber sie mußte ihre Verabredung mit Judy einhalten, und kurz nach zehn bat sie ihre Gastgeberin, nach einer Droschke zu läuten, und fuhr die Fifth Avenue zu den Trenors hinaus.

Sie wartete lang genug vor der Haustüre, um sich darüber zu wundern, daß Judys Anwesenheit in der Stadt sich nicht durch eine größere Eile, sie einzulassen, bemerkbar machte, und ihre Überraschung wuchs noch, als statt des erwarteten Dieners, der seine Schultern noch schnell in einen im letzten Moment übergezogenen Mantel schob, eine schäbig in Kaliko gekleidete, anscheinend als Hausmeister arbeitende Person sie in die verhängte Eingangshalle führte. Trenor erschien jedoch sofort auf der Schwelle des Salons und hieß sie mit ungewohnter Redseligkeit willkommen, während er ihr den Mantel abnahm und sie in den Raum hineinzog.

»Komm nur herein in unsere Höhle; das ist hier der einzig bequeme Platz im Haus. Sieht dieses Zimmer nicht aus, als warte es darauf, daß ein Leichnam heruntergetragen wird? Ich kann nicht verstehen, warum Judy das Haus mit diesem schrecklichen rutschigen weißen Zeug verpackt hält – es reicht, an einem kalten Tag durch diese Zimmer zu gehen, um sich eine Lungenentzündung zu holen. Du siehst übrigens auch etwas verfroren aus; es ist aber auch eine ziemlich eisige Nacht. Ich hab's selbst gemerkt, als ich vom Club nach Hause gelaufen bin. Komm nur herein, und ich werde dir ein Schlückchen Brandy geben, und du kannst dich über dem Feuer tüchtig wärmen und ein paar von meinen neuen ägyptischen Zigaretten versuchen – dieser kleine Türke von der Botschaft hat mich auf die Marke gebracht, die du probieren mußt, und wenn du sie magst, kann ich dir jede Menge davon besorgen; sie haben sie hier noch nicht, aber ich werde halt telegraphieren.«

Er führte sie durch das Haus in ein großes Zimmer im hinteren Teil, wo Mrs. Trenor normalerweise saß, und wo, selbst während ihrer Abwesenheit, die Atmosphäre des Bewohntseins herrschte. Hier gab es, wie sonst auch, Blumen, Zeitungen, einen vollgehäuften Schreibtisch und den allgemeinen Anblick lampenbeschienener Vertrautheit, so daß es eine Überraschung war, Judys energiegeladene Gestalt nicht aus dem Sessel beim Kamin aufspringen zu sehen.

Offensichtlich war es Trenor selbst gewesen, der auf dem betreffenden Platz gesessen hatte; denn über diesem hing eine Wolke von Zigarrenrauch, und neben ihm stand einer dieser ausgeklügelten Klapptische, die britischer Erfindergeist ersonnen hat, um das Herumreichen von Tabak und Spirituosen zu erleichtern. Der Anblick solcher Gerätschaften im Salon war in Lilys Freundeskreis nichts Ungewöhnliches, wo Rauchen und Trinken von irgendwelchen Rücksichten auf Ort und Zeit völlig uneingeschränkt blieben, und das erste, was sie tat, war, sich mit einer der Zigaretten zu versorgen, die Trenor ihr empfohlen hatte, während sie seiner Redseligkeit dadurch Einhalt gebot, daß sie mit einem überraschten Blick fragte: »Wo ist Judy?«

Trenor, ein wenig erhitzt von seinem ungewohnten Redefluß und vielleicht von der längeren Nachbarschaft mit den Karaffen, beugte sich gerade über diese, um ihre silbernen Etiketten zu entziffern.

»So, hier, Lily, nur ein Tröpfchen Cognac mit ein bißchen Sodawasser – du siehst nämlich wirklich verfroren aus, weißt du: Ich könnte schwören, daß deine Nasenspitze rot ist. Ich werde mir auch noch ein Glas genehmigen, um dir Gesellschaft zu leisten – Judy? – Also, weißt du, Judy hat teuflische Kopfschmerzen – die haben sie völlig außer Gefecht gesetzt, die Arme – sie hat mich gebeten, dir das zu erklären – es in Ordnung zu bringen, weißt du – Aber komm doch ans Feuer; du siehst ja völlig erschlagen aus. Nun laß mich es dir bequem machen, sei ein braves Mädchen.«

Er hatte sie, halb im Scherz, bei der Hand genommen und zog sie zu einem niedrigen Platz beim Kamin; aber sie blieb stehen und befreite sich ruhig.

»Willst du damit sagen, daß es Judy nicht gut genug geht, mich zu empfangen? Will sie nicht, daß ich zu ihr nach oben gehe?«

Trenor leerte das Glas, das er für sich eingeschenkt hatte, und wartete, um es abzusetzen, bevor er antwortete.

»Nun also, nein – um ehrlich zu sein, sie ist nicht in der Lage, irgend jemanden zu empfangen. Es kam so plötzlich, weißt du, und sie hat mich gebeten, dir zu sagen, wie furchtbar leid es ihr tut – wenn sie gewußt hätte, wo du zu Abend ißt, hätte sie dir Bescheid gesagt.«

»Sie wußte aber doch, wo ich esse, ich habe es in meinem Telegramm erwähnt. Aber das macht natürlich nichts. Ich nehme an, daß sie, wenn es ihr so schlecht geht, nicht gleich morgen nach Bellomont zurückkehren wird, und ich kann kommen, um sie dann zu sehen.«

»Ja, genau – das ist ausgezeichnet. Ich werde ihr sagen, daß du morgen früh für ein Minütchen hereinschaust. Und nun setz dich noch ein wenig, so ist's brav, und laß uns einen netten, gemütlichen Plausch miteinander halten. Willst du nicht ein Tröpfchen trinken, nur um der Geselligkeit willen? Sag mir doch, was du von der Zigarette hältst. Was, magst du sie nicht? Warum schmeißt du sie denn weg?«

»Ich schmeiße sie weg, weil ich gehen muß, wenn du die Freundlichkeit hättest, eine Droschke für mich zu rufen«, erwiderte Lily mit einem Lächeln.

Trenors ungewöhnliche Erregbarkeit mit ihren nur allzu durchsichtigen Erklärungen gefiel ihr gar nicht, und der Gedanke, mit ihm allein zu sein, während ihre Freundin im oberen Stockwerk außer Reichweite war am anderen Ende des großen leeren Hauses, führte nicht eben zu dem Wunsch, ihr *tête-à-tête* zu verlängern.

Aber Trenor hatte sich mit einer Schnelligkeit, die ihrer Aufmerksamkeit nicht entging, zwischen sie und die Türe gestellt.

»Warum mußt du schon gehen, das möchte ich wirklich gerne einmal wissen? Wenn Judy hier gewesen wäre, hättet ihr stundenlang herumgesessen und getratscht – und für mich hast du nicht einmal fünf Minuten übrig! Es ist immer die alte Geschichte. Gestern abend konnte ich überhaupt nicht an dich herankommen – ich bin zu dieser vulgären Party schließlich nur gegangen, um dich zu treffen, und dann reden sie alle über dich und fragen mich, ob ich schon jemals so etwas Umwerfendes gesehen habe, und als ich versucht habe, zu dir zu kommen und ein Wort mit dir zu wechseln, hast du überhaupt keine Notiz von mir genommen, sondern hast weiter mit diesem Haufen von Eseln herumgelacht und herumgescherzt, die nur hinterher angeben und den Kennerblick aufsetzen wollen, wenn man von dir spricht.«

Er hielt inne, rot im Gesicht von seinen Ausfälligkeiten, und richtete einen Blick auf sie, in dem Unmut noch der Bestandteil war, der ihr am wenigsten zuwider war. Aber sie hatte ihre Geistesgegenwart wiedergewonnen und stand gelassen in der Mitte des Raumes, wobei ihr leises Lächeln eine ständig wachsende Distanz zwischen sie selbst und Trenor zu legen schien.

Über diese hinweg sagte sie: »Sei nicht albern, Gus. Es ist nach elf, und ich muß dich wirklich bitten, nach einer Droschke zu rufen.«

Er blieb unbeweglich stehen, die Stirn finster, was zu verabscheuen sie gelernt hatte.

»Und nehmen wir mal an, ich rufe keine – was machst du dann?«

»Ich werde zu Judy hinaufgehen, wenn du mich zwingst, sie zu stören.«

Trenor kam einen Schritt auf sie zu und legte seine Hand auf ihren Arm. »Hör mal, Lily, willst du mir nicht aus eigenem Antrieb fünf Minuten schenken?«

»Nicht heute abend, Gus; du –«

»Also gut, dann werde ich sie mir nehmen. Und soviel mehr, wie es mir paßt.« Er hatte sich auf der Türschwelle breit gemacht und dabei seine Hände tief in die Taschen gesteckt. Er nickte zum Kamin hin.

»Nun geh und setz dich bitte da hin; ich habe dir etwas zu sagen.«

Lilys Reizbarkeit gewann die Oberhand über ihre Ängste. Sie richtete sich würdevoll auf und ging auf die Tür zu.

»Wenn du mir etwas zu sagen hast, mußt du es mir eben ein andermal sagen. Ich werde zu Judy hinaufgehen, wenn du mir nicht sofort eine Droschke rufst.«

Er brach in Gelächter aus. »Geh nach oben, bitte sehr, meine Liebe, aber Judy wirst du da nicht finden. Sie ist gar nicht da.«

Lily warf ihm einen verdutzten Blick zu. »Willst du damit sagen, daß Judy nicht im Hause ist – nicht in der Stadt?« rief sie aus.

»Genau das will ich damit sagen«, gab Trenor zurück, wobei seine Großtuerei unter ihrem Blick zu Halsstarrigkeit wurde.

»Unsinn – das glaube ich dir nicht. Ich werde jetzt nach oben gehen«, sagte sie ungeduldig.

Er trat unerwartet zur Seite und ließ sie ungehindert die Türschwelle erreichen.

»Geh hinauf, bitte sehr, aber meine Frau ist auf Bellomont.«

Doch blitzartig fiel Lily etwas Beruhigendes ein. »Wenn sie nicht gekommen wäre, hätte sie mir Bescheid gesagt –«

»Hat sie auch, sie hat mich heute nachmittag angerufen und gebeten, es dir auszurichten.«

»Ich habe aber keine Nachricht bekommen.«

»Ich habe auch keine gesandt.«

Die zwei maßen einander für einen Augenblick, aber Lily sah ihren Gegner noch immer durch einen Schleier von Verachtung, der alle anderen Bedenken undeutlich werden ließ.

»Ich kann mir zwar nicht vorstellen, was du damit bezwecken wolltest, mir einen so dummen Streich zu spielen, aber wenn dein sonderbarer Sinn für Humor jetzt befriedigt ist, muß ich dich noch einmal bitten, nach einer Droschke zu senden.«

Es war der falsche Ton, und sie merkte es, als sie sprach. Um von Ironie gereizt zu werden, ist es nicht nötig, sie zu verstehen, und die tiefen Spuren der Verärgerung auf Trenors Gesicht hätten auch von einem wirklichen Hieb verursacht worden sein können.

»Hör mal, Lily, laß diesen hochfahrenden Ton mir gegenüber.« Er hatte sich wieder auf die Tür zubewegt, und in ihrer instinktiven Furcht vor ihm überließ sie ihm wieder die Herrschaft über die Türschwelle. »Ich *habe* dir einen Streich gespielt, ich gebe es ja zu, aber wenn du meinst, ich würde mich deswegen schämen, dann irrst du dich. Ich bin, weiß der Himmel, geduldig genug gewesen – ich hab in deiner Nähe herumgelungert und mich zum Esel machen lassen. Und während all dieser Zeit hast du einer Menge anderer Kerle erlaubt, um dich herumzuscharwenzeln ... ja hast sogar zugelassen, daß sie sich über mich lustig machen ... ich bin nicht so raffiniert, ich kann meine Freunde nicht vor anderen lächerlich machen, wie du das tust ... aber ich kann beurteilen, wenn man es mit mir macht ... ich kann sehr schnell herausfinden, wann man mich zum Narren macht.«

»Ach, das hätte ich nicht gedacht!« kam es blitzartig von Lily, aber ihr Lachen versank in Schweigen unter seinem Blick.

»Nein, das hättest du nicht gedacht, aber du wirst es jetzt besser wissen. Aus diesem Grunde bist du heute abend nämlich hier. Ich habe auf ein ruhiges Stündchen gewartet, um alles zu besprechen, und jetzt, wo ich dich hier habe, habe ich die Absicht, dafür zu sorgen, daß du mir zuhörst.«

Der sprachlich kaum auszudrückende Unmut, der ihn zuerst überkommen hatte, wurde von einer Festigkeit und Konzentration im Ton abgelöst, die Lily mehr aus der Fassung brachten als die Erregung, die ihnen vorangegangen war. Für einen Moment verließ sie ihre Geistesgegenwart. Sie war schon mehr als einmal in Situationen gewesen, in denen ein schnelles, geistreiches Wortgefecht nötig gewesen war, um ihren Rückzug zu decken, aber ihr verängstigtes Herzpochen sagte ihr, daß hier eine solche Fähigkeit nichts nutzen würde.

Um Zeit zu gewinnen wiederholte sie: »Ich verstehe nicht, was du willst.«

Trenor hatte einen Sessel zwischen sie und die Tür geschoben. In den warf er sich, lehnte sich zurück und sah zu ihr auf.

»Ich will dir sagen, was ich will; ich will wissen, wie wir zwei zueinander stehen. Zum Teufel, einem Mann, der für das Dinner bezahlt, erlaubt man im allgemeinen, mit am Tisch zu sitzen.«

In ihr loderten Zorn und Erniedrigung und die widerliche Notwendigkeit zu beschwichtigen, wo es sie danach verlangte zu demütigen.

»Ich weiß nicht, was du willst – aber du mußt einsehen, Gus, daß ich nicht hierbleiben kann, um mit dir zu sprechen, nicht zu dieser späten Stunde –«

»Herrgott, du gehst am hellichten Tag bereitwillig genug ins Haus anderer Männer – fällt mir auf, daß du dir nicht immer so verflucht viel Sorgen um den äußeren Schein machst.«

Die Brutalität dieses Angriffs ließ sie schwindlig werden wie nach einem körperlichen Schlag. Rosedale hatte also geredet – das war die Art und Weise, wie die Männer von ihr sprachen. Sie fühlte sich plötzlich schwach und wehrlos, es pochte vor Selbstmitleid in ihrer Kehle. Aber währenddessen verschärfte ein anderes Ich ihre Wachsamkeit, flüsterte ihr die erschreckte Warnung ins Ohr, daß jedes Wort und jede Geste wohlüberlegt sein müssen.

»Wenn du mich hierher gebracht hast, um mir derartige Beleidigungen zu sagen –« fing sie an.

Trenor lachte. »Red keinen Bühnenquatsch. Ich will dich nicht beleidigen. Aber unsereiner hat schließlich auch Gefühle – und du hast zu lange mit meinen gespielt. Ich hab ja nicht damit angefangen – hab mich zurückgehalten und den Weg freigelassen für die anderen Kerle, bis du mich hervorgeholt hast und dich daran gemacht hast, mich als Esel hinzustellen – und du hast es auch noch leicht gehabt. Das ist ja das Schlimme – es war zu leicht für dich – du bist leichtsinnig geworden – hast gedacht, du könntest mich völlig ausnehmen und mich dann in die Gosse schmeißen wie eine leere Geldbörse. Aber, Herrgott nochmal, das ist nicht fair, da umgehst du die Spielregeln. Jetzt weiß ich natürlich, was du wolltest – es waren nicht meine schönen Augen, hinter denen du her warst – aber das eine sage ich Ihnen, Fräulein Lily, Sie werden dafür bezahlen, daß Sie mich das haben denken lassen –«

Er stand auf, schob seine Schultern auf aggressive Weise zurück und ging mit immer röter werdender Stirn auf sie zu, aber sie hielt ihre Stellung, obwohl jeder Nerv in ihr auf Rückzug drängte, als er näherkam.

»Bezahlen?« stammelte sie. »Willst du damit sagen, daß ich dir Geld schulde?«

Er lachte wieder. »Oh, ich will keine Bezahlung in Banknoten. Aber schließlich gibt es so etwas wie Fairplay – und

Zinsen für mein Geld – und ich will zum Teufel gehen, wenn ich von dir auch nur einen Blick geschenkt bekommen habe –«

»Dein Geld? Was habe ich denn mit deinem Geld zu tun? Du hast mich beraten, wie ich meines investieren soll . . . du mußt doch gesehen haben, daß ich nichts von Geschäften verstehe . . . du hast mir doch gesagt, es wäre in Ordnung –«

»Es *war* auch in Ordnung – es ist es auch, Lily; du kannst es mit Freuden haben und zehnmal mehr. Ich will ja nur ein Wort des Dankes von dir.« Er kam jetzt noch näher, seine Hände nahmen furchterregende Ausmaße an, und das verängstigte Ich in ihr zog das andere zu Boden.

»Ich *habe* dir doch gedankt; ich habe gezeigt, wie dankbar ich bin. Was hast du denn über das hinaus getan, was jeder Freund täte oder jeder von einem Freund annehmen könnte?«

Trenor unterbrach sie mit einem höhnischen Schnauben. »Ich habe keine Zweifel, daß du so etwas schon vorher angenommen hast – und dann hast du die anderen Kerle zum Teufel geschickt, wie du mich auch gern zum Teufel geschickt hättest. Es ist mir ganz egal, wie du die Rechnung mit denen beglichen hast – wenn du sie reingelegt hast, so ist das für mich nur von Vorteil. Starr mich nicht so an – ich weiß, daß ich nicht so mit dir rede, wie ein Mann mit einem Mädchen reden sollte – aber, weiß der Henker, wenn es dir nicht gefällt, kannst du mich ja sofort dazu bringen aufzuhören – du weißt, ich bin verrückt nach dir – zum Teufel mit dem Geld, davon ist jede Menge da, wenn du dir *deswegen* Sorgen machst . . . ich war zu roh zu dir, Lily – Lily! – sieh mich doch nur einmal an –«

Wieder und wieder brach über ihr ein Meer der Erniedrigung zusammen – eine Welle nach der anderen stürzte krachend auf sie ein, so dicht aufeinander folgend, daß die Scham eins war mit der körperlichen Furcht. Es kam ihr vor, als hätte Selbstachtung sie verletzlich gemacht – als wäre es ihre eigene Schande, die eine furchtbare Einsamkeit um sie herum schuf.

Seine Berührung war ein Schock für ihre schwindenden Sinne. Sie entzog sich ihm, verzweifelt Verachtung vorgebend.

»Ich habe doch gesagt, daß ich das nicht verstehe – aber wenn ich dir Geld schulde, sollst du es auch bekommen –«

Trenors Gesicht verdüsterte sich vor Wut; ihr angewidertes Zurückweichen hatte den primitiven Menschen in ihm geweckt.

»Ah – du willst es dir bei Selden oder Rosedale ausleihen – und dann die Gelegenheit nützen, sie zum Narren zu halten, wie du mich zum Narren gehalten hast! Es sei denn – es sei denn, du hast deine anderen Rechnungen schon beglichen – und ich bin der einzige, der hier im Regen stehengelassen wird!«

Sie stand stumm da, wie an ihrem Platz angefroren. Die Worte – die Worte waren schlimmer als die Berührung! Ihr Herz klopfte überall in ihrem Körper – in ihrem Hals, ihren Gliedern, in ihren hilflosen, nutzlosen Händen. Ihre Augen wanderten verzweifelnd durch den Raum – sie blieben an der Glocke hängen, und sie erinnerte sich, daß Hilfe in Reichweite war. Ja, aber mit ihr der Skandal, das abscheuliche Aufgebot der Zungen. Nein, sie mußte sich den Weg aus dieser Situation allein erkämpfen. Es reichte schon, daß die Dienerschaft wußte, daß sie mit Trenor allein im Hause war – an der Art, wie sie es verließ, durfte man nichts finden, das zu Mutmaßungen Anlaß geben könnte.

Sie hob den Kopf, und ihr gelang ein letzter klarer Blick auf ihn.

»Ich bin hier allein mit dir«, sagte sie. »Was hast du mir noch zu sagen?«

Zu ihrer Überraschung beantwortete Trenor ihren Blick mit sprachlosem Starren. Mit seinem letzten Wortschwall war das Feuer in ihm verloschen und ließ ihn fröstelnd, entmutigt und gedemütigt zurück. Es war, als hätte kalte Luft die Nebel seiner Zecherei aufgelöst, und die Situation ragte nun drohend vor ihm auf, schwarz und nackt wie die Ruinen, die ein Feuer übrigließ. Die alten Gewohnheiten, die alte Zurückhaltung, die Hand der ererbten Ordnung zerrten die verwirrte Seele zurück, welche die Leidenschaft aus der Bahn geworfen hatte. Trenors Augen hatten den verstörten Blick eines Schlafwandlers, der auf einem todbringenden Felsvorsprung geweckt wird.

»Geh nach Hause! Geh weg von hier–« stotterte er, wandte ihr den Rücken zu und ging zum Kamin.

Die plötzliche Erlösung aus ihren Ängsten gab Lily sofort ihre Klarsichtigkeit zurück. Jetzt, da Trenors Wille zusammengebrochen, war sie Herrin der Lage, und sie hörte sich mit einer Stimme, die ihre eigene war und doch außerhalb ihrer selbst zu liegen schien, ihn darum bitten, nach dem Diener zu rufen, ihn darum bitten, eine Droschke zu bestellen, ihm die Anweisung geben, sie dorthin zu geleiten, als diese kam. Woher sie die Kraft nahm, wußte sie nicht, aber eine innere Stimme mahnte sie beständig, daß sie das Haus in aller Öffentlichkeit verlassen müsse, und gab ihr die Stärke, in der Eingangshalle vor dem noch verweilenden Hausmeister ein paar leichte Worte mit Trenor zu wechseln und ihm die üblichen Nachrichten für Judy aufzutragen, währenddessen sie innerlich vor Ekel zitterte. Auf der Türschwelle, mit der Straße vor sich, hatte sie ein wildes, vibrierendes Gefühl der Befreiung, berauschend wie das erste Einatmen freier Luft eines Gefangenen, aber die Klarheit des Geistes blieb ihr, und sie merkte, wie ruhig die Fifth Avenue anmutete, erriet, wie spät es sein mußte, und nahm sogar die Gestalt eines Mannes wahr – lag nicht etwas irgendwie Vertrautes in seinen Umrissen? –, die, als sie in die Droschke stieg, sich von der gegenüberliegenden Straßenecke abwandte und im Dunkel der Seitenstraße verschwand.

Aber mit dem Rollen der Räder kam die Reaktion auf das Erlebte, und schaudernde Dunkelheit brach über sie herein. »Ich kann nicht nachdenken – ich kann nicht nachdenken«, stöhnte sie, und lehnte ihren Kopf gegen die ratternde Wand der Droschke. Sie empfand sich selbst wie einen Fremden, oder vielmehr waren zwei Personen in ihr, die, die sie schon immer gekannt hatte, und das neue verhaßte Wesen, an das diese sich gekettet fand. Es war ihr einmal in einem Haus, in dem sie sich aufhielt, eine Übersetzung der *Eumeniden* in die Hände gefallen, und ihre Phantasie war von dem furchtbaren Schrecken der Szene mitgerissen worden, in der Orest in der Höhle des Orakels seine unerbittlichen Verfolgerinnen schlafend antrifft und für eine Stunde Ruhe findet. Ja, es kam schon vor, daß die Furien manchmal schliefen, aber sie waren da, waren immer zugegen in den dunklen Winkeln, und jetzt waren sie erwacht und das eiserne Klirren ihrer Schwingen tönte durch ihren Kopf . . . Sie öffnete die Augen und sah die Straßen vorübergleiten – die vertrauten und doch fremden Straßen. Alles, was sie sah, war dasselbe und doch verändert. Zwischen Heute und Gestern tat sich ein tiefer Abgrund auf. Alles, was zur Vergangenheit gehörte, erschien ihr einfach, natürlich, voll hellen Lichts – und sie war allein an einem Ort, der dunkel und besudelt war. – Allein! Es war die Einsamkeit, die ihr solche Angst machte. Ihr Blick fiel auf die beleuchtete Uhr an einer Straßenecke, und sie sah, daß die Zeiger auf halb zwölf standen. Erst halb zwölf – noch lagen Stunden und Stunden dieser Nacht vor ihr! Und sie mußte sie allein verbringen, schaudernd und ohne Schlaf auf ihrem Bett liegend. Ihre verweichlichte Natur schrak vor dieser schweren Probe zurück, die nichts von der Antriebskraft eines Konfliktes hatte, um ihr Ansporn zu geben, sie durchzustehen. Oh, das langsame kalte Tropfen der Minuten auf ihrem Kopf! Sie sah sich, wie sie auf dem schwarzen Walnußholzbett liegen würde – und die Dunkelheit würde sie ängstigen, und wenn sie das Licht brennen lassen würde, so würden die öden Details des Zimmers sich für alle Ewigkeit in ihr Gehirn einbrennen. Sie hatte ihr Zimmer bei Mrs. Peniston immer gehaßt – seine Häßlichkeit, seine Unpersönlichkeit, die Tatsache, daß nichts dort ihr gehörte. Einem zerrissenen Herzen, das nicht durch menschliche Nähe getröstet wird, kann ein Zimmer schon fast menschliche Arme öffnen, und derjenige, dem keine vier Wände mehr bedeuten als andere, ist in solchen Stunden überall heimatlos.

Lily kannte keine Seele, die ihr eine Stütze hätte sein können. Das Verhältnis zu ihrer Tante war so oberflächlich, wie das von zwei Leuten, die zufällig im selben Haus wohnen und sich auf der Treppe begegnen. Aber selbst wenn die beiden einen engeren Kontakt zueinander gehabt hätten, war es unmöglich, sich vorzustellen, daß Mrs. Peniston Schutz oder Verständnis angesichts eines solchen Elends, wie Lily es fühlte, hätte bieten können. So wie der Schmerz, der mitgeteilt werden kann, nur noch der halbe Schmerz ist, so hat das Mitleid, das Fragen stellt, kaum noch heilende Kräfte. Wonach Lily schmerzlich verlangte, war die Dunkelheit, die Arme schaffen, die einen umschließen, war die Stille, die nicht Einsamkeit ist, sondern stummes Mitgefühl.

Sie schreckte auf und sah auf die vorübergleitenden Straßen hinaus. Gerty! – sie näherten sich Gertys Ecke. Wenn sie dort nur hinkommen könnte, noch bevor diese peinigende Qual sich von ihrer Brust den Weg zu ihren Lippen gebahnt hatte – wenn sie nur den festen Halt von Gertys Armen fühlen könnte, wenn sie der Fieberkrampf der Angst schütteln würde, den sie über sich kommen fühlte! Sie schob die Klappe im Dach auf und rief dem Fahrer die Adresse zu. Es war nicht gar so spät – Gerty würde vielleicht noch wach liegen. Und selbst wenn es nicht so war, würde der Klang der Glocke jeden Winkel ihrer winzigen Wohnung durchdringen und sie wecken, um dem Ruf ihrer Freundin zu antworten.

XIV

Gerty Farish erwachte am Morgen nach der Gesellschaft bei den Wellington Brys von Träumen, die ebenso glücklich wie Lilys waren. Wenn deren Färbung weniger lebhaft war, gedämpfter, entsprechend den gebrochenen Farben ihrer Persönlichkeit und ihrer Erfahrung, so waren sie aus eben diesem Grund um so besser ihrem geistigen Auge angepaßt. So blitzartiges Aufflammen der Freude wie das, in dem Lily sich bewegte, würde Miss Farish geblendet haben, die, was Glück anging, an das spärliche Licht gewöhnt war, das durch die Ritzen im Leben anderer Menschen drang.

Nun war sie der Mittelpunkt eines zarten Leuchtens in ihrem eigenen Leben; es war ein milder, aber unmißverständlicher Lichtstrahl, der aus Lawrence Seldens wachsender Freundschaft ihr gegenüber und der Entdeckung bestand, daß er seine Zuneigung auf Lily Bart ausdehnte. Wenn diese beiden Faktoren dem Erforscher weiblicher Psychologie miteinander unvereinbar erscheinen, so muß daran erinnert werden, daß Gerty immer ein Parasit im moralischen System gewesen war, der von den Krumen vom Tisch anderer lebt und zufrieden ist, durch ein Fenster das Bankett, das für seine Freunde bereitet ist, zu betrachten. Nun, da sie sich an einem kleinen privaten Fest für sie selbst freute, wäre es ihr unglaublich selbstsüchtig erschienen, nicht auch ein Gedeck für eine Freundin aufzulegen; und es gab niemanden, mit dem sie ihre Freude lieber geteilt hätte, als Miss Bart.

Was das Wesen von Seldens wachsender Freundlichkeit anging, so hätte Gerty genausowenig gewagt, es genauer zu bestimmen, wie sie versucht hätte, die Farben eines Schmetterlings zu erkunden, indem sie den Staub aus seinen Flügeln geschlagen hätte. Nach dem Wunder zu greifen, würde heißen, seine Blüte zu zerstören, und es vielleicht in der eigenen Hand welken und starr werden zu sehen; besser war es, das Schöne außer Reichweite mit lebendig klopfendem Herzen zu wissen, während sie den Atem anhielt und beobachtete, wo es sich niederlassen würde. Doch Seldens Verhalten bei den Brys hatte das Flattern der Flügel so nahe gebracht, daß sie in ihrem eigenen Herzen zu schlagen schienen. Sie hatte ihn noch nie zuvor so aufmerksam, so empfänglich, so aufnahmebereit für das, was sie zu sagen hatte, erlebt. Normalerweise hatte sein Verhalten eine geistesabwesende Freundlichkeit, die sie annahm und für die sie dankbar war als die lebhafteste Empfindung, die ihre Gegenwart wahrscheinlich hervorbringen konnte, aber sie hatte sofort die Veränderung in ihm gefühlt, die ihr sagte, daß sie für dieses eine Mal ebensogut Freude geben wie empfangen konnte.

Und es war so wundervoll, daß diese höhere Form des Verständnisses durch ihr Interesse an Lily Bart erreicht worden sein sollte! Gertys Zuneigung für ihre Freundin – ein Gefühl, das gelernt hatte, sich auch mit der allerkärglichsten Diät am Leben zu halten – war zu aktiver Bewunderung geworden, seit Lilys ruhelose Neugier sie in den Kreis von Miss Farishs Arbeit gezogen hatte. Lilys Geschmack an Wohltätigkeit hatte sie vorübergehend Appetit an guten Taten finden lassen. Ihr Besuch beim Mädchen-Club hatte sie zum ersten Mal in Kontakt mit den dramatischen Gegensätzen des Lebens gebracht. Sie hatte die Tatsache immer mit philosophischer Gelassenheit hingenommen, daß Existenzen wie die ihre auf den Fundamenten einer undurchschaubaren Menschheit lasteten. Die öde Vorhölle der Schäbigkeit breitete sich unter und überall um den kleinen beleuchteten Kreis herum aus, in dem das Leben zu seiner schönsten Blüte gelangte, so wie Schmutz und Graupel einer Winternacht ein Treibhaus voll tropischer Pflanzen umschließen. All das war die natürliche Ordnung der Dinge, und die Orchidee, die sich in ihrer künstlich geschaffenen Umgebung sonnt, konnte die empfindlichen Rundungen ihrer Blütenblätter entfalten, ohne vom Eis an den Scheiben gestört zu werden.

Aber es ist eine Sache, bequem mit der abstrakten Vorstellung von Armut zu leben, eine andere, in Kontakt mit ihren menschlichen Verkörperungen gebracht zu werden. Lily hatte sich diese Opfer des Schicksals nie anders vorgestellt als in der Masse. Daß diese Masse sich aus individuellen, verschiedenen Leben zusammensetzte, aus unzähligen einzelnen Zentren des Fühlens, mit ihrem eigenen begierigen Verlangen nach Vergnügen, ihrem eigenen Zurückschrecken vor Schmerzen – daß einige dieser Gefühlsbündel in Formen gekleidet waren, die ihrer eigenen gar nicht so unähnlich waren, mit Augen, die dafür geschaffen waren, auf Fröhlichkeit zu schauen, und jungen Lippen wie für die Liebe geformt –, diese Entdeckung versetzte Lily einen der plötzlichen Schocks des Mitleids, die manchmal den Mittelpunkt eines Lebens verschieben. Lilys Natur war unfähig zu einer solchen Erneuerung; sie konnte die Bedürfnisse anderer nur durch ihre eigenen empfinden, und kein Schmerz blieb ihr lang lebendig, der nicht einen antwortenden Nerv in ihr berührte. Aber für den Augenblick wurde sie aus sich selbst herausgeholt durch das Interesse, das ihre direkte Beziehung mit einer Welt, die ihrer eigenen so unähnlich war, in ihr weckte. Sie hatte ihre erste Gabe durch persönliche Hilfe für ein oder zwei von Miss Farishs hilfsbedürftigsten Fällen ergänzt, und die Bewunderung und das Interesse, das ihre Gegenwart bei den müden Arbeiterinnen im Club erregten, gaben ihrem unersättlichen Bedürfnis zu gefallen Nahrung in neuer Form.

Gerty Farish war nicht scharfsichtig genug im Durchschauen von Charakteren, um die gemischten Fäden, aus denen Lilys Philanthropie gewoben war, zu entwirren. Sie glaubte, ihre schöne Freundin handle aus demselben Motiv heraus wie sie selbst – aus jener Intensivierung des moralischen Empfindens, die alles menschliche Leiden so nahe und eindringlich macht, daß alle anderen Aspekte des Lebens in weite Ferne rücken. Gerty lebte nach so einfachen Gesetzen, daß sie nicht zögerte, den Zustand ihrer Freundin der gefühlsmäßigen »Wandlung des Herzens« zuzuordnen, an die ihr Umgang mit den Armen sie gewöhnt hatte, und sie freute sich an dem Gedanken, daß sie das bescheidene Werkzeug zu dieser Erneuerung gewesen war. Nun hatte sie eine Antwort auf alle Kritik an Lilys Verhalten; wie sie gesagt hatte, kannte sie »die wirkliche Lily«, und die Entdeckung, daß Selden ihre Kenntnis teilte, erhöhte ihr ruhiges Hinnehmen des Lebens zu einem verworrenen Gefühl seiner Möglichkeiten – ein Gefühl, das im Laufe des Nachmittags noch durch die Ankunft eines Telegramms von Selden gesteigert wurde, in dem er fragte, ob er an diesem Abend bei ihr essen dürfe.

Während Gerty ganz in der glücklichen Geschäftigkeit aufging, die diese Ankündigung in ihrem kleinen Haushalt bewirkte, war Selden insoweit mit ihr einig, als auch er mit aller Intensität an Lily Bart dachte. Der Fall, der ihn nach Albany gerufen hatte, war nicht kompliziert genug, um all seine Aufmerksamkeit in Anspruch zu nehmen, und er verfügte über die professionelle Fähigkeit, einen Teil seines Kopfes frei zu halten, wenn dessen Dienste nicht gebraucht wurden. Dieser Teil – der im Moment gefährlich wie das Ganze schien – war bis zum Rand mit den Eindrücken des vergangenen Abends angefüllt. Selden verstand die Symptome: Er erkannte die Tatsache, daß er dafür bezahlte, so wie immer die Möglichkeit bestanden hatte, daß er einmal werde bezahlen müssen, daß er sich in der Vergangenheit willentlich von so vielem ferngehalten hatte. Er hatte die Absicht gehabt, von festen Bindungen frei zu bleiben, nicht weil es ihm an Gefühl fehlte, sondern weil er auf andere Art ebensosehr wie Lily ein Opfer seiner Umgebung war. Es hatte ein Körnchen Wahrheit in seiner Erklärung Gerty Farish gegenüber gelegen, daß er niemals ein »nettes« Mädchen heiraten wollte; dieses Adjektiv schloß im Vokabular seiner Cousine gewisse nützliche Qualitäten mit ein, die dazu neigen, den Luxus des Charmes auszuschließen. Nun war es aber Seldens Schicksal gewesen, eine charmante Mutter gehabt zu haben; ihr anmutiges Porträt, ganz Lächeln und Kaschmir, atmete noch immer einen etwas welken Duft dieser undefinierbaren Eigenschaft. Sein Vater hatte zu der Art von Männern gehört, die Vergnügen an einer charmanten Frau finden: die sie zitieren, ihr Anreize bieten und auch auf die Dauer dafür sorgen, daß sie ihren Charme bewahrt. Keiner der beiden hatte sich je um Geld gesorgt, aber ihre Verachtung dafür nahm die Form an, immer ein wenig mehr auszugeben, als klug gewesen wäre. Wenn ihr Haus auch schäbig war, so wurde doch auf die erlesenste Art hausgehalten; wenn gute Bücher in den

Regalen standen, so sollten auch gute Mahlzeiten auf dem Tisch stehen. Der ältere Herr Selden hatte auch ein Auge für Gemälde, seine Frau verstand etwas von alter Spitze, und beide waren so von dem Gefühl durchdrungen, sich beim Kaufen doch zurückzuhalten und umsichtig vorzugehen, daß sie nie genau wußten, wie es zuging, daß Rechnungen in solcher Höhe zusammenkamen.

Obwohl viele von Seldens Freunden seine Eltern arm genannt hätten, war er doch in einer Atmosphäre aufgewachsen, in der beschränkte Mittel nur eine gewisse Einschränkung allzu großer, planloser Freigebigkeit waren, in der die wenigen Besitztümer von so guter Qualität waren, daß ihre kleine Zahl sie ihrem Wert gemäß zur Geltung brachte, und in dem Abstinenz mit Eleganz auf eine Art vereinbart wurde, die ein Beispiel in Mrs. Seldens Geschick fand, ihr altes Samtkleid so zu tragen, als wäre es ein neues. Als Mann hat man den Vorteil, sich früh vom Standpunkt, der zu Hause eingenommen wird, befreien zu können, und noch bevor Selden das College verließ, hatte er gelernt, daß es ebenso viele Wege gibt, ohne Geld auszukommen, wie es Wege gibt, es auszugeben. Unglücklicherweise fand er keinen so angenehm wie den, der bei ihm daheim praktiziert wurde, und besonders seine Ansichten über Frauen bekamen eine besondere Färbung durch die Erinnerung an die eine Frau, die ihm seinen Sinn für »Werte« vermittelt hatte. Von ihr hatte er seine Unabhängigkeit gegenüber der Seite des Lebens geerbt, die den Luxus betraf, die Sorglosigkeit des Stoikers in materiellen Dingen, verbunden mit der Freude des Epikureers an ihnen. Wurde das Leben um eines dieser Gefühle gebracht, so erschien es ihm um vieles ärmer, und nirgendwo war die Verbindung dieser zwei Ingredienzen notwendiger als im Charakter einer hübschen Frau.

Es war immer Seldens Ansicht gewesen, daß Erfahrung noch mehr biete als empfindsame Abenteuer, und doch konnte er sich lebhaft eine Liebe vorstellen, die wachsen und tiefer werden würde, bis sie zu dem zentralen Moment im

Leben wurde. Was er für seine eigene Person nicht akzeptieren konnte, war die behelfsmäßige Alternative einer Beziehung, die weniger war als dies, die Teile seines Wesens unbefriedigt lassen würde, während sie unangemessenes Gewicht auf andere legte. Er würde es, in anderen Worten, nicht zulassen, daß eine Zuneigung in ihm wuchs, die vielleicht sein Mitgefühl ansprach, aber seinen Verstand unberührt ließ; Mitleid sollte ihn ebensowenig irreführen wie eine Sinnestäuschung, die Grazie der Hilflosigkeit ebensowenig wie eine Rundung der Wange.

Aber nun – dieses kleine *aber* wischte wie ein Schwamm über all seine Gelübde. Seine wohlüberlegten Widerstände schienen im Moment soviel weniger wichtig als die Frage, wann Lily wohl seine Karte erhalten würde! Er gab sich dem Zauber trivialer Beschäftigungen anheim, fragte sich, um wieviel Uhr ihre Antwort geschickt und mit welchen Worten sie wohl beginnen würde. Im Hinblick auf den Inhalt dieser Antwort hatte er keine Zweifel – er war sich Lilys Hingabe ebenso sicher wie der seinen. Und so hatte er Muße, über alle dazugehörigen exquisiten Kleinigkeiten nachzusinnen, so wie jemand, der hart arbeitet, an einem Ferienmorgen still daliegen und beobachten mag, wie ein Lichtstrahl nach und nach durch den Raum wandelt. Aber wenn das neue Licht ihn blendete, so machte es ihn doch nicht blind. Er konnte noch immer die Umrisse der Tatsachen ausmachen, wenn auch seine eigene Beziehung zu ihnen sich verändert hatte. Er war sich nicht weniger als zuvor dessen bewußt, was man über Lily Bart sagte; aber er konnte die Frau, die er kannte, von der allgemeinen Einschätzung dieser Frau trennen. Sein Denken wandte sich Gerty Farishs Worten zu; Lebensklugheit schien etwas unsicher Tastendes neben der Einsicht der Unschuld. *Selig sind, die reinen Herzens sind, denn sie werden Gott schauen* – sogar den verborgenen Gott im Herzen ihres Nächsten! Selden war in dem Zustand erregter Vertiefung in das eigene Ich, den die erste Hingabe an die Liebe hervorbringt. Sein Verlangen richtete sich auf die Gemeinschaft mit jemandem, dessen Standpunkt den seinen rechtfertigen sollte, der durch sorgsame Beobachtung die Wahrheit dessen bestätigen sollte, zu dem er intuitiv und sprunghaft gelangt war. Er konnte nicht auf die Mittagspause warten, sondern nahm einen ruhigen Moment während des Prozesses wahr, um in aller Eile ein Telegramm an Gerty Farish zu schreiben.

Als er in der Stadt ankam, ließ er sich direkt zu seinem Club fahren, wo, wie er hoffte, vielleicht eine Nachricht von Miss Bart ihn erwarten würde. Aber in seinem Fach lag nur eine Zeile entzückter Zusage von Gerty, und er wandte sich gerade enttäuscht ab, als er von einer Stimme aus dem Raucherzimmer begrüßt wurde.

»Hallo, Lawrence! Ißt du hier? Iß doch eine Kleinigkeit mit mir – ich habe Ente bestellt.«

Er entdeckte Trenor, der in seinem Tagesanzug mit einem großen Glas an seiner Seite hinter den Blättern einer Sportzeitschrift saß.

Selden dankte ihm, entschuldigte sich aber mit einer Verabredung.

»Zum Henker, ich glaube bald, jeder Mann in der Stadt hat heute abend eine Verabredung. Ich werde den Club ganz für mich haben. Du weißt ja, wie ich diesen Winter über leben muß, irre da in dem leeren Haus herum. Meine Frau wollte eigentlich heute in die Stadt kommen, aber sie hat es wieder verschoben, und wie soll einer allein zu Abend essen in einem Zimmer mit verhängten Spiegeln, und nichts als einer Flasche Harvey-Sauce auf der Anrichte. Komm, Lawrence, laß deine Verabredung sausen und hab Mitleid mit mir – mir fällt die Decke auf den Kopf, wenn ich allein zu Abend essen muß, und es ist niemand außer diesem scheinheiligen Esel Wetherall im Club.«

»Tut mir leid Gus –, es geht leider nicht.«

Als Selden sich abwandte, fiel ihm die hochrote Färbung von Trenors Gesicht auf, die unangenehme Feuchtigkeit seiner kalkweißen Stirn, die Art, wie seine juwelenbesetzten Ringe in die Falten seiner fetten, roten Finger gezwängt waren. Eines stand fest, das Tier hatte die Oberhand – das Tier vom Grund des Glases. Und er hatte den Namen dieses Mannes im Zusammenhang mit Lilys gehört! Bah – schon der Gedanke verursachte ihm Übelkeit, den ganzen Weg zu seiner Wohnung verfolgte ihn der Anblick von Trenors Händen mit ihren Fettfalten –

Auf seinem Tisch lag eine Nachricht; Lily hatte sie in seine Wohnung gesandt. Er wußte, was darin stand, noch bevor er das Siegel erbrochen hatte – ein graues Siegel mit dem Wort »Jenseits!« unter einem über die Wellen gleitenden Schiff. Ach ja, er würde sie dorthin bringen – an den Ort jenseits alles Häßlichen, aller Kleinlichkeit, aller Zermürbung und Zerstörung der Seele –

Gertys kleines Wohnzimmer strahlte Selden sein Willkommen entgegen, als er es betrat. Die bescheidenen »Effekte«, die mit ihm erzielt wurden, setzten sich ganz aus Lackfarbe und Erfindungsreichtum zusammen und sprachen zu Selden in einer Sprache, die gerade jetzt seinem Ohr eine süße Wohltat war. Es ist überraschend, wie wenig enge Wände und eine niedrige Decke dem Menschen ausmachen, wenn das Dach seiner Seele plötzlich an Höhe gewonnen hat. Auch Gerty strahlte oder war doch zumindest von dem Glanz einer verhaltenen Begeisterung umgeben. Er hatte nie zuvor bemerkt, daß sie durchaus ihre »Vorzüge« hatte – wirklich, irgendein anständiger junger Mann konnte schlechter wählen ... Bei dem kleinen Dinner (und auch hier waren die Effekte, die erzielt wurden, wunderbar) sagte er ihr, sie solle heiraten – er war in der Stimmung, die ganze Welt zu Paaren zu ordnen. Sie hätte den Karamelpudding eigenhändig zubereitet? Es sei wirklich eine Sünde, solche Gaben für sich zu behalten. Er dachte mit einem heftigen Gefühl des Stolzes daran, daß Lily ihre Hüte selbst machen konnte – das hatte sie ihm an dem Tag, als sie auf Bellomont spazierengingen, gesagt.

Er sprach von Lily erst nach dem Essen. Während der Mahlzeit konzentrierte er das Gespräch auf seine Gastgeberin, die vor Aufregung, einmal der Mittelpunkt des Interesses zu sein, so rosig glühte wie die Kerzenschirme, die sie für die besondere Gelegenheit angefertigt hatte. Selden legte ein außerordentliches Interesse an ihrer Haushaltsorganisation an den Tag, machte ihr Komplimente darüber, mit welchem Einfallsreichtum sie jeden Zentimeter ihrer kleinen Wohnung genutzt habe, fragte, wie ihre Bedienung es mit den freien Nachmittagen halte, erfuhr, daß man köstliche Mahlzeiten auf einem Tischkochgerät improvisieren könne, und gab tiefsinnige Gemeinplätze über die Belastung, die ein großer Haushalt mit sich bringe, von sich.

Als sie wieder im Wohnzimmer saßen, in das sie sich so behaglich einfügten wie zwei Teile eines Puzzle-Spiels, und nachdem Gerty den Kaffee zubereitet und in die zerbrechlichen Täßchen ihrer Großmutter gegossen hatte, blieb sein Blick, als er sich zurücklehnte und sich in dem warmen Duft wohl sein ließ, an einer erst kürzlich aufgenommenen Photographie von Miss Bart hängen, und der ersehnte Übergang ließ sich ohne Mühe vollziehen. Die Photographie sei ja nicht schlecht – aber man müßte ihr Aussehen vom gestrigen Abend einfangen! Gerty stimmte ihm zu, nie habe sie eine solche Ausstrahlung gehabt. Aber konnte eine Photographie ein solches Licht wiedergeben? Es war ein neuer Ausdruck in ihrem Gesicht gewesen – etwas ganz anderes; ja, Selden war auch der Meinung, da sei etwas ganz anderes in ihr gewesen. Der Kaffee war so vorzüglich, daß er um eine zweite Tasse bat, ganz das Gegenteil von dem wäßrigen Gebräu im Club! Ach ja, als armer Junggeselle mit dem unpersönlichen Essen im Club auskommen zu müssen, das nur mit der genauso unpersönlichen *cuisine* der Abendgesellschaft abwechselte! Ein Mann, der zur Miete wohnte, verpaßte den besten Teil des Lebens – er stellte sich die schale Einsamkeit von Trenors Abendessen vor und hatte für einen Augenblick Mitleid mit dem Mann ... Aber um auf Lily zurückzukommen – und wieder und wieder kam er auf sie zurück, fragte, stellte Überlegungen an, veranlaßte Gerty, weiterhin über sie zu sprechen, und entlockte ihr die verborgensten Gedanken in bezug auf ihre gemeinsame zärtliche Zuneigung für ihre Freundin.

Zu Anfang ließ sie, ohne zu geizen, ihren Gedanken freien Lauf, glücklich über die vollkommene Übereinstimmung ihrer beider Gefühle. Seine Sicht von Lilys Persönlichkeit half ihren eigenen Glauben an die Freundin zu bestätigen. Sie gingen auf die Tatsache näher ein, daß Lily nie eine Chance gehabt hatte. Gerty führte ihre großzügigen Regungen an – ihre Ruhelosigkeit und ihre Unzufriedenheit. Die Tatsache, daß ihr Leben sie nie recht befriedigt hatte, bewies, daß sie für Besseres gemacht war. Sie hätte mehr als einmal heiraten können – eine konventionelle Geldheirat, die man sie als das einzige Ziel ihrer Existenz anzusehen gelehrt hatte –; aber wenn sich die Gelegenheit bot, war sie immer davor zurückgeschreckt. Percy Gryce war zum Beispiel in sie verliebt gewesen – jeder auf Bellomont hatte geglaubt, die beiden seien verlobt, und, daß sie ihm eine Absage erteilt hatte, wurde als ganz unerklärlich angesehen. Diese Sicht der Episode mit Gryce war zu schön in Einklang mit Seldens Stimmung, als daß er sie nicht sofort übernommen hätte, nicht ohne einen kurzen Rückblick voll Verachtung auf das, was einmal scheinbar die offensichtliche Erklärung gewesen war. Wenn damals eine Absage erteilt worden war – und er wunderte sich jetzt, daß er das je bezweifelt hatte! – dann verfügte er über den Schlüssel zu dem Geheimnis, und die Hügel von Bellomont erstrahlten nicht im Licht der Abend-, sondern der Morgensonne. Er war es gewesen, der unschlüssig gewesen war und die gebotene Gelegenheit nicht hatte beim Schopfe packen wollen – die Freude, die jetzt sein Innerstes erwärmte, hätte schon ein vertrauter Gast sein können, wenn er sie bei der ersten Begegnung festgehalten hätte.

Es war vielleicht an diesem Punkt, daß die Freude, die gerade ein erstes Mal ihre Schwingen in Gertys Herzen erprobte, zur Erde fiel und reglos dalag. Gerty saß Selden gegenüber und wiederholte mechanisch: »Nein, sie ist nie recht verstanden worden –«, und während alledem schien sie inmitten eines großen, grellen Lichtscheines des Begreifens zu sitzen. Das kleine heimelige Zimmer, wo noch einen Augenblick zuvor ihre Gedanken sich berührt hatten wie die Seitenlehnen ihrer Sessel, wuchs zu einer unfreundlichen Weite, die sie von Selden mit der ganzen Distanz ihrer neuen Sicht der Zukunft trennte – und diese Zukunft dehnte sich unendlich weit aus, ihre verlassene Gestalt mühte sich darin einen weiten Weg entlang, nur ein kleines Fleckchen in all der Einsamkeit.

»Sie selbst kann sie nur bei ganz wenigen Menschen sein, und du gehörst zu diesen Menschen«, hörte sie Selden sagen. Und dann wieder: »Sei gut zu ihr, Gerty, ja?«, und: »Sie hat es in sich, das zu werden, was man von ihr glaubt – du wirst ihr helfen, indem du nur das Beste von ihr glaubst, nicht wahr?«

Die Worte hämmerten auf Gerty ein wie der Klang einer Sprache, die auf eine gewisse Entfernung vertraut geklungen hatte, aber die man beim Näherkommen völlig unverständlich findet. Er war gekommen, um mit ihr über Lily zu sprechen – das war alles! Eine dritte war bei dem Fest gewesen, das sie für ihn ausgerichtet hatte, und diese dritte hatte ihren eigenen Platz eingenommen. Sie versuchte, dem zu folgen, was er sagte, sich an ihre Rolle in dem Gespräch zu klammern – aber alles war so sinnlos wie das Dröhnen der Wellen auf dem Kopf eines Ertrinkenden, und sie hatte das Gefühl, wie der Ertrinkende es haben mag, daß unterzugehen nichts sein würde neben dem Schmerz, den der Kampf oben zu bleiben verursachte.

Selden erhob sich, und sie holte tief Luft, fühlte, daß sie den gesegneten Wellen bald würde nachgeben können.

»Bei Mrs. Fisher? Du sagtest, sie sei dort zum Dinner? Nachher gibt es noch Musik, ich glaube, ich hatte eine Karte von ihr.« Er warf einen Blick auf die dumme, rosig-gesichtige Uhr, die laut die schreckliche Stunde schlug. »Viertel nach zehn? Ich könnte ja noch kurz vorbeischauen; die Abende bei Mrs. Fisher sind immer recht unterhaltend. Ich habe dich doch nicht zu lange aufgehalten, Gerty? Du siehst müde aus – ich habe hier weitschweifig erzählt und dich gelangweilt.« Und im ungewohnten Überschwang seiner Gefühle hinterließ er den Kuß eines Cousins auf ihrer Wange.

Bei Mrs. Fisher grüßten ein Dutzend Stimmen Selden durch den Zigarrenrauch im Studio. Es mußte noch ein Lied zu Ende gebracht werden, als er hereinkam, und er ließ sich in einen Sessel neben der Gastgeberin fallen und seine Augen auf der Suche nach Miss Bart umherschweifen. Aber sie war nicht da, und diese Entdeckung versetzte ihm einen schmerzhaften Stich, der in keinem Verhältnis zu ihrer Bedeutung stand, denn schließlich versicherte ihm die Karte in seiner Brusttasche, daß sie sich um vier Uhr am nächsten Tag treffen würden. Seiner Ungeduld erschien das unendlich lang, und fast beschämt über den Impuls beugte er sich, als die Musik aufhörte, zu Mrs. Fisher, um zu fragen, ob Miss Bart nicht bei ihr zum Dinner gewesen sei.

»Lily? Die ist eben gerade gegangen. Sie mußte noch irgendwohin, ich habe vergessen zu wem. War sie nicht wundervoll gestern abend?«

»Um wen geht es da? Um Lily?« fragte Jack Stepney aus den Tiefen eines benachbarten Sessels. »Also wirklich, wißt ihr, ich bin ja nicht prüde, aber wenn es so weit geht, daß ein Mädchen dasteht, als wenn es versteigert werden sollte – ich habe ernsthaft überlegt, ob ich nicht mit unserer Cousine Julia sprechen sollte.«

»Sie wußten sicher auch noch nicht, daß Jack zum gesellschaftlichen Zensor geworden ist?« sagte Mrs. Fisher mit einem Lachen zu Selden, und Stepney stieß inmitten der allgemeinen Erheiterung hervor: »Aber sie ist doch eine Cousine von mir, zum Teufel, und wenn man verheiratet ist – der *Stadtklatsch* heute morgen war voll davon.«

»Ja, das war eine anregende Lektüre«, sagte Mr. Ned Van Alstyne und strich dabei über seinen Schnurrbart, um ein Lächeln zu verbergen. »Ob ich das Drecksblatt kaufe? Nein, natürlich nicht, irgendwer hat es mir gezeigt – aber ich habe die Geschichten schon vorher gehört. Wenn ein Mädchen dermaßen gut aussieht, sollte es besser heiraten, dann fragt kein Mensch, was es tut. In unserer unvollkommen organisierten Gesellschaft sind junge Frauen noch nicht vorgesehen, die auf die Privilegien der Ehe Ansprüche erheben, ohne ihren Verpflichtungen nachzukommen.«

»Nun, soviel ich weiß, ist Lily drauf und dran, ihnen nachzukommen, und zwar in der Gestalt des Mr. Rosedale«, sagte Mrs. Fisher mit einem Lachen.

»Rosedale – ach du lieber Himmel!« rief Van Alstyne aus und ließ dabei seinen Kneifer fallen. »Stepney, daran bist du schuld, was mußtest du uns die Kreatur aufhängen.«

»O verdammt, also wißt ihr, wir in unserer Familie *heiraten* keine Rosdales«, protestierte Stepney schwach, aber seine Frau, die auf bedrückende Weise bräutlich aufgeputzt an der anderen Seite des Raumes saß, vernichtete ihn mit der kritischen Bemerkung: »In Lilys Lage ist es ein Fehler, zu hohe Ansprüche zu haben.«

»Es ist mir zu Ohren gekommen, daß sogar Rosedale der Klatsch in letzter Zeit verschreckt hat«, erwiderte Mrs. Fisher; »aber ihr Anblick gestern abend hat ihn um den Verstand gebracht. Was glaubt ihr, was er nach ihrem *tableau* zu mir gesagt hat? ›Meine Güte, Mrs. Fisher, wenn ich Paul Morpeth dazu bringen könnte, sie so zu malen; der Wert des Bildes würde in zehn Jahren um hundert Prozent steigen.‹«

»Donnerwetter – aber steckt sie nicht hier irgendwo?« rief Van Alstyne und steckte seinen Kneifer mit leicht verunsichertem Blick an seinen Platz zurück.

»Nein, sie ist gegangen, während ihr alle unten den Punsch gemixt habt. Wo wollte sie übrigens hin, was ist denn noch los heute abend? Ich weiß von gar nichts.«

»Oh, ich glaube keine Party«, sagte ein unerfahrener junger Farish, der spät gekommen war. »Ich habe ihr in die Droschke geholfen, als ich ankam, und sie hat dem Kutscher die Adresse der Trenors gegeben.«

»Der Trenors?« rief Mrs. Jack Stepney aus. »Aber das Haus ist doch geschlossen – Judy hat mich heute abend noch von Bellomont aus angerufen.«

»Hat sie das? Das ist ja sonderbar. Ich bin aber sicher, daß ich mich nicht vertue. Nun gut, immerhin ist Trenor ja da – ich – oh, na ja – Tatsache ist, ich kann mir keine Zahlen merken«, unterbrach er sich, ermahnt vom Stoß eines Fußes in seiner Nähe und dem Lächeln, das im ganzen Raum die Runde machte.

Bei diesem unangenehmen Anblick war Selden aufgestanden und verabschiedete sich von der Gastgeberin. Die Luft im Zimmer schien ihn zu ersticken, und er fragte sich, warum er so lange geblieben war.

Auf der Schwelle stand er still und erinnerte sich an einen Satz von Lily: »Mir scheint, Sie bringen einen beachtlichen Teil Ihrer Zeit in dem Element zu, das Sie so sehr ablehnen.«

Nun – was hatte ihn dorthin gebracht, wenn nicht die Suche nach ihr. Es war ihr Element, nicht seines. Aber er würde sie dort herausholen, sie an einen Ort jenseits dieses Elementes bringen! Das *Jenseits!* auf ihrem Brief war wie ein Schrei nach Rettung. Er wußte, daß Perseus' Aufgabe noch nicht beendet ist, wenn er Andromedas Ketten gelöst hat, denn ihre Glieder sind noch taub vom Gefesseltsein, und sie kann nicht aufstehen und gehen, sondern klammert sich mit ihn niederzerrenden Armen an ihn, während er sich mühsam mit seiner Last ans Land vorarbeitet. Nun, er hatte Kraft genug für sie beide – es war ihre Schwachheit, welche die Kraft in ihm geweckt hatte. Ach, es war leider nicht ein sauberer Ansturm der Wellen, durch den sie sich durchkämpfen mußten, sondern ein hinderlicher Morast aus alten Bindungen und Gewohnheiten, und gerade in diesem Moment spürte er dessen Dämpfe in seiner Kehle. Aber in ihrer Gegenwart würde er klarer sehen, freier atmen: Sie war gleichzeitig die schwere Bürde an seiner Brust und die Spiere, die sie in Sicherheit bringen würde. Er lächelte über den Wirbel von Metaphern, mit dem er versuchte, eine Verteidigung gegen die Einflüsse der letzten Stunden aufzubauen. Es war traurig, daß er, der doch wußte, von welch gemischten Motiven gesellschaftliche Beurteilungen abhängen, sich derartig von ihnen aus dem Gleichgewicht bringen ließ. Wie konnte er Lily zu einer freieren Wahrnehmung des Lebens erheben, wenn seine eigene Sicht von ihr durch jede Vorstellung, in der er sie gespiegelt fand, beeinflußt wurde?

Die seelische Bedrückung rief in ihm ein körperliches Verlangen nach Luft hervor, und er ging mit großen Schritten weiter und öffnete dabei seine Lungen der zurückstrahlenden Kälte der Nacht. An der Ecke der Fifth Avenue grüßte ihn Van Alstyne mit dem Angebot, ihm Gesellschaft zu leisten.

»Sie gehen zu Fuß? Eine gute Sache, um den Rauch aus dem Kopf zu pusten. Jetzt wo die Frauen sich auch aufs Rauchen verlegen, leben wir in einem Nikotinbad. Es wäre sicher spannend, einmal die Wirkung der Zigarette auf das Verhältnis der Geschlechter zu untersuchen. Zigarettenrauch treibt die Auflösung fast ebenso voran wie Scheidungen: Beide neigen dazu, die Frage nach der Moral zu vernebeln.«

Nichts hätte weniger im Einklang mit Seldens Stimmung sein können als Van Alstynes abendliche Aphorismen, aber solange letzterer sich auf Allgemeines beschränkte, konnte sein Zuhörer seine Nerven unter Kontrolle halten. Glücklicherweise war Van Alstyne stolz darauf, gesellschaftliche Fragen zusammenfassend beantworten zu können, und mit Selden als Zuhörer war er überaus erpicht darauf zu zeigen, wie sicher er solche Dinge im Griff hatte. Mrs. Fisher wohnte in einer Straße der Eastside in der Nähe des Parks, und als die beiden Männer die Fifth Avenue entlanggingen, gab die neue architektonische Entwicklung dieser wandlungsfähigen Straße Anlaß zu Kommentaren von Van Alstynes Seite.

»Das Haus der Greiners, nun – eine typische Sprosse auf der sozialen Leiter! Der Mann, der es gebaut hat, kam aus einem Milieu, in dem alle Speisen zugleich auf den Tisch gestellt werden. Die Fassade ist eine komplette architektonische Mahlzeit; wenn er auch nur einen Stil ausgelassen hätte, hätten seine Freunde annehmen können, das Geld wäre ihm ausgegangen. Obwohl – kein schlechter Kauf für Rosedale: erregt Aufsehen und beeindruckt die Touristen aus dem Westen. Nach und nach wird er diese Phase auch überwinden und etwas haben wollen, an dem die Menge vorübergeht und vor dem einige wenige innehalten. Besonders dann, wenn er meine kluge Cousine heiratet –«

Selden unterbrach rasch mit der Frage: »Und das der Wellington Brys? Recht gelungen auf seine Art, meinen Sie nicht?«

Sie standen gerade unter der breiten, weißen Fassade mit ihrer köstlichen Zurückhaltung in der Linienführung, was an die geschickte Bändigung einer üppigen Figur denken ließ.

»Das ist das nächste Stadium: der Wunsch, durchblicken zu lassen, daß man in Europa war und gewisse Maßstäbe hat. Ich bin sicher, Mrs. Bry hält ihr Haus für eine Kopie des Trianon; in Amerika wird jedes Haus aus Marmor mit vergoldeten Möbeln darin für eine Kopie des Trianon gehalten. Was für ein kluger Kerl der Architekt doch ist – wie er sich seine Kunden als Maßstab nimmt! Er hat Mrs. Brys ganzes Wesen in seine Komposition eingehen lassen. Nun zu dem der Trenors, Sie erinnern sich, er hat den korinthischen Stil gewählt: ausschweifend, aber auf die besten Vorlagen gegründet. Das Haus der Trenors gehört zum Besten, was er gemacht hat – sieht wenigstens nicht aus wie ein Bankettsaal, bei dem man das Innere nach außen gestülpt hat. Ich habe gehört, Mrs. Trenor möchte einen neuen Ballsaal bauen, und Uneinigkeiten mit Gus in diesem Punkt ließen sie auf Bellomont bleiben. Die Dimensionen des Bryschen Ballsaals müssen sie ja wurmen; Sie können sicher sein, sie kennt sie ebensogut, als wäre sie gestern abend mit einem Zollstock dagewesen. Wer sagte übrigens, sie sei in der Stadt? Dieser Junge von den Farishs? Ich weiß, daß sie nicht da ist; Mrs. Stepney hatte recht; das Haus ist dunkel, wie Sie sehen; wahrscheinlich bewohnt Gus nur den hinteren Teil.«

Er war gegenüber der Straßenecke, an der das Haus der

Trenors lag, stehengeblieben, und gezwungenermaßen ging auch Selden nicht weiter. Das Haus ragte dunkel und unbewohnt vor ihnen auf; nur ein länglicher Lichtschein über der Tür verriet, daß es provisorisch bewohnt wurde.

»Sie haben das Haus dahinter gekauft; das gibt ihnen hundertundfünfzig Fuß in der Seitenstraße. Dort soll der Ballsaal hinkommen, mit einer Galerie, welche die Häuser verbindet, einem Billardzimmer und so weiter darüber. Ich habe vorgeschlagen, den Eingang zu verlegen und den Salon über die ganze Breite der Hausfront an der Fifth Avenue entlangzuziehen; wie Sie sehen, besteht eine Verbindung zwischen der Eingangstür und den Fenstern.«

Der Spazierstock, den Van Alstyne zur Demonstration geschwungen hatte, fiel mit einem erstaunten »Hallo!« nieder, als die Tür sich öffnete, und zwei Gestalten, die sich gegen das Licht der Eingangshalle abhoben, sichtbar wurden. Im selben Moment hielt eine Droschke am Bordstein, und eine der Gestalten schwebte zu ihr hinunter vom Schleier ihrer Abendgewänder umhüllt, während die andere, schwarz und schwer, beharrlich gegen das Licht abgehoben stehenblieb.

Eine unermeßliche Sekunde lang blieben die zwei Zuschauer des Ereignisses stumm, dann schloß sich die Haustür, die Droschke rollte davon, und die ganze Szene glitt vorüber, als habe man einen Projektionsapparat weitergedreht.

Van Alstyne ließ seinen Kneifer mit einem leisen Pfeifen fallen.

»Ähäm – das bleibt unter uns, nicht, Selden? Ich weiß, als Mitglied der Familie kann ich auf Sie zählen – der Schein täuscht bisweilen – und die Fifth Avenue ist so schlecht beleuchtet –«

»Gute Nacht«, sagte Selden und bog hastig in die Seitenstraße ein, ohne die ausgestreckte Hand des anderen zu sehen.

Allein mit dem Kuß ihres Cousins hing Gerty starren Blicks ihren Gedanken nach. Er hatte sie schon früher einmal geküßt – aber nicht mit einer anderen Frau auf den Lippen. Wenn ihr das erspart worden wäre, hätte sie ganz ruhig untergehen können, hätte die dunkle Flut willkommen geheißen, die kam, um sie in die Tiefe zu ziehen. Aber jetzt war die Flut von Glanz durchdrungen, und es war schwerer bei Sonnenaufgang zu ertrinken als bei Dunkelheit. Gerty verbarg ihr Gesicht vor diesem Licht, aber es drang in die hintersten Schlupfwinkel ihrer Seele. Sie war so zufrieden gewesen, das Leben war ihr so einfach und befriedigend erschienen – warum war er gekommen und hatte sie mit neuen Hoffnungen in Unruhe versetzt? Und Lily – Lily, ihre beste Freundin! Nach Frauenart machte sie der Frau Vorwürfe. Vielleicht, wenn Lily nicht gewesen wäre, hätten ihre törichten Vorstellungen Wahrheit werden können. Selden hatte sie immer gemocht – hatte Verständnis für die bescheidene Unabhängigkeit ihres Lebens gehabt und war ihr wohlwollend gegenübergestanden. Er, dem der Ruf anhing, alles mit der peinlich genauen Waage anspruchsvoller Begriffe abzuwägen, war immer unkritisch und unkompliziert gewesen, wenn es um ihre Person gegangen war: Seine Klugheit hatte sie nie eingeschüchtert, weil sie sich in seinem Herzen zu Hause gefühlt hatte. Und jetzt war sie hinausgewiesen und die Tür war von Lilys Hand vor ihr verriegelt worden! Lily, für deren Zutritt dort sie selbst sich eingesetzt hatte! Die Situation wurde von einem trüben Strahl der Ironie erhellt. Sie kannte Selden – sie sah, wie die Kraft ihres Glaubens an Lily geholfen haben mußte, sein Zögern zu überwinden. Sie erinnerte sich auch, wie Lily von ihm gesprochen hatte, wie sie beide miteinander vertraut gemacht hatte. Was Selden betraf, so hatte er ihr diese Wunde ohne Zweifel unwissentlich zugefügt; er hatte ihr törichtes Geheimnis nie erraten; aber Lily – Lily mußte es doch gewußt haben! Wann wären in solchen Dingen die Wahrnehmungen einer Frau je fehlgegangen? Und wenn sie es wußte, dann hatte sie ihre Freundin absichtlich beraubt, nur aus Machtgelüsten, denn sogar Gertys brennender Eifersucht erschien es kaum glaubhaft, daß Lily den Wunsch haben könnte, Seldens Frau zu werden. Lily mochte unfähig sein, um des Geldes willen zu heiraten, aber sie war ebenso unfähig, ohne es zu leben, und Seldens begierige Fragen nach kleinen Einsparungen im Haushalt ließen ihn Gerty ebenso tragisch betrogen erscheinen, wie sie selbst es war.

Sie blieb lange in ihrem Wohnzimmer sitzen, wo die letzte Glut nach und nach zu kaltem Grau verfiel, und das Lampenlicht unter dem fröhlichen Schirm immer blasser wurde. Genau darunter stand die Photographie von Lily Bart, die souverän den billigen Nippes und die zusammengepferchten Möbel in dem kleinen Zimmer überblickte. Konnte Selden sie sich in solchen Räumlichkeiten vorstellen? Gerty fühlte die Armut, die Bedeutungslosigkeit ihrer Umgebung; sie sah ihr Leben, wie es Lily vorkommen mußte. Und die Grausamkeit von Lilys Urteil kam ihr wieder schmerzlich ins Gedächtnis. Sie sah, daß sie ihr Idol mit Attributen ausgestattet hatte, die sie selbst sich zurechtgelegt hatte. Wann hatte Lily jemals wirklich gefühlt oder Mitleid oder Verständnis gehabt? Alles, was sie wollte, war, in den Geschmack neuer Erfahrungen zu kommen: Sie kam ihr vor wie ein grausames Wesen, das in einem Laboratorium herumexperimentiert.

Die rosagesichtige Uhr schlug wieder die Stunde, und Gerty erhob sich erschreckt. Sie hatte ganz früh am nächsten Morgen eine Verabredung mit einem Bezirksinspektor für die Eastside. Sie löschte ihre Lampe, deckte das Feuer ab und ging in ihr Schlafzimmer, um sich auszuziehen. In dem kleinen Spiegel über ihrem Toilettentisch sah sie ihr Gesicht vor den Schatten im Zimmer, und Tränen ließen das Spiegelbild zerfließen. Welches Recht hatte sie, den Traum der Schönheit zu träumen? Ein uninteressantes Gesicht führte zu einem uninteressanten Schicksal. Sie weinte leise vor sich hin, während sie sich auszog, legte dabei ihre Kleider mit der gewohnten Präzision zurecht und brachte alles für den nächsten Tag in Ordnung, an dem das alte Leben wiederaufgenommen werden mußte, als ob es gar keine Unterbrechung in seiner Routine gegeben hätte. Ihre Bedienstete kam nicht vor acht Uhr, und sie bereitete ihr Frühstückstablett vor und stellte es neben ihr Bett. Dann sperrte sie die Wohnungstür zu, löschte das Licht und legte sich nieder. Aber im Bett wollte der Schlaf sich nicht einstellen; sie lag da und sah sich der Tatsache gegenüber, daß sie Lily Bart haßte. Sie geriet mit diesem Gefühl aneinander in der Dunkelheit wie mit einem gestaltlosen Übel, mit dem man blind kämpfen muß. Vernunft, Urteilsvermögen, Selbstverleugnung, all die gesunden Kräfte, die bei Tage walten, wurden in dem harten Kampf um Selbsterhaltung zurückgeschlagen. Sie wollte glücklich sein – wollte es so unbedingt, wie Lily es wollte, aber ohne Lilys Macht zu haben, das Glück zu erreichen. Und in ihrer klar erkannten Ohnmacht lag sie zitternd da und haßte ihre Freundin.

Das Läuten der Türglocke ließ sie aufspringen. Sie zündete ein Licht an, stand verwirrt da und lauschte. Einen Moment lang schlug ihr Herz wie wild, dann spürte sie den ernüchternden Hauch der Realität und erinnerte sich daran, daß solche Besuche ja in ihrer Fürsorgearbeit nichts Neues waren. Sie warf ihren Morgenmantel über, um auf den Ruf zu antworten, und als sie ihre Tür geöffnet hatte, sah sie sich dem glanzvollen Anblick von Lily Bart gegenüber.

Gertys erste Regung war Abscheu. Sie schreckte zurück, als ob Lilys Gegenwart allzu plötzlich ein grelles Licht auf ihr Elend werfen würde. Dann hörte sie ihren Namen wie einen Schrei ausgestoßen, warf einen kurzen Blick auf das Gesicht ihrer Freundin und fühlte, wie sie umfangen und umklammert wurde.

»Lily – was ist denn?« rief sie aus.

Miss Bart ließ sie los, stand da und atmete unregelmäßig wie jemand, der nach einer langen Flucht endlich einen Unterschlupf gefunden hat.

»Mir war so kalt – ich konnte nicht nach Hause gehen. Ist dein Feuer noch an?«

Gertys mitfühlende Instinkte, die dem schnellen Ruf der Gewohnheit gehorchten, schoben jeglichen Widerwillen beiseite. Lily war einfach jemand, der Hilfe brauchte – aus welchem Grund, das zu erraten war jetzt nicht die Zeit; beherrschtes Mitgefühl ließ die erstaunten Fragen auf Gertys Lippen verstummen, ließ sie ihre Freundin wortlos ins Wohnzimmer ziehen und für sie bei der dunklen Feuerstelle einen Sessel finden.

»Ich habe noch Anmachholz da; das Feuer wird in einer Minute brennen.«

Sie kniete nieder, und die Flamme sprang unter ihren flinken Händen auf. Sie funkelte auf ungewohnte Weise durch die Tränen, die noch immer ihre Augen trübten, und fiel auf Lilys weißes verstörtes Gesicht. Die beiden Mädchen sahen einander wortlos an, dann wiederholte Lily: »Ich konnte nicht nach Hause gehen.«

»Nein – nein – du bist hierher gekommen, Liebes! Dir ist kalt, und du bist müde – bleib schön ruhig sitzen, und ich werde dir Tee kochen.«

Gerty hatte unbewußt den beruhigenden Ton ihres Metiers angenommen: Jedes persönliche Gefühl ging in der Vorstellung, helfen zu müssen, unter, und die Erfahrung hatte sie gelehrt, daß die Blutung gestillt werden muß, bevor man die Wunde genauer untersucht.

Lily saß ruhig da und beugte sich zum Feuer hin; das Klappern der Tassen hinter ihr beruhigte sie, wie vertraute Geräusche ein Kind beruhigen, das die Stille wachgehalten hat. Aber als Gerty neben ihr stand mit dem Tee, schob sie ihn beiseite und sah befremdet auf den vertrauten Raum.

»Ich bin hierher gekommen, weil ich das Alleinsein nicht ertragen konnte«, sagte sie.

Gerty stellte die Tasse ab und kniete neben ihr nieder.

»Lily! Es ist doch etwas passiert – kannst du es mir nicht erzählen?«

»Ich konnte es nicht ertragen, wach bis zum Morgen in meinem Zimmer zu liegen. Ich hasse mein Zimmer bei Tante Julia – deswegen bin ich hierher gekommen –«

Sie bewegte sich plötzlich, erwachte aus ihrer Apathie und klammerte sich in einem erneuten Ausbruch der Angst an Gerty.

»Oh, Gerty, die Furien ... kennst du das Geräusch ihrer Flügel – allein, bei Nacht, im Dunkeln? Aber du kennst es nicht, es gibt ja nichts, was die Dunkelheit für dich schrecklich machen könnte –«

Diese Worte brachten Gertys letzte Stunden wieder ans Licht und riefen ein leises verächtliches Gemurmel bei ihr hervor, aber Lily war im grellen Licht ihres eigenen Elends blind für alles andere.

»Du läßt mich hierbleiben? Es ist nicht mehr so schlimm, wenn der Tag erst anbricht – ist es schon spät? Ist die Nacht bald vorüber? Es muß schrecklich sein, nicht schlafen zu können – alles steht am Bett und starrt einen an –«

Miss Farish hielt ihre herumirrenden Hände fest. »Lily, sieh mich an! Es ist etwas passiert – ein Unfall? Dich hat etwas verängstigt – was hat dich denn so verängstigt? Erzähl es mir wenn du kannst – sag nur ein Wort oder zwei – damit ich dir helfen kann.«

»Ich bin nicht verängstigt, das ist nicht der richtige Ausdruck. Kannst du dir vorstellen, du siehst eines Morgens in den Spiegel und erkennst, daß du entstellt bist, erkennst eine widerwärtige Veränderung, die über dich gekommen ist, während du geschlafen hast? Nun, so komme ich mir vor – ich kann es nicht ertragen, mich in meinen Gedanken zu sehen – ich verabscheue alles Häßliche, weißt du – davon habe ich mich immer ferngehalten – aber ich kann dir das nicht erklären – du würdest es nicht verstehen.«

Sie hob den Kopf und ihr Blick fiel auf die Uhr.

»Wie lang die Nacht doch dauert! Und ich weiß, morgen werde ich auch nicht schlafen. Jemand hat mir erzählt, daß mein Vater immer nicht schlafen konnte und dann dalag und an schreckliche Dinge dachte. Und er war nicht schlecht, er hatte nur Pech – und ich verstehe jetzt, wie er gelitten haben muß, wenn er so allein dalag mit seinen Gedanken! Aber ich bin schlecht – ein schlechtes Mädchen – alle meine Gedanken sind schlecht – ich habe immer schlechte Menschen um mich gehabt. Ist das eine Entschuldigung? Ich dachte, ich könnte mein Leben selbst in die Hand nehmen – ich war stolz – stolz! aber jetzt bin ich auf ihr Niveau herabgesunken –«

Sie wurde von Schluchzen geschüttelt, bog sich darunter wie ein Baum in einem trockenen Sturm.

Gerty kniete neben ihr und wartete mit der Geduld, die aus der Erfahrung erwuchs, bis dieser Ansturm des Jammers den Weg zum Weitersprechen freimachen würde. Sie hatte zunächst an einen physischen Schock geglaubt, an irgendeine Gefahr, die Lily auf den belebten Straßen zugestoßen war, weil Lily vermutlich auf ihrem Heimweg von Carry Fishers Einladung gewesen war, aber jetzt sah sie, daß andere Nerven angegriffen waren, und sie schrak vor Mutmaßungen zurück.

Lilys Schluchzen legte sich, und sie hob den Kopf.

»Es gibt doch schlechte Mädchen in deinen Slums. Sag – finden sie jemals wieder auf den rechten Weg? Vergessen sie je und fühlen wieder wie vorher?«

»Lily! du darfst so etwas nicht sagen – du träumst ja.«

»Geht es mit ihnen nicht immer mehr bergab? Es gibt kein Umkehren – dein altes Ich weist dich ab und schließt dich aus.«

Sie stand auf und streckte ihre Arme aus, als sei sie körperlich völlig erschöpft. »Geh zu Bett, Liebes! Du arbeitest schwer und stehst früh auf. Ich passe hier beim Feuer auf, und du läßt das Licht an und deine Tür offen. Ich möchte nur das Gefühl haben, daß du in meiner Nähe bist.« Sie legte beide Hände auf Gertys Schultern mit einem Lächeln, das wie der Sonnenaufgang war über einer mit Wrackteilen übersäten See.

»Ich kann dich nicht allein lassen, Lily. Komm und leg dich auf mein Bett. Deine Hände sind ja eiskalt – du mußt dich ausziehen und dich aufwärmen lassen.« Gerty hielt inne mit plötzlichen Gewissensbissen. »Aber Mrs. Peniston – es ist nach Mitternacht! Was wird sie denken?«

»Sie geht zu Bett. Ich habe einen Hausschlüssel. Das macht nichts – ich kann dorthin nicht zurückgehen.«

»Das brauchst du auch nicht, du wirst schön hierbleiben. Aber du mußt mir sagen, wo du gewesen bist. Sieh mal Lily – es wird dir helfen, wenn du darüber sprichst!« Sie hielt Miss Barts Hände fest und drückte sie an sich. »Versuche, es mir zu erzählen. Also – du hast bei Carry Fisher zu Abend gegessen.« Gerty hielt inne und fügte in einem Anfall von Heroismus hinzu: »Lawrence Selden ist von hier aus hingegangen, um dich dort zu treffen.«

Bei diesen Worten schmolz in Lilys Gesicht der verhaltene Schmerz zum offenen Jammer eines Kindes. Ihre Lippen zitterten und ihre Augen weiteten sich unter Tränen.

»Er ist dorthin gegangen, um mich zu treffen? Und ich habe ihn verpaßt! Oh, Gerty, er hat versucht, mir zu helfen. Er hat es mir gesagt – er hat mich schon vor langer Zeit gewarnt – er hat vorausgesehen, daß ich mir selbst zuwider werden würde!«

Der Name hatte, wie Gerty mit einem jähen Schmerz im Innersten sah, die Ströme des Selbstmitleids in der trockenen Brust ihrer Freundin zum Fließen gebracht, und Träne für Träne vergoß Lily das ganze Maß ihrer Qual. Sie hatte sich in Gertys großem Sessel zur Seite fallen lassen, ihren Kopf dort vergraben, wo noch vor kurzem Seldens gelehnt hatte, so voll selbstvergessener Schönheit, daß Gertys schmerzenden Sinnen die Unabwendbarkeit ihrer eigenen Niederlage mit Macht zu Bewußtsein gebracht wurde. Ach, es bedurfte keiner ausdrücklichen Absicht von Lilys Seite, sie ihres Traumes zu berauben! Diese hingestreckte Schönheit zu betrachten, hieß in ihr eine Naturgewalt sehen, hieß erkennen, daß Liebe und Macht Menschen wie Lily gehören, so wie Verzicht und Dienen das Schicksal derjenigen ist, die sie berauben. Aber wenn Seldens Betörung auch schicksalhaft und unabwendbar schien, so brachte die Wirkung, die sein Name hervorrief, Gertys Standhaftigkeit doch ein letztes Mal ins Wanken. Die Menschen durchleben solche übermenschliche Liebe und wachsen über sie hinaus: Sie ist die Bewährung, die das Herz für menschliche Freuden erst empfänglich macht. Gerty hätte mit Freuden die Aufgabe, teilen zu müssen, angenommen, sie wäre nur zu bereit gewesen, der Leidenden zu helfen, das Leben wieder ertragen zu können. Aber was Lily ihr gerade unwillentlich verraten hatte, nahm ihr diese letzte Hoffnung. Das sterbliche Mädchen am Ufer ist hilflos gegen die Sirene, die ihre Beute liebt; solche Opfer treiben dann nach ihrem Abenteuer tot ans Ufer zurück.

Lily sprang auf und umfaßte sie mit starken Händen. »Gerty, du kennst ihn – du verstehst ihn – sag mir, wenn ich zu ihm ginge, wenn ich ihm alles erzählen würde – wenn ich sagen würde: ›Ich bin durch und durch schlecht – ich will immer nur Bewunderung, will nur ein aufregendes Leben, will Geld – ja *Geld*!‹ – Das ist meine Schande, Gerty – und sie ist bekannt, man sagt es von mir – das ist es, was die Leute von mir denken – Wenn ich ihm das alles sagen würde – ihm die ganze Geschichte erzählen würde – wenn ich einfach sagen würde: ›Ich bin tiefer gesunken als irgendwer sonst, denn ich habe genommen, was sie nehmen, und nicht bezahlt, wie sie bezahlen‹ – oh, Gerty, du kennst ihn, du kannst für ihn sprechen; wenn ich ihm alles erzählen würde, würde er mich verabscheuen? Oder hätte er Mitleid mit mir, würde er mich verstehen und mich davor retten, mich selbst zu verabscheuen?«

Gerty stand kalt und reglos da. Sie wußte, die Stunde ihrer Bewährung war gekommen, und ihr armes Herz schlug wie wild angesichts dieses Schicksals. Wie ein dunkler Fluß vom Blitz erhellt vorbeirauscht, sah sie die Möglichkeit, glücklich zu werden, unter dem blitzartigen Licht der Versuchung vorüberwogen. Was hielt sie davon ab zu sagen: »Er ist wie alle anderen Männer?« Sie war sich seiner schließlich nicht so sicher! Aber das zu tun, wäre wie eine Entweihung ihrer Liebe gewesen. Sie konnte ihn in keinem anderen Licht als dem vortrefflichsten sehen; sie mußte ihm soweit vertrauen, wie es dem Ausmaß ihrer eigenen Liebe entsprach.

»Ja, ich kenne ihn; er wird dir helfen«, sagte sie, und im nächsten Moment weinte Lily ihre ganze Erregung an ihrer Brust aus.

Es gab nur ein Bett in der kleinen Wohnung, und die beiden Mädchen legten sich darauf Seite an Seite nieder, als Gerty Lilys Kleid aufgeschnürt und sie überredet hatte, ein Schlückchen warmen Tee zu trinken. Nachdem das Licht verlöscht war, lagen sie reglos in der Dunkelheit. Gerty kauerte am äußersten Rand der engen Bettstatt, um eine Berührung mit ihrer Bettgefährtin zu vermeiden. Da sie wußte, daß Lily Liebkosungen nicht mochte, hatte sie seit langem gelernt, sich mit gefühlvollen Impulsen gegenüber ihrer Freundin zurückzuhalten. Aber in dieser Nacht wich jede Fiber ihres Körpers vor Lilys Nähe zurück: Es war eine Folter für Gerty, ihrem Atem zuzuhören und zu fühlen, wie das Bettuch sich mit ihm bewegte. Als Lily sich zur Seite drehte und sich so hinlegte, daß sie besser schlafen konnte, strich eine Strähne ihres Haares mit ihrem Duft über Gertys Wange. Alles an ihr war warm und weich und duftete, sogar die Spuren ihres Kummers standen ihr gut zu Gesicht, wie Regentropfen auf einer windgebeugten Rose. Aber als Gerty so dalag, die Arme an ihre Seiten gezogen, bewegungslos und steif wie ein Denkmal, fühlte sie, wie die atmende Wärme neben ihr von Schluchzen geschüttelt wurde, und Lily streckte ihre Hand aus, tastete nach der ihrer Freundin und hielt sie fest.

»Halt mich, Gerty, halt mich, oder ich muß wieder daran denken«, stöhnte sie, und Gerty schob wortlos einen Arm unter sie und barg ihren Kopf in seiner Höhle wie eine Mutter ein Nest für ein Kind macht, das sich im Schlaf hin- und herwirft. In dieser warmen Höhle lag Lily still, und ihr Atem wurde ruhig und gleichmäßig. Ihre Hand klammerte sich noch immer an Gertys, als wolle sie damit schlechte Träume abwehren, aber der Griff ihrer Finger lockerte sich, ihr Kopf sank tiefer in sein schützendes Nest, und Gerty fühlte, daß sie schlief.

XV

Als Lily erwachte, hatte sie das Bett für sich allein, und das Winterlicht drang ins Zimmer.

Sie setzte sich auf, verwirrt von der fremden Umgebung, dann kehrte die Erinnerung wieder, und sie sah sich mit Schaudern um. In dem kalten, schräg einfallenden Licht, das von der Hinterwand eines benachbarten Gebäudes zurückgeworfen wurde, sah sie ihr Abendkleid und ihren Opernumhang in einem billig wirkenden Häufchen auf einem Stuhl liegen. Abendkleider, die man abgelegt hat, sind so wenig appetitlich anzusehen wie die Überbleibsel eines Festes, und Lily kam der Gedanke, daß zu Hause die Wachsamkeit ihrer Zofe ihr den Anblick solcher Ungehörigkeiten immer erspart hatte. Ihr Körper schmerzte vor Übermüdung und von dem beengten Liegen in Gertys Bett. Die ganze Zeit, während sie unruhig geschlafen hatte, war sie sich bewußt gewesen, keinen Platz zu haben, um sich hin- und herwerfen zu können, und das lange Bemühen, reglos zu bleiben, ließ sie sich jetzt so fühlen, als hätte sie die Nacht im Zug verbracht.

Dieses Gefühl körperlicher Unbequemlichkeit machte sich als erstes geltend, dann bemerkte sie darunter eine entsprechende geistige Erschöpfung, eine Schwäche des Entsetzens, weit unerträglicher als der erste Ansturm ihres Abscheus. Der Gedanke daran, jeden Morgen mit diesem Gewicht auf der Brust aufwachen zu müssen, gab ihrem müden Kopf den Antrieb, sich von neuem anzustrengen. Sie mußte einen Ausweg aus dem Morast finden, in den sie hineingestolpert war; es war nicht so sehr Reue, als vielmehr die Angst vor ihren morgendlichen Gedanken, die ihr die Notwendigkeit, etwas zu tun, nachdrücklich vor Augen führte. Aber sie war so unsagbar müde; es war so anstrengend, zusammenhängend zu überlegen. Sie legte sich zurück und sah sich in dem erbärmlichen bißchen Zimmer mit einem erneuten Aufwallen physischen Widerwillens um. Die Luft von draußen, zwischen zwei hohen Gebäuden eingepfercht, brachte keine Frische zum Fenster hinein; der heiße Dampf fing an, in den Windungen schlecht verarbeiteter Rohre zu singen, und Küchengeruch drang durch eine Spalte in der Tür.

Die Tür öffnete sich, und Gerty, fertig angezogen mit dem Hut auf dem Kopf, kam mit einer Tasse Tee herein. Ihr Gesicht sah fahl und verschwollen aus in dem trüben Licht, und ihr farbloses Haar ging unmerklich in die Tönung ihrer Haut über.

Sie warf einen scheuen Seitenblick auf Lily und fragte verlegen, wie sie sich fühle; Lily antwortete ebenso gezwungen und richtete sich auf, um den Tee zu trinken.

»Ich muß gestern nacht übermüdet gewesen sein; ich glaube, ich hatte in der Kutsche eine Nervenkrise«, sagte sie, als das Getränk Klarheit in ihre trägen Gedanken brachte.

»Es ging dir nicht gut, ich bin froh, daß du hierher gekommen bist«, erwiderte Gerty.

»Aber wie soll ich nach Hause kommen? Und Tante Julia –?«

»Sie weiß Bescheid; ich habe sie ganz früh angerufen, und dein Mädchen hat deine Sachen gebracht. Aber willst du nicht etwas essen? Das Rührei habe ich selbst gemacht.«

Lily konnte nichts essen, aber der Tee gab ihr die Kraft, aufzustehen und sich unter dem forschenden Auge ihrer Zofe anzuziehen. Es war für sie eine Erleichterung, daß Gerty sich schnell auf den Weg machen mußte; die beiden küßten einander, aber ohne daß eine Spur von den Gefühlen der vergangenen Nacht zu erkennen gewesen wäre.

Lily fand Mrs. Peniston in aufgeregtem Zustand. Sie hatte nach Grace Stepney schicken lassen und nahm gerade Digitalis. Lily hielt dem Ansturm der Fragen so gut stand, wie sie konnte, erklärte, sie habe einen Schwächeanfall auf dem Heimweg von Carry Fisher gehabt, und sie sei aus Angst, sie würde nicht die Kraft haben, bis nach Hause zu kommen, statt dessen zu Miss Farish gegangen; aber eine ruhige Nacht habe sie wiederhergestellt, und einen Arzt brauche sie nicht.

Das war eine Erleichterung für Mrs. Peniston, die sich nun ganz ihren eigenen Symptomen anheimgeben konnte, und Lily erhielt den Rat, nach oben zu gehen und sich hinzulegen, das Allheilmittel ihrer Tante für alle körperlichen und geistigen Unregelmäßigkeiten. In der Einsamkeit ihres eigenen Zimmers sah sie sich wieder vor die Notwendigkeit gestellt, die Tatsachen genau abzuwägen. Sie sah diese im hellen Tageslicht natürlich anders als im düsteren Licht der Nacht. Die geflügelten Furien waren jetzt Tratschtanten, die nur auf Beute warteten, um einander dann zum Tee zu besuchen. Aber ihre Ängste erschienen ihr, so um ihre Unbestimmtheit gebracht, nur um so bedrohlicher; und außerdem mußte sie jetzt handeln, nicht ihren Gefühlen freien Lauf lassen. Zum ersten Mal zwang sie sich, die genaue Höhe ihrer Schulden bei Trenor auszurechnen, und das Ergebnis dieses widerwärtigen Überschlags war die Entdeckung, daß sie alles in allem neuntausend Dollar von ihm bekommen hatte. Der fadenscheinige Vorwand, auf den hin das Geld gegeben und genommen worden war, zerfiel vor ihrer brennenden Scham schnell zu nichts; sie wußte, daß nicht ein Penny davon ihr gehörte, und daß sie, um ihre Selbstachtung wiederherzustellen, sofort das ganze Geld zurückzahlen mußte. Die Unfähigkeit, ihren verletzten Gefühlen auf diese Weise Linderung zu verschaffen, vermittelte ihr die lähmende Empfindung ihrer eigenen Bedeutungslosigkeit. Es wurde ihr zum ersten Mal bewußt, daß die Würde einer Frau mehr kosten kann, als einen eigenen Wagen zu haben; und daß das Aufrechterhalten einer moralischen Qualität von Dollar und Cent abhängig sein sollte, ließ die Welt als einen Ort erscheinen, der greulicher war, als sie geglaubt hatte.

Nach dem Mittagessen, als Grace Stepneys neugierige Augen endlich nicht mehr da waren, bat Lily ihre Tante um eine Unterredung. Die beiden Damen gingen zum Wohnzimmer hinauf, wo sich Mrs. Peniston in ihren schwarzen Satinsessel setzte, der mit gelben Knöpfen verziert war, neben einen Perlenstickerei-Tisch, der eine Bronzedose trug, die eine Miniatur von Beatrice Cenci[18] im Deckel hatte. Lily empfand diesen Dingen gegenüber denselben Widerwillen, den ein Gefangener der Dekoration des Gerichtssaales gegenüber haben mag. Es war hier, wo ihre Tante ihre seltenen vertraulichen Mitteilungen entgegennahm, und das süßliche Lächeln der Beatrice mit ihrem Turban verband sich in ihrer Vorstellung mit dem allmählichen Verschwinden des Lächelns von Mrs. Penistons Lippen. Die Furcht dieser Dame vor einer Szene verlieh ihr eine Unerbittlichkeit, welche die größte Charakterstärke nicht hätte hervorbringen können, denn sie war unabhängig von allen Erwägungen, ob etwas richtig oder falsch wäre, und da sie das wußte, versuchte Lily selten, diese Unerbittlichkeit auf die Probe zu stellen. Sie hatte sich nie weniger danach gefühlt, den Versuch zu unternehmen, als im gegenwärtigen Fall; aber sie hatte vergebens nach anderen Möglichkeiten gesucht, um aus ihrer unerträglichen Lage herauszukommen.

Mrs. Peniston betrachtete sie kritisch. »Deine Gesichtsfarbe, Lily, gefällt mir gar nicht: Dieses ständige Hin und Her fängt an, Spuren bei dir zu hinterlassen«, sagte sie.

Miss Bart erkannte, wie sie das Gespräch eröffnen könnte. »Ich glaube nicht, daß es das ist, Tante Julia; ich habe Sorgen«, erwiderte sie.

»Ah«, sagte Mrs. Peniston und schloß ihre Lippen mit dem zuschnappenden Geräusch einer Börse, die vor einem Bettler verschlossen wird.

»Es tut mir leid, dich damit belästigen zu müssen«, fuhr Lily fort, »aber ich glaube wirklich, daß mein Schwächeanfall gestern abend zu einem Gutteil durch meine sorgenvollen Gedanken ausgelöst worden ist –«

»Ich hätte gedacht, Carry Fishers Köchin reiche als Ursache dafür völlig aus. Sie hat da eine Frau, die 1891 bei Maria Nelson gearbeitet hat – im Frühling des Jahres waren wir in Aix – und ich erinnere mich, zwei Tage, bevor wir an Bord gingen, dort gegessen zu haben, und ich war *sicher*, die Kupferkessel waren nicht ordentlich gescheuert.«

»Ich glaube nicht, daß ich viel gegessen habe; ich kann nicht mehr essen und nicht mehr schlafen.« Lily hielt inne, und sagte dann abrupt: »Um die Wahrheit zu sagen, Tante Julia, ich habe Schulden.«

Mrs. Penistons Gesicht verdüsterte sich merklich, zeigte aber nicht das Erstaunen, das ihre Nichte erwartet hatte. Sie sagte nichts, und Lily sah sich gezwungen fortzufahren: »Ich habe Dummheiten gemacht –«

»Das hast du, ganz ohne Zweifel, Dummheiten wahrhaftig«, warf Mrs. Peniston ein. »Es geht mir nicht in den Kopf, wie irgend jemand mit deinem Einkommen und ganz ohne Ausgaben – von den doch recht anständigen Geschenken, die ich dir immer gemacht habe, ganz zu schweigen –«

»Oh, du bist immer sehr großzügig gewesen, Tante Julia; ich werde dir nie vergessen, wie gut du zu mir warst. Aber vielleicht kannst du nicht ganz übersehen, was für Ausgaben ein junges Mädchen heutzutage hat –«

»Soweit ich es übersehe, hast *du* überhaupt keine Ausgaben außer für deine Kleider und deine Zugfahrkarten. Ich erwarte natürlich, daß du dich anständig kleidest, aber ich habe deine Rechnungen bei Céleste im vergangenen Oktober bezahlt.«

Lily zögerte; das unbestechliche Gedächtnis ihrer Tante war nie lästiger gewesen als jetzt. »Du hättest gar nicht großzügiger sein können, aber ich mußte seitdem ein paar Sachen besorgen –«

»Was für Sachen? Kleidung? Wieviel hast du ausgegeben? Laß mich mal die Rechnung sehen – so langsam glaube ich, die Frau betrügt dich.«

»O nein, das nicht, Kleidung ist so entsetzlich teuer geworden, und man braucht soviel Verschiedenes, für Fahrten aufs Land, und zum Golf und Schlittschuhlaufen, wenn man nach Aiken oder nach Tuxedo[19] fährt –«

»Laß mich die Rechnung sehen«, wiederholte Mrs. Peniston.

Lily zögerte wieder. Zum einen hatte Madame Céleste ihre Abrechnung noch nicht geschickt, zum zweiten ergab der Betrag, den diese einfordern würde, nur einen Bruchteil der Summe, die Lily brauchte.

»Sie hat die Rechnung für meine Wintersachen noch nicht geschickt; aber ich *weiß*, sie wird enorm sein, und dann ist da noch das eine und andere; ich habe nicht recht aufgepaßt und war unvernünftig – ich darf gar nicht daran denken, wieviel Schulden ich habe –«

Sie hob die sorgenvolle Schönheit ihres Gesichts zu Mrs. Peniston auf, in der vergeblichen Hoffnung, daß ein Anblick, der so rührend auf das andere Geschlecht wirkte, nicht ganz ohne Erfolg bei ihrem eigenen bleiben möchte. Aber die Wirkung auf Mrs. Peniston war nur, daß diese ängstlich zurückschrak.

»Also wirklich, Lily, du bist alt genug, mit deinen Problemen selbst fertig zu werden, und nachdem du mich mit dem Theater vergangene Nacht fast zu Tode erschreckt hast, hättest du zumindest einen geeigneteren Zeitpunkt dafür wählen können, mich mit diesen Dingen aufzuregen.« Mrs. Peniston sah auf die Uhr und nahm eine Digitalistablette ein. »Wenn du Céleste noch einmal tausend schuldest, kann sie mir ihre Rechnung schicken«, fügte sie noch hinzu, als wollte sie die Unterredung um jeden Preis beenden.

»Es tut mir furchtbar leid, Tante Julia, ich belästige dich äußerst ungern gerade jetzt, aber ich habe wirklich keine Wahl – ich hätte es dir schon viel eher sagen sollen – meine Schulden betragen weit mehr als tausend Dollar.«

»Weit mehr? Schuldest du ihr zwei? Sie muß dich ja ausgenommen haben!«

»Ich habe dir ja schon gesagt, daß es nicht nur Céleste ist. Ich – da sind noch andere Rechnungen – dringendere – die beglichen werden müssen.«

»Was, um Himmels willen, hast du denn nur gekauft? Schmuck? Du mußt verrückt geworden sein«, sagte Mrs. Peniston streng. »Aber wenn du Schulden gemacht hast, mußt du auch die Folgen tragen und dein monatliches Einkommen beiseite legen, bis du deine Rechnungen bezahlt hast. Wenn du schön ruhig hier bleibst bis zum nächsten Frühjahr, anstatt überall im Lande herumzureisen, wirst du überhaupt keine Ausgaben haben, und sicherlich kannst du in vier oder fünf Monaten den Rest deiner Rechnungen begleichen, wenn ich die Schneiderin jetzt bezahle.«

Lily war wieder stumm. Sie wußte, sie konnte nicht darauf hoffen, auch nur tausend Dollar aus Mrs. Peniston herauszuholen, allein unter dem Vorwand, Célestes Rechnung bezahlen zu wollen; Mrs. Peniston würde erwarten, die Rechnung der Schneiderin mit ihr durchzugehen, und würde den Scheck auf sie ausstellen und nicht auf Lily. Und dennoch mußte sie das Geld aufgetrieben haben, bevor der Tag vorüber war!

»Die Schulden, von denen ich spreche, sind – anders – nicht wie Rechnungen von Kaufleuten«, begann sie verwirrt; aber Mrs. Penistons Gesichtsausdruck ließ sie vor Angst fast nicht fortfahren. Konnte es sein, daß ihre Tante einen Verdacht hatte? Der Gedanke ließ Lily überstürzt ihr Geständnis machen.

»Um die Wahrheit zu sagen, ich habe ziemlich oft Karten gespielt – Bridge; alle Frauen tun das, die Mädchen auch – es wird einfach erwartet. Manchmal habe ich gewonnen – recht viel gewonnen – aber in letzter Zeit habe ich Pech gehabt – und solche Schulden können natürlich nicht nach und nach abbezahlt werden –«

Sie hielt inne; Mrs. Penistons Gesicht schien zu versteinern, während sie zuhörte.

»Karten – du hast um Geld Karten gespielt? Es ist also wahr; als man es mir erzählte, wollte ich es gar nicht glauben. Ich will nicht fragen, ob die anderen entsetzlichen Dinge, die man mir erzählt hat, auch wahr sind; ich habe genug gehört für den Zustand meiner Nerven. Wenn ich an das Beispiel denke, das man dir in diesem Hause immer gegeben hat! Aber es wird wohl an deiner ausländischen Erziehung liegen – es konnte ja niemand sagen, wo deine Mutter ihre Freunde aufgelesen hatte. Und ihre Sonntage waren ein Skandal – soviel weiß ich.« Mrs. Peniston fuhr plötzlich herum. »Spielst du etwa sonntags Karten?«

Lily errötete bei der Erinnerung an gewisse regnerische Sonntage auf Bellomont und bei den Dorsets.

»Du bist zu streng mit mir, Tante Julia, ich habe mir nie etwas aus Karten gemacht, aber man wird halt nicht gern für einen Pedanten und für hochnäsig gehalten, und man gerät ganz unwillkürlich da hinein und tut, was die andern tun. Mir ist wirklich eine tüchtige Lektion erteilt worden, und wenn du mir nur dieses Mal aushilfst, verspreche ich dir –«

Mrs. Peniston hob warnend die Hand. »Du brauchst keine Versprechungen zu machen, das ist unnötig. Als ich dir ein Heim bot, habe ich mich nicht verpflichtet, deine Spielschulden zu bezahlen.«

»Tante Julia! Willst du damit sagen, daß du mir nicht helfen wirst?«

»Ich werde ganz bestimmt nichts tun, das den Eindruck vermitteln könnte, ich würde dein Verhalten billigen. Wenn du Schulden bei deiner Schneiderin hast, werde ich das mit ihr bereinigen – darüber hinaus sehe ich keine Veranlassung, mich deiner Schulden anzunehmen.«

Lily war aufgestanden und stand bleich und zitternd vor ihrer Tante. Ihr Stolz tobte in ihr, aber die Erniedrigung zwang den Schrei von ihren Lippen: »Tante Julia, ich werde entehrt sein – ich –« Aber sie konnte nicht weiterreden. Wenn die Erfindung von Spielschulden bei ihrer Tante schon auf derart taube Ohren stieß, wie würde sie dann das furchtbare Geständnis der Wahrheit entgegennehmen?

»Ich betrachte dich allerdings als entehrt, Lily, entehrt durch dein Verhalten, weit mehr als durch seine Folgen. Du sagst, deine Freunde hätten dich dazu überredet, mit ihnen Karten zu spielen; nun, es schadet nichts, wenn ihnen auch eine Lektion erteilt wird. Sie können es sich wahrscheinlich leisten, ein bißchen Geld zu verlieren – und auf jeden Fall werde ich keines von meinem verschwenden, um sie zu bezahlen. Und jetzt muß ich dich bitten zu gehen – diese

Szene war außerordentlich anstrengend für mich, und ich muß an meine Gesundheit denken. Zieh die Vorhänge vor, bitte, und sage Jennings, daß ich heute nachmittag niemanden sehen möchte außer Grace Stepney.«

Lily ging in ihr eigenes Zimmer und verriegelte die Tür. Sie zitterte vor Angst und Zorn – das Rauschen der Furienflügel war in ihren Ohren. Sie ging mit blinden, unregelmäßigen Schritten in ihrem Zimmer auf und ab. Die letzte Tür zur Rettung war versperrt – sie hatte das Gefühl, mit ihrer Schande eingeschlossen zu sein –

Plötzlich brachte ihr wildes Aufundabgehen sie vor die Uhr auf dem Kamin. Ihre Zeiger standen auf halb vier, und sie erinnerte sich, daß Selden um vier Uhr zu ihr kommen wollte. Sie hatte eigentlich vorgehabt, ihm mit einer kurzen Mitteilung abzusagen – aber jetzt machte ihr Herz einen Freudensprung bei dem Gedanken, ihn zu sehen. Lag nicht das Versprechen, gerettet zu werden, in seiner Liebe? Als sie neben Gerty gelegen hatte in der vergangenen Nacht, hatte sie an sein Kommen gedacht und daran, wie unendlich wohltuend es sein würde, ihren ganzen Schmerz an seiner Brust ausweinen zu dürfen. Natürlich hatte sie vorgehabt, die Folgen ihres Handelns aus der Welt zu schaffen, bevor sie ihn traf – sie hatte nie wirklich daran gezweifelt, daß Mrs. Peniston ihr zur Hilfe kommen würde. Und sie fühlte, sogar im vollen Ansturm ihres Kummers, daß Seldens Liebe nicht ihre letztendliche Zuflucht sein konnte, nur würde es so guttun, dort einen Moment lang Unterschlupf zu finden, während sie neue Kraft sammelte, um weiterzugehen.

Aber jetzt war seine Liebe ihre einzige Hoffnung, und wie sie so allein mit ihrem Unglück dasaß, wurde der Gedanke, sich ihm anzuvertrauen, so verführerisch wie das Fließen eines Flusses für den Selbstmörder. Das erste Eintauchen würde schrecklich sein – aber danach, welche Glückseligkeit konnte dann kommen! Sie erinnerte sich an Gertys Worte: »Ich kenne ihn – er wird dir helfen«, und ihr Denken klammerte sich an sie, wie ein Kranker sich an ein Heilmittel klammert. Oh, wenn er sie wirklich verstünde – wenn er ihr helfen würde, die Trümmer ihres Lebens wiederaufzusammeln und sie zu einer neuen Gestalt zusammenzufügen, bei der keine Spur der Vergangenheit mehr übrigbliebe! Er hatte ihr immer das Gefühl gegeben, sie sei eines Besseren würdig, und nie hatte sie eines solchen Trostes mehr bedurft. Ab und zu schreckte sie vor dem Gedanken zurück, seine Liebe durch ihr Bekenntnis zu gefährden, denn Liebe war, was sie brauchte – das Feuer der Leidenschaft würde notwendig sein, um die zerschlagenen Teile ihrer Selbstachtung wieder zusammenzuschmelzen. Aber sie kam immer wieder auf Gertys Worte zurück und hielt sich an ihnen fest. Sie war ganz sicher, daß Gerty Seldens Gefühle für sie kannte, und in ihrer Blindheit kam ihr nie der Gedanke, daß Gertys Urteil über ihn von Gefühlen beeinflußt war, die weit heftiger waren als die ihren.

Um vier Uhr war sie im Salon; sie war ganz sicher, daß Selden pünktlich sein würde. Aber die Stunde kam und ging vorüber – sie verging in fiebrigem Tempo, vom ungeduldigen Klopfen ihres Herzens gemessen. Sie hatte Zeit, ihr Unglück noch einmal in seinem ganzen Ausmaß zu sehen und von neuem zu schwanken zwischen dem Impuls, sich Selden anzuvertrauen, und der Furcht, seine Illusionen zu zerstören. Aber als die Minuten verstrichen, wurde das Bedürfnis, sich seinem Verständnis anheimzugeben, immer dringender; sie konnte das Gewicht ihres Elends nicht allein tragen. Es würde vielleicht einen gefährlichen Augenblick geben, aber konnte sie nicht auf ihre Schönheit vertrauen, diesen zu überbrücken, und sie sicher im Hafen seiner Ergebung landen zu lassen?

Aber die Stunde verging, und Selden kam nicht. Er war sicherlich aufgehalten worden oder hatte ihre in aller Eile dahingekritzelte Nachricht falsch gelesen und vier Uhr für fünf Uhr gehalten. Das Schellen an der Haustür wenige Minuten nach fünf bestätigte diese Annahme und ließ Lily hastig beschließen, in Zukunft leserlicher zu schreiben. Der

Klang von Schritten in der Eingangshalle und von der Stimme des Butlers, die ihnen voranging, goß frische Kraft in ihre Adern. Sie fühlte sich wieder als die umsichtige und kompetente Expertin in Notfällen, und die Erinnerung an ihre Macht über Selden durchströmte sie mit plötzlichem Selbstvertrauen. Aber als die Salontür sich öffnete, war es Rosedale, der hereinkam.

Dieser Schlag rief in ihr eine schmerzliche Enttäuschung hervor, aber nach einem vorübergehenden Moment der Verärgerung über die Dummheit des Schicksals und ihre eigene Unvorsichtigkeit, sich nicht für jeden außer Selden verleugnen zu lassen, nahm sie sich zusammen und begrüßte Rosedale freundschaftlich. Es war ärgerlich, daß Selden, wenn er kam, gerade diesen Besucher auf dem Platze finden sollte, aber Lily beherrschte die Kunst, sich überflüssiger Gesellschaft zu entledigen, und in ihrer augenblicklichen Stimmung erschien ihr Rosedale ganz eindeutig unerheblich.

Dessen persönliche Sicht der Situation wurde ihr nach einigen wenigen Minuten der Unterhaltung jedoch mit Macht zum Bewußtsein gebracht. Sie war auf die Gesellschaft bei den Brys als einem leicht zu handhabenden, unpersönlichen Gesprächsthema verfallen, das sie aller Wahrscheinlichkeit nach über die Zeit, bis Selden erschiene, bringen würde; aber Mr. Rosedale, der sich hartnäckig neben den Teetisch gepflanzt hatte, die Hände in den Taschen, die Beine ein wenig zu weit auseinandergestellt, gab dem Thema sofort eine persönliche Wendung.

»Recht hübsch gemacht alles – nun ja, ich nehme schon an, daß es das war; Welly Bry ist jetzt tüchtig auf dem Vormarsch, und der wird nicht nachlassen, bis er heraushat, wie der Hase läuft. Natürlich gab es da schon einiges, was nicht so – Dinge, bei denen man nicht erwarten konnte, daß Mrs. Fisher sich um sie kümmert – der Champagner war nicht kalt, und die Mäntel sind in der Garderobe durcheinandergeraten. Ich hätte mehr Geld für die Musik ausgegeben. Aber so bin ich eben: Wenn ich etwas will, dann bin ich auch bereit, dafür zu bezahlen; ich gehe nicht an den Ladentisch und frage mich dann, ob das, was ich kaufen will, das Geld auch wert ist. Mir würde es nicht genügen, Gesellschaften zu geben wie die Welly Brys; ich würde etwas wollen, das einen ungezwungenen und natürlichen Anstrich hat, mehr so, als machte ich das so ganz nebenbei. Und dazu braucht man genau zwei Dinge, Miss Bart: Geld und die richtige Frau, es auszugeben.«

Er hielt inne und betrachtete sie forschend und aufmerksam, während sie vorgab, die Teetassen zurechtzustellen.

»Das Geld habe ich«, fuhr er fort und räusperte sich, »was ich brauche, ist die Frau – und ich bin entschlossen, sie ebenfalls zu bekommen.«

Er lehnte sich ein wenig vor und legte dabei die Hände auf den Knauf seines Gehstocks. Er hatte Männer von Ned Van Alstynes Sorte ihre Hüte und Stöcke mit in den Salon nehmen sehen, und er fand, es gäbe ihrer Erscheinung den Anstrich eleganter Ungezwungenheit.

Lily blieb stumm und lächelte leicht, ihre Augen geistesabwesend auf seinem Gesicht. Tatsächlich überlegte sie gerade, daß eine Erklärung einige Zeit in Anspruch nehmen würde und daß Selden sicher erscheinen würde, bevor der Augenblick der abschlägigen Antwort gekommen war. Ihr nachdenkliches Aussehen, als sei ihr Inneres auf sich selbst zurückgezogen, ohne sich jedoch abzuwenden, schienen Mr. Rosedale voll zarter Ermutigung. Irgendwelche Anzeichen heftigen Interesses hätte er auch nicht gern gesehen.

»Ich bin entschlossen, sie ebenfalls zu bekommen«, wiederholte er mit einem Lachen, das seine Selbstsicherheit stärken sollte. »Im allgemeinen *habe* ich im Leben bekommen, was ich wollte, Miss Bart. Ich wollte Geld, und ich habe mehr, als ich zu investieren weiß; und jetzt scheint das Geld ganz ohne Bedeutung zu sein, es sei denn, ich kann es für die richtige Frau ausgeben. Das ist es nämlich, was ich damit anfangen will; ich will, daß meine Frau allen anderen Frauen das Gefühl gibt, unbedeutend zu sein. Mir wäre es um keinen Dollar leid, der dafür ausgegeben würde. Aber das kann eben nicht jede Frau, egal wieviel man für sie ausgibt. Es gab da doch so ein Mädchen in irgendeiner Geschichte, das wollte Schilder aus Gold oder sowas, und die Leute haben die dann auf sie geworfen, und sie wurde unter denen zerschmettert: die haben sie umgebracht. Na, ist ja auch wirklich wahr; manche Frauen sehen wie begraben unter ihrem Schmuck aus. Was ich will, ist eine Frau, die ihren Kopf um so höher hält, je mehr Diamanten ich darauf lege. Und als ich Sie neulich abends bei den Brys gesehen habe, in dem einfachen weißen Kleid, und dabei sahen Sie aus, als trügen Sie eine Krone, da hab ich mir gesagt: ›Gott, wenn sie eine auf dem Kopf hätte, sie würde sie tragen, als ob sie auf ihr gewachsen wäre!‹«

Noch immer sprach Lily nicht, und er fuhr fort, sich immer mehr für sein Thema erwärmend: »Ich sage Ihnen, wie es ist; diese Sorte Frau kostet mehr als alle übrigen zusammen. Wenn eine Frau ihre Perlen einfach nicht beachten soll, dann müssen sie eben besser sein als die von anderen – und so ist es mit allem anderen auch. Sie wissen, was ich meine – Sie wissen, daß es nur die protzigen Sachen sind, die billig sind. Also, ich würde meiner Frau die Möglichkeit geben wollen, über die Welt ganz selbstverständlich zu verfügen, wenn sie den Wunsch hätte. Ich weiß, eins ist vulgär am Geld, und das ist, darüber nachzudenken; meine Frau brauchte sich auf diese Weise jedenfalls nie zu erniedrigen.« Er hielt inne und fügte dann, unglücklicherweise wieder in seinen früheren Ton verfallend, hinzu: »Ich schätze, Sie kennen die Dame, die ich im Auge habe, Miss Bart.«

Lily hob den Kopf und lebte angesichts dieser Herausforderung ein wenig auf. Sogar vor dem dunklen Tumult ihrer Gedanken hatte das Klimpern von Mr. Rosedales Millionen noch etwas leicht Verführerisches. Oh, wenn sie nur genug davon hätte, um ihre erbärmlichen Schulden in Ordnung zu bringen! Aber der Mann hinter den Millionen wurde ihr im Lichte von Seldens erwarteter Ankunft zunehmend zuwider. Der Kontrast war aber auch zu grotesk; sie konnte kaum das

Lächeln unterdrücken, das der Gedanke daran hervorrief. Sie entschied, daß Offenheit das beste sein würde.

»Wenn Sie mich meinen, Mr. Rosedale, so bin ich sehr dankbar – sehr geschmeichelt, aber ich weiß nicht, was ich je getan hätte, das Sie annehmen ließ –«

»Oh, wenn Sie meinen, daß Sie nicht Hals über Kopf in mich verliebt sind, soviel Verstand habe ich noch, das selbst zu sehen. Und ich rede ja auch nicht mit Ihnen, als wären Sie es – ich bilde mir ein zu wissen, was für Gerede von einem unter solchen Umständen erwartet wird. Ich bin verflucht verrückt nach Ihnen – soweit, so gut – und ich gebe Ihnen gerade nur schlichtweg eine geschäftliche Erklärung in bezug auf die Folgen. Sie mögen mich nicht sehr gern – *noch* nicht – aber Sie mögen Luxus und stilvolles Auftreten und Amüsement und sich keine Sorgen um Geld machen zu müssen. Sie haben gern Ihren Spaß, bezahlen aber ungern die Rechnung dafür, und was ich vorschlage ist, dafür zu sorgen, daß Sie Ihren Spaß haben, und mich um die Rechnungen zu kümmern.«

Er hielt inne, und sie erwiderte mit einem frostigen Lächeln: »Sie irren sich in einem Punkt, Mr. Rosedale; ich bin durchaus bereit, für das zu bezahlen, woran ich meine Freude habe.«

Sie sprach mit dem Ziel, ihn erkennen zu lassen, daß sie, wenn seine Worte versuchten, auf ihre persönlichen Probleme anzuspielen, jederzeit bereit war, einer solchen Andeutung entgegenzutreten und sie zurückzuweisen. Aber wenn er erkannte, was sie sagen wollte, so gelang es ihr doch nicht, ihn aus der Fassung zu bringen, denn er fuhr in demselben Ton fort: »Ich wollte Sie nicht beleidigen; entschuldigen Sie, wenn ich zu direkt geworden bin. Aber warum sind Sie nicht ehrlich mit mir – warum schieben Sie diesen Bluff vor? Sie wissen genau, es hat schon Zeiten gegeben, wo Sie in der Klemme saßen – verdammt in der Klemme saßen –, und wenn ein Mädchen älter wird, und das Leben weitergeht, na ja, ehe es sich versieht, ist das, was es vom Leben will, an ihm vorbeigegangen und kehrt nicht wieder. Ich behaupte nicht, mit Ihnen wäre es auch nur annähernd so weit, aber Sie haben schon den Geschmack von Sorgen kennengelernt, von denen ein Mädchen wie Sie überhaupt nie etwas hätte wissen dürfen, und was ich Ihnen biete, ist die Chance, ihnen ein für allemal den Rücken zuzukehren.«

Lilys Gesicht brannte vor Scham, als er fertig war; es war nicht mißzuverstehen, worauf er hinauswollte, und zuzulassen, daß es unbeachtet blieb, war ein fatales Eingeständnis von Schwäche, während sie, wenn sie es ihm gar zu offen übelnahm, riskierte, ihn in einem gefährlichen Moment zu verletzen. Entrüstung ließ ihre Lippen zittern, aber diese wurde von einer geheimen Stimme beschwichtigt, die sie davor warnte, sich mit ihm anzulegen. Er wußte zu viel von ihr, und sogar in dem Augenblick, wo es doch für ihn von großer Bedeutung war, sich von seiner besten Seite zu zeigen, hatte er keine Skrupel, sie sehen zu lassen, wie viel er wußte. Wie würde er seine Macht erst nutzen, wenn sie ihrer Verachtung Ausdruck gegeben und damit das eine Motiv, das ihn zurückhalten konnte, aus dem Weg geräumt hatte? Ihre ganze Zukunft konnte davon abhängen, wie sie ihm jetzt antwortete; sie mußte Zeit gewinnen und das unter dem Druck ihrer anderen Sorgen genau bedenken, so wie ein Flüchtling, der völlig außer Atem ist, an einer Wegkreuzung innehalten mag und vielleicht versucht, ruhigen Blutes zu entscheiden, welchen Weg er einschlagen soll.

»Sie haben ganz recht, Mr. Rosedale. Ich *habe* Sorgen gehabt, und ich bin Ihnen dankbar dafür, daß Sie mir helfen wollen, mich ihrer zu entledigen. Es ist nicht immer leicht, sich seine Unabhängigkeit und seine Selbstachtung zu bewahren, wenn man arm ist und unter reichen Leuten lebt; ich bin sorglos mit Geld umgegangen und habe mir Gedanken um meine Rechnungen machen müssen. Aber es wäre eigensüchtig und undankbar von mir, wenn ich darin einen Grund sähe, Ihr Angebot anzunehmen, solange ich Ihnen keine bessere Gegenleistung bieten kann als den Wunsch, von meinen

Nöten frei zu sein. Sie müssen mir Zeit lassen – Zeit, um Ihre Güte zu überdenken – und um herauszufinden, was ich Ihnen dafür geben kann –«

Sie hielt ihm ihre Hand mit einer charmanten Geste hin, die der Verabschiedung jede Härte nahm. Die Andeutung künftiger Beugsamkeit ließ Rosedale gehorsam aufstehen, ein wenig erregt wegen seines unverhofften Erfolges und mit der Selbstdisziplin, die der Tradition seines Blutes entstammte und ihn annehmen ließ, was man ihm gewährte, ohne eine unpassende Hast, auf mehr zu drängen. Etwas an seinem sofortigen Sichfügen ängstigte sie; sie fühlte dahinter die gesammelte Kraft einer Geduld, die den stärksten Willen unterwerfen konnte. Aber zumindest waren sie als gute Freunde auseinandergegangen, und er war aus dem Hause, ohne Selden getroffen zu haben – Selden, dessen fortwährende Abwesenheit sie nun von neuem mit Angst erfüllte. Rosedale war über eine Stunde geblieben, und sie begriff, daß es jetzt zu spät war, noch auf Selden zu hoffen. Er würde natürlich schreiben und sein Fortbleiben erklären; es würde eine Nachricht von ihm bei der späten Post sein. Aber ihr Geständnis würde verschoben werden müssen, und die Enttäuschung, die diese Verzögerung mit sich brachte, lastete schwer auf ihren erschöpften Lebensgeistern.

Sie lastete noch schwerer, als das letzte Läuten des Postboten ihr keine Nachricht brachte und sie zu einer einsamen Nacht auf ihr Zimmer gehen mußte – eine Nacht, so grausam und schlaflos, wie ihre geplagte Phantasie sie Gerty beschrieben hatte. Sie hatte nie gelernt, mit ihren eigenen Gedanken zu leben, und sich ihnen durch solche Stunden klarsichtigen Elends hindurch gegenübergestellt zu sehen, ließ ihr die verwirrte Not der vergangenen durchwachten Nacht erträglicher erscheinen.

Das Tageslicht zerstreute die Schar der Geister und machte ihr wieder bewußt, daß sie ja noch vor Mittag von Selden hören würde, aber der Tag verging, ohne daß er schrieb oder kam. Lily blieb daheim und aß allein mit ihrer Tante zu Mittag und zu Abend, die über Herzbeschwerden klagte und eisig über allgemeine Themen Konversation machte. Mrs. Peniston ging früh zu Bett, und als sie gegangen war, setzte Lily sich hin und schrieb eine Karte an Selden. Sie wollte gerade nach einem Boten läuten, der sie absenden sollte, als ihr Auge auf einen Artikel in der Abendzeitung fiel, die neben ihr lag: »Mr. Lawrence Selden war unter den Passagieren, die heute nachmittag auf dem Passagierschiff *Antilles* der Windward-Linie nach Havanna und den Westindischen Inseln segelten.«

Sie legte die Zeitung nieder, saß reglos da und starrte auf ihre Karte. Sie begriff jetzt, daß er überhaupt nicht kommen würde – daß er weggegangen war, weil er fürchtete, er möchte kommen. Sie stand auf und ging und stand lange Zeit da und starrte sich in dem hell erleuchteten Spiegel über dem Kamin an. Die Falten in ihrem Gesicht fielen schrecklich auf – sie sah alt aus, und wenn ein Mädchen sich schon selbst alt findet, wie muß es dann anderen Leuten vorkommen? Sie wandte sich ab und fing an, ziellos im Zimmer herumzulaufen, dabei paßte sie ihre Schritte mit mechanischer Präzision dem monströsen Rosenmuster von Mrs. Penistons Axminster an. Plötzlich bemerkte sie, daß der Füllfederhalter, mit dem sie an Selden geschrieben hatte, noch am offenen Tintenfaß lehnte. Sie setzte sich wieder, nahm einen Umschlag und adressierte ihn schnell an Rosedale. Dann legte sie ein Blatt Papier bereit und saß davor, den Füllfederhalter unschlüssig in der Luft haltend. Es war leicht genug gewesen, das Datum und »Lieber Mr. Rosedale« zu schreiben –, aber danach verließ sie die Inspiration. Sie hatte vorgehabt, ihm zu sagen, er möchte zu ihr kommen, aber die Worte weigerten sich, Form anzunehmen. Nach einiger Zeit begann sie mit: »Ich habe mir überlegt –«, dann legte sie den Federhalter hin und saß mit den Ellbogen auf dem Tisch, das Gesicht in ihren Händen verborgen.

Plötzlich wurde sie vom Klang der Türglocke aufgeschreckt. Es war nicht spät – kaum zehn Uhr – und es konnte noch immer eine Karte von Selden kommen, oder eine Botschaft – oder er selbst konnte dort sein, auf der anderen Seite der Tür! Die Ankündigung seiner Abfahrt konnte ein Irrtum gewesen sein – es konnte ein anderer Lawrence Selden sein, der nach Havanna unterwegs war – all diese Möglichkeiten hatten Zeit, ihr blitzartig durch den Kopf zu gehen und die Überzeugung wachsen zu lassen, daß sie ihn schließlich doch noch sehen oder von ihm hören würde, bevor die Tür zum Salon sich öffnete und einen Diener einließ, der ein Telegramm brachte.

Lily riß es mit bebenden Händen auf und las Bertha Dorsets Namen unter den Worten: »Segeln morgen unerwarteterweise. Kommst Du mit uns auf eine Kreuzfahrt im Mittelmeer?«

Zweites Buch

I

Es kam Selden auf den Treppen des Casinos lebhaft zu Bewußtsein, daß Monte Carlo mehr als irgendein anderer Ort, den er kannte, die Gabe hatte, sich jedermanns Stimmung anzupassen.

Seine eigene verlieh Monte Carlo für den Moment eine festliche Bereitschaft, ihn willkommen zu heißen, die sich für ein nüchternes Auge vielleicht schnell in frischen Anstrich und einladende Anlagen verwandelt hätte. Ein so offener Appell, teilzuhaben – ein so freimütiges Anerkennen der Ferienader in der menschlichen Natur – boten seinem Kopf eine willkommene Erfrischung, der von langen Zeiten harter Arbeit in einer Umgebung, die nur dazu angetan war, die Sinne in strenge Zucht zu nehmen, erschöpft war. Wie er so den weißen Platz betrachtete, der zwischen exotisch koketter Architektur angelegt war, die wohldurchdachte tropische Atmosphäre der Gärten, die Gruppen, die im Vordergrund vorüberschlenderten, vor bläulich-violetten Bergen, die an ein erhabenes Bühnenbild gemahnten, das man bei einem eiligen Szenenwechsel vergessen hatte – wie er so den ganzen, vor ihm sich ausbreitenden Eindruck von Licht und Muße in sich aufnahm, erfaßte ihn ein Gefühl des Abscheus gegen die letzten Monate.

Der Winter in New York hatte eine endlose Folge schneebeladener Tage mit sich gebracht, die in einen Frühling mit kraftlosem Sonnenschein und wildem Wind übergingen, bei dem die Häßlichkeit der Dinge das Auge ebenso verletzte, wie der unerbittliche Wind sich in die Haut rieb. Selden, der ganz in seiner Arbeit aufging, hatte sich gesagt, daß äußerliche Bedingungen für einen Mann in seinem Zustand belanglos und daß Kälte und Häßlichkeit ein gutes Tonikum für verweichlichte Empfindsamkeit seien. Als ein dringender Fall ihn ins Ausland rief, um mit einem Klienten in Paris zu verhandeln, unterbrach er nur widerwillig seine Büroroutine, und erst jetzt, da er seine Geschäfte erledigt hatte und für eine Woche in den Süden entkommen war, begann er wieder den Reiz des Zuschauens zu empfinden, welcher der Trost all derjenigen ist, die sich für das Leben objektiv interessieren.

Die Vielfalt seiner Verlockungen – die ständige Überraschung, die seine Kontraste und seine Ähnlichkeiten boten! All die Künste und Kniffe des großen Theaters kamen plötzlich über ihn, als er die Treppe des Casinos hinunterging und auf dem Absatz vor seinen Türen innehielt. Er war sieben Jahre lang nicht mehr im Ausland gewesen – und welche Wandlung löste der erneute Kontakt aus! Wenn die wichtigsten Tiefen seines Innern unberührt waren, so blieb doch kaum ein einziger Punkt auf der Oberfläche derselbe. Und dies war genau der richtige Ort, die ganze Fülle der Erneuerung zur Geltung zu bringen. Großartiges, Beständiges hätte ihn vielleicht weiterhin der sein lassen, der er war, aber dieses Zelt, das nur für den festlichen Tumult eines Tages aufgebaut war, breitete ein Dach des Vergessens aus zwischen ihm und seinem gewohnten festen Himmel.

Es war Mitte April, und man fühlte, daß das Fest seinen Höhepunkt erreicht hatte und daß die unsteten Gruppen auf dem Platz und in den Gärten sich bald auflösen und in anderer Szenerie neu formen würden. Bis dahin schien den letzten Augenblicken der Vorstellung durch die ständige bedrohliche Aussicht, der Vorhang möge bald fallen, ein besonderer Glanz verliehen zu werden. Der Geschmack der Luft, die üppige Fülle der Blumen, das intensive Blau von Meer und Himmel hatten die Wirkung eines Schlußbildes, bei dem alle Lichter auf einmal angedreht werden. Dieser Eindruck wurde im Moment noch gesteigert durch die Art, wie eine gewollt auffällige Gruppe von Leuten sich zur vorderen Mitte hin bewegte und vor Selden mit dem Ausdruck von Hauptdarstellern stehenblieb, die sich, weil es die endgültige Wirkung so erfordert, noch einmal versammeln. Ihre Erscheinung bestätigte den Eindruck, daß die Aufführung ohne Rücksicht auf die Ausgaben inszeniert worden war, und betonte ihre Ähnlichkeit mit einem jener »Kostümstücke«, bei denen die Protagonisten durch sämtliche Leidenschaften marschieren, ohne auch nur ein Stück der Dekoration in Mitleidenschaft zu ziehen. Die Damen verharrten in Haltungen, die keinen Bezug zueinander hatten und darauf angelegt waren, ihre Wirkung von der der anderen abzuheben, und die Männer tänzelten um sie herum, ebenso unerheblich wie Bühnenhelden, deren Schneider im Programm namentlich aufgeführt werden. Es war Selden selbst, der, ohne es zu beabsichtigen, die Gruppe zusammenbrachte, indem er die Aufmerksamkeit eines Mitglieds auf sich zog.

»Ja, Mr. Selden!« rief Mrs. Fisher überrascht und fügte mit einer Geste auf Mrs. Jack Stepney und Mrs. Wellington Bry in klagendem Ton hinzu: »Wir sind dem Hungertode nahe, weil wir uns nicht entscheiden können, wo wir essen wollen.«

Nachdem er in ihrer Gruppe willkommen geheißen und mit ihrer Schwierigkeit vertraut gemacht worden war, erfuhr Selden zu seinem Amüsement, daß es mehrere Lokale gab, wo man etwas verpassen könnte, wenn man dort nicht äße, oder etwas ausgelassen haben könnte, wenn man dort äße, so daß das Essen selbst tatsächlich weniger von Belang war als der Ort, an dem man diesen Ritus zelebrierte.

»Das Beste bekommt man natürlich auf der ›Terrasse‹ – aber das sieht dann so aus, als hätte man keinen anderen Grund, um dort zu sein; die Amerikaner, die niemanden kennen, rennen immer dem besten Essen hinterher. Und die Herzogin von Beltshire geht seit neuestem zu ›Bécassin‹«, faßte Mrs. Bry die Lage ernst zusammen.

Mrs. Bry war zur Verzweiflung von Mrs. Fisher noch nicht über den Punkt hinausgelangt, ihre gesellschaftlichen Möglichkeiten in aller Öffentlichkeit abzuwägen. Sie konnte es sich einfach nicht angewöhnen, so aufzutreten, als täte sie, was immer sie tat, weil sie es wollte, und ihren Entscheidungen damit das Siegel der Angemessenheit zu verleihen.

Mr. Bry, ein kleiner blasser Mann mit einem Geschäftsgesicht und Freizeitkleidung, sah das Dilemma von der komischen Seite.

»Ich schätze, die Herzogin geht dahin, wo es am billigsten ist, es sei denn sie findet jemanden, der ihr Essen bezahlt. Wenn man ihr auf der ›Terrasse‹ einen ausgeben würde, würde sie dort in Null Komma nichts auftauchen.«

Aber Mrs. Jack Stepney warf dagegen ein: »Die Großherzöge gehen zu dem kleinen Restaurant an der Condamine. Lord Hubert sagt, es ist das einzige in Europa, in dem sie Erbsen wirklich zubereiten können.«

Lord Hubert Dacey, ein schlanker, schäbig gekleideter Mann mit einem charmanten Lächeln und dem Gebaren desjenigen, der seine besten Jahre damit zugebracht hat, den Reichen den Weg in das richtige Restaurant zu zeigen, stimmte mit freundlichem Nachdruck zu: »So ist es.«

»Erbsen?« sagte Mr. Bry verächtlich. »Können sie auch Schildkrötensuppe zubereiten? Das zeigt mal wieder«, fuhr er fort, »was das für Märkte sind hier in Europa, wo man sich damit einen Namen machen kann, daß man Erbsen kocht!«

Jack Stepney legte sich mit Autorität ins Mittel. »Ja, ich weiß nicht, ob ich so ganz Daceys Meinung bin; es gibt da so ein kleines Loch in Paris, zweigt direkt vom Quai Voltaire ab – aber jedenfalls kann ich nicht zu der *gargote*[20] an der Condamine raten, zumindest nicht mit den Damen.«

Stepney war seit seiner Heirat dicker und prüde geworden, wozu die Ehemänner der Van Osburghs ohnehin neigten; aber seine Frau hatte, zu seiner Überraschung und Verwirrung, eine erderschütternd schnelle Gangart entwickelt, die ihn atemlos in ihrem Schlepptau einhertrotten ließ.

»Dann gehen wir jetzt genau dorthin!« erklärte sie mit einem energischen Schütteln ihrer Federn. »Ich habe die ›Terrasse‹ derartig satt; dort ist es so langweilig wie bei einem von Mutters Dinnern. Und Lord Hubert hat versprochen uns zu sagen, wer all die schlimmen Leute in dem Lokal sind – nicht wahr, Carry? Nun, sieh nicht so ernst drein, Jack!«

»Na ja«, sagte Mrs. Bry, »alles was ich wissen will, ist, wer ihre Schneider sind.«

»Das kann Ihnen Dacey ganz bestimmt auch sagen«, bemerkte Stepney, was ironisch gemeint war, aber von dem anderen nur mit einem leisen »Ich kann es zumindest *herausfinden*, mein Lieber« quittiert wurde; und da Mrs. Bry erklärt hatte, sie könne keinen Schritt mehr gehen, hielt die Gesellschaft drei von den leichten Zweispännern an, die sich aufmerksam am Rand der Gärten in Bereitschaft halten, und ratterte in einer kleinen Prozession davon in Richtung auf die Condamine.

Ihr Ziel war eines der kleinen Restaurants, die hoch über dem Boulevard hingen, der sich steil von Monte Carlo zu dem unten gelegenen Viertel am Kai hinabsenkt. Von dem Fenster, wo sie sich bald mit einem Platz versehen fanden, überblickten sie die intensiv blaue Rundung des Hafens zwischen dem üppigen Grün zweier gleicher Gebirgsvorsprünge: zur Rechten die Klippen von Monaco mit der mittelalterlichen Silhouette seiner Kirche und seines Schlosses auf dem Gipfel, zur Linken die Terrassen und Zinnen des Casinos. Zwischen beiden wurden die Wasser der Bucht von unbeschwert ein- und auslaufenden Vergnügungsbooten durchfurcht, durch welche, genau zum Höhepunkt des Mahls, eine majestätisch dahingleitende große Motoryacht die Aufmerksamkeit der Gesellschaft von den Erbsen ablenkte.

»Donnerwetter, ich glaube, da sind die Dorsets wieder!« rief Stepney aus, und Lord Hubert ließ sein Monokel fallen und bestätigte: »Das ist die *Sabrina* – allerdings.«

»Schon? Sie wollten doch einen Monat auf Sizilien verbringen«, bemerkte Mrs. Fisher.

»Ich schätze, sie haben das Gefühl, als hätten sie das auch; es gibt dort nur ein Hotel, das dem heutigen Standard entspricht«, sagte Mr. Bry verächtlich.

»Es war Ned Silvertons Idee – aber der arme Dorset und Lily Bart müssen sich ja schrecklich gelangweilt haben.« Mrs.

Fisher fügte mit gedämpfter Stimme an Selden gewandt hinzu: »Ich hoffe nur, es hat keinen Streit gegeben.«

»Es ist wirklich schön, Miss Bart wieder da zu haben«, sagte Lord Hubert mit seiner sanften bedächtigen Stimme, und Mrs. Bry fügte noch offenherzig hinzu: »Dann wird die Herzogin doch mit uns dinieren, jetzt wo Lily da ist.«

»Die Herzogin schätzt sie außerordentlich; ich bin sicher, sie fände es ganz reizend, wenn man das arrangieren könnte«, stimmte Lord Hubert mit der professionellen Schnelligkeit des Mannes zu, der daran gewöhnt ist, seinen Profit aus dem Zustandebringen gesellschaftlicher Kontakte zu ziehen; Selden war von dem Wandel zum Geschäftsmäßigen in seinem Verhalten beeindruckt.

»Lily hat hier ungeheuren Erfolg gehabt«, fuhr Mrs. Fisher fort, wobei sie sich noch immer vertraulich an Selden wandte. »Sie sieht zehn Jahre jünger aus – so gut sah sie, fand ich, noch nie aus. Lady Skiddaw hat sie in Cannes überall mit hingenommen, und die Kronprinzessin von Mazedonien hat sie für eine Woche bei sich in Cimiez gehabt. Die Leute sagen, das sei einer der Gründe dafür gewesen, daß Bertha ihre Yacht so hastig nach Sizilien abgezogen hat; die Kronprinzessin hat kaum von ihr Notiz genommen, und sie konnte es nicht ertragen, Lilys Triumph mitansehen zu müssen.«

Selden gab keine Antwort. Er hatte vage gewußt, daß Miss Bart sich mit den Dorsets auf einer Kreuzfahrt im Mittelmeer befand, aber der Gedanke war ihm nicht gekommen, daß die Möglichkeit bestünde, ihr an der Riviera über den Weg zu laufen, wo die Saison eigentlich schon zu Ende war. Als er sich zurücklehnte, still über seinem zarten Täßchen mit türkischem Kaffee sinnierend, versuchte er etwas Ordnung in seine Gedanken zu bringen, sich selbst darüber klar zu werden, wie sehr die Nachricht von ihrer Nähe ihn wirklich berührte. Er war in der Lage, sich soweit von seiner eigenen Person zu lösen, daß er sogar in Momenten hohen emotionalen Drucks seine Gefühle mit recht klarem Blick erfassen konnte, und er war ehrlich überrascht von dem Aufruhr, den der Anblick der *Sabrina* in ihm auslöste. Er hatte allen Grund zu der Annahme, daß die drei Monate ihn völlig in Anspruch nehmender Arbeit in seinem Beruf, die dem schlimmen Schock seiner Desillusionierung gefolgt waren, seinen Kopf von allen sentimentalen Hirngespinsten befreit hatten. Das Gefühl, das er in sich genährt und dem er den Vorrang eingeräumt hatte, war das der Dankbarkeit, noch einmal davongekommen zu sein: Er war wie ein Reisender, der so froh ist, einem gefährlichen Unfall entgangen zu sein, daß er seine Prellungen zuerst kaum wahrnimmt. Nun fühlte er plötzlich einen latenten Schmerz und merkte, daß er schließlich doch nicht ohne Verletzungen geblieben war.

Eine Stunde später an Mrs. Fishers Seite in den Gärten des Casinos, versuchte er neue Gründe dafür zu finden, die empfangene Verletzung zu vergessen, indem er daran dachte, welche Gefahr er hatte vermeiden können. Die Gruppe hatte sich mit der säumigen Unentschlossenheit zerstreut, die typisch für alle gesellschaftlichen Bewegungen in Monte Carlo war, wo der ganze Ort und die langen goldenen Stunden des Tages unendlich viele Möglichkeiten zu bieten scheinen, dem Müßiggang zu frönen. Lord Hubert Dacey hatte sich schließlich auf die Suche nach der Herzogin von Beltshire gemacht, von Mrs. Bry mit dem delikaten Auftrag versehen, die Anwesenheit der Dame beim Dinner sicherzustellen, die Stepneys waren in ihrem Automobil nach Nizza abgereist, und Mr. Bry hatte sich aufgemacht, um seinen Platz beim Wettkampf im Taubenschießen einzunehmen, das im Moment seinen ganzen Einsatz erforderte.

Mrs. Bry, die nach dem Essen zum Rotwerden und Röcheln neigte, war klugerweise von Carry Fisher überredet worden, sich für eine ruhige Stunde in ihr Hotel zurückzuziehen, und daher waren nur Selden und seine Begleiterin übrig für einen kleinen Spaziergang, der zu Vertraulichkeiten einlud. Der Spaziergang verwandelte sich bald zu einem ruhigen Niedersitzen auf einer Bank, die von Lorbeer und Lady-Banks-Rosen überhangen wurde und von wo aus sie den blendenden Glanz des blauen Meers zwischen Marmorbalustraden und den feurigen Lanzen der Kaktusblüten sehen konnten, die wie Meteore aus dem Felsen schossen. Der sanfte Schatten ihrer kleinen Nische und das angrenzende Flirren der Luft führten zu einer behaglichen Stimmung und zum Rauchen vieler Zigaretten; und Selden, der diesen Einflüssen nachgab, duldete es, daß Mrs. Fisher vor ihm die Geschichte ihrer jüngsten Erfahrungen ausbreitete. Sie war mit den Brys genau zu der Zeit nach Europa gekommen, zu der die elegante Welt vor den Unbilden des New Yorker Frühlings flieht. Die Brys, berauscht von ihrem ersten Erfolg, dürstete es schon nach neuen Reichen, und Mrs. Fisher, welche die Riviera für eine leicht zu erlangende Einführung in die Londoner Gesellschaft hielt, hatte sie dorthin gebracht. Sie hatte eigene Verbindungen in jeder Hauptstadt und eine Begabung, diese auch nach langer Abwesenheit wieder aufzunehmen, und das zuvor sorgsam verbreitete Gerede vom Reichtum der Brys hatte um sie sofort eine Gruppe von Vergnügungsreisenden aus aller Welt versammelt.

»Aber es läuft nicht alles so gut, wie ich erwartet habe«, gab Mrs. Fisher ganz offen zu. »Es ist ja gut und schön zu behaupten, daß jeder mit Geld Zutritt zur Gesellschaft bekommen kann; aber es entspräche eher der Wahrheit zu sagen, daß das *fast* jeder kann. Und der Londoner Markt ist dermaßen übersättigt mit Amerikanern, daß man, um dort jetzt Erfolg zu haben, entweder furchtbar gescheit oder furchtbar verrückt sein muß. Die Brys sind weder das eine noch das andere. *Er* würde ja gut zurechtkommen, wenn sie ihn nur in Frieden ließe; sie mögen seinen Slang und seine Prahlerei und die Schnitzer, die er macht. Aber Louisa verdirbt alles dadurch, daß sie versucht, ihn im Zaum zu halten und sich selbst in den Vordergrund zu stellen. Wenn sie sich ganz natürlich gäbe – dick und gewöhnlich und angeberisch – wäre ja alles in Ordnung, aber sobald sie irgend jemand Interessantes trifft, bemüht sie sich, schlank und majestätisch zu wirken. Sie hat es bei der Herzogin von Beltshire und bei Lady Skiddaw versucht, und die sind geflohen. Ich habe mein Bestes getan, um ihr zu zeigen, wo ihr Fehler liegt – ich habe ihr wieder und wieder gesagt: ›Laß dich einfach gehen, Louisa‹; aber sie behält den Humbug bei, sogar vor mir – ich glaube, sie gibt sich sogar in ihrem eigenen Zimmer bei verschlossener Tür majestätisch.«

»Das Schlimmste daran ist«, fuhr Mrs. Fisher fort, »daß sie glaubt, es sei alles meine Schuld. Als die Dorsets hier vor sechs Wochen auftauchten und alle anfingen, so ein Theater um Lily Bart zu machen, konnte ich wohl sehen, daß Louisa dachte, daß sie, wenn sie Lily an meiner Statt im Schlepptau gehabt hätte, mittlerweile mit allen Königshäusern per Du wäre. Sie merkt gar nicht, daß Lilys Schönheit das alles bewirkt; Lord Hubert hat mir gesagt, daß man Lily für noch hübscher hält als zu der Zeit, in der er sie in Aix vor zehn Jahren kennengelernt hat. Er war damals anscheinend ungeheuer von ihr beeindruckt. Ein italienischer Fürst, reich und was man sich sonst noch wünschen kann, wollte sie heiraten, aber genau im kritischen Moment erschien ein gutaussehender Stiefsohn auf der Bildfläche, und Lily war dumm genug, mit ihm zu flirten, während ihr Ehevertrag mit dem Stiefvater aufgesetzt wurde. Manche sagen ja, daß der junge Mann es absichtlich getan hat. Sie können sich den Skandal vorstellen; es gab eine furchtbare Auseinandersetzung zwischen den Männern, und die Leute fingen an, Lily derartig schief anzusehen, daß Mrs. Peniston ihre Koffer packen und ihre Kur anderswo beenden mußte. Nicht daß *sie* jemals verstanden hätte, worum es wirklich ging; bis zum heutigen Tag glaubt sie, Aix sei ihr nicht recht bekommen und führt die Tatsache, daß man sie dorthin geschickt hat, immer als Beweis für die Inkompetenz französischer Ärzte an. Das ist Lily, wie sie leibt und lebt, wissen Sie; sie arbeitet wie ein Sklave, um den Boden vorzubereiten und ihre Saat auszusäen, aber an dem Tag, an dem sie eigentlich die Ernte einbringen sollte, verschläft sie oder geht und macht ein Picknick.«

Mrs. Fisher hielt inne und sah nachdenklich auf das schimmernde Meer zwischen den Kakteenblüten. »Manchmal«, fügte sie hinzu, »glaube ich, es ist bloß Unbeständigkeit – und manchmal glaube ich, daß es daran liegt, daß sie im Innersten die Dinge verachtet, um die sie sich bemüht. Und gerade weil es so schwer ist, das zu entscheiden, ist sie ein so interessantes Objekt für Charakterstudien.« Sie blickte zögernd auf Seldens unbewegliches Profil und nahm dann das Thema mit einem leisen Seufzer wieder auf: »Nun ja, ich kann nur sagen, ich wünschte, sie überließe *mir* ein paar ihrer nicht genutzten Möglichkeiten. Ich wünschte zum Beispiel, wir könnten jetzt miteinander tauschen. Sie könnte aus den Brys wirklich etwas machen, wenn sie richtig mit ihnen umginge, und ich wüßte genau, wie ich auf George Dorset aufzupassen hätte, während Bertha mit Neddy Silverton Verlaine liest.«

Seldens Protestlaut beantwortete sie mit einem scharfen, spöttischen Blick. »Ach, was hilft es denn, die Dinge zu beschönigen? Wir wissen alle, daß das der Grund ist, warum Bertha sie nach Europa gebracht hat. Wenn Bertha ihren Spaß haben will, muß sie dafür sorgen, daß George Beschäftigung hat. Zuerst habe ich ja gedacht, daß Lily ihre Karten *diesmal* gut spielen würde, aber jetzt geht das Gerücht, daß Bertha eifersüchtig auf ihren Erfolg hier und in Cannes ist, und ich wäre nicht überrascht, wenn es demnächst zum Bruch zwischen den beiden kommt. Lilys einziger Schutz ist, daß Bertha sie wirklich nötig braucht – oh, bitter nötig. Die Angelegenheit mit Silverton ist in einem akuten Stadium, es ist wichtig, daß Georges Aufmerksamkeit möglichst ständig abgelenkt wird. Und ich muß schon sagen, Lily *lenkt* sie ab; ich glaube, er würde sie morgen heiraten, wenn er herausfände, daß mit Bertha etwas nicht stimmt. Aber Sie kennen ihn ja – er ist genauso blind, wie er eifersüchtig ist, und es ist natürlich zur Zeit Lilys Aufgabe, seine Blindheit zu erhalten. Eine kluge Frau würde vielleicht genau den richtigen Augenblick finden, um ihm die Binde abzunehmen, aber Lily ist nicht auf diese Art klug, und wenn George die

Augen öffnet, wird sie wahrscheinlich alles tun, nicht in seinem Blickfeld zu sein.«

Selden warf seine Zigarette weg. »Donnerwetter – es ist ja Zeit für meinen Zug«, rief er mit einem Blick auf seine Uhr, und auf Mrs. Fishers überraschten Kommentar – »Ja, aber ich dachte natürlich, Sie seien in Monte abgestiegen!« – fügte er noch einige gemurmelte Worte hinzu, die besagten, daß er eigentlich in Nizza sein Quartier habe.

»Das Schlimmste ist, daß sie jetzt auch noch den Brys die kalte Schulter zeigt«, hörte er sie noch recht zusammenhanglos hinter ihm hersagen.

Zehn Minuten später warf er in einem hochgelegenen Hotelzimmer mit Ausblick auf das Casino seine Habseligkeiten in einige Handkoffer, die ihren Mund weit aufsperrten, während ein Träger draußen wartete, um sie zur Droschke vor der Tür zu bringen. Es bedurfte nur einer kurzen Strecke die steile weiße Straße zum Bahnhof hinunter, um ihn sicher zum Nachmittagsexpress nach Nizza zu bringen, und erst als er sich in der Ecke eines leeren Abteils niedergelassen hatte, sagte er sich, plötzlich voll Verachtung für sich selbst: »Wovor, zum Teufel, laufe ich eigentlich davon?«

Diese durchaus angemessene Frage gebot Seldens Fluchtimpuls Einhalt, noch bevor der Zug anfuhr. Es war lächerlich, wie ein Feigling in Gefühlsdingen vor einer Verliebtheit zu fliehen, die seine Vernunft längst überwunden hatte. Er hatte seine Bankiers angewiesen, einige wichtige Geschäftsbriefe nach Nizza weiterzusenden, und in Nizza würde er in aller Ruhe auf sie warten. Er war schon verärgert über sich, weil er Monte Carlo verlassen hatte, wo er eigentlich die Woche, die ihm noch blieb, bevor er das Schiff nehmen mußte, hatte verbringen wollen, aber es würde jetzt schwierig werden, den alten Kurs wiederaufzunehmen, ohne inkonsequent zu erscheinen, und das ließ sein Stolz nicht zu. Im tiefsten Innern seines Herzens tat es ihm nicht leid, daß er sich um die Möglichkeit gebracht hatte, Miss Bart zu treffen. Wenn er sich auch vollständig von ihr gelöst hatte, so konnte er sie doch noch nicht einfach als gesellschaftliches Gegenüber ansehen, und auf persönlichere Weise gesehen, war sie kaum ein beruhigendes Objekt der Betrachtung. Zufällige Begegnungen oder sogar nur das wiederholte Erwähnen ihres Namens würden seine Gedanken wieder in Gleise lenken, aus denen er sie mit aller Entschlossenheit befreit hatte, während, wenn er sie ganz aus seinem Leben heraushalten konnte, der Einfluß neuer und vielfältiger Eindrücke, die nicht mit dem Gedanken an sie verbunden waren, bald das Werk der Trennung endgültig zu Ende bringen würde. Das Gespräch mit Mrs. Fisher hatte wahrhaftig auf dieses Ziel hingewirkt, aber diese Behandlung war zu schmerzhaft, als daß er sie freiwillig gewählt hätte, wo mildere Heilmittel noch nicht erprobt worden waren, und Selden meinte, er könne darauf vertrauen, nach und nach zu einer vernünftigeren Sicht von Miss Bart zu gelangen, wenn er sie nur nicht sehen mußte.

Da er früh auf dem Bahnhof angekommen war, war er gerade an diesem Punkt seiner Überlegungen angelangt, als das zunehmende Gedränge auf dem Bahnsteig ihm sagte, daß er nicht darauf hoffen konnte, ungestört zu bleiben; im nächsten Moment hörte er eine Hand an der Tür, und er wandte sich dorthin, nur um sich genau dem Gesicht gegenüberzusehen, vor dem er geflohen war.

Miss Bart, mit roten Wangen von der Hast, die das überstürzte Einsteigen in den Zug mit sich brachte, führte eine Gruppe an, die aus den Dorsets, dem jungen Silverton und Lord Hubert Dacey bestand, und die kaum Zeit hatte, in den Wagen zu springen und Selden mit Ausrufen der Überraschung und des Willkommens zu bedenken, bevor der Pfiff zur Abfahrt ertönte. Es stellte sich heraus, daß sie alle schnell nach Nizza mußten, weil sie von der Herzogin von Beltshire plötzlich zum Dinner eingeladen worden waren und weil sie das Wasserfest in der Bucht sehen wollten; ein Plan, den sie sich offensichtlich in aller Eile ausgedacht hatten – auch wenn Lord Hubert mit »Also wirklich, wissen Sie« protestierte –, nur um Mrs. Brys Bemühungen, sich die Herzogin zu angeln, zunichte zu machen.

Während man ihm unter viel Gelächter von diesem Schachzug erzählte, hatte Selden Zeit, einen ersten schnellen Eindruck von Miss Bart zu gewinnen, die sich ihm gegenüber in das goldene Nachmittagslicht gesetzt hatte. Kaum drei Monate waren vergangen, seit sie auf der Schwelle des Wintergartens bei den Brys sich getrennt hatten, aber eine feine Veränderung war mit ihrer Schönheit vor sich gegangen. Damals war ihre Schönheit von einer Transparenz gewesen, durch die alles, was sich in ihrem Innern tat, manchmal auf tragische Weise sichtbar wurde; jetzt ließ ihre undurchdringliche Oberfläche an einen Prozeß der Kristallisation denken, der ihr ganzes Wesen zu einer glänzenden Substanz verhärtet hatte. Diese Veränderung war Mrs. Fisher als Verjüngung aufgefallen: Selden erschien sie dagegen als genau der Augenblick des Innehaltens und des Stillstands, in dem die warme Formbarkeit der Jugend in ihre endgültige Gestalt gegossen wird.

Er fühlte das in der Art, wie sie ihm zulächelte, und in der Geistesgegenwart und Gewandtheit, mit der sie, unerwartet in seine Gegenwart versetzt, den Faden ihrer Beziehung zueinander wiederaufnahm, als ob dieser Faden nicht mit einer Gewaltsamkeit gerissen wäre, die ihn noch immer taumeln ließ. Solch eine Leichtigkeit erfüllte ihn mit Abscheu – aber er sagte sich, daß dies mit dem Schmerz einhergehe, auf den dann die Genesung folgt. Jetzt würde er bald richtig wieder gesund werden – würde den letzten Tropfen Gift aus sich herausholen können. Schon fühlte er sich in ihrer Gegenwart ruhiger, als er es bisher bei dem Gedanken an sie zu sein vermocht hatte. Ihre Annahmen und Auslassungen, ihre Verkürzungen und langen Umschreibungen, die ganze Geschicklichkeit, mit der sie sich bemühte, ihm an einem Punkt zu begegnen, von dem aus keine ungelegenen Blicke in die Vergangenheit möglich waren, wiesen darauf hin, wie viel Gelegenheit sie gehabt hatte, solche Künste seit ihrer letzten

Begegnung zu erlernen. Er hatte das Gefühl, als habe sie sich jetzt endlich mit sich selbst arrangiert, als habe sie ein Abkommen mit ihren rebellischen Impulsen geschlossen und ein durchgängiges System der Selbstbeherrschung erreicht, bei dem alle gegenläufigen Tendenzen entweder unterdrückt oder zum Dienste des Ganzen gezwungen wurden.

Und er sah noch anderes in ihrem Verhalten, sah, wie es sich den verborgenen Verwicklungen einer Situation angepaßt hatte, in der er sich sogar nach Mrs. Fishers erhellenden Bemerkungen nicht zurechtfand. Jedenfalls konnte Mrs. Fisher Miss Bart mit Sicherheit nicht mehr vorwerfen, sie nehme die sich ihr bietenden Gelegenheiten nicht wahr! Selden mußte irritiert feststellen, daß sie sich solcher Gelegenheiten nur zu gut bewußt war. Sie war »perfekt« im Umgang mit jedermann; unterwürfig gegenüber Berthas ängstlichem Bemühen um Vorherrschaft, gefällig und aufmerksam gegenüber Dorsets Launen, wach und kameradschaftlich zu Silverton und Dacey, von denen letzterer ihr offensichtlich auf der Grundlage früherer Bewunderung begegnete, während der junge Silverton, auf geradezu ungeheuerliche Weise mit sich selbst beschäftigt, sich ihrer anscheinend nur als etwas irgendwie Hinderlichem bewußt war. Und plötzlich, als Selden so die feinen Schattierungen ihres Verhaltens registrierte, mit deren Hilfe sie sich immer wieder in Einklang mit ihrer Umgebung brachte, kam es ihm, daß die Lage, wenn so ein überaus geschicktes Handhaben des Ganzen notwendig war, allerdings verzweifelt sein mußte. Sie stand am Abgrund von irgend etwas – das war der Eindruck, der ihm von ihr blieb. Ihm war, als sähe er sie am Rand einer tiefen Schlucht in der Schwebe, den einen Fuß graziös vorgestreckt, um zu zeigen, daß sie sich der Tatsache, daß sie den Boden verlor, nicht bewußt war.

Auf der Promenade des Anglais, wo Ned Silverton sich vor dem Dinner eine halbe Stunde lang an ihn hängte, wurden ihm tiefere Einblicke in die allgemeine Unsicherheit vermittelt. Silverton war in einer Stimmung von titanenhaftem Pessimismus. Wie irgend jemand sich in einem so verfluchten Loch wie der Riviera aufhalten könne – jemand mit auch nur einem Körnchen Phantasie – wenn einem doch das ganze Mittelmeer zur Wahl stand; aber natürlich, wenn die Einschätzung eines Ortes allein davon abhing, auf welche Art man dort ein Frühjahrshähnchen grillt! Gott! Was für Studien man doch über die Tyrannei des Magens anstellen könnte – die Art und Weise, wie eine träge Leber oder unzureichende Magensäfte den gesamten Lauf des Universums beeinträchtigen konnten, alles in Reichweite überschatten konnten – chronische Dyspepsie sollte eigentlich mit zu den gesetzlichen Gründen für eine Ehescheidung gehören; das Leben einer Frau konnte durch das Unvermögen ihres Mannes, frisches Brot zu verdauen, ruiniert werden. Grotesk? Ja – und tragisch – wie die meisten Absurditäten. Es gebe nichts Ärgeres als die Tragödie, die eine komische Maske trägt ... Wo war er doch gleich stehengeblieben? O ja – der Grund, warum sie Sizilien hatten Sizilien sein lassen und so schnell zurückgekommen seien? Nun – zum Teil, ganz ohne Zweifel, weil es Miss Barts Wunsch gewesen war, wieder zu Bridge und in elegante Umgebung zu kommen. Tot wie ein Stein für Kunst und Poesie – das Licht des Geistes war für *sie* nicht auf dem Land noch auf dem Meer zu finden! Und natürlich habe sie Dorset überzeugt, daß italienisches Essen schlecht für ihn sei. Oh, sie konnte ihn ja glauben machen, was immer sie wollte – *was auch immer*! Mrs. Dorset war sich darüber natürlich im klaren – oh, völlig, es gab nichts, was *sie* nicht bemerken würde! Aber sie konnte den Mund halten – das mußte sie ja auch, oft genug. Miss Bart war eine sehr gute Freundin – sie wollte kein Wort gegen sie hören. Nur, so etwas verletzt natürlich den Stolz einer Frau – es gibt eben Dinge, an die gewöhnt man sich nicht ... Das alles natürlich im Vertrauen? Ah – und da waren ja die Damen und winkten vom Hotelbalkon ... Er stürmte über die Promenade davon und überließ Selden einer nachdenklich gerauchten Zigarre.

Die Schlüsse, zu denen er gelangte, wurden später am Abend durch die vorsichtig bekräftigenden Hinweise bestätigt, die oftmals auf ihre eigene Weise Licht in das Dunkel eines noch zweifelnden Geistes bringen. Selden, dem ein Bekannter zufällig über den Weg gelaufen war, hatte mit diesem zu Abend gegessen und seinen Aufenthaltsort dann, noch immer in Begleitung dieses Bekannten, auf die hellerleuchtete Promenade verlegt, wo eine Reihe überfüllter Tribünen die glitzernde Dunkelheit des Wassers beherrschte. Die Nacht war weich und verführerisch. Über ihnen hing der Sommerhimmel, an dem sich Raketensalven ihre Bahn brachen, und von Osten her sandte ein spät aufgegangener Mond, der sich langsam die hochaufragende Rundung der Küste hinaufschob, über die Bucht einen hellen Lichtstrahl, der im roten Geglitzer der beleuchteten Boote zu Asche verblaßte. Unter der mit Laternen behangenen Promenade schwebten Bruchstücke von Orchestermusik über dem Summen der Menge und dem sanften Rauschen der Zweige in den dämmrigen Gärten dahin; und zwischen den Gärten und dem hinteren Teil der Tribünen floß ein Strom von Menschen, bei denen die lärmende Karnevalsstimmung wohl durch die zunehmende Schwüle der Saison gedämpft wurde.

Selden und sein Begleiter, die keine Plätze auf den Tribünen, die auf die Bucht hinausblickten, bekommen konnten, waren für einige Zeit in dem Gedränge mitgegangen und fanden dann eine günstige Stelle auf einer hochgelegenen Gartenbrüstung über der Promenade. Von dort aus konnten sie nur auf ein dreieckiges Stückchen Wasser mit dem blitzschnellen Spiel der Boote auf seiner Oberfläche sehen, aber die Menge auf der Straße war genau in ihrem Blickfeld, und für Selden war sie alles in allem von größerem Interesse als die Vorführung selbst. Nach einer Weile wurde er seiner hohen Warte jedoch überdrüssig, er ging allein auf das Trottoir hinunter, bahnte sich seinen Weg bis zur ersten Straßenecke und bog dann in die mondbeschienene Stille einer Seitenstraße ein. Lange Gartenmauern, die von Bäumen überhangen wurden, begrenzten dunkel das Trottoir; eine leere Droschke schleppte sich die verlassene Straße englang, und dann sah

Selden plötzlich zwei Leute aus dem Schatten auf der gegenüberliegenden Seite auftauchen, der Droschke winken und schließlich darin in Richtung Stadtzentrum davonfahren. Das Mondlicht fiel auf sie, als sie innehielten, um in die Droschke zu steigen, und er erkannte Mrs. Dorset und den jungen Silverton.

Unter der nächsten Laterne warf er einen Blick auf seine Uhr und sah, daß es fast elf Uhr war. Er schlug den Weg in eine andere Nebenstraße ein und gelangte, ohne sich durch das Gedränge auf der Promenade wühlen zu müssen, zu dem eleganten Club, der über ihr liegt. Hier erblickte er, mitten im Glanz überfüllter Baccarat-Tische, Lord Hubert Dacey, der mit seinem üblichen, ein wenig strapazierten Lächeln hinter einem schnell dahinschwindenden Häufchen Gold saß. Als das Häufchen nach entsprechender Zeit völlig zur Neige gegangen war, erhob sich Lord Hubert mit einem Achselzucken, schloß sich Selden an und ging mit ihm auf die verlassene Terrasse des Clubs. Es war jetzt nach Mitternacht, und das Gedränge auf den Tribünen ließ nach, während die langen Reihen rotbeleuchteter Boote sich zerstreuten und unter einem Himmel dahinschwanden, der wieder dem ruhigen Glanz des Mondes gehörte.

Lord Hubert sah auf seine Uhr. »Donnerwetter aber auch, ich hatte versprochen, zum Nachtessen bei der Herzogin im *London-House* zu sein; aber es ist nach zwölf, und sie sind wahrscheinlich längst nicht mehr beisammen. Um die Wahrheit zu sagen, habe ich sie gleich nach dem Dinner in der Menge verloren und bin hierhergekommen, um für meine Sünden Buße zu tun. Sie hatten Plätze auf einer der Tribünen, aber sie konnten natürlich nicht ruhig sitzenbleiben; das kann die Herzogin sowieso nie. Sie und Miss Bart haben sich aufgemacht, um – wie sie es nennen – auf Abenteuersuche zu gehen – Gott, ist wirklich nicht ihre Schuld, wenn ihnen nicht einige sehr verrückte begegnen!« Nachdem er innegehalten hatte, um nach einer Zigarette zu suchen, fügte er zögernd hinzu: »Miss Bart ist eine gute alte Freundin von Ihnen, glaube ich?

Das hat sie mir gesagt. – Ah, danke – anscheinend habe ich keine mehr.« Er zündete die von Selden angebotene Zigarette an und fuhr dann in seinem hohen, langsamen Ton fort: »Es geht mich natürlich nichts an, aber ich habe sie der Herzogin nicht vorgestellt. Ganz bezaubernde Frau, die Herzogin, verstehen Sie, und eine sehr gute Freundin von mir, aber eben eine *ziemlich* liberale Erziehung.«

Selden nahm das schweigend entgegen, und nach ein paar Zügen brach es wieder aus Lord Hubert hervor: »Sowas kann man jungen Damen eben nicht verständlich machen – wenn die jungen Damen auch heutzutage angeblich klug genug sind, sich selbst ein Urteil zu bilden; aber in diesem Fall – ich bin auch ein guter alter Freund, wissen Sie ... und es gibt, wie es scheint, sonst niemanden, mit dem man darüber sprechen könnte. Die ganze Situation ist etwas verworren, soweit ich es sehe – aber da war doch sonst immer irgendwo eine Tante, eine weitschweifige und unschuldige Person, die ganz großartig darin war, Schwierigkeiten zu überbrücken, die sie selbst gar nicht sah ... Ah, sie ist in New York? Schade, daß New York so weit weg ist.«

II

Als Miss Bart spät am nächsten Morgen aus ihrer Kabine kam, fand sie sich allein auf dem Deck der *Sabrina*.

Die Kissen der Stühle, die erwartungsvoll unter dem weiten Sonnenzelt aufgestellt waren, trugen keine Zeichen, vor kurzem benutzt worden zu sein, und sie hörte bald von einem Steward, daß Mrs. Dorset noch nicht erschienen sei und daß die Herren – getrennt – an Land gegangen seien, gleich nachdem sie gefrühstückt hatten. Mit diesen Tatsachen versehen, lehnte Lily sich für eine Weile über die Reeling und gab sich in Ruhe dem Genuß des Schauspiels vor ihr hin. Wolkenloses Sonnenlicht hüllte Meer und Strand in ein Bad reinsten Glanzes. Das sich purpurn färbende Wasser zog eine scharfe weiße

Gischtlinie am Fuß des Strandes; gegen seine unregelmäßigen Erhebungen leuchteten Hotels und Villen aus dem Graugrün der Oliven- und Eukalyptusbäume, und der Hintergrund der kahlen, feingezeichneten Berge zitterte in dem blassen intensiven Licht.

Wie schön das alles war – und wie sie Schönheit liebte! Sie hatte immer schon gefunden, daß ihre Sensibilität in dieser Richtung einen Ausgleich bildete für eine gewisse Gefühllosigkeit, auf die sie weniger stolz war, und während der letzten drei Monate hatte sie sich ihrem Schönheitssinn hemmungslos hingegeben. Die Einladung der Dorsets, mit ihnen zu reisen, war wie eine schon fast an ein Wunder grenzende Befreiung aus ihren überwältigenden Schwierigkeiten gekommen; und ihre Begabung, sich in einer neuen Szenerie zu erneuern und Probleme, die sich aus ihrem Verhalten ergaben, so leicht von sich zu schieben wie die Umgebung, in der diese aufgetaucht waren, ließen den einfachen Wechsel von einem Ort zum anderen nicht als bloßen Aufschub, sondern wie eine Erlösung aus ihren Nöten erscheinen. Moralische Komplikationen existierten für sie nur in dem Umfeld, das sie hervorgebracht hatte; es war gar nicht ihre Absicht, sie leicht zu nehmen oder sie zu ignorieren, aber sie verloren ihre Wirklichkeit, wenn man sie vor einem anderen Hintergrund sah. Sie hätte nicht in New York bleiben können, ohne Trenor das Geld zurückzuzahlen, das sie ihm schuldete; um sich dieser widerwärtigen Schuld zu entledigen, hätte sie vielleicht sogar eine Heirat mit Rosedale über sich gebracht, aber der Zufall, der den Atlantik zwischen sie und ihre Verpflichtungen legte, ließen diese an ihrem Horizont verschwinden, als ob sie Meilensteine seien und sie an ihnen vorbeigereist wäre.

Die zwei Monate auf der *Sabrina* im besonderen waren wie dazu gemacht, ihr zu dieser Illusion der Entfernung zu verhelfen. Sie war in neue Umgebungen versetzt worden und hatte in ihnen alte Hoffnungen und Ambitionen erneuert gefunden. Die Kreuzfahrt selbst hatte für sie den Zauber eines romantischen Abenteuers. Die Namen und Orte, zwischen denen sie sich bewegte, rührten sie auf unbestimmte Weise, und sie hatte Ned Silverton, als er Theokrit im Mondlicht vorlas und die Yacht die sizilianischen Vorgebirge umschiffte, mit einer Erschütterung zugehört, die sie in ihrem Glauben an ihre intellektuelle Überlegenheit noch bestärkte. Aber die Wochen in Cannes und Nizza hatten ihr doch noch mehr Vergnügen bereitet. Die Genugtuung, in der ersten Gesellschaft willkommen geheißen zu werden und ihre Überlegenheit dort fühlbar zu machen, so daß sie sich wieder einmal in der Rolle der »schönen Miss Bart« in dem interessanten Journal fand, das es sich zur Aufgabe machte, auch die unbedeutendsten Bewegungen ihrer Gefährten aus aller Welt festzuhalten – all diese Erfahrungen trugen dazu bei, die prosaischen und unerquicklichen Schwierigkeiten, denen sie entkommen war, in den hintersten Winkel ihres Gedächtnisses zu verbannen.

Wenn sie sich dunkel neuer Schwierigkeiten in der Zukunft bewußt war, so war sie sich der Fähigkeit, solche zu bewältigen, ganz sicher; es war typisch für sie zu glauben, daß die einzigen Probleme, die sie nicht lösen konnte, diejenigen waren, mit denen sie vertraut war. Bis dahin konnte sie ehrlich stolz auf die Geschicklichkeit sein, mit der sie sich der doch recht heiklen Situation angepaßt hatte. Sie hatte allen Grund anzunehmen, daß sie sich ihrem Gastgeber und ihrer Gastgeberin gleich unentbehrlich gemacht hatte, und wenn sie nur irgendeinen vollkommen unverwerflichen Weg gesehen hätte, finanziell Profit aus der Situation zu ziehen, hätte es keinerlei Wolken an ihrem Horizont gegeben. Tatsache war, daß ihre Mittel wie gewöhnlich dummerweise sehr knapp waren, und weder Dorset noch seiner Frau gegenüber konnte sie diese vulgäre Peinlichkeit vorsichtig andeuten. Doch war die Not nicht so dringend; sie konnte noch irgendwie über die Runden kommen, wie sie es schon so oft vordem getan hatte, in der Hoffnung, irgendein glücklicher Wandel in ihrem Schicksal möchte ihr beistehen, und bis dahin war das Leben fröhlich, schön und leicht, und sie war sich bewußt, keine unwürdige Rolle vor einer solchen Szenerie einzunehmen.

An diesem Morgen war sie zum Frühstück mit der Herzogin von Beltshire verabredet, und um zwölf Uhr ließ sie sich im Ruderboot an Land bringen. Vorher hatte sie noch ihr Mädchen losgeschickt, um sich zu erkundigen, ob sie Mrs. Dorset sehen könnte, aber es kam die Antwort, daß diese müde sei und zu schlafen versuche. Lily glaubte, sie kenne wohl den Grund für diese Zurückweisung. Ihre Gastgeberin war nicht mit eingeschlossen gewesen bei der Einladung der Herzogin, obwohl sie persönlich die loyalsten Anstrengungen in dieser Richtung unternommen hatte. Aber ihre Hoheit war Andeutungen gegenüber ganz unzugänglich und lud ein oder überging, wie es ihr gefiel. Es war nicht Lilys Schuld, wenn Mrs. Dorsets kompliziertes Gehabe nicht zur leichten Gangart der Herzogin paßte. Die Herzogin, die selten Erklärungen für ihr Verhalten gab, hatte ihre Einwände gegen Mrs. Dorset nicht weiter formuliert und nur gesagt: »Sie ist ziemlich langweilig, wissen Sie. Der einzige von Ihren Freunden, den ich mag, ist dieser kleine Mr. Bry – *der* ist komisch –«, aber Lily wußte genug, um nicht weiter in sie zu dringen, und hatte alles in allem gar nichts dagegen, so auf Kosten ihrer Freunde ausgezeichnet zu werden. Bertha *war* aber auch wirklich schwer zu ertragen, seitdem sie sich der Dichtkunst und Ned Silverton verschrieben hatte.

Im ganzen war es eine Erleichterung, dann und wann von der *Sabrina* wegzukommen; und das kleine Frühstück bei der Herzogin, von Lord Hubert mit seiner ganzen Virtuosität organisiert, erschien Lily um so erfreulicher, als es ihre Reisegefährten nicht mit einschloß. Dorset war in letzter Zeit noch verdrießlicher und unberechenbarer als sonst geworden, und Ned Silverton ging mit einem Gebaren umher, als wollte er das ganze Universum herausfordern. Die Freizügigkeit und Leichtigkeit im Umgang mit der Herzogin boten eine angenehme Abwechslung zu diesen Schwierigkeiten, und Lily war versucht, nach dem Essen sich ihren Freunden anzuschließen und sich mit ihnen in die hektische Atmosphäre des Casinos zu begeben. Sie hatte nicht die Absicht zu spielen; ihr begrenztes Taschengeld bot wenig Gelegenheit für solche Abenteuer; aber es machte ihr Spaß, auf einem Diwan zu sitzen hinter dem etwas zweifelhaften Schutz des Rückens der Herzogin, während diese sich über ihren Einsatz an einem Tisch in der Nähe beugte.

Die Räume waren brechend voll mit Zuschauertrauben, die sich in den Nachmittagsstunden zwischen den Tischen durchschoben wie die Menge am Sonntag im Löwenhaus. In dem immer wieder stockenden Strom der Massen waren einzelne Persönlichkeiten kaum auszumachen, aber Lily sah nach kurzer Zeit Mrs. Bry, die sich entschlossen ihren Weg durch die Türen bahnte, und in der breiten Spur, die sie hinterließ, die zarte Gestalt von Mrs. Fisher hinter ihr hertänzeln wie ein Ruderboot hinter dem Heck eines Schleppers. Mrs. Bry drängte weiter voran, ganz offensichtlich von dem Entschluß beseelt, eine bestimmte Stelle in den Räumen zu erreichen, aber Mrs. Fisher machte sich, als sie an Lily vorbeikam, aus ihrem Schlepptau frei und ließ sich an die Seite des jungen Mädchens treiben.

»Ob ich sie so nicht verliere?« wiederholte sie auf dessen Frage hin mit einem gleichgültigen Blick auf Mrs. Brys sich entfernenden Rücken. »Also – das ist jetzt wirklich egal: Ich *habe* sie schon verloren.« Und auf Lilys erstaunten Ausruf fügte sie noch hinzu: »Wir hatten heute morgen einen schrecklichen Streit. Du weißt natürlich, daß die Herzogin sie gestern abend beim Dinner hat sitzenlassen, und sie meint, es sei meine Schuld gewesen – meine mangelnde Organisation. Das Schlimmste an allem ist, die Nachricht – nur eine kurze Absage übers Telephon – kam so spät, daß das Dinner bezahlt werden mußte, und Bécassin *hatte* sich Umstände gemacht – so hatte man ihm eingehämmert, daß die Herzogin kommen würde!« Mrs. Fisher gönnte sich ein leises Lachen bei der Erinnerung. »Für etwas zu bezahlen, das sie dann doch nicht bekommt, wurmt Louisa ganz fürchterlich; ich kann ihr einfach nicht klarmachen, daß es nur einer der vorbereiteten Schritte dafür ist, Dinge zu bekommen, für die man nicht bezahlt hat – und da ich gerade zur Hand war, um auseinandergenommen zu werden, hat sie mich in Stücke gerissen, die Arme!«

Lily murmelte etwas Mitfühlendes. Gefühle des Mitleids fielen ihr leicht, und ganz instinktiv bot sie Mrs. Fisher ihre Hilfe an.

»Wenn ich irgend etwas tun kann – wenn es nur darum geht, die Herzogin kennenzulernen! Ich habe gehört, wie sie gesagt hat, sie fände Mr. Bry amüsant –«

Aber Mrs. Fisher unterbrach sie mit einer entschlossenen Geste. »Meine Liebe, ich habe auch meinen Stolz, den Stolz meines Berufes. *Ich* bin mit der Herzogin nicht fertiggeworden, und ich kann Louisa jetzt nicht deine Künste als meine andrehen. Ich habe schon einen Schlußstrich gezogen; heute abend noch fahre ich mit den Sam Gormers nach Paris. *Die* sind noch im Anfangsstadium; ein italienischer Prinz ist noch viel, viel mehr als ein Fürst für sie, und sie sind immer drauf und dran, jeden Kurier für einen zu halten. Sie davor zu bewahren, ist fürs erste meine Aufgabe.« Sie lachte wieder über ihr Bild. »Aber bevor ich gehe, möchte ich noch meinen Letzten Willen und mein Testament machen – ich möchte dir die Brys hinterlassen.«

»Mir?« Miss Bart stimmte in ihre Erheiterung mit ein. »Es ist furchtbar nett von dir, mich nicht zu vergessen, Liebes, aber wirklich –«

»Du bist schon bestens versorgt?« Mrs. Fisher warf ihr schnell einen scharfen Blick zu. »*Bist* du das denn, Lily – so gut, daß du mein Angebot ablehnen könntest?«

Miss Bart errötete langsam. »Was ich eigentlich sagen wollte, war, daß die Brys nicht das geringste Interesse daran haben könnten, daß man so über sie verfügt.«

Mrs. Fisher fuhr fort, ihre Verlegenheit unerschütterlich unter die Lupe zu nehmen. »Was du eigentlich sagen wolltest, war, daß du die Brys furchtbar beleidigt hast; und du weißt, daß sie das wissen –«

»Carry!«

»Oh, in gewisser Beziehung strotzt Louisa nur so vor Wahrnehmungsgabe. Wenn du es fertiggebracht hättest, dafür zu sorgen, daß sie nur einmal auf die *Sabrina* eingeladen worden wären – besonders wenn irgendwelche Hoheiten da waren! Aber es ist noch nicht zu spät«, schloß sie ernsthaft, »für euch beide ist es noch nicht zu spät.«

Lily lächelte. »Bleib hier, und ich werde die Herzogin dazu bringen, mit ihnen zu dinieren.«

»Ich werde nicht bleiben – die Gormers haben für mein Bett im Salonwagen bezahlt«, sagte Mrs. Fisher einfach. »Aber bring die Herzogin trotzdem dazu, mit ihnen zu dinieren.«

Lilys Lächeln ging wieder in ein leises Lachen über; das beharrliche Bitten ihrer Freundin fing an, ihr unwichtig vorzukommen. »Es tut mir leid, wenn ich die Brys nicht genug beachtet habe –« fing sie an.

»Ach, die Brys – du warst es, an die ich gedacht habe«, sagte Mrs. Fisher kurz. Sie hielt inne und meinte dann sich vorbeugend mit gedämpfter Stimme: »Du weißt, daß wir alle gestern abend nach Nizza weitergefahren sind, nachdem die Herzogin uns hat sitzenlassen. Es war Louisas Idee – ich habe ihr gesagt, was ich davon halte.«

Miss Bart pflichtete ihr bei. »Ja – ich habe euch auf dem Rückweg gesehen, am Bahnhof.«

»Nun, der Mann, der mit dir und George Dorset im Abteil war – dieser widerliche kleine Dabham, der die *Gesellschaftsnotizen von der Riviera* macht – hat mit uns in Nizza gegessen. Und er erzählt überall, daß du und Dorset, daß ihr allein nach Mitternacht zurückgekommen seid.«

»Allein –? Wo er doch bei uns war?« Lily lachte, aber ihr Lachen wandelte sich unter Mrs. Fishers anhaltend bedeutungsschwangerem Blick zu Ernsthaftigkeit. »Wir *sind* allein zurückgekommen – wenn das so furchtbar ist? Aber wer war denn daran schuld? Die Herzogin hat die Nacht in Cimiez mit der Kronprinzessin verbracht; Bertha fand die Vorführung nach einiger Zeit langweilig und ist früh weggegangen mit dem Versprechen, uns am Bahnhof zu treffen. Wir waren rechtzeitig da, aber sie nicht – sie ist überhaupt nicht erschienen!«

Miss Bart gab diese Erklärung im Ton desjenigen ab, der mit sorgloser Selbstsicherheit eine vollständige Rechtfertigung liefert, aber Mrs. Fisher reagierte auf eine Art, die gar nicht zur Sache passen wollte. Sie schien die Rolle ihrer Freundin bei dem Ereignis völlig aus dem Auge verloren zu haben; ihre Vorstellung hatte einen anderen Weg eingeschlagen.

»Bertha ist überhaupt nicht erschienen? Wie ist sie dann um Himmels willen heimgekommen?«

»Oh, mit dem nächsten Zug, nehme ich an; es gab zwei zusätzliche wegen des Festes. Auf jeden Fall weiß ich, daß sie sich sicher auf der Yacht befindet, wenn ich sie auch noch nicht gesehen habe; aber du siehst, es war nicht meine Schuld«, war Lilys Resümee.

»Nicht deine Schuld, daß Bertha nicht erschienen ist? Mein armes Kleines, wenn du nur nicht dafür bezahlen mußt!« Mrs. Fisher erhob sich – sie hatte gesehen, wie Mrs. Bry wieder in ihre Richtung zurückwogte. »Da ist Louisa, und ich muß gehen – oh, nach außen hin verstehen wir uns ausgezeichnet; wir werden zusammen essen gehen, aber in ihrem Innersten bin *ich* es, die sie verspeist«, erklärte sie, und mit einem letzten Händedruck und einem letzten Blick fügte sie noch hinzu: »Denk dran, ich hinterlasse sie dir; jetzt zögert sie noch, ist aber bereit, dich zu übernehmen.«

Lily nahm den Eindruck, den Mrs. Fishers Abschied hinterlassen hatte, mit sich über die Casinotreppen hinaus. Sie hatte, bevor sie gegangen war, den ersten Schritt getan, wieder in Gnaden von Mrs. Bry aufgenommen zu werden. Ein freundliches Entgegenkommen – ein unbestimmt gemurmeltes »man müsse einander doch öfter sehen« – ein an Anspielungen reicher Blick in die allernächste Zukunft, der das Gefühl vermittelte, sowohl die Herzogin als auch die *Sabrina* einzuschließen – wie leicht das alles war, wenn man das nötige Geschick hatte, so etwas in die Wege zu leiten! Sie wunderte sich über sich selbst, wie sie es so oft getan hatte, daß sie, die doch das Geschick dafür hatte, nicht konsequenter davon Gebrauch machte. Aber manchmal war sie einfach achtlos – und manchmal, konnte es sein, daß sie zu stolz war? Heute war sie sich jedenfalls vage eines Grunds bewußt gewesen, ihren Stolz zurückzustellen, hatte ihn sogar so weit zurückgestellt, Lord Hubert Dacey, dem sie zufällig auf der Casinotreppe begegnet war, vorzuschlagen, daß er doch wirklich die Herzogin einmal dazu bringen könnte, mit den Brys zu dinieren, wenn *sie* es auf sich nahm, dafür zu sorgen, daß sie auf die *Sabrina* eingeladen würden. Lord Hubert hatte seine Hilfe mit einer Bereitwilligkeit zugesagt, auf die sie immer zählen konnte; nur auf diese Weise erinnerte er sie daran, daß er einmal bereit gewesen war, so viel mehr für sie zu tun. Kurzum, ihr Weg schien sich von selbst zu ebnen, während sie auf ihm voranging, und doch blieb ein leises Gefühl des Unbehagens. War es, fragte sie sich, durch ihre zufällige Begegnung mit Selden hervorgerufen worden? Sie glaubte eigentlich nicht – die Zeit und die vielen Veränderungen schienen ihn so vollständig in eine angemessene Entfernung verwiesen zu haben. Der plötzliche und vollkommene Umschwung ihrer Ängste hatte bewirkt, daß ihre Vergangenheit so weit in den Hintergrund gerückt war, daß sogar Selden als einem Teil davon noch etwas Unwirkliches anhaftete. Und er hatte so klar und deutlich zu verstehen gegeben, daß sie einander nicht wiedersehen würden, daß er bloß für ein, zwei Tage kurz nach Nizza gekommen war und schon fast einen Fuß auf dem nächsten Dampfer hatte. Nein – dieser Teil der Vergangenheit war nur für einen Augenblick an die Oberfläche der sich jagenden Ereignisse gestiegen, und jetzt, da er wieder versunken war, blieben die Ungewißheit, die Besorgnis.

Diese steigerten sich plötzlich heftig in ihr, als sie George Dorset erblickte, der die Treppen des »Hôtel de Paris« hinabstieg und über den Platz auf sie zukam. Sie hatte vorgehabt, zum Kai hinunterzufahren und wieder auf die Yacht zurückzugehen, aber jetzt konnte sie sich des Eindrucks nicht erwehren, daß vorher noch etwas anderes geschehen würde.

»Wohin gehst du? Sollen wir ein Stückchen laufen?« fing er an, stellte dabei die zweite Frage, bevor die erste beantwortet war, und ohne auf eine Antwort auf eine der Fragen zu warten, führte er sie stumm in die relative Abgeschiedenheit der unteren Gärten.

Sie entdeckte an ihm sofort alle Anzeichen nervöser Spannung. Die Haut unter den eingesunkenen Augen war angeschwollen, und ihre bleiche Farbe war zu einem bleiernen Weiß verblaßt, gegen das sich seine unregelmäßigen Augenbrauen und der lange rötliche Schnurrbart abhoben, was einen düsteren Effekt ergab. Kurz, seine ganze Person stellte eine sonderbare Mischung aus Beschmutzung und Ingrimm dar.

Er ging schweigend neben ihr her mit schnellen hastigen Schritten, bis sie die schattigen Hänge östlich des Casinos erreicht hatten, dann hielt er abrupt an und sagte: »Hast du Bertha gesehen?«

»Nein – als ich die Yacht verließ, war sie noch nicht aufgestanden.«

Er nahm die Bemerkung mit einem Lachen entgegen, das sich wie der surrende Klang einer defekten Uhr anhörte. »Noch nicht aufgestanden? Ist sie denn zu Bett gegangen? Weißt du, um welche Zeit sie an Bord gekommen ist? Heute früh um sieben!« rief er aus.

»Um sieben?« Lily stutzte. »Was ist denn geschehen – ein Zugunglück?«

Er lachte wieder. »Sie haben den Zug verpaßt – sämtliche Züge – sie mußten einen Wagen suchen.«

»Nun –?« Sie zögerte, weil sie gleich merkte, wie wenig sogar dieser Umstand die vielen verhängnisvollen Stunden erklärte, die vergangen waren.

»Nun, sie konnten nicht sofort einen Wagen bekommen – um die Zeit mitten in der Nacht, weißt du –« der erklärende Ton vermittelte fast den Eindruck, als wolle er seine Frau verteidigen – »und als sie endlich einen bekamen, war es nur eine einspännige Kutsche, und das Pferd lahmte!«

»Wie ärgerlich! Ich verstehe«, versicherte sie um so ernsthafter, weil sie sich ängstlich bewußt war, daß sie es nicht verstand, und nach einer Pause fügte sie noch hinzu: »Es tut mir furchtbar leid – aber hätten wir warten sollen?«

»Warten auf eine einspännige Kutsche? Sie hätte uns kaum alle vier tragen können, meinst du nicht?«

Sie nahm dies auf die, wie ihr schien, einzig mögliche Weise auf, mit einem Lachen, das dazu dienen sollte, die Frage selbst damit abzutun, daß man sie als komisch behandelte. »Nun ja, es wäre sicher schwierig geworden; wir hätten abwechselnd laufen müssen. Aber es wäre herrlich gewesen, den Sonnenaufgang zu sehen.«

»Ja, der Sonnenaufgang *war* herrlich«, stimmte er bei.

»Ja? Du hast ihn also gesehen?«

»Habe ich, ja; vom Deck aus. Ich bin aufgeblieben und habe auf sie gewartet.«

»Natürlich – ich nehme an, du hast dir Sorgen gemacht. Warum hast du nicht nach mir rufen lassen, um an deiner nächtlichen Wache teilzunehmen?«

Er stand still und zog mit seiner mageren, schwachen Hand an seinem Schnurrbart. »Ich glaube kaum, daß dir ihr *dénouement*[21] gefallen hätte«, sagte er plötzlich voller Ingrimm.

Wieder war sie bestürzt über den plötzlichen Wechsel in seinem Ton, und mit einem Mal sah sie, wie gefährlich dieser Augenblick war und wie wichtig es war, daß sie ihr Wissen um diese Gefahr nicht durch ihren Blick verriet.

»*Dénouement* – ist das nicht ein etwas großes Wort für solch einen kleinen Vorfall? Das Schlimmste bei alledem ist ja schließlich bloß die Ermüdung, und Bertha wird wohl mittlerweile ausgeschlafen haben.«

Sie klammerte sich tapfer an diesen begütigenden Ton, obwohl seine Sinnlosigkeit sich jetzt im starren Blick seiner traurigen Augen unmißverständlich zeigte.

»Nicht – nicht –!« brach es aus ihm hervor mit dem verletzten Aufschrei eines Kindes, und während sie versuchte, ihr Mitleid und ihre Entschlossenheit, die Ursache dafür zu ignorieren, in einem zweideutigen, gemurmelten Widerspruch zusammenzubringen, ließ er sich auf die Bank fallen, neben der sie stehengeblieben waren, und stieß seine ganze Seelenpein hervor.

Es war eine schreckliche Stunde – eine Stunde, aus der sie schaudernd und ausgebrannt hervorging, als ob ihre Lider von deren grellem Licht versengt worden wären. Es war nicht so, als hätte sie nie Vorzeichen für einen solchen Ausbruch gesehen, ihre Ängste waren vielmehr immer in Alarmbereitschaft gewesen, gerade weil während der letzten drei Monate sich an der Oberfläche des Lebens ständig verhängnisvolle Risse aufgetan hatten und sonderbare Dämpfe erschienen waren. Es hatte Momente gegeben, da hätte die Situation mit einem einfacheren, aber noch eindringlicheren Bild beschrieben werden können – dem eines klapprigen Wagens, der von feurigen, wilden Pferden über eine holprige Straße geschleudert wird, während sie darin kauerte in dem Bewußtsein, daß das Geschirr repariert werden mußte, und sich immer fragend, was als erstes reißen würde. Nun – jetzt waren alle Stricke gerissen, und das Erstaunliche war nur, daß die ganze verrückte Ausrüstung so lange gehalten hatte. Ihr Gefühl, in den Zusammenbruch mit einbezogen zu sein, statt ihn nur von der Straße aus zu beobachten, wurde noch durch die Art verstärkt, in der Dorset sie, mitten in seinen wütenden Drohungen und wilden Anfällen von Selbstverachtung, fühlen ließ, wie sehr er sie brauchte, welchen Platz sie in seinem Leben eingenommen hatte. Wäre sie nicht gewesen, wo hätte er ein offenes Ohr für seine Schreie gefunden? Und welche Hand, wenn nicht ihre, konnte ihn wieder auf den Boden von Vernunft und Selbstachtung emporziehen? Während des ganzen ermüdenden Kampfes mit ihm war sie sich eines irgendwie mütterlichen Gefühls in ihren Bemühungen, ihm den Weg zu weisen und ihn aufzurichten, bewußt gewesen. Aber zum gegenwärtigen Zeitpunkt klammerte er sich nicht an sie, um aufgerichtet zu werden, sondern um jemanden zu haben, der sich mit ihm in den Tiefen quälte; er wollte, daß sie mit ihm litt, nicht daß sie ihm half, weniger zu leiden.

Zum Glück für sie beide verfügte er über wenig physische Kraft, um seine Raserei aufrechtzuerhalten. Die ließ ihn, eingefallen und schwer atmend, in einer Apathie verharren, die so tief ging und so lange dauerte, daß Lily schon fast fürchtete, die Leute, die vorüberkamen, würden meinen, sie sei das Resultat eines Anfalls, und anhalten, um ihre Hilfe anzubieten. Aber Monte Carlo ist von allen Orten derjenige, wo das Band zwischen den Menschen am wenigsten eng und wo ein sonderbarer Anblick am wenigsten interessant ist. Wenn dann und wann ein Blick an dem Paar hängenblieb, so wurde es doch von keinem zudringlichen Mitleid gestört, und es war Lily selbst, die das Schweigen brach und sich von ihrem Sitz erhob. Je klarer sie sah, desto klarer wurde ihr auch, daß die Reichweite der Gefahr weit größer war, und sie erkannte, daß es nicht Dorset war, der den gefährlichsten Part innehatte.

»Wenn du nicht zurückgehen willst, ich muß – bitte, ich möchte dich nicht alleinlassen!« drängte sie.

Aber er weigerte sich stumm, und sie fügte hinzu: »Was willst du denn tun? Du kannst doch wirklich nicht die ganze Nacht über hier sitzen.«

»Ich kann in ein Hotel gehen. Ich kann meine Rechtsanwälte anrufen.« Er setzte sich von einem neuen Gedanken belebt auf. »Ja, natürlich, Selden ist in Nizza. Ich werde nach Selden schicken!«

Lily setzte sich daraufhin mit einem besorgten Aufschrei wieder. »Nein, nein, nein!« protestierte sie.

Er wandte sich ihr mißtrauisch zu. »Warum nicht Selden? Er ist Rechtsanwalt, oder nicht? In diesem Fall ist einer so gut wie der andere.«

»So schlecht wie der andere, meinst du. Ich dachte, du würdest auf *meine* Hilfe zählen.«

»Du hilfst mir ja auch – indem du so lieb und geduldig mit mir bist. Wenn du nicht gewesen wärest, hätte ich der Sache längst ein Ende gemacht. Aber jetzt muß Schluß sein.« Er erhob sich plötzlich und richtete sich mit einiger Anstrengung auf. »Du kannst nicht wollen, daß ich mich lächerlich mache.«

Sie sah ihn freundlich an. »Das ist es ja gerade.« Dann, nachdem sie einen Moment nachgedacht hatte, sprudelte es schon fast zu ihrer eigenen Überraschung wie unter einer plötzlichen Eingebung aus ihr heraus: »Na gut, fahr und triff Mr. Selden. Du hast Zeit genug, es noch vor dem Dinner zu erledigen.«

»Ach, *Dinner* –« spottete er, aber sie verließ ihn lächelnd erwidernd: »Dinner an Bord, denk dran; wir werden es auf neun Uhr verschieben, wenn du möchtest.«

Es war schon nach vier, und als eine Droschke sie am Kai abgesetzt hatte und sie dastand und auf das Boot wartete, das für sie ablegen sollte, fing sie an, sich zu fragen, was auf der Yacht geschehen war. Wo Silverton sich aufhielt, war nicht zur Sprache gekommen. War er zur *Sabrina* zurückgekehrt? Oder konnte Bertha – diese furchtbare Möglichkeit tat sich ihr plötzlich auf – konnte Bertha, sich selbst überlassen, an Land gegangen sein, um sich ihm anzuschließen? Lilys Herz setzte bei diesem Gedanken aus. Ihre Sorge hatte bisher allein dem jungen Silverton gegolten, nicht nur weil in diesen Dingen der Instinkt einer Frau dahin geht, sich auf die Seite des Mannes zu stellen, sondern weil sein Fall ihr Mitgefühl in besonderem Maße ansprach. Ihm war es so verzweifelt ernst, dem armen Jungen; seine Ernsthaftigkeit war etwas ganz anderes als Berthas, wenn die ihre auch verzweifelt genug war. Der Unterschied war, daß es Bertha nur in bezug auf ihre eigene Person ernst meinte, während es ihm um sie ging. Aber jetzt, da die Krise eingetreten war, schien dieser Unterschied das ganze Gewicht der Not auf Berthas Seite zu verlagern, denn er hatte zumindest sie, für die er litt, und sie hatte nur sich selbst. Auf jeden Fall, wenn man es weniger idealistisch ansah, mußte alle Nachteile einer solchen Situation die Frau tragen, und Lilys Mitgefühl konzentrierte sich nun ganz auf Bertha. Sie mochte Bertha Dorset nicht besonders gern, aber sie konnte sich auch nicht über das Gefühl der Verpflichtung ihr gegenüber hinwegsetzen, das um so schwerer wog, als da so wenig persönliche Zuneigung war, es zu stützen. Bertha war gut zu ihr gewesen, sie hatten die letzten Monate in unbeschwerter Freundschaft miteinander verbracht, und die Mißhelligkeiten, die Lily in letzter Zeit auffielen, ließen es nur um so dringender erscheinen, daß sie sich ungeteilt für die Interessen ihrer Freundin einsetzte.

Es war sicher in Berthas Interesse, daß sie Dorset losgeschickt hatte, sich mit Lawrence Selden zu beraten. Nachdem sie das Groteske der Situation einmal akzeptiert hatte, erkannte sie mit einem Blick, daß es so für Dorset am sichersten war. In wem außer Selden verband sich auf so wunderbare Weise die Fähigkeit, Bertha zu retten, mit der Verpflichtung, es auch zu tun? In dem Bewußtsein, daß sehr viel Geschick dazu vonnöten sein würde, verließ Lily sich dankbar auf die Größe der Verpflichtung. Da er Bertha würde durchhelfen *müssen*, konnte sie darauf vertrauen, daß er einen Weg finden würde, und deshalb hatte sie die ganze Fülle ihres Vertrauens in das Telegramm gelegt, das abzusenden ihr auf ihrem Weg zum Kai noch gelang.

Soweit also, fand Lily, hatte sie richtig gehandelt, und diese Überzeugung gab ihr Kraft für die Aufgabe, die noch vor ihr lag. Sie und Bertha waren nie enge Vertraute gewesen, aber in einer solchen Krise mußten die Barrieren der Zurückhaltung doch fallen; Dorsets wilde Anspielungen auf die Szene am Morgen gaben Lily das Gefühl, daß sie schon gefallen waren, und daß jeder Versuch, sie wiederaufzurichten, Berthas Kraft übersteigen mußte. Sie stellte sich die Arme vor, wie sie zitternd hinter den niedergerissenen Wällen ihres Selbstschutzes verharrte und nur auf den Augenblick wartete, in dem sie

Zuflucht in dem ersten Unterschlupf, der sich ihr bot, nehmen konnte. Wenn dieser Unterschlupf sich nur nicht schon irgendwo anders geboten hatte! Während das Boot die kurze Entfernung zwischen Kai und Yacht zurücklegte, ängstigte Lily sich mehr und mehr wegen der möglichen Folgen ihrer langen Abwesenheit. Was, wenn die unglückliche Bertha, die während all der langen Stunden niemanden gehabt hatte, an den sie sich wenden konnte – aber da war Lilys eiliger Fuß schon auf der Trittleiter, und mit ihrem ersten Schritt auf der *Sabrina* erwiesen sich ihre schlimmsten Befürchtungen als unbegründet, denn dort saß die unglückliche Bertha im luxuriösen Schatten des Achterdecks im vollen Besitz ihrer üblichen, schlanken Eleganz und schenkte der Herzogin von Beltshire und Lord Hubert Tee ein.

Dieser Anblick war für Lily eine solche Überraschung, daß sie das Gefühl hatte, zumindest Bertha müsse deren Bedeutung in ihrem Blick lesen können, und die Ausdruckslosigkeit des Blicks, der dem ihren antwortete, brachte sie dementsprechend aus der Fassung. Aber eine Sekunde später erkannte sie, daß Mrs. Dorset natürlich vor anderen unbeeindruckt dreinschauen und daß sie, um die Wirkung ihrer eigenen Überraschung zu mildern, auf der Stelle irgendeinen einfachen Grund dafür vorbringen mußte. Seit langem daran gewöhnt, schnelle Übergänge zu finden, fiel es ihr leicht, der Herzogin zuzurufen: »Ja, aber ich dachte, Sie wären wieder zur Kronprinzessin zurückgegangen!«, und dies reichte für die Dame, an die sie sich wandte, aus, wenn es auch kaum eine hinreichende Begründung für Lord Hubert war.

Zumindest bot es eine Eröffnung für eine lebhafte Erklärung, daß die Herzogin allerdings demnächst dorthin zurückfahren würde, aber vorher noch in aller Eile auf die Yacht gekommen sei, um mit Mrs. Dorset kurz über das morgige Dinner zu sprechen – das Dinner mit den Brys, denn Lord Hubert hatte darauf bestanden, sie doch noch dorthin zu schleppen.

»Um meinen Hals zu retten, wissen Sie!« erklärte er mit

einem Blick, der bei Lily um Anerkennung für seine Schnelligkeit bat, und die Herzogin fügte noch mit ihrer prachtvollen Offenheit hinzu: »Mr. Bry hat ihm ein Trinkgeld versprochen, und er sagt, daß er, wenn wir gehen, es an uns weitergeben will.«

Dies führte zu ein paar abschließenden vergnüglichen Bemerkungen, bei denen Mrs. Dorset, wie Lily fand, ihre Rolle mit erstaunlicher Tapferkeit spielte, und zu deren Abschluß Lord Hubert auf halber Höhe der Trittleiter ihnen mit dem Ausdruck desjenigen, der schnell noch einmal die Anwesenden durchzählt, zurief: »Und wir können doch sicher auch mit Dorset rechnen?«

»O ja, rechnen Sie mit ihm«, pflichtete ihm dessen Frau fröhlich bei. Sie hielt bis zuletzt durch – aber als sie sich umwandte, nachdem sie zum Abschied über die Reling gewunken hatte, mußte, wie Lily sich sagte, die Maske fallen und ihre innere Angst ihr aus den Augen schauen.

Mrs. Dorset wandte sich langsam um; vielleicht brauchte sie Zeit, um ihrer Gesichtsmuskeln Herr zu werden, auf jeden Fall hatte sie sie vollständig unter Kontrolle, als sie sich wieder in ihren Sessel hinter dem Teetisch fallen ließ und Miss Bart gegenüber mit einem leisen Anflug von Ironie bemerkte: »Ich nehme an, ich sollte ›Guten Morgen‹ sagen.«

Wenn das ein Stichwort war, so war Lily durchaus bereit, es aufzunehmen, wenn sie auch nur eine ganz vage Ahnung hatte, was von ihr als Erwiderung darauf erwartet wurde. Es lag etwas Irritierendes darin, sich Mrs. Dorsets Gelassenheit ansehen zu müssen, und sie mußte sich zu dem leichten Ton zwingen, mit dem sie antwortete: »Ich habe versucht, dich heute morgen zu sehen, aber du warst noch nicht aufgestanden.«

»Nein – ich bin spät ins Bett gekommen. Nachdem wir euch am Bahnhof verpaßt hatten, dachten wir, wir sollten bis zum letzten Zug auf euch warten.« Sie sprach sehr freundlich, nur mit dem leisesten Anflug eines Vorwurfs.

»Ihr habt uns verpaßt?« Jetzt war Lily wirklich zu durcheinander, als daß sie die Worte der anderen noch genau erwogen oder auf ihre eigenen achtgegeben hätte. »Aber ich dachte, ihr wäret erst zum Bahnhof gekommen, als der letzte Zug schon abgefahren war!«

Mrs. Dorset, die sie prüfend unter ihren gesenkten Lidern betrachtete, stellte daraufhin sofort die Frage: »Wer hat dir das erzählt?«

»George – ich habe ihn gerade eben in den Gärten getroffen.«

»Ach, ist das Georges Version? Armer George – er war nicht in dem Zustand, sich an das zu erinnern, was ich ihm gesagt habe. Er hatte einen seiner schlimmsten Anfälle heute morgen, und ich habe ihn fortgeschickt, damit er zum Arzt geht. Weißt du, ob er ihn gefunden hat?«

Lily war noch immer in Mutmaßungen befangen und gab keine Antwort, und Mrs. Dorset setzte sich lässig in ihrem Sessel zurecht. »Er wird warten, um ihn noch anzutreffen; er war in fürchterlicher Sorge um sich. Es ist sehr schlecht für ihn, sich aufregen zu müssen, und immer wenn etwas passiert, was ihn aus der Fassung bringt, zieht das einen Anfall nach sich.«

Diesmal war sich Lily sicher, daß ihr das Stichwort mit Nachdruck gegeben wurde, aber es wurde mit so bestürzender Plötzlichkeit vorgebracht und mit einer so unglaublichen Nichtachtung, zu was das alles führen würde, daß sie nur unsicher stammeln konnte: »Etwas, das ihn aus der Fassung bringt?«

»Ja – wie zum Beispiel dich vor aller Augen in den frühen Morgenstunden auf dem Halse zu haben. Du weißt, meine Liebe, du stellst eine ziemliche Verantwortung dar an so einem skandalumwitterten Ort nach Mitternacht.«

Darauf – so völlig unerwartet und unfaßbar unverschämt, wie es war – konnte Lily sich des Tributs eines erstaunten Lachens nicht erwehren.

»Also wirklich – wenn man bedenkt, daß du es warst, die ihm diese Verantwortung aufgebürdet hat!«

Mrs. Dorset nahm das mit vollkommener Sanftheit hin. »Weil ich nicht die übermenschliche Klugheit besessen habe, euch in dem furchtbaren Ansturm auf den Zug zu entdecken? Oder genug Phantasie anzunehmen, daß ihr ihn ohne uns nehmen würdet – du und er ganz allein – statt in Ruhe auf dem Bahnhof zu warten, bis es uns *gelingen* würde, euch zu finden?«

Lily stieg die Farbe ins Gesicht; langsam wurde ihr klar, daß Bertha ein Ziel verfolgte, nach einer Taktik vorging, die sie sich zurechtgelegt hatte. Nur, wenn solch ein bedrohliches Verhängnis unmittelbar bevorstand, warum verschwendete sie dann Zeit an diese kindischen Versuche, es abzuwenden? Der Mangel an Reife, der in dem Versuch lag, entwaffnete Lilys Entrüstung; bewies er nicht, wie furchtbar verängstigt die Arme sein mußte?

»Nein, einfach weil du nicht in Nizza mit uns zusammengeblieben bist«, erwiderte sie.

»Zusammengeblieben? Wo du es doch warst, die die erste Gelegenheit am Schopfe gepackt hat, mit der Herzogin und ihren Freunden davonzulaufen? Meine liebe Lily, du bist schließlich kein Kind, das man an die Hand nehmen müßte!«

»Nein – auch Maßregelungen muß man mir wirklich nicht mehr erteilen, wenn es das ist, was du gerade mit mir machst.«

Mrs. Dorset lächelte sie vorwurfsvoll an. »Dich maßregeln – ich? Gott bewahre! Ich habe bloß versucht, dir einen kleinen freundschaftlichen Wink zu geben. Aber normalerweise ist es genau andersherum, nicht wahr? Von mir erwartet man, daß ich mir etwas sagen lasse, nicht daß ich es selber tue; von all dem, was da so angedeutet wurde, hätte ich in den letzten Monaten regelrecht leben können.«

»Angedeutet – ich hätte dir gegenüber ...?« wiederholte Lily.

»Oh, natürlich auf die negative Weise – was ich besser nicht sein und tun und sehen sollte. Und ich habe das mit bewundernswerter Geduld hingenommen. Nur, meine Liebe, wenn ich das sagen darf, hatte ich noch nicht begriffen, daß eine meiner negativen Pflichten darin bestand, dich *nicht* zu warnen, wenn du es mit deiner Unachtsamkeit zu weit treibst.«

Eine kalte Angst ergriff Miss Bart, das Wissen um den bereits einmal geschehenen Verrat, das wie das Aufblitzen des Messers in der Dunkelheit war. Aber ihr Mitleid siegte nach einem Moment über ihr instinktives Zurückschaudern. Was war denn dieser Erguß sinnloser Erbitterung anderes als der Versuch einer gejagten Kreatur, das Mittel, mit dessen Hilfe sie fliehen wollte, im Dunkel zu halten? Es lag Lily schon auf der Zunge zu rufen: »Du arme Seele, laß doch die Winkelzüge – komm geradewegs zu mir, und wir werden einen Ausweg finden!« Aber die Worte erstarben ihr auf den Lippen vor der undurchdringlichen Unverschämtheit von Berthas Lächeln. Lily saß stumm da, nahm die Hauptwucht des Angriffs ruhig hin und ließ ihn an sich bis zum letzten Tropfen seiner ganzen Falschheit austoben; dann stand sie ohne ein Wort auf und ging in ihre Kabine hinunter.

III

Miss Barts Telegramm erreichte Lawrence Selden an der Tür seines Hotels, und nachdem er es gelesen hatte, ging er zurück, um auf Dorset zu warten. Die Nachricht ließ natürlich viel Raum für Mutmaßungen, aber alles, was er in letzter Zeit gehört und gesehen hatte, machte es ihm leicht, diesen auszufüllen. Alles in allem war er überrascht; denn wenn er auch erkannt hatte, daß die Situation alle Elemente für eine Explosion enthielt, so hatte er doch oft genug im Rahmen seiner persönlichen Erfahrung erlebt, daß gerade solche Verknüpfungen sich in Harmlosigkeit auflösten. Dennoch, Dorsets erregbares Naturell und die rücksichtslose Gleichgültigkeit seiner Frau in bezug darauf, wie ihr Verhalten auf andere wirken mochte, gaben der Situation etwas besonders Unsicheres; und weniger aus dem Gefühl heraus, mit dem Fall irgendwie besonders verbunden zu sein, als vielmehr aus rein beruflichem Interesse, beschloß Selden, das Paar vor dem Schlimmsten zu bewahren. Ob in diesem besonderen Fall ein Ausweg bestand für den einen wie den anderen, ein so arg beschädigtes Band zu flicken, das zu überlegen, war nicht seine Sache; er mußte nur grundsätzlich dafür sorgen, daß ein Skandal vermieden wurde, und sein Wunsch, das zu tun, wurde noch durch seine Befürchtungen verstärkt, ein Skandal möchte auch Miss Bart mit einschließen. An diesen Ängsten war nichts Konkretes; er wünschte bloß, ihr die Peinlichkeit zu ersparen, auch nur im entferntesten mit dem Waschen der schmutzigen Wäsche des Ehepaars Dorset in Verbindung gebracht zu werden.

Wie erschöpfend und unangenehm ein solcher Prozeß werden würde, stand ihm nach einem zweistündigen Gespräch mit dem armen Dorset sogar noch lebhafter vor Augen. Wenn überhaupt irgend etwas herauskam, würde das in solch ein ungeheures Auspacken einer Anhäufung moralischer Schmutzwäsche ausarten, daß er, als sein Besucher ihn verlassen hatte, das Gefühl hatte, er müsse die Fenster aufreißen und sein Zimmer ausfegen lassen. Aber es sollte ja nichts herauskommen; und es war ein Glück für seine Partei, daß die Schmutzfetzen, wie man sie auch zusammensetzte, nicht ohne beträchtliche Schwierigkeiten in einen einheitlichen Grund zur Klage verwandelt werden konnten. Die abgerissenen Enden paßten nicht immer – es fehlten Teile, es gab Unstimmigkeiten in Größe und Farbe, und es war natürlich Seldens Aufgabe, daraus soviel zu machen wie möglich, als er sie seinem Klienten vorlegte. Aber für einen Mann in Dorsets Stimmung konnte die vollständigste Beweisführung nicht überzeugend wirken, und Selden sah ein, daß alles, was er für den Moment tun konnte, war, ihn zu beschwichtigen und Zeit zu gewinnen, sein Mitgefühl anzubieten und zur Vorsicht zu raten. Er ließ Dorset gehen, nachdem er ihm regelrecht eingebleut hatte, daß er bis zu ihrem nächsten Treffen eine strikt unverbindliche Haltung einnehmen müsse, kurzum, daß seine Rolle in dem Spiel zum gegenwärtigen Zeitpunkt im Zuschauen bestand. Selden wußte jedoch, daß er solche gewaltigen Kräfte nicht lange im Gleichgewicht halten konnte, und er versprach, sich am nächsten Morgen mit Dorset in einem Hotel in Monte Carlo zu treffen. Bis dahin zählte er nicht wenig auf die Wirkung von Schwäche und Mißtrauen der eigenen Urteilsfähigkeit gegenüber, die in solchen Naturen jeder ungewohnten Verausgabung an moralischer Energie folgen, und seine telegraphische Antwort an Miss Bart bestand allein in der Anweisung: »Tun Sie so, als sei alles beim alten.«

Dieser Weisung gemäß verlebten sie auch wirklich den ersten Teil des folgenden Tages. Als wolle er Lilys dringenden Bitten folgen, war Dorset tatsächlich zu einem späten Dinner auf die Yacht zurückgekehrt. Diese Mahlzeit war der schwierigste Augenblick des ganzen Tages gewesen. Dorset war in abgrundtiefes Schweigen versunken, was dem, das seine Frau seine »Anfälle« nannte, so oft zu folgen pflegte, daß man es vor der Dienerschaft mit Leichtigkeit auf diesen Grund schieben konnte; aber Bertha schien, und das war verwunderlich genug, kaum geneigt, Gebrauch von diesem schützenden Vorwand machen zu wollen. Sie ließ einfach die ganze Last der Lage in den Händen ihres Mannes, als sei sie selbst so sehr mit einem Grund zur Klage beschäftigt, daß ihr gar nicht der Verdacht kommen konnte, sie selbst könnte Anlaß dazu gegeben haben. Für Lily war diese Haltung das unheilverheißendste, weil verwirrendste Element der Situation. Während sie versuchte, das schwache Flackern des Gesprächs wiederanzufachen und immer wieder die bröckelige »Fassade« aufrechtzuerhalten, wurde ihre Aufmerksamkeit beständig von der Frage beeinträchtigt: »Worauf, um Himmels willen, will sie bloß hinaus?« Es war etwas eindeutig Irritierendes an Berthas Haltung isolierten Trotzes. Wenn sie ihrer Freundin nur einen kleinen Wink gegeben hätte, so hätten sie noch immer erfolgreich zusammenarbeiten können, aber wie sollte Lily von Nutzen sein, wenn man sie so hartnäckig von jeglicher Teilnahme ausschloß? Von Nutzen sein, das war es, was sie aufrichtig wollte, und nicht um ihrer selbst, sondern um der Dorsets willen. Sie hatte sich noch gar keine Gedanken über ihre eigene Situation gemacht. Sie war ganz davon in Anspruch genommen, ein wenig Ordnung in die ihrer Freunde zu bringen. Aber das Ende des kurzen trostlosen Abends hinterließ in ihr das Gefühl, als sei all ihr Bemühen hoffnungslos verschwendet. Sie hatte nicht versucht, Dorset allein zu sehen, sie schrak eindeutig davor zurück, von ihm wieder ins Vertrauen gezogen zu werden. Es war Bertha, um deren Vertrauen ihr zu tun war, und die genauso begierig sich um das ihre hätte bemühen müssen, und Bertha, als wäre sie völlig in einem selbstzerstörerischen Trieb befangen, schob doch wahrhaftig ihre rettende Hand von sich.

Lily war früh zu Bett gegangen und hatte das Paar sich selbst überlassen; es schien Teil des allgemeinen Geheimnisses, in dem sie sich bewegte, daß mehr als eine Stunde verging, bis sie hörte, wie Bertha den stillen Gang hinunter zu ihrem Zimmer ging. Der Morgen, der einen Tag beginnen ließ, an dem es offensichtlich nach den gleichen Bedingungen weitergehen sollte, ließ nicht erkennen, was zwischen dem sich feindlich gegenüberstehenden Paar vorgefallen war. Nur eines wies rein äußerlich auf den Wandel hin, den zu ignorieren sich alle bemühten, und das war, daß Ned Silverton nicht wieder auftauchte. Niemand brachte dies zur Sprache, und dieses stillschweigende Vermeiden des Themas sorgte dafür, daß es ganz im Vordergrund ihres Denkens stand. Aber es gab noch eine weitere Veränderung, die nur für Lily sichtbar war, und das war, daß Dorset sie nun fast ebenso ausdrücklich mied wie seine Frau. Vielleicht bereute er seine voreiligen Ergüsse vom Vortag, vielleicht versuchte er nur auf seine ungeschickte Art, Seldens Ratschlag zu befolgen, sich »wie immer« zu benehmen. Solche Anweisungen sorgen ebensowenig für ein unbefangenes Verhalten wie das Geheiß des Photographen, »ganz natürlich« auszusehen, und bei einem

Menschen, der sich so wenig bewußt war, wie er normalerweise wirkte, wie der arme Dorset, mußte der Kampf, eine Rolle durchzuhalten, ja zu sonderbaren Verzerrungen führen.

Er endete auf jeden Fall damit, daß Lily sich auf ungewohnte Weise selbst überlassen war. Sie hatte, als sie ihr Zimmer verließ, erfahren, daß Mrs. Dorset noch nicht gesehen worden sei und daß Mr. Dorset die Yacht schon früh verlassen habe, und weil sie sich zu unruhig fühlte, um allein zu bleiben, ließ sie sich auch an Land rudern. Als sie zum Casino lief, schloß sie sich einer Gruppe von Bekannten aus Nizza an, mit denen sie aß, und in deren Gesellschaft sie gerade zum Casino zurückkehrte, als sie Selden begegnete, der eben den Platz überquerte. Sie konnte sich in dem Moment nicht endgültig von ihrer Gruppe trennen, die freundlicherweise angenommen hatte, daß sie bei ihnen bleiben würde, bis sie abfahren mußten, aber sie fand Zeit, zumindest eben anzuhalten, um sich zu erkundigen, worauf er sofort erwiderte: »Ich habe ihn wiedergesehen – er ist gerade von mir gegangen.«

Sie blieb ängstlich wartend vor ihm stehen. »Nun? Was ist geschehen? Was *wird* geschehen?«

»Nichts soweit – und in Zukunft auch nichts, glaube ich.«

»Ist es also vorüber? Ist alles geklärt? Sind Sie sicher?«

Er lächelte. »Lassen Sie mir Zeit. Ich bin nicht sicher – aber ich bin immerhin um einiges sicherer.« Und damit mußte sie sich zufriedengeben und schnell wieder zu der wartenden Gruppe auf der Treppe hasten.

Nun war es so, daß sich Selden ihr gegenüber so sicher gegeben hatte, wie er konnte, das Maß seiner Sicherheit sogar noch ein wenig übertrieben hatte, um der Angst in ihren Augen begegnen zu können. Und jetzt, da er sich abwandte und den Hügel zum Bahnhof hinunterschlenderte, blieb ihm der Eindruck dieser Angst als die wahrnehmbare Rechtfertigung seiner eigenen. Es war wirklich nicht irgend etwas Konkretes, was er fürchtete; im wörtlichen Sinne war seine Erklärung, daß er glaube, es würde nichts geschehen, schon wahr gewesen. Ihm bereitete Sorgen, daß, wenn Dorsets Haltung sich auch offenbar verändert hatte, diese Veränderung nicht eindeutig begründet werden konnte. Sie war sicher nicht die Folge von Seldens Argumenten oder der Weisungen seiner eigenen nüchternen Vernunft. Fünf Minuten im Gespräch mit ihm genügten, um zu zeigen, daß irgendein fremder Einfluß am Werk gewesen war und daß dieser nicht so sehr seinen Groll gemildert, als vielmehr seine Willenskraft geschwächt hatte, so daß er jetzt unter diesem Einfluß in einem apathischen Zustand war, wie ein gefährlicher Irrer, den man unter Drogen gestellt hat. In der Zwischenzeit diente der fremde Einfluß ganz zweifellos, wie immer er auch zustande gekommen sein mochte, der allgemeinen Sicherheit; die Frage war nur, wie lange würde er anhalten, und welche Reaktion würde ihm wahrscheinlich folgen? In diese beiden Punkte konnte Selden kein Licht bringen; denn er erkannte, daß eine Auswirkung der Veränderung war, daß sie ihn von einem offenen Meinungsaustausch mit Dorset ausschloß. Der war zwar noch immer von dem unwiderstehlichen Bedürfnis getrieben, das ihm geschehene Unrecht zu besprechen; aber wenn er auch immer wieder mit derselben hilflosen Hartnäkkigkeit darauf zurückkam, so war Selden doch klar, daß ihn etwas von einer umfassenden Aussprache abhielt. Sein Zustand war von der Art, daß er zunächst Müdigkeit und dann Ungeduld in seinem Zuhörer hervorrief; und als ihr Gespräch vorüber war, hatte Selden langsam das Gefühl, er habe sein Äußerstes getan und könne sich nun mit Berechtigung von dem, was folgen möge, freisprechen lassen.

In einer solchen Verfassung war er gewesen, als er sich zum Bahnhof aufgemacht hatte, und Miss Bart seinen Weg kreuzte, aber, obwohl er nach seinem kurzen Gespräch mit ihr mechanisch weiterhin seinen Kurs verfolgte, fiel ihm doch auf, daß seine Absicht sich nach und nach änderte. Diese Veränderung hatte der Ausdruck in ihren Augen verursacht; und in dem heftigen Verlangen, das Wesen dieses Ausdrucks zu ergründen, ließ er sich auf einem Sitzplatz in den Gärten nieder und brütete dort über dieser Frage. Es war gewiß natürlich genug, daß sie ängstlich erschien; eine junge Frau, die sich in der engen Intimität einer Kreuzfahrt auf einer Yacht zwischen ein Ehepaar am Rande eines Unglücks gestellt sah, konnte kaum, selbst wenn man von der Sorge um ihre Freunde absah, unempfänglich für die Peinlichkeit ihrer eigenen Situation sein. Das Schlimmste von alledem war, daß bei der Deutung von Miss Barts Seelenzustand so viele verschiedene Deutungen möglich waren; und eine von diesen nahm in Seldens quälender Vorstellung die häßliche Form an, die Mrs. Fisher angedeutet hatte. Wenn ein Mädchen Angst hatte, hatte es dann um seiner selbst willen oder um seiner Freunde willen Angst? Und bis zu welchem Grad wurde die Furcht vor einer Katastrophe durch das Wissen verstärkt, verhängnisvoll in diese mitverstrickt zu sein? Da die Hauptlast des Vergehens ganz eindeutig bei Mrs. Dorset lag, schienen solche Mutmaßungen auf den ersten Blick unbegründet und herzlos, aber Selden wußte, daß auch beim einseitigsten ehelichen Streitfall im allgemeinen Gegenanklagen erhoben werden, und das mit um so größerer Unverfrorenheit, je drastischer der ursprüngliche Grund zur Klage ist. Mrs. Fisher hatte nicht gezögert, die Wahrscheinlichkeit anzudeuten, daß Dorset Miss Bart heiraten würde, sollte »irgend etwas passieren«, und wenn Mrs. Fishers Schlußfolgerungen auch immer recht voreilig waren, war sie doch scharfsinnig genug, die Zeichen zu deuten, die diesen Schlüssen zugrunde lagen. Dorset hatte offensichtlich ein ausgeprägtes Interesse für das Mädchen gezeigt, und dieses Interesse konnte seiner Frau in ihrem Kampf um die Rettung ihres Ansehens auf grausame Weise zum Vorteil gereichen. Selden wußte, daß Bertha bis zum letzten Tropfen Blut kämpfen würde; das Unüberlegte ihres Verhaltens verband sich unlogischerweise mit einer eiskalten Entschlossenheit, seinen Konsequenzen zu entgehen. Sie konnte genauso skrupellos für sich selbst kämpfen, wie sie verwegen dabei war, Gefahren heraufzubeschwören, und bei allem, was ihr in solchen Momenten in die Hände geriet, bestand die Wahrscheinlichkeit, daß sie es als Wurfgeschoß zu ihrer Verteidigung einsetzen würde. Selden sah bisher noch nicht klar, welchen Kurs sie nun genau einschlagen würde, aber diese Unsicherheit steigerte seine Befürchtungen noch und damit auch das Gefühl, daß er, bevor er fuhr, noch einmal mit Miss Bart sprechen müsse. Was auch ihr Anteil an der Situation sein mochte – und er war immer ehrlich bemüht gewesen, der Versuchung zu widerstehen, sie ihrer Umgebung nach zu beurteilen – wie unbeteiligt sie persönlich auch sein mochte, es wäre doch besser für sie, bei einem möglichen Bruch aus dem Weg zu sein, und da sie ihn um Hilfe gebeten hatte, war es ganz eindeutig seine Aufgabe, ihr das zu sagen.

Dieser Entschluß brachte ihn schließlich wieder in Bewegung und ließ ihn in die Räume des Spielcasinos zurückkehren, hinter dessen Türen er sie hatte verschwinden sehen; aber auch eine längere Erkundung der Menge vermochte nicht, ihn auf ihre Spur zu bringen. Statt dessen sah er zu seiner Überraschung Ned Silverton, der sich ziemlich ostentativ an den verschiedenen Tischen herumtrieb, und die Entdeckung, daß dieser Akteur in dem Drama nicht nur wartend hinter den Kulissen bereitstand, sondern sich tatsächlich dem Rampenlicht aussetzte, hatte – obwohl sie auch bedeuten konnte, daß alle Gefahr vorüber war – doch eher zur Folge, Seldens Ahnung von drohendem Unheil noch zu vertiefen. Diese Eindrücke lasteten auf ihm, als er zum Vorplatz zurückkehrte in der Hoffnung, Miss Bart diesen überqueren zu sehen, wie jedermann es in Monte Carlo unweigerlich mindestens ein dutzendmal am Tag zu tun scheint, aber auch hier wartete er vergebens auf ihr Erscheinen, und langsam drängte sich ihm der Schluß auf, daß sie auf die *Sabrina* zurückgegangen war. Es würde schwierig werden, ihr dorthin zu folgen, und, wenn er das täte, noch schwieriger, eine Gelegenheit für ein Wort unter vier Augen zu finden, und er hatte sich schon fast für die unbefriedigende Alternative entschieden, ihr zu schreiben, als das unaufhörliche Diorama des Platzes ihm plötzlich die Gestalten von Lord Hubert und Mrs. Bry vor Augen führte.

Als er sie gleich mit der Frage, die ihn beschäftigte, begrüßte, erfuhr er von Lord Hubert, daß Miss Bart gerade in Begleitung der Dorsets zur *Sabrina* zurückgekehrt sei; diese Ankündigung war so offensichtlich beunruhigend für Selden, daß Mrs. Bry nach einem Blick von ihrem Begleiter, der wie der Druck auf eine Sprungfeder zu wirken schien, sofort den Vorschlag machte, daß er doch auch kommen und seine Freunde bei einem Dinner am heutigen Abend treffen solle – »Bei ›Bécassin‹ – ein kleines Dinner für die Herzogin«, teilte sie ihm noch schnell mit, bevor Lord Hubert Zeit fand, seinen Druck auf die Feder zurückzunehmen.

Seldens Gefühl des Privilegs, einer solchen Gesellschaft mit anzugehören, brachte ihn früh am Abend vor die Tür des Restaurants, wo er innehielt, um die Reihen der Gäste, die über die hell erleuchtete Terrasse herankamen, in Augenschein zu nehmen. Dort hielt er, während die Brys noch wegen der letzten beunruhigenden Alternativen in der Speisefolge schwankten, nach den Gästen von der *Sabrina* Ausschau, die nach einiger Zeit am Horizont erschienen zusammen mit der Herzogin, Lord und Lady Skiddaw und den Stepneys. Es war leicht für ihn, Miss Bart aus dieser Gruppe herauszulösen unter dem Vorwand, für einen Augenblick in eines der eleganten Geschäfte an der Terrasse hineinzuschauen, und zu ihr zu sagen, während sie zusammen vor dem blendenden Glanz eines Juwelierschaufensters stehenblieben: »Ich bin noch geblieben, um Sie zu sehen – um Sie zu bitten, die Yacht zu verlassen.«

Ihre Augen zeigten, als sie sich ihm zuwandte, ein kurzes Aufblitzen ihrer früheren Angst. »Zu verlassen –? Was wollen Sie damit sagen? Was ist geschehen?«

»Nichts. Aber wenn etwas geschehen sollte, warum sollen Sie dann um den Weg sein?«

Das helle Licht aus dem Schaufenster des Juweliergeschäfts verstärkte noch die Blässe ihres Gesichts und gab seinen feinen Zügen die Schärfe einer tragischen Maske. »Es wird schon nichts passieren, da bin ich ganz sicher, aber solang es noch Zweifel gibt, wie können Sie da glauben, ich würde Bertha im Stich lassen?«

Diese Worte wurden in einem Ton der Verachtung hervorgebracht – war es womöglich Verachtung für ihn? Nun, er war bereit, diese erneut soweit zu riskieren, daß er mit unleugbar stärker erregtem Interesse in sie drang: »Sie müssen an sich selbst denken, wissen Sie –«, worauf sie mit einem sonderbaren Einschlag von Traurigkeit in ihrer Stimme antwortete, wobei sich ihre Augen trafen: »Wenn Sie wüßten, wie wenig Unterschied das macht!«

»Nun ja, es *wird* schon nichts geschehen«, sagte er mehr zu seiner eigenen als zu ihrer Versicherung, und sie stimmte ihm tapfer mit einem »Nichts, natürlich nichts!« bei, als sie sich abwandten, um ihre Gefährten einzuholen.

In dem überfüllten Restaurant schien ihr Selbstgefühl, als sie ihre Plätze an Mrs. Brys hellerleuchteter Tafel einnahmen, durch die Vertrautheit ihrer Umgebung wieder an Halt zu gewinnen. Da waren Dorset und seine Frau und zeigten einmal mehr der Welt ihr gewohntes Gesicht: sie ganz damit beschäftigt, das richtige Verhältnis zu einem auffallend neuen Kleid zu finden, er von der Furcht des Dyspeptikers vor den mannigfaltigen Angeboten der Speisekarte geschüttelt. Schon allein die Tatsache, daß sie sich so zusammen zeigten mit der ganzen Offenheit, die dieser Ort erforderlich machte, schien ohne Zweifel darauf hinzuweisen, daß ihre Differenzen beigelegt waren. Wie dies zuwege gebracht worden sein sollte, war noch immer Grund genug, sich zu wundern; aber es war klar, daß Miss Bart für den Augenblick ruhig auf das Ergebnis vertraute, und Selden bemühte sich, zu derselben Ansicht zu gelangen, indem er sich sagte, daß sie besser als er Gelegenheit gehabt hatte, die Lage zu beobachten.

Inzwischen, während das Dinner durch ein Labyrinth von Gängen voranschritt, das erkennen ließ, daß Mrs. Bry sich doch dann und wann über Lord Huberts Einhalt gebietende Hand hinweggesetzt hatte, begann Seldens allgemeine Wachsamkeit sich zu lockern, und er beobachtete statt dessen nur noch Miss Bart. Es war einer der Tage, an dem sie so schön war, daß schön zu sein schon genug war, und alles übrige – ihre Grazie, ihre schnelle Auffassungsgabe, ihre Geschicklichkeit in gesellschaftlichen Dingen – wie das Überströmen einer verschwenderischen Natur erschien. Aber was ihm besonders auffiel, war die Art, in der sie sich durch hundert unbestimmbare Nuancen von denen abzusetzen wußte, die am ehesten ihrem Stil entsprachen. Es war gerade in solcher Gesellschaft, um deren höchste Blüte und vollendetsten Ausdruck des Standes sie sich bemühte, daß der Unterschied mit besonderer Schärfe ins Auge fiel; ihre Grazie ließ den Schick der anderen Frauen so billig wirken, wie ihr wohlüberlegtes Schweigen deren Geplauder öde erscheinen ließ. Die Anstrengungen der letzten Stunden hatten ihrem Gesicht die tiefere Beredsamkeit wiedergegeben, die Selden dort in letzter Zeit vermißt hatte, und die Tapferkeit ihrer Worte an ihn schwang noch immer in ihrer Stimme und ihren Augen mit. Ja, sie war einzigartig – es war *das* Wort für sie, und er konnte seiner Bewunderung um so mehr Spielraum geben, als so wenig persönliches Gefühl noch in ihr verblieben war. Seine wirkliche Loslösung von ihr hatte nicht in dem entsetzlichen Moment der Entzauberung stattgefunden, sondern vollzog sich jetzt im nüchternen späten Licht der Einsicht, wo er sie ganz klar getrennt von sich sah aufgrund einer Wahl, die so krude ausgefallen war, daß sie all die feinen Unterschiede, die er in ihrer Person erfühlte, zu leugnen schien. Sie stand wieder in ihrer Gesamtheit vor ihm – die Wahl, mit der sie noch immer zufrieden war, in dem unsinnig kostspieligen Essen, in dem großspurigen, langweiligen Gerede, in der Freizügigkeit der Sprache, die nie an Geist auch nur heranreichte, und der Freizügigkeit im Handeln, die jegliche Romantik außer acht ließ. Die grelle Umgebung des Restaurants, in dem ihr Tisch noch durch besonders spektakuläre Publizität von den anderen abgetrennt wurde, und die Gegenwart des kleinen Dabham von den *Notizen von der Riviera* betonten noch die Ideale einer Welt, in der Auffälligkeit für Vornehmheit galt und die Gesellschaftsspalte zur Ruhmesliste geworden war.

Als der Verewiger solcher Gelegenheiten wurde der kleine Dabham, in bescheidener Aufmerksamkeit zwischen zwei elegante Nachbarn geklemmt, plötzlich zum Hauptgegenstand von Seldens prüfendem Blick. Wieviel wußte er von dem, was vorging, und wieviel lohnte es sich für seine Zwecke noch herauszufinden? Seine kleinen Augen waren wie Fühler, die er aussandte, um die unbestimmten Andeutungen, von denen die Luft für Selden in manchen Augenblicken voll war, zu erfassen, in anderen erschien sie ihm dann wieder in ihrem normalen Zustand von allem gesäubert zu sein, und er konnte für den Journalisten nichts weiter entdecken als die Gelegenheit, die Eleganz der Kleider der Damen zu verzeichnen. Besonders das von Mrs. Dorset bot eine Herausforderung für den ganzen Reichtum von Mr. Dabhams Vokabular, es bot Überraschungen und Finessen, die, wie er es genannt hatte, »den literarischen Stil« wert waren. Zunächst hatte es, wie Selden bemerkte, seine Trägerin schon fast zu sehr in Anspruch genommen, aber jetzt hatte sie es vollständig unter Kontrolle und legte ihre Effekte mit ungewohnter Ungezwungenheit an den Tag. War sie nicht sogar eher zu frei, zu gewandt, um wirklich natürlich zu sein? Und schwankte nicht Dorset, zu dem sein Blick, die beiden natürlich miteinander verbindend, weitergeschweift war, nicht allzu krampfhaft zwischen denselben Extremen? Es stimmte schon, daß Dorset immer verkrampft war, aber es kam Selden vor, als bringe ihn heute abend jede Vibration weiter von seiner inneren Mitte ab.

Das Dinner bewegte sich inzwischen auf sein triumphales Ende zu, zur offensichtlichen Genugtuung von Mrs. Bry, die, in apoplektischer Majestät zwischen Lord Skiddaw und Lord Hubert thronend, im Geiste Mrs. Fisher herbeizuwünschen schien, damit sie ihren Erfolg miterleben könnte. Abgesehen von Mrs. Fisher hätte man ihre Zuschauerschar als vollständig ansehen können, denn das Restaurant war zum

Bersten voll mit Leuten, die dort vor allem deswegen zusammengekommen waren, weil sie etwas sehen wollten, und sich genau richtig für den Namen und das Gesicht der Berühmtheit, um die es ihnen ging, postiert hatten. Mrs. Bry war sich darüber im klaren, daß alle ihre weiblichen Gäste in diese Rubrik fielen und daß jede auf bewundernswerte Weise ihrer Rolle entsprach, und strahlte Lily mit all der nachzuholenden Dankbarkeit an, die zu verdienen es Mrs. Fisher nicht gelungen war. Selden, der den Blick zufällig mitbekam, fragte sich, welche Rolle Miss Bart bei der Organisation dieser geselligen Runde wohl gespielt haben mochte. Zumindest trug sie viel dazu bei, ihr Glanz zu verleihen, und wie er so die strahlende Sicherheit beobachtete, mit der sie sich bewegte, lächelte er bei dem Gedanken, daß er sich eingebildet hatte, sie brauche seine Hilfe. Nie war sie ihm heiterer vorgekommen oder schien sie die Lage besser im Griff gehabt zu haben als im Moment des allgemeinen Aufbruchs, als sie, ein wenig von der Gruppe am Tisch entfernt, sich mit einem Lächeln und graziös geneigten Schultern umwandte, um ihren Mantel von Dorset entgegenzunehmen.

Das Dinner hatte sich noch hingezogen wegen Mr. Brys außergewöhnlich guten Zigarren und einem verwirrenden Aufgebot an Likören, und viele der anderen Tische waren leer, aber es blieb noch eine genügende Anzahl von Leuten, die zum Dinner gekommen waren, um dem Aufbruch von Mrs. Brys vornehmen Gästen den richtigen Rahmen zu geben. Diese Zeremonie wurde noch hinausgezögert und kompliziert durch die Tatsache, daß sie auf seiten der Herzogin und Lady Skiddaws endgültiges Abschiednehmen nötig machte, und damit Versicherungen, sich bald in Paris wieder zu treffen, wo die beiden auf ihrem Weg nach England einen Aufenthalt planten, um ihre Kleiderschränke aufzufüllen. Die hohe Qualität von Mrs. Brys Gastlichkeit und der Trinkgelder, die ihr Gatte vermutlich verteilt hatte, gaben dem Verhalten der beiden Damen aus England eine allgemeine Überschwenglichkeit, welche die Zukunft ihrer Gastgeberin im rosigsten Licht erscheinen ließ. In dessen hellem Schein waren auch Mrs. Dorset und die Stepneys ganz deutlich eingeschlossen, und die ganze Szene hatte einen Anstrich von Vertraulichkeit, der sein Gewicht in Gold für die aufmerksame Feder von Mr. Dabham wert war.

Ein Blick auf ihre Uhr ließ die Herzogin ihrer Schwester zurufen, daß ihr nur noch gerade Zeit bliebe, zum Zug zu stürzen, und als die Aufregung, die ihr Abgang mit sich brachte, vorüber war, erboten sich die Stepneys, die ihr Automobil vor der Tür stehen hatten, die Dorsets und Miss Bart zum Kai zu bringen. Das Angebot wurde angenommen, und Mrs. Dorset ging mit ihrem Mann im Gefolge schon vor. Miss Bart verweilte noch auf ein Wort mit Lord Hubert, und Stepney, dem Mr. Bry gerade eine letzte und noch teurere Zigarre aufdrängte, rief: »Komm, Lily, wenn du mit auf die Yacht willst.«

Lily wandte sich gehorsam um, aber als sie das tat, kam Mrs. Dorset, die auf ihrem Weg nach draußen innegehalten hatte, ein paar Schritte in Richtung auf den Tisch zurück.

»Miss Bart wird nicht mit auf die Yacht zurückgehen«, sagte sie mit eigentümlich deutlicher Stimme.

Ein bestürzter Blick ging von einem Auge zum andern; Mrs. Bry lief rot an, als sei sie einem krankhaften Blutandrang nahe; Mrs. Stepney schlüpfte ängstlich hinter ihren Gatten, und Selden war sich im allgemeinen Aufruhr seiner Gefühle vor allem des Verlangens bewußt, Dabham am Kragen zu packen und ihn auf die Straße zu werfen.

Dorset war mittlerweile wieder an die Seite seiner Frau getreten. Sein Gesicht war weiß, und er sah sich mit eingeschüchterten, ärgerlichen Augen um. »Bertha! – Miss Bart ... das ist ein Mißverständnis ... ein Irrtum ...«

»Miss Bart bleibt hier«, erwiderte seine Frau scharf. »Und ich denke, George, wir sollten Mrs. Stepney nicht länger aufhalten.«

Miss Bart hatte sich während dieses kurzen Wortwechsels auf bewundernswerte Weise aufrecht gehalten, etwas abseits von der verlegenen Gruppe um sie herum. Sie war unter dem Schrecken einer solchen Beleidigung ein wenig blaß geworden, aber die Fassungslosigkeit der Gesichter um sie herum spiegelte sich nicht in dem ihren. Die leise Verachtung in ihrem Lächeln schien sie weit außer Reichweite ihrer Gegnerin zu heben, und erst als sie Mrs. Dorset das ganze Maß der Distanz zwischen ihnen hatte fühlen lassen, wandte sie sich ab und reichte ihrer Gastgeberin die Hand.

»Ich werde mich morgen der Herzogin anschließen«, erklärte sie, »und es erschien mir einfacher, die Nacht über gleich an Land zu bleiben.«

Sie begegnete Mrs. Brys unstetem Blick mit aller Festigkeit, während sie diese Erklärung abgab, aber als das vorüber war, sah Selden, wie sie einen zaghaften Blick von einem Gesicht der Frauen zum anderen sandte. Sie las Ungläubigkeit in ihren abgewandten Augen und in der stummen Unglückseligkeit der Männer hinter ihnen, und eine entsetzliche halbe Sekunde lang dachte er, sie stünde zitternd vor einem Zusammenbruch. Dann wandte sie sich ihm mit einer unbekümmerten Geste und einem blassen, tapferen, schwer erkämpften Lächeln zu – »Lieber Mr. Selden«, sagte sie, »Sie hatten doch versprochen, mich zur Droschke zu begleiten.«

Draußen war der Himmel stürmisch und bewölkt, und als Lily und Selden zu den verlassenen Gärten unter dem Restaurant gingen, blies ihnen der Wind passenderweise Stöße von warmem Regen ins Gesicht. Die Behauptung, eine Droschke nehmen zu wollen, hatten sie stillschweigend aufgegeben, sie gingen stumm nebeneinander her, ihre Hand auf seinem Arm, bis die tiefere Dunkelheit der Gärten sie aufnahm und er neben einer Bank stehenblieb und sagte: »Setzen Sie sich für einen Augenblick.«

Sie ließ sich ohne zu antworten auf den Sitzplatz fallen, aber die elektrische Laterne an der Biegung des Weges sandte einen Lichtstrahl auf den Kampf mit dem Jammer in ihrem Gesicht. Selden setzte sich neben sie und wartete, bis sie reden würde, voll Furcht, ein Wort von ihm möchte zu rauh an ihre Wunde rühren; außerdem hielt ihn auch der erbärmliche Zweifel, der sich langsam in ihm erneuert hatte, davon ab, frei zu sprechen. Wie war sie nur in diese hoffnungslose Lage geraten? Welche Schwäche hatte sie auf so abscheuliche Weise der Gnade ihrer Feindin ausgeliefert? Und warum hatte sich Bertha Dorset gerade in dem Moment in eine Feindin verwandelt, in dem sie so offensichtlich die Unterstützung ihres eigenen Geschlechts brauchte? Sogar während in seinem Innern die Wut über die Unterwerfung der Männer unter ihre Frauen tobte und über die Grausamkeit der Frauen ihresgleichen gegenüber, kam sein Verstand doch hartnäckig immer wieder auf die sprichwörtliche Beziehung von Rauch und Feuer zurück. Die Erinnerung an Mrs. Fishers Andeutungen und was durch seine eigenen Eindrücke noch hinzukam, verstärkte, während es sein Mitleid vertiefte, auch seine Befangenheit, denn jeder Weg, auf dem er seinem Mitgefühl hätte freien Ausdruck geben können, war von der Furcht versperrt, taktlos zu sein.

Plötzlich fiel ihm auf, daß sein Schweigen fast ebenso anklagend wirken mußte wie das der Männer, die er dafür verachtet hatte, daß sie sich von ihr abgewandt hatten, aber bevor er noch die rechten Worte finden konnte, unterbrach sie seine Gedanken mit einer Frage.

»Kennen Sie ein ruhiges Hotel? Ich kann morgen früh nach meinem Mädchen schicken.«

»Ein Hotel – *hier* – in dem Sie allein unterkommen könnten? Das geht doch nicht.«

Sie ging darauf mit einem müden Anflug ihres alten scherzhaften Tons ein. »Was *geht* denn? Es ist zu naß, um in den Gärten zu schlafen.«

»Aber es muß doch jemanden geben ...«

»Jemanden, zu dem ich gehen kann? Natürlich – genug – aber zu *dieser* Stunde? Sehen Sie, die Änderung meiner Pläne kam ziemlich plötzlich – «

»Mein Gott – wenn Sie nur auf mich gehört hätten!« rief er, seiner Hilflosigkeit in einem Zornesausbruch Luft machend.

Sie hielt sich ihm noch immer mit dem freundlichen Spott ihres Lächelns fern. »Hab ich das denn nicht?« erwiderte sie. »Sie haben mir geraten, die Yacht zu verlassen, und ich verlasse sie ja gerade.«

Er sah jetzt und machte sich schmerzliche Vorwürfe deswegen, daß sie weder vorhatte, alles zu erklären noch sich zu verteidigen, daß er durch sein erbärmliches Schweigen jede Chance, ihr zu helfen, vertan hatte, und daß der entscheidende Augenblick vorüber war.

Sie war aufgestanden und stand vor ihm mit einer Art von betrübter Majestät wie eine entthronte Prinzessin, die ruhig ins Exil geht.

»Lily!« rief er mit verzweifelt flehender Stimme, aber sie mahnte ihn sanft: »Oh, nicht jetzt«, und dann mit der ganzen Lieblichkeit ihrer wiedergewonnenen Fassung: »Da ich nun einmal irgendwo unterkommen muß, und da Sie so gut sind, mir zu helfen – «

Er nahm sich auf diesen Anruf hin zusammen. »Sie werden tun, was ich Ihnen sage? Es gibt da nur eine Möglichkeit, Sie müssen auf der Stelle zu Ihren Verwandten, den Stepneys, gehen.«

»Oh – «, kam es von ihr mit einer Bewegung instinktiven Widerstands, aber er bestand darauf: »Kommen Sie – es ist spät, und es muß so aussehen, als seien Sie direkt dorthin gegangen.«

Er hatte ihre Hand in seinen Arm gezogen, aber sie hielt ihn mit einer letzten protestierenden Geste zurück. »Ich kann nicht – ich kann nicht – das nicht – Sie kennen Gwen nicht; das dürfen Sie nicht von mir verlangen!«

»Ich *muß* das von Ihnen verlangen – Sie müssen mir gehorchen«, insistierte er, obwohl ihre Furcht auch sein Herz erfaßte.

Sie senkte ihre Stimme zu einem Flüstern: »Und wenn sie sich weigert?« Aber als Antwort darauf konnte er nur mit einem »Oh, vertrauen Sie mir – vertrauen Sie mir!« darauf bestehen, und seinem Griff nachgebend, ließ sie sich von ihm wortlos zurück an den Rand des Platzes führen.

In der Droschke verharrten sie während der kurzen Fahrt, die sie zu dem erleuchteten Portal des Hotels brachte, in dem die Stepneys wohnten, in Schweigen. Hier ließ er sie draußen im Schutz der Kapuze, die sie über den Kopf gezogen hatte, während seine Karte zu Stepney hinaufgesandt wurde, und er ging in der mit viel Prunk hergerichteten Eingangshalle auf und ab und wartete, bis dieser herunterkam. Zehn Minuten später traten die zwei Männer zusammen zwischen den goldbetreßten Wächtern der Schwelle hindurch vor die Tür, aber im Vestibül blieb Stepney mit einem letzten Auflodern von Widerstreben noch einmal stehen.

»Wir haben uns also verstanden?« verlangte er nervös, seine Hand auf Seldens Arm. »Sie fährt morgen früh mit dem ersten Zug – meine Frau schläft und darf nicht gestört werden.«

IV

Die Jalousien von Mrs. Penistons Salon waren wegen der drückenden Junisonne heruntergezogen, und in dem schwülen Dämmerlicht lag auf den Gesichtern ihrer versammelten Verwandten ein schicklicher Schatten von Trauer.

Sie waren alle da: die Van Alstynes, die Stepneys und die Melsons – es hatten sich sogar ein, zwei Penistons hierher verirrt, die durch größere Freizügigkeit in ihrer Kleidung und ihrem Verhalten ihre entferntere Verwandtschaft und gesetztere Hoffnungen andeuteten. Nun war es auch so, daß die Peniston-Seite sicher sein konnte, daß der Großteil von Mr. Penistons Besitz »zurückging«, während die direkten Verwandten darüber im Ungewissen waren, wie das private Vermögen seiner Witwe verteilt werden würde und auf welchen Betrag es sich belief. Jack Stepney übernahm in seiner neuen Rolle als reichster Neffe stillschweigend die Führung; er betonte seine Wichtigkeit durch den ausgeprägteren Glanz seiner Trauerkleidung und durch die verhaltene Autorität in der Art und Weise, wie er sich gab, während die gelangweilte Haltung seiner Frau und deren frivoles Kleid die Gleichgültigkeit der reichen Erbin bei den unbedeutenden Beträgen, um die es hier ging, ausdrückte. Der alte Ned Van Alstyne, der neben ihr saß in einem Mantel, der die Trauer modisch machte, zwirbelte seinen weißen Schnurrbart, um das begierige Zucken seiner Lippen zu verbergen; und Grace Stepney, rotnasig und nach Trauerflor riechend, flüsterte Mrs. Herbert Melson gefühlvoll zu: »Ich könnte es nicht *ertragen*, wenn die Niagarafälle woanders hingingen!«

Ein Rauschen der Trauergewänder und ein schnelles Wenden der Köpfe beantworteten das Öffnen der Türe, und Lily Bart erschien groß und vornehm in ihrem schwarzen Kleid mit Gerty Farish an ihrer Seite. Als sie fragend auf der Schwelle stehenblieb, wurden die Gesichter der Frauen zu einer Studie des Zögerns. Eine oder zwei zeigten durch vage Regungen, daß sie Lily erkannten, was wegen der Feierlichkeit des Augenblicks so verhalten ausgefallen sein konnte, aber auch, weil man im Zweifel war, wie weit die anderen gehen würden: Mrs. Jack Stepney nickte Lily achtlos zu, und Grace Stepney deutete mit einer Grabesgeste auf einen Platz an ihrer Seite. Aber Lily beachtete die Einladung nicht, ebensowenig wie Jack Stepneys offiziellen Versuch, ihr einen Platz zuzuweisen; sie bewegte sich mit ihrem elastischen freien Gang durch den Raum und setzte sich auf einen Stuhl, der anscheinend mit Bedacht ein wenig entfernt von den anderen aufgestellt worden war.

Es war das erste Mal seit ihrer Rückkehr aus Europa vor zwei Wochen, daß sie vor ihrer Familie stand, aber wenn sie irgendeine Unsicherheit in deren Begrüßung bemerkte, so hatte das nur zur Folge, der üblichen Gelassenheit ihrer Haltung einen Anflug von Ironie zu verleihen. Der Schrecken und die Bestürzung, als sie am Hafen durch Gerty Farish von Mrs. Penistons plötzlichem Tod erfahren hatte, hatten sich fast im selben Augenblick mit dem nicht zu unterdrückenden Gedanken vermischt, daß sie jetzt endlich in der Lage sein würde, ihre Schulden zu bezahlen. Sie hatte der ersten Begegnung mit ihrer Tante mit ziemlichem Unbehagen entgegengesehen. Mrs. Peniston war ganz und gar gegen die Reise ihrer Nichte mit den Dorsets gewesen und hatte ihr fortdauerndes Mißfallen dadurch hervorgehoben, daß sie während Lilys Abwesenheit nicht geschrieben hatte. Daß sie mit Sicherheit von dem Bruch mit den Dorsets gehört haben würde, machte die Aussicht auf das Zusammentreffen mit ihr noch fürchterlicher; und wie sollte Lily nicht ein kurzes Gefühl der Erleichterung empfunden haben bei dem Gedanken, daß sie, statt sich einer unangenehmen Prüfung unterziehen zu müssen, nur mit geziemender Anmut eine ihr seit langem gewisse Erbschaft anzutreten hatte? Es war, um den geweihten Ausdruck zu gebrauchen, immer »ausgemachte Sache« gewesen, daß Mrs. Peniston großzügige Vorkehrungen für ihre Nichte treffen würde, und in deren Kopf hatte sich diese Übereinkunft seit langem zu einer Tatsache verfestigt.

»Sie bekommt natürlich alles – ich weiß gar nicht, was wir hier sollen«, bemerkte Mrs. Jack Stepney unbekümmert laut Ned Van Alstyne gegenüber, und dessen tadelnd gemurmeltes »Julia war immer eine gerechte Frau« konnte sowohl als Zustimmung wie auch als Zweifel gedeutet werden.

»Na ja, es sind ja nur etwa vierhunderttausend«, gab Mrs. Stepney mit einem Gähnen zurück, und man hörte in der Stille, die auf das einleitende Husten des Rechtsanwalts hin entstand, Grace Stepney schluchzen: »Man wird nicht ein einziges Handtuch vermissen – ich bin sie noch mit ihr durchgegangen genau an dem Tag –«

Lily, die die beengte Atmosphäre und der erstickende Geruch neuer Trauerkleidung bedrückten, merkte, wie ihre Aufmerksamkeit zu wandern begann, als Mrs. Penistons Anwalt feierlich und aufrecht hinter dem Intarsientisch am Ende des Zimmers anfing, die Präambel des Testaments herunterzurasseln.

»Es ist, als wäre man in der Kirche«, überlegte sie und fragte sich dann vage, woher Gwen Stepney wohl solch einen fürchterlichen Hut hatte. Dann bemerkte sie, wie füllig Jack geworden war – er würde bald fast ebenso übermäßig dick sein wie Herbert Melson, der ein Stückchen weiter saß und stoßweise atmete und dabei die schwarzbehandschuhten Hände auf seinen Stock legte.

»Ich frage mich, warum reiche Leute immer dick werden – wahrscheinlich liegt es daran, daß sie sich um nichts Sorgen zu machen brauchen. Wenn ich erbe, werde ich auf meine Figur achtgeben müssen«, überlegte sie, während der Anwalt weiterhin ein Labyrinth von Vermächtnissen herunterleierte. Zuerst kamen die Dienstboten, dann einige wohltätige Institutionen, dann mehrere entferntere Melsons und Stepneys, die sich befangen regten, wenn ihre Namen erklangen, und dann in einen Zustand von Teilnahmslosigkeit zurücksanken, wie es der feierlichen Situation entsprach. Ned Van Alstyne, Jack Stepney und ein, zwei Cousins folgten jeweils im Zusammenhang mit ein paar tausend; Lily wunderte sich, daß Grace Stepney nicht unter ihnen war. Dann hörte sie ihren eigenen Namen – »meiner Nichte, Lily Bart, zehntausend Dollar –«, und danach verlor sich der Anwalt wieder in einem Knäuel unverständlicher Sätze, aus dem die Schlußwendung mit überraschender Deutlichkeit herausklang: »Und den Reinnachlaß meines Besitzes meiner lieben Cousine und Namensschwester Grace Julia Stepney.«

Man rang, wenn auch verhalten, vor Überraschung nach Luft, wandte schnell den Kopf, und dann drängten sich die schwarzgekleideten Gestalten zu der Ecke, in der Miss Stepney ihr Gefühl, dessen nicht würdig zu sein, durch den zerknüllten Ball eines schwarzgeränderten Taschentuchs herausjammerte.

Lily stand abseits der allgemeinen Bewegung und fühlte sich zum ersten Mal völlig alleingelassen. Niemand sah zu ihr hin, niemand schien sich ihrer Gegenwart bewußt zu sein; sie sank jetzt bis in die tiefsten Tiefen der Bedeutungslosigkeit.

Und unter dem Gefühl allgemeiner Gleichgültigkeit lag der schlimmere Schmerz, daß ihre Hoffnungen enttäuscht worden waren. Enterbt – sie war enterbt worden – und zu Grace Stepneys Gunsten! Sie traf Gertys traurige Augen, die sich in dem hoffnungslosen Versuch, sie zu trösten, auf sie hefteten, und ihr Blick brachte sie wieder zu sich. Etwas mußte sie noch tun, bevor sie das Haus verließ, mußte es mit all dem vornehmen Anstand tun, dem sie in solchen Gesten Ausdruck zu verleihen wußte. Sie näherte sich der Gruppe um Miss Stepney, hielt ihr die Hand hin und sagte einfach: »Liebe Grace, ich freue mich.«

Die anderen Damen waren zurückgetreten, als sie näherkam, und um sie herum entstand ein freier Raum. Er wurde noch größer, als sie sich zum Gehen wandte, und niemand trat vor, ihn zu füllen. Sie blieb einen Augenblick lang stehen, sah sich um und schätzte ihre Situation in aller Ruhe ein. Sie hörte jemanden nach dem Datum des Testaments fragen und konnte einen Teil der Antwort des Anwalts erhaschen – etwas von einem plötzlichen Herbeordertwerden und einem »früheren Dokument«. Dann begann der Strom der sich verabschiedenden Gäste an ihr vorbeizufließen; Mrs. Jack Stepney und Mrs. Herbert Melson standen vor der Haustür und warteten auf ihr Automobil; eine mitfühlende Gruppe eskortierte Grace Stepney zu der Droschke, die zu nehmen man in ihrer Situation für angebracht hielt, wenn sie auch nur ein, zwei Straßen weiter wohnte, und Miss Bart und Gerty fanden sich fast allein in dem lila Salon wieder, der noch mehr als sonst in seinem stickigen Dämmerlicht einem sorgsam gepflegten Familiengrab ähnelte, in dem man soeben den letzten Leichnam auf schickliche Weise abgestellt hatte.

In Gerty Farishs Wohnzimmer, wohin eine Droschke die beiden Freundinnen gebracht hatte, ließ sich Lily mit einem leisen Lachen in einen Sessel fallen. Es kam ihr wie ein spaßiger Zufall vor, daß das Vermächtnis ihrer Tante sich ziemlich genau auf den Betrag belief, den sie Trenor schuldete. Die

Notwendigkeit, diese Schulden zu begleichen, hatte sich mit verstärkter Dringlichkeit seit ihrer Rückkehr nach Amerika wieder geltend gemacht, und sie gab ihrem ersten Gedanken Ausdruck, als sie zu Gerty, die ängstlich in ihrer Nähe geblieben war, sagte: »Ich frage mich, wann die einzelnen Vermächtnisse wohl ausgezahlt werden.«

Aber Miss Farish konnte sich nicht länger mit den Erbanteilen aufhalten, sie gab einer weiterreichenden Entrüstung Ausdruck. »Oh, Lily, es ist ungerecht, es ist grausam – Grace Stepney muß doch *wissen*, daß sie kein Recht auf all das Geld hat!«

»Jeder, der wußte, wie er Tante Julia gefallen konnte, hat ein Recht auf ihr Geld«, erwiderte Miss Bart philosophisch.

»Aber sie hing doch an dir – sie hat alle glauben lassen –« Gerty hielt ganz offensichtlich peinlich berührt inne, und Miss Bart wandte sich ihr zu und sah ihr direkt ins Gesicht. »Gerty, sei ehrlich, dieses Testament ist erst vor sechs Wochen gemacht worden, sie hat von meinem Bruch mit den Dorsets gehört?«

»Es hat natürlich jeder gehört, daß es da irgendeine Meinungsverschiedenheit – irgendein Mißverständnis gegeben hat –«

»Hat sie gehört, daß Bertha mich von der Yacht gewiesen hat?«

»Lily!«

»Das ist nämlich, was passiert ist, weißt du. Sie hat gesagt, ich würde versuchen, George Dorset zu einer Heirat zu bewegen. Sie hat das getan, damit er glaubt, sie sei eifersüchtig. Ist es nicht das, was sie Gwen Stepney erzählt hat?«

»Ich weiß nicht – ich höre mir solche Widerwärtigkeiten nicht an.«

»Ich *muß* sie mir anhören – ich muß wissen, wo ich stehe.« Sie hielt inne und gab wieder ein leises spöttisches Lachen von sich. »Hast du die Frauen beobachtet? Sie hatten Angst, mir die kalte Schulter zu zeigen, solange sie glaubten, ich würde das Geld bekommen – nachher sind sie auseinandergestoben, als hätte ich die Pest.« Gerty sagte nichts, und sie fuhr fort: »Ich bin noch geblieben, um zu sehen, was passieren würde. Sie haben sich nach Gwen Stepney und Lulu Melson gerichtet – ich habe gesehen, wie sie beobachtet haben, was Gwen tun würde – Gerty, ich muß wissen, was genau man von mir sagt.«

»Ich sage dir doch, ich höre mir –«

»Man bekommt diese Dinge mit, ohne hinzuhören.« Sie erhob sich und legte ihre Hände entschlossen auf Miss Farishs Schultern. »Gerty, werden die Leute mich schneiden?«

»Deine *Freunde*, Lily – wie kannst du so etwas nur denken?«

»Wer sind in solchen Zeiten denn unsere Freunde? Wer außer dir, du armer vertrauensvoller Schatz? Und der Himmel weiß, wessen *Du* mich verdächtigst!« Sie küßte Gerty mit einem seltsamen Murmeln. »Du würdest nicht zulassen, daß es einen Unterschied macht – aber dann hast du ja auch eine Schwäche für arme Sünder, Gerty! Aber was ist mit denen, die sich nicht bekehren lassen? Denn ich verspüre absolut keine Reue, weißt du.«

Sie richtete sich zur vollen Höhe ihrer schlanken, majestätischen Gestalt auf und stand wie ein dunkler Engel des Hohns vor der bekümmerten Gerty, die nur stammeln konnte: »Lily, Lily – wie kannst du dich über diese Dinge lustig machen?«

»Vielleicht, um nicht darüber weinen zu müssen. Aber nein – ich gehöre nicht zu den Tränenreichen. Ich habe früh entdeckt, daß Weinen meine Nase rot werden läßt, und dieses Wissen hat mir schon bei so mancher schmerzlichen Begebenheit geholfen.« Sie ging einmal ruhelos im Zimmer umher und hob dann, nachdem sie sich wieder gesetzt hatte, ihre Augen, die vor Spott glitzerten, wieder zu Gertys besorgtem Gesicht auf.

»Es wäre mir ja egal gewesen, weißt du, wenn ich das Geld bekommen hätte – «, und auf Miss Farishs protestierendes »Oh!« wiederholte sie ruhig: »Vollkommen egal, meine

Liebe, denn erstens hätten sie dann nicht gewagt, mich völlig zu ignorieren, und wenn sie es doch getan hätten, hätte es auch nichts ausgemacht, weil ich dann von ihnen unabhängig gewesen wäre. Aber jetzt –!« Die Ironie schwand aus ihren Augen, und sie wandte ihrer Freundin ein betrübtes Gesicht zu.

»Wie kannst du nur so reden, Lily? Natürlich hätte das Geld dir gehören müssen, aber schließlich macht das auch keinen Unterschied. Das Wichtige ist –« Gerty hielt inne und fuhr dann mit Festigkeit fort: »Das Wichtige ist, daß du dich rechtfertigst – daß du deinen Freunden die ganze Wahrheit sagst.«

»Die ganze Wahrheit?« Miss Bart lachte. »Was ist die Wahrheit? Wenn es um eine Frau geht, ist die Wahrheit die Geschichte, die man am ehesten glaubt. In diesem Fall ist es sehr viel leichter, Bertha Dorsets Geschichte zu glauben als meiner, weil sie ein großes Haus hat und eine Opernloge und es nützlich ist, mit ihr auf gutem Fuß zu stehen.«

Miss Farish hielt weiterhin ängstlich die Augen auf sie geheftet. »Aber was *ist* deine Geschichte, Lily? Ich glaube, die kennt bisher noch niemand.«

»Meine Geschichte? – Ich glaube, die kenne ich selbst nicht. Weißt du, ich habe nie daran gedacht, mir im voraus eine Version zu überlegen wie Bertha – und wenn ich das hätte, glaube ich nicht, daß ich mir die Mühe machen würde, sie jetzt zu gebrauchen.«

Aber Gerty fuhr ruhig und vernünftig fort: »Ich will auch keine im voraus überlegte Version – aber ich möchte, daß du mir genau erzählst, was geschehen ist, von Anfang an.«

»Von Anfang an?« ahmte Miss Bart sie freundlich nach. »Liebe Gerty, wie wenig Phantasie ihr guten Menschen doch habt! Na, der Anfang ist mir, nehme ich an, wohl schon in die Wiege gelegt worden – er lag in der Art, in der ich aufgezogen worden bin, in den Dingen, die man mich gelehrt hat, für wichtig zu erachten. Aber nein – ich will niemandem die Schuld für meine Fehler zuschieben; ich werde sagen, es lag mir im Blut, ich habe es von einer schlimmen, vergnügungssüchtigen Vorfahrin, die sich gegen die schlichten Tugenden von Neu-Amsterdam wandte und wieder an den Königshof zurückkehren wollte!« Und als Miss Farish weiter mit besorgten Augen in sie drang, fuhr sie ungeduldig fort: »Du hast mich gerade eben nach der Wahrheit gefragt – nun, die Wahrheit, die für jedes Mädchen zutrifft, ist, daß es erledigt ist, wenn es erst einmal ins Gerede gekommen ist, und je mehr es seinen Fall erklärt, desto schlimmer sieht er aus. – Beste Gerty, du hast nicht zufällig eine Zigarette da?«

In dem stickigen Zimmer des Hotels, wo sie nach ihrer Ankunft abgestiegen war, ließ Lily Bart an diesem Abend ihre Situation noch einmal Revue passieren. Es war die letzte Woche im Juni, und keiner ihrer Freunde war in der Stadt. Die wenigen Verwandten, die geblieben oder wegen der Eröffnung von Mrs. Penistons Testament zurückgekehrt waren, waren noch am selben Nachmittag nach Newport oder Long Island geflohen, und nicht einer von ihnen hatte Lily seine Gastfreundschaft angeboten. Zum ersten Mal in ihrem Leben fand sie sich, abgesehen von Gerty Farish, völlig alleingelassen. Sogar in dem Moment ihres Bruchs mit den Dorsets hatte sie seine Folgen nicht so deutlich empfunden, denn die Herzogin von Beltshire hatte ihr sofort Schutz angeboten, als sie durch Lord Hubert von der Katastrophe gehört hatte, und unter ihren Fittichen war Lily schon fast im Triumph nach London gereist. Dort war sie arg in Versuchung gewesen, in einer Gesellschaft zu bleiben, die nur von ihr verlangte, daß sie ihr Vergnügen bereite und sie bezaubere, ohne mit allzuviel Neugier zu fragen, woher sie die Gabe hatte, das zu tun, aber Selden hatte ihr, bevor sie sich trennten, nachdrücklich erklärt, wie ungeheuer wichtig es sei, daß sie sofort zu ihrer Tante zurückkehre, und Lord Hubert, der bald darauf wieder in London erschien, erging sich in genau denselben Ratschlägen. Man brauchte Lily nicht zu erzählen, daß die Unterstützung der Herzogin nicht der beste Weg zu gesellschaftlicher Wiederanerkennung war, und da sie darüber hinaus wohl wußte, daß ihre edle Verteidigerin sie jeden Moment zugunsten eines neuen Protegés fallenlassen konnte, beschloß sie widerwillig, nach Amerika zurückzukehren. Aber sie war noch keine zehn Minuten wieder auf heimatlichem Boden, da mußte sie schon feststellen, daß sie ihre Rückkehr zu lange aufgeschoben hatte. Die Dorsets, die Stepneys, die Brys – all die Akteure und Zeugen des erbärmlichen Schauspiels – waren ihr mit ihrer Version des Falles zuvorgekommen, und auch wenn sie nur die geringste Chance gesehen hätte, selbst angehört zu werden, so hielten sie ein unverständlicher Hochmut und Widerwille davon zurück. Sie wußte, daß sie durch Erklärungen und Gegenanklagen niemals hoffen konnte, ihre verlorene Position zurückzugewinnen, aber selbst wenn sie auch nur ein klein wenig auf deren Wirkung vertraut hätte, so hätte sie doch das Gefühl davon abgehalten, das sie auch daran gehindert hatte, sich vor Gerty Farish zu verteidigen – ein Gefühl, das zur Hälfte aus Stolz und zur Hälfte aus Erniedrigung bestand. Denn, wenn sie auch wußte, daß man sie rücksichtslos Bertha Dorsets Entschlossenheit, ihren Mann zurückzugewinnen, geopfert hatte und wenn ihre Beziehung zu Dorset auch nur aus reiner Kameradschaftlichkeit bestanden hatte, so war sie sich doch von Anfang an darüber im klaren gewesen, daß ihre Rolle in der ganzen Affäre darin bestanden hatte, wie Carry Fisher es so brutal ausgedrückt hatte, Dorsets Aufmerksamkeit von seiner Frau abzulenken. Dafür war sie »dagewesen«; es war der Preis, den zu bezahlen sie sich ausgesucht hatte, der Preis für drei Monate im Luxus und frei von Sorgen. Ihre Gewohnheit, den Tatsachen entschlossen ins Auge zu sehen, in den seltenen Momenten, in denen sie ihr Innerstes einer Prüfung unterzog, erlaubte ihr jetzt nicht, die Situation zu beschönigen. Sie hatte gerade für die Gewissenhaftigkeit zu leiden, mit der sie ihrem Teil der stillschweigenden Übereinkunft nachgekommen war, aber dieser Teil erschien auch von seinen besten Seiten gesehen nicht sehr vorteilhaft, und jetzt sah sie ihn im abstoßenden Licht des Versagens.

In eben diesem unschmeichelhaften Licht sah sie auch all die Konsequenzen, die sich aus ihrem Versagen ergaben, und diese wurden ihr mit jedem Tag langweiligen Wartens in der Stadt klarer. Sie blieb zum Teil wegen des Trostes, den Gerty Farishs Nähe bot, und zum Teil, weil sie nicht wußte, wohin sie gehen sollte. Wie die Aufgabe aussah, die vor ihr lag, begriff sie nur zu gut. Sie mußte sich daran machen, Stück für Stück die Position zurückzuerobern, die sie verloren hatte, und der erste Schritt bei dieser mühevollen Aufgabe war, so bald wie möglich herauszufinden, auf wie viele ihrer Freunde sie zählen konnte. Ihre Hoffnungen konzentrierten sich vor allem auf Mrs. Trenor, die über wahre Schätze an leichtherziger Toleranz für all jene verfügte, die amüsant oder nützlich für sie waren, und in deren lärmender, schnellebiger Existenz die bisher noch leise Stimme der Verleumdung nicht so schnell zu Wort kam. Aber Judy hatte, obwohl sie doch über Miss Barts Rückkehr benachrichtigt worden sein mußte, davon nicht einmal mit dem förmlichen Beileidschreiben Notiz genommen, das der Verlust, den ihre Freundin erlitten hatte, erforderlich machte. Jede Annäherung von Lilys Seite könnte Gefahren in sich bergen; es blieb Lily also nichts übrig, als auf den glücklichen Zufall eines unvorhergesehenen Treffens zu hoffen, und sie wußte, daß sogar so spät in der Saison immer die Möglichkeit bestand, ihren Freunden auf einem ihrer vielen Wege durch die Stadt zufällig zu begegnen.

Aus diesem Grund zeigte sie sich unermüdlich in den Restaurants, in die sie häufig gingen, wo sie im Beisein der sorgengeplagten Gerty luxuriös, wie sie sagte, im Vorgriff auf ihre Erwartungen, speiste.

»Meine liebe Gerty, du möchtest doch auch nicht, daß der Oberkellner merkt, daß ich nichts zum Leben habe außer Tante Julias Vermächtnis? Denke nur, welch eine Genugtuung es für Grace Stepney wäre, wenn sie hereinkäme und sähe, daß wir vor kaltem Hammelfleisch und Tee sitzen! Welchen Nachtisch sollen wir heute nehmen, Liebes – *Coupe Jacques* oder *Pêches à la Melba*?«

Abrupt legte sie die Speisekarte nieder, wobei ihr kurz die Farbe ins Gesicht stieg, und Gerty bemerkte, als sie ihrem Blick folgte, wie aus einem weiter im Inneren gelegenen Raum eine Gruppe näherkam, der Mrs. Trenor und Carry Fisher vorangingen. Es war unmöglich für die beiden Damen und ihre Begleiter – unter denen Lily sofort sowohl Trenor als auch Rosedale ausgemacht hatte – beim Herausgehen nicht an dem Tisch, an dem die zwei Mädchen saßen, vorbeizugehen, und Gertys Kenntnis dieser Tatsache verriet sich in der hilflosen Ängstlichkeit ihres Verhaltens. Demgegenüber gab Miss Bart, von dem ganzen Schwung ihrer heiteren Grazie getragen und weder in Furcht vor ihren Freunden noch den Anschein erweckend, als liege sie ihretwegen auf der Lauer, der Begegnung den Anstrich von Natürlichkeit, den sie auch den verkrampftesten Situationen noch zu verleihen wußte. Die Verlegenheit lag ganz auf Mrs. Trenors Seite und zeigte sich in einer Mischung aus übertriebener Warmherzigkeit und unübersehbarer Reserviertheit. Ihre laut bekundete Freude, Miss Bart zu treffen, nahm die Form nebulöser Verallgemeinerung an, die weder Nachfragen bezüglich ihrer Zukunft noch die klare Äußerung des Wunsches, sie wiederzusehen, miteinschloß. Lily, die sich in der Sprache solcher Auslassungen sehr gut auskannte, wußte, daß sie für die anderen Mitglieder der Gruppe ebenso klar faßlich war, sogar Rosedale, erhitzt wie er war von der Wichtigkeit, die ihm der Auftritt in einer solchen Gesellschaft verlieh, erfaßte sofort die Temperatur von Mrs. Trenors Herzlichkeit, das zeigte sich in der beiläufigen Art, mit der er Lily begrüßte. Trenor, rot und betreten, hatte seine Begrüßung unter dem Vorwand abgekürzt, er müsse noch etwas mit dem Oberkellner besprechen, und der Rest der Gruppe verschwand bald in Mrs. Trenors Gefolge.

Es war in einem Augenblick vorüber – der Kellner stand noch immer da mit der Speisekarte in der Hand und wartete auf das Ergebnis der Wahl zwischen *Coupe Jacques* und *Pêches à la Melba* –, aber Miss Bart hatte in der Zwischenzeit das Ausmaß ihres Schicksals erkannt. Wo Judy Trenor die Führung übernahm, würde alle Welt folgen, und Lily kam sich ebenso verloren vor wie ein Schiffbrüchiger, der vergebens entschwindenden Segeln ein Zeichen gegeben hat.

Blitzartig erinnerte sie sich an Mrs. Trenors Klagen über Carry Fishers Habgier und sah, daß sie auf eine unerwartete Kenntnis der privaten Ausgaben ihres Mannes hindeuteten. In der umfassenden, turbulenten Unordnung des Lebens auf Bellomont, wo niemand Zeit zu haben schien, irgendwen zu beobachten, und private Ziele und persönliche Interessen unbeachtet im Strom gemeinsamer Aktivitäten mitgerissen wurden, hatte Lily geglaubt, sie sei vor unbequemen Nachforschungen sicher, aber wenn Judy wußte, wann Mrs. Fisher Geld von ihrem Mann borgte, war es dann wahrscheinlich, daß sie denselben Vorgang bei Lily ignorieren würde? Wenn ihr seine Zuneigung nicht so wichtig war, so war sie doch offensichtlich eifersüchtig, was seine Börse anging; und darin lag für Lily die Erklärung der Abfuhr, die man ihr erteilt hatte. Das unmittelbare Resultat dieser Überlegungen war der leidenschaftliche Entschluß, ihre Schulden bei Trenor zurückzuzahlen. Wenn sie dieser Verpflichtung nachgekommen war, würden ihr nur noch tausend Dollar von Mrs. Penistons Erbschaft bleiben und nichts zum Leben außer ihrem eigenen kleinen Einkommen, das beträchtlich geringer war als Gerty Farishs erbärmlicher, winziger monatlicher Betrag; aber diese Überlegung machte gleich wieder dem gebieterischen Anspruch ihres verletzten Stolzes Platz. Sie mußte zunächst mit den Trenors quitt sein, danach würde sie sich Gedanken um die Zukunft machen.

In ihrer Unkenntnis der Saumseligkeit gesetzlicher Maßnahmen hatte sie angenommen, ihr Erbteil würde innerhalb weniger Tage nach der Verlesung des Testaments ihrer Tante ausgezahlt, und nach einer Zeit gespannten Wartens schrieb sie, um sich nach dem Grund der Verzögerung zu erkundigen. Es dauerte wiederum einige Zeit, bevor Mrs. Penistons Anwalt, der auch einer der Testamentsvollstrecker war, ihr dahingehend antwortete, daß, da sich im Zusammenhang mit der Auslegung des Testaments einige Fragen ergeben hatten, er und seine Mitanwälte eventuell nicht in der Lage sein würden, die Erbanteile vor Ablauf der zwölf Monate auszuzahlen, die gesetzlich zu ihrer Begleichung festgelegt waren. Verwirrt und entrüstet beschloß Lily, auszuprobieren, welche Wirkung ein persönliches Vorsprechen haben würde; aber sie kehrte von dieser Unternehmung mit der Erfahrung zurück, wie machtlos Schönheit und Charme gegenüber dem gefühllosen Lauf des Gesetzes sind. Es schien ihr unerträglich, noch ein Jahr lang unter der Last ihrer Schulden weiterzuleben, und in ihrer Not faßte sie den Entschluß, sich an Miss Stepney zu wenden, die noch immer in der Stadt war, ganz vertieft in die erfreuliche Pflicht, die Habseligkeiten ihrer Wohltäterin »durchzugehen«. Es war bitter für Lily, Grace Stepney um einen Gefallen zu bitten, aber die Alternative war noch bitterer, und eines Morgens erschien sie in Mrs. Penistons Haus, wo Grace, um ihrer frommen Pflicht leichter nachkommen zu können, fürs erste ihren Wohnsitz genommen hatte.

Das sonderbare Gefühl, als Bittsteller ein Haus zu betreten, wo sie so lange selbst die Anordnungen erteilt hatte, verstärkte Lilys Verlangen, die unangenehme Situation zu verkürzen, und als Miss Stepney den abgedunkelten Salon mit einem Rascheln ihrer Trauerkleidung von bester Qualität betrat, kam ihre Besucherin sofort zum Wesentlichen: Wäre sie bereit, den Betrag des Erbteiles, den Lily zu erwarten hatte, vorzustrecken?

Grace weinte und wunderte sich als Antwort über ein solches Anliegen, beklagte die Unerbittlichkeit des Gesetzes und war erstaunt, daß Lily nicht erkannt hatte, daß sie beide in genau derselben Situation waren. Glaubte sie denn, daß sich nur die Auszahlung der einzelnen Erbanteile verzögert habe? Nein, Miss Stepney selbst hatte noch keinen Pfennig von ihrer Erbschaft erhalten und bezahlte Miete – ja wahrhaftig! – für das Privileg, in einem Haus wohnen zu dürfen, das ihr gehörte. Sie war sicher, daß es nicht das war, was die liebe, arme Julia gewünscht hätte – das hatte sie den Testamentsvollstreckern auch geradewegs gesagt, aber die seien ja für Vernunftgründe völlig unzugänglich, und es blieb ihnen nichts übrig, als zu warten. Möge Lily sich ein Beispiel an ihr nehmen und geduldig sein – mögen sie beide daran denken, wie wunderbar geduldig ihre Cousine Julia immer gewesen war.

Lily machte eine Bewegung, die zeigte, wie wenig sie sich dieses Beispiel zu Herzen nahm. »Aber du wirst doch einmal alles bekommen – es wäre leicht für dich, zehnmal so viel zu borgen wie das, worum ich dich bitte.«

»Borgen – leicht für mich zu borgen?« Grace Stepney erhob sich vor ihr in schwarzgekleidetem Zorn. »Glaubst du auch nur für einen Moment, ich würde auf meine Erwartungen von Julia hin Geld ausleihen, wo ich doch so gut ihren Abscheu vor jeder geschäftlichen Aktion dieser Art kenne? Nein, Lily, wenn du die Wahrheit wissen willst, es war die Vorstellung, daß du Schulden hast, die ihre Krankheit hervorgerufen hat – du erinnerst dich, sie hatte einen leichten Anfall, bevor du abfuhrst. Oh, ich kenne die Einzelheiten natürlich nicht – ich *will* sie auch gar nicht kennen – aber es waren die Gerüchte um deine Verhältnisse, die sie so furchtbar unglücklich gemacht haben – niemand konnte an ihrer Seite sein, ohne das zu sehen. Ich kann es auch nicht ändern, wenn du verletzt bist, weil ich dir das jetzt sage – wenn ich nur irgend etwas tun kann, um dich deine Torheiten einsehen zu lassen, und wie ungeheuer *sie* sie mißbilligte, so würde ich das Gefühl haben, daß das der beste Weg ist, dir den Verlust, den du durch ihr Hinscheiden erlitten hast, zu erleichtern.«

V

Als sich Mrs. Penistons Tür hinter ihr schloß, schien es Lily, als nehme sie endgültig Abschied von ihrem alten Leben. Die Zukunft erstreckte sich vor ihr so öde und leer wie die ganze verlassene Länge der Fifth Avenue, und Gelegenheiten, ihr zu entkommen, boten sich so wenige wie die seltenen Droschken, die dahinkrochen auf der Suche nach Fahrgästen, die nicht erschienen. Die Analogie wurde jedoch in ihrer Vollständigkeit gestört, als sie das Trottoir erreichte, und zwar durch eine rasch näherkommende Droschke, die neben ihr anhielt, sobald man sie bemerkt hatte.

Unter dem schwer mit Gepäck beladenen Dach erkannte sie eine winkende Hand, und im nächsten Augenblick war Mrs. Fisher auf die Straße gesprungen und hatte sie demonstrativ in die Arme genommen.

»Mein Liebes, du willst doch wohl nicht sagen, daß du noch immer in der Stadt bist? Als ich dich neulich bei ›Sherrys‹ gesehen habe, hatte ich gar keine Zeit zu fragen –« Sie unterbrach sich und fügte mit einem Ausbruch von Offenheit hinzu: »Um die Wahrheit zu sagen, Lily, ich war *eklig*, und ich hab dir das schon die ganze Zeit sagen wollen.«

»Oh –« meinte Miss Bart protestierend und entzog sich ihrem reuigen Griff, aber Mrs. Fisher fuhr mit ihrer üblichen Direktheit fort: »Sieh mal, Lily, laß uns nicht um den heißen Brei herumreden; die Hälfte allen Ärgers im Leben kommt daher, daß man so tut, als gäbe es keinen. Das ist nicht meine Art, und ich kann nur sagen, daß ich mich gründlich dafür schäme, daß ich mich wie die anderen Frauen verhalten habe. Aber darüber können wir uns bei Gelegenheit unterhalten – sag mir jetzt, wo du wohnst und wie deine Pläne aussehen. Ich nehme ja nicht gerade an, daß du da zusammen mit Grace Stepney lebst, was? – und mir kam der Gedanke, du könntest vielleicht ziemlich in der Luft hängen.«

In Lilys gegenwärtiger Verfassung gab es nichts, was sie der ehrlichen Freundlichkeit dieser Fragen hätte widerstehen lassen können, und sie sagte mit einem Lächeln: »Ich hänge im Moment allerdings in der Luft; aber Gerty Farish ist noch in der Stadt, und sie ist so gut und erlaubt mir, ihr Gesellschaft zu leisten, wann immer sie die Zeit erübrigen kann.«

Mrs. Fisher verzog ein wenig das Gesicht. »Hm – das ist ja eher ein Vergnügen von der gemäßigteren Sorte. Oh, ich weiß – Gerty ist ein Goldstück und so viel wert wie der Rest von uns zusammengenommen, aber, auf die Dauer gesehen, bist du doch eher an etwas anregenderen Umgang gewöhnt, nicht wahr, Liebes? Und außerdem nehme ich an, wird sie über kurz oder lang auch verreisen – am ersten August, sagst du? Na also, sieh mal, du kannst nicht den ganzen Sommer in der Stadt verbringen, darüber unterhalten wir uns auch noch später. Aber zunächst einmal, was hältst du davon, ein paar Sachen in einen Koffer zu packen und mit mir heute abend zu den Sam Gormers zu kommen?«

Und als Lily sie wegen der atemberaubenden Plötzlichkeit des Vorschlags anstarrte, fuhr sie mit ihrem ungezwungenen Lachen fort: »Du kennst sie nicht, und sie kennen dich nicht, aber das macht rein gar nichts. Sie haben das Haus von den Van Alstynes in Roslyn übernommen, und ich habe *carte blanche*[22], meine Freunde dorthin mitzubringen – je mehr, desto besser. An der Art, wie sie haushalten, ist wirklich nichts auszusetzen, und es soll dort diese Woche eine nette Gesellschaft zusammenkommen –« sie brach ab, von einer schwer faßbaren Veränderung in Miss Barts Gesichtsausdruck zum Einhalten gebracht. »Oh, ich meine nicht eben deinen Freundeskreis, weißt du; schon eine recht andere Sorte, aber man kann Spaß mit ihr kriegen. Es ist nämlich so, die Gormers haben jetzt ihre eigene Linie gefunden: Was sie wollen ist, ihren Spaß haben, und zwar auf ihre Art. Mit der anderen Möglichkeit haben sie es ein paar Monate lang versucht unter meiner hervorragenden Leitung, und es lief wirklich außerordentlich gut – sie kamen schneller voran als die Brys, gerade weil es ihnen nicht so wichtig war –, aber plötzlich haben sie dann beschlossen, daß das Ganze sie langweile und daß das, was sie wollten, eine Gesellschaft sei, bei der sie sich richtig zu Hause fühlen konnten. Das ist originell, findest du nicht? Mattie Gormer hat noch immer Ambitionen, so ist das mit Frauen; aber man kommt prächtig mit ihr aus, und Sam möchte mit diesen Dingen nicht belästigt werden, und beide sind sie gern die wichtigsten Leute in ihrer Umgebung, so daß sie eine Art Dauervorstellung nach ihrem eigenen Geschmack eingerichtet haben, etwas wie ein gesellschaftliches Coney Island, wo jeder willkommen ist, der Lärm genug machen kann und nicht zu hochnäsig ist. *Ich* für mein Teil finde es richtig prima und amüsant – ein paar aus den Künstlerkreisen, weißt du, jede hübsche Schauspielerin, die gerade von sich reden macht und so weiter. Diese Woche haben sie zum Beispiel Audrey Anstell da, die im vergangenen Frühjahr so viel Aufsehen in *Winny wird gewonnen* erregte, und Paul Morpeth – er malt Mattie Gormer gerade – und die Dick Bellingers und Kate Corby – na, eben wen du dir nur denken kannst, der lustig ist und für Spektakel sorgt. Nun steh nicht da und rümpf dein Näschen, meine Liebe – es wird sicher um einiges besser werden als ein brennend heißer Sonntag in der Stadt, und du wirst auch kluge Leute dort finden nicht nur Krachmacher – Morpeth, der Mattie ungeheuer bewundert, bringt immer den einen oder anderen von seinen Freunden mit.«

Mrs. Fisher zog Lily mit freundlicher Autorität zur Droschke. »Steig jetzt ein, so ist's brav, und wir werden bei deinem Hotel vorbeifahren und deine Sachen packen lassen, und dann trinken wir Tee, und die beiden Zofen können uns am Zug treffen.«

Es war um einiges besser als ein brennend heißer Sonntag in der Stadt – daran zweifelte Lily nicht mehr, als sie im Schatten einer belaubten Veranda in einem Sessel lehnend in Richtung auf die See blickte, über einen Rasenstreifen hinweg, auf dem malerisch hingetupft Gruppen von Damen, die in Spitze gekleidet waren, und von Herren in Tennishosen standen.

Das riesige Haus der Van Alstynes und seine ausufernden Nebengebäude waren bis zum Dach mit den Wochenendgästen der Gormers vollgepackt, die sich jetzt im Sonnenschein des Sonntagnachmittags über das Anwesen zerstreuten auf der Suche nach den verschiedenen Unterhaltungsmöglichkeiten, die geboten wurden; diese reichten von den Tennisplätzen bis zu Schießständen, von Bridge und Whisky im Haus zu Automobilen und Motorbooten draußen. Lily hatte das sonderbare Gefühl, von der Gesellschaft so unbekümmert aufgenommen worden zu sein, wie man einen Passagier in einem Expresszug mitnimmt. Die blonde und herzliche Mrs. Gormer hätte wirklich die Rolle eines Schaffners übernehmen können, der in aller Ruhe den anstürmenden Reisenden Sitze zuweist, während Carry Fisher den Dienstmann spielte, der ihre Taschen an den richtigen Platz bringt, ihnen ihre Nummern für den Speisewagen gibt und ihnen Bescheid sagt, wenn ihr Bahnhof bald erreicht ist. Der Zug verlor indessen kaum an Geschwindigkeit – das Leben raste mit ohrenbetäubendem Geratter und Getöse dahin, in dem zumindest ein Fahrgast eine willkommene Zuflucht vor dem Lärm der eigenen Gedanken fand.

Das Milieu der Gormers stellte einen gesellschaftlichen Vorort dar, den Lily immer peinlichst gemieden hatte; aber jetzt, da sie sich dort aufhielt, kam er ihr nur wie eine übersteigerte Kopie ihrer eigenen Welt vor, eine Karikatur, die der Wirklichkeit so weit gleichkommt wie das »Gesellschaftsstück« den Verhaltensweisen im Salon. Die Leute um sie herum taten dasselbe wie die Trenors, die Van Osburghs und die Dorsets; der Unterschied lag in hundert Schattierungen in Aussehen und Verhalten, die vom Muster der Männerwesten bis zur Modulation der Frauenstimmen reichte. Alles war auf eine höhere Tonart gestimmt, und von allem gab es mehr; mehr Lärm, mehr Farbe, mehr Champagner, mehr Vertraulichkeit – aber auch mehr Gutherzigkeit, weniger Rivalität und eine unverbrauchtere Fähigkeit, das Leben zu genießen. Miss Barts Ankunft hatte man mit einer unkritischen Freundlichkeit willkommen geheißen, die zuerst ihren Stolz empfindlich traf und ihr dann ihre eigene Situation in aller Schärfe zu Bewußtsein brachte – ihr klarmachte, daß sie diesen Platz im Leben fürs erste annehmen und das Beste daraus machen mußte. Diese Leute kannten ihre Geschichte, darüber hatte ihr erstes langes Gespräch mit Carry Fisher keinen Zweifel gelassen; sie war öffentlich als die Heldin einer »komischen« Geschichte gebrandmarkt – aber anstatt sich von ihr abzuwenden, wie es ihre eigenen Freunde getan hatten, nahmen sie sie, ohne viel zu fragen, im unbekümmerten Durcheinander ihres Lebens auf. Sie verdauten ihre Vergangenheit mit der gleichen Leichtigkeit wie die von Miss Anstell und anscheinend ohne viel Unterschied in bezug auf den Umfang des Happens zu erkennen; alles, was sie von ihr verlangten, war, daß sie – auf ihre eigene Art, denn sie akzeptierten die verschiedensten Gaben – so viel zum allgemeinen Vergnügen beitrage wie die reizende Schauspielerin, deren Talente außerhalb der Bühne von unterschiedlichster Art waren. Lily fühlte sofort, daß jede Neigung, sich hochnäsig zu geben, Unterschiede und Vornehmheit herauszukehren, sich fatal auf ihre weitere Anwesenheit im Gormer-Kreis auswirken würde. Unter solchen Bedingungen aufgenommen zu werden – und in eine solche Welt! – war hart genug für den Stolz, der ihr noch geblieben war; aber sie erkannte mit einem schmerzlichen Gefühl der Selbstverachtung, daß es noch härter für sie wäre, davon ausgeschlossen zu sein. Denn fast sofort hatte sie den heimtückischen Zauber empfunden, wieder in ein Leben zurückzugleiten, in dem jede materielle Schwierigkeit aus dem Weg geräumt wurde. So plötzlich aus dem erstickenden Hotel in einer staubigen, verlassenen Stadt in die Weite und den Luxus eines großen Landhauses, das von Seewinden umweht wurde, entkommen zu sein, hatte in ihr einen Zustand moralischer Müdigkeit hervorgerufen, der nach der nervösen Spannung und den körperlichen Unbequemlichkeiten der vergangenen Wochen recht angenehm war. Fürs erste mußte sie der Erquickung nachgeben, nach der all ihre Sinne verlangten – danach würde sie ihre Situation neu überdenken und auch ihre Würde bei der Beratschlagung mit sich selbst zu Wort kommen lassen. Ihre Freude an der Umgebung wurde allerdings durch die unangenehme Überlegung getrübt, daß sie die Gastfreundschaft von Leuten annahm und sich um ihre Anerkennung bemühte, die sie unter anderen Bedingungen verachtet hatte. Aber diese Dinge störten sie immer weniger: Eine feste Glasur der Gleichgültigkeit bildete sich mit großer Schnelligkeit über ihren delikaten Gefühlen und Empfindlichkeiten, und jedes Eingeständnis an die Zweckdienlichkeit verhärtete die Oberfläche ein wenig mehr.

Am Montag, als die Gesellschaft unter stürmischen Verabschiedungen auseinanderging, hob die Rückkehr in die Stadt die Annehmlichkeiten des Lebens, das sie hinter sich ließ, noch stärker hervor. Die anderen Gäste trennten sich, nur um dasselbe Leben in einer anderen Umgebung wiederaufzunehmen: einige in Newport, einige in Bar Harbour, einige in der sorgsam geplanten Ländlichkeit eines Ferienquartiers in den Adirondacks. Sogar Gerty Farish, die Lilys Rückkehr mit zartfühlender Sorge willkommen hieß, würde bald Vorbereitungen treffen, um sich der Tante anzuschließen, mit der sie ihre Sommer am Lake George verbrachte; nur Lily blieb ohne Pläne oder Vorhaben, gestrandet im toten Wasser des großen Vergnügungsstroms. Aber Carry Fisher, die darauf bestanden hatte, sie mit in ihr Haus zu nehmen, wo sie sich selbst für ein, zwei Tage auf dem Weg zum Ferienquartier der Brys niederlassen wollte, kam ihr mit einem neuen Vorschlag zur Hilfe.

»Sieh mal, Lily – ich werde dir sagen, wie es ist: Ich möchte, daß du für diesen Sommer meine Stelle bei Mattie Gormer einnimmst. Sie fahren mit einer Gruppe von Leuten nächsten Monat in ihrem Privatwagen nach Alaska, und Mattie, die faulste Frau auf dieser Erde, möchte, daß ich mit ihnen fahre und ihr die Last abnehme, alles zu arrangieren; aber die Brys wollen mich auch – o ja, wir haben uns wieder versöhnt, habe ich dir das nicht gesagt? – und, um es offen zu sagen, wenn ich die Gormers auch am liebsten mag, ist der Profit für mich bei den Brys doch größer. Es ist nämlich so, sie wollen in diesem Sommer Newport versuchen, und wenn ich für sie einen Erfolg daraus mache – nun, dann werden sie einen Erfolg für *mich* daraus machen.« Mrs. Fisher faltete enthusiastisch ihre Hände. »Weißt du, Lily, je mehr ich meine Idee bedenke, desto besser gefällt sie mir – für dich genausosehr wie für mich. Du hast die Gormers beide enorm für dich eingenommen, und die Fahrt nach Alaska ist – nun – genau das, was ich mir gerade für dich wünschen würde.«

Miss Bart hob die Augen und sah sie scharf an. »Damit ich für meine Freunde nicht im Wege bin, meinst du?« sagte sie ruhig; und Mrs. Fisher antwortete mit einem tadelnden Kuß: »Damit du so lange nicht in ihrer Sichtweite bist, bis ihnen klar wird, wie sehr sie dich vermissen.«

Miss Bart ging mit den Gormers nach Alaska, und die Expedition hatte, wenn sie auch nicht die Wirkung hervorrief, die ihre Freundin erwartet hatte, doch zumindest den negativen Vorteil, sie aus dem Feuer der Kritik und der allgemeinen Diskussion herauszunehmen. Gerty Farish hatte sich dem Plan mit der ganzen Energie ihres doch eher zurückhaltenden Wesens widersetzt. Sie hatte sogar angeboten, ihren Besuch am Lake George aufzugeben und mit Miss Bart in der Stadt zu bleiben, wenn diese auf ihre Reise verzichten würde, aber Lily konnte das, was ihr eigentlich an diesem Plan mißfiel, hinter einem triftigen Grund verbergen.

»Du liebes, kleines Unschuldslamm, verstehst du denn nicht«, wandte sie ein, »daß Carry ganz recht hat, und daß ich mein Leben wie sonst auch führen und so viel unter Leute gehen muß wie möglich? Wenn meine alten Freunde Lügen über mich glauben wollen, so muß ich mir eben neue suchen, das ist alles, und du weißt ja, Bettler können nicht wählerisch sein. Nicht als ob ich Mattie Gormer nicht leiden könnte – ich mag sie wirklich, sie ist freundlich und ehrlich und aufrichtig, und meinst du nicht, daß ich ihr dankbar sein muß dafür, daß sie mich gerade dann bei sich aufnimmt, wenn meine eigene Familie einmütig nichts mehr mit mir zu schaffen haben will?«

Gerty schüttelte den Kopf, stumm aber nicht überzeugt. Sie hatte nicht nur das Gefühl, daß Lily sich herabsetzte, wenn sie Gebrauch von einer Freundschaft machte, die sie nie freiwillig gepflegt hätte, sondern daß sie, wenn sie jetzt wieder in ihren früheren Lebensstil zurückglitt, ihre letzte Chance verspielte, ihm zu entkommen. Gerty hatte nur eine vage Vorstellung davon, was Lily wirklich widerfahren war, aber die Folgen, die sich daraus ergaben, hatten ihr einen nachhaltigen Anspruch auf ihr Mitleid zugesichert seit der denkwürdigen Nacht, in der sie ihre eigene geheime Hoffnung für die Not ihrer Freundin hingegeben hatte. Für Menschen wie Gerty stellt ein solches Opfer einen moralischen Anspruch an denjenigen dar, um dessentwillen es dargebracht wurde. Da sie Lily einmal geholfen hatte, mußte sie ihr auch weiterhin helfen, und wenn sie ihr helfen wollte, mußte sie an sie glauben, denn Glaube ist die Haupttriebfeder solcher Naturen. Aber selbst wenn Miss Bart, nachdem sie einmal wieder von den Annehmlichkeiten des Lebens gekostet hatte, in die Öde des New Yorker Augusts hätte zurückkehren können, die nur durch Gertys Anwesenheit gemildert wurde, so riet ihr die Weltklugheit von einem solchen Verzicht ab. Sie wußte, daß Carry Fisher recht hatte, daß eine derart gelegene Abwesenheit vielleicht der erste Schritt zur Wiederanerkennung sein würde, und daß es ein fatales Eingeständnis ihrer Niederlage wäre, außerhalb der Saison in der Stadt zu bleiben.

Von der stürmisch lauten Reise der Gormers durch ihren heimatlichen Kontinent kehrte sie mit einer veränderten Sicht der Situation zurück. Die erneute Gewohnheit des Luxus – jeden Tag mit dem Wissen zu erwachen, sich bestimmt keine Sorgen machen zu müssen und über alle materielle Bequemlichkeit verfügen zu können – hatte nach und nach ihre Wertschätzung dieser Dinge abstumpfen lassen und ließ sie die Leere, die so nicht ausgefüllt werden konnte, stärker fühlen. Mattie Gormers unterschiedslose Gutherzigkeit und die ungestüme Geselligkeit ihrer Freunde, die Lily genauso behandelten, wie sie miteinander umgingen – all diese typischen Feinheiten der Unterscheidung fingen an, ihre Geduld zu strapazieren, und je mehr sie an ihren Gefährten zu kritisieren fand, desto weniger konnte sie rechtfertigen, aus ihnen ihren Nutzen zu ziehen. Das Verlangen, wieder in ihre frühere Umgebung zurückzukehren, verhärtete sich zu einer fixen Idee, aber je mehr dies Vorhaben an Stärke gewann, desto unvermeidbarer kam ihr die Erkenntnis, daß sie, um an ihr Ziel zu kommen, neue Konzessionen an ihren Stolz zu machen hatte. Diese nahmen fürs erste die Form an, daß sie sich weiterhin an ihre Gastgeber halten mußte, auch nach ihrer Rückkehr von Alaska. Wenn sie sich in ihrem Milieu auch wenig auskannte, so verschaffte ihr ihre außerordentliche Geschicklichkeit im gesellschaftlichen Umgang, ihre seit langem geübte Gewohnheit, sich anderen anzupassen, ohne deswegen die Umrisse ihrer eigenen Persönlichkeit einzubüßen, der gewandte Gebrauch all der hochpolierten Gerätschaften ihres Handwerks, einen wichtigen Platz in der Gruppe um die Gormers. Wenn deren lauttönende Heiterkeit auch niemals die ihre sein konnte, so bestand ihr Beitrag in einem Anstrich von natürlicher Eleganz, die wertvoller für Mattie Gormer war als die lautstarken Elemente in ihrer Schar. Sam Gormer und seine besonderen Freunde fürchteten sich sogar ein wenig vor ihr, aber Matties Anhängerschaft, angeführt von Paul Morpeth, vermittelte ihr das Gefühl, daß sie Lily gerade um der Eigenschaften willen schätze, die ihr ganz offensichtlich abgingen. Wenn Morpeth, dessen gesellschaftliche Bequemlichkeit ebenso groß war wie seine künstlerische Aktivität, sich dem sorglosen Strom des Lebens bei den Gormers anheimgegeben hatte, wo die feineren Anforderungen der Höflichkeit unbekannt waren oder unbeachtet blieben, und man Verabredungen entweder gar nicht oder im Malerkittel und in Pantoffeln einhalten konnte, so erhielt er sich doch sein Gefühl für Unterschiede und seine Anerkennung für Anstandsformen, die zu kultivieren er keine Zeit hatte. Während der Vorbereitungen für die *tableaux* bei den Brys war er von Lilys gestalterischen Möglichkeiten ungeheuer beeindruckt gewesen – »nicht das Gesicht, das ist zu beherrscht, um etwas ausdrükken zu können, aber der Rest – Gott, was würde sie für ein Modell abgeben!« – Und wenn sein Widerwille gegen die Welt, in der er sie angetroffen hatte, auch zu groß war, um ihn auf den Gedanken zu bringen, sie dort zu suchen, so wußte er doch das Privileg durchaus zu würdigen, sie anschauen und ihr zuhören zu dürfen, während er in Mattie Gormers unordentlichem Salon herumsaß.

Lily hatte auf diese Weise im Tumult ihrer Umgebung einen kleinen Kern freundschaftlicher Beziehungen aufgebaut, der die Anstößigkeit ihres Verweilens bei den Gormers nach ihrer Rückkehr milderte. Auch war sie nicht ohne flüchtige Begegnungen mit ihrer eigenen Welt, besonders seitdem die Saison in Newport zu Ende gegangen war, und der Strom der Gesellschaft sich wieder in Richtung auf Long Island bewegte. Kate Corby, deren Vorlieben sie in ebenso gemischte Gesellschaft brachten, wie Carry Fisher sie der Not gehorchend annehmen mußte, stieg bisweilen bei den Gormers ab, wo sie nach einem ersten überraschten Blick Lilys Anwesenheit schon fast mit allzu großer Selbstverständlichkeit hinnahm. Auch Mrs. Fisher, die häufig in der Nachbarschaft erschien, kam herübergefahren, um mitzuteilen, was sie erlebt hatte, und um Lily, wie sie es nannte, den neuesten Bericht von der Wetterstation zu überbringen; und Lily, die sie nie direkt in ihr Vertrauen gezogen hatte, konnte mit ihr doch freier sprechen als mit Gerty Farish, in deren Gegenwart es oftmals unmöglich war, Dinge zuzugeben, deren Existenz Mrs. Fisher angenehmerweise für selbstverständlich ansah.

Außerdem kannte Mrs. Fisher keine peinliche Neugier. Sie wollte nicht näher in Lilys innere Situation eindringen, sondern wollte sie einfach von außen betrachten und entsprechende Schlüsse ziehen, und die Schlüsse faßte sie nach einem vertraulichen Gespräch mit ihrer Freundin kurz und bündig in der Bemerkung zusammen: »Du mußt heiraten, sobald du kannst.«

Lily ließ ein mattes Lachen hören – dieses eine Mal fehlte es Mrs. Fisher an Originalität. »Willst du mir wie Gerty Farish das unfehlbare Heilmittel, ›die Liebe eines anständigen Mannes‹ empfehlen?«

»Nein – ich glaube, keiner meiner Kandidaten entspräche einer solchen Beschreibung«, sagte Mrs. Fisher, nachdem sie eine Weile überlegt hatte.

»Keiner? Gibt es denn wirklich und wahrhaftig zwei?«

»Na ja, vielleicht sollte ich sagen eineinhalb – im Moment noch.«

Miss Bart nahm diese Mitteilung mit wachsender Belustigung auf. »Wenn es ansonsten auf dasselbe herauskommt, so würde ich, glaube ich, einen halben Ehemann vorziehen, wer ist es denn?«

»Geh mir nicht an die Gurgel, bevor du dir meine Gründe angehört hast – George Dorset.«

»Oh –« murmelte Lily vorwurfsvoll; aber Mrs. Fisher sprach, ohne sich dadurch stören zu lassen weiter. »Nun, warum nicht? Sie waren, als sie gerade aus Europa zurück waren, ein paar Wochen lang wie Neuvermählte; aber jetzt läuft es wieder schlecht mit ihnen. Bertha hat sich noch mehr als sonst wie eine Verrückte benommen, und Georges Gutgläubigkeit ist so ziemlich erschöpft. Sie halten sich gerade in ihrem Haus hier in der Gegend auf, weißt du; ich habe den vergangenen Sonntag mit ihnen verbracht. Es war eine gräßliche Gesellschaft – niemand sonst war da außer dem armen Neddy Silverton, der aussieht wie ein Galeerensklave (und von mir hat man gesagt, ich hätte den armen Jungen unglücklich gemacht!) – und nach dem Mittagessen hat mich George auf einen langen Spaziergang geschleppt und mir erzählt, daß das Ende jetzt bald kommen müsse.«

Miss Bart machte eine ungläubige Geste. »Was das anbetrifft, wird das Ende nie kommen – Bertha wird immer wissen, wie sie ihn wiederbekommt, wenn sie das will.«

Mrs. Fisher fuhr fort, sie prüfend zu betrachten. »Nicht, wenn er jemand anderen hat, an den er sich halten kann! Ja – das ist es, worauf die Sache hinausläuft; der arme Kerl kann nicht allein zurechtkommen. Und ich erinnere mich noch, was er früher für ein guter Kamerad war, voller Leben und so begeisterungsfähig.« Sie hielt inne und fuhr fort, ohne Lily weiter in die Augen zu sehen: »Er würde keine zehn Minuten länger bei ihr bleiben, wenn er wüßte –«

»Wüßte –?« wiederholte Miss Bart.

»Was du zum Beispiel wissen mußt – mit den Gelegenheiten, die du gehabt hast! Wenn er einen eindeutigen Beweis hätte, ich meine –«

Lily unterbrach sie tief errötend vor Unwillen. »Bitte, lassen wir das Thema, Carry, es ist mir zu widerwärtig.« Und, um die Aufmerksamkeit ihrer Gefährtin abzulenken, fügte sie, bemüht, das Ganze scherzhaft zu nehmen, hinzu: »Und dein zweiter Kandidat? Den dürfen wir doch nicht vergessen.«

Mrs. Fisher nahm ihr Lachen auf. »Ich bin nicht sicher, ob du nicht genauso laut schreien wirst, wenn ich sage – Sim Rosedale?«

Miss Bart schrie nicht, sie saß stumm da und sah ihre Freundin nachdenklich an. Der Vorschlag gab, um die Wahrheit zu sagen, einer Möglichkeit Ausdruck, an die sie in den letzten Wochen mehr als einmal wieder gedacht hatte, aber nach einem Moment sagte sie, als beträfe sie das nicht sehr: »Mr. Rosedale sucht eine Frau, die ihm einen Platz am Busen der Van Osburghs und Trenors verschaffen kann.«

Mrs. Fisher nahm das Gesagte eifrig auf. »Und genau das könntest du – mit seinem Geld! Siehst du nicht, wie herrlich das euch beiden zugute käme?«

»Ich sehe nur keine Möglichkeit, ihn das so sehen zu lassen«, erwiderte Lily mit einem Lachen, das dazu dienen sollte, dem Thema ein Ende zu machen.

Aber dann ging sie ihm in Gedanken noch nach, lange nachdem Mrs. Fisher sich verabschiedet hatte. Sie hatte sehr wenig von Rosedale gesehen, seitdem sie dem Gormer-Kreis einverleibt worden war; denn er war noch immer unerschütterlich darauf versessen, in das innere Paradies einzudringen, aus dem sie jetzt ausgeschlossen war, aber ein-, zweimal, wenn sich sonst nichts besseres bot, war er für einen Sonntag aufgetaucht, und bei diesen Gelegenheiten hatte er ihr keinen Zweifel darüber gelassen, wie er ihre Lage einschätzte. Daß er sie noch immer bewunderte, war mehr denn je und auf nahezu beleidigende Weise offensichtlich; denn im Kreis um die Gormers, wo er sich wie in seinem ureigensten Element entfaltete, gab es keine verwirrenden Konventionen, die dem vollen Ausdruck seiner Wertschätzung Einhalt geboten hätten. Aber daran, wie diese Bewunderung geartet war, konnte sie seine scharfsichtige Einschätzung ihres Falles ablesen. Es gefiel ihm, die Gormers merken zu lassen, daß er »Miss Lily« – sie war jetzt »Miss Lily« für ihn – schon gekannt hatte, noch bevor sie überhaupt über so etwas wie eine gesellschaftliche Existenz verfügten, und besonders genoß er es, Paul Morpeth damit zu beeindrucken, wie weit ihr vertrauter Umgang miteinander schon zurückreichte. Aber gleichzeitig vermittelte er das Gefühl, daß dieser vertraute Umgang nur eine kleine Welle auf der Oberfläche eines rauschenden gesellschaftlichen Stromes war, eine Art Zerstreuung, die sich ein Mann mit umfangreichen Interessen, der auf mannigfaltige Weise in Anspruch genommen ist, in seinen Mußestunden erlaubt.

Daß sie diese Sicht ihrer früheren Beziehung annehmen und ihr in dem scherzhaften Tonfall begegnen mußte, der unter ihren neuen Freunden vorherrschte, war ungeheuer demütigend für Lily. Aber sie wagte weniger denn je, mit Rosedale zu streiten. Sie hatte den Verdacht, daß ihre Zurückweisung als die am wenigsten leicht zu vergessende unter seinen Niederlagen an ihm nagte; und die Tatsache, daß er etwas über ihre elenden Geschäfte mit Trenor wußte und sie mit Sicherheit im allerniedrigsten Sinne deutete, schien sie hoffnungslos seiner Macht auszuliefern. Doch bei Carry Fishers Vorschlag war eine neue Hoffnung in ihr erwacht. So wenig sie Rosedale mochte, sie verachtete ihn doch nicht mehr völlig. Denn er war dabei, nach und nach sein Lebensziel zu erreichen, und das war für Lily immer weniger verächtlich, als es zu verfehlen. Mit der langsamen, unveränderlichen Hartnäckigkeit, die sie immer in ihm gespürt hatte, ging er seinen Weg durch den dichten Dschungel gesellschaftlicher Feindseligkeiten. Schon jetzt gaben ihm sein Reichtum und der meisterhafte Gebrauch, den er davon gemacht hatte, eine beneidenswerte Vorrangstellung in der Geschäftswelt und legten der Wall Street Verpflichtungen auf, die nur die Fifth Avenue begleichen konnte. Als Antwort auf diese Ansprüche begann sein Name bei städtischen Kommitees und Wohlfahrtsorganisationen zu erscheinen, man sah ihn bei Banketts für bedeutende auswärtige Gäste, und seine Mitgliedschaft in einem der Clubs, die gerade in Mode waren, wurde mit nachlassendem Widerstand diskutiert. Er war ein-, zweimal bei einem Dinner der Trenors gewesen und hatte gelernt, genau im richtigen Ton der Verachtung von den Riesengesellschaften der Van Osburghs zu sprechen, und alles, was er jetzt noch brauchte, war eine Frau, deren familiäre Bindungen ihm die letzten mühsamen Schritte seines Aufstiegs erleichtern würden. Zu diesem Zweck hatte er vor einem Jahr Miss Bart seine Zuneigung geschenkt, aber in der Zwischenzeit war er seinem Ziel nähergekommen, während sie die Macht eingebüßt hatte, die noch verbleibenden Schritte auf seinem Weg zu verkürzen. Sie sah dies alles mit der geistigen Klarheit, über die sie in Augenblicken der Niedergeschlagenheit verfügte. Es war der Erfolg, der sie blendete – im Dämmerlicht des Versagens konnte sie die Tatsachen eindeutig genug unterscheiden. Und das Dämmerlicht, das sie jetzt zu durchdringen versuchte, wurde nach und nach von einem schwachen Schein der Hoffnung erleuchtet. Unter dem rein zweckdienlichen Motiv von Rosedales Werbung hatte sie ganz deutlich das warme Gefühl persönlicher Zuneigung empfunden. Sie hätte ihn nicht so von Herzen verachtet, hätte sie nicht gewußt, daß er die Kühnheit besaß, sie zu bewundern. Was also, wenn die Leidenschaft bliebe, obwohl das andere Motiv nicht mehr weiter existierte, um diese aufrechtzuerhalten? Sie hatte nie auch nur versucht, ihm zu gefallen – er hatte sich zu ihr hingezogen gefühlt trotz ihrer offensichtlichen Verachtung. Was, wenn sie sich jetzt entschloß, die Macht auszuüben, die er sogar, als sie nur passiv vorhanden war, so stark gefühlt hatte? Was, wenn sie ihn dazu brachte, sie aus Liebe zu heiraten, jetzt da er keinen anderen Grund mehr hatte, es zu tun?

VI

Wie es für Leute angemessen war, die immer mehr an gesellschaftlicher Bedeutung gewannen, waren die Gormers damit beschäftigt, sich ein Landhaus auf Long Island zu bauen; es gehörte zu Miss Barts Pflichten, ihre Gastgeberin bei den häufigen Inspektionsgängen auf dem neuen Besitztum zu begleiten. Dort hatte Lily, während sich Mrs. Gormer auf Probleme wegen der Beleuchtung und der sanitären Anlagen stürzte, Zeit und Muße, in der klaren Herbstluft an der baumbestandenen Bucht entlangzuwandern, zu der das Land hin abfiel. Wenn ihr der Sinn auch wenig nach Einsamkeit stand, so gab es jetzt doch Augenblicke, in denen sie ein willkommenes Entrinnen von dem leeren Lärm ihres Lebens darstellte. Sie war es leid, passiv von einem Strom des Vergnügens und der Geschäfte dahingetragen zu werden, an dem sie keinen Anteil hatte, war es leid, anderen Leuten dabei zuzusehen, wie sie Vergnügungen nachgingen und Geld verschwendeten, während sie sich unter ihnen als so unbedeutend empfand wie ein teures Spielzeug in den Händen eines verwöhnten Kindes.

In einer solchen Geistesverfassung war sie, als sie eines Morgens vom Strand zurückkehrend in die Windungen eines unbekannten Weges einbog und plötzlich auf die Gestalt George Dorsets stieß. Der Landsitz der Dorsets befand sich in unmittelbarer Nachbarschaft zu dem von den Gormers eben erworbenen Besitztum, und bei ihren Autofahrten dorthin mit Mrs. Gormer hatte Lily das Paar ein, zwei Male flüchtig im Vorbeifahren gesehen, aber sie bewegten sich in so ganz anderen Kreisen, daß sie nie an die Möglichkeit eines direkten Zusammentreffens gedacht hatte.

Dorset, der mit gesenktem Kopf in trübsinniger Geistesabwesenheit einhermarschierte, sah Miss Bart erst, als er schon ganz nah bei ihr war, aber ihr Anblick ließ ihn nicht, wie sie halb erwartet hatte, stehenbleiben, sondern mit begierigem Interesse auf sie zugehen, was auch in seinen ersten Worten an sie Ausdruck fand.

»Miss Bart! – Sie geben mir doch die Hand, nicht wahr? Ich habe schon lang gehofft, Sie zu treffen – ich hätte Ihnen geschrieben, wenn ich es gewagt hätte.« Sein Gesicht mit dem zerzausten roten Haar und dem wuchernden Schnurrbart hatte einen gehetzten, unsicheren Ausdruck, als ob das Leben zu einem unaufhörlichen Rennen zwischen ihm selbst und den Gedanken, die ihm auf den Fersen waren, geworden wäre.

Dieser Ausdruck entlockte Lily ein Wort mitleidigen Grußes, und er fuhr fort, als ob er durch ihren Ton ermutigt wäre: »Ich wollte mich entschuldigen – Sie bitten, mir zu verzeihen, daß ich eine so erbärmliche Figur abgegeben habe –«

Sie brachte ihn mit einer schnellen Geste zum Schweigen. »Sprechen wir nicht davon; Sie haben mir sehr leid getan«, sagte sie mit einem Anflug von Verachtung, der, wie sie sofort bemerkte, ihm nicht entging.

Er errötete bis zu seinen verstörten Augen, errötete so entsetzlich, daß sie ihren ironischen Seitenhieb bereute. »Dazu hatten Sie auch allen Grund, sie wissen ja nicht – Sie müssen mich erklären lassen. Man hat mich betrogen, auf widerwärtige Weise betrogen –«

»Dann tun Sie mir um so mehr leid«, unterbrach sie ihn, diesmal ohne Ironie. »Aber Sie müssen einsehen, daß ich nicht gerade diejenige bin, mit der Sie über dieses Thema sprechen können.«

Er reagierte auf diesen Einwand mit einem Blick echten Erstaunens. »Warum nicht? Sind es nicht Sie, der ich, vor allen anderen, eine Erklärung schulde –«

»Eine Erklärung ist gar nicht nötig, mir war die Situation völlig klar.«

»Ach so, ja –« murmelte er und ließ den Kopf wieder hängen, während seine Hand unschlüssig auf das Gesträuch am Wegesrand einhieb. Aber als Lily Anzeichen machte weiterzugehen, stieß er mit wiederauflebender Heftigkeit hervor: »Miss Bart, um Himmels willen, wenden Sie sich nicht von mir ab! Wir waren doch einmal wirkliche Freunde – Sie waren immer gut zu mir – und Sie wissen gar nicht, wie sehr ich jetzt einen Freund brauche.«

Die bedauernswerte Schwachheit, die in diesen Worten zum Ausdruck kam, erweckte eine Regung des Mitleids in Lilys Brust. Auch sie brauchte Freunde – sie hatte die Schmerzen der Einsamkeit erfahren, und ihr Unmut gegen Bertha Dorsets Grausamkeit öffnete ihr Herz für die arme Kreatur, die schließlich Berthas Hauptopfer war.

»Ich möchte noch immer gut zu Ihnen sein; ich trage Ihnen nichts nach«, sagte sie. »Aber Sie müssen doch einsehen, daß wir nach allem, was geschehen ist, nicht wieder Freunde sein können – wir können einander nicht wiedersehen.«

»Ach, Sie *sind* gut – Sie haben Erbarmen – so waren Sie immer!« Er richtete seinen traurigen Blick auf sie. »Aber warum können wir nicht Freunde sein – warum nicht, wenn ich in Sack und Asche bereut habe? Ist es nicht zu unbarmherzig von Ihnen, mich dazu zu verdammen, für die Falschheit und Treulosigkeit anderer leiden zu müssen? Ich bin damals schon genug gestraft worden – soll es denn für mich keine Vergebung geben?«

»Ich hatte geglaubt, Sie hätten die vollkommene Vergebung in der Versöhnung gefunden, die auf meine Kosten zustande kam«, fing Lily mit wiedererwachender Ungeduld an, aber er fiel ihr flehentlich bittend ins Wort: »Stellen Sie es nicht so hin – wo das doch der schlimmste Teil meiner Strafe war. Mein Gott! was konnte ich denn tun – war ich nicht machtlos? Sie hatte man zum Opfer ausersehen, jedes Wort, das ich gesagt hätte, wäre gegen Sie gewandt worden –«

»Ich habe Ihnen gesagt, daß ich Ihnen keine Vorwürfe mache; alles, worum ich Sie bitte, ist einzusehen, daß nach dem Gebrauch, den es Bertha beliebte, von mir zu machen – nach allem, worauf ihr Verhalten seitdem hingedeutet hat – es unmöglich ist, daß Sie und ich einander treffen.«

Er stand weiterhin vor ihr in seiner hartnäckigen Schwachheit. »Ist es das – muß es das sein?« Er unterbrach sich und schlug auf das Grün am Wege in weiterem Umkreis ein. Dann fing er wieder an: »Miss Bart, hören Sie – schenken Sie mir eine Minute. Wenn wir einander nicht wieder treffen sollen, so hören Sie mich jetzt wenigstens an. Sie sagen, wir können keine Freunde sein nach – nach allem, was geschehen ist. Aber kann ich nicht zumindest an ihr Mitleid appellieren? Kann ich Sie nicht rühren, wenn ich Sie bitte, an mich als einen Gefangenen zu denken – einen Gefangenen, dem Sie allein die Freiheit schenken können?«

Lilys innerliches Erschrecken verriet sich in einem schnellen Erröten; war es möglich, daß dies der eigentliche Sinn von Carry Fishers Andeutungen war?

»Ich sehe nicht, wie ich Ihnen irgendeine Hilfe sein könnte«, murmelte sie und entzog sich ein wenig der wachsenden Erregung seines Blickes.

Ihr Ton schien ihn zu ernüchtern, wie er es so oft in allzu stürmischen Momenten getan hatte. Die störrischen Falten in seinem Gesicht entspannten sich, und er sagte, abrupt in eine fügsame Haltung fallend: »Sie *würden* es sehen, wenn Sie wieder soviel Erbarmen für mich hätten wie früher und, weiß der Himmel, ich habe es nie mehr gebraucht!«

Sie hielt einen Augenblick lang inne, trotz allem von dieser Erinnerung an ihren Einfluß auf ihn gerührt. Die Fasern ihrer Seele waren von eigenem Leiden weicher gemacht worden, und dieser plötzliche Einblick in sein zum Gespött gemachtes und zerstörtes Leben entwaffnete ihre Verachtung für seine Schwachheit.

»Sie tun mir wirklich sehr leid – ich würde Ihnen nur zu gern helfen, aber Sie müssen doch andere Freunde haben, andere, die Ihnen raten könnten.«

»Ich habe nie einen Freund wie Sie gehabt«, antwortete er schlicht. »Und außerdem – können Sie das nicht verstehen? – Sie sind die einzige« – seine Stimme senkte sich zu einem Flüstern – »die einzige, die es weiß.«

Wieder fühlte sie, wie ihre Farbe wechselte, wieder klopfte ihr Herz schneller in Erwartung dessen, was, wie sie fühlte, kommen würde.

Er hob seine Augen flehentlich zu ihr auf. »Sie sehen das ein, nicht wahr? Sie verstehen? Ich bin verzweifelt – ich weiß nicht mehr weiter. Ich möchte frei sein, und Sie können mich befreien. Ich weiß, daß Sie es können. Sie wollen doch nicht, daß ich in der Hölle bleiben muß, oder? Sie können doch nicht eine solche Rache für mich wünschen? Sie sind immer gut gewesen – ihre Augen sind auch jetzt gütig. Sie sagen, ich täte Ihnen leid. Nun, es liegt bei Ihnen, es zu zeigen, und, weiß der Himmel, es gibt nichts, was Sie davon abhalten könnte. Es versteht sich natürlich – nicht ein Wort würde an die Öffentlichkeit dringen – kein Ton, keine Silbe, die Sie mit der ganzen Sache in Zusammenhang bringen würde. Soweit würde es nicht kommen, wissen Sie; alles, was ich brauche, ist die Möglichkeit, definitiv sagen zu können: ›Ich weiß dies – und dies – und dies‹ – und der Kampf würde ein Ende finden und der Weg wäre endlich frei, und die ganze widerwärtige Geschichte wäre in einer Sekunde bereinigt.«

Er sprach keuchend wie ein müder Läufer, mußte vor Erschöpfung Pausen zwischen den Worten machen, und durch die Pausen hindurch erblickte sie, wie durch auseinanderreißende Nebelschwaden, großartige goldene Ausblicke auf ein Leben in Frieden und Sicherheit. Denn die eindeutige Absicht hinter seiner vagen Bitte um Hilfe war nicht mißzuverstehen; sie hätte die Leerstellen auch ohne Mrs. Fishers Anspielungen ausfüllen können. Hier war ein Mann, der sich in äußerster Einsamkeit und zutiefst gedemütigt an sie wandte; wenn sie in einem solchen Augenblick zu ihm käme, würde er mit der ganzen Kraft seines enttäuschten Glaubens ihr gehören. Und die Macht, ihn dahin zu bringen, lag in ihrer Hand – lag dort mit einer Vollständigkeit, die er nicht einmal im entferntesten ahnen konnte. Rache und Wiederanerkennung könnten ihr mit einem Schlag zuteil werden – es lag etwas Sinnverwirrendes in der Vollständigkeit einer solchen einmaligen Gelegenheit.

Sie stand stumm da, den Blick von ihm abgewandt auf das herbstliche Stück verlassenen Weges gerichtet. Und plötzlich ergriff sie Angst – Angst vor sich selbst und der entsetzlichen Macht der Versuchung. All ihre vergangenen Schwächen waren wie begierige Komplizen, die sie auf einen Weg zogen, den eben diese bereits für sie gebahnt hatten. Sie wandte sich schnell ab und hielt Dorset ihre Hand entgegen.

»Auf Wiedersehen – es tut mir leid; es gibt nichts, aber auch gar nichts, was ich tun könnte.«

»Nichts? Ach, sagen Sie das nicht«, rief er aus; »sagen Sie doch die Wahrheit; daß Sie mich im Stich lassen wie all die anderen. Sie, der einzige Mensch auf Erden, der mich hätte retten können!«

»Auf Wiedersehen – auf Wiedersehen«, wiederholte sie eilig, und wie sie davonging, hörte sie, wie er ein letztes flehentliches »Zumindest werden Sie zulassen, daß ich Sie noch einmal sehe?« hinter ihr herrief.

Lily schlug, als sie das Grundstück der Gormers wieder erreichte, schnell den Weg über den Rasen zu dem noch unfertigen Haus hin ein, wo sie annahm, ihre Gastgeberin zu finden, die sich vielleicht nicht allzu geduldig Gedanken um den Grund ihres Ausbleibens machen würde, denn wie viele unpünktliche Menschen mochte Mrs. Gormer es nicht, wenn man sie warten ließ.

Als Miss Bart jedoch die Allee erreichte, sah sie einen eleganten Zweispänner mit einem Paar edler Pferde davor hinter den Sträuchern in Richtung auf das Tor verschwinden, und an der Türschwelle stand Mrs. Gormer mit dem warmen Glanz rückblickender Freude auf ihrem offenen Gesicht. Als sie Lily erblickte, vertiefte sich dieser warme Glanz zu einem peinlich berührten Rot, und sie sagte mit einem leisen Lachen: »Hast du meinen Besuch gesehen? Oh, ich dachte, du wärest über die Allee zurückgekommen. Es war Mrs. George Dorset – sie sagte, sie sei nur kurz auf einen Nachbarschaftsbesuch vorbeigekommen.«

Lily nahm diese Ankündigung mit der üblichen Gelassenheit auf, wenn ihre Kenntnis von Berthas Eigenheiten sie auch nicht gerade den nachbarlichen Instinkt unter diesen hätte vermuten lassen, und Mrs. Gormer, die erleichtert war, als sie sah, daß Lily kein Anzeichen von Überraschung zeigte, fuhr mit einem abschätzigen Lachen fort: »Was sie natürlich wirklich hierher geführt hat, war Neugier – sie ließ sich von mir durch das ganze Haus führen. Aber sie hätte gar nicht netter sein können – kein vornehmes Getue, weißt du, und so freundlich; ich kann durchaus verstehen, warum man sie so faszinierend findet.«

Dieses überraschende Ereignis, das zu genau mit ihrem Treffen mit Dorset zusammenfiel, als daß man es für davon abhängig halten müßte, rief in Lily doch ein vages Gefühl von drohendem Unheil hervor. Es war nicht Berthas Art, nachbarschaftliche Kontakte zu knüpfen, geschweige denn auf irgend jemanden außerhalb ihres unmittelbaren Bekanntenkreises zuzugehen. Sie hatte die Welt der von außen in die

Gesellschaft Strebenden immer konsequent ignoriert oder hatte einzelne Mitglieder dieser Welt nur dann anerkannt, wenn eigensüchtige Motive ihr dazu Veranlassung gaben; und gerade daß sie sich so kapriziös mal zu diesem oder jenem herabließ, ließ dies, das wußte Lily wohl, in den Augen derjenigen, die sie auszeichnete, von besonderem Wert erscheinen. Lily sah das jetzt in Mrs. Gormers nicht zu verbergender Befriedigung und der Art, wie sie für die nächsten zwei Tage glücklich Berthas Meinungen zitierte, ob es in den Zusammenhang paßte oder nicht, und sich Gedanken darüber machte, woher wohl ihr Kleid stammen mochte. All die geheimen Ambitionen, die Mrs. Gormers angeborene Trägheit und die Einstellung ihrer Gefährten für gewöhnlich nicht zum Tragen kommen ließen, keimten jetzt von neuem unter der Sonne von Berthas Annäherungsversuchen, und was auch immer der Grund für diese sein mochte, so erkannte Lily doch, daß, würden sie genutzt, sie sich wahrscheinlich störend auf ihre eigene Zukunft auswirken würden.

Sie hatte ausgemacht, die Dauer ihres Aufenthaltes bei ihren neuen Freunden durch ein, zwei Besuche bei anderen, mit denen sie in letzter Zeit Bekanntschaft geschlossen hatte, zu unterbrechen, und bei ihrer Rückkehr von diesen recht deprimierenden Ausflügen fiel ihr sofort auf, daß Mrs. Dorsets Einfluß noch immer in der Luft lag. Es hatte weitere gegenseitige Besuche gegeben, Tee in einem Sportclub auf dem Lande, ein Treffen bei einem Jagdball; es ging sogar das Gerücht von einem baldigen Dinner, das Mattie Gormer mit ungewohntem Bemühen um Diskretion aus der Unterhaltung herauszuschmuggeln versuchte, wann immer Miss Bart daran teilnahm.

Diese hatte bereits geplant, nach einem Abschiedssonntag mit ihren Freunden in die Stadt zurückzukehren, und mit Gerty Farishs Hilfe ein kleines privates Hotel entdeckt, wo sie den Winter über bleiben konnte. Da das Hotel am Rande eines modischen Viertels lag, überschritt der Preis für die wenigen Quadratmeter, die sie bewohnen würde, ihre Mittel um ein beträchtliches, aber sie fand eine Rechtfertigung für ihre Abneigung gegen ein ärmlicheres Quartier in dem Argument, daß es gerade zu diesem Zeitpunkt von größter Wichtigkeit war, den Anschein von Wohlstand zu wahren. In Wahrheit war es ihr, solange sie die Mittel hatte, eine Woche lang für ihre Kosten aufzukommen, unmöglich, sich auf die Lebensform Gerty Farishs einzulassen. Noch nie war sie so nah am Rande der Zahlungsunfähigkeit gewesen; aber zumindest gelang es ihr, ihre wöchentliche Hotelrechnung zu begleichen, und nachdem sie die drängendsten ihrer damals gemachten Schulden mit dem Geld, das sie von Trenor bekommen hatte, bezahlt hatte, blieb ihr noch ein Restchen Kredit, an das sie sich halten konnte. Ihre Situation war jedoch nicht angenehm genug, als daß sie sie soweit hätte beruhigen können, die Ungewißheit ihrer Verhältnisse gänzlich zu vergessen. Ihre Zimmer mit dem beengten Ausblick auf öde Mauern und Feuertreppen, ihre einsamen Mahlzeiten in dem dunklen Restaurant mit seiner überladenen Decke und dem ständigen Geruch von Kaffee – all diese überaus störenden Unannehmlichkeiten, die sie dennoch als Privilegien ansehen mußte, die ihr bald entzogen werden würden, hielten ihr die Nachteile ihrer Lage ständig vor Augen; und ihr Denken kehrte um so beharrlicher zu Mrs. Fishers Ratschlägen zurück. Wie sie die Sache auch drehen und wenden mochte, sie wußte, daß sie letzten Endes doch versuchen mußte, Rosedale zu heiraten, und in dieser Überzeugung wurde sie noch durch einen unerwarteten Besuch von George Dorset bestärkt.

Sie traf ihn am ersten Sonntag nach ihrer Rückkehr in die Stadt dabei an, wie er in ihrem engen Wohnzimmer auf und ab ging und dabei die wenigen Kleinigkeiten in Gefahr brachte, mit denen sie versucht hatte, die üppige Plüschigkeit des Zimmers zu mildern; aber ihr Anblick schien ihn zu beruhigen, und er sagte bescheiden, er sei nicht gekommen, um sie zu belästigen – er wolle nur um die Erlaubnis bitten, eine halbe Stunde mit ihr zusammensitzen zu dürfen und über, was immer ihr recht sei, zu sprechen. In Wahrheit hatte er, wie sie wußte, nur ein Thema: sich selbst und sein Unglück, und er war nur gekommen, weil er auf ihr Mitgefühl angewiesen war. Aber er begann das Gespräch, indem er sich zum Schein nach ihrer Lage erkundigte, und als sie antwortete, sah sie, daß zum ersten Mal eine leise Ahnung ihrer Misere durch die dichte Oberfläche seiner völligen Ichbezogenheit drang. War es denn wirklich wahr, daß dieses alte Biest von einer Tante sie enterbt hatte? Daß sie allein lebte, hier, auf diese Weise, weil sie sonst niemanden hatte, zu dem sie hätte gehen können, und daß sie nur gerade genug zum Leben hatte, bis die erbärmliche kleine Erbschaft ausbezahlt würde? Die Fasern des Mitgefühls waren in ihm fast vollständig verkümmert, aber er litt so sehr, daß er eine leise Ahnung hatte, was das Leid anderer bedeuten konnte – und daß er, wie sie bemerkte, gleichzeitig erkannte, auf welche Weise ihr besonderes Mißgeschick ihm von Nutzen sein konnte.

Als sie ihn schließlich verabschiedete unter dem Vorwand, daß sie sich zum Abendessen umkleiden müsse, hielt er an der Türschwelle inne, um dann doch noch mit der Bitte herauszuplatzen: »Es war so tröstlich – bitte sagen Sie doch, daß Sie mir erlauben, Sie wiederzusehen –« Aber auf dieses direkte Ersuchen war es ihr unmöglich, ihre Zustimmung zu geben, und sie sagte mit freundlicher Entschiedenheit: »Es tut mir leid – aber Sie wissen, warum ich das nicht kann.«

Er errötete bis zum Haaransatz, schob die Tür zu und stand vor ihr, verlegen aber beharrlich. »Ich wüßte, wie Sie es könnten, wenn Sie wollten – wenn die Lage der Dinge anders wäre – und es liegt bei Ihnen, das zuwege zu bringen. Es braucht nur ein Wort, und Sie erlösen mich aus meinem Elend!«

Ihre Augen trafen sich, und eine Sekunde lang geriet sie wegen der Nähe der Versuchung wieder ins Schwanken. »Sie irren sich, ich weiß gar nichts, ich habe gar nichts gesehen«, rief sie in dem Bemühen, allein durch die Kraft der Wiederholung eine Barriere zwischen sich und die Gefahr, in der sie war, zu legen; und als er sich abwandte laut stöhnend: »Sie opfern uns beide«, fuhr sie fort zu wiederholen, als ob es sich dabei um eine Zauberformel handele: »Ich weiß gar nichts – überhaupt nichts.«

Lily hatte seit ihrem aufschlußreichen Gespräch mit Mrs. Fisher wenig von Rosedale gesehen, aber bei den zwei, drei Gelegenheiten, bei denen sie einander begegnet waren, hatte sie bemerkt, daß sie in seiner Achtung deutlich gestiegen war. Es gab keinen Zweifel, er bewunderte sie so sehr wie eh und je, und sie glaubte, es liege bei ihr, seine Bewunderung soweit zu steigern, daß sie sein noch in der Schwebe befindliches Nützlichkeitsdenken überwinden würde. Diese Aufgabe war keine leichte, aber ebensowenig leicht war es, sich in den langen schlaflosen Nächten dem Gedanken an das gegenüber zu sehen, was George Dorset so offensichtlich bereit war, ihr zu bieten. Niederträchtigkeit für Niederträchtigkeit, die andere Möglichkeit war ihr weniger verhaßt; es gab sogar Augenblicke, in denen eine Heirat mit Rosedale die einzige anständige Lösung für ihre Schwierigkeiten zu sein schien. Sie ließ ihre Phantasie allerdings nicht über den Tag des Ehegelöbnisses hinausschweifen, danach verschwamm alles in einem Nebel des Wohlgefühls in bezug auf alle materiellen Fragen, in dem die Person ihres Wohltäters glücklicherweise vage blieb. Sie hatte in ihren langen durchwachten Nächten gelernt, daß es gewisse Dinge gab, an die man besser nicht dachte, gewisse mitternächtliche Bilder, die, koste es was es wolle, gebannt werden mußten – und eines davon war das Bild von sich selbst als Rosedales Frau.

Carry Fisher hatte, wie sie freimütig zugab, auf der Grundlage des Erfolgs, den die Brys in Newport hatten, für die Herbstmonate ein kleines Haus in Tuxedo gemietet, und dorthin machte sich Lily am Sonntag nach Dorsets Besuch auf den Weg. Obwohl es schon fast Zeit zum Abendessen war, als sie ankam, war ihre Gastgeberin noch immer außer Haus, und die vom Kamin beleuchtete Ruhe des kleinen stillen Hauses vermittelte ihr das Gefühl von Frieden und Intimität. Es darf durchaus bezweifelt werden, ob ein solches Gefühl je zuvor durch Carry Fishers Umgebung hervorgerufen worden war, aber im Gegensatz zu der Welt, in der Lily in letzter Zeit gelebt hatte, lag etwas von Ruhe und Stabilität allein schon in der Art, wie die Möbel gestellt waren, und in der lautlos kompetenten Weise, mit der das Stubenmädchen sie in ihr Zimmer führte. Mrs. Fishers Unkonventionalität war letztlich nur ein oberflächliches Abweichen von einer gesellschaftlichen Überzeugung, während die Manieren des Gormer-Kreises den ersten Versuch dieser Leute darstellten, eine solche Überzeugung für sich zu formulieren.

Zum ersten Mal seit ihrer Rückkehr von Europa befand sich Lily in einer ihr gemäßen Atmosphäre, und das Erwachen vertrauter Gefühle ließ sie beinahe darauf gefaßt sein, als sie vor dem Dinner die Treppe herunterkam, auf eine Gruppe ihrer alten Bekannten zu stoßen. Aber diese Erwartung wurde sofort von der Überlegung zunichte gemacht, daß gerade die Freunde, die loyal zu ihr hielten, diejenigen waren, die am wenigsten geneigt wären, sie derartigen Begegnungen auszusetzen; und sie war kaum überrascht, als sie statt dessen Mr. Rosedale, häuslich auf den Knien liegend, am Kamin des Salons vor der kleinen Tochter ihrer Gastgeberin vorfand.

Rosedale in der väterlichen Rolle war kaum ein Anblick, der Lilys Herz gerührt hätte, doch sie konnte nicht umhin, so etwas wie schlichte Güte in seinen Bemühungen um das Kind zu entdecken. Es handelte sich auf jeden Fall nicht um die wohlüberlegten und oberflächlichen Liebkosungen eines Gastes unter den Augen der Gastgeberin, denn er und das kleine Mädchen waren allein im Zimmer, und etwas in seiner Haltung ließ ihn wie ein einfaches und gütiges Wesen erscheinen im Vergleich mit der kleinen kritischen Kreatur, die sich seine Huldigungen gefallen ließ. Ja, er würde gut zu ihr sein, das zu fühlen, blieb Lily auf der Türschwelle noch die Zeit – gut auf seine grobe, bedenkenlose, habgierige Art, die Art, wie ein Raubtier mit seiner Gefährtin umgeht. Sie hatte nur einen Augenblick Zeit, in dem sie überlegen konnte, ob der kurze Blick auf den Mann beim Feuer ihren Abscheu milderte oder ihm vielmehr eine konkretere, vertrautere Form gab, denn bei ihrem Anblick war er sofort wieder auf den Beinen, der frische und dominierende Rosedale von Mattie Gormers Salon.

Es war keine Überraschung für Lily zu erfahren, daß er als einziger Gast außer ihr ausgesucht worden war. Obwohl sie und ihre Gastgeberin sich seit deren vorsichtiger Erörterung von Lilys Zukunft nicht mehr gesehen hatten, wußte Lily, daß der Scharfsinn, der es Mrs. Fisher ermöglichte, einen sicheren und angenehmen Weg durch eine Welt feindlicher Kräfte zu finden, nicht selten zum Wohl ihrer Freunde eingesetzt wurde. Es war vielmehr charakteristisch für Carry, daß, während sie eifrig ihre eigenen Vorräte auf dem Feld des Überflusses sammelte, ihre wahren Sympathien auf der anderen Seite lagen – bei den Unglücklichen, den Unbeliebten, den Erfolglosen, bei all den hungrigen sich plagenden Mitmenschen auf dem abgeernteten Stoppelfeld des Erfolgs.

Mrs. Fishers Erfahrung bewahrte sie davor, den Fehler zu machen und Lily gleich am ersten Abend dem durch nichts abgeschwächten Eindruck von Rosedales Person auszusetzen. Kate Corby und einige Männer kamen zum Dinner vorbei, und Lily, der kein Detail im Vorgehen ihrer Freundin entging, erkannte, daß die Gelegenheiten, die für sie in die Wege geleitet worden waren, so lange aufgeschoben wurden, bis sie den Mut haben würde, aus ihnen effektiven Nutzen zu ziehen. Sie hatte das Gefühl, sich in diesen Plan mit der Duldsamkeit zu schicken, die ein Leidender zeigt, der sich der Hand des Chirurgen anheimgibt; und dieses Gefühl fast lethargischer Hilflosigkeit hielt sich auch, als Mrs. Fisher, nachdem die Gäste gegangen waren, ihr nach oben folgte.

»Darf ich hereinkommen und eine Zigarette an deinem Feuer rauchen? Wenn wir uns in meinem Zimmer unterhalten, stören wir das Kind.« Mrs. Fisher sah sich mit dem Auge der besorgten Gastgeberin um. »Ich hoffe, du hast es dir bequem machen können, meine Liebe? Ist das nicht ein nettes kleines Haus? Es ist ein regelrechter Segen, ein paar ruhige Wochen mit der Kleinen zu haben.«

Carry wurde in den seltenen Augenblicken, in denen es ihr finanziell gut ging, auf so überschwengliche Weise mütterlich, daß Miss Bart sich manchmal fragte, ob sie, wenn sie jemals Zeit und Geld genug bekommen könnte, nicht schließlich beides ganz ihrer Tochter widmen würde.

»Es ist eine wohlverdiente Ruhepause, das kann ich wirklich sagen«, fuhr sie fort und sank mit einem Seufzer der Zufriedenheit auf das kissenbedeckte Sofa beim Feuer. »Louisa Bry ist ein strenger Meister; wie oft habe ich mich zu den Gormers zurückgewünscht. – Da sagt man, die Liebe mache die Menschen eifersüchtig und mißtrauisch – das ist nichts gegen gesellschaftlichen Ehrgeiz! Louisa pflegte nachts wachzuliegen und darüber nachzudenken, ob die Frauen, die uns besuchten, *mich* besuchten, weil ich bei ihr war, oder *sie* besuchten, weil sie bei mir war; und ständig stellte sie mir Fallen, um herauszufinden, was ich dachte. Ich hätte natürlich eher meine ältesten Freunde verleugnen müssen, als ihr Anlaß zu dem Verdacht zu geben, sie verdanke mir die Chance, auch nur eine einzige Bekanntschaft gemacht zu haben – während es doch die ganze Zeit über genau das war, wozu sie mich bei sich hatte, und wofür sie mir einen großzügigen Scheck ausschrieb, als die Saison vorüber war!«

Mrs. Fisher war nicht die Frau, die von sich selbst ohne Grund sprach; das direkte Sprechen war bei ihr weit davon entfernt, dann und wann den Rückgriff auf Methoden, die sich gewisser Umwege bedienen, auszuschließen, es diente vielmehr in entscheidenden Momenten derselben Absicht, wie das Geplauder des Taschenspielers, während er austauscht, was er in den Ärmeln hat. Durch den Nebel ihres Zigarettenrauches betrachtete sie Miss Bart sinnend, die ihr Mädchen entlassen hatte und nun vor dem Toilettentisch saß und die gelösten Locken ihres Haares über ihre Schultern schüttelte.

»Dein Haar ist wundervoll, Lily. Dünner –? Was macht das schon, wenn es so leicht und lebendig ist? Die Sorgen so vieler Frauen scheinen sich sofort in ihrem Haar niederzuschlagen – aber deines sieht aus, als hätte sich nie ein angstvoller Gedanke darunter befunden. Ich finde, du hast nie besser ausgesehen als heute abend. Mattie Gormer hat mir erzählt, daß Morpeth dich malen wollte – warum hast du ihn nicht gelassen?«

Miss Barts unmittelbare Antwort war es, einen kritischen Blick auf das zur Diskussion stehende Gesicht zu werfen. Dann sagte sie mit einem leisen Anflug der Irritation: »Ich lege keinen Wert darauf, ein Porträt von Paul Morpeth anzunehmen.«

Mrs. Fisher sah nachdenklich drein. »N-nein. Und gerade jetzt, vor allen Dingen – nun, er kann dich ja malen, wenn du verheiratet bist.« Sie wartete einen Moment und fuhr dann fort: »Übrigens, ich hatte neulich Besuch von Mattie. Sie tauchte am vergangenen Sonntag hier auf – und zwar ausgerechnet mit Bertha Dorset!«

Sie hielt wieder inne, um abzuschätzen, wie ihre Eröffnung auf ihre Zuhörerin wirkte, aber die Bürste in Miss Barts erhobener Hand behielt unerschütterlich ihre Bewegung von der Stirn zum Nacken bei.

»Mich hat noch nie etwas derartig erstaunt«, nahm Mrs. Fisher ihren Gedankengang wieder auf. »Ich kenne keine zwei Frauen, die weniger für einen vertrauten Umgang miteinander gemacht wären – das heißt, von Berthas Standpunkt aus gesehen, denn die arme Mattie meint selbstverständlich, es sei ganz natürlich, daß sie von ihr bevorzugt behandelt wird – es ist zweifelsohne so, daß das Kaninchen immer denkt, es fasziniere die Anaconda. Nun, du weißt ja, was ich dir immer gesagt habe, Mattie sehnte sich im Geheimen danach, sich mit den wirklich ersten Kreisen zu langweilen, und jetzt, wo sie die Chance hat, ist sie, wie ich es sehe, fähig, alle ihre alten Freunde dafür zu opfern.«

Lily legte ihre Bürste beiseite und warf ihrer Freundin einen durchdringenden Blick zu. »*Mich* eingeschlossen?« schlug sie als Weiterführung des Satzes vor.

»Ach, meine Liebe«, murmelte Mrs. Fisher und erhob sich, um ein Stück Holz wieder ins Feuer zurückzuschieben.

»Das ist es, was Bertha im Sinn hat, nicht wahr?« Miss Bart sprach beharrlich weiter. »Denn sie hat natürlich immer etwas im Sinn, und bevor ich Long Island verließ, habe ich noch gesehen, daß sie sich daranmachte, ihre Fänge nach Mattie auszustrecken.«

Mrs. Fisher seufzte ausweichend. »Jetzt hat sie sie jedenfalls fest im Griff. Wenn ich daran denke, daß die lauthals deklarierte Unabhängigkeit von Mattie nur eine bessere Form von Snobismus war! Bertha kann sie schon glauben machen, was immer ihr in den Kopf kommt – und ich fürchte, mein armes Kind, sie hat als erstes schreckliche Dinge über dich angedeutet.«

Lily wurde unter dem Schatten ihres herabfallenden Haares rot. »Die Welt ist zu schlecht«, murmelte sie und wandte sich dabei von Mrs. Fishers ängstlich forschendem Blick ab.

»Sie ist kein sehr gemütlicher Ort; die einzige Möglichkeit, nicht den Boden zu verlieren, ist, sie mit ihren eigenen Waffen zu schlagen – und vor allem, meine Liebe, nicht allein!« Mrs. Fisher faßte ihre auseinanderdriftenden Andeutungen mit einem resoluten Griff zusammen. »Du hast mir so wenig erzählt, daß ich nur raten kann, was passiert ist; aber in der Hetze, in der wir alle leben, bleibt keine Zeit, jemanden ohne Grund zu hassen, und wenn Bertha noch immer biestig genug ist, um dich bei anderen Leuten schlecht zu machen, muß es daran liegen, daß sie noch immer Angst vor dir hat. Von ihrem Standpunkt aus gesehen gibt es nur einen Grund, aus dem sie Angst vor dir haben könnte, und, soweit ich es sehe, hast du, wenn du sie bestrafen willst, die Mittel dazu in der Hand. Ich würde sagen, du könntest George Dorset von heut auf morgen heiraten, aber wenn du für diese besondere Form von Vergeltung nichts übrig hast, ist das einzige, was dich vor Bertha retten kann, jemand anderen zu heiraten.«

VII

Das Licht, in dem Mrs. Fisher die Situation sah, hatte die freudlose Klarheit eines Wintermorgens. Es umriß die Tatsachen mit kalter Präzision, die nicht durch Schatten oder Farbe gemildert wurde, und brach sich an den nackten Mauern der Einschränkungen, die Lily umgaben: Sie hatte Fenster geöffnet, von denen aus der Himmel nie zu sehen war. Aber der Idealist, der sich vulgären Notwendigkeiten unterwerfen muß, muß sich vulgärer Köpfe bedienen, um die Schlüsse zu ziehen, zu denen er sich nicht herablassen kann; und es war leichter für Lily, sich von Mrs. Fisher ihren Fall in Worte fassen zu lassen, als ihn sich selbst klar vor Augen zu führen. Einmal vor die Tatsachen gestellt, erfaßte sie jedoch auch die Folgen in vollem Ausmaß, und diese waren ihr nie gegenwärtiger gewesen als am kommenden Nachmittag, an dem sie sich mit Rosedale zu einem Spaziergang aufmachte.

Es war einer jener stillen Novembertage, an denen in der Luft noch Erinnerungen an das Sommerlicht mitschwingen, und etwas in den Linien der Landschaft und in dem goldenen Schleier, der sie umhüllte, erinnerte Miss Bart an den Septembernachmittag, an dem sie mit Selden die Hänge von Bellomont erklommen hatte. Die störende Erinnerung wurde durch den ironischen Kontrast, den sie zur gegenwärtigen Situation bildete, aufrechterhalten, denn ihr Spaziergang mit Selden hatte eine unwiderstehliche Flucht vor eben einem solchen Höhepunkt in ihrem Leben dargestellt, wie ihn der jetzige Ausflug zuwege bringen sollte. Aber auch andere Erinnerungen drängten sich ihr unangenehm auf; sie besann sich auf ähnliche Situationen, mit genausoviel Geschick angebahnt, die aber durch irgendeine Widrigkeit des Schicksals oder ihre eigene mangelnde Zielstrebigkeit immer nicht das beabsichtigte Ergebnis erbracht hatten. Nun, ihr Ziel lag jetzt klar genug vor ihr. Sie sah, daß das ganze beschwerliche Bemühen um Wiederanerkennung von neuem beginnen mußte, und das gegen weit größere Widerstände, wenn es Bertha Dorset gelingen sollte, ihre Freundschaft mit den Gormers zu untergraben, und ihr Verlangen nach Schutz und Sicherheit wurde durch den leidenschaftlichen Wunsch noch verstärkt, über Bertha zu triumphieren, wie nur Reichtum und Überlegenheit über sie triumphieren konnten. Als die Frau von Rosedale – von dem Rosedale, den zu erschaffen, sie sich befähigt fühlte, würde sie ihrer Feindin zumindest unverwundbar die Stirn bieten können.

Sie mußte sich an diesen Gedanken klammern wie an ein feuriges Stimulans, um ihre Rolle in der Szene aufrechtzuerhalten, auf die Rosedale nur allzu offen hinsteuerte. Wie sie so neben ihm herging, mit jeder Faser vor der Art, mit der sein Blick und sein Ton über sie verfügten, zurückschreckte und sich doch immer wieder sagte, daß das momentane Ertragen seiner Laune der Preis war, den sie für die Macht, die sie letztendlich über ihn haben würde, zu bezahlen hatte, versuchte sie den genauen Punkt zu berechnen, an dem ihr Entgegenkommen sich in Widerstand wandeln und der Preis, den *er* zu bezahlen hätte, ihm ebenso klargemacht werden mußte. Aber sein schmuckes Selbstbewußtsein schien für solche Hinweise nicht zugänglich zu sein, und sie fühlte etwas Hartes und Reserviertes hinter der oberflächlichen Wärme in seinem Verhalten.

Sie hatten schon eine Zeitlang in der Abgeschiedenheit eines felsigen Tales über dem See gesessen, als sie ihn plötzlich unterbrach, bevor noch sein leidenschaftlicher, langer Satz seinen Höhepunkt erreicht hatte, indem sie ihm ihr schönes, ernstblickendes Gesicht zuwandte.

»Ich *glaube* Ihnen ja, was Sie sagen, Mr. Rosedale«, sagte sie ruhig, »und ich bin bereit, sie zu heiraten, wann immer Sie es wünschen.«

Rosedale, der bis zu den Wurzeln seines von Pomade glänzenden Haares errötete, nahm diese Ankündigung mit solchem Zurückschrecken entgegen, daß er aufsprang und vor ihr in einer Haltung schon nahezu komischer Verwirrung stehenblieb.

»Denn ich nehme an, das ist es, was Sie wollen«, fuhr sie fort im selben ruhigen Ton. »Und wenn ich auch nicht in der Lage war, meine Zustimmung zu geben, als Sie damals auf diese Weise mit mir sprachen, so bin ich doch jetzt, da ich Sie soviel besser kenne, bereit, mein Glück in Ihre Hände zu legen.«

Sie sprach mit der vornehmen Direktheit, über die sie bei solchen Gelegenheiten verfügte, und die wie ein starkes, stetiges Licht wirkte, das auf die quälende Dunkelheit der Situation geworfen wurde. In seiner unbequemen Helligkeit schien Rosedale einen Moment zu zögern, als wäre er sich der Tatsache bewußt, daß jeder Fluchtweg unangenehm beleuchtet war.

Dann lachte er kurz auf und zog ein goldenes Zigarettenetui aus der Tasche, in dem er mit seinen feisten, schmuckbesetzten Fingern nach einer Zigarette mit goldenem Mundstück tastete. Nachdem er eine ausgewählt hatte, hielt er inne, um sie einen Moment lang nachdenklich zu betrachten, bevor er sagte: »Meine liebe Miss Lily, es tut mir leid, wenn es da zwischen uns ein kleines Mißverständnis gegeben hat – aber Sie hatten mir zu verstehen gegeben, daß mein Werben so hoffnungslos ist, daß ich wirklich keinerlei Absicht hatte, damit von neuem zu beginnen.«

Lily merkte, wie ihr Blut wegen der Grobheit dieser Zurückweisung in Wallung geriet, aber sie kontrollierte ihr erstes Auflodern von Ärger, und sagte in einem Ton sanfter Würde: »Es ist ganz allein meine Schuld, wenn ich Ihnen den Eindruck vermittelt habe, daß meine Entscheidung endgültig war.«

Ihre Wortspiele waren schon immer zu schnell für ihn gewesen, und diese Antwort ließ ihn in verwirrtem Schweigen verharren, während sie ihre Hand ausstreckte und mit einem ganz leisen Anflug von Traurigkeit in der Stimme hinzufügte: »Bevor wir einander adieu sagen, möchte ich Ihnen zumindest gedankt haben dafür, daß Sie einmal so für mich gefühlt haben, wie Sie es damals taten.«

Die Berührung ihrer Hand, die zu Herzen gehende Sanftheit ihres Blicks trafen eine verletzliche Faser in Rosedale. Es war ihre exquisite Unerreichbarkeit, das Gefühl von Distanz, das sie ohne eine Spur von Verachtung vermitteln konnte, was es ihm so furchtbar schwer machte, sie aufzugeben.

»Warum reden Sie von adieu sagen? Ja, sind wir denn nicht trotz allem gute Freunde?« drängte er sie, ohne ihre Hand freizugeben.

Sie entzog sie ihm ruhig. »Was ist Ihre Vorstellung von Gute-Freunde-Sein?« erwiderte sie mit einem leichten Lächeln. »Mir Liebeserklärungen zu machen, ohne um meine Hand anzuhalten?«

Rosedale hatte seine Fassung wiedergewonnen und lachte. »Nun ja, so sieht's wohl aus, nehme ich an. Ich kann einfach nicht anders, als Ihnen Liebeserklärungen machen – ich kann nicht begreifen, wie das irgendein Mann könnte, aber ich habe nicht vor, um ihre Hand anzuhalten, so lange wie ich es eben vermeiden kann.«

Sie lächelte auch weiterhin. »Ich mag Ihre Offenheit, aber ich fürchte, unsere Freundschaft kann kaum auf dieser Grundlage fortbestehen.«

Sie wandte sich ab, als wollte sie zeigen, daß nun wirklich alles gesagt sei, und er folgte ihr ein paar Schritte mit dem verwirrten Gefühl, daß sie am Ende doch das Spiel für sich entschieden hatte.

»Miss Lily –« fing er impulsiv an, aber sie ging weiter, anscheinend ohne ihn zu hören.

Er holte sie mit ein paar schnellen Schritten ein und legte seine Hand bittend auf ihren Arm. »Miss Lily – nun laufen Sie doch nicht so einfach weg. Sie sind verflixt hart zu unsereinem, aber wenn Sie nichts dagegen haben, die Wahrheit zu sagen, sehe ich nicht ein, warum Sie mir nicht erlauben, es auch zu tun.«

Sie hielt für einen Moment mit erhobenen Brauen inne, dabei entzog sie sich instinktiv seiner Berührung, machte aber keinen Versuch, seinen Worten auszuweichen.

»Ich hatte den Eindruck«, erwiderte sie, »daß Sie eben das getan haben, ohne auf meine Erlaubnis zu warten.«

»Nun – warum hören Sie sich dann nicht meine Gründe dafür an? Wir sind ja beide nicht mehr solche Grünschnäbel, daß uns ein ehrliches Wort etwas ausmachen würde. Ich bin völlig verrückt nach Ihnen, das ist ja nichts Neues. Ich bin verliebter in Sie, als ich es voriges Jahr um diese Zeit war, aber ich muß der Tatsache ins Auge sehen, daß die Situation sich verändert hat.«

Sie begegnete ihm weiterhin mit derselben Haltung ironischer Ruhe. »Sie wollen damit sagen, daß ich nicht eine so erstrebenswerte Partie bin, wie sie es geglaubt haben?«

»Ja, das will ich damit sagen«, antwortete er entschlossen. »Ich will nicht näher darauf eingehen, was passiert ist. Ich glaube die Geschichten über Sie nicht – ich *will* sie nicht glauben. Aber sie sind nun mal da, und daß ich sie nicht glaube, ändert die Lage nicht.«

Sie errötete bis an die Schläfen, aber da sie in höchster Not war, hielt sie die scharfe Entgegnung, die ihr auf den Lippen lag, zurück, und fuhr fort, ihm gefaßt ins Gesicht zu sehen. »Wenn sie nicht wahr sind«, sagte sie, »ändert *das* nicht die Lage?«

Er begegnete dem mit einem unbewegten Blick aus seinen kleinen, abschätzenden Augen, der ihr das Gefühl gab, nichts weiter als irgendeine besonders delikate menschliche Handelsware zu sein. »Ich glaube, das tut es in Romanen; aber ich bin sicher, im wirklichen Leben tut's das nicht. Sie wissen das so gut wie ich; wenn wir schon die Wahrheit sagen, dann lassen Sie uns auch die ganze Wahrheit sagen. Im letzten Jahr war ich wild dahinter her, Sie zu heiraten, und Sie wollten nichts mit mir zu tun haben; in diesem Jahr – na ja, jetzt scheinen Sie es zu wollen. Nun, was hat sich in der Zwischenzeit geändert? Ihre Situation, das ist alles. Damals dachten Sie, Sie könnten etwas besseres finden, jetzt –«

»Denken Sie, Sie können es?« kam es ironisch von ihr.

»Wieso, ja, so ist es, das heißt auf eine Art.« Er stand vor ihr, die Hände in den Taschen, die Brust sich unnachgiebig unter seiner buntfarbenen Weste wölbend. »Es ist so, sehen Sie; ich habe in den letzten Jahren eine ganz hübsche, nicht endenwollende Schufterei damit gehabt, mir meine gesellschaftliche Stellung zu erarbeiten. Finden Sie komisch, daß ich sowas sage? Warum sollte ich nicht sagen, daß ich einen Platz in der Gesellschaft will? Man schämt sich ja auch nicht zu sagen, daß man einen eigenen Rennstall oder eine Gemäldegalerie haben will. Nun, Interesse an der Gesellschaft ist bloß eine andere Art von Hobby. Vielleicht will ich mit einigen von den Leuten abrechnen, die mir im letzten Jahr die kalte Schulter gezeigt haben – nennen wir es halt so, wenn es besser klingt. Wie auch immer, ich will in den ersten Häusern verkehren, und das wird mir auch gelingen nach und nach. Aber ich weiß, der beste Weg, es sich mit den richtigen Leuten zu vermasseln, ist, mit den falschen gesehen zu werden, und das ist der Grund, warum ich Fehler vermeiden will.«

Miss Bart stand weiterhin vor ihm mit einer Ruhe, die entweder Spott oder halb widerwilligen Respekt für seine Offenheit ausdrücken konnte, und nach einer kurzen Pause fuhr er fort: »So sieht es aus, verstehen Sie. Ich bin verliebter in Sie denn je, aber wenn ich Sie jetzt heiraten würde, würde ich mir meine Chancen endgültig vermasseln, und alles, wofür ich all die Jahre gearbeitet habe, wäre umsonst gewesen.«

Sie nahm das mit einem Blick entgegen, aus dem jeder Anflug von Verstimmung verschwunden war. Nach dem Netz gesellschaftlicher Falschheiten, in dem sie sich so lange bewegt hatte, war es erfrischend, in das helle Tageslicht offen eingestandener Berechnung zu treten.

»Ich verstehe«, sagte sie. »Vor einem Jahr wäre ich für Sie von Nutzen gewesen, und jetzt wäre ich ein Hindernis, und ich finde es sympathisch, daß Sie mir das so ehrlich sagen.«

Sie streckte ihre Hand mit einem Lächeln aus. Wieder hatte die Geste eine vernichtende Wirkung auf Mr. Rosedales Selbstbeherrschung. »Donnerwetter, Sie sind wirklich ein verflixt anständiger Kerl, sind Sie!« rief er, und als sie wieder Anstalten machte, wegzugehen, brach es aus ihm heraus – »Miss Lily – halt. Sie wissen, daß ich diese Geschichten nicht glaube – ich glaube vielmehr, daß sie alle von einer Frau erfunden worden sind, die nicht gezögert hat, Sie ihrer eigenen Bequemlichkeit zu opfern –«

Lily entzog sich ihm mit einer Bewegung plötzlicher Verachtung; es war leichter, seine Unverschämtheiten zu ertragen als sein Mitleid.

»Das ist sehr freundlich von Ihnen, aber ich glaube, daß wir diese Frage nicht weiter zu besprechen brauchen.«

Aber Rosedales angeborene Unempfänglichkeit für Andeutungen machte es ihm leicht, solchen Widerstand beiseite zu schieben. »Ich will auch gar nichts besprechen, ich will Sie bloß auf eine ganz einfache Tatsache hinweisen«, insistierte er.

Sie hielt inne, ohne es zu wollen, betroffen von dem Mitschwingen einer neuen Absicht in seinem Blick und Ton, und er fuhr fort und hielt dabei die Augen fest auf sie geheftet: »Mich erstaunt, daß Sie so lange gewartet haben, um es dieser Frau heimzuzahlen, wo Sie doch die Macht dazu in Händen hatten.« Sie blieb stumm unter dem Ansturm des Erstaunens, den seine Worte hervorriefen, und er kam einen Schritt näher, um mit aller Direktheit in gedämpftem Ton zu fragen: »Warum machen Sie keinen Gebrauch von diesen Briefen von ihr, die Sie letztes Jahr gekauft haben?«

Lily stand sprachlos da nach dem Schock, den diese Frage bedeutete. In den Worten, die ihr vorangegangen waren, hatte sie höchstens eine Anspielung auf ihren vermeintlichen Einfluß auf George Dorset vermutet, auch die erstaunliche Geschmacklosigkeit, die darin lag, davon zu sprechen, machte es nicht weniger wahrscheinlich, daß Rosedale darauf zurückkommen würde. Aber jetzt sah sie, wie sehr sie danebengegriffen hatte, und die Überraschung zu erfahren, daß er das Geheimnis um die Briefe entdeckt hatte, ließ sie im Moment gar nicht an den besonderen Gebrauch denken, den er im Begriff war, von seinem Wissen zu machen.

Der vorübergehende Verlust ihrer Selbstbeherrschung gab ihm Zeit, seinem Argument Gewicht zu verleihen, und er fuhr schnell fort, so als ob er eine bessere Kontrolle der Situation sicherstellen wollte: »Sie sehen, ich weiß, wie es um Sie bestellt ist – ich weiß, daß sie voll und ganz in Ihrer Gewalt ist. Das klingt nach Bühnengerede, was? – Aber es liegt viel Wahres in manchen dieser alten Theaterpointen, und ich nehme doch nicht an, daß Sie diese Briefe nur gekauft haben, weil Sie Handschriften sammeln.«

Sie sah ihn weiterhin an, und ihre Verwirrung wuchs; ihr einziger klarer Eindruck verwandelte sich in das verängstigte Begreifen seiner Macht.

»Sie fragen sich, wie ich das über die Briefe rausgefunden habe?« fuhr er fort und beantwortete ihren Blick mit dem Ton bewußten Stolzes. »Vielleicht haben Sie vergessen, daß ich der Besitzer des *Benedick* bin – aber das braucht uns jetzt nicht zu kümmern. Solche Sachen ausfindig zu machen, ist eine wahnsinnig nützliche Fähigkeit im Geschäftsleben, und ich hab das halt auch auf meine privaten Angelegenheiten ausgedehnt. Denn das hier *ist* zum Teil meine Angelegenheit, sehen Sie – zumindest liegt es bei Ihnen, es dazu zu machen. Sehen wir der Lage der Dinge geradewegs ins Gesicht. Mrs. Dorset hat Ihnen, aus Gründen, auf die wir nicht einzugehen brauchen, im letzten Frühjahr einen verflucht schlechten Dienst erwiesen. Jeder weiß, was für eine Frau Mrs. Dorset ist, und ihre besten Freunde würden ihrem Eid nicht glauben, wenn ihre eigenen Interessen im Spiel sind; aber solange sie nicht mit in den Streit hereingezogen werden, ist es viel leichter, ihrem Beispiel zu folgen, als sich ihm entgegenzustellen, und Sie sind einfach der Faulheit und Selbstsucht dieser Leute wegen geopfert worden. Ist das nicht eine recht angemessene Zusammenfassung der Sache? – Nun, manche sagen ja, Sie hätten die perfekteste Antwort parat, daß nämlich George Dorset Sie von heut auf morgen heiraten würde, wenn Sie ihm alles sagen würden, was Sie wissen, und ihm damit die Möglichkeit gäben, der Dame die Tür zu weisen. Und so, wie ich das sehe, würde er das auch; aber Sie scheinen für diese besondere Form, eine Rechnung zu begleichen, nichts übrig zu haben, und wenn man die Frage rein geschäftlich betrachtet, meine ich, Sie haben recht. Aus so einem Handel kommt keiner mit richtig sauberen Händen heraus, und die einzige Möglichkeit für Sie, neu anzufangen, ist, Bertha Dorset dazu zu bringen, Ihnen den Rücken zu decken, nicht zu versuchen, sie zu bekämpfen.«

Er hielt lange genug inne, um Atem zu holen, aber nicht, um ihr Zeit zu geben, ihrem zunehmenden Widerwillen Ausdruck zu verleihen; und wie er so dringlich weitersprach, seine Vorstellungen mit der Direktheit des Mannes erläuternd und erklärend, der keine Zweifel in bezug auf seine Sache kennt, merkte sie, wie ihr die Entrüstung nach und nach auf den Lippen erstarrte, merkte, wie sie von der Macht seiner Beweisführung mit aller Festigkeit gepackt wurde, allein durch die kalte Stärke seines Darstellungsvermögens. Es blieb jetzt keine Zeit, sich zu fragen, wie er davon gehört hatte, daß ihr die Briefe in die Hände gefallen waren; alles war dunkel, was außerhalb des ungeheuren grellen Lichtscheins lag, den sein Plan, sie zu gebrauchen, darstellte. Und es war nach dem ersten Augenblick nicht der Schrecken des Gedankens, der sie wie gebannt hielt und seinem Willen unterworfen; es war vielmehr seine genaue Übereinstimmung mit ihrem eigenen inneren Verlangen. Er würde sie von heute auf morgen heiraten, wenn sie Bertha Dorsets Freundschaft wiedergewinnen konnte, und um das offene Wiederaufnehmen dieser Freundschaft in die Wege zu leiten und die stillschweigende Zurücknahme von allem, was Grund für ihren Entzug gewesen war, mußte sie die Dame nur der latenten Drohung gegenüberstellen, die das Paket, das ihr auf so wunderbare Weise in die Hände gefallen war, enthielt. Lily erkannte blitzartig die Vorteile, die in diesem Vorgehen lagen, gegenüber dem, auf das der arme Dorset so gedrängt hatte. Dessen Plan hing, um erfolgreich zu sein, vom Zufügen einer offenen Verletzung ab, während dieser die ganze Transaktion nur zu einem privaten Abkommen machte, von dem keine dritte Person auch nur die entfernteste Ahnung zu haben brauchte. Von Rosedale in Worten rein geschäftlichen Austauschens dargestellt nahm dieses Abkommen den harmlosen Schein gegenseitigen Entgegenkommens an wie eine Besitzüberschreibung oder eine Korrektur von Grenzlinien. Es machte das Leben auf jeden Fall einfacher, wenn man es als eine ständige Kontenausgleichung, ein Spiel in der Parteipolitik sah, bei dem jedes Zugeständnis sein anerkanntes Äquivalent hatte; Lilys müder Kopf war fasziniert von dieser Möglichkeit, aus den fließenden ethischen Bewertungen in eine Region konkreter Gewichte und Maßeinheiten zu entkommen.

Rosedale schien, während sie ihm zuhörte, in ihrem Schweigen nicht nur eine allmähliche Einwilligung in seinen Plan zu lesen, sondern eine gefährlich weitreichende Erkenntnis der Möglichkeiten, den er bot; denn als sie weiterhin vor ihm stand, ohne etwas zu sagen, kam es von ihm mit einer schnellen Einschränkung gegen das, was er gesagt hatte: »Sie sehen, wie einfach es ist, was? Na, nun lassen Sie sich aber mal nicht dazu verleiten zu meinen, daß es *allzu* einfach wäre. Es ist ja nicht gerade so, als ob Sie mit einer weißen Weste in die Sache einsteigen würden. Wo wir schon einmal darüber reden, sollten wir die Dinge auch beim Namen nennen und die ganze Angelegenheit mal klarstellen. Sie wissen nur zu gut, Bertha Dorset hätte Ihnen nichts anhaben können, wenn es da nicht – nun – schon vorher gewisse Fragen gegeben hätte – kleine Ansätze zum Zweifel, he? Muß einem gutaussehenden Mädchen mit knickrigen Verwandten ja passieren, schätze ich. Wie auch immer, es *ist* passiert, und sie hat den Boden für ihre Pläne schon vorbereitet vorgefunden.

Sehen Sie, worauf ich hinaus will? Sie wollen doch nicht, daß diese kleinen Fragen wieder auftauchen. Es ist eine Sache, Bertha Dorset unter Kontrolle zu kriegen – aber was Sie wollen, ist ja die auch über sie behalten. Sie können ihr ohne weiteres Angst einjagen – aber wie wollen Sie diese Angst aufrechterhalten? Indem Sie ihr zeigen, daß Sie über genauso viele Machtmittel verfügen wie sie. Mit allen Briefen der Welt würden Sie das nicht erreichen, so wie es jetzt um Sie bestellt ist, aber mit einer gewaltigen Deckung im Hintergrund werden Sie sie immer da haben, wo Sie sie haben wollen. Das ist *mein* Anteil an dem Geschäft – das ist es, was ich Ihnen anbiete. Sie können die Sache nicht ohne mich durchziehen – laufen Sie nicht mit der Vorstellung davon, daß Sie das könnten. In sechs Monaten säßen Sie wieder mit Ihren alten Sorgen da oder mit noch schlimmeren; und hier bin ich, bereit, Sie morgen von ihnen zu befreien, wenn Sie es wollen. Wollen Sie es, Miss Lily?« fügte er noch hinzu und rückte plötzlich näher.

Die Worte und die Bewegung, die sie begleiteten, wirkten zusammen und schreckten Lily aus dem Zustand tranceartiger Unterwürfigkeit auf, in den sie unmerklich hineingeglitten war. Licht kommt oftmals auf ungewöhnlichen Wegen in unseren unsicher tastenden Verstand, und zu ihr kam es jetzt durch die angewiderte Erkenntnis, daß ihr Möchtegernkomplize es als ganz selbstverständlich annahm, daß sie ihm aller Wahrscheinlichkeit nach mißtraute und vielleicht versuchen würde, ihn um seinen Anteil der Ausbeute zu bringen. Der kurze Einblick in sein Innerstes ließ sie die ganze Angelegenheit in einem anderen Licht sehen, und sie erkannte, daß die wirkliche Niedrigkeit des Unternehmens darin lag, daß es kein Risiko barg.

Sie entzog sich mit einer schnellen Geste der Ablehnung und sagte mit einer Stimme, die für ihre eigenen Ohren eine Überraschung war: »Sie irren sich – irren sich ganz und gar – sowohl in bezug auf die Tatsachen als auch auf die Schlüsse, die Sie ziehen.«

Rosedale starrte sie einen Augenblick lang an, verwirrt davon, daß sie plötzlich in eine Richtung preschte, die so ganz der entgegengesetzt war, in die sie sich von ihm anscheinend hatte führen lassen.

»Nun, was zum Teufel soll das heißen? Ich dachte, wir verstünden einander!« rief er aus, und auf ihr gemurmeltes »Ah, das tun wir auch *jetzt*«, erwiderte er mit einem plötzlichen Ausbruch von Heftigkeit: »Ich nehme also an, es ist, weil die Briefe an *ihn* gerichtet sind? Na, ich will verdammt sein, wenn ich sagen kann, welchen Dank Sie von ihm dafür bekommen!«

VIII

Der Herbst ging zur Neige, es wurde Winter. Wieder einmal befand sich die begüterte Welt auf dem Weg vom Lande in die Stadt, und die Fifth Avenue, am Wochenende noch verlassen, führte von Montag bis Freitag einen immer breiter werdenden Strom von Wagen mit sich zwischen Hausfassaden, die nach und nach wieder zum Leben erweckt wurden.

Das Pferdedefilee hatte zwei Wochen zuvor vorübergehend den Anschein erneuter Lebendigkeit erweckt und die Theater und Restaurants mit menschlichen Schaustücken gefüllt, die von derselben teuren und erlesenen Art waren wie jene, die täglich im Ring ihre Runden drehten. In Miss Barts Welt zählte man das Pferdedefilee angeblich unter die Attraktionen, die von den Auserwählten verachtet wurden; aber wie der Feudalherr sich aufmachen mochte, um am Tanz auf dem Dorfplatz teilzunehmen, so ließ sich die Gesellschaft doch, inoffiziell und beiläufig, dazu herab, bisweilen am Ort des Geschehens vorbeizuschauen. Mrs. Gormer war, wie andere auch, nicht darüber erhaben, eine solche Gelegenheit für die Zurschaustellung ihrer eigenen Person und ihrer Pferde zu nutzen, und Lily bekam ein, zwei Mal die Chance, an der Seite ihrer Freundin in der auffälligsten Loge, über die das Haus verfügte, zu erscheinen. Aber dieser noch verbliebene

Anschein von vertrauter Freundschaft machte ihr die Veränderung in der Beziehung zwischen Mattie und ihr nur noch klarer bewußt, ebenso wie ein langsam sich entfaltendes Unterscheidungsvermögen, ein nach und nach geformter gesellschaftlicher Standard, der sich aus Mrs. Gormers chaotischer Einstellung gegenüber dem Leben entwickelte. Es war unvermeidbar, daß Lily selbst das erste Opfer für dieses neue Ideal sein würde, und sie wußte, daß, hatten sich die Gormers erst einmal in der Stadt niedergelassen, der ganze Lauf des mondänen Lebens Mattie die Loslösung von ihr noch erleichtern würde. Kurz und gut, sie hatte dabei versagt, sich unentbehrlich zu machen, oder vielmehr war ihr Versuch, das zu tun, von einem Einfluß, der stärker war als jeder, den sie ausüben konnte, zunichte gemacht worden. Dieser Einfluß war, wenn man ihn genau betrachtete, schlicht und einfach die Macht des Geldes: Bertha Dorsets gesellschaftliche Kreditwürdigkeit gründete sich auf ein unerschütterliches Bankguthaben.

Lily wußte, daß Rosedale weder die Schwierigkeiten, in denen sie sich befand, noch die Tatsache, wie vollkommen die Wiederherstellung ihrer Ehre sein würde, die er ihr bot, übertrieben dargestellt hatte; wäre sie Bertha erst einmal an materiellem Rückhalt ebenbürtig, so würde es ihr ihre Überlegenheit an Talenten leicht machen, ihrer Gegnerin den Rang abzulaufen. Die Einsicht, was eine solche Überlegenheit bedeuten würde und welche Nachteile sich aus ihrer Ablehnung ergaben, wurden Lily mit zunehmender Klarheit während der ersten Winterwochen vor Augen geführt. Bisher hatte sie noch den Anschein eines aktiven Lebens außerhalb des Hauptstroms gesellschaftlicher Bewegungen aufrechterhalten, aber mit der Rückkehr in die Stadt und der Konzentration unterschiedlichster Tätigkeiten wurde sie schon durch die einfache Tatsache, daß sie nicht ganz natürlich ihre alten Lebensgewohnheiten wieder aufnahm, als jemand gebrandmarkt, der unmißverständlich von ihnen ausgeschlossen ist. Wenn man nicht ein Teil der festgesetzten Routine der Saison war, hing man wie aus der Bahn geworfen in der Leere gesellschaftlicher Existenzlosigkeit. Lily hatte bei all ihren unzufriedenen Träumereien nie wirklich die Möglichkeit in Betracht gezogen, sich um einen anderen Mittelpunkt zu bewegen; es war recht leicht, die Welt zu verachten, aber entschieden schwieriger, eine andere bewohnbare Region zu finden. Ihr Sinn für Ironie verließ sie nie ganz, und sie war noch in der Lage, voll Spott gegen sich selbst zu bemerken, welchen ungewöhnlichen Wert plötzlich die langweiligsten und unbedeutendsten Kleinigkeiten ihres früheren Lebens bekamen. Sogar seine unangenehmsten Pflichten hatten ihren Zauber jetzt, da sie, ohne es zu wollen, von ihnen befreit war; ihre Karte zu hinterlassen, Briefe zu schreiben, gezwungenermaßen höflich zu den Langweilern und den Älteren zu sein, lächelnd ermüdende Dinners zu ertragen – wie angenehm würden solche Verpflichtungen die Leere ihrer Tage ausfüllen! Sie hinterließ wohl Karten genug, sie hielt sich mit lächelnder und tapferer Beharrlichkeit vor den Augen der Welt aufrecht; auch erlitt sie keine jener groben Zurückweisungen, die manchmal eine so gesunde Reaktion wie Verachtung in dem, der ihnen zum Opfer fällt, hervorrufen. Die Gesellschaft wandte sich nicht von ihr ab, sie glitt einfach an ihr vorüber, vielbeschäftigt und unaufmerksam, und ließ sie in ihrem gedemütigten Stolz in vollem Maße fühlen, wie ganz und gar sie ein Geschöpf ihrer Gunst gewesen war.

Sie hatte Rosedales Vorschlag mit einer Schnelligkeit und Verachtung zurückgewiesen, die sie beinahe überraschte; sie war also noch immer zu Höhenflügen der Entrüstung fähig. Aber sie konnte nicht lange auf solchen Höhen atmen; in ihrer Erziehung hatte es nichts gegeben, was eine beständige moralische Stärke in ihr entwickelt hätte: Wonach sie verlangte und worauf sie im Grunde genommen auch ein Anrecht zu haben glaubte, war eine Situation, in der das vornehmste Verhalten auch das leichteste war. Bisher hatten ihre zeitweiligen Regungen des Widerstands genügt, um ihre Selbstachtung aufrechtzuerhalten. Wenn ihr ein Ausrutscher unterlief, so hatte sie noch immer wieder Halt gefunden, und erst im nachhinein wurde ihr bewußt, daß sie ihn jedesmal auf einer etwas niedrigeren Ebene gefunden hatte. Sie hatte Rosedales Angebot ohne jede merkliche Anstrengung zurückgewiesen; alles in ihr hatte sich dagegen aufgelehnt, und sie erkannte noch nicht, daß sie allein durch ihr Zuhören gelernt hatte, mit Vorstellungen zu leben, die ihr früher einmal unerträglich gewesen wären.

Für Gerty Farish, die mit liebevollerem, wenn auch weniger scharfsichtigem Auge als Mrs. Fisher über sie wachte, war das Ergebnis ihres inneren Kampfes bereits klar ersichtlich. Sie wußte zwar nicht, welche Geiseln Lily der Zweckdienlichkeit bereits überlassen hatte, aber sie sah, daß sie sich voll und ganz und unabänderlich der ruinösen Politik des »Mithaltens« verschrieben hatte. Gerty konnte jetzt über ihren eigenen früheren Traum, ihre Freundin könne durch widrige Umstände ein neuer Mensch werden, lächeln: Sie sah ganz klar, daß Lily nicht zu denen gehörte, welche die Not lehrt, wie unwichtig das ist, was sie verloren haben. Aber gerade dieser Umstand ließ Gerty ihre Freundin um so mitleiderregender und ihrer Hilfe bedürftiger erscheinen, um so mehr glaubte sie, Lily müsse Anspruch auf ihre zärtliche Fürsorge haben, die zu brauchen dieser so wenig bewußt war.

Lily hatte seit ihrer Rückkehr in die Stadt selten den Weg über Miss Farishs Treppen gefunden. Es lag für sie etwas Irritierendes in den stummen Fragen, die Gertys Mitgefühl ihr stellte: Sie fand, daß die wirklichen Schwierigkeiten ihrer Situation jemandem, dessen Wertvorstellungen so anders als die ihren waren, nicht verständlich zu machen waren, und die Einschränkungen in Gertys Leben, die einmal den Reiz des Kontrastes besessen hatten, erinnerten sie jetzt zu schmerzlich an die engen Grenzen, auf die ihre eigene Existenz sich nach und nach reduzierte. Als sie schließlich eines Nachmittags den lang hinausgeschobenen Entschluß in die Tat umsetzte, ihre Freundin zu besuchen, erfaßte sie dieses

Gefühl eingeschränkter Möglichkeiten mit ungewöhnlicher Intensität. Der Gang über die Fifth Avenue, bei dem sich vor ihren Augen im Glanz des harten Wintersonnenlichts der endlose Zug sorgfältigst ausgestatteter Droschken entfaltete, erlaubte ihr durch die kleinen rechteckigen Öffnungen der Brougham-Fenster kurze Blicke auf vertraute Profile, die sich über Besuchslisten beugten, auf eilige Hände, die Briefchen und Karten an wartende Diener verteilten – dieser flüchtige Blick auf die unermüdlichen Räder der großen gesellschaftlichen Maschinerie machte Lily mehr als sonst bewußt, wie steil und eng Gertys Treppen waren und wie beklemmend schmal die Sackgasse des Lebens war, in die sie führten. Öde Treppen, dazu ausersehen, von öden Leuten benutzt zu werden; wie viele tausend unbedeutender Gestalten stiegen in eben diesem Augenblick überall auf der Welt solche Treppen hinauf oder hinab – Gestalten so schäbig und uninteressant wie die Dame mittleren Alters in müdem Schwarz, die Gertys Treppenaufgang hinunterging, als Lily heraufkam!

»Das war die arme Miss Jane Silverton – sie war hier, um mit mir einmal ihre Probleme zu besprechen; sie und ihre Schwester wollen etwas tun, um sich ihren Unterhalt selbst zu verdienen«, erklärte Gerty, während ihr Lily in das Wohnzimmer folgte.

»Um ihren Unterhalt selbst zu verdienen? Sind sie in so großen Schwierigkeiten?« fragte Miss Bart ein wenig gereizt, sie war schließlich nicht gekommen, um sich den Kummer anderer Leute anzuhören.

»Ich fürchte, es ist ihnen nichts geblieben; Neds Schulden haben alles geschluckt. Sie hatten sich solche Hoffnungen gemacht, weißt du, als er von Carry Fisher losgekommen war; sie glaubten, Bertha Dorset würde so einen guten Einfluß auf ihn haben, weil sie sich nichts aus Kartenspielen macht, und – na ja, sie hat der armen Miss Jane so schöne Dinge gesagt: Sie empfände für Ned wie für einen jüngeren Bruder und wolle ihn mitnehmen auf der Yacht, damit er die Möglichkeit hätte, das Kartenspielen und das Wetten beim Pferderennen aufzugeben und seine literarische Arbeit wiederaufzunehmen.«

Miss Farish hielt mit einem Seufzer inne, in dem die ganze Ratlosigkeit ihrer eben gegangenen Besucherin lag. »Aber das ist nicht alles, es ist noch nicht einmal das Schlimmste. Anscheinend hat sich Ned mit den Dorsets zerstritten, oder zumindest erlaubt Bertha ihm nicht, sie zu sehen, und er ist so unglücklich darüber, daß er wieder angefangen hat zu spielen und mit allen möglichen sonderbaren Leuten herumzieht. Und unsere Cousine Grace Van Osburgh wirft ihm vor, einen sehr schlechten Einfluß auf Bertie auszuüben, der Harvard im vergangenen Frühjahr verlassen hat und seitdem viel mit Ned zusammen war. Sie hat nach Miss Jane geschickt und eine fürchterliche Szene gemacht; und Jack Stepney und Herbert Melson, die auch dabei waren, haben Miss Jane gesagt, Bertie drohe damit, irgendeine fürchterliche Frau zu heiraten, mit der Ned ihn bekannt gemacht habe, und daß sie nichts dagegen tun könnten, weil er jetzt, wo er volljährig sei, sein eigenes Geld habe. Du kannst dir vorstellen, wie sich die arme Miss Jane gefühlt haben muß – sie ist sofort zu mir gekommen und schien zu glauben, daß, wenn ich ihr eine Arbeit besorgen könnte, sie genug verdienen könnte, um für Neds Schulden aufzukommen und ihn weit wegzuschicken – ich fürchte, sie hat keine Ahnung, wie lange sie brauchen würde, um für einen seiner Abende beim Bridge zu bezahlen. Und er war bis über beide Ohren verschuldet, als er von der Kreuzfahrt zurückkam – ich kann gar nicht verstehen, wie er unter Berthas Einfluß so viel mehr Geld ausgeben konnte als unter Carrys; kannst du das?«

Lily beantwortete diese Frage mit einer ungeduldigen Geste. »Meine liebe Gerty, ich kann immer verstehen, wie Leute viel mehr Geld ausgeben können, nie dagegen, wie sie jemals weniger ausgeben können!«

Sie lockerte ihre Pelze und ließ sich in Gertys bequemen Sessel nieder, während ihre Freundin sich um die Teetassen kümmerte.

»Aber was können sie denn tun – die Miss Silvertons? Wie haben sie denn vor, ihren Lebensunterhalt zu verdienen?« fragte sie und merkte dabei, daß der Anklang von Gereiztheit noch immer in ihrer Stimme lag. Es war wirklich das allerletzte Thema, über das sie hätte sprechen wollen – es interessierte sie, um die Wahrheit zu sagen, absolut nicht – aber eine plötzliche absurde Neugier hatte sie ergriffen, die sie wissen lassen wollte, wie die zwei farblosen, verschüchterten Opfer der Gefühlsexperimente des jungen Silverton vorhatten, mit der grimmigen Notlage fertigzuwerden, die so nah bei ihrer eigenen Schwelle lauerte.

»Ich weiß nicht – ich versuche ja gerade, etwas für sie zu finden. Miss Jane kann sehr hübsch vorlesen – aber es ist so schwierig, jemanden zu finden, der bereit wäre, sich vorlesen zu lassen. Und Miss Annie malt ein wenig –«

»O ja, ich weiß – Apfelblüten auf Löschpapier, genau das, was ich auch demnächst machen werde!« rief Lily und sprang dabei mit einer so heftigen Bewegung auf, daß Miss Farishs zerbrechlicher Teetisch in Gefahr war, zusammenzubrechen.

Lily beugte sich darüber, um die Tassen wieder richtig hinzustellen, dann sank sie in ihren Sessel zurück. »Ich hatte vergessen, daß hier ja nicht genug Platz ist, um sich so ungestüm zu bewegen – wie gesittet man sich in einer kleinen Wohnung doch benehmen muß! Ach Gerty, ich bin nicht dazu gemacht, gut zu sein«, seufzte sie recht zusammenhanglos.

Gerty hob den Blick besorgt zu ihrem blassen Gesicht auf, in dem die Augen mit sonderbar schlaflosem Glanz leuchteten.

»Du siehst ganz entsetzlich müde aus, Lily; nimm deinen Tee und laß mich dir dieses Kissen zum Zurücklehnen geben.«

Miss Bart nahm die Tasse Tee an, aber legte das Kissen mit ungeduldiger Hand zurück.

»Gib mir so etwas nicht! Ich will mich nicht zurücklehnen – ich würde einschlafen, wenn ich das täte.«

»Na, warum tust du es nicht? Ich werde mucksmäuschenstill sein«, drängte Gerty liebevoll.

»Nein – nein, sei nicht leise, sprich mit mir – halt mich wach! Ich kann nachts nicht schlafen, und am Nachmittag beschleicht mich dann so eine furchtbare Schläfrigkeit.«

»Du kannst nachts nicht schlafen? Seit wann?«

»Ich weiß nicht – ich kann mich nicht erinnern.« Sie erhob sich und stellte ihre leere Tasse auf das Tablett. »Noch eine und stärker, bitte; wenn ich jetzt nicht wach bleibe, werde ich heute nacht entsetzliche Dinge sehen – absolut entsetzliche!«

»Aber es wird doch noch schlimmer werden, wenn du zuviel Tee trinkst.«

»Nein, nein – gib her, und bitte laß das Predigen«, erwiderte Lily gebieterisch. In ihrer Stimme war etwas gefährlich Schneidendes, und Gerty bemerkte, daß ihre Hand zitterte, als sie sie ausstreckte, um eine zweite Tasse entgegenzunehmen.

»Aber du siehst so müde aus, ich bin sicher, daß du krank bist –«

Miss Bart stellte ihre Tasse erschreckt hin. »Sehe ich krank aus? Sieht man es auf meinem Gesicht?« Sie erhob sich und ging schnell zu dem kleinen Spiegel über dem Schreibtisch. »Was für ein gräßlicher Spiegel – er ist ja ganz fleckig und verfärbt. In dem würde jeder greulich aussehen!« Sie wandte sich um und heftete ihre Augen bittend auf Gerty. »Du kleines, dummes Ding, warum sagst du mir so etwas Abscheuliches? Es reicht, einen krank zu machen, wenn man gesagt bekommt, man sähe so aus! Und krank aussehen bedeutet, häßlich aussehen.« Sie griff nach Gertys Handgelenken und zog das Mädchen nahe ans Fenster heran. »Aber im Grunde möchte ich doch lieber die Wahrheit wissen. Sieh mir in die Augen, Gerty, und sag mir: bin ich ein scheußlicher Anblick?«

»Du bist jetzt von vollkommener Schönheit, Lily: deine Augen glänzen und deine Wangen sind auf einmal so rosig geworden –«

»Aha, sie *waren* also blaß – leichenblaß, als ich hereinkam? Warum sagst du mir nicht ins Gesicht, daß ich ein Wrack bin? Meine Augen haben jetzt einen solchen Glanz, weil ich so nervös bin – aber morgens sehen sie wie Blei aus. Und ich kann sehen, wie Falten in mein Gesicht kommen – Falten der Sorge und der Enttäuschung und des Versagens! Jede schlaflose Nacht hinterläßt eine neue – und wie soll ich schlafen, wenn ich an so schreckliche Dinge denken muß?«

»Schreckliche Dinge – was denn?« fragte Gerty und löste dabei sanft ihre Handgelenke aus den fiebrigen Fingern ihrer Freundin.

»Was? Na, Armut, um nur eins zu nennen – und ich weiß nichts, das schrecklicher wäre.« Lily wandte sich ab und sank plötzlich müde in den Sessel beim Teetisch. »Du hast mich gerade eben gefragt, ob ich verstehen könnte, warum Ned Silverton soviel Geld ausgegeben hat. Natürlich verstehe ich das – er gibt es dafür aus, um mit den Reichen leben zu können. Du glaubst, wir leben *von* den Reichen statt mit ihnen, und das tun wir auch in gewissem Sinne – aber es ist ein Privileg, für das wir zahlen müssen! Wir verspeisen ihre Dinners und trinken ihren Wein und rauchen ihre Zigaretten und benutzen ihre Kutschen und ihre Opernlogen und ihre Automobile – ja, aber für jedes einzelne dieser Luxusdinge heißt es bezahlen. Als Mann bezahlt man sie mit üppigen Trinkgeldern für die Diener, mit Kartenspiel, das die eigenen Mittel übersteigt, mit Blumen und Geschenken – und – und – vielen anderen Dingen, die kostspielig sind; als Mädchen zahlt man auch mit Trinkgeldern und Kartenspiel – o ja, ich mußte wieder anfangen Bridge zu spielen – und indem man zu den besten Schneidern geht und genau das richtige Kleid für jede Gelegenheit hat und sich immer frisch und gepflegt und amüsant gibt!«

Sie lehnte sich für einen Augenblick zurück und schloß die Augen, und wie sie so dasaß, ihre blassen Lippen leicht geöffnet und die Lider über ihren ausgebrannten glänzenden Blick gesenkt, nahm Gerty überrascht eine plötzliche Veränderung in ihrem Gesicht wahr – in der Art, wie aschgraues Tageslicht plötzlich sein künstliches Leuchten auslöscht. Lily schaute auf, und die Vision verschwand.

»Das hört sich nicht sehr amüsant an, nicht wahr? Ist es auch nicht – ich habe das ganze so sterbenssatt! Und trotzdem, der Gedanke, das alles aufgeben zu müssen, bringt mich fast um – das ist es, was mich nachts wachhält und mich so nach deinem starken Tee gieren läßt. Denn auf diese Weise kann ich nicht mehr lange weitermachen, weißt du – ich bin jetzt bald am Ende mit meinem Latein. Und dann, was kann ich denn tun – wie soll ich mich um Himmels willen am Leben erhalten? Ich sehe mich schon so heruntergekommen, wie es das Schicksal der armen Silverton ist – in Arbeitsvermittlungsagenturen herumschleichen und versuchen, bemalte Löschpapierblocks auf Frauenbörsen zu verkaufen! Und es gibt tausende und abertausende von Frauen, die schon dasselbe versuchen, und keine einzige von all diesen hat weniger Ahnung, wie man auch nur einen Dollar verdient, als ich!«

Sie erhob sich wieder mit einem eiligen Blick auf die Uhr. »Es ist spät geworden, und ich muß gehen – ich habe eine Verabredung mit Carry Fisher. Sieh nicht so besorgt aus, du liebes Kleines – denk nicht zuviel nach über den Unsinn, den ich da gerade erzählt habe.« Sie stand wieder vor dem Spiegel und brachte ihr Haar mit leichter Hand in Ordnung, zog ihren Schleier herunter und legte noch einmal geschickt ihre Pelze zurecht. »Weißt du, es ist natürlich noch nicht so weit mit den Arbeitsvermittlungsagenturen und den bemalten Löschpapierblöcken, aber ich bin im Moment gerade in ziemlichen Schwierigkeiten, und wenn ich eine Arbeit finden könnte – Kärtchen schreiben und Besucherlisten aufstellen oder so etwas – könnte ich die Zeit überbrücken, bis die Erbschaft ausbezahlt wird. Und Carry hat versprochen, jemanden zu finden, der eine Art Privatsekretärin braucht – du weißt ja, ihre Spezialität sind die hilflosen Reichen.«

Miss Bart hatte Gerty nicht das volle Ausmaß ihrer Nöte offenbart. Sie brauchte in Wahrheit dringend und sofort Geld, Geld für die ganz gewöhnlichen wöchentlichen Bedürfnisse, die weder aufgeschoben noch umgangen werden konnten. Ihre Wohnung aufzugeben und in einer Pension vergessen zu werden oder auf die vorläufige Gastfreundschaft eines Bettes in Gerty Farishs Wohnzimmer zurückzugreifen, war ein Ausweg, der das Problem, vor das sie sich gestellt sah, nur hinausschieben konnte; und es erschien ihr klüger und auch angenehmer zu bleiben, wo sie war, und irgendeinen Weg zu finden, ihren Lebensunterhalt zu verdienen. Die Möglichkeit, das einmal tun zu müssen, war eine, die sie noch nie zuvor ernsthaft in Erwägung gezogen hatte, und die Entdeckung, daß sie beim Geldverdienen sich wahrscheinlich ebenso hilflos und nutzlos erweisen würde wie die arme Miss Silverton, war ein schwerer Schock für ihr Selbstwertgefühl.

Daran gewöhnt, sich der allgemeinen Einschätzung ihrer Person entsprechend als einen Menschen von Tatkraft und Findigkeit anzusehen, von Natur aus dazu gemacht, jede Situation, in der er sich befinden mochte, zu meistern, hatte sie sich vage vorgestellt, solche Gaben könnten für diejenigen, die jemanden brauchten, der sie in Gesellschaft ein wenig an die Hand nahm, von Wert sein; aber es gab unglücklicherweise keine spezifische Bezeichnung, mit der die Kunst, das Richtige zu sagen und zu tun, auf dem Markt angeboten werden konnte, und sogar Mrs. Fishers Findigkeit versagte vor der Schwierigkeit, eine Ader in dem vagen Reichtum von Lilys Begabungen zu entdecken, die sich vielleicht ausbeuten ließe. Mrs. Fisher war voller indirekter Mittel, um es ihren Freunden möglich zu machen, ihren Lebensunterhalt zu verdienen, und konnte mit gutem Gewissen behaupten, daß sie Lily schon mehrere Gelegenheiten dieser Art angeboten hatte; aber legitimere Methoden des Broterwerbs lagen ebensowenig in ihrer Linie, wie sie die Fähigkeiten der Notleidenden überstiegen, die sie im allgemeinen um Hilfe baten. Die Tatsache, daß Lily darin versagt hatte, von den Chancen, die sich ihr boten, zu profitieren, hätte es außerdem durchaus rechtfertigen können, auf jede weitere Anstrengung um ihretwillen zu verzichten, aber Mrs. Fishers unerschöpfliche Gutmütigkeit machte sie zu einem Meister darin, künstliche Nachfrage für ein vorhandenes Angebot zu schaffen. Mit diesem Ziel im Auge hatte sie sich sofort auf Entdeckungsreise zugunsten von Miss Bart begeben, und das Ergebnis ihrer Erkundungen war, daß sie diese jetzt zu sich rief mit der Ankündigung, sie »habe etwas gefunden«.

Sich selbst überlassen sann Gerty gequält über die Misere ihrer Freundin nach und über ihre eigene Unfähigkeit, ihr die Lage zu erleichtern. Es war ihr klar, daß Lily zum gegenwärtigen Zeitpunkt noch keinen Bedarf für die Hilfe zu haben glaubte, die sie leisten konnte. Miss Farish sah keine Hoffnung für ihre Freundin außer in einem Leben, das völlig neugestaltet und losgelöst von ihren alten Bindungen war, wohingegen Lily all ihre Energien in dem entschlossenen Bemühen vereinigte, an eben diesen Bindungen festzuhalten, ihnen sichtbar zugehörig zu bleiben, solange diese Illusion eben aufrechterhalten werden konnte. Wenn eine solche Einstellung Gerty auch bedauernswert erschien, so konnte sie sie doch nicht so hart verurteilen wie es z. B. Selden vielleicht getan hätte. Sie hatte die Nacht mit ihren tiefgehenden Empfindungen nicht vergessen, in der sie und Lily einander in den Armen gelegen hatten und sie das Gefühl gehabt hatte, als gebe sie ihrer Freundin von ihrem Herzblut. Das Opfer, das sie gebracht hatte, schien recht sinnlos gewesen zu sein; in Lily war nicht die Spur der besänftigenden Einflüsse dieser Stunde erhalten geblieben; aber Gertys liebevolles Herz, von langen Jahren, in denen sie in Fühlung mit dem verborgenen und unausgesprochenen Leiden gestanden hatte, in die Zucht genommen, konnte ihrer Freundin mit einer stillen Nachsicht dienen, welche die Zeit nicht in Betracht zog. Sie konnte jedoch die Tröstung nicht entbehren, sich besorgt mit Lawrence Selden zu beratschlagen, mit dem sie seit seiner Rückkehr aus Europa die alte Beziehung der Vertrautheit zwischen Cousin und Cousine wiederaufgenommen hatte.

Selden selbst war sich nie eines Wandels in ihrer Beziehung bewußt gewesen. Er fand Gerty, wie er sie verlassen hatte, einfach, anspruchslos und ergeben, aber mit einer lebendigeren Klugheit des Herzens, die er wahrnahm, ohne den Versuch zu machen, sie zu erklären. Gerty selbst war es einmal unmöglich erschienen, daß sie jemals wieder frei und offen mit ihm über Lily Bart reden würde, aber was im Geheimen in ihrem Innersten vor sich gegangen war, hatte sich anscheinend, als die Nebel des inneren Kampfes wichen, zu einem Einsturz der Grenzen des Ichs verwandelt, zu einem Umleiten der vergeudeten persönlichen Empfindung in den allgemeinen Strom menschlichen Verstehens.

Erst etwa zwei Wochen nach Lilys Besuch bei ihr hatte Gerty die Gelegenheit, Selden ihre Befürchtungen mitzuteilen. Selden hatte sich an einem Sonntagnachmittag eingefunden und blieb, die ganze schäbige Lebhaftigkeit der Teestunde seiner Cousine hindurch ausharrend, in dem Bewußtsein, daß etwas in ihrer Stimme und ihrem Blick ihn um ein Wort unter vier Augen bat, und sobald der letzte Besucher gegangen war, kam Gerty auf ihr Problem zu sprechen, indem sie fragte, wie lange es her sei, daß er Miss Bart gesehen habe.

Seldens offensichtliches Zögern gab ihr Zeit, ein leichtes Gefühl der Überraschung in sich wahrzunehmen.

»Ich habe sie gar nicht gesehen – ich habe es ständig versäumt, sie zu sehen, seit sie zurück ist.«

Dieses unerwartete Eingeständnis ließ auch Gerty innehalten, und sie stand noch immer zögernd vor ihrem Gesprächsthema, als er es ihr leichter machte, indem er hinzufügte: »Ich wollte sie sehen – aber seit ihrer Rückkehr aus Europa nimmt der Kreis um die Gormers sie anscheinend voll und ganz in Anspruch.«

»Das ist ein Grund mehr; sie ist sehr unglücklich gewesen.«

»Unglücklich bei den Gormers zu sein?«

»Oh, ich will ihren intimen Umgang mit den Gormers nicht verteidigen, aber damit hat es jetzt, glaube ich, auch ein Ende. Du weißt ja, daß die Leute sehr häßlich zu ihr waren, seitdem Bertha Dorset sich mit ihr zerstritten hat.«

»Ach –« rief Selden und stand abrupt auf, um zum Fenster zu gehen, wo er stehenblieb, die Augen auf die dunkelnde Straße gerichtet, während seine Cousine fortfuhr zu erklären: »Judy Trenor und ihre eigene Familie haben sie auch im Stich gelassen – und alles nur, weil Bertha Dorset so entsetzliche Dinge von ihr gesagt hat. Und sie ist sehr arm – du weißt ja, Mrs. Peniston hat sie bis auf eine kleine Erbschaft aus ihrem Testament ausgeschlossen, nachdem sie ihr immer zu verstehen gegeben hatte, daß sie einmal alles haben sollte.«

»Ja – ich weiß«, pflichtete Selden ihr schroff bei und wandte sich wieder dem Zimmer zu, aber nur um sich mit ruhelosen Schritten in dem engbemessenen Raum zwischen Tür und Fenster auf und ab zu bewegen. »Ja, man hat sich ihr gegenüber abscheulich verhalten; aber das ist unglücklicherweise genau das, was ein Mann, der ihr sein Mitgefühl zeigen will, nicht zu ihr sagen kann.«

Seine Worte ließen Gerty kurz die Kälte der Enttäuschung in sich fühlen. »Es gäbe noch andere Wege, dein Mitgefühl zu zeigen«, schlug sie vor.

Selden setzte sich mit einem leisen Lachen neben sie auf das kleine Sofa, das im rechten Winkel zum Ofen stand. »Und woran denkst du da, du unverbesserliche Missionarin?« fragte er.

Gerty stieg die Röte ins Gesicht, und ihr Erröten war für einen Augenblick ihre einzige Antwort. Dann führte sie diese genauer aus, indem sie sagte: »Ich denke daran, daß du und sie, daß ihr doch einmal gute Freunde gewesen seid – daß es ihr doch immer ungeheuer wichtig war, was du von ihr hieltest – und daß, wenn sie dein Wegbleiben als Zeichen dafür nimmt, was du jetzt von ihr hältst, ich mir vorstellen kann, daß ihr Unglück dadurch noch schlimmer werden kann.«

»Mein liebes Kind, mach du es nicht noch schlimmer – zumindest in deiner Vorstellung davon – indem du ihr alle möglichen feinen Empfindungen von dir zuschreibst.« Selden konnte, ob er wollte oder nicht, einen etwas trockenen Unterton nicht aus seiner Stimme halten, aber auf Gertys verwirrten Blick hin sagte er in milderem Ton: »Aber wenn du die Bedeutung von allem, was ich für Miss Bart tun könnte, auch ungeheuer übertreibst, so kannst du doch meine Bereitwilligkeit, es zu tun, nicht übertreiben – wenn du mich darum bittest.« Er legte seine Hände für einen Augenblick auf die ihren, und zwischen ihnen vollzog sich über die Brücke der seltenen Berührung ein Austausch von solcher Intensität, daß durch ihn die versteckten Reservoire der Zuneigung wieder aufgefüllt wurden. Gerty hatte das Gefühl, daß er ebenso genau ermessen konnte, was ihre Bitte sie kostete, wie sie den tieferen Sinn seiner Antwort in ihm las, und die Empfindung all dessen, was plötzlich zwischen ihnen beiden keiner Klärung mehr bedurfte, ließ sie ihre nächsten Worte leichter finden.

»Ich bitte dich also darum, ich bitte dich, weil sie mir einmal erzählt hat, daß du ihr eine Hilfe warst, und weil sie Hilfe jetzt so sehr braucht wie nie zuvor. Du weißt ja, wie abhängig sie schon immer von Bequemlichkeit und Luxus gewesen ist – wie sie alles gehaßt hat, was schäbig, häßlich und unangenehm war. Sie kann nichts dafür – sie ist mit diesen Vorstellungen aufgewachsen und hat es nie geschafft, ihren Weg da herauszufinden. Aber jetzt hat man ihr alles genommen, was ihr wichtig war, und die Menschen, die sie gelehrt haben, es als wichtig anzusehen, haben sie auch im Stich gelassen, und ich meine, wenn jemand ihr eine helfende Hand böte und ihr die andere Seite zeigte – ihr zeigte, wieviel noch im Leben steckt und in ihr selbst –« Gerty brach ab von ihrer eigenen Beredsamkeit in Verlegenheit gebracht und von der Schwierigkeit behindert, ihrer vagen Sehnsucht, ihre Freundin wiederzugewinnen, in genauen Worten Ausdruck zu verleihen. »Ich kann ihr nicht selbst helfen, sie hat sich außerhalb meiner

Reichweite begeben«, fuhr sie fort. »Ich glaube, sie hat Angst, mir zur Last zu fallen. Als sie vor zwei Wochen zuletzt hier war, schien sie sich furchtbare Sorgen um ihre Zukunft zu machen; sie sagte, Carry Fisher würde versuchen, eine Arbeit für sie zu finden. Ein paar Tage später schrieb sie mir, daß sie eine Stellung als Privatsekretärin angetreten habe und daß ich mir keine Gedanken machen solle, denn es wäre alles in Ordnung, und sie würde vorbeikommen; und ich möchte nicht gern zu ihr gehen, weil ich Angst habe, mich aufzudrängen, wo ich nicht gewünscht bin. Einmal, als wir noch Kinder waren, und ich auf sie zugestürmt war nach einer langen Trennung und meine Arme um sie gelegt hatte, hat sie gesagt: ›Bitte gib mir keinen Kuss, Gerty, es sei denn, ich hätte dich darum gebeten‹, und sie *hat* mich darum gebeten, eine Minute danach, aber seitdem habe ich immer gewartet, bis ich darum gebeten wurde.«

Selden hatte stumm zugehört mit dem konzentrierten Blick, den sein schmales dunkles Gesicht annehmen konnte, wenn er vor ungewollten Wandlungen im Gesichtsausdruck auf der Hut sein wollte. Als seine Cousine fertig war, sagte er mit einem leisen Lächeln: »Da du gelernt hast, wie weise es ist zu warten, sehe ich nicht ganz ein, warum du mich drängst, mich einzumischen –«, aber die sorgenvolle Bitte in ihren Augen ließ ihn, als er sich erhob, um zu gehen, hinzufügen: »Wie dem auch sei, ich werde tun, was du möchtest, und werde dich für meinen Mißerfolg nicht verantwortlich machen.«

Daß Selden Miss Bart gemieden hatte, war nicht so ungewollt gewesen, wie er seine Cousine hatte glauben lassen. Zunächst hatte er wirklich, solange die Erinnerung ihrer letzten Stunde in Monte Carlo noch von dem ganzen Feuer seiner Entrüstung zehrte, ängstlich besorgt auf ihre Rückkehr gewartet, aber sie hatte ihn damit enttäuscht, daß sie noch in England geblieben war, und als sie endlich erschien, wollte es der Zufall, daß Geschäfte ihn in den Westen riefen, von wo er zurückkam, nur um zu erfahren, daß sie im Begriff war, mit den Gormers nach Alaska aufzubrechen. Dieser so kurzfristig in die Wege geleitete neue Umgang hatte seine Lust, sie zu sehen, gründlich abgekühlt. Wenn sie, zu einer Zeit, da ihr ganzes Leben aus den Fugen zu geraten schien, dessen Neuaufbau frohen Herzens den Gormers anvertrauen konnte, gab es keinen Grund, warum ihr solche schlimmen Vorfälle irreparabel vorkommen sollten. Jeder Schritt, den sie tat, schien sie vielmehr weiter von der Region fortzutragen, wo sie sich ein- oder zweimal für einen Augenblick der Erleuchtung getroffen hatten; und das Erkennen dieser Tatsache erweckte in ihm, nachdem der erste Schmerz einmal überwunden war, ein Gefühl von negativer Erleichterung. Es war viel einfacher für ihn, Miss Bart ihrem üblichen Verhalten nach zu beurteilen, als nach den seltenen Abweichungen davon, die sie so störend in sein Leben hatten eindringen lassen, und alles, was sie tat, um erneute Abweichungen dieser Art unwahrscheinlicher zu machen, verfestigte in ihm das Gefühl der Erleichterung, mit dem er zu der allgemeinen Einschätzung ihrer Person zurückkehrte.

Aber Gerty Farishs Worte hatten genügt, um ihn einsehen zu lassen, wie wenig diese Einschätzung eigentlich die seine war und wie unmöglich es für ihn war, in Ruhe mit dem Gedanken an Lily Bart zu leben. Zu hören, daß sie Hilfe brauchte – sei es auch nur die vage Hilfe, die er bieten konnte – hieß sofort wieder von diesem Gedanken besessen zu sein, und als er die Straße erreicht hatte, hatte er sich soweit von der Dringlichkeit der Bitte seiner Cousine überzeugt, daß er gleich den Weg zu Lilys Hotel einschlug.

Dort erhielt sein Eifer einen Dämpfer durch die unvorhergesehene Nachricht, daß Miss Bart weggezogen war, aber, als er genauer nachfragte, erinnerte sich der Hotelangestellte, daß sie eine Adresse hinterlassen hatte, nach der er sofort seine Bücher zu durchsuchen begann.

Es war sicherlich sonderbar, daß sie diesen Schritt getan haben sollte, ohne Gerty Farish von ihrer Entscheidung wissen zu lassen, und Selden wartete mit einem vagen Gefühl von

Unbehagen, während man nach der Adresse suchte. Das Ganze dauerte lange genug, um sein Unbehagen in Besorgnis zu verwandeln; aber als ihm schließlich ein kleines Stückchen Papier ausgehändigt wurde und er darauf las: »Zu Händen Mrs. Norma Hatch, Emporium Hotel«, ging seine Besorgnis in ein ungläubiges Starren über und dieses in eine Geste des Abscheus, mit der er das Papier entzweiriß und sich abwandte, um eilig nach Hause zu gehen.

IX

Als Lily am Morgen nach ihrem Umzug ins »Emporium Hotel« erwachte, war ihr erstes Gefühl eines rein körperlicher Zufriedenheit. Der Kontrast zu ihrer bisherigen Bleibe ließ sie den Luxus, einmal wieder in einem Bett voll weicher Kissen zu liegen und über einen weitläufigen, sonnenbeschienenen Raum hinweg auf einen Frühstückstisch zu blicken, der einladend neben dem Kamin aufgestellt war, noch intensiver genießen. Analyse und Prüfung ihres inneren Zustandes mochten später kommen; für den Augenblick störten sie nicht einmal die Exzesse in der Polsterung noch die ruhelosen Windungen des Mobiliars. Das Gefühl, sich wieder so geborgen im Schoß des Komforts zu befinden wie in einem dichten sanften Element, das für Sorgen nicht zugänglich war, brachte auch den leisesten Anklang von Kritik sehr nachhaltig zum Schweigen.

Als sie sich am Nachmittag zuvor der Dame vorgestellt hatte, an die Carry Fisher sie verwiesen hatte, war sie sich der Tatsache bewußt gewesen, daß sie eine neue Welt betrat. Carrys vage Vorstellung von Mrs. Norma Hatch (deren Rückgriff auf ihren Vornamen als das Ergebnis ihrer letzten Ehescheidung erklärt wurde) schloß stillschweigend mit ein, daß diese »aus dem Westen« kam, mit dem nicht ungewöhnlichen weiteren Zusatz, daß sie eine ungeheure Menge Geld mitgebracht hatte. Kurzum, sie war reich, hilflos und ohne gesellschaftliche Verbindungen und damit genau das richtige Objekt für Lilys Hand. Mrs. Fisher hatte nicht weiter ausgeführt, wie ihre Freundin vorgehen sollte, sie gab zu, nicht mit Mrs. Hatch bekannt zu sein, von deren Existenz sie über Melville Stancy »erfahren hatte«, einem Anwalt in seinen Mußestunden und dem Falstaff[23] einer gewissen Gruppe im geselligen Clubleben. Seine gesellschaftliche Stellung konnte man als Verbindungsglied einstufen zwischen der Welt der Gormers und der eher schwach beleuchteten Region, die Miss Bart sich jetzt betreten sah. Die Beleuchtung von Mrs. Hatchs Welt konnte jedoch nur im übertragenen Sinne als düster beschrieben werden, in Wirklichkeit fand Lily sie in einer hellen Flut elektrischen Lichts sitzend vor, das ohne Unterschied von verschiedenen schmückenden Scheußlichkeiten auf eine Wölbung von rosarotem Damast und vergoldeten Materialien zurückgeworfen wurde, aus der sie sich erhob wie Venus aus ihrer Muschel. Der Vergleich wurde durch die Erscheinung der jungen Dame gerechtfertigt, deren großäugig hübsches Äußeres die Unveränderbarkeit von Dingen hatte, die man festgenagelt hat und unter Glas ausstellt. Dies hinderte Lily jedoch nicht daran, sofort zu entdecken, daß sie einige Jahre jünger war als ihre Besucherin und daß sich unter ihrem großspurigen Auftreten, ihrer Unbefangenheit, der Aggressivität ihres Kleides und ihrer Stimme noch die unzerstörbare Unschuld erhalten hatte, die bei Damen ihrer Nationalität sonderbarerweise neben erstaunlich extremen Erfahrungen fortbestehen kann.

Die Umgebung, in der sich Lily wiederfand, war ihr ebenso fremd wie ihre Bewohner. Sie hatte noch keine Bekanntschaft mit der Welt der modischen New Yorker Hotels gemacht – einer Welt, die überheizt, übermäßig gepolstert und übertrieben mit mechanischen Apparaturen ausgestattet war, die die phantastischsten Bedürfnisse befriedigen sollten, während die Annehmlichkeiten eines zivilisierten Lebens so unerreichbar blieben, als wäre man in der Wüste. In dieser Atmosphäre sengend heißer Prachtentfaltung bewegten sich farblos matte Wesen so üppig bepolstert wie das Mobiliar, Wesen ohne festgelegte Beschäftigung und ohne dauerhafte Beziehungen, die von einem trägen Strom der Neugierde vom Restaurant in die Konzerthalle, vom Palmengarten zum Musiksalon, von der Kunstausstellung zur Modenschau getragen wurden. Elegante Pferde oder raffiniert ausgestattete Automobile warteten, um diese Damen vage Entfernungen innerhalb der Stadt überwinden zu lassen, von wo sie wegen des Gewichts ihrer Zobelpelze noch matter zurückkehrten, nur um wieder von der erstickenden Untätigkeit der Hotelroutine aufgesogen zu werden. Irgendwo hinter ihnen, im Hintergrund ihres Lebens gab es sicherlich eine wirkliche Vergangenheit, die von wirklichen menschlichen Aktivitäten bevölkert wurde; sie selbst waren wahrscheinlich Produkte ungeheurer Ambitionen, ausdauernder Energien und der verschiedensten Kontakte mit der gesunden rauhen Seite des Lebens, doch nun waren sie nicht wirklicher als die schattenhaften Gestalten des Dichters in der Vorhölle.

Lily befand sich nicht lange in dieser bleichen Welt, ohne zu entdecken, daß Mrs. Hatch noch deren wirklichste Gestalt war. Diese junge Dame zeigte, wenn sie auch derzeit noch im Leeren schwebte, erste Anzeichen des Entwickelns von Umrissen; und in dem Bemühen darum stand ihr Mr. Melville Stancy aktiv zur Seite. Es war Mr. Stancy gewesen, ein Mann von stattlicher, weithin tönender Erscheinung, bei dem man gleich an geselliges Beisammensein und an die Art von Ritterlichkeit dachte, die in Logen zur Premiere und Tausend-Dollar-Bonbonnieren ihren Ausdruck findet, der Mrs. Hatch von der Szenerie ihrer ersten Auftritte auf die höhere Bühne des Hotellebens in der Metropole verpflanzt hatte. Er war es gewesen, der die Pferde ausgewählt hatte, mit denen sie das blaue Band bei der Pferdeschau gewinnen konnte, der sie dem Photographen vorgestellt hatte, dessen Porträts von ihr immer wieder einmal die Sonntagsbeilagen schmückten, und der die Gruppe zusammengebracht hatte, die ihre gesellschaftliche Welt bildete. Noch war es eine kleine Gruppe mit ganz unterschiedlichen Gestalten, die sich im großen menschenleeren Raum fast verloren, aber Lily brauchte nicht lange, um zu erfahren, daß deren Lenkung nicht mehr in Mr. Stancys Händen lag. Wie es so oft geschieht, war die Schülerin über ihren Lehrer hinausgewachsen, und Mrs. Hatch ahnte bereits etwas von Höhen der Eleganz und von Abgründen des Luxus, die jenseits der Welt des »Emporiums« lagen. Diese Entdeckung rief in ihr auf der Stelle ein Verlangen nach besserer Anleitung hervor, nach der geschickten weiblichen Hand, die ihrer Korrespondenz den richtigen Ton, ihren Hüten den richtigen Chic, ihren Speisen die richtige Reihenfolge geben würde. Es war, kurz und gut, das regulierende Element in einem keimenden gesellschaftlichen Leben, für das Miss Barts Anleitung gebraucht wurde; ihre angeblichen Pflichten als Sekretärin wurden schon allein durch die Tatsache eingeschränkt, daß Mrs. Hatch bisher kaum jemanden kannte, dem sie hätte schreiben können.

Die alltäglichen Details in Mrs. Hatchs Leben waren Lily so fremd wie dessen allgemeiner Tenor. Die Gewohnheiten dieser Dame waren von einer orientalischen Trägheit und Unordentlichkeit gekennzeichnet, was für ihre Gefährtin besonders unangenehm war. Mrs. Hatch und ihre Freunde schienen irgendwo außerhalb der Grenzen von Zeit und Raum zu schweben. Man hielt sich an keine festen Zeiten; es gab keine festgelegten Verpflichtungen: Nacht und Tag flossen zu einem nebulösen Durcheinander von zumeist verspätet eingehaltenen Verabredungen ineinander, so daß man den Eindruck hatte, zur Teestunde das Mittagessen einzunehmen, während das Dinner oft in ein lärmendes spätes Nachtessen nach dem Theater überging, das Mrs. Hatchs durchwachte Nächte bis zum Morgengrauen verlängerte.

In diesem Wirrwarr oberflächlicher Aktivitäten kam und ging eine sonderbare Schar von Anhängseln – Maniküren, Schönheitsdoktoren, Friseure, Lehrer für Bridge, Französisch und »körperliche Ertüchtigung«: Gestalten, die, was ihr Äußeres oder Mrs. Hatchs Beziehung zu ihnen anbetraf, manchmal nicht von den Besuchern zu unterscheiden waren, die ihre anerkannte Gesellschaft ausmachten. Aber für Lily war es am befremdlichsten, daß sie in dieser letzteren Gruppe mehrere ihrer Bekannten wiedertraf. Sie hatte angenommen, und nicht ohne Erleichterung, daß sie fürs erste ihren Kreis ganz und gar verlassen würde, aber sie fand bald heraus, daß Mr. Stancy, von dessen wuchernder Existenz sich die eine Seite mit den Außenbezirken von Mrs. Fishers Welt deckte, mehrere ihrer vielversprechendsten Schmuckstücke in den Kreis des »Emporiums« gezogen hatte. Ned Silverton unter den häufigen Besuchern von Mrs. Hatchs Salon zu finden, war das eine, was Lily in Erstaunen versetzte; aber sie entdeckte bald, daß er nicht Mr. Stancys wichtigster Rekrut war. Es war der kleine Bertie Van Osburgh, der magere Erbe der Van-Osburgh-Millionen, auf den sich die Aufmerksamkeit von Mrs. Hatchs Gruppe konzentrierte. Bertie hatte gerade eben das College verlassen und war am Horizont erschienen, seitdem Lilys Stern dort untergegangen war, und sie sah jetzt überrascht, welchen Glanz er über dem äußerlichen Dämmerlicht von Mrs. Hatchs Existenz verbreitete. Das also gehörte zu den Dingen, die junge Herren »so trieben«, wenn sie von der offiziellen gesellschaftlichen Routine entbunden waren, das war die Art von »bereits getroffener Verabredung«, die sie so häufig veranlaßte, die Hoffnungen der um sie bemühten Gastgeberinnen zu enttäuschen. Lily hatte das sonderbare Gefühl, sich hinter dem gesellschaftlichen Wandteppich zu befinden, auf der Seite, wo die Fäden verknotet waren und die losen Enden hingen. Einen Augenblick lang empfand sie das ganze Theater als amüsant und auch die Rolle, die sie dabei spielte: die Situation war von einer Zwanglosigkeit und Unkonventionalität, die nach ihren Erfahrungen mit der Ironie, die in der Gültigkeit von Konventionen lag, wahrhaft erfrischend war. Aber dieses momentane Aufblitzen von Amüsement war nur eine kurze Reaktion, die sich aus dem Überdruß ihrer langen Tage ergab. Verglichen mit der ungeheuren vergoldeten Leere von

Mrs. Hatchs Existenz, schien das Leben von Lilys früheren Freunden vollgepackt mit geordneten Tätigkeiten zu sein. Sogar die verantwortungsloseste hübsche Frau ihrer Bekanntschaft hatte ihre ererbten Verpflichtungen, ihre konventionell festgelegten guten Taten zu leisten, ihren Anteil im Lauf der großen städtischen Maschinerie; und alle hingen solidarisch im Verrichten dieser traditionellen Funktionen voneinander ab. Die Ausübung bestimmter festgelegter Pflichten hätte Miss Barts Stellung vereinfacht; Mrs. Hatch jedoch auf diese vage Art beizustehen, war nicht frei von peinlichen Überraschungen.

Es war nicht ihre Arbeitgeberin, die für solche Peinlichkeiten sorgte. Mrs. Hatch zeigte von ihrem ersten Zusammentreffen an ein geradezu rührendes Bemühen, Lilys Beifall zu finden. Es lag ihr fern, irgendeine Überlegenheit aufgrund ihres Reichtums geltend zu machen; ihre schönen Augen schienen vielmehr wegen ihrer Unerfahrenheit um Nachsicht bitten zu wollen; sie wollte tun, was »fein« war, wollte lernen, wie man wahrhaft »schön« ist. Die Schwierigkeit war, zwischen ihren und Lilys Idealen einen Anknüpfungspunkt zu finden.

Mrs. Hatch schwamm in einem Dunstkreis unklarer Begeisterungen, von Sehnsüchten, die sie aus der Bühnenwelt aufgelesen hatte oder aus Zeitungen, Modejournalen und der bunt geschmacklosen Welt des Sports, die noch vollständiger außerhalb des Horizonts ihrer Gefährtin lag. Aus diesen wirren Vorstellungen diejenigen herauszusondern, bei denen es am wahrscheinlichsten war, daß sie die junge Dame auf ihrem Weg voranbringen würden, war offensichtlich Lilys Aufgabe; aber dieser nachzukommen, verhinderten schnell wachsende Zweifel. In Wahrheit wurde sich Lily mehr und mehr einer gewissen Zweideutigkeit in ihrer Situation bewußt. Es lag nicht daran, daß sie im konventionellen Sinne irgendwelche Zweifel in bezug auf Mrs. Hatchs Untadeligkeit gehabt hätte. Die Vergehen der jungen Dame richteten sich immer eher gegen den guten Geschmack als gegen den

Anstand; ihr Scheidungsrekord schien eher in geographischen als in ethischen Bedingungen begründet; und ihr Mangel an Haltung war wahrscheinlich in den schlimmsten Fällen nur das Produkt einer unsteten und extravaganten Gutmütigkeit. Aber wenn Lily auch nichts dagegen hatte, daß sie ihre Maniküre zum Lunch dabehielt oder ihrem »Schönheitsdoktor« einen Sitz in Bertie Van Osburghs Loge im Theater anbot, so stand sie einigen weniger auffälligen Abweichungen von der Konvention doch nicht so unbekümmert gegenüber. Ned Silvertons Beziehung zu Stancy zum Beispiel war enger und weniger durchschaubar, als sich durch irgendwelche natürlichen Übereinstimmungen ihrer Interessen rechtfertigen ließ, und beide waren anscheinend in dem Bemühen vereint, Bertie Van Osburghs wachsende Vorliebe für Mrs. Hatch zu kultivieren. Noch gab es nichts klar Definierbares in der Situation, die sich durchaus noch zu einem großen Spaß auf seiten der beiden Herren auflösen konnte; aber Lily hatte irgendwie das Gefühl, daß das Objekt ihres Experiments zu jung, zu reich und zu gutgläubig war. Ihre Verlegenheit wurde noch dadurch verstärkt, daß Bertie sie anscheinend als jemanden ansah, der mit ihm zusammen an der gesellschaftlichen Entwicklung von Mrs. Hatch arbeitete: eine Ansicht, die von seiner Seite auf ein dauerhaftes Interesse an der Zukunft der jungen Dame schließen ließ. Es gab Augenblicke, da fand Lily ein ironisches Vergnügen an diesem Aspekt der Sache. Der Gedanke, dem treulosen Busen der Gesellschaft ein Geschoß wie Mrs. Hatch entgegenzuschleudern, war nicht ohne Reiz; Miss Bart hatte sich in Mußestunden sogar die Zeit damit vertrieben, sich auszumalen, wie es wäre, wenn die schöne Norma zum ersten Mal auf einem Familienbankett den Van Osburghs bekannt gemacht würde. Aber der Gedanke, persönlich mit einer solchen Angelegenheit zu tun zu haben, war weniger angenehm, und ihrem momentanen Aufblitzen von Amüsement folgten wachsende Perioden des Zweifels.

Diese Zweifel hatten die Oberhand, als an einem späten Nachmittag Lawrence Selden sie mit einem Besuch überraschte. Er fand sie allein in der Wildnis aus rosarotem Damast, denn in Mrs. Hatchs Welt widmete man die Teestunde nicht gesellschaftlichen Riten, und die junge Dame war gerade in den Händen ihrer Masseuse.

Seldens Kommen ließ Lily innerlich verlegen erschrecken; aber sein befangenes Auftreten sorgte dafür, daß ihre Selbstsicherheit schnell wiederhergestellt war; sie begann ihr Gespräch in einem überraschten und fröhlichen Ton, gab ganz offen ihrer Verwunderung Ausdruck, daß er ihr an einem so unwahrscheinlichen Ort auf die Spur gekommen war, und fragte, was ihn denn veranlaßt habe, sich auf die Suche nach ihr zu machen.

Selden reagierte darauf mit ungewohnter Ernsthaftigkeit; nie hatte sie ihn in einer Situation gesehen, in der er so wenig Herr der Lage war und so offensichtlich jeder Art von Hindernis ausgeliefert, das sie ihm in den Weg stellen mochte. »Ich wollte Sie sehen«, sagte er, und sie konnte sich nicht zurückhalten, als Antwort darauf die Beobachtung auszusprechen, er habe seine Wünsche aber wirklich gut unter Kontrolle. Tatsächlich hatte seine lange Abwesenheit für sie zum Bittersten gehört, was sie in den letzten Monaten erlebt hatte; die Tatsache, daß er sie im Stich gelassen hatte, hatte sie viel tiefer verletzt als nur an der Oberfläche ihres Stolzes.

Selden reagierte auf ihre Herausforderung mit aller Direktheit. »Warum hätte ich kommen sollen, außer wenn ich gedacht hätte, ich könnte Ihnen von Nutzen sein? Es ist meine einzige Entschuldigung für die Annahme, Sie könnten mich sehen wollen.«

Das kam ihr wie ein plumpes Ausweichmanöver vor, und dieser Gedanke gab ihrer Antwort eine gewisse Schärfe. »Dann sind Sie heute gekommen, weil Sie meinen, Sie könnten mir von Nutzen sein?«

Er zögerte wieder. »Ja, mit der bescheidenen Kompetenz von jemandem, mit dem man sich beraten kann.«

Für einen intelligenten Mann war es sicherlich ein dummer Gesprächsbeginn, und der Gedanke, daß seine Befangenheit in der Furcht begründet sein möchte, sie könnte seinem Besuch irgendwelche persönlichen Motive entnehmen, setzte der Freude, ihn zu sehen, einen Dämpfer auf. Sogar unter den widrigsten Bedingungen machte diese Freude sich bemerkbar; es war ihr möglich, ihn zu hassen, nie konnte sie jedoch wünschen, er wäre nicht mit ihr im selben Raum. Sie war jetzt nahe daran, ihn zu hassen; doch der Klang seiner Stimme, die Art, wie das Licht auf sein dünnes dunkles Haar fiel, die Art, wie er saß, sich bewegte und seine Kleider trug – sie war sich darüber im klaren, daß sogar diese Nebensächlichkeiten mit ihrem Leben aufs Innigste verwoben waren. In seiner Gegenwart kam eine plötzliche Stille über sie, und der Aufruhr, der in ihr herrschte, fand ein Ende; aber jetzt brachte ein Gefühl des Widerstands gegen diesen verstohlenen Einfluß sie dazu zu sagen: »Es ist sehr freundlich von Ihnen, in solcher Kompetenz hier vorzusprechen, aber was läßt Sie denn annehmen, ich hätte irgend etwas Bestimmtes zu besprechen?«

Obwohl sie den gleichmäßigen Ton einer leicht dahingleitenden Unterhaltung beibehielt, war ihre Frage doch so formuliert, daß sie ihn daran erinnerte, daß sie um seine Dienste nicht gebeten hatte, und für einen Moment wurde Selden durch sie zum Innehalten gebracht. Die Situation zwischen ihnen war so geartet, daß sie nur durch ein plötzliches Auflodern des Gefühls hätte geklärt werden können, und ihrer beider ganze Erziehung und ihre gewohnte Einstellung zum Leben standen der Möglichkeit, daß es zu einem solchen Auflodern kommen würde, entgegen. Seldens Ruhe schien sich vielmehr zu Widerstand zu verhärten, und die von Miss Bart zu einer Front blitzender Ironie, während sie einander aus den gegenüberliegenden Ecken von einem von Mrs. Hatchs elephantösen Sofas anschauten. Das besagte Sofa und seine monströsen Gefährten, die das Appartement bevölkerten, dienten schließlich dazu, Selden eine mögliche Form für eine Antwort einzugeben.

»Gerty hat mir erzählt, daß Sie jetzt Mrs. Hatchs Sekretärin sind, und ich wußte, daß sie sehr gern hören würde, wie Sie zurechtkommen.«

Miss Bart nahm diese Erklärung entgegen, ohne daß man eine sanftere Stimmung an ihr hätte wahrnehmen können. »Warum hat sie mich dann nicht selbst besucht?« fragte sie.

»Weil sie, da Sie ihr Ihre Adresse nicht gesandt haben, fürchtete, aufdringlich zu erscheinen.« Selden fuhr mit einem Lächeln fort: »Wie Sie sehen, haben mich solche Skrupel nicht zurückgehalten, aber dann ist es ja auch wieder so, daß ich nicht so viel riskiere, wenn ich mir Ihr Mißfallen zuziehe.«

Lily antwortete auf sein Lächeln. »Noch haben Sie es sich nicht zugezogen, aber ich habe so eine Ahnung, als würden Sie es bald.«

»Das hängt von Ihnen ab, nicht wahr? Sie sehen ja, ich gehe nicht weiter, als mich Ihnen zur Verfügung zu stellen.«

»Aber als was? Was soll ich mit Ihnen anfangen?« fragte sie in demselben leichten Ton.

Selden sah sich wieder in Mrs. Hatchs Salon um, dann sagte er mit einer Entschiedenheit, die aus dieser letzten Inspektion zu erwachsen schien: »Sie sollen mich Sie von hier wegbringen lassen.«

Lily errötete angesichts eines so plötzlichen Angriffs, dann erstarrte sie und sagte kalt: »Und darf ich fragen, wohin Sie wollen, daß ich gehe?«

»Zurück zu Gerty fürs erste, wenn Sie wollen; das Wichtigste ist, daß Sie von hier fortkommen.«

Die ungewohnte Härte seines Tons hätte ihr zeigen können, was ihn diese Worte kosteten, aber sie war nicht in der Verfassung, seine Gefühle richtig einzuschätzen, während die ihren revoltierend in Flammen standen. Sie zu vernachlässigen, sie vielleicht sogar zu meiden zu einer Zeit, in der sie ihre Freunde am nötigsten brauchte, und dann plötzlich und in ungerechtfertigter Weise in ihr Leben einzudringen, mit dieser sonderbaren Anmaßung von Autorität, hieß, in ihr alle Instinkte des Stolzes und der Verteidigung wachzurufen.

»Ich bin Ihnen dafür sehr verbunden«, sagte sie, »daß Sie ein solches Interesse an meinen Plänen an den Tag legen, aber ich befinde mich da, wo ich bin, sehr wohl und habe nicht die Absicht zu gehen.«

Selden hatte sich erhoben und stand vor ihr in einer Erwartungshaltung, der er kaum noch Herr werden konnte.

»Das heißt einfach, daß Sie nicht wissen, wo Sie sind!« rief er aus.

Lily erhob sich auch, plötzlich von Ärger übermannt. »Wenn Sie hergekommen sind, um häßlich über Mrs. Hatch zu reden –«

»Mich geht nur Ihre Beziehung zu Mrs. Hatch etwas an.«

»Meine Beziehung zu Mrs. Hatch ist so geartet, daß ich keinen Grund habe, mich ihrer zu schämen. Sie hat mir geholfen, meinen Lebensunterhalt zu verdienen, als meine alten Freunde sich bereits mit der Tatsache abgefunden hatten, daß ich würde hungern müssen.«

»Unsinn! Hungern ist nicht die einzige Alternative. Sie wissen, daß Sie bei Gerty immer ein Zuhause finden können, bis Sie wieder unabhängig sind.«

»Sie zeigen eine so genaue Kenntnis meiner geschäftlichen Angelegenheiten, daß ich annehme, Sie meinen – bis die Erbschaft meiner Tante ausgezahlt ist?«

»Allerdings, das meine ich; Gerty hat mir davon erzählt«, gab Selden zu, ohne in Verlegenheit zu geraten. Es war ihm jetzt zu ernst, als daß er irgendwelche falsche Befangenheit dabei empfunden hätte, seine Meinung zu sagen.

»Aber Gerty weiß nun einmal nicht«, erwiderte Miss Bart, »daß ich jeden Penny dieser Erbschaft brauche, um Schulden abzubezahlen.«

»Großer Gott!« rief Selden aus, durch die Abruptheit, mit der diese Erklärung gegeben wurde, aus der Fassung gebracht.

»Jeden Penny, und noch mehr«, wiederholte Lily; und jetzt verstehen Sie vielleicht, warum ich es vorziehe, bei Mrs. Hatch zu bleiben, statt Gertys Freundlichkeit in Anspruch zu nehmen. Mir bleibt kein Geld außer meinem kleinen Einkommen, und ich muß dazuverdienen, um mich am Leben zu erhalten.«

Selden zögerte einen Moment, dann erwiderte er in ruhigerem Ton: »Aber mit Ihrem Einkommen und Gertys – da Sie mir erlauben, so weit in die Details der Situation einzudringen – könnten Sie beide es doch sicher so einrichten, daß Sie zusammen leben, ohne sich Ihren Unterhalt verdienen zu müssen. Gerty, das weiß ich, ist überaus interessiert an einer solchen Vereinbarung, und wäre auch glücklich damit –«

»Ich aber nicht«, warf Miss Bart ein. »Es gibt viele Gründe, warum das weder anständig Gerty gegenüber, noch eine vernünftige Lösung für mich wäre.« Sie hielt einen Moment lang inne, und da er eine weitere Erklärung zu erwarten schien, fügte sie mit einem schnellen Heben ihres Kopfes hinzu: »Sie werden wohl bitte entschuldigen, wenn ich die Gründe hier nicht anführe.«

»Ich habe kein Anrecht darauf, sie zu erfahren«, antwortete Selden, ihren Ton ignorierend, »kein Recht, irgendeinen Kommentar oder Vorschlag anzubieten, der über den hinausginge, den ich bereits gemacht habe. Und mein Recht, besagten Vorschlag zu machen, ist einfach das allgemeingültige Recht eines Mannes, eine Frau, wenn er sie, ohne daß sie es weiß, in eine falsche Lage gebracht sieht, darüber aufzuklären.«

Lily lächelte. »Ich nehme an«, erwiderte sie, »daß Sie mit einer falschen Lage eine meinen, die außerhalb dessen liegt, was wir so Gesellschaft nennen, aber Sie müssen sich daran erinnern, daß ich aus diesen heiligen Hallen schon ausgeschlossen war, lange bevor ich Mrs. Hatch getroffen habe. Soweit ich sehe, macht es nicht viel Unterschied, ob man drinnen oder draußen ist, und ich erinnere mich, daß Sie mir einmal gesagt haben, daß nur diejenigen, die sich drinnen befinden, diesen Unterschied ernst nehmen.«

Sie hatte diese Anspielung an ihr denkwürdiges Gespräch auf Bellomont nicht ohne Vorbedacht gemacht, und sie wartete mit einem sonderbaren inneren Zittern, welche Antwort sie wohl darauf bekommen würde; aber das Ergebnis ihres Experimentes war enttäuschend. Selden ließ nicht zu, daß ihre Anspielung ihn von seinem Anliegen abbrachte; er sagte nur mit noch ausgeprägterem Nachdruck: »Die Frage, ob man drinnen oder draußen ist, hat, wie Sie sagen, geringe Bedeutung, und sie hat zufällig nichts mit dieser Angelegenheit zu tun oder höchstens insoweit, als Mrs. Hatchs Wunsch, hereinzugelangen, Sie in die Lage bringen kann, die ich als falsch bezeichne.«

Trotz seines gemäßigten Tons war jedes Wort, das er sprach, dazu angetan, Lilys Widerstand zu verstärken. Sogar die Befürchtungen, die er in ihr wachrief, verhärteten ihr Herz gegen ihn; sie hatte die ganze Zeit nach einem Anklang persönlichen Mitgefühls, nach einem Zeichen wiedergewonnener Macht über ihn Ausschau gehalten, und seine Haltung nüchterner Unparteilichkeit, das Fehlen jeglichen Eingehens auf ihren Appell an sein Gefühl, verwandelten ihren verletzten Stolz in blinde Ablehnung jeglicher Einmischung seinerseits. Die Überzeugung, daß er von Gerty geschickt worden war, und daß er ihr, egal in was für schlimmen Notlagen er sie finden würde, nie freiwillig zur Hilfe kommen würde, bestärkten sie in ihrem Entschluß, ihn auch nicht im geringsten weiter ins Vertrauen zu ziehen. Wie zweifelhaft sie ihre Situation auch empfinden mochte, sie würde lieber weiterhin in der Dunkelheit aushalten, als eine Aufklärung über ihre Lage Selden verdanken zu müssen.

»Ich weiß nicht«, sagte sie, als er zu sprechen aufgehört hatte, »warum Sie glauben, daß ich in einer solchen Situation bin; aber da Sie mir ja immer gesagt haben, das einzige Ziel einer Erziehung wie der meinen sei es, ein Mädchen zu lehren, das zu bekommen, was es will, warum nehmen Sie also nicht einfach an, daß es genau das ist, was ich will?«

Das Lächeln, mit dem sie die Sache zusammenfaßte, war wie eine eindeutige Barriere, die gegen jede weitere Vertraulichkeit errichtet wurde, sein strahlendes Leuchten hielt ihn so sehr auf Distanz, daß er das Gefühl hatte, schon beinahe außer Hörweite zu sein, als er erwiderte: »Ich bin mir nicht so sicher, daß ich Sie je als ein erfolgreiches Beispiel für diese Art von Erziehung bezeichnet hätte.«

Sie errötete ein wenig wegen dem, was diese Bemerkung einschloß, wappnete sich aber mit einem leisen Lachen.

»Oh, warten Sie noch ein Weilchen – geben Sie mir noch etwas Zeit, bevor Sie diese Frage entscheiden!« Und als er wartend vor ihr stand, noch immer nach einem Riß in der undurchdringlichen Fassade suchend, die sie ihm entgegenhielt, bekräftigte sie, was sie gesagt hatte: »Geben Sie mich noch nicht auf; es kann immer noch sein, daß ich meiner Erziehung zur Ehre gereiche!«

X

»Sehn Sie sich diese Pailletten an – jede einzelne schief angenäht.«

Die große Vorarbeiterin, eine verhärmte, aufrechte Gestalt, ließ das verurteilte Gebilde aus Draht und Tüll auf den Tisch neben Lily fallen und ging zur nächsten Gestalt in der Reihe weiter.

Zwanzig junge Frauen waren in der Werkstatt, ihre abgearbeiteten Profile unter hoch aufgestecktem Haar beugten sich im harten Licht der Nordfenster über die Utensilien ihrer Kunst, denn es war sicher etwas mehr als ein Handwerk, dieses Entwerfen immer neuer Einfassungen für die Gesichter der glücklicheren Weiblichkeit. Ihre Gesichter dagegen waren fahl, eher wegen der ungesunden heißen Luft und der anstrengenden Arbeit im Sitzen als wegen wirklicher Anzeichen von Bedürftigkeit; sie waren bei einem eleganten Modewarengeschäft angestellt und recht gut gekleidet und gut bezahlt, aber die jüngste unter ihnen war so langweilig und farblos wie diejenigen mittleren Alters. In der ganzen Werkstatt gab es nur eine Frau, unter deren Haut das Blut sichtbar schimmerte; und dies Gesicht brannte jetzt vor Ärger, als Miss Bart nach dem niederschmetternden Kommentar der Vorarbeiterin die überstehenden Pailletten von dem Hutgestell zu entfernen begann.

Die hoffnungsfrohe Gerty hatte geglaubt, eine Lösung gefunden zu haben, als sie sich daran erinnerte, wie schön Lily Hüte machen konnte. Beispiele junger Putzmacherinnen aus gutem Hause, die für elegante Kundschaft ein Geschäft aufgemacht hatten und ihren »Creationen« die undefinierbare besondere Note gaben, die niemals von einer rein berufsmäßigen Hand erreicht wird, hatten Gerty sich ein wohl geschmeicheltes Bild der Zukunft ausmalen lassen und sogar Lily davon überzeugt, daß ihre Trennung von Mrs. Norma Hatch sie nicht von ihren Freunden finanziell abhängig machen würde.

Die Trennung von Mrs. Hatch hatte sich wenige Wochen nach Seldens Besuch vollzogen und hätte noch eher stattgefunden, wenn da nicht der trotzige Widerstand gewesen wäre, den Seldens Angebot, ihr mit Rat zur Seite zu stehen, das unter einem wahrhaft schlechten Stern stand, in Lily hervorgerufen hatte. Das Gefühl, in eine Sache verwickelt zu sein, die sie nicht so gern genauer unter die Lupe genommen hätte, hatte eine klarere Gestalt angenommen durch eine Andeutung von Mr. Stancy, der meinte, daß sie, wenn sie »ihnen da durchhelfen« würde, es nicht zu bereuen brauchte. Die stillschweigende Folgerung, daß Loyalität dieser Art mit einer handfesten Belohnung beantwortet würde, hatte ihre Flucht beschleunigt und sie beschämt und reumütig auf Gertys großherziges Mitgefühl zurückgeworfen. Sie beabsichtigte jedoch nicht, in solch gebeugter Stellung zu verharren, und Gertys Einfall mit den Hüten hatte ihre Hoffnungen auf eine profitbringende Tätigkeit sofort wieder geweckt. Hier gab es schließlich doch etwas, das ihre entzückenden, untätigen Hände tun konnten; sie zweifelte nicht an deren Fähigkeit, ein Bändchen zu knoten oder eine Blume vorteilhaft anzubringen. Und natürlich würde man nur diese vervollkommnenden Handgriffe von ihr erwarten; Finger niederer Ordnung, grobe, graue, nadelzerstochene Finger würden die Form vorbereiten, das Futter zurechtsticheln, während sie die Aufsicht über den reizenden kleinen Verkaufsraum führte – einen Geschäftsraum ganz in Weiß getäfelt, mit Spiegeln und moosgrünen Behängen –, wo ihre fertigen Creationen, Hüte, Kränze, Kopfschmuck und dergleichen, hoch oben auf Ständern saßen wie Vögel, die vor dem Abflug balancieren.

Aber gleich zu Beginn von Gertys Feldzug für ihre Freundin hatte die Vision von dem grün-weißen Geschäft sich in Nichts aufgelöst. Andere junge Damen aus der eleganten Welt hatten sich bereits auf diese Weise »niedergelassen« und verkauften ihre Hüte allein wegen eines anziehenden Namens und wegen ihres angeblichen Geschicks, eine Schleife zu binden; aber diese privilegierten Wesen konnten auf einen Glauben an ihre Fähigkeiten verweisen, der seinen materiellen Ausdruck in ihrer Bereitschaft fand, die Ladenmiete zu bezahlen und eine ansehnliche Summe für laufende Ausgaben vorzustrecken. Wo sollte Lily solche Unterstützung finden? Und selbst wenn diese zu finden gewesen wäre, wie sollte man die Damen, von deren Beifall sie abhängig war, dazu bringen, ihre Unterstützung als Kundinnen zu geben? Gerty erfuhr, daß alles Mitgefühl, das die Sache ihrer Freundin noch vor wenigen Monaten vielleicht erregt hatte, seit ihrer Verbindung mit Mrs. Hatch ins Wanken geraten, wenn nicht gänzlich verlorengegangen war. Wieder einmal hatte Lily sich einer zweideutigen Situation früh genug entziehen können, um ihre Selbstachtung zu wahren, zu spät jedoch für öffentliche Rechtfertigung. Bertie Van Osburgh würde Mrs. Hatch nicht heiraten; er war fünf Minuten vor zwölf noch davor gerettet worden – einige sagten durch die Bemühungen von Gus Trenor und Rosedale –, und man hatte ihn mit dem alten Ned Van Alstyne nach Europa geschickt, aber das Risiko, das er eingegangen war, würde man immer Miss Barts stillschweigender Duldung zuschreiben, und es würde irgendwie dazu dienen, das vage allgemeine Mißtrauen gegen sie zusammenzufassen und zu bestätigen. Diejenigen, die sie gemieden hatten, waren erleichtert, auf diese Weise eine Rechtfertigung dafür zu finden, und neigten dazu, ziemlich auf Lilys Verbindung mit der Hatch-Sache herumzureiten, um zu zeigen, daß sie recht gehabt hatten.

Gertys Bemühungen stießen jedenfalls auf eine solide Wand des Widerstands, und sogar als Carry Fisher, die für den Moment ihren Anteil an der Hatch-Affäre bereute, ihre Anstrengungen mit denen Miss Farishs vereinte, stellte sich kein größerer Erfolg ein. Gerty hatte versucht, ihre vergeblichen Vorstöße mit zartfühlenden Zweideutigkeiten zu verschleiern, aber Carry, wie immer die Offenheit in Person, ließ ihre Freundin genau wissen, wie die Sache stand.

»Ich bin einfach direkt zu Judy Trenor gegangen; sie hat weniger Vorurteile als die anderen, und außerdem hat sie Bertha Dorset immer gehaßt. Aber was *hast* du ihr nur angetan, Lily? Beim ersten Wort davon, daß man dir eine Chance geben sollte, brauste sie auf wegen irgendwelchen Geldes, das du von Gus bekommen hättest; ich habe sie noch nie so in Fahrt gesehen. Du weißt ja, sie läßt ihn machen, was er will, nur Geld für seine Freunde darf er nicht ausgeben; der einzige Grund dafür, daß sie mich jetzt anständig behandelt, ist die Tatsache, daß sie weiß, ich stecke nicht in Geldschwierigkeiten. – Er hat für dich an der Börse spekuliert, sagst du? Na, und wenn schon? Er hätte halt nicht verlieren dürfen. Er hat *nicht* verloren? Ja, dann warum um Himmels willen – aber ich habe dich noch *nie* verstehen können, Lily!«

Schließlich lief es darauf hinaus, daß nach vielem mühevollen Herumfragen und vielem Überlegen Mrs. Fisher und Gerty, für diesmal zu einem sonderbaren Gespann vereint in ihrem Bemühen, ihrer Freundin zu helfen, sich entschlossen, sie in der Werkstatt von Madame Reginas bekanntem Putzmachergeschäft unterzubringen. Sogar diese Vereinbarung konnte nicht ohne beträchtliche Verhandlungen erreicht werden, denn Madame Regina hatte ein starkes Vorurteil gegen

Hilfskräfte ohne Ausbildung und konnte nur zum Nachgeben bewogen werden, weil sie durch Carrys Einfluß Mrs. Bry und Mrs. Gormer zu ihren Kundinnen zählen konnte. Sie war von Anfang an bereit gewesen, Lily im Vorführungsraum einzusetzen: beim Vorführen der Hüte konnte eine weithin bekannte Schönheit vielleicht eine wertvolle Errungenschaft darstellen. Aber diesem Vorschlag begegnete Miss Bart mit einem Nein, das Gerty nachdrücklich unterstützte, während Mrs. Fisher, innerlich nicht überzeugt, sich aber dennoch in diesen letzten Beweis von Lilys Unvernunft schickend, zustimmend meinte, daß es letzten Endes vielleicht zweckdienlich sei, wenn sie das Gewerbe erlernte. Der Werkstatt von Madame Regina wurde Lily also von ihren Freunden überantwortet; Mrs. Fisher ließ sie dort mit einem Seufzer der Erleichterung zurück, während Gerty weiterhin aus der Ferne ein Auge auf sie hatte.

Lily hatte Anfang Januar mit ihrer Arbeit begonnen; jetzt waren zwei Monate vergangen, und noch immer wurde sie getadelt, weil sie nicht imstande war, Pailletten an den Hutrand zu nähen. Als sie sich wieder ihrer Arbeit zuwandte, hörte sie, wie ein Kichern durch die Reihen ging. Sie wußte, daß sie Zielscheibe der Kritik und des Amüsements für die anderen Arbeiterinnen war. Sie wußten natürlich von ihrer Geschichte – die genauen Verhältnisse jedes Mädchens im Saal waren bekannt und wurden offen von allen anderen diskutiert –, aber diese Kenntnis rief in ihnen keineswegs irgendwelche peinlichen Gefühle von Klassenunterschied hervor: Sie erklärte einfach nur, warum ihre ungeschulten Finger noch immer über die einfachsten Grundlagen ihres Handwerks stolperten. Lily hatte gar nicht das Bedürfnis, daß sie irgendwelche gesellschaftlichen Unterschiede an ihr gelten lassen sollten; aber sie hatte gehofft, als gleichrangig angenommen zu werden und sich vielleicht nach gar nicht so langer Zeit als überlegen zu erweisen aufgrund einer besonderen Gewandtheit im Umgang mit den Dingen, und es war beschämend, die Erfahrung zu machen, daß sich nach zwei

Monaten der Plackerei ihr Mangel an frühzeitiger Schulung noch immer nicht verbergen ließ. Der Tag, an dem sie befördert würde, die Talente umzusetzen, die sie mit ziemlicher Sicherheit zu haben glaubte, lag in weiter Ferne; nur erfahrene Arbeiterinnen wurden mit der hohen Kunst, einen Hut zu formen und zu besetzen, betraut, und die Vorarbeiterin hielt sie noch immer unerbittlich bei der vorbereitenden Routinearbeit fest.

Sie begann, die Pailletten vom Hutrand zu trennen und hörte dabei geistesabwesend der Unterhaltung zu, die lauter und leiser wurde je nachdem, ob Miss Haines' geschäftige Gestalt gerade vorbeikam oder sich entfernte. Die Luft war noch drückender als sonst, weil Miss Haines, die erkältet war, nicht erlaubt hatte, daß man ein Fenster öffnete, nicht einmal während der Mittagspause, und auf Lilys Kopf lastete das Gewicht einer schlaflosen Nacht so schwer, daß das Geplauder ihrer Kolleginnen ihr so zusammenhanglos wie in einem Traum erschien.

»Ich habe ihr ja *gesagt*, er würde sie nicht wieder angucken, und das hat er ja dann auch nicht. Hätte ich auch nicht – ich finde, sie ist sowas von gemein ihm gegenüber gewesen. Er ist mit ihr zum Arion-Ball gegangen und hat ihretwegen für den Hin- und Rückweg 'ne Droschke genommen . . . Sie hat zehn Flaschen eingenommen, und ihre Kopfschmerzen sind anscheinend noch immer nicht besser – aber sie hat eine Art Gutachten geschrieben, in dem stand, die erste Flasche hätte sie geheilt, und sie hat fünf Dollar gekriegt und ihr Bild war in der Zeitung . . . Mrs. Trenors Hut? Der mit dem grünen Aufbau? Hier, Miss Haines – er ist gleich fertig . . . Das war eins von den Trenor-Mädchen, hier gestern mit Mrs. George Dorset. Woher ich das weiß? Na, Madam hat doch nach mir geschickt, um die Blume an dem Virot-Hut ändern zu lassen – der mit dem blauen Tüll; sie ist groß und dünn, mit so gekraustem Haar – so ziemlich wie Mamie Leach, bloß dünner . . . «

So ging es immer und immer weiter, ein Strom bedeutungsloser Worte, auf dem, und das war schon erstaunlich genug, dann und wann ein vertrauter Name an die Oberfläche trieb. Das war das Sonderbarste an Lilys sonderbaren Erfahrungen, diese Namen zu hören, das unvollständige und verzerrte Bild der Welt, in der sie gelebt hatte, in der Vorstellung dieser jungen Arbeiterinnen sich widerspiegeln zu sehen. Sie hätte es nie für möglich gehalten, mit welcher Mischung aus unersättlicher Neugier und verächtlicher Offenheit über sie und die Menschen, zu denen sie gehört hatte, in dieser Unterwelt der Arbeitssklaven, die von ihrer Eitelkeit und Genußsucht lebten, gesprochen wurde. Jedes Mädchen in Madame Reginas Arbeitssaal wußte, für wen die Kopfbedeckung in seinen Händen bestimmt war, hatte seine Meinung über ihre künftige Trägerin und kannte deren Stellung im System der Gesellschaft haargenau. Daß Lily ein Stern war, der von eben diesem Himmel gefallen war, steigerte, nachdem die erste Aufregung und Neugierde nachgelassen hatte, das Interesse an ihr nicht besonders. Sie war gefallen, sie war »untergegangen«, und dem Ideal ihrer Rasse treu, ließen die Mädchen sich nur von Erfolg beeindrucken – vom massiven, faßbaren Bild materieller Errungenschaften. Das Bewußtsein, daß Lilys Horizont anders geartet war, hielt sie nur ein wenig auf Distanz, als wäre sie eine Ausländerin, mit der zu sprechen anstrengend war.

»Miss Bart, wenn Sie die Pailletten da nich gleichmäßiger annähn können, dann geben Sie den Hut wohl besser Miss Kilroy.«

Lily sah betrübt auf die Arbeit ihrer Hände. Die Vorarbeiterin hatte recht, die Pailletten waren unentschuldbar schlecht angenäht. Was ließ sie soviel ungeschickter als sonst sein? War es eine wachsende Abneigung ihrer Arbeit gegenüber oder wirkliche körperliche Unfähigkeit? Sie fühlte sich müde und wirr im Kopf, nur mit Mühe konnte sie ihre Gedanken ordnen. Sie erhob sich und übergab Miss Kilroy den Hut, die ihn mit einem unterdrückten Lächeln entgegennahm.

»Es tut mir leid, ich fürchte, ich fühle mich nicht sehr gut«, sagte Lily zu der Vorarbeiterin.

Miss Haines ging darauf nicht weiter ein. Von Anfang an hatte sie geahnt, daß nichts Gutes dabei herauskommen würde, daß Madame Regina ihre Zustimmung gegeben hatte, einen so vornehmen Lehrling unter ihre Arbeiterinnen aufzunehmen. In diesem Tempel der Kunst konnte man völlige Anfänger nicht brauchen, und es wäre geradezu übermenschlich von Miss Haines gewesen, hätte sie nicht ein gewisses Vergnügen dabei empfunden, ihre Vorahnungen bestätigt zu sehen.

»Sie gehn wohl besser wieder dran, Säume zu binden«, sagte sie trocken.

Lily schlüpfte als letzte in der Gruppe endlich in die Freiheit entlassener Arbeiterinnen hinaus. Sie hatte kein Interesse daran, sich unter sie zu mischen, wenn sie mit viel Lärm auseinandergingen: War sie erst einmal auf der Straße, merkte sie, wie sie unwillkürlich wieder ihre alten Vorstellungen annahm und instinktiv vor allem zurückschreckte, das ungeschliffen war, und gewisse Unterschiede einfach nicht kannte. In den Tagen – wie fern sie ihr jetzt erschienen! – als sie mit Gerty Farish zu dem Mädchenclub gegangen war, hatte sie ein aufgeklärtes Interesse für die arbeitenden Klassen empfunden; aber das lag sicher daran, daß sie von oben auf sie herabgesehen hatte, aus den glücklichen Höhen ihrer Gunst und ihrer Wohltätigkeit. Jetzt, da sie mit ihnen auf einer Stufe stand, war die Perspektive weniger interessant.

Sie fühlte, wie jemand ihren Arm berührte und sah in Miss Kilroys reumütige Augen.

»Miss Bart, ich glaube schon, daß Sie die Pailletten genausogut annähen können wie ich, wenn Sie sich besser fühlen. Miss Haines war nicht fair zu Ihnen.«

Lily stieg bei diesem unerwarteten Annäherungsversuch die Röte ins Gesicht; es war lange her, daß man ihr mit wirklicher Freundlichkeit begegnet war, wenn man einmal von Gerty absah.

»Oh, danke schön, es geht mir wirklich nicht besonders gut, aber Miss Haines hatte recht. Ich *bin* ungeschickt.«

»Na, ist ja auch eine blöde Arbeit für jemanden, der Kopfweh hat.« Miss Kilroy hielt unentschlossen inne. »Sie sollten gleich nach Hause gehen und sich hinlegen. Haben Sie's schon mal mit Orangeine versucht?«

»Danke schön.« Lily streckte ihre Hand aus. »Das ist sehr freundlich von Ihnen – ich gehe jetzt auch gleich nach Hause.«

Sie sah Miss Kilroy dankbar an, aber keine von beiden wußte noch etwas zu sagen. Lily merkte, daß die andere drauf und dran war, ihr anzubieten, mit ihr nach Hause zu gehen, aber sie wollte allein sein und ihre Ruhe haben – sogar Freundlichkeit, die Art von Freundlichkeit, die Miss Kilroy geben konnte, war im Moment zuviel für ihre überreizten Nerven.

»Danke schön«, wiederholte sie und wandte sich ab.

Sie steuerte in westlicher Richtung in dem trüben Märzdämmerlicht auf die Straße zu, in der sich ihre Pension befand. Sie hatte Gertys Angebot, sie zu beherbergen, mit aller Entschiedenheit abgelehnt. Etwas von der ausgeprägten Scheu ihrer Mutter vor Beobachtung und Mitleid fing an, sich in ihr zu entwickeln, und das ständige Miteinander einer kleinen Behausung und die enge Vertraulichkeit erschien ihr alles in allem noch weniger erträglich als die Einsamkeit eines Zimmers ohne separaten Eingang in einem Haus, wo sie mit anderen Arbeitern unbemerkt kommen und gehen konnte. Eine Zeitlang hatte sie das Bedürfnis nach Eigenleben und Unabhängigkeit aufrechtgehalten, aber jetzt begann sie, vielleicht wegen zunehmender rein physischer Müdigkeit, wegen der Mattigkeit, welche die Stunden ungewohnten Eingesperrtseins nach sich zogen, die Häßlichkeit und mangelnde Bequemlichkeit ihrer Umgebung mit aller Macht zu fühlen. Wenn des Tages Pflicht getan war, graute ihr davor, zu dem engen Zimmer zurückzukehren mit seiner fleckigen Tapete und seinem abgenutzten Anstrich; und sie haßte jeden Schritt auf ihrem Weg dorthin, die Entwürdigung, die ihr die New Yorker Straße im letzten Stadium des Niedergangs von der eleganten Welt zum Handelspflaster dabei vor Augen führte.

Aber am meisten graute ihr davor, an der Apotheke an der Ecke der Sixth Avenue vorbeigehen zu müssen. Sie hatte vorgehabt, eine andere Straße zu nehmen; so hatte sie es in letzter Zeit meist gemacht. Aber heute wurden ihre Schritte unaufhaltsam zu der auffälligen, mit Spiegelglas verkleideten Ecke hingezogen; sie versuchte, die Straße weiter unten zu überqueren, aber ein beladener Karren drängte sie zurück, und sie ging schräg über die Straße und erreichte das Trottoir genau gegenüber der Apotheke.

Über den Ladentisch winkte sie den Angestellten, der sie schon früher bedient hatte, zu sich und ließ das Rezept in seine Hand gleiten. Es konnte keine Einwände gegen das Rezept geben: Es handelte sich dabei um die Abschrift eines Rezeptes für Mrs. Hatch, die deren Apotheker freundlicherweise angefertigt hatte. Lily war sich eigentlich sicher, daß der Angestellte ihr das Medikament ohne Zögern aushändigen würde, doch die nervöse Furcht, er könnte sich doch weigern oder sogar nur irgendwelche Zweifel anmelden, teilte sich ihren ruhelosen Händen mit, als sie vorgab, die Parfümflaschen, die auf dem Glasschrank vor ihr aufgestapelt waren, zu untersuchen.

Der Angestellte hatte das Rezept gelesen, ohne etwas zu sagen, aber als er ihr die Flasche aushändigte, hielt er inne.

»Sie sollten die Dosierung nicht erhöhen, wissen Sie«, bemerkte er.

Lilys Herz zog sich zusammen. Was sollte das bedeuten, daß er sie auf diese Art ansah?

»Natürlich nicht«, murmelte sie und streckte ihre Hand aus.

»Dann ist's gut, das ist nämlich ein ganz komisches Medikament. Ein Tropfen oder zwei mehr, und Sie gehen hops – die Ärzte wissen auch nicht, warum.«

Die Furcht, er könnte ihr noch weitere Fragen stellen oder die Flasche zurückhalten, erstickte das beruhigende Murmeln in ihr; und als sie schließlich sicher aus dem Geschäft herauskam, war ihr fast schwindlig, so intensiv überkam sie die Erleichterung. Allein schon die Berührung des Päckchens ließ ihre Nerven erbeben in dem Gedanken, daß es eine Nacht köstlichen Schlafs versprach, und als Reaktion auf ihre plötzliche Angst hatte sie das Gefühl, als überkämen sie schon die ersten Nebel der Schläfrigkeit.

In ihrer Verwirrung stolperte sie gegen einen Mann, der eilig die letzten Stufen von der Hochbahnstation herunterkam. Er wich zurück, und sie hörte, wie ihr Name voll Überraschung ausgesprochen wurde. Es war Rosedale, pelzbehangen, geschniegelt und strotzend vor Gesundheit und Wohlstand – aber warum schien sie ihn so weit entfernt und wie durch einen Nebel von zersplitterten Kristallen zu sehen? Bevor sie sich dieses Phänomen noch erklären konnte, fand sie sich schon mit ihm händeschüttelnd wieder. Sie waren mit Verachtung auf ihrer Seite und Ärger auf der seinen auseinandergegangen, aber jede Spur dieser Emotionen schien sich in Nichts aufzulösen, als ihre Hände sich trafen, und sie war sich nur des verworrenen Wunsches bewußt, sie möchte sich weiterhin an ihm festhalten dürfen.

»Ja aber, was ist denn los, Miss Lily? Sie fühlen sich nicht gut!« rief er aus, und sie zwang ihren Lippen ein bleiches Lächeln der Beruhigung ab.

»Ich bin ein wenig müde – es ist weiter nichts. Bleiben Sie für einen Moment bei mir, bitte«, stammelte sie. Daß sie Rosedale um diesen Dienst bat!

Er warf einen Blick auf die schmutzige und nichts Gutes verheißende Ecke, an der sie standen, wo die kreischende Hochbahn und der Tumult der Straßenbahnen und Wagen abscheulich laut in ihren Ohren um die Wette dröhnten.

»Hier können wir nicht bleiben, aber lassen Sie mich Sie irgendwohin führen, wo wir eine Tasse Tee bekommen. Das ›Longworth‹ ist nur ein paar Meter entfernt, und um diese Zeit wird dort niemand sein.«

Eine ruhige Tasse Tee, irgendwo weg vom Lärm und all dem Häßlichen, schien ihr für den Augenblick die einzige Erquickung zu sein, die sie ertragen konnte. Ein paar Schritte brachten sie zum Eingang für Damen in dem Hotel, das er genannt hatte, und im nächsten Moment saß er ihr gegenüber, und ein Kellner hatte ein Tablett mit Tee zwischen sie gestellt.

»Nicht erst ein Tröpfchen Brandy oder Whisky? Sie sehen ganz schön fertig aus, Miss Lily. Na, dann nehmen Sie eben einen starken Tee; Kellner, bringen Sie uns ein Kissen für die Dame zum Anlehnen.«

Lily lächelte ein wenig über die Order, einen starken Tee zu trinken. Das war die Versuchung, der zu widerstehen sie sich immer so sehr bemühte. Ihr Verlangen nach dem kräftigen Stimulans lag ständig im Widerstreit mit dem anderen, das sie beherrschte, dem Verlangen nach Schlaf – das mitternächtliche Verlangen, das nur das kleine Fläschchen in ihrer Hand noch stillen konnte. Aber heute zumindest konnte der Tee kaum stark genug sein, sie verließ sich darauf, daß er Wärme und Entschlossenheit in ihre leeren Adern gießen würde.

Als sie sich vor seinen Augen zurücklehnte, ihre Lider halb geschlossen, so furchtbar matt fühlte sie sich, obwohl der erste warme Schluck ihrem Gesicht schon wieder eine etwas lebendigere Farbe gegeben hatte, erfaßte Rosedale aufs neue die erschütternde Überraschung, die ihre Schönheit hervorrufen konnte. Die dunklen feinen Linien der Müdigkeit unter ihren Augen, die kränkliche, von blauen Adern durchzogene Blässe ihrer Schläfen brachten die lebhafte Färbung ihres Haares und ihrer Lippen erst richtig zur Geltung, gerade als hätte all ihre verebbende Lebenskraft sich dort zusammengezogen. Von dem stumpfen, schokoladenfarbenen Hintergrund des Restaurants hob sich die Reinheit ihres

Kopfes ab, wie sie es nie zuvor in noch so hell erleuchteten Ballsälen getan hatte. Er sah sie mit einem erschreckten, unbehaglichen Gefühl an, als sei ihre Schönheit ein vergessener Feind, der im Hinterhalt gelegen hatte und jetzt unerwartet auf ihn lossprang.

Um die Atmosphäre zu klären, versuchte er ihr gegenüber einen unbeschwerten Ton anzuschlagen. »Meine Güte, Miss Lily, ich habe Sie ja eine Ewigkeit nicht gesehen. Ich wußte gar nicht, was aus Ihnen geworden ist.«

Während er noch sprach, gebot ihm der peinliche Gedanke an die Komplikationen, zu dem das führen konnte, Einhalt. Wenn er sie auch nicht gesehen hatte, so hatte er doch über sie reden hören; er wußte von ihrer Verbindung mit Mrs. Hatch und von dem Gerede, das sich daraus ergeben hatte. Mrs. Hatchs Milieu gehörte zu denen, die er einmal fleißig aufgesucht hatte und jetzt ebenso konsequent mied.

Lily, deren gewohnten klaren Verstand der Tee wiederhergestellt hatte, sah, was in seinem Kopf vorging, und sagte mit einem leichten Lächeln: »Es ist auch unwahrscheinlich, daß Sie wissen, wie es mir geht. Ich gehöre jetzt zur arbeitenden Klasse.«

Er fuhr in echter Verwunderung auf. »Sie wollen doch nicht etwa sagen –? Meine Güte, was machen Sie denn um Himmels willen?«

»Ich lerne das Putzmacherhandwerk – zumindest *versuche* ich es«, schränkte sie ihre Behauptung schnell ein.

Rosedale unterdrückte einen leisen Pfiff der Überraschung. »Ach, kommen Sie – das meinen Sie ja wohl nicht ernst, was?«

»Völlig ernst. Ich bin gezwungen, für meinen Lebensunterhalt zu arbeiten.«

»Aber ich hatte gehört – ich dachte, Sie wären bei Norma Hatch.«

»Sie haben gehört, daß ich als ihre Sekretärin zu ihr gegangen war?«

»Etwas in der Art, glaube ich.« Er beugte sich vor, um ihre Tasse neu zu füllen.

Lily erriet, daß das Thema alle möglichen Peinlichkeiten für ihn in sich barg, und sie hob ihre Augen zu ihm auf und sagte plötzlich: »Ich habe sie vor zwei Monaten verlassen.«

Rosedale fuhr fort, verlegen an der Teekanne herumzufingern, und sie war sicher, daß er gehört hatte, was man von ihr sagte. Aber was gab es schon, das Rosedale nicht gehört hatte?

»War es denn nicht ein gemütliches Plätzchen?« fragte er in dem Versuch, dem Ganzen einen Anstrich von Komik zu geben.

»Zu gemütlich – man hätte zu tief sinken können.« Lily lehnte einen Arm auf die Tischkante und saß da und sah ihn ernsthafter an, als sie es je getan hatte. Ein unbezähmbarer Impuls drängte sie, diesem Mann ihren Fall darzulegen, gegen dessen Neugierde sie sich doch sonst immer so leidenschaftlich gewehrt hatte.

»Sie kennen Mrs. Hatch, glaube ich? Nun, vielleicht können Sie dann verstehen, daß sie einem die Dinge zu leicht macht.«

Rosedale sah ein wenig verwirrt drein, und sie erinnerte sich, daß Anspielungen an ihn verschwendet waren.

»Es war jedenfalls nicht der richtige Ort für Sie«, stimmte er ihr bei, so tief eingetaucht in das Licht ihres direkten Blikkes und von ihm überströmt, daß er sich in ungewöhnliche Tiefen der Vertrautheit gezogen fand. Er, der sich mit flüchtigen Blicken, Blicken, die vorbeiflogen, sich schnell abwandten und wieder verbargen, hatte begnügen müssen, fand jetzt ihre Augen auf ihm mit einer nachdenklichen Intensität ruhend, die ihn geradezu blendete.

»Ich bin gegangen«, fuhr Lily fort, »damit die Leute nicht sagen konnten, ich würde Mrs. Hatch helfen, Bertie Van Osburgh zu heiraten – der nicht im mindesten zu gut für sie ist – und da sie es weiterhin behaupten, erkenne ich jetzt, daß ich auch da hätte bleiben können, wo ich war.«

»Ach, Bertie –« Rosedale fegte das Thema mit einem Ausdruck, der dessen Unwichtigkeit betonte, vom Tisch, um das Gefühl zu vermitteln, welche Perspektiven sich ihm mittlerweile aufgetan hatten. »Bertie zählt doch nicht – aber ich wußte, daß *Sie* nicht darin verwickelt waren. Das ist nicht ihr Stil.«

Lily errötete ein wenig; sie konnte sich nicht verhehlen, daß die Worte ihr Freude bereiteten. Sie hätte gern dagesessen, mehr Tee getrunken und weiterhin mit Rosedale über sich gesprochen. Aber die alte Gewohnheit, die Konventionen zu beachten, erinnerte sie daran, daß es an der Zeit war, ihre Unterredung zu beenden, und sie machte eine müde Bewegung, um ihren Stuhl zurückzuschieben.

Rosedale hielt sie mit einer protestierenden Geste davon ab. »Warten Sie einen Moment – gehen Sie noch nicht; bleiben Sie ruhig sitzen und erholen Sie sich noch ein wenig. Sie sehen ja total schachmatt aus. Und Sie haben mir noch nicht gesagt –« Er brach ab in dem Bewußtsein, daß er weiter ging, als er eigentlich vorgehabt hatte. Sie sah den Kampf in ihm und verstand; verstand auch, von welcher Art die Faszination war, der er nachgab, als er, die Augen auf ihr Gesicht gerichtet, wieder begann: »Was, um Himmels willen, haben Sie gemeint, als Sie da eben gesagt haben, Sie würden das Putzmacherhandwerk erlernen?«

»Genau was ich gesagt habe. Ich bin Lehrling bei Madame Regina.«

»Gütiger Gott – *Sie*? Aber wozu? Ich wußte wohl, daß Ihre Tante es Ihnen in ihrem Testament ganz schön gezeigt hat; Mrs. Fisher hat mir davon erzählt. Aber, soviel ich weiß, haben Sie doch einen gewissen Erbanteil von ihr bekommen –«

»Ich habe zehntausend Dollar bekommen, aber die einzelnen Erbteile werden nicht vor dem nächsten Sommer ausgezahlt.«

»Ja, aber – hören Sie mal, Sie könnten sich doch auf diese Sicherheit hin das Geld borgen, wann immer Sie wollten.«

Sie schüttelte traurig den Kopf. »Nein, ich bin so hoch verschuldet.«

»Verschuldet? Sie sind mit zehntausend Dollar verschuldet?«

»Bis zum letzten Penny.« Sie hielt inne und sprach dann abrupt weiter und sah ihm direkt ins Gesicht: »Ich glaube, Gus Trenor hat Ihnen einmal gesagt, er habe für mich an der Börse spekuliert.«

Sie wartete, und Rosedale, der vor Verlegenheit nicht mehr wußte wohin, murmelte, er könne sich an etwas dieser Art erinnern.

»Es hat ihm etwa neuntausend Dollar eingebracht«, fuhr Lily fort im selben Ton begieriger Mitteilsamkeit. »Damals hatte ich es so verstanden, daß er mit meinem eigenen Geld spekuliert hatte; es war unglaublich dumm von mir, aber ich verstand halt nichts von Geschäften. Später fand ich dann heraus, daß er mein Geld *nicht* dazu verwendet hatte – daß er, was er für mich angeblich an der Börse gewonnen hatte, mir in Wahrheit einfach gegeben hatte. Das war natürlich gut gemeint, aber es war nicht die Art von Verpflichtung, die man einfach so hinnehmen kann. Unglücklicherweise hatte ich das Geld ausgegeben, bevor ich meinen Irrtum entdeckte, und daher wird mein Erbteil dafür verwendet werden müssen, es zurückzuzahlen. Aus diesem Grund versuche ich ein Handwerk zu lernen.«

Sie gab diese Erklärung in klaren Worten, mit Bedacht und mit Pausen zwischen den Sätzen ab, so daß für jeden Satz genug Zeit blieb, sich dem Verstand ihres Zuhörers mit Nachdruck einzuprägen. Sie verspürte den leidenschaftlichen Wunsch, daß jemand die Wahrheit über die ganze Angelegenheit wissen sollte, und auch, daß das Gerücht von ihrer Absicht, das Geld zurückzuzahlen, Judy Trenor zu Ohren kommen sollte. Und ihr war plötzlich der Gedanke gekommen, daß Rosedale, der Trenor dazu gebracht hatte, sich ihm anzuvertrauen, der Richtige war, ihre Version der Tatsachen zu erfahren und weiterzutragen. Sie war sogar für einen

Moment glücklich und heiter bei dem Gedanken, sich so ihres verhaßten Geheimnisses zu entledigen, aber dieses Gefühl verlor sich nach und nach, während sie noch sprach, und als sie fertig war, war ihr blasses Gesicht von einem tiefen Rot des Unglücks überzogen.

Rosedale fuhr fort, sie verwundert anzustarren, doch seine Verwunderung nahm die Wendung, die sie am wenigsten erwartet hatte.

»Aber hören Sie mal – wenn das so ist, dann stehen Sie ja völlig schuldlos da?«

Er stellte es so hin, als hätte sie die Folgen ihrer Handlungsweise gar nicht begriffen, als würde sie sich mit ihrer unverbesserlichen Unkenntnis in geschäftlichen Dingen in eine neue Verrücktheit stürzen.

»Völlig – ja«, stimmte sie ruhig bei.

Er saß stumm da, seine dicken Hände auf dem Tisch gefaltet, während seine kleinen verwirrten Augen forschend in die Tiefen des verlassenen Restaurants blickten.

»Hören Sie mal – das ist ja prima«, rief er plötzlich aus.

Lily erhob sich mit einem ablehnenden Lachen von ihrem Platz. »O nein – es ist bloß langweilig«, erklärte sie und legte dabei die Enden ihrer Federboa zusammen.

Rosedale blieb sitzen, zu sehr mit seinen Gedanken beschäftigt, um ihre Bewegung zu bemerken. »Miss Lily, wenn Sie irgendeine Unterstützung brauchen – ich habe für Mut was übrig –« kam es ziemlich unzusammenhängend von ihm.

»Danke schön.« Sie hielt ihm ihre Hand hin. »Ihr Tee war eine enorme Unterstützung. Ich fühle mich, als wäre ich jetzt allem gewachsen, was da kommen mag.«

Ihre Geste zeigte, daß sie sich nun endgültig von ihm verabschieden wollte, aber ihr Begleiter hatte dem Kellner einen Schein zugeschoben und steckte gerade die kurzen Arme in seinen teuren Mantel.

»Warten Sie noch eine Minute – Sie müssen mir erlauben, Sie nach Hause zu begleiten«, sagte er.

Lily meldete keinen Protest an, und nachdem er noch stehengeblieben war, um sein Wechselgeld zu überprüfen, verließen sie das Hotel und überquerten wieder die Sixth Avenue. Während sie ihn westwärts führte, an einer langen Reihe von Straßenzügen vorbei, die verzerrt durch ungestrichene Gitter vor den Häusern mit wachsender Offenheit die *disjecta membra*[24] des verspeisten Abendessens sehen ließen, fühlte Lily, daß Rosedale voller Verachtung ihre Wohngegend zur Kenntnis nahm, und vor den Stufen, vor denen sie schließlich stehenblieb, sah er mit einem Ausdruck ungläubigen Abscheus auf.

»Das ist doch wohl nicht Ihre Wohnung? Jemand hat mir erzählt, Sie würden bei Miss Farish leben.«

»Nein, ich wohne hier zur Untermiete. Ich habe zu lange auf Kosten meiner Freunde gelebt.«

Er ließ weiterhin seine Augen über die poröse Steinfassade schweifen, über die Fenster, die mit verschossener Spitze verhangen waren, und über die pompejische Verzierung des verschmutzten Vestibüls; dann sah er ihr wieder ins Gesicht und sagte mit offensichtlicher Anstrengung: »Sie erlauben mir, Sie einmal zu besuchen?«

Sie lächelte und erkannte so klar, wie heroisch dieses Angebot war, daß sie geradezu davon gerührt war. »Danke – ich würde mich sehr freuen«, gab sie zur Antwort; es waren die ersten aufrichtigen Worte, die sie je zu ihm gesagt hatte.

An diesem Abend saß Miss Bart – die schon früh vor den schweren Dünsten des Abendbrottisches im Kellergeschoß geflohen war – in ihrem Zimmer und dachte über den Impuls nach, der sie veranlaßt hatte, Rosedale ihr Herz auszuschütten. Dahinter entdeckte sie ein zunehmendes Gefühl der Verlassenheit – die Furcht davor, in ihr einsames Zimmer zurückzukehren, während sie sich irgendwo anders aufhalten konnte oder in irgendeiner anderen Gesellschaft als der eigenen. Verschiedene Umstände hatten in letzter Zeit dazu geführt, sie mehr und mehr von den wenigen ihr verbliebenen

Freunden zu entfernen. Was Carry Fisher anging, war dieses Sichzurückziehen vielleicht nicht ganz ungewollt. Nachdem sie für Lily eine letzte Anstrengung auf sich genommen und sie sicher in Madame Reginas Werkstatt untergebracht hatte, schien Mrs. Fisher gesonnen, sich von ihren Mühen auszuruhen; und Lily, die ihre Gründe verstand, konnte sie deswegen nicht verurteilen. Es war nämlich so, daß Carry gefährlich nahe daran gewesen war, in die Episode mit Mrs. Norma Hatch verwickelt zu werden, und es hatte einiger Wortgewandtheit bedurft, sich von solchen Vorwürfen freizumachen. Sie gab ganz offen zu, Lily und Mrs. Hatch zusammengebracht zu haben, aber damals hatte sie Mrs. Hatch nicht gekannt – sie hatte Lily ausdrücklich gewarnt, weil sie Mrs. Hatch nicht kannte – und außerdem war sie schließlich nicht Lilys Hüter, und überhaupt war das Mädchen alt genug, auf sich selbst aufzupassen. Carry drückte sich nicht so brutal aus, aber sie ließ zu, daß ihre neueste Busenfreundin, Mrs. Jack Stepney, es für sie tat. Mrs. Stepney zitterte zwar noch, weil ihr einziger Bruder der Gefahr nur so knapp entkommen war, war aber sehr daran interessiert, Mrs. Fisher zu rechtfertigen, in deren Haus sie auf die »lustigen Parties« zählen konnte, die für sie eine Notwendigkeit geworden waren, seit sie sich durch ihre Heirat von der Van Osburghschen Einstellung zum Leben emanzipiert hatte.

Lily verstand die Situation und konnte Nachsicht üben. Carry war ihr in schweren Tagen eine gute Freundin gewesen, und vielleicht konnte nur eine Freundschaft wie die Gertys trotz der zunehmenden Belastungen Bestand haben. Gertys Freundschaft war wirklich ungebrochen, doch Lily begann, auch sie zu meiden. Denn sie konnte nicht zu Gerty gehen ohne das Risiko, Selden dort zu treffen; und ihm jetzt zu begegnen, wäre nichts als schmerzlich für sie. Es war schon schmerzlich genug, nur an ihn zu denken, ob sie es nun mit klarem Kopf im Wachen tat, oder von seiner Gegenwart qualvoll in den Schemen ihrer schlimmen Nächte verfolgt wurde. Dies war einer der Gründe, warum sie wieder auf

Mrs. Hatchs Rezept zurückgegriffen hatte. In den kurzen Zeiten, in denen sie in beklemmende, natürliche Träume versank, kam er manchmal mit der Maske früherer Kameradschaft und Zärtlichkeit zu ihr, und sie erwachte aus der schönen Einbildung verhöhnt und ihres Mutes gänzlich beraubt. Aber in dem Schlaf, den ihr das Fläschchen verschaffte, sank sie weit unter solche halbwachen Heimsuchungen, sank in Tiefen traumloser Leere, aus denen sie jeden Morgen mit einer ausgelöschten Vergangenheit erwachte.

Gewiß, nach und nach kehrte der Druck der alten Gedanken wieder; aber zumindest bedrängten sie sie nicht beim Wachwerden. Das Medikament gab ihr die zeitweilige Illusion vollständiger Erneuerung, aus der sie die Kraft für ihre tägliche Arbeit bezog. Und diese Kraft wurde immer notwendiger, je mehr die Schwierigkeiten, die in Zukunft auf sie zukommen würden, wuchsen. Sie wußte, daß sie für Gerty und Mrs. Fisher nur eine zeitweilige Periode der Bewährung durchzustehen hatte, weil sie glaubten, daß die Lehrlingszeit bei Madame Regina es ihr ermöglichen würde, wenn sie Mrs. Penistons Erbanteil ausgezahlt bekäme, sich ihren Traum von dem grün-weißen Geschäft aufgrund ihrer vorangegangenen Ausbildung mit mehr Kompetenz zu erfüllen. Lily dagegen, die wußte, daß das Erbteil nicht zu diesem Zweck verwendet werden konnte, erschien die vorangegangene Ausbildung als vergebliche Anstrengung. Sie hatte klar genug eingesehen, daß, selbst wenn sie jemals lernen könnte, mit Händen zu konkurrieren, die von Kindheit an für diese spezielle Arbeit geformt worden waren, das kleine Gehalt, das sie erhielt, doch ihr Einkommen nicht genügend erweitern konnte, um eine solche Plackerei wieder wettzumachen. Und die Erkenntnis dieser Tatsache setzte sie wieder und wieder der Verführung aus, das Erbteil dazu zu verwenden, ihr Geschäft aufzubauen. Erst einmal so versorgt und mit der Aufsicht über ihre eigenen Arbeiterinnen betraut, glaubte sie genug Takt und Fähigkeiten zu besitzen, eine elegante Kundschaft anzuziehen, und wenn das Geschäft ein Erfolg würde, könnte sie nach und nach Geld genug zur Seite legen, um ihre Schulden bei Trenor zu begleichen. Aber ein solches Vorhaben durchzuführen, würde vielleicht Jahre dauern, sogar wenn sie sich weiterhin einschränkte, so gut es eben ging; und bis dahin würde ihr Stolz von dem Gewicht einer unerträglichen Verpflichtung völlig zu Boden gedrückt werden.

Dies waren ihre vordergründigen Bedenken, doch darunter lauerte die geheime Furcht, diese Verpflichtung könnte ihr nicht für immer unerträglich bleiben. Sie wußte, sie konnte sich nicht darauf verlassen, daß ihre guten Absichten Bestand hatten, und was ihr wirklich Angst machte, war der Gedanke, sie könnte sich nach und nach damit abfinden, auf unbestimmte Zeit in Trenors Schuld zu stehen, wie sie sich mit der Rolle, die ihr auf der *Sabrina* zugefallen war, abgefunden hatte, und wie sie sich nahezu so weit hatte gehen lassen, in Stancys Machenschaften für Mrs. Hatchs Aufstieg einzuwilligen. Die Gefahr lag für sie, das wußte sie, in ihrer alten unheilbaren Furcht vor Sorgen und Armut, in der Furcht vor eben jener Flut zunehmender Schäbigkeit, vor der ihre Mutter sie so leidenschaftlich gewarnt hatte. Und jetzt taten sich neue gefährliche Perspektiven vor ihr auf. Sie hatte verstanden, daß Rosedale bereit war, ihr Geld zu leihen, und das Verlangen, sein Angebot anzunehmen, fing an, sie auf heimtückische Weise zu verfolgen. Es war natürlich unmöglich, geliehenes Geld von Rosedale anzunehmen, aber vergleichbare Möglichkeiten schwebten ihr verführerisch vor Augen. Sie war ganz sicher, daß er kommen und sie noch einmal besuchen würde, und fast sicher, daß sie ihn, wenn er es tat, wieder dazu bringen könnte, ihr eine Heirat unter den Bedingungen anzubieten, die sie damals zurückgewiesen hatte. Würde sie es wieder zurückweisen, wenn man ihr ein solches Angebot machte? Immer mehr mit jedem neuen Unglück, das sie befiel, immer deutlicher nahmen die Furien, die sie jagten, die Gestalt Bertha Dorsets an, und sie hatte das Mittel, dieser Jagd ein Ende zu setzen, sofort zur Hand, sicher mit ihren

Papieren weggeschlossen. Die Versuchung, der zu widerstehen ihr ihre Verachtung für Rosedale einst ermöglicht hatte, kehrte jetzt beharrlich immer wieder, und wieviel Kraft blieb ihr noch, sich ihr zur Wehr zu setzen.

Mit dem Bißchen, das noch da war, mußte sie auf jeden Fall ganz ungemein sorgsam haushalten; sie konnte sich nicht wieder den Gefahren einer schlaflosen Nacht aussetzen. Während der langen Stunden der Stille hockte der dunkle Geist der Müdigkeit und Einsamkeit auf ihrer Brust und ließ sie so ganz und gar leer und ohne jede körperliche Kraft zurück, daß ihre Gedanken morgens in einem Dunst von Schwäche schwammen. Die einzige Hoffnung auf Erneuerung lag in der kleinen Flasche an ihrem Bett; und wieviel länger diese Hoffnung noch währen würde, wagte sie gar nicht, sich auszudenken.

XI

Lily blieb für einen Augenblick an der Ecke stehen und sah auf das nachmittägliche Schauspiel, das die Fifth Avenue gerade bot.

Es war ein Tag später im April, und es lag etwas von der Süße des Frühlings in der Luft. Das milderte die Häßlichkeit der langen überfüllten Straße, ließ die mageren Linien der Dächer verschwimmen, warf einen bläulichvioletten Schleier über die abschreckenden Einblicke in die Seitenstraßen und gab der zarten grünen Umhüllung, die den Eingang zum Park anzeigte, einen Hauch von Poesie.

Wie Lily so dort stand, erkannte sie mehrere bekannte Gesichter in den vorbeifahrenden Wagen. Die Saison war vorüber, und die sie beherrschenden Kräfte hatten sich zerstreut; nur einige wenige blieben noch, schoben ihre Abreise nach Europa hinaus oder kamen auf ihrer Rückkehr vom Süden noch einmal durch die Stadt. Unter ihnen war Mrs. Van Osburgh, majestätisch in ihrer viersitzigen Kutsche mit

C-Federn hin- und herschwankend, mit Mrs. Percy Gryce neben ihr und dem neuen Erben der Gryce-Millionen vor ihnen auf den Knien seines Kindermädchens thronend. Ihnen folgte Mrs. Hatchs elektrische Viktoria[25], in der die junge Dame zurückgelehnt in der einsamen Pracht einer Frühlingstoilette saß, die ganz offensichtlich für eine Begleitung entworfen worden war; dann ein, zwei Augenblicke später kam Judy Trenor mit Lady Skiddaw, die zu ihrem alljährlichen Tarponangeln und für einen Abstecher auf »die Straße« herübergekommen war.

Diese flüchtigen Blicke auf ihre Vergangenheit sorgten dafür, daß das Gefühl von Ziellosigkeit, mit dem Lily sich schließlich auf den Heimweg machte, sich noch nachdrücklicher bemerkbar machte. Sie hatte für den Rest des Tages nichts zu tun, auch für die Tage, die dann kommen würden, nicht, denn die Saison war im Putzmacherhandwerk ebenso vorüber wie in der Gesellschaft, und eine Woche zuvor hatte Madame Regina ihr mitgeteilt, daß ihre Dienste nicht weiter benötigt würden. Madame Regina reduzierte ihr Personal immer zum ersten Mai, und Miss Bart war in letzter Zeit so unregelmäßig im Geschäft erschienen – sie war so oft unpäßlich gewesen und hatte so wenig Arbeit geleistet, wenn sie kam –, daß ihre Entlassung nur aus Gefälligkeit bisher noch aufgeschoben worden war.

Lily stellte die Gerechtigkeit dieser Entscheidung keineswegs in Frage. Ihr war klar, daß sie vergeßlich, ungeschickt und langsam im Lernen gewesen war. Es war bitter für sie, ihre Unterlegenheit auch nur sich selbst gegenüber einzugestehen, aber es war ihr klar geworden, daß sie, wenn es ums Gelddverdienen ging, niemals mit professionellen Fähigkeiten wetteifern konnte. Da sie dazu erzogen worden war, als Schmuckstück zu dienen, konnte sie sich kaum die Schuld dafür zuschreiben, daß sie für praktische Zwecke nun einmal nicht taugte, aber die Entdeckung setzte dem tröstlichen Gefühl allumfassender Tüchtigkeit ein Ende.

Als sie sich auf den Heimweg machte, schauderte ihr bei dem Gedanken an die Tatsache, daß sie am nächsten Morgen nichts haben würde, wofür sie aufstehen mußte. Der Luxus, lange im Bett zu liegen, war ein Vergnügen, das zu einem Leben in Sorglosigkeit gehörte: Er hatte keinen Platz in der rein zweckbestimmten Existenz einer Pension. Sie verließ ihr Zimmer gern früh und kam so spät wie möglich heim; und jetzt ging sie langsam, um das verhaßte Herannahen ihrer Türschwelle noch etwas hinauszuzögern.

Aber die Türschwelle gewann, als sie näher kam, plötzlich an Interesse durch die Tatsache, daß sie benutzt – und geradezu ausgefüllt – wurde von der auffälligen Gestalt Mr. Rosedales, dessen Erscheinung noch ausladender wirkte, weil seine Umgebung so erbärmlich war.

Dieser Anblick rief in Lily ein unbezähmbares Gefühl von Triumph hervor. Rosedale hatte ein, zwei Tage nach ihrem zufälligen Zusammentreffen einen Besuch gemacht, um sich zu erkundigen, ob sie sich von ihrem Unwohlsein erholt habe; aber seitdem hatte sie von ihm nichts gesehen oder gehört, und seine Abwesenheit schien auf ein Bemühen, sich von ihr fernzuhalten, sie wieder aus seinem Leben verschwinden zu lassen, hinzudeuten. Wenn das der Fall gewesen war, zeigte seine Rückkehr, daß sein Bemühen erfolglos gewesen war, denn Lily wußte, er war nicht der Mann, seine Zeit mit uneffektiven Tändeleien zu verschwenden. Er war zu beschäftigt, zu praktisch veranlagt und vor allem zu sehr von seinem Aufstieg in Anspruch genommen, als daß er sich für solch unprofitable Nebenbeschäftigungen hergegeben hätte.

In dem pfauenblauen Besuchszimmer, mit seinen Sträußen aus Pampasgras, seinen verblichenen Stahlstichen von gefühlvollen Szenen, sah er sich mit unverhülltem Abscheu um und legte dann seinen Hut mißtrauisch auf die staubige Konsole, die eine Rogers-Statuette[26] zierte.

Lily setzte sich auf eines der Sofas aus Plüsch und Rosenholz, und er ließ sich auf einem Schaukelstuhl nieder, der mit einem gestärkten Schutzdeckchen drapiert war, das unangenehm auf der rosigen Hautfalte über seinem Kragen kratzte.

»Meine Güte – Sie können nicht weiterhin hier wohnen!« rief er aus.

Lily lächelte über seinen Ton. »Ich bin nicht sicher, ob ich es kann; aber ich bin meine Ausgaben mit größter Sorgfalt durchgegangen, und ich glaube doch, daß ich es irgendwie bewerkstelligen kann.«

»Bewerkstelligen kann? Das meine ich nicht – das hier ist kein Ort für Sie!«

»Aber ich meine es, denn ich bin seit letzter Woche arbeitslos.«

»Arbeitslos – arbeitslos! Das ist doch keine Art zu reden für Sie! Der Gedanke, daß Sie arbeiten müssen – das ist doch absurd.« Er brachte seine Sätze kurz und ruckartig heraus, als würden sie aus einem tiefen inneren Krater der Entrüstung nach oben geschleudert. »Das ist eine Farce – eine verrückte Farce«, wiederholte er, seine Augen auf den Anblick des sich lang hinstreckenden Zimmers geheftet, der von dem fleckigen Spiegel zwischen den Fenstern zurückgeworfen wurde.

Lily begegnete seinen Vorhaltungen weiterhin mit einem Lächeln. »Ich wüßte nicht, warum ich mich als Ausnahme ansehen sollte –« setzte sie an.

»Weil Sie eine *sind*, deswegen, und daß Sie sich an einem Ort wie diesem aufhalten, ist eine verfluchte Schande. Ich kann nicht gelassen darüber reden.«

Es stimmte, sie hatte die für ihn sonst so typische Glätte noch nie derartig erschüttert gesehen, und es lag für sie etwas geradezu Rührendes in seinem stummen Kampf mit seinen Gefühlen.

Er erhob sich mit einem Ruck, der den Schaukelstuhl auf seinen Kufen zittern ließ, und baute sich in seiner ganzen Fülle vor ihr auf.

»Hören Sie mal, Miss Lily, ich gehe nächste Woche nach Europa, gehe für ein paar Monate nach Paris und London hinüber – ich kann Sie nicht so zurücklassen. Ich kann es einfach nicht. Ich weiß, es geht mich nichts an – das haben Sie mir oft genug zu verstehen gegeben, aber es steht jetzt schlechter mit Ihnen als früher, und Sie müssen einsehen, daß Sie Hilfe von jemandem annehmen müssen. Sie haben mir neulich von Schulden, die Sie bei Trenor haben, erzählt. Ich weiß, was Sie meinen – und ich achte Sie dafür, daß Sie so fühlen, wie Sie es tun.«

Vor Überraschung ergoß sich eine Röte über Lilys blasses Gesicht, aber ehe sie ihn unterbrechen konnte, fuhr er eifrig fort: »Nun, ich leihe Ihnen das Geld, das Sie Trenor zahlen müssen, und ich werde bestimmt nicht – ich – kommen Sie, reden Sie mir nicht dazwischen, bis ich fertig bin. Was ich sagen will, ist, es wird ein ganz einfaches Geschäftsabkommen sein, so wie es ein Mann mit einem anderen abschließen würde. Nun, was haben Sie dagegen einzuwenden?«

Lilys Erröten vertiefte sich zu einem Glühen, in dem Demütigung und Dankbarkeit gemischt waren, und beide Gefühle verrieten sich in der unerwarteten Freundlichkeit ihrer Antwort.

»Nur das eine, daß es genau das ist, was Gus Trenor vorgeschlagen hat, und daß ich nie wieder sicher sein kann, auch nur die einfachsten Geschäftsabkommen zu begreifen.« Dann, als sie merkte, daß diese Antwort ein Körnchen Ungerechtigkeit enthielt, fügte sie, sogar noch liebenswürdiger, hinzu: »Nicht, daß ich ihre Freundlichkeit nicht zu schätzen wüßte – daß ich nicht dankbar dafür wäre. Aber ein geschäftliches Abkommen zwischen uns wäre in jedem Fall unmöglich, denn ich kann Ihnen keine Sicherheit geben, wenn meine Schulden an Gus Trenor bezahlt sind.«

Rosedale nahm diese Erklärung wortlos entgegen; er schien den Ton von Endgültigkeit in ihrer Stimme zu erahnen und doch unfähig zu sein, ihn als abschließend anzunehmen.

Während dieser Stille erkannte Lily ganz klar, was in seinem Kopf vorging. Welche Verwirrung er auch angesichts der Unerbittlichkeit ihrer Haltung empfinden mochte – wie wenig er auch ihre Begründung dafür einsehen mochte – sie sah, daß beides unverkennbar darauf hinauslief, ihren Einfluß auf ihn zu verstärken. Es war, als ob die Tatsache, daß sie unerklärte Skrupel und Widerstände kannte, für ihn dieselbe Anziehungskraft besäße wie die Zartheit ihrer Züge oder ihr anspruchsvoller Umgangston, die ihr rein äußerlich etwas Besonderes verliehen, den Anschein, als sei es unmöglich, ihr gleichzukommen. Seit er mit seinen gesellschaftlichen Erfahrungen vorangekommen war, hatte diese Einzigartigkeit einen größeren Wert für ihn bekommen, so als wäre er ein Sammler, der gelernt hatte, kleinere Unterschiede im Entwurf und in der Qualität eines langersehnten Sammelobjekts zu unterscheiden.

Lily erkannte all dies und verstand, daß er sie sofort heiraten würde unter der einzigen Bedingung, daß sie sich mit Mrs. Dorset aussöhnte, und der Verführung war um so weniger leicht zu widerstehen, als die Umstände, Stück um Stück, ihre Abneigung gegen Rosedale zunichte machten. Diese Abneigung bestand schon noch weiterhin, aber sie wurde hier und dort dadurch durchbrochen, daß sie Qualitäten an ihm wahrnahm, die sie mildern mußten: eine gewisse derbe Güte, eine recht hilflose Treue des Gefühls, die anscheinend im Begriff war, die harte Oberfläche seiner materiellen Ambitionen brüchig werden zu lassen.

Als er seine Verabschiedung in ihren Augen las, hielt er ihr die Hand mit einer Geste hin, die etwas von seinem unausgesprochenen Konflikt verriet.

»Wenn Sie mich nur machen ließen, ich würde Sie über sie alle stellen – Ihnen einen Platz verschaffen, wo Sie Ihre Füße an ihnen abwischen könnten!« erklärte er, und es rührte sie auf sonderbare Weise zu sehen, daß seine neue Leidenschaft seine alten Wertvorstellungen nicht verändert hatte.

Lily nahm an diesem Abend kein Schlafmittel. Sie lag wach und sah ihre Lage in dem kruden Licht, das Rosedales Besuch darauf geworfen hatte. Hatte sie nicht, als sie das Angebot abgewehrt hatte, das zu erneuern er so offensichtlich bereit gewesen war, einer jener abstrakten Vorstellungen von Ehrenhaftigkeit geopfert, die man auch als Konventionen des moralischen Lebens bezeichnen konnte? Was war sie denn einer sozialen Ordnung schuldig, die sie verurteilt und verbannt hatte, ohne ihr eine Verhandlung zuzubilligen? Man hatte sie nie zu ihrer Verteidigung angehört, sie war unschuldig in dem Anklagepunkt, der ihr zur Last gelegt wurde, und daß sie auf so unzulässige Weise verurteilt worden war, konnte doch vielleicht den Gebrauch von ebenso unzulässigen Methoden rechtfertigen, um ihre verlorenen Rechte wiederzugewinnen. Bertha Dorset war, um sich zu retten, nicht davor zurückgeschreckt, sie durch eine offensichtliche Lüge zu ruinieren, warum sollte sie zögern, sich gewisse persönliche Tatsachen zunutze zu machen, die der Zufall ihr in die Hände gespielt hatte? Schließlich lag die Hälfte der Schandbarkeit einer solchen Handlungsweise in dem Namen, den man ihr gab. Nannte man es Erpressung, wurde es undenkbar, aber erklärte man, daß es niemanden verletzen würde, und daß sie die Rechte, die damit zurückgewonnen würden, auf ungerechte Weise eingebüßt hatte, so mußte derjenige, der keinen Vorwand zur Verteidigung dafür finden konnte, wirklich ein reiner Formalist sein.

Die Argumente, die bei Lily in diesem Sinne laut wurden, waren die alten, unbeantwortbaren Argumente der persönlichen Lage: das Gefühl, ungerecht behandelt worden zu sein, das Gefühl, versagt zu haben, das leidenschaftliche Verlangen, eine faire Chance gegenüber dem selbstsüchtigen Despotismus der Gesellschaft zu bekommen. Sie hatte jetzt aus Erfahrung gelernt, daß sie weder die Befähigung noch die moralische Beharrlichkeit besaß, ihr Leben neu aufzubauen, eine Arbeitende unter Arbeitenden zu werden und die Welt des Luxus und des Vergnügens unbeachtet vorbeirauschen zu lassen. Sie fand nicht viel Veranlassung, sich für diese Untüchtigkeit die Schuld zu geben, und sie war vielleicht weniger dafür verantwortlich, als sie glaubte. Ererbte Neigungen wirkten mit ihrer frühesten Erziehung zusammen, sie zu dem hochspezialisierten Produkt zu machen, das sie nun einmal war, zu einem Organismus, der so hilflos außerhalb seines engen Verbreitungsgebiets war wie eine Seeanemone, die von ihrem Felsen abgerissen worden ist. Sie war dazu erdacht, zu schmücken und zu erfreuen; zu welchem Zweck rundet die Natur das Rosenblatt und färbt sie die Brust des Kolibris? Und war es ihre Schuld, daß eine rein dekorative Sendung weniger leicht und harmonisch unter sozialen Wesen zu erfüllen war als in der Welt der Natur? Daß sie leicht von materiellen Notwendigkeiten behindert wird oder von moralischen Skrupeln erschwert?

Das nämlich waren die beiden widerstreitenden Kräfte, die in ihrer Brust miteinander rangen während ihrer langen wachen Stunden in der Nacht, und als sie am anderen Morgen aufstand, wußte sie kaum, welche von beiden den Sieg davongetragen hatte. Sie war erschöpft von einer Nacht ohne Schlaf, die vielen Nächten künstlich erzeugter Ruhe gefolgt war, und im entstellenden Licht der Müdigkeit erstreckte sich die Zukunft grau, endlos und ohne Hoffnung vor ihr.

Sie blieb lange im Bett liegen, wies den Kaffee und die Spiegeleier, die das freundliche irische Dienstmädchen durch die Tür schob, zurück und fühlte in sich einen Haß gegen die vertrauten Geräusche des Hauses und die Schreie und das Lärmen auf der Straße. Diese letzte Woche des Nichtstuns hatte ihr mit geradezu übertriebenem Nachdruck die kleinen Ärgernisse des Lebens in einer Pension vor Augen geführt, und sie sehnte sich nach jener anderen luxuriösen Welt, deren Maschinerie so sorgfältig verborgen ist, daß eine Szene in die nächste übergeht, ohne daß man sieht, wie dafür gesorgt wird.

Schließlich stand sie auf und zog sich an. Seitdem sie nicht mehr bei Madame Regina arbeitete, hatte sie die Tage auf der Straße verbracht, teils um dem unsympathischen engen Miteinander in der Pension zu entkommen und teils, weil sie hoffte, körperliche Ermüdung würde ihr zu Schlaf verhelfen. Aber als sie dann aus dem Hause war, konnte sie sich nicht entscheiden, wohin sie gehen wollte, denn sie hatte Gerty seit ihrer Entlassung aus dem Putzmachergeschäft gemieden, und sie war nicht sicher, ob man sie anderswo willkommen heißen würde.

Der Morgen stand in extremem Kontrast zum vorangegangenen Tag. Ein kalter grauer Himmel drohte Regen zu bringen, und ein starker Wind trieb den Schmutz in wilden Spiralen die Straßen auf und ab. Lily ging die Fifth Avenue zum Park hinauf in der Hoffnung, ein geschütztes Eckchen zu finden, wo sie sitzen könnte; aber der Wind ließ sie bald frieren, und nachdem sie eine Stunde lang unter den vom Wind hin- und hergeworfenen Zweigen gelaufen war, gab sie ihrer wachsenden Müdigkeit nach, und suchte in einem kleinen Restaurant in der Neunundfünfzigsten Straße Zuflucht. Sie war nicht hungrig und hatte eigentlich nicht zu Mittag essen wollen, aber sie war zu müde, um nach Hause zu gehen, und die langen Reihen weißer Tische boten durch die Fenster einen verlockenden Anblick.

Der Raum war voller Frauen und Mädchen, alle viel zu beschäftigt, Tee und Pie möglichst schnell zu vertilgen, um ihr Eintreten zu bemerken. Das Summen schriller Stimmen hallte von der niedrigen Decke wider und ließ Lily, davon ausgeschlossen, in einem kleinen Kreis der Stille zurück. Sie fühlte mit einem Mal schmerzlich eine tiefe Einsamkeit. Sie hatte jedes Zeitgefühl verloren, und es kam ihr so vor, als hätte sie seit Tagen mit niemandem mehr gesprochen. Ihre Augen suchten die Gesichter um sie herum, sehnsüchtig auf einen antwortenden Blick hoffend, auf irgendein Zeichen, daß jemand ihre Not intuitiv erspürte. Aber die bläßlichen, anderweitig in Anspruch genommenen Frauen, mit ihren Taschen und Notizbüchern und zusammengerollten Noten, waren alle in ihre eigenen Angelegenheiten vertieft, und sogar diejenigen, die allein saßen, gingen eifrig Probefahnen durch oder verschlangen Zeitschriften, während sie zwischendurch eilig große Schlucke Tee zu sich nahmen. Nur Lily sah sich in der großen Einöde des Unbeschäftigtseins gestrandet.

Sie trank mehrere Tassen Tee, die ihr mit einer Portion gedünsteter Austern serviert wurden, und fühlte sich klarer und lebendiger im Kopf, als sie wieder auf die Straße hinaustrat. Ihr wurde nun klar, daß sie, während sie im Restaurant gesessen hatte, unbewußt zu einer endgültigen Entscheidung gelangt war. Diese Entdeckung verlieh ihr auf der Stelle die Illusion, aktiv werden zu müssen; der Gedanke, daß sie wirklich einen Grund hatte, in aller Eile nach Hause zu gehen, war wohltuend. Um den Genuß dieser Empfindung zu verlängern, beschloß sie zu Fuß zu gehen, aber die Entfernung war so groß, daß sie merkte, wie sie nervös nach den Uhren auf ihrem Weg schaute. Eine der Überraschungen ihres unbeschäftigten Daseins war die Entdeckung, daß man sich nicht darauf verlassen kann, daß die Zeit, wenn sie sich selbst überlassen bleibt und keine klar umrissenen Forderungen an sie gestellt werden, mit irgendeiner erkennbaren Geschwindigkeit voranschreitet. Normalerweise trödelt sie, aber gerade dann, wenn man dazu übergegangen ist, auf ihre Langsamkeit zu zählen, kann es geschehen, daß sie plötzlich in einen wilden, unsinnigen Galopp verfällt.

Sie fand jedoch, als sie daheim ankam, daß es noch früh genug war, sich zu setzen und ein paar Minuten auszuruhen, bevor sie ihren Plan zur Ausführung brachte. Dieser Aufschub beeinträchtigte ihren Entschluß nicht merklich. Die Kraftreserven der Entschlossenheit, die sie in sich spürte, ängstigten sie und regten sie gleichzeitig an; sie erkannte, daß es leichter sein würde, sehr viel leichter, als sie es sich vorgestellt hatte.

Um fünf Uhr erhob sie sich, schloß ihren Koffer auf und nahm ein versiegeltes Päckchen heraus, das sie in das Oberteil ihres Kleides gleiten ließ. Sogar der Kontakt mit dem Päckchen erschütterte ihre Ruhe nicht, wie sie es halb erwartet hatte. Sie schien von einer starken Rüstung der Gleichgültigkeit umgeben zu sein, so als ob die aktive Ausübung ihres Entschlusses schließlich ihre feineren Gefühle betäubt hätte.

Sie zog sich wieder zum Ausgehen an, verschloß ihre Tür und ging hinaus. Als sie auf das Trottoir hinaustrat, war es noch heller Tag, aber der Himmel wurde von drohendem Regen verdunkelt, und kalte Windböen schwenkten die Schilder an den Geschäften im Untergeschoß, die über die ganze Länge der Straße zu finden waren, hin und her. Sie erreichte die Fifth Avenue und begann langsam in nördlicher Richtung zu gehen. Sie war genügend mit Mrs. Dorsets Gewohnheiten vertraut, um zu wissen, daß sie nach fünf immer zu Hause anzutreffen sein würde. Es konnte zwar sein, daß sie keine Besucher empfing, schon gar nicht eine Besucherin, die so wenig willkommen war, und vor deren Eindringen in das Haus sie sich, diese Möglichkeit bestand durchaus, durch besondere Anweisungen verwahrt haben mochte; aber Lily hatte ein Kärtchen geschrieben, das sie mit ihrem Namen nach oben senden wollte, und das ihr, wie sie glaubte, Zutritt bei Mrs. Dorset verschaffen würde.

Sie hatte sich Zeit gelassen, zu Mrs. Dorset zu gehen, mit der Überlegung, daß das schnelle Bewegen durch die kalte Abendluft helfen würde, ihre Nerven zu beruhigen; aber im Grunde fand sie es gar nicht notwendig, ruhiger zu werden. Sie überblickte die Situation auch weiterhin gefaßt und unerschütterlich.

Als sie die Fünfzigste Straße erreichte, gab es einen plötzlichen Wolkenbruch, und ein Sturzbach kalten Regens fiel schräg in ihr Gesicht. Sie hatte keinen Regenschirm, und die Nässe drang schnell durch ihr dünnes Frühlingskleid. Sie war noch immer eine halbe Meile von ihrem Ziel entfernt, und sie beschloß, zur Madison Avenue hinüberzulaufen und die Straßenbahn zu nehmen. Als sie in die Seitenstraße einbog, regte sich in ihr eine vage Erinnerung. Eine Reihe knospender Bäume, die neuen Ziegel- und Kalksteinfassaden, das georgianische Appartementgebäude mit den Blumenkästen auf seinen Balkonen, all das verschmolz zum Hintergrund eines vertrauten Geschehnisses. Durch diese Straße war sie mit Selden gegangen an jenem Septembertag vor zwei Jahren; ein paar Meter weiter lag der Eingang, durch den sie zusammen das Haus betreten hatten. Die Erinnerung löste in ihr eine ganze Anzahl von nahezu erloschenen Empfindungen aus – Sehnsüchte, Bedauern, Vorstellungen, was hätte sein können, das pulsierende Leben des einzigen Frühlings, den ihr Herz je gekannt hatte. Es war sonderbar, sich an seinem Haus vorbeigehen zu sehen mit einem solchen Vorhaben. Plötzlich kam es ihr so vor, als sähe sie ihre Handlungsweise, wie er sie sehen würde – und die Tatsache, daß er damit in Zusammenhang stand, die Tatsache, daß sie, um ihr Ziel zu erreichen, sich seines Namens bedienen mußte und von einem Geheimnis aus seiner Vergangenheit profitieren würde, ließ sie vor Scham erschauern. Welch einen langen Weg war sie seit dem Tag ihres ersten Gesprächs miteinander gegangen! Sogar damals schon hatte sie den Pfad eingeschlagen, dem sie jetzt folgte – sogar damals hatte sie schon die Hand, die er ihr entgegengestreckt hatte, zurückgewiesen.

All ihr Ärger über seine angebliche Kälte wurde von diesem überwältigenden Ansturm der Erinnerung beiseite gefegt. Zweimal war er bereit gewesen, ihr zu helfen – ihr zu helfen dadurch, daß er sie liebte, wie er gesagt hatte – und wenn es das dritte Mal den Anschein gehabt hatte, als habe er sie im Stich gelassen, wem außer sich selbst konnte sie dafür die Schuld zuschreiben? . . . Nun, dieser Teil ihres Lebens war vorüber; sie wußte nicht, warum ihre Gedanken noch immer an ihm hingen. Aber das plötzliche Verlangen, ihn zu sehen, blieb; es wurde zu Hunger, als sie auf dem Trottoir seiner Tür gegenüber stehenblieb. Die Straße war dunkel und leer, vom Regen gepeitscht. Sie sah sein ruhiges Zimmer vor sich, die Bücherregale und das Feuer im Kamin. Sie schaute auf und sah Licht in seinem Fenster, da überquerte sie die Straße und betrat das Haus.

XII

Die Bibliothek sah so aus, wie sie sich sie vorgestellt hatte. Die Lampen mit den grünen Schirmen warfen ruhige Lichtkreise in die zunehmende Dämmerung, ein kleines Feuer flackerte im Kamin, und Seldens bequemer Sessel, der nah beim Feuer stand, war zur Seite geschoben worden, als er aufgestanden war, um sie hereinzulassen.

Er kontrollierte die anfängliche Überraschung, die er empfand, und stand wortlos da, darauf wartend, daß sie etwas sagen würde, während sie auf der Türschwelle einen Moment lang innehielt, vom Ansturm der Erinnerungen überkommen.

Hier war alles unverändert. Sie erkannte die Regalreihen wieder, aus denen sie seinen La Bruyère genommen hatte, und die abgenutzte Armlehne des Sessels, an den er sich gelehnt hatte, während sie den kostbaren Band betrachtet hatte. Aber damals hatte das klare Septemberlicht den Raum erfüllt und ihn als Teil der Außenwelt erscheinen lassen; nun gaben die beschirmten Lampen und das warme Feuer dadurch, daß sie ihn von der wachsenden Dunkelheit trennten, dem Raum einen wärmeren Hauch von Geborgenheit.

Da sie nach und nach die Überraschung hinter Seldens Schweigen wahrnahm, wandte Lily sich ihm zu und sagte einfach: »Ich bin gekommen, um Ihnen zu sagen, daß mir leid tut, wie wir auseinandergegangen sind – und was ich an dem Tag bei Mrs. Hatch zu Ihnen gesagt habe.«

Diese Worte kamen ihr ganz spontan über die Lippen. Sogar als sie die Treppen hinaufstieg, hatte sie noch nicht daran gedacht, sich einen Vorwand für ihren Besuch zurechtzulegen; aber sie fühlte jetzt ein starkes Verlangen in sich, die Wolke des Mißverständnisses, die zwischen ihnen hing, zu verjagen.

Selden erwiderte ihren Blick mit einem Lächeln. »Mir tat es auch leid, daß wir so auseinandergegangen sind, aber ich bin mir nicht ganz sicher, ob nicht ich es dazu habe kommen lassen. Glücklicherweise hatte ich das Risiko, das ich eingegangen bin, vorausgesehen –«

»So daß es Ihnen nichts ausmachte –?« brach es aus ihr mit einem Aufblitzen ihrer alten Ironie hervor.

»So, daß ich auf die Folgen vorbereitet war«, korrigierte er sie freundlich. »Aber wir können ja später darüber reden. Kommen Sie herein, und setzen Sie sich ans Feuer. Ich kann diesen Sessel da empfehlen, wenn Sie mich ein Kissen hinter Sie schieben lassen.«

Während er sprach, war sie langsam bis in die Mitte des Raumes gegangen und bei seinem Schreibtisch stehengeblieben, wo eine Lampe, deren Licht nach oben fiel, übertriebene Schatten auf die Blässe ihres zarten hohlwangigen Gesichts warf.

»Sie sehen müde aus – setzen Sie sich doch«, wiederholte er sanft.

Sie schien seine Aufforderung nicht zu hören. »Ich wollte, daß Sie wissen, daß ich Mrs. Hatch verlassen habe, gleich nachdem ich Sie gesehen hatte«, sagte sie, als wolle sie ihr Geständnis fortführen.

»Ja – ja, ich weiß«, stimmte er ihr zu mit wachsenden Zeichen von Verlegenheit.

»Und daß ich es getan habe, weil Sie es mir gesagt hatten. Bevor Sie kamen, hatte ich schon begonnen einzusehen, daß es unmöglich sein würde, bei ihr zu bleiben – aus den Gründen, die sie mir genannt haben, ich wollte es nur nicht zugeben – ich wollte Sie nicht merken lassen, daß ich verstanden hatte, was Sie sagen wollten.«

»Ach, ich hätte ja auch darauf vertrauen können, daß Sie Ihren Weg da heraus schon selbst gefunden hätten – lassen Sie mich meine aufdringliche Geschäftigkeit nicht ganz so niederschmetternd fühlen!«

Sein leichter Ton, in dem sie, wären ihre Nerven weniger angegriffen gewesen, nur das Bemühen erkannt hätte, einen peinlichen Augenblick zu überbrücken, verletzte ihr leidenschaftliches Verlangen, verstanden zu werden. In ihrem sonderbaren Zustand ungewöhnlicher Klarheit, der ihr das Gefühl verlieh, schon zum Herzen der ganzen Situation vorgedrungen zu sein, erschien es ihr unglaublich, daß irgend jemand es für notwendig erachten konnte, noch in den konventionellen Außenbezirken des Wortspiels und der Ausflüchte zu verweilen.

»So war es nicht – ich war nicht undankbar«, beteuerte sie. Aber plötzlich war es ihr unmöglich weiterzusprechen; sie fühlte ein Beben in der Kehle, zwei Tränen sammelten sich, und ihre Augen liefen langsam über.

Selden ging auf sie zu und nahm ihre Hand. »Sie sind sehr müde. Warum wollen Sie sich nicht setzen und mich es Ihnen bequem machen lassen?«

Er zog sie zu dem Sessel nah beim Feuer und legte ein Kissen hinter ihre Schultern.

»Und jetzt müssen Sie mich Tee für Sie machen lassen. Sie wissen ja, so viel Gastlichkeit habe ich immer zu bieten.«

Sie schüttelte den Kopf, und zwei weitere Tränen liefen über ihre Wangen. Aber es fiel ihr nicht leicht zu weinen, und ihre gewohnte Selbstbeherrschung behauptete sich wieder, wenn sie auch noch zu zittrig war, um zu sprechen.

»Sie wissen doch, ich kann das Wasser überreden, in fünf Minuten zu kochen«, fuhr Selden fort und sprach dabei mit ihr, als wäre sie ein Kind, das Kummer hat.

Seine Worte riefen in ihr die Erinnerung an jenen anderen Nachmittag wach, als sie an seinem Teetisch zusammengesessen und sich scherzend über ihre Zukunft unterhalten hatten. Es gab Augenblicke, da erschien ihr dieser Tag länger her zu sein als jedes andere Ereignis in ihrer Vergangenheit, und doch konnte sie ihn immer bis ins kleinste Detail wieder durchleben.

Sie machte eine ablehnende Geste. »Nein, ich trinke zu viel Tee. Ich würde lieber einfach ruhig hier sitzen – ich muß auch gleich wieder gehen«, fügte sie zusammenhanglos hinzu.

Selden blieb neben ihr stehen und lehnte sich dabei an den Kaminsims. Der Anflug von Verlegenheit begann unter der freundlichen Unbefangenheit seines Verhaltens deutlicher spürbar zu werden. Da sie so ganz in sich selbst vertieft war, hatte sie das zunächst nicht wahrgenommen; aber jetzt, da ihr Bewußtsein wieder seine eifrigen Fühler ausstreckte, sah sie, daß ihre Anwesenheit allmählich peinlich für ihn wurde. Solch eine Situation kann nur ein plötzlicher Gefühlsausbruch retten, und auf Seldens Seite fehlte dazu noch das auslösende Moment.

Diese Entdeckung störte Lily nicht so, wie sie es vielleicht einmal getan hätte. Sie war über das Stadium wohlerzogener Gegenseitigkeit hinausgewachsen, in dem jede Äußerung ganz genau auf die Emotionen, die sie hervorruft, abgestimmt sein muß, und wo Großzügigkeit in Gefühlsdingen die einzige Protzerei ist, die verurteilt wird. Aber das Gefühl der Einsamkeit kehrte mit doppelter Kraft zurück, als sie sich von Seldens tiefstem Innern ausgeschlossen sah. Sie war zu ihm ohne jede bestimmte Absicht gekommen; allein das Verlangen, ihn zu sehen, hatte sie hergeführt; aber die geheime Hoffnung, die sie mit sich getragen hatte, gab sich plötzlich in ihrem Todesschmerz zu erkennen.

»Ich muß gehen«, wiederholte sie und machte eine Bewegung, um aus ihrem Sessel aufzustehen. »Aber vielleicht sehe ich Sie für lange Zeit nicht wieder, und ich wollte Ihnen sagen, daß ich das, was Sie zu mir auf Bellomont gesagt haben, nie vergessen habe und daß es mir manchmal – manchmal, wenn es so aussah, als würde ich mich nicht im entferntesten daran erinnern – geholfen und mich vor Fehlern bewahrt hat, mich davor bewahrt hat, wirklich das zu werden, für was viele Leute mich gehalten haben.«

Wie sehr sie sich auch bemühte, ein wenig Ordnung in ihre Gedanken zu bringen, die Worte wollten einfach nicht klarer herauskommen; und doch fühlte sie, daß sie ihn nicht verlassen konnte, ohne versucht zu haben, ihm verständlich zu machen, daß er sie in ihrer Ganzheit aus dem scheinbaren Ruin ihres Lebens gerettet hatte.

Auf Seldens Gesicht ging ein Wandel vor sich, während sie sprach. Sein wachsamer Blick wich einem Ausdruck, der noch immer unberührt von persönlichem Gefühl war, aber voll freundlichen Verstehens.

»Ich freue mich, daß Sie mir das erzählen, aber nichts von dem, was ich gesagt habe, hat etwas geändert. Das Andere lag in Ihnen selbst – es wird immer dort sein. Und weil das so *ist*, kann es Ihnen nicht wirklich etwas ausmachen, was die Leute denken: Sie sind so sicher, daß Ihre Freunde Sie immer verstehen werden.«

»Ach, sagen Sie das nicht – sagen Sie nicht, daß das, was Sie zu mir gesagt haben, nichts geändert hat. Es ist, als hätte es mich ausgeschlossen – mich ganz allein unter den anderen Leuten zurückgelassen.« Sie hatte sich erhoben und stand vor ihm, wieder völlig von der inneren Dringlichkeit des Augenblicks beherrscht. Das Bewußtsein seines halberahnten Widerstrebens war verschwunden. Ob er wollte oder nicht, er mußte sie einmal in ihrer Ganzheit sehen, bevor sie auseinandergingen.

Ihre Stimme war kräftiger geworden, und sie sah ihm ernst in die Augen, als sie weitersprach. »Einmal – zweimal – haben Sie mir die Chance gegeben, meinem Leben zu entkommen, und ich habe keinen Gebrauch davon gemacht – habe keinen Gebrauch davon gemacht, weil ich ein Feigling war. Später erkannte ich dann meinen Fehler – ich erkannte, daß ich niemals mehr mit dem würde glücklich sein können, womit ich früher zufrieden war. Aber es war zu spät; Sie hatten Ihr Urteil über mich gefällt – ich hatte verstanden. Um glücklich zu sein, war es zu spät – aber nicht zu spät, mir von dem Gedanken an das, was ich verpaßt hatte, helfen zu lassen. Das ist alles, was mir geblieben war, um weiterzuleben – nehmen Sie es mir jetzt nicht weg! Sogar in meinen schlimmsten Augenblicken war es wie ein kleines Licht in der Dunkelheit. Manche Frauen sind stark genug, aus sich selbst heraus gut zu sein, aber ich brauchte Ihren Glauben an mich als Hilfe. Ich hätte vielleicht einer großen Versuchung widerstehen können, aber die kleinen hätten mich mit sich gerissen. Und dann habe ich mich daran erinnert – habe mich daran erinnert, daß Sie gesagt haben, solch ein Leben könnte mich nie zufriedenstellen. Und ich habe mich geschämt, mir einzugestehen, daß es das doch könnte. Das ist es, was Sie für mich getan haben – das ist es, wofür ich Ihnen danken wollte. Ich wollte Ihnen sagen, daß ich mich immer daran erinnert habe, und daß ich mich bemüht habe, mich mit aller Kraft bemüht habe ...«

Sie brach plötzlich ab. Die Tränen waren ihr wieder in die Augen geschossen, und als sie ihr Taschentuch herauszog, berührten ihre Finger das Päckchen in den Falten ihres Kleides. Die Schamröte stieg ihr ins Gesicht, und die Worte erstarben ihr auf den Lippen. Schließlich hob sie die Augen zu ihm auf und fuhr mit veränderter Stimme fort.

»Ich habe mich mit aller Kraft bemüht – aber das Leben ist schwierig, und ich bin eine sehr nutzlose Person. Man kann kaum sagen, ich hätte eine unabhängige Existenz. Ich war nur eine Schraube oder ein Zahnrad in der großen Maschinerie, die man ›das Leben‹ nennt, und als ich dort herausfiel, erfuhr ich, daß ich nirgendwo sonst von Nutzen war. Was kann man schon tun, wenn man herausfindet, daß man nur in ein einziges Loch paßt? Man muß wieder dort hineingelangen oder man wird auf den Abfall geworfen – und Sie wissen ja gar nicht, wie das ist, auf dem Abfall!«

Ihre Lippen verzogen sich zu einem zittrigen Lächeln – sie war von der absonderlichen Erinnerung abgelenkt worden an das, was sie ihm vor zwei Jahren in eben diesem Zimmer im Vertrauen mitgeteilt hatte. Damals hatte sie vorgehabt, Percy Gryce zu heiraten – und was hatte sie jetzt vor?

Seldens Blut war unter seiner dunklen Haut ungeheuer in Aufruhr geraten, aber seine Gefühle zeigten sich nur in einer noch größeren Ernsthaftigkeit des Verhaltens.

»Sie haben mir etwas mitzuteilen – wollen Sie heiraten?« sagte er abrupt.

Lilys Augen hielten der Frage stand, aber ein erstaunter Blick, ein Blick verwirrter Selbstbefragung nahm langsam in ihren Tiefen Gestalt an. Im Lichte seiner Frage hatte sie innegehalten, um sich zu vergewissern, ob ihre Entscheidung wirklich festgestanden hatte, als sie den Raum betrat.

»Sie haben mir ja immer gesagt, früher oder später würde es mit mir darauf hinauslaufen!« sagte sie mit einem zaghaften Lächeln.

»Und jetzt läuft es darauf hinaus?«

»Es wird darauf hinauslaufen – demnächst. Aber da ist noch etwas, auf das es erst hinauslaufen muß.« Sie hielt inne und versuchte, ihrer Stimme die Festigkeit ihres wiedergewonnenen Lächelns zu geben. »Da ist noch jemand, dem ich auf Wiedersehen sagen muß. Oh, nicht *Sie* – wir sehen uns mit Sicherheit wieder –, aber der Lily Bart, die Sie kannten. Ich habe sie all die lange Zeit bei mir behalten, aber jetzt müssen wir auseinandergehen, und ich habe sie Ihnen zurückgebracht – ich werde sie hier zurücklassen. Wenn ich gleich hinausgehe, wird sie nicht mit mir gehen. Ich werde gern daran denken, daß sie bei Ihnen geblieben ist – und sie wird Ihnen nicht lästig fallen, sie wird keinen Platz wegnehmen.«

Sie ging zu ihm und streckte ihre Hand aus, noch immer lächelnd. »Werden Sie sie bei Ihnen bleiben lassen?« fragte sie.

Er ergriff ihre Hand, und sie spürte darin ein Gefühl erzittern, das seine Lippen noch nicht erreicht hatte. »Lily – kann ich Ihnen nicht helfen?« rief er aus.

Sie sah ihn freundlich an. »Erinnern Sie sich, was Sie einmal zu mir gesagt haben? Daß Sie mir nur helfen könnten, indem Sie mich liebten? Nun – Sie haben mich geliebt, einen Augenblick lang, und es hat mir geholfen. Es hat mir immer geholfen. Aber der Augenblick ist vorüber – ich war es, die ihn hat vorübergehen lassen. Und man muß weiterleben. Auf Wiedersehen.«

Sie legte ihre andere Hand in die seine, und sie sahen einander an, so feierlich, als stünden sie in der Gegenwart des Todes. Es lag auch wirklich etwas tot zwischen ihnen – die

Liebe, die sie in ihm getötet hatte und nicht mehr zum Leben erwecken konnte. Aber es war auch etwas lebendig zwischen ihnen, und es loderte in ihr auf wie eine unvergängliche Flamme: Es war die Liebe, die seine Liebe entzündet hatte, die Leidenschaft ihrer Seele für die seine.

In ihrem Licht wurde alles andere klein und unwichtig und fiel von ihr ab. Sie verstand jetzt, daß sie nicht weggehen und ihr altes Ich bei ihm zurücklassen konnte; dieses Ich mußte zwar in seiner Gegenwart weiterleben, aber es mußte auch weiterhin das ihre sein.

Selden hatte ihre Hand festgehalten und betrachtete sie noch immer prüfend mit einem sonderbaren Gefühl böser Vorahnung. Der äußere Aspekt der Situation war ihm ebenso vollständig abhanden gekommen wie ihr; er empfand, was sie durchlebten, nur noch als einen jener seltenen Augenblicke, die den Schleier von ihrem Gesicht nehmen, wenn sie vorübergehen.

»Lily«, sagte er mit leiser Stimme, »Sie dürfen so nicht reden. Ich kann Sie nicht gehen lassen, ohne zu wissen, was Sie vorhaben. Die Dinge mögen sich verändern – aber sie gehen nicht vorüber. Sie können niemals aus meinem Leben gehen.«

Ihre Augen trafen die seinen mit einem begreifenden Blick. »Nein«, sagte sie. »Das sehe ich jetzt auch. Lassen Sie uns immer Freunde sein. Dann werde ich mich sicher fühlen, was auch geschieht.«

»Was auch geschieht? Wie meinen Sie das? Was wird denn geschehen?«

Sie wandte sich ruhig ab und ging zum Kaminfeuer.

»Nichts vorerst – außer, daß mir sehr kalt ist und daß Sie, bevor ich gehe, das Feuer für mich anfachen müssen.«

Sie kniete auf dem Teppich vor dem Kamin nieder und streckte ihre Hände dem schwelenden Feuer entgegen. Verwirrt von dem plötzlichen Wandel in ihrem Ton, sammelte er mechanisch eine Handvoll Holz aus dem Korb und warf es auf das Feuer. Während er das tat, bemerkte er, wie dünn ihre

Hände gegen das auflodernde Licht der Flammen aussahen. Er sah auch unter den lockeren Linien ihres Kleides, daß die Rundungen ihrer Gestalt eckig geworden waren; er erinnerte sich noch lange Zeit später, wie das rote Spiel der Flammen die Vertiefung in ihren Nasenlöchern verschärfte und die Schwärze der Schatten, die von ihren Wangen bis zu ihren Augen reichten, intensivierte. Sie kniete dort still ein paar Augenblicke lang; diese Stille wagte er nicht zu durchbrechen. Als sie sich erhob, kam es ihm vor, als sähe er sie etwas aus ihrem Kleid herausziehen und ins Feuer fallen lassen, aber er beachtete diese Bewegung damals kaum. Seine Wahrnehmung schien in einem Zustand der Trance zu sein, und er suchte noch immer nach dem Wort, das den Bann brechen würde.

Sie ging zu ihm und legte ihre Hände auf seine Schultern. »Auf Wiedersehen«, sagte sie, und als er sich über sie beugte, berührte sie seine Stirn mit den Lippen.

XIII

Die Straßenlaternen waren schon angezündet, aber es hatte zu regnen aufgehört und hoch oben am Himmel war es noch einmal für einen Moment hell geworden.

Lily ging vor sich hin, ohne ihre Umgebung wahrzunehmen. Sie wandelte noch in den erhebenden Wolken, die von den Höhepunkten des Lebens ausgehen. Doch die verschwanden nach und nach, und sie spürte das öde Pflaster unter ihren Füßen. Das Gefühl der Müdigkeit kehrte mit geballter Kraft zurück, und einen Moment lang meinte sie, sie könne nicht mehr weitergehen. Sie hatte die Ecke der Einundvierzigsten Straße und der Fifth Avenue erreicht, und sie erinnerte sich, daß es im Bryant Park Sitzgelegenheiten gab, wo sie sich ausruhen konnte.

Dieser melancholische Vergnügungspark war nahezu verlassen, als sie ihn betrat, und sie setzte sich auf eine leere Bank im gleißenden Licht einer elektrischen Straßenlaterne. Die Wärme des Feuers war aus ihren Adern entschwunden, und sie sagte sich, daß sie nicht lange in der durchdringenden Feuchtigkeit, die vom nassen Asphalt aufstieg, sitzen dürfe. Aber ihre Willenskraft schien sich mit ihrer letzten großen Anstrengung verbraucht zu haben, und sie verlor sich nun in dem Gefühl von Leere, das einem ungewohnten Aufwand an Energie meist folgt. Und außerdem, was gab es schon, zu dem sie hätte heimkehren können? Nichts als die Stille ihres freudlosen Zimmers – die Stille der Nacht, die quälender für müde Nerven sein kann als die mißtönendsten Geräusche: das und das Fläschchen Chloral an ihrem Bett. Der Gedanke an das Chloral war der einzige Lichtblick in dem Dunkel, das sie erwartete; sie konnte schon fühlen, wie seine einschläfernde Kraft langsam auf sie einwirkte. Aber der Gedanke bereitete ihr Sorgen, daß seine Wirkung allmählich nachließ – sie wagte nicht, zu bald darauf zurückzugreifen. In letzter Zeit war der Schlaf, den es ihr brachte, häufiger unterbrochen und weniger tief gewesen; es hatte Nächte gegeben, in denen sie ständig durch das Mittel hindurch wieder an die Oberfläche des Bewußtseins getrieben worden war. Was, wenn die Wirkung des Medikamentes nach und nach ganz versagen würde, wie es angeblich bei allen Betäubungsmitteln geschah? Sie erinnerte sich an die Warnung des Apothekers, die Dosis nicht zu erhöhen, und sie hatte schon früher von der launischen und unberechenbaren Wirkung dieses Medikaments gehört. Ihre Furcht, zu einer schlaflosen Nacht heimzugehen, war so groß, daß sie sitzen blieb in der Hoffnung, daß eine übermäßige Müdigkeit die schwindende Kraft des Chlorals vielleicht verstärken würde.

Die Nacht brach nun herein, und das Rauschen des Verkehrs in der Zweiundvierzigsten Straße erstarb langsam. Als völlige Dunkelheit sich über den Platz senkte, erhoben sich die Leute, die noch auf den Bänken gesessen hatten, und zerstreuten sich; aber dann und wann benützte noch eine verirrte Gestalt, eilig heimwärts gehend, den Weg, an dem

Lily saß, und ragte für einen Augenblick hoch und schwarz in dem weißen Kreis des elektrischen Lichts auf. Ein oder zwei dieser Passanten verlangsamten ihren Schritt, um neugierig zu der einsamen Gestalt hinüberzusehen, aber sie nahm solche prüfenden Blicke kaum wahr.

Plötzlich merkte sie jedoch, daß einer der vorübergehenden Schatten zwischen ihrer Sichtlinie und dem gleißenden Asphalt stillstand, und als sie ihre Augen hob, sah sie eine junge Frau, die sich über sie beugte.

»Entschuldigen Sie – sind Sie krank? – Ja, aber das ist ja Miss Bart!« rief eine irgendwie bekannte Stimme.

Lily schaute auf. Die Worte kamen von einer ärmlich gekleideten jungen Frau mit einem Bündel unter dem Arm. Ihr Gesicht war von der Art ungesunder Verfeinerung, die schlechte Gesundheit und Überarbeitung hervorbringen können, aber sein etwas gewöhnliches hübsches Aussehen wurde durch den starken und großzügigen Bogen ihrer Lippen wieder wettgemacht.

»Sie erinnern sich nich mehr«, fuhr sie fort und begann dabei zu strahlen vor Freude, Lily wiedererkannt zu haben, »aber ich würd' Sie überall erkennen, ich hab soviel an Sie gedacht. Ich glaub, in meiner Familie kennt Ihren Namen jeder schon auswendig. Ich war eins von den Mädchen in Miss Farishs Club – Sie haben mir geholfen, aufs Land zu reisen, damals als ich den Ärger mit der Lunge hatte. Mein Name is Nettie Struther. Damals hieß ich noch Nettie Crane – aber daran können Sie sich bestimmt auch nich mehr erinnern.«

Ja, Lily fing an sich zu erinnern. Die Episode von Nettie Cranes rechtzeitiger Rettung vor schlimmer Krankheit war eines der befriedigendsten Ereignisse in ihrer Mithilfe bei Gerties Wohlfahrtarbeit gewesen. Sie hatte dem Mädchen die Mittel für einen Aufenthalt im Sanatorium in den Bergen verschafft; sie empfand es jetzt als besondere Ironie, daß das Geld, das sie dafür gebraucht hatte, Gus Trenors Geld gewesen war.

Sie versuchte zu antworten, der jungen Frau zu versichern, daß sie es nicht vergessen hatte; aber ihre Stimme versagte in dem Bemühen, und sie fühlte, wie sie unter einer großen Welle körperlicher Schwäche zusammensank. Nettie Struther setzte sich mit einem erschreckten Aufschrei zu ihr und schob einen schäbig bekleideten Arm hinter ihren Rücken.

»Ja, aber Miss Bart, Sie sind ja *wirklich* krank. Stützen Sie sich nur ein wenig auf mich, bis Sie sich besser fühlen.«

Ein schwaches Aufglimmen wiederkehrender Stärke schien von dem Druck des helfenden Armes auf Lily überzugehen.

»Ich bin nur müde – es ist weiter nichts«, hatte sie nach einiger Zeit Kraft genug zu sagen, und als sie die schüchterne Frage in den Augen ihrer Gefährtin las, fügte sie, ohne es zu wollen, hinzu: »Ich war in letzter Zeit sehr unglücklich – in großer Not.«

»*Sie* in Not? Ich hab mir Sie immer so hoch oben vorgestellt, wo einfach alles herrlich ist. Manchmal, wenn ich mich so richtig mies gefühlt hab und angefangen hab, mich zu fragen, warum in der Welt alles immer so verkehrt laufen muß, da hab ich mich daran erinnert, daß *Sie* es ja wenigstens gut haben, und das hat irgendwie gezeigt, daß es doch irgendwo so eine Art Gerechtigkeit gibt. Aber Sie dürfen hier nich zu lange sitzen bleiben – 's ist ja furchtbar naß hier. Fühlen Sie sich nich stark genug, ein kleines Stückchen weiterzugehen?« unterbrach sie sich.

»Ja – ja, ich muß nach Hause gehen«, murmelte Lily und stand auf.

Ihre Augen ruhten erstaunt auf der dünnen, schäbigen Gestalt an ihrer Seite. Sie hatte Nettie Crane als eines der entmutigten Opfer von Überarbeitung und an Anämie leidender Eltern gekannt, als eines der überflüssigen Bruchstücke im Leben, die dazu verurteilt sind, vor ihrer Zeit auf dem Abfallhaufen der Gesellschaft zu landen, vor dem sich auch Lily, wie sie es eben noch gesagt hatte, fürchtete. Aber Nettie Struthers zerbrechliche Hülle war jetzt lebendig, voller Hoffnung und Energie; welches Schicksal die Zukunft auch für sie bereithalten mochte, sie würde nicht auf den Abfallhaufen geworfen werden, ohne dagegen gekämpft zu haben.

»Ich freue mich, Sie gesehen zu haben«, fuhr Lily fort und zwang ihre zitternden Lippen zu einem Lächeln. »Jetzt werde ich meinerseits an Sie als jemanden denken, der glücklich ist – und die Welt wird auch mir als ein weniger ungerechter Ort vorkommen.«

»Oh, aber so kann ich Sie doch nich allein lassen – Sie sind doch gar nich in der Verfassung, allein nach Haus zu gehn. Ich kann auch nich mit Ihnen gehn!« jammerte Nettie Struther sich mit Schrecken erinnernd. »Sehen Sie, mein Mann hat heute Nachtdienst – er ist Fahrer, und die Freundin, bei der ich das Baby lasse, muß nach oben gehn und um sieben für ihren Mann das Abendbrot machen. Ich hab Ihnen gar nich gesagt, daß ich ein Baby hab, oder? Die Kleine wird übermorgen vier Monate alt, und wenn man sie so ansieht, würd' man nich glauben, daß ich auch nur einen Tag lang krank war. Ich würd' was drum geben, wenn ich Ihnen das Baby zeigen könnt, Miss Bart, und wir wohnen gleich die Straße hier herunter – 's ist nur drei Häuserblocks weiter.« Sie schaute zögernd zu Lily auf und fügte dann, plötzlich mutig geworden, hinzu: »Warum steigen Sie nich mit in die Straßenbahn und kommen mit mir nach Haus, während ich dem Baby sein Essen mach? 's ist richtig schön warm in unsrer Küche, und Sie können sich da ausruhn, und dann bring ich Sie nach Haus, sobald die Kleine eingeschlafen ist.«

Es *war* warm in der Küche, die sich, als Nettie Struthers Streichholz eine Flamme in der Gaslampe aufspringen ließ, als unglaublich klein und geradezu wunderbar sauber erwies. Ein Feuer leuchtete durch die polierten Flügeltüren des Eisenofens, und daneben stand ein Kinderbettchen, in dem ein Baby aufrecht saß und mit beginnender Unruhe um eine Äußerung des Gesichtsausdrucks kämpfte, der noch friedlich vom Schlaf war.

Nachdem sie sehr gefühlvoll die Wiedervereinigung mit ihrem Nachwuchs gefeiert hatte und sich in unverständlicher Sprache dafür entschuldigt hatte, daß sie so spät heimgekommen war, legte Nettie das Kind in das Bettchen zurück und bot Miss Bart schüchtern den Schaukelstuhl beim Ofen an.

»Wir haben auch eine Wohnstube«, erklärte sie mit entschuldbarem Stolz, »aber ich meine, hier ist's wärmer, und ich will Sie nich allein lassen, während ich dem Baby sein Essen mach.«

Nachdem ihr von Lily versichert worden war, daß ihr das gemütliche Beieinandersitzen in der Küche auch viel lieber sei, machte sich Mrs. Struther daran, eine Flasche mit Kindernahrung zuzubereiten, die sie zärtlich zwischen die ungeduldigen Lippen des Babys schob, und während die nun folgende genüßliche Verköstigung vor sich ging, setzte sie sich mit strahlendem Gesicht neben ihre Besucherin.

»Soll ich Ihnen nich doch vielleicht ein Schlückchen Kaffee aufwärmen, Miss Bart? 's ist auch noch ein bißchen von der frischen Milch von der Kleinen übrig – na ja, vielleicht wollen Sie ja lieber in Ruhe dasitzen und sich was ausruhn. Es ist aber auch zu schön, Sie hier zu haben. Ich hab so oft daran gedacht, daß ich gar nich glauben kann, daß es wirklich wahr geworden ist. Ich hab wieder und wieder zu George gesagt: ›Ich wünschte nur, Miss Bart könnt mich jetzt sehn‹ – und ich hab immer nach Ihrem Namen in den Zeitungen Ausschau gehalten, und dann haben wir über das gesprochen, was Sie grad so machten, und die Beschreibungen der Kleider, die Sie anhatten, gelesen. Obwohl, ich hatte Ihren Namen lange Zeit nich mehr gelesen und fing schon an zu befürchten, Sie wären krank, und ich hab mir solche Sorgen gemacht, daß George schon gesagt hat, ich würd' noch selber krank werden, weil ich mir soviel Gedanken gemacht hab.« Ihre Lippen verzogen sich zu einem Lächeln der Erinnerung. »Na, ich kann's mir nich leisten, wieder krank zu werden, soviel steht fest; der letzte Anfall hat mir fast den Rest gegeben. Als Sie mich damals zur Erholung geschickt haben, hätt' ich nie gedacht, daß ich je lebend zurückkommen würd', und es war mir auch egal. Sehn Sie, damals konnte ich noch nichts von George und dem Baby wissen.«

Sie hielt inne, um dem Kind die Flasche wieder richtig in den Mund zu stecken, der eifrig Blasen bildete.

»Mein Schätzchen – nich so hastig! Warst du bös auf Mama, weil sie so spät dein Abendessen gemacht hat? Marie Anto'nette – so rufen wir sie, nach der französischen Königin in dem Stück im Madison Square Garden – ich hab zu George gesagt, daß die Schauspielerin mich an Sie erinnert, und deswegen gefiel mir der Name . . . Ich hätt' nie gedacht, daß ich mal heiraten würd', wissen Sie, und ich hätt' nich den Mut gehabt, nur für mich allein weiterzuarbeiten.«

Sie brach wieder ab, doch als sie Ermutigung in Lilys Augen sah, fuhr sie unter ihrer anämischen Haut errötend fort: »Sehn Sie, ich war nich nur *krank* damals, als Sie mich zur Erholung geschickt haben – ich war auch furchtbar unglücklich. Ich hab da einen Herrn gekannt, wo ich gearbeitet hab – ich weiß nich, ob Sie sich erinnern, daß ich in einer großen Importfirma Maschine geschrieben hab – und – na ja – ich dachte, wir würden heiraten, er ist sechs Monate fest mit mir gegangen und hat mir den Ehering von seiner Mutter gegeben. Aber ich nehme an, er war einfach zu fein für mich – er war Handelsreisender bei der Firma und hatte schon ne Menge mit der besseren Gesellschaft zu tun gehabt. Auf Mädchen, die arbeiten, paßt keiner so auf wie auf Sie, und sie wissen nich immer, wie sie auf sich selbst aufpassen sollen. Ich wußte es zumindest nich . . . und 's hat mich fast umgebracht, als er weggegangen ist und aufgehört hat zu schreiben . . . Damals bin ich dann krank geworden – ich dachte, das ist jetzt das Ende von allem. Ich nehm an, das wär's auch gewesen, wenn Sie mich nich zur Erholung geschickt hätten. Aber als ich merkte, daß ich gesund wurde, hab ich trotz allem wieder Mut gefaßt. Und dann, als ich wieder zu Haus war, kam George und hat mich gefragt, ob ich ihn heiraten wollte. Zuerst hab ich gedacht, das könnt' ich nich, weil wir zusammen großgeworden sind, und ich wußte, daß er über mich Bescheid wußte. Aber nach ner Zeit hab ich dann eingesehn, daß es alles nur leichter machte. Einem andern Mann hätt' ich das nie erzählen können, und ich hätt' nie heiraten können, ohne es zu erzählen, aber wenn George genug für mich übrig hatte, mich so zu nehmen, wie ich war, dann sah ich nich ein, warum ich nich von vorn anfangen sollte – und das hab ich dann getan.«

Die Kraft ihres Sieges strahlte von ihr aus, als sie ihr verklärtes Gesicht von dem Kind auf ihren Knien erhob.

»Aber, du meine Güte, ich wollt gar nich so ewig lang von mir erzählen, und Sie sitzen da und sehn so völlig erledigt aus. 's ist nur so schön, Sie hier zu haben, und Ihnen zu zeigen, wie Sie mir geholfen haben.« Das Baby war satt und selig zurückgesunken, und Mrs. Struther stand vorsichtig auf und legte die Flasche weg. Dann blieb sie vor Miss Bart stehen.

»Ich wünschte bloß, ich könnt' *Ihnen* helfen – aber wahrscheinlich gibt's nichts auf Erden, was ich tun könnt'«, murmelte sie betrübt.

Lily erhob sich, statt zu antworten, mit einem Lächeln und streckte ihre Arme aus, und die Mutter verstand die Geste und legte ihr Kind hinein.

Das Baby, das merkte, daß es aus seiner gewohnten Verankerung gelöst war, machte eine instinktive Abwehrbewegung, aber der besänftigende Einfluß des Verdauens überwog, und Lily fühlte, wie das weiche Gewicht voll Vertrauen an ihre Brust sank. Das Vertrauen des Kindes, bei ihr sicher zu sein, durchdrang sie mit einem Gefühl von Wärme und zurückkehrendem Leben, und sie beugte sich über die Kleine und betrachtete staunend den rosigen Fleck, den das Gesichtchen bildete, die leere Klarheit der Augen, die unbestimmten rankenartigen Bewegungen der Finger, die sich falteten und öffneten. Zunächst erschien ihr die kleine Last in ihren Armen so leicht wie eine rosa Wolke oder ein Häufchen Daunen, aber als sie sie längere Zeit gehalten hatte, nahm das

Gewicht zu, sank tiefer und erfüllte sie mit einem sonderbaren Gefühl von Schwäche, als fände das Kind Eingang in sie und als würde es ein Teil von ihr.

Sie blickte auf und sah, daß Netties Augen voll Zärtlichkeit und Frohlocken auf ihr ruhten.

»Wär's nich einfach zu schön, wenn sie, wenn sie groß ist, genau so würde wie Sie? Ich weiß natürlich, daß sie das gar nich *könnte* – aber Mütter träumen ja immer von den verrücktesten Sachen für ihre Kinder.«

Lily drückte das Kind für einen Augenblick an sich und legte es dann in die Arme seiner Mutter zurück.

»Oh, das darf sie nicht – dann hätte ich Angst, sie zu oft zu besuchen!« sagte sie mit einem Lächeln; und dann verließ sie die Küche, Mrs. Struthers besorgtes Angebot, sie zu begleiten, ablehnend und wiederholt das Versprechen gebend, daß sie natürlich bald wiederkommen und Georges Bekanntschaft machen und dem Baby beim Baden zusehen würde, und ging allein die Treppen des Mietshauses hinunter.

Als sie auf die Straße kam, bemerkte sie, daß sie sich stärker und glücklicher fühlte; die kleine Episode hatte ihr gutgetan. Es war das erste Mal, daß ihr Ergebnisse ihrer Anwandlungen von Wohltätigkeit begegneten, und das überraschte Gefühl menschlicher Kameradschaft nahm die tödliche Kälte von ihrem Herzen.

Erst als sie durch ihre Haustür trat, verspürte sie als Reaktion auf das Erlebte eine noch tiefere Einsamkeit. Es war lange nach sieben Uhr, und das Licht und die Gerüche, die aus dem Kellergeschoß heraufdrangen, zeigten unübersehbar an, daß das Abendessen in der Pension begonnen hatte. Sie ging eilig in ihr Zimmer hinauf, zündete das Gas an und begann sich umzukleiden. Sie wollte sich nicht weiter verzärteln, nicht weiter ohne Essen bleiben, weil ihre Umgebung es so wenig schmackhaft machte. Da es nun einmal ihr Schicksal war, in einer Pension zu leben, mußte sie lernen, sich den

Bedingungen ihres Lebens anzupassen. Dennoch war sie froh, daß das Essen, als sie in die Hitze und das grelle Licht des Speiseraums herunterkam, schon fast vorüber war.

Wieder in ihrem eigenen Zimmer, wurde sie plötzlich von fieberhafter Aktivität erfaßt. Seit Wochen war sie zu lustlos und gleichgültig gewesen, das, was sie besaß, in Ordnung zu bringen, aber jetzt begann sie, systematisch den Inhalt ihrer Schubladen und ihres Schrankes durchzusehen. Noch ein paar schöne Kleider waren ihr geblieben – Überbleibsel aus ihrer letzten glanzvollen Zeit auf der *Sabrina* und in London –, aber als sie sich gezwungen sah, sich von ihrer Zofe zu trennen, hatte sie der Frau einen großzügigen Teil der Kleidung, die sie nicht mehr trug, mitgegeben. Die übriggebliebenen Kleider hatten, wenn auch ihre Frische verloren gegangen war, doch die langen, unfehlbaren Linien behalten, den Schwung und die Fülle, welche die Handschrift des großen Künstlers anzeigten, und als sie sie auf dem Bett ausbreitete, kamen ihr die Augenblicke, in denen sie sie getragen hatte, noch einmal lebhaft vor Augen. In jeder Falte lauerte eine Erinnerung: Wie die Spitzen fielen und die Stickerei glänzte, jede Einzelheit war wie ein Buchstabe in der Chronik ihrer Vergangenheit. Sie war bestürzt, als sie merkte, wie die Atmosphäre ihres alten Lebens sie einhüllte. Aber schließlich war es auch das Leben gewesen, für das sie gemacht war; jede aufkeimende Anlage in ihr war sorgfältig darauf hingelenkt worden, man hatte sie angeleitet, all ihre Interessen und Unternehmungen um dieses Zentrum herum anzusiedeln. Sie war wie eine seltene Blume, die man um des Ausstellens willen herangezogen hat, eine Blume, bei der jede Knospe vernichtet worden war, nur nicht die krönende Blüte ihrer Schönheit.

Ganz zuletzt zog sie vom Boden ihrer Truhe ein Häufchen weißen Tuchs, das ohne jede Form über ihrem Arm hing. Es war das Reynolds-Kleid, das sie für die *tableaux* bei den Brys getragen hatte. Es war ihr unmöglich gewesen, es wegzugeben, aber sie hatte es seit der Nacht damals nicht mehr gesehen, und die langen geschmeidigen Falten strömten, als sie sie ausschüttelte, einen Duft von Veilchen aus, der zu ihr kam wie ein Atemhauch von dem blumenumstandenen Brunnen, bei dem sie mit Lawrence Selden gestanden hatte und ihr Schicksal nicht hatte annehmen wollen. Sie legte die Kleider eins nach dem anderen wieder weg und legte mit jedem einen Lichtschimmer, den Klang von Lachen, einen Anflug von den rosigen Ufern des Vergnügens, der sich zu ihr verirrt hatte, zurück. Sie war noch immer in einem Zustand überaus empfänglicher Erregbarkeit, und jeder Anklang an die Vergangenheit ließ ihre Nerven nachhaltig erbeben.

Sie hatte ihre Truhe gerade über den weißen Falten des Reynolds-Kleides geschlossen, als sie ein Klopfen an der Tür hörte und die rote Faust des irischen Dienstmädchens ihr einen verspätet angekommenen Brief hereinschob. Nachdem sie ihn ans Licht getragen hatte, las Lily überrascht die Adresse, die in die obere Ecke des Umschlags gestempelt war. Es war eine geschäftliche Mitteilung von den Testamentsvollstreckern ihrer Tante, und sie fragte sich, welche unerwartete Entwicklung sie veranlaßt hatte, sie vor der vereinbarten Zeit anzuschreiben.

Sie öffnete den Umschlag, und ein Scheck flatterte zu Boden. Als sie sich bückte, um ihn aufzuheben, stieg ihr das Blut ins Gesicht. Der Scheck belief sich auf den vollen Betrag von Mrs. Penistons Erbschaft, und der Brief, der ihn begleitete, erklärte, daß die Testamentsvollstrecker, da sich die geschäftlichen Fragen bezüglich des Nachlasses mit geringerer Verzögerung als erwartet geklärt hatten, beschlossen hatten, dem Termin, der für die Auszahlung der einzelnen Vermächtnisse festgesetzt worden war, vorzugreifen.

Lily setzte sich neben das Schreibpult am Fußende ihres Bettes, faltete den Scheck auseinander und las wieder und wieder die Worte »zehntausend Dollar«, die mit kalter Geschäftshand quer über das Papier geschrieben waren. Vor zehn Monaten hatte der Betrag, für den sie standen, die äußerste Armut bedeutet, aber ihre Wertvorstellungen hatten sich in der Zwischenzeit geändert, und jetzt lauerten Vorstellungen von Reichtum in jedem Schnörkel, den der Füllfederhalter gemalt hatte. Während sie die Worte weiterhin anstarrte, bemerkte sie, wie der Glanz dieser Vorstellungen ihr zu Kopf stieg, und nach einer Weile hob sie die Platte ihres Schreibpultes und schob die zauberische Formel außer Sichtweite. Es war leichter nachzudenken, wenn ihr diese fünf Ziffern nicht vor den Augen tanzten, und sie mußte noch viel nachdenken, bevor sie schlafen ging.

Sie öffnete ihr Scheckbuch und stürzte sich in Kalkulationen, die ebenso besorgniserregend waren wie die, welche die wachen Nachtstunden auf Bellomont verlängert hatten, die Nacht, in der sie beschlossen hatte, Percy Gryce zu heiraten. Armut vereinfacht die Buchführung, und ihre finanzielle Situation war leichter zu ermitteln als damals; aber sie hatte noch immer nicht gelernt, mit Geld umzugehen, und während der vorübergehenden Luxusphase im »Emporium Hotel« war sie wieder in extravagante Gewohnheiten verfallen, die noch immer die spärliche Bilanz nachteilig beeinflußten. Eine sorgfältige Prüfung ihres Scheckbuchs und der unbezahlten Rechnungen in ihrem Schreibtisch zeigte, daß, wenn die letzteren bezahlt sein würden, sie kaum genug zum Leben haben würde für die nächsten drei oder vier Monate; und selbst danach mußten, wenn sie in ihrem gegenwärtigen Lebensstil fortfuhr, ohne Geld hinzuzuverdienen, alle Nebenausgaben bis auf ein verschwindendes Maß reduziert werden. Sie verbarg ihre Augen mit Schaudern und sah sich am Eingang jener immer enger werdenden Straße ohne Hoffnung, die sie Miss Silvertons ärmliche Gestalt hatte entlanggehen sehen.

Es war jedoch nicht mehr materielle Not, vor der sie am meisten zurückschreckte, sie verspürte eine tiefere Verarmung – ein inneres Elend, verglichen mit dem äußere Bedingungen zu völliger Bedeutungslosigkeit schrumpften. Ja, es war schon schlimm, arm zu sein – einem schäbigen, sorgenvollen Altern entgegenzusehen, das durch schnöde, immer weitergehende Sparsamkeit und Selbstverleugnung dazu führen würde, daß man nach und nach ganz in dem ein wenig verkommenen gemeinschaftlichen Leben einer Pension aufging. Aber es gab etwas, das noch schlimmer war – es war die kalte Hand der Einsamkeit, die ihr Herz angerührt hatte, das Gefühl, wie ein heimatloses, ausgerissenes Gewächs auf dem achtlosen Strom der Jahre mitgerissen zu werden. Das war das Gefühl, das sie jetzt beherrschte – das Gefühl, etwas Wurzelloses und Vergängliches zu sein, nichts als Gischt auf der wirbelnden Oberfläche des Lebens, ohne etwas zu haben, mit dem die armen kleinen Greifarme ihres Ichs sich anklammern konnten, bevor die schreckliche Flut sie versenkte. Und als sie zurückblickte, sah sie, daß sie zu keiner Zeit je ein wirkliches Verhältnis zum Leben gehabt hatte. Auch ihre Eltern waren wurzellos gewesen, hierhin und dorthin getrieben worden von jedem Wind der Mode, ohne jede persönliche Existenz, die sie vor den wechselhaften Böen hätte schützen können. Sie selbst war aufgewachsen, ohne daß ihr ein Ort auf der Erde lieber gewesen wäre als ein anderer: Es hatte für sie keine Mitte früher Fürsorge gegeben, keine bedeutsamen Traditionen, die einem bestimmte Dinge ans Herz wachsen lassen, auf die sie jetzt hätte zurückgreifen können und aus denen sie Stärke für sich selbst und liebevolle Gefühle für andere hätte ziehen können. In welcher Form eine langsam anwachsende Vergangenheit im Blut eines Menschen auch weiterlebt – ob in der konkreten Vorstellung des alten Hauses, randvoll mit Bildern der Erinnerung, oder in der Idee des Hauses, das nicht von Händen erbaut worden, sondern aus ererbten Vorlieben und Anhänglichkeiten entstanden ist – sie hat die gleiche Kraft, die Existenz des einzelnen zu erweitern und zu vertiefen, sie durch geheimnisvolle Verbindungsglieder des Verwandtseins mit der gewaltigen Summe menschlichen Strebens zu verbinden.

Lily war sich einer solchen Vorstellung von Solidarität im Leben noch nie zuvor bewußt gewesen. Sie hatte eine Vorahnung davon gehabt in den blinden Regungen ihres Paarungsinstinkts, aber dem hatten die zersetzenden Einflüsse des Lebens um sie herum Einhalt geboten. Alle Männer und Frauen, die sie kannte, waren wie Atome, die voneinander weggewirbelt werden in einem wilden zentrifugalen Tanz; ihre ersten kurzen Einblicke in das, was im Leben Bestand hat, hatten sich ihr an diesem Abend in Nettie Struthers Küche geboten.

Die arme kleine Arbeiterin, die die Kraft gefunden hatte, die Bruchstücke ihres Lebens aufzusammeln und sich einen Zufluchtsort mit ihnen aufzubauen, schien Lily die zentrale Wahrheit aller Existenz gefunden zu haben. Es war ein recht kärgliches Leben, nahe am erbarmungslosen Abgrund der Armut, bei dem wenig Spielraum für mögliche Krankheiten und Unglücksfälle blieb, aber es hatte die zerbrechliche, wagemutige Beständigkeit eines Vogelnestes, das am Rand einer Klippe gebaut ist – nur ein Büschel aus Blättern und Strohhalmen, doch so zusammengefügt, daß das Leben, das ihm anvertraut ist, sicher über der Tiefe hängen kann.

Ja – aber es hatte zwei gebraucht, um das Nest zu bauen; den Glauben des Mannes ebenso wie den Mut der Frau. Lily erinnerte sich an Netties Worte: *Ich wußte, daß er über mich Bescheid wußte*. Der Glaube ihres Ehemannes an sie hatte ihr ein neues Leben möglich gemacht – es ist so leicht für eine Frau, das zu werden, was der Mann, den sie liebt, von ihr glaubt! Nun – Selden war zweimal bereit gewesen, seinen Glauben auf Lily Bart zu setzen, aber der dritte Versuch hatte ihm zuviel abverlangt. Gerade weil seine Liebe so geartet war, war es unmöglich gewesen, sie wieder zum Leben zu erwekken. Wenn sie ein einfacher Instinkt des Blutes gewesen wäre, hätte die Macht ihrer Schönheit sie vielleicht neu beleben können. Aber die Tatsache, daß sie tiefer ging, daß sie unauflöslich mit ererbten Gewohnheiten im Denken und Fühlen verquickt war, machte es so unmöglich, sie wieder wachsen zu lassen, wie bei einer tief wurzelnden Pflanze, die man aus ihrem Beet herausgerissen hat. Selden hatte ihr von seinem Besten gegeben, aber er war genau wie sie unfähig, unkritisch zu früheren Gefühlen zurückzukehren.

Es blieb ihr, wie sie ihm gesagt hatte, die erhebende Erinnerung an seinen Glauben an sie; aber sie hatte noch nicht das Alter erreicht, in dem eine Frau von ihren Erinnerungen leben kann. Als sie Nettie Struthers Kind in ihren Armen gehalten hatte, waren die gefrorenen Ströme der Jugend in ihr aufgebrochen und warm durch ihre Adern geflossen; der alte Hunger nach Leben hatte von ihr Besitz ergriffen, und ihr ganzes Ich schrie nach seinem Anteil persönlichen Glücks. Ja – es war Glück, das sie noch immer wollte, und das kleine Bißchen, das sie davon gesehen hatte, ließ alles andere bedeutungslos erscheinen. Stück für Stück hatte sie sich von den niedrigeren Möglichkeiten gelöst; aber sie erkannte, daß ihr jetzt nichts mehr blieb als die Leere des Entsagens.

Es wurde spät, und eine ungeheure Müdigkeit ergriff wieder von ihr Besitz. Es war nicht das schleichende Gefühl der Schläfrigkeit, sondern eine extreme, wache Müdigkeit, eine fahle Klarheit des Geistes, gegen die sich alle Möglichkeiten der Zukunft gigantisch abhoben. Sie war entsetzt, wie intensiv und klar sie ihre Lage sah; sie hatte, wie es schien, den gnädigen Schleier, der sich zwischen Absicht und Tun legt, durchbrochen und sah genau, was sie in all den langen Tagen, die da kommen würden, tun würde. Da war zum Beispiel der Scheck in ihrem Schreibpult – sie hatte vor, ihn dazu zu gebrauchen, ihre Schulden bei Trenor abzubezahlen; aber sie sah schon jetzt vorher, daß sie es, wenn der Morgen käme, verschieben und nach und nach dahinkommen würde, ihre Schulden einfach zu ertragen. Der Gedanke versetzte sie in panischen Schrecken – sie fürchtete, von der Höhe ihres letzten Augenblicks mit Lawrence Selden zu fallen. Aber wie konnte sie sicher sein, daß sie ihren Halt bewahren würde? Sie kannte die Stärke der Impulse, die sich dem widersetzten – sie konnte schon fühlen, wie die zahllosen Hände der Gewohnheit sie zurückzerrten in einen neuen Kompromiß mit dem

Schicksal. Sie empfand ein intensives Verlangen, die augenblickliche Erhebung ihres Geistes zu verlängern und fortdauern zu lassen. Könnte ihr Leben nur jetzt zu Ende gehen – zu Ende gehen mit dieser tragischen und doch süßen Vision verpaßter Möglichkeiten, die ihr das Gefühl der Verwandtschaft mit allem Lieben und Verzichten auf dieser Welt vermittelte!

Sie streckte plötzlich die Hand aus, zog den Scheck aus ihrem Schreibpult und schob ihn in einen Umschlag, den sie an ihre Bank adressierte. Dann schrieb sie einen Scheck für Trenor aus, tat ihn, ohne jedes begleitende Wort, in einen Umschlag, der mit seinem Namen versehen wurde, und legte die beiden Briefe Seite an Seite auf ihr Pult. Sie blieb noch dort sitzen, sortierte ihre Papiere und schrieb, bis die ausgeprägte Stille im Haus sie daran erinnerte, wie spät es war. Auf der Straße hatte sich der Lärm der Räder gelegt, und das Rattern der Hochbahn drang nur in langen Zwischenräumen durch die tiefe, unnatürliche Ruhe. In der geheimnisvollen nächtlichen Trennung von allen äußerlichen Lebenszeichen glaubte sie sich auf noch sonderbarere Weise ihrem Schicksal gegenübergestellt. Das Gefühl ließ ihren Kopf sich drehen, und sie versuchte, ihr Bewußtsein dadurch auszuschalten, daß sie ihre Hände gegen die Augen preßte. Aber die schreckliche Stille und Leere schienen ihre Zukunft zu symbolisieren – sie hatte das Gefühl, als ob das Haus, die Straße, die Welt, als ob alles leer und sie allein als empfindendes Wesen im Universum zurückgeblieben wäre.

Aber dies war ja schon beinahe Delirium . . . nie hatte sie sich so nah am schwindelerregenden Rand zum Unwirklichen befunden. Schlaf war, was sie brauchte – sie erinnerte sich, daß sie seit zwei Nächten die Augen nicht geschlossen hatte. Das kleine Fläschchen stand an ihrem Bett, nur darauf wartend, sie in seinen Bann zu nehmen. Sie stand auf und zog sich hastig aus; es verlangte sie jetzt nach der Berührung mit ihrem Kopfkissen. Sie fühlte sich so furchtbar müde, daß sie glaubte, sie müsse sofort einschlafen, aber sobald sie sich niedergelegt hatte, schreckte jeder Nerv in ihr einzeln wieder auf und war wach. Es war, als wäre ein großes, ungeheuer helles elektrisches Licht in ihrem Kopf angedreht worden und als schrecke ihr armes kleines gequältes Ich davor zurück und ducke sich unter ihm, ohne zu wissen, wo es Zuflucht nehmen sollte.

Sie hatte es für unvorstellbar gehalten, daß eine solche Multiplikation des Wachseins möglich sein könnte; ihre ganze Vergangenheit setzte sich an hundert verschiedenen Punkten ihres Bewußtseins wieder in Szene. Wo war das Medikament, das diese Legion aufständischer Nerven zur Ruhe bringen konnte? Das Gefühl der Erschöpfung wäre süß gewesen, verglichen mit diesem schrillen Pochen von Aktivitäten, aber die Müdigkeit war von ihr abgefallen, als ob irgendein grausames Stimulans gewaltsam in ihre Adern getrieben worden wäre.

Sie konnte es ertragen – ja, sie konnte es ertragen, aber wieviel Kraft würde ihr für den nächsten Tag bleiben? Der Ausblick in die fernere Zukunft war verschwunden – der nächste Tag war bedrückend nahe und ihm folgten die Tage, die danach kommen würden, auf den Fersen – sie drängten sich um sie wie ein kreischender Mob. Sie mußte sie für ein paar Stunden aussperren, sie mußte ein kurzes Bad des Vergessens nehmen. Sie streckte ihre Hand aus und maß die beruhigenden Tropfen in einem Glas ab, aber während sie das noch tat, wußte sie schon, daß sie gegen die übernatürliche Klarheit in ihrem Kopf machtlos sein würden. Sie hatte seit langem die Dosis bis zur obersten Grenze erhöht, aber heute nacht, das fühlte sie, mußte sie sie noch einmal steigern. Sie wußte, sie ging ein gewisses Risiko ein, wenn sie das tat – sie erinnerte sich an die Warnung des Apothekers. Wenn der Schlaf überhaupt kommen würde, könnte es ein Schlaf ohne Erwachen sein. Aber schließlich war die Wahrscheinlichkeit höchstens eins zu hundert; die Wirkungsweise des Medikaments war unberechenbar, und wenn sie ein paar Tropfen zu der Dosis hinzufügte, würde wahrscheinlich nichts weiter geschehen, als daß sie sich die Ruhe verschaffen würde, die sie so verzweifelt brauchte . . .

Im Grunde genommen bedachte sie diese Frage nicht sehr ausführlich – das physische Verlangen nach Schlaf war ihre einzige anhaltende Empfindung. Ihr Kopf schrak vor der grellen Helligkeit des Denkens so instinktiv zurück, wie Augen sich im hellen Lichtschein zusammenziehen – Dunkelheit, Dunkelheit, das war es, was sie brauchte, koste es, was es wolle. Sie richtete sich im Bett auf und schluckte den Inhalt des Glases, dann blies sie ihre Kerze aus und legte sich nieder.

Sie lag ganz still und wartete mit sinnlicher Freude auf die ersten Wirkungen des Schlafmittels. Sie wußte im voraus, welche Form sie annehmen würden – das allmähliche Nachlassen der inneren Erregung, das sanfte Herannahen von Passivität, als ob eine unsichtbare Hand wie mit einem Zauber über sie striche. Gerade das Langsame und Zögernde in der Wirkung des Medikaments steigerte die Faszination noch: Es war herrlich, sich vorzubeugen und in die verschwommenen Abgründe der Bewußtlosigkeit hinunterzublicken. Heute nacht schien das Medikament noch langsamer als gewöhnlich zu wirken: Jeder erregte Puls mußte eigens beruhigt werden, und es dauerte lange, bis sie fühlte, daß sie außer Kraft gesetzt wurden wie Wachen, die auf ihrem Posten einschlafen. Aber allmählich kam das Gefühl völliger Unterwerfung über sie, und sie fragte sich matt und ohne sonderliches Interesse, warum sie so besorgt und erregt gewesen war. Sie sah jetzt, daß es nichts gab, über das sie sich hätte aufregen müssen – sie war zu ihrer normalen Sicht des Lebens zurückgekehrt. Der morgige Tag würde schließlich doch nicht so schwierig werden: Sie fühlte klar, daß sie die Kraft haben würde, ihm gegenüberzutreten. Sie konnte sich nicht recht daran erinnern, was es gewesen war, dem gegenüberzutreten, sie sich so gefürchtet hatte; aber die Ungewißheit störte sie nicht weiter. Sie war unglücklich gewesen, und jetzt war sie glücklich – sie hatte sich allein gefühlt, und jetzt war das Gefühl von Einsamkeit verschwunden.

Sie bewegte sich einmal und legte sich auf die Seite, und während sie das tat, begriff sie plötzlich, warum sie sich nicht mehr allein fühlte. Es war sonderbar – aber Nettie Struthers Kind lag in ihrem Arm, sie fühlte den Druck seines Köpfchens gegen ihre Schulter. Sie wußte nicht, wie es hierhergekommen war, aber sie empfand keine große Überraschung über die Tatsache, nur ein sanftes durchdringendes Erbeben vor Wärme und Glück. Sie brachte sich in eine bequemere Lage, beugte ihren Arm, um den runden, mit zartem Flaum bedeckten Kopf zu betten, und hielt den Atem an, damit kein Geräusch das schlafende Kind störe.

Wie sie so dalag, sagte sie sich, daß da noch etwas war, was sie Selden sagen mußte, ein Wort, das sie gefunden hatte, das alles zwischen ihnen klären würde. Sie versuchte das Wort zu wiederholen, das vage und leuchtend im hintersten Bereich ihres Denkens verweilte – sie fürchtete, sie möchte sich nicht daran erinnern, wenn sie erwachte; und wenn sie sich nur daran erinnern und es ihm sagen könnte, so fühlte sie, würde alles gut werden.

Langsam verblaßte der Gedanke an das Wort, und der Schlaf hüllte sie ein. Sie kämpfte noch ein wenig dagegen an aus dem Gefühl heraus, sie müsse wegen des Babys wachbleiben, aber sogar dieses Gefühl ging allmählich in der undeutlichen Empfindung von schläfrigem Frieden unter, durch die plötzlich ein dunkler Blitz von Einsamkeit und Schrecken drang.

Sie fuhr hoch, kalt und zitternd wegen des Schocks; einen Moment lang schien es ihr, als habe sie das Kind verloren. Aber nein – sie hatte sich geirrt – der zarte Druck seines Körpers war noch immer nah bei dem ihren; seine Wärme durchströmte sie wieder, sie gab ihm nach, sank in es hinein und schlief.

XIV

Der nächste Morgen war mild und strahlend und ein Versprechen von Sommer lag in der Luft. Das Sonnenlicht fiel verheißungsvoll in Lilys Straße, milderte die brüchige Fassade des Hauses, vergoldete das Geländer an den Stufen vor der Haustür, dem der Anstrich fehlte, und ließ alle Herrlichkeiten des Prismas auf der Scheibe ihres verdunkelten Fensters funkeln.

Wenn solch ein Tag mit der inneren Stimmung zusammenfällt, liegt etwas Berauschendes in seinem Atem; und Selden, der hastig die Straße entlangging, an dem Elend ihrer morgendlichen Vertraulichkeiten vorüber, fühlte, wie er vor jugendlicher Abenteuerlust geradezu bebte. Er hatte sich von den vertrauten Ufern der Gewohnheit losgemacht und sich auf die nirgends verzeichneten Meere des Gefühls hinausgewagt; all die alten Kriterien und Maßstäbe hatte er hinter sich gelassen, und sein Kurs sollte nach neuen Sternen ausgerichtet werden.

Dieser Kurs führte, für den Augenblick, nur zu Miss Barts Pension, aber deren schäbige Eingangsstufen waren plötzlich zur Schwelle des bisher Unversuchten geworden. Als er näherkam, schaute er zu den drei Fensterreihen auf und fragte sich wie ein kleiner Junge, welches wohl ihres sein mochte. Es war neun Uhr und das Haus, das von arbeitenden Menschen bewohnt wurde, zeigte der Straße bereits eine belebte Front. Er erinnerte sich später, bemerkt zu haben, daß nur eine Jalousie heruntergezogen gewesen war. Er bemerkte auch, daß ein Topf mit Stiefmütterchen auf einem der Fensterbretter stand, und er schloß sofort, daß das Fenster ihres sein müßte, es war unvermeidbar, daß er sie mit dem einzigen Hauch von Schönheit in der schäbigen Szene in Zusammenhang brachte.

Neun Uhr war früh für einen Besuch, aber Selden war über das Beachten solcher Konventionen hinausgelangt. Er wußte nur, daß er Lily Bart sofort sehen mußte – er hatte das Wort gefunden, das er ihr sagen wollte, und es konnte keinen

Moment länger mehr warten, es mußte gesagt werden. Es war sonderbar, daß es nicht eher über seine Lippen gekommen war – daß er sie am Abend zuvor hatte weggehen lassen, ohne es aussprechen zu können. Aber was machte das schon, jetzt da der neue Tag gekommen war? Es war auch kein Wort für die Dämmerung, sondern eines für den Morgen.

Selden lief ungeduldig die Treppen herauf und zog die Glocke, und sogar in seinem Zustand der Selbstvergessenheit war es eine gewaltige Überraschung für ihn, daß die Tür sich so prompt öffnete. Es war eine noch größere Überraschung, beim Eintreten zu sehen, daß sie von Gerty Farish geöffnet worden war – und daß hinter ihr, aufgeregt und verschwommen, mehrere andere Gestalten unheilverheißend auftauchten.

»Lawrence!« rief Gerty mit sonderbarer Stimme. »Wie konntest du denn so schnell hierherkommen?« – und die zitternde Hand, mit der sie ihn berührte, schien auf der Stelle nach seinem Herzen zu greifen.

Er bemerkte die anderen Gesichter, sah vage die Furcht und die Mutmaßungen in ihnen, sah die eindrucksvolle massige Gestalt der Zimmerwirtin mit professionellem Gehabe auf sich zukommen; aber er schrak zurück, hob abwehrend die Hand, während seine Augen mechanisch die steilen schwarzen Walnußholztreppen hinaufwanderten, die seine Cousine ihn, soviel war ihm sofort klar, gleich hinaufführen würde.

Eine Stimme im Hintergrund sagte, daß der Doktor jeden Augenblick zurück sein würde – und daß oben nichts angerührt werden dürfe. Jemand anders rief: »Es war ja wirklich eine Gnade –«, dann merkte Selden, daß Gerty ihn sanft bei der Hand genommen hatte und daß man ihnen gestattete, allein hinaufzugehen.

Stumm stiegen sie die drei Treppen hoch und gingen dann einen Gang entlang zu einer verschlossenen Tür. Gerty öffnete die Tür, und Selden trat hinter ihr in das Zimmer. Obwohl die Jalousie heruntergezogen war, goß das Sonnenlicht, das nichts aufhalten konnte, eine milde goldene Flut in den Raum, und in diesem Licht sah Selden ein schmales Bett an der Wand, und auf dem Bett, die Hände reglos, das Gesicht ruhig und ohne Erkennen, die Gestalt von Lily Bart.

Daß es ihr wirkliches Ich war, leugnete jede Faser in ihm inbrünstig. Ihr wirkliches Ich hatte doch vor nur ein paar Stunden warm an seinem Herzen gelegen, was ging ihn dieses fremdgewordene und friedliche Gesicht an, das zum ersten Mal bei seinem Kommen weder bleich wurde noch errötete?

Gerty, ebenso sonderbar ruhig, stand mit der bewußten Selbstkontrolle von jemandem, der schon bei viel Leid geholfen hatte, an dem Bett und sprach so sanft, als wolle sie eine endgültige Botschaft vermitteln.

»Der Doktor fand ein Fläschchen mit Chloral – sie hat seit langem schlecht geschlafen, und sie muß eine Überdosis genommen haben, aus Versehen . . . Darüber gibt es gar keinen Zweifel – gar keinen Zweifel – das wird gar nicht in Frage gestellt werden – er war sehr freundlich. Ich habe ihm gesagt, daß du und ich gern allein mit ihr gelassen würden – um ihre Sachen durchzugehen, bevor irgend jemand anderes kommt. Ich weiß, daß sie das so gewollt hätte.«

Selden nahm kaum wahr, was sie sagte. Er stand da und schaute auf das schlafende Gesicht hinab, das ihm wie eine zarte, kaum faßliche Maske über den lebenden Zügen, die er gekannt hatte, zu liegen schien. Er fühlte, daß die wirkliche Lily noch da war, ihm nahe und doch unsichtbar und unerreichbar, und daß die Barriere zwischen ihnen so dünn war, schien ihm wie Hohn und erfüllte ihn mit Hilflosigkeit. Es hatte nie mehr als eine kleine, kaum merkliche Barriere zwischen ihnen gegeben – und doch hatte er zugelassen, daß sie sie voneinander trennte! Und jetzt hatte sie sich, wenn sie auch geringfügiger und schwächer denn je zu sein schien, doch plötzlich zu völliger Undurchdringlichkeit verhärtet, und er hätte sich daran zu Tode schlagen können, es wäre umsonst gewesen.

Er war neben dem Bett auf die Knie gefallen, aber eine Berührung von Gerty riß ihn aus seiner Versenkung. Er stand auf, und als ihre Augen sich trafen, fiel ihm das außergewöhnliche Licht im Gesicht seiner Cousine auf.

»Hast du verstanden, warum der Doktor gegangen ist? Er hat versprochen, daß es keine Probleme geben wird – aber natürlich müssen zunächst die Formalitäten erledigt werden. Und ich habe ihn gebeten, uns Zeit zu geben, zuerst ihre Sachen durchzusehen –«

Er nickte, und sie schaute sich in dem kleinen kahlen Zimmer um. »Es wird nicht lange dauern«, schloß sie.

»Nein – es wird nicht lange dauern«, pflichtete er ihr bei.

Sie hielt seine Hand noch einen Moment in der ihren, und dann ging sie, nach einem letzten Blick zum Bett, langsam zur Tür. Auf der Türschwelle hielt sie inne, um noch hinzuzufügen: »Du findest mich unten, wenn du mich brauchst.«

Selden raffte sich auf, um sie zurückzuhalten. »Aber warum gehst du? Sie hätte doch gewollt –«

Gerty schüttelte mit einem Lächeln den Kopf. »Nein, das ist es, was sie gewollt hätte –« und als sie sprach, brach ein Licht durch Seldens Elend, und er sah tief in die Geheimnisse der Liebe.

Die Tür schloß sich hinter Gerty, und er war allein mit der reglos Schlafenden auf dem Bett. Sein erster Impuls war, an ihre Seite zurückzukehren, auf die Knie zu fallen und seinen hämmernden Kopf neben ihrer friedlichen Wange ausruhen zu lassen. Sie waren nie in Frieden zusammengewesen, sie beide, und jetzt fühlte er sich hinabgezogen in die sonderbaren geheimnisvollen Tiefen ihrer Ruhe.

Aber er erinnerte sich an Gertys warnende Worte – er wußte, daß wenn die Zeit auch in diesem Zimmer aufgehört hatte zu sein, sie doch erbarmungslos auf die Tür zustürmte. Gerty hatte ihm diese letzte halbe Stunde gegeben, und er mußte sie nutzen, wie sie es gewollt hatte.

Er wandte sich ab und schaute sich um, zwang sich streng, wieder äußere Dinge wahrzunehmen. Es gab wenige Möbel in dem Zimmer. Auf der schäbigen Kommode lag eine Spitzendecke, darauf waren ein paar Schachteln und Flaschen mit goldenen Deckeln und Verschlüssen angeordnet, ein rosafarbenes Nadelkissen, ein Glastablett, auf dem verstreut einige Haarnadeln aus Horn lagen – diese Kleinigkeiten gehörten so sehr in ihre Intimsphäre, daß sie ihn erschaudern ließen, ebenso wie die leere Fläche des Toilettenspiegels über ihnen.

Das waren die einzigen Spuren von Luxus, von jenem Festhalten an der genauen Beachtung dessen, was sich schickte, die zeigten, was sie der Verzicht auf anderes gekostet haben mußte. Es gab sonst keine Zeichen von ihrer Persönlichkeit in diesem Zimmer, sie zeigte sich höchstens noch darin, daß die wenigen Möbelstücke peinlich sauber und ordentlich waren: ein Waschständer, zwei Stühle, ein kleines Schreibpult und das Tischchen neben dem Bett. Auf diesem Tisch standen das leere Fläschchen und das Glas, und auch davon wandte er die Augen ab.

Das Pult war verschlossen, aber auf seiner schrägen Abdeckung lagen zwei Briefe, die er in die Hand nahm. Der eine trug die Adresse einer Bank, und da er gestempelt und versiegelt war, legte ihn Selden nach einem Moment des Zögerns wieder beiseite. Auf dem anderen Brief las er Gus Trenors Namen, und die Umschlaglasche war noch nicht festgeklebt.

Die Versuchung kam über ihn wie ein Messerstich. Er geriet unter ihr ins Taumeln und mußte sich Halt suchend an das Pult lehnen. Warum hatte sie Trenor geschrieben – wahrscheinlich sogar gleich nach ihrem Abschied am Abend zuvor? Der Gedanke entweihte die Erinnerung an jene letzte Stunde, machte aus dem Wort, das auszusprechen er gekommen war, einen Hohn und beschmutzte sogar die versöhnliche Stille, in die es nun fallen sollte. Er fühlte sich auf all jene häßlichen Unsicherheiten zurückgeworfen, von denen er geglaubt hatte, sich für immer frei gemacht zu haben. Was wußte er schließlich von ihrem Leben? Nur so viel, wie es ihr gefallen hatte, ihm zu zeigen, und wie wenig war das doch an der Einschätzung der Welt gemessen! Mit welchem Recht – so schien der Brief in seiner Hand zu fragen – mit welchem Recht bemächtigte er sich nun ihrer persönlichsten Dinge, nur weil der Tod eine Tür unverschlossen gelassen hatte? In seinem Herzen schrie es, daß ihre letzte Stunde miteinander ihm dieses Recht gab, die Stunde, als sie ihm den Schlüssel zu dieser Türe in die Hände gelegt hatte. Ja – aber was, wenn der Brief an Trenor danach geschrieben worden war?

Er legte ihn mit plötzlichem Ekel weg, biß die Lippen zusammen und wandte sich entschlossen dem zu, was noch von seiner Aufgabe blieb. Schließlich würde diese Aufgabe leichter auszuführen sein, jetzt da sein persönlicher Einsatz dabei null und nichtig geworden war.

Er hob den Deckel des Pults und sah darin ein Scheckbuch und ein paar Päckchen mit Rechnungen und Briefen, zusammengelegt mit der ordentlichen Präzision, die für all ihre persönlichen Gewohnheiten kennzeichnend war. Er sah zuerst die Briefe durch, weil das der schwierigste Teil der Arbeit war. Es stellte sich heraus, daß es nur wenige und unwichtige waren, aber unter ihnen fand er, und dabei zog sich sein Herz sonderbar zusammen, das Kärtchen, das er ihr an dem Tag nach der Gesellschaft bei den Brys geschrieben hatte.

»Wann darf ich zu Ihnen kommen?« seine Worte brachten ihm auf überwältigende Weise die Feigheit zu Bewußtsein, die ihn von ihr weggetrieben hatte, gerade in dem Moment, als er sein Ziel zu erreichen schien. Ja – er hatte sein Schicksal immer gefürchtet, und er war zu ehrlich, seine Feigheit jetzt zu leugnen, denn waren nicht alle seine Zweifel wieder zum Leben erweckt worden, als er Trenors Namen nur gesehen hatte?

Er legte das Kärtchen in sein Etui für Visitenkarten, nachdem er es zuvor sorgfältig zusammengefaltet hatte, wie etwas, das dadurch zu etwas Wertvollem wurde, weil sie es als solches betrachtet hatte; dann wurde ihm wieder bewußt, wie schnell die Zeit verging, und er fuhr fort, ihre Papiere durchzusehen.

Zu seiner Überraschung fand er, daß alle Rechnungen quittiert worden waren; es war nicht ein unbezahlter Betrag dabei. Er öffnete das Scheckbuch und sah, daß an eben dem vergangenen Abend ein Scheck über zehntausend Dollar von Mrs. Penistons Testamentsvollstreckern dort eingetragen war. Die Erbschaft war also eher ausbezahlt worden, als Gerty ihn hatte glauben lassen. Aber als er ein, zwei Seiten weiterblätterte, entdeckte er voll Erstaunen, daß der Kontostand trotz der eben erst eingegangenen Zahlung schon wieder auf einige wenige Dollar geschrumpft war. Ein schneller Blick auf die Kontrollabschnitte der letzten Schecks, die alle das Datum des vergangenen Tages trugen, zeigte, daß zwischen vier- und fünfhundert Dollar aus der Erbschaft ausgegeben worden waren, um die Rechnungen zu begleichen, während die restlichen Tausender in einem Scheck zusammen zur selben Zeit auf Charles Augustus Trenor ausgestellt worden waren.

Selden legte das Buch beiseite und sank in einen Stuhl neben dem Pult. Er lehnte seine Ellbogen darauf und barg sein Gesicht in seinen Händen. Die bitteren Wasser des Lebens wogten hoch um ihn her, ihr steriler Geschmack lag auf seinen Lippen. Erklärte der Scheck an Trenor das Geheimnis oder vertiefte er es noch? Zuerst weigerte sich sein Kopf zu arbeiten – er fühlte nur, wie schändlich ein solches Geschäft zwischen einem Mann wie Trenor und einem Mädchen wie Lily Bart war. Dann klärte sich sein verstörter Blick, alte Andeutungen und Gerüchte kamen ihm wieder ins Gedächtnis, und aus eben den versteckten Hinweisen, die zu erforschen er sich gefürchtet hatte, entwarf er nun eine Erklärung für das Geheimnis. Es war also wahr, daß sie Geld von Trenor genommen hatte, aber es war ebenso wahr, der Inhalt des kleinen Pults zeigte das ganz eindeutig, daß die Verpflichtung, die ihr daraus erwuchs, ihr unerträglich gewesen war, und daß sie sich bei der ersten Gelegenheit davon befreit hatte, auch wenn sie sich so der nackten, ungemilderten Armut gegenübergestellt sah.

Das war alles, was er wußte – alles, was er in dieser Geschichte zu entwirren hoffen konnte. Die stummen Lippen auf dem Kissen verweigerten ihm, was darüber hinausging – es sei denn, sie hätten ihm den Rest in dem Kuß mitgeteilt, den sie auf seiner Stirn gelassen hatten. Ja, er konnte jetzt in dieses Lebewohl alles hineinlesen, was sein Herz darin zu finden so sehr ersehnte; er konnte daraus sogar den Mut nehmen, sich nicht selbst anzuklagen, weil er darin versagt hatte, diese wunderbare Chance wahrzunehmen.

Er sah, daß all ihre Lebensumstände zusammengewirkt hatten, sie einander fernzuhalten, denn gerade sein Freisein von den äußeren Einflüssen, die so sehr auf sie wirkten, hatte seine wählerische Haltung in geistigen Dingen noch verstärkt und es ihm schwieriger gemacht, unkritisch zu leben und zu lieben. Aber zumindest *hatte* er sie geliebt – war willens gewesen, seine Zukunft auf den Glauben an sie zu setzen – und wenn es nun einmal ihr Schicksal gewesen war, daß ihr Augenblick verging, bevor sie sich seiner bemächtigen konnten, so sah er jetzt doch, daß eben dieser Augenblick für sie beide ganz und heil aus den Trümmern ihres Lebens gerettet worden war.

Es war dieser Augenblick des Liebens, dieser flüchtige Sieg über sie beide, der sie vor Verkümmerung und gänzlicher Auslöschung bewahrt hatte, der sie die Hand nach ihm hatte ausstrecken lassen in jedem Kampf gegen die Einflüsse ihrer Umgebung und in ihm den Glauben am Leben erhalten hatte, der ihn jetzt reumütig und versöhnt an ihre Seite zog.

Er kniete neben dem Bett nieder und beugte sich über sie, schöpfte ihren letzten Augenblick bis zur Neige aus, und in der Stille wurde zwischen ihnen das Wort gewechselt, das alles klar werden ließ.

Anmerkungen

Erstes Buch

1 *Sarum Rule / Sarum Use:* mittelalterlicher Kirchenritus, der in England von Salisbury (lat. *Sarisberia*) ausging.

2 *Coles »Reise des Lebens«:* Thomas Cole (1801–48), amerikanischer Landschaftsmaler, dessen allegorische Darstellungen der Stationen auf der »Reise des Lebens« (1839) in Stichen von James Smillie kopiert wurden und große Popularität gewannen. Edith Wharton beschreibt diese Stiche in *The Old Maid* bereits für die fünfziger Jahre des 19. Jh.s als beliebte und wenig originelle Dekoration in den Salons konservativer New Yorker Bürger.

3 *chaufroix:* eigtl. *chaudfroid* (frz.), Gericht aus Fisch-, Wild oder Geflügelstücken in Gelee mit kalter Sauce.

4 *marrons glacés:* (frz.) glasierte Kastanien oder Kastanienpüree mit Eis.

5 *Quirinal:* einer der sieben Hügel des alten Rom; hier: Standort des Königspalastes.

6 *Merci du compliment!:* (frz.) Danke für das Kompliment!

7 *Christliche Wissenschaft:* Glaubensrichtung, die 1866 von der Amerikanerin Mary Baker Eddy begründet wurde.

8 *Liberty:* feines, atlasbindiges Gewebe aus Naturseide.

9 *Omar Khayam:* persischer Gelehrter und Epigrammatiker (um 1045 bis 1122), dessen Vierzeiler durch die epochemachende Umdichtung Edward Fitzgeralds (1859) im Abendland viel Beifall fanden; ihre Themen waren skeptischer Rationalismus, Melancholie, innere Auflehnung gegen ein sinnlos waltendes Schicksal, Flucht in Lebensgenuß und scherzhaft verbrämte Menschenverachtung: Was Lily stolz für ein Zeichen ihrer besonderen Intellektualität hält, war in Wahrheit eine typische Lektüre für junge Mädchen ihrer Zeit.

10 *une jeune fille à marier:* (frz.) ein junges Mädchen, das unter die Haube gebracht werden soll.

11 *malum prohibitum:* (lat.) geächtetes Übel.

12 *consommé:* (frz.) Kraftbrühe.

13 *point de Milan:* (frz.) Mailänder Spitze.

14 *Cinderella:* In der angelsächsischen Version des Aschenputtel-Märchens verwandelt die gute Fee einen Kürbis in eine Kutsche, damit Cinderella zum Ball fahren kann.

15 *tableaux vivants:* (frz.) lebende Bilder.
16 *mise-en-scène:* (frz.) Inszenierung.
17 *Caliban – Miranda:* Charaktere aus Shakespeares Komödie *The Tempest*; Miranda ist die unschuldige und anmutige Tochter des Herzogs Prospero, der mit ihr auf eine einsame Insel verschlagen wurde; Caliban dessen dienstbarer Geist, der mißgestaltete, »wild« dort lebende Sohn einer Hexe.
18 *Beatrice Cenci:* Tochter des Renaissance-Grafen Cenci; unschuldige und unerschrockene Kämpferin gegen die Tyrannei; im angelsächsischen Raum bekannt vor allem durch Percy Bysshe Shelleys Versdrama *The Cenci* (1819).
19 *Aiken – Tuxedo:* modischer Ferienort und Zentrum für den Polosport in South Carolina bzw. Name eines Clubs in Tuxedo Park, New York, nach dem der Smoking im Amerikanischen *tuxedo* benannt wurde.

Zweites Buch

20 *gargote:* (frz.) Garküche, billiges Eßlokal.
21 *dénouement:* (frz.) Entscheidung.
22 *carte blanche:* (frz.) freie Hand.
23 *Falstaff:* Sir John Falstaff, eine Gestalt in Shakespeares *Henry IV* und *Merry Wives of Windsor*; ein dicker, ergrauter Schlemmer und lügenhafter Prahler, am Ende ein betrogener Betrüger.
24 *disjecta membra:* (lat.) einzelne abgetrennte Glieder; Anspielung auf Horaz, *Satiren* 1,4,62, der, nachdem er ein klangvolles Fragment des Ennius angeführt hat, sagt: »Invenias etiam disiecta membra poetae« – »Auch die einzelnen Glieder verraten noch den echten Dichter«. Die damit bezeichneten Essensreste verraten, in welch einer Umgebung Lily jetzt wohnt.
25 *Viktoria:* Automobil mit Klappverdeck über den hinteren Sitzen; früher einspänniger Zweisitzer, nun mit Elektromotor.
26 *Rogers-Statuette:* Statuette von oder nach John Rogers (1829 bis 1904), dessen zahlreiche Arbeiten einem breiten Publikumsgeschmack eher entsprachen als den Ansprüchen der Kunstkritiker; um die Jahrhundertwende, zu der Zeit, die *The House of Mirth* beschreibt, müssen sie ungeheuer altmodisch und ein wenig geschmacklos gewirkt haben.

Literaturhinweise

Werke

Verses (1878).
The Decoration of Houses (with Ogden Codman, Jr.) (1897).
The Greater Inclination (1899).
The Touchstone (1900).
Crucial Instances (1901).
The Valley of Decision (1902).
Sanctuary (1903).
The Descent of Man, and Other Stories (1904).
Italian Villas and Their Gardens (1904).
Italian Backgrounds (1905).
The House of Mirth (1905).
Madame de Treymes (1907).
The Fruit of the Tree (1907).
A Motor-Flight through France (1908).
The Hermit and the Wild Woman and Other Stories (1908).
Artemis to Actaeon and Other Verse (1909).
Tales of Men and Ghosts (1910).
Ethan Frome (1911).
The Reef (1912).
The Custom of the Country (1913).
Fighting France, from Dunkerque to Belfort (1915).
Xingu and Other Stories (1916).
Summer (1917).
The Marne (1918).
French Ways and Their Meaning (1919).
The Age of Innocence (1920).
In Morocco (1920).
The Glimpses of the Moon (1922).
A Son at the Front (1923).
Old New York: False Dawn (The 'Forties); *The Old Maid* (The 'Fifties); *The Spark* (The 'Sixties); *New Year's Day* (The 'Seventies) (1924).
The Mother's Recompense (1925).
The Writing of Fiction (1925).
Here and Beyond (1926).
Twelve Poems (1926).

Twilight Sleep (1927).
The Children (1928).
Hudson River Bracketed (1929).
Certain People (1930).
The Gods Arrive (1932).
Human Nature (1933).
A Backward Glance (1934).
The World Over (1936).
Ghosts (1937).
The Buccaneers (1938).

Sekundärliteratur

Zur Biographie

Lubbock, Percy: Portrait of Edith Wharton. New York 1947.
Bell, Millicent: Edith Wharton and Henry James. The Story of Their Friendship. London 1966.
Auchincloss, Louis: Edith Wharton. A Woman in Her Time. London 1972.
Lewis, R. W. B.: Edith Wharton. A Biography. London 1975.

Zum Werk

Nevius, Blake: Edith Wharton. A Study of Her Fiction. Berkeley 1953.
Lyde, M. J.: Edith Wharton. Convention and Morality in the Work of a Novelist. Norman University of Oklahoma 1959.
Howe, Irving (ed.): Edith Wharton. A Collection of Critical Essays. Englewood Cliffs (N. J.) 1962.
Mc Dowell, Margaret: Edith Wharton. Boston 1976.
Griffin Wolff, Cynthia: A Feast of Words. The Triumph of Edith Wharton. New York 1977.
Ammons, Elizabeth: Edith Wharton's Argument with America. Athens (Gg.) 1980.
Wershoven, Carol: The Female Intruder in the Novels of Edith Wharton. London 1982.

Zu *The House of Mirth*

Rideunt, W. B.: Edith Wharton's *The House of Mirth*. In: Twelve Original Essays on American Novels. Ed. by Charles Shapiro. Detroit 1958. S. 148–176.

Loney, G. M.: Edith Wharton and *The House of Mirth*: The Novelist Writes for the Theater. In: Modern Drama 4 (1961) S. 152–163.

Poirer, R.: Edith Wharton *The House of Mirth*. In: The American Novel from J. F. Cooper to W. Faulkner. Ed. by W. Stegner. New York 1965. S. 117–132.

Fetterley, Judith: ›The Temptation to Be a Beautiful Object‹: Double Standard and Double Bind in *The House of Mirth*. In: Studies in American Fiction 5 (1977) S. 199–211.

Lidoff, Joan: Another Sleeping Beauty: Narcissism in *The House of Mirth*. In: American Quarterly 32 (1980) S. 519–539.

O'Neal, Michael J.: Point of View and Narrative Technique in the Fiction of Edith Wharton. In: Style 17 (1983) S. 270–289.

Michelson, Bruce: Edith Wharton's House Divided. In: Studies in American Fiction 12 (1984) S. 199–215.

Gibson, Mary Ellis: Edith Wharton and the Ethnography of Old New York. In: Studies in American Fiction 13 (1985) S. 57–69.

Dimock, Wai-chee: Debasing Exchange: Edith Wharton's *The House of Mirth*. In: Publications of the Modern Language Association of America 100 (1985) S. 783–792.

Nachwort

Das Herz der Weisen ist
im Hause der Trauer,
das Herz der Toren
im Hause der Freude.

PREDIGER 7,4
(Zürcher Bibel)

I

Edith Wharton war eine Tochter aus gutem Hause. Ihre Familie gehörte zu jenem kleinen geschlossenen Kreis New Yorker »Aristokraten«, die in den sechziger und siebziger Jahren des vorigen Jahrhunderts noch ganz das gesellschaftliche Leben der Stadt bestimmten. Edith Wharton, 1862 geboren, beschrieb diese Zeit ihrer Jugend in dem Roman *The Age of Innocence*, der im Jahre 1920 erschien, als es dieses alte New York nicht mehr gab, wehmütig sich erinnernd, aber auch mit kritischen Augen. Es war eine enge Welt, das New York, in das sie hineingeboren wurde, ganz von überkommenen Verhaltens- oder besser Anstandsregeln bestimmt, eine Welt, die dem jungen Mädchen zwar den freien Zugang zur väterlichen Bibliothek ließ und das Erlernen mehrerer Sprachen durch Reisen in Europa ermöglichte, aber gleichzeitig jeder Art von geistigem Anspruch oder gar von Künstlertum mißtraute. Wenn ein junges Mädchen wie Edith Jones, so hieß sie vor ihrer Heirat, privat Verse drucken ließ, so war das noch im Rahmen dessen, was sich schickte, als sie jedoch als erwachsene Frau die Schriftstellerei zum Beruf machte, reagierte die Familie darauf mit peinlich berührtem Schweigen.

Zunächst hatte sie den Weg eingeschlagen, den die Tradition für Mädchen aus guten Familien vorsah, war in die Gesellschaft eingeführt worden, hatte sich verlobt und standesgemäß geheiratet, all das in einer Zeit des Wandels, der das New York der neunziger Jahre zu einer ganz anderen Welt machte als die, die sie in ihrer Jugend kannte. Der Bürgerkrieg und wirtschaftliche Entwicklungen sorgten dafür, daß in den achtziger und neunziger Jahren plötzlich Multimillionäre die gesellschaftliche Bühne der Stadt betraten und dort nach und nach die Hauptrollen übernahmen; sie waren den alten Familien finanziell weit überlegen und verschafften sich oftmals durch Einheirat Zutritt zu dem ehemals so unzugänglichen Kreis gesellschaftlicher Akteure. Diese Gesellschaft im Umbruch beschreibt *The House of Mirth*, Edith Whartons zweiter Roman; mit ihm gelingt es ihr, eine vielgelesene Autorin zu werden, denn das Buch, das 1905 zunächst in elf Folgen im *Scribner's Magazine* erscheint, wird auf Anhieb zu einem Bestseller. Man überredet Edith Wharton sogar, es zu einem Schauspiel umzuarbeiten, in heutiger Zeit wäre es wahrscheinlich verfilmt worden.

Edith Wharton muß eine unglaublich aktive Frau gewesen sein. Sie war sehr belesen, sprach mehrere Sprachen fließend, sie schrieb nicht nur Romane, Kurzgeschichten, Gedichte, Zeitschriftenartikel, Buchbesprechungen und Übersetzungen aus dem Deutschen, sondern auch Sachbücher zu Themen wie Gartenbau, Innenarchitektur und Reisen mit dem Automobil. Ihre Touren im eigenen Wagen führten sie durch so manche Länder Europas, und dort fand sie auch einen Freundeskreis, der ihr den geistigen Austausch ermöglichte, der ihr so viel bedeutete. Unter diesen Freunden waren Henry James, der Kritiker Percy Lubbock und der französische Schriftsteller Paul Bourget. 1910 siedelte Edith Wharton ganz nach Frankreich über, zunächst nach Paris. Drei Jahre später erhielt sie die seit längerem betriebene Scheidung von ihrem Mann. Während des Ersten Weltkriegs setzte sie sich unermüdlich für ihre so sehr geliebte Wahlheimat ein. Sie gründete eine Werkstatt für Frauen, die wegen des Krieges arbeitslos geworden waren, und Herbergen für französische und belgische Flüchtlinge, übernahm die Organisation von vier kleineren Krankenhäusern für Tuberkulosekranke und eines Komitees, das für belgische Kinder sorgte, die unter den

Kriegswirren zu leiden hatten. Für all diese Unternehmungen brachte sie auch das Geld auf, zumeist indem sie sich an ihre begüterten Freunde und Verwandten in den Vereinigten Staaten wandte.

Nach dem Krieg findet sie dann ein neues Zuhause in einer stilvollen Villa aus dem 18. Jahrhundert ein wenig außerhalb von Paris. Noch immer schreibt sie, und auch an öffentlichen Ehrungen fehlt es nicht, so erhält sie 1921 den Pulitzer Preis für *The Age of Innocence*. Edith Wharton hat erstaunlich viel geschrieben, am gelungensten sind jedoch diejenigen ihrer Bücher, die sich jene Welt zum Thema machen, welche sie am besten kannte: die Welt des alten New York. *Old New York*, unter diesem Titel faßt sie vier Erzählungen zusammen, die diese Welt zum Leben erwecken; in *The House of Mirth* beschreibt sie die Zeit der »Invasion« dieser kleinen Welt, ebenso wie in *The Custom of the Country*, nur steht in diesem Roman die Heldin auf der Seite der Eroberer. In *The Age of Innocence* dann leistet Edith Wharton Abbitte für so manches, was sie der Gesellschaft, deren Kind sie ist, vorgeworfen hat, nicht weil ihre Kritik an der Phantasie –, ja manchmal Geistlosigkeit, dem kleinlichen Denken, dem beschränkten Horizont der alten New Yorker Gesellschaft fehl am Platze gewesen wäre, sondern weil sie deren guten Seiten zu wenig Beachtung geschenkt hat. Sie schreibt 1934, drei Jahre vor ihrem Tod, in ihren Erinnerungen:

> Als ich jung war, kam es mir immer so vor, als sei die kleine Gruppe von Menschen, unter denen ich aufwuchs, wie ein leeres Gefäß, in das nie wieder neuer Wein gegossen werden würde. Jetzt erkenne ich, daß sie unter anderem dazu da war, einige wenige Tropfen eines alten Jahrgangs zu bewahren, der zu kostbar ist, um von einem jungen Gaumen gewürdigt zu werden, und ich würde meinen Mangel an Verständnis gern dadurch wiedergutmachen, daß ich versuche, seinen feinen Duft wieder zum Leben zu erwecken.[1]

1 Vgl. *A Backward Glance*, New York 1934, S. 5 (Übers. G. V.).

II

Mit den ersten Kreisen der New Yorker Gesellschaft wählte sich Edith Wharton für *The House of Mirth* also ein Milieu, mit dem sie von Kind an vertraut war. Dieser, ihr zweiter, Roman sollte ein »Roman der guten Gesellschaft« werden, wie Peter Demetz den englischen Begriff »novel of manners« ins Deutsche übertragen hat, sollte eine Satire auf die Schwächen dieser »guten Gesellschaft« werden, auf ihre Oberflächlichkeit und Sinnenleere, denn Edith Wharton knüpfte mit ihrem Buch an die Tradition der moralisierenden Romane des neunzehnten Jahrhunderts an. Sie hatte jedoch, bevor sie aus ihrem Stoff einen Roman machen konnte, noch folgendes Problem zu überwinden:

> In welcher Hinsicht konnte man von einer Gesellschaft von Vergnügungssüchtigen, denen jedes Verantwortungsgefühl abging, sagen, sie habe einen tieferen Bezug zu dem »alten Weh der Welt«, als es die Menschen, aus denen sich eine solche Gesellschaft zusammensetzte, je hätten ahnen können. Die Antwort war, daß eine oberflächliche Gesellschaft nur durch eben das dramatische Bedeutsamkeit erlangen kann, was ihre Oberflächlichkeit zerstört. Was an ihr tragisch ist, ist ihre Macht, Menschen und Ideale in den Schmutz zu ziehen. Die Antwort war, kurz und gut, meine Heldin, Lily Bart.[2]

Während in satirischen Romanen Sitten und Gebräuche sonst häufig durch einen Außenseiter in Frage gestellt werden, wird in *The House of Mirth* ein Mitglied der New Yorker Gesellschaft zum satirischen Medium: Indem sie Lily tragisch enden läßt, übt die Autorin Kritik an der New Yorker Gesellschaft, Lily selbst wird bisweilen zum Zielpunkt der Kritik Edith Whartons, ist aber dann auch wieder Sprachrohr für ihre Kritik an anderen Figuren. Sieht Lily die Menschen um

2 Vgl. *A Backward Glance*, S. 207 (Übers. G. V.).

sich herum in rosigem Licht, wie z. B. auf der Terrasse von Bellomont, als sie die Hoffnung hegt, durch eine Heirat mit Percy Gryce einen sicheren Platz in der Gesellschaft zu erlangen (vgl. S. 70), so fehlt der Darstellung ihrer Sichtweise durchaus nicht der ironische Beiklang, und es reicht schon allein die Ankunft Seldens, um Lilys freundliche Betrachtung der Gesellschaft auf Bellomont völlig zu verändern. Da heißt es dann: »Wie öde und banal diese Leute waren!« (S. 77), und sie versieht auch noch einen nach dem anderen mit einer recht bissigen Charakterisierung.

Das Hin und Her zwischen dem Bemühen, sich ganz in die Gesellschaft einzupassen, und der kritischen Ablehnung, mit der sich Lily von dieser Gesellschaft distanziert, ist symptomatisch für ihre widersprüchliche Position. Lily Bart sitzt stets zwischen den Stühlen. Schon früh bestimmen Gegensätze ihre Entwicklung: Einerseits wird sie von einer Mutter erzogen, der nur Geld und der äußere Schein etwas bedeuten, andererseits spürt sie vage den Einfluß eines sensiblen kunstsinnigen Vaters, der im Kampf um Geld und geschäftliches Überleben, wie könnte es anders sein, versagt; einerseits fehlt ihr die geradlinige Entschlossenheit, ja Skrupellosigkeit, sich eine sichere Position in der New Yorker Gesellschaft zu erobern, denn es ist ihr unmöglich, sich kritiklos den Notwendigkeiten zu unterwerfen, die eine rein materialistisch orientierte Gesellschaft ihr abverlangt, andererseits gelingt es ihr aber auch nicht, sich ganz aus dieser Gesellschaft zu lösen, weil sie nur dort die ihr gemäße Sphäre findet und auch nur über die dekorativen Fähigkeiten einer Dame der Gesellschaft verfügt. Aus dieser widersprüchlichen Situation erwachsen die Fehler, die Lily begeht; sie macht eine Schuldzuschreibung so schwierig. Als Kind dieser Gesellschaft und in dieser Gesellschaft muß Lily scheitern, solange sie gleichzeitig moralische Ansprüche aufrechterhalten will:

> Ererbte Neigungen wirkten mit ihrer frühesten Erziehung zusammen, sie zu dem hochspezialisierten Produkt zu

> machen, das sie nun einmal war, zu einem Organismus, der so hilflos außerhalb seines Verbreitungsgebietes war wie eine Seeanemone, die von ihrem Felsen abgerissen worden ist. Sie war dazu erdacht, zu schmücken und zu erfreuen; zu welchem Zweck rundet die Natur das Rosenblatt und färbt sie die Brust des Kolibris? Und war es ihre Schuld, daß eine rein dekorative Sendung weniger leicht und harmonisch unter sozialen Wesen zu erfüllen war als in der Welt der Natur? Daß sie leicht von materiellen Notwendigkeiten behindert wird oder von moralischen Skrupeln erschwert? (S. 419 f.)

Der Vergleich mit dem Vegetativen findet sich nicht nur in Lily Barts Vornamen wieder. Lilys blumenartige Schönheit, Lilys »dekorative Sendung«, sah Edith Wharton als ein so zentrales Moment an, daß sie zunächst erwog, sie in den Titel hineinzunehmen und den Roman »The Year of the Rose« oder »A Moment's Ornament« zu nennen.[3]

Lilys Schönheit ist ihr einziges Kapital in einer kapitalistischen Gesellschaft. Ihre Mutter spornt sie an, sie zu nutzen, um sich die verlorene gesellschaftliche Stellung zurückzuerobern, und die Männer um sie herum betrachten Lily vorwiegend als Kenner und Sammler. Schon die Beschreibung von Lily Bart zu Anfang des Romans aus Seldens Perspektive enthält entlarvende Hinweise auf eine solche Einschätzung ihrer Person. Selden bemerkt, wie die lebhaften Farben ihres Kopfes sich gegen die matten Töne der Menge abheben, bemerkt ihre mädchenhafte Weichheit und die Reinheit ihrer Farben. Ähnlich klingt es, wenn Rosedale sie gegen Ende des Buches wiedertrifft: »Von dem stumpfen, schokoladenfarbenen Hintergrund des Restaurants hob sich die Reinheit ihres Kopfes ab, wie sie es nie zuvor in noch so hell erleuchteten Ballsälen getan hatte.« (S. 403 f.). Es ist Rosedale, der die Begriffe aus der Geschäftswelt, die überall im Roman auftau-

3 Vgl. hierzu und zum Folgenden Cynthia Griffin Wolff, *A Feast of Words. The Triumph of Edith Wharton*, New York 1977, S. 109 ff.

chen, am ungeniertesten benutzt, und sogar, als er Lily einen Heiratsantrag macht, zugibt, daß es sich für ihn lohnen würde ›in Lily zu investieren‹ (vgl. S. 246 f.), doch auch Gus Trenor versucht mit seinem Geld einen gewissen Anteil von Lily zu erkaufen, Ned Van Alstynes Conaisseurblicke werden eindeutig als das beschrieben, was sie sind (vgl. S. 188), und Lily selbst durchschaut Percy Gryce soweit, daß sie zu einem Zeitpunkt das Besitztum für ihn werden will, auf das er stolz genug ist, Geld dafür auszugeben und ihm seine bisherige Sammelleidenschaft zu ersetzen (vgl. S. 69). In der Gesellschaft, in der sie lebt, wird Lily zu einem Objekt, über das man verfügen kann, wenn man das nötige Geld hat – auch ihre sogenannten Freundinnen Judy Trenor und Bertha Dorset verfügen über sie –, wird zu einem Ornament, wie es ein Gemälde oder sonst ein Kunstgegenstand sein mag. Besonders augenfällig wird diese Tatsache, wenn Lily sich für die *tableaux vivants* einen Moment lang ganz zu einem Gemälde, einem Kunstwerk, verwandelt. In eben diesem Zustand ermöglicht sie es Selden, ihr wahres Ich zu erfassen, oder besser das, was er dafür halten möchte: idealisierte, völlig harmonisch in sich ruhende Schönheit (vgl. S. 188). Wie Lily als »Mrs. Lloyd« nach Reynolds Gemälde beschrieben wird, entspricht nicht nur Seldens Bild von ihr, sondern auch dem idealisierenden Kunstgeschmack der Zeit; besonders hervorgehoben werden da die Züge, die sich bei den Frauen der Art-Nouveau-Bilder immer wieder finden: das fließende Gewand, die langen schlanken Linien, die schwebende Grazie. Lily als Art-Nouveau-Frau – in dieses Bild fügt sich auch die Blumenmetaphorik, die Edith Wharton so oft im Zusammenhang mit ihr verwendet, nahtlos ein.

Doch noch ein weiterer Aspekt klingt in Lilys blumenhafter Schönheit an. Lily, die »Lilie«, bewahrt sich bis zuletzt ihre kindliche Unschuld. Wenn sie in ihrem Tod mit Netties kleinem Kind zu verschmelzen glaubt (vgl. S. 451), so ist auch dies ein Hinweis darauf, daß sie nicht vor den moralischen Ansprüchen scheitert, die sie an sich selbst stellt, sondern vor den Augen der Gesellschaft scheitert, gerade weil sie nicht von diesen Ansprüchen lassen will. Andererseits weiß sie, daß sie allein nicht stark genug ist, dem, was sie für richtig hält, gerecht zu werden (vgl. S. 412). Lily macht viele Fehler und rutscht dabei ständig ein Stückchen tiefer auf der gesellschaftlichen Stufenleiter, doch sie erkennt, was sie falsch gemacht hat, und bemüht sich umzukehren, nur ist es dafür fast immer zu spät, und außerdem hilft ihr niemand dabei.

Die zwei Menschen, die versuchen, ihr eine Alternative zu dem Leben in der New Yorker Gesellschaft zu bieten, Gerty Farish und Lawrence Selden, stolpern dabei über ihre eigenen Grenzen. Gerty Farish idealisiert Lily zunächst und merkt erst spät, daß Lily ein ganz anderer Mensch ist als sie selbst, viel weniger gefestigt und viel ichbezogener. Auch Selden kämpft mit Idealbildern; da ist einerseits seine Vorstellung von einer charmanten eleganten Frau, die dem entspricht, was seine Mutter ihm vorgelebt hat, und andererseits seine Idee von einer »Republik des Geistes«. Im Grunde lebt Selden in derselben Gegensätzlichkeit, die auch Lilys Leben bestimmt. Auch er bleibt ein Kind der Gesellschaft, aus der er stammt, selbst wenn er um Unabhängigkeit bemüht ist und versucht, ein freier Bürger seiner »Republik des Geistes« zu werden. Als Mann kann er der Gesellschaft kritisch gegenüberstehen und sich dennoch in ihr bewegen, sogar ohne über genügend materielle Mittel zu verfügen, darauf weist auch Lily ihn gleich bei ihrer ersten Unterhaltung hin, als das Gespräch auf das Thema »Heiraten« kommt (vgl. S. 17). Doch sobald es darum geht, eine Frau zu finden, die seinen hohen Ansprüchen genügt, wird die Frage des gesellschaftlichen Eingebundenseins zum Problem. Diese Frau soll gleichzeitig den Ansprüchen der New Yorker Gesellschaft an Eleganz und Moral genügen und unabhängig von ihr sein. Seldens Liebe zu Lily findet deswegen nur in wenigen seltenen Augenblicken ihre Erfüllung, dann entfremden Mißtrauen und sein Mangel an Entschlossenheit sie ihm wieder.

Auch Selden ist also nicht die starke Persönlichkeit, die Lily vor ihrem Schicksal retten könnte, er gibt ihrem Leben eine neue Dimension, seine Liebe ist jedoch nicht bedingungslos genug, seine eigenen Bindungen an gesellschaftliche Konventionen, geschweige denn die ihren, zu überwinden.

Lily muß tragisch enden, doch es liegt viel Versöhnliches in diesem Ende. In der Stille, die Lilys Tod hinterläßt, kann das Wort der Liebe, das Selden ihr sagen wollte, ausgesprochen werden. Was im »Haus der Freude«, im Leben, in der Gesellschaft, die ihnen ihre Gesetze auferlegte, nicht möglich war, wird im »Klagehause«, in der Trauer, möglich. Es war töricht von ihnen beiden, ihre Herzen an das »Haus der Freude« zu hängen, erst der Raum, den die Trauer schafft, macht sie frei von solchen Bindungen, er ist der Raum, in dem Weisheit, Liebe und Erfüllung möglich werden.

Nur außerhalb des »Hauses der Freude« wird ein Leben in Hoffnung und Liebe möglich. So ist das »Nest« (vgl. S. 446), das Nettie Struther mit ihrem Mann gebaut hat, die einzige vorsichtig angedeutete Alternative zu dem Leben in der Gesellschaft, zum »Haus der Freude«, die der Roman kennt. Daß Nettie eine einfache Arbeiterin ist, ist insofern wichtig, als damit diese Alternative außerhalb der Sphäre angesiedelt ist, die Edith Wharton in das Kreuzfeuer ihrer Kritik nimmt; nicht die Arbeiterklasse als solche wird hier zum Träger einer positiven Utopie gemacht; Nettie und ihr Mann veranschaulichen vielmehr als Paar, was völliges Vertrauen zueinander sein kann.

III

Es gelingt Edith Wharton, das »Haus der Freude«, die Gesellschaft New Yorks um die Jahrhundertwende, mit erstaunlich wenig Personal, das sich um Lily und Selden gruppiert, zum Leben zu erwecken. Dabei ergibt sich aus Lilys stufenweisem Abstieg gleichzeitig eine gewisse Strukturierung für das ansonsten rein episodisch gereihte Geschehen des Romans.[4] Zu Anfang bewegt sich Lily noch im Kreis um die Trenors, die in gewissem Sinne und vor allem nach außen hin noch bemüht sind, die Werte und Traditionen des alten New York aufrechtzuerhalten, das von Lilys Tante, Mrs. Peniston, mit ihrem Reinlichkeitswahn in bezug auf Haushalt und Moral verkörpert wird. Als Lily sich nicht mehr bei den Trenors aufhalten kann, findet sie sich bei den Dorsets wieder, die zwar ebenso vermögend und einflußreich in der New Yorker Gesellschaft sind wie die Trenors, sich aber von moralischen Ansprüchen gänzlich losgesagt haben. Carry Fisher, die Agentin für neureiche Bewerber um den Einstieg in die Gesellschaft, muß schließlich auch für Lily als Vermittlerin tätig werden, und auf ihre Vermittlung hin hält Lily sich eine Zeitlang bei den Brys im Milieu der Neureichen auf, die versuchen, Zugang zur New Yorker Gesellschaft zu gewinnen. Noch ein wenig weiter entfernt vom ersten Kreis der Gesellschaft sind die Gormers, bei denen Lily Zuflucht findet, nachdem Bertha Dorset sie vollends in Mißkredit gebracht hat, jedoch nur solange, bis diese auch in ihnen gesellschaftliches Statusdenken wecken kann. Lily steigt nun in die Welt der amerikanischen Hotels ab und wird die Sekretärin von Norma Hatch, einer reichen geschiedenen Dame aus der Provinz. Als ihr der Aufenthalt dort unerträglich wird, lernt Lily die Arbeitswelt kennen, doch auch hier gelingt es ihr nicht, Fuß zu fassen. Sie stirbt allein, der Hoffnungsschimmer, den die Begegnung mit Nettie Struther in ihr Leben gebracht hat, kann ihrem Schicksal keine neuen Perspektiven eröffnen.

Man hat Edith Whartons Romane häufig mit denen von Henry James verglichen und dann hervorgehoben, wie kunstlos die ihren gebaut seien. Es ist offensichtlich, daß *The House of Mirth* auffallend geradlinig strukturiert ist, was vielleicht auch mit der Tatsache zusammenhängt, daß die Veröffentlichung der ersten Folgen im *Scribner's Magazine* begon-

4 Vgl. hierzu und zum Folgenden Irving Howe (ed.), *Edith Wharton. A Collection of Critical Essays*, Englewood Cliffs (N. J.) 1962, S. 123.

nen hatte, noch ehe Edith Wharton ihren Roman vollenden konnte. Mit diesem, ihrem zweiten Roman stellte sie unter Beweis, daß sie ihr Handwerk als Romanschriftstellerin beherrscht,[5] doch sollte es nicht verwundern, wenn sie ihre Kunst manchmal noch allzu offen handhabt. So mag es sein, daß sie bewußt mit den Klischees des Salonstücks spielt, wenn sie z. B. die Handlung in *The House of Mirth* immer wieder mit Hilfe von Zufällen in Gang hält; besonders eklatant ist die Tatsache, daß Lily die Briefe von Bertha Dorset in die Hände fallen und daß Selden beobachtet, wie Lily sich in den frühen Morgenstunden von Gus Trenor verabschiedet,[6] es ist jedoch eher anzunehmen, daß sie hier eine nützliche und durchaus legitime, wenn auch nicht sehr subtile Technik verwendet, das Romangeschehen seinen Weg gehen zu lassen.

Edith Wharton betont in ihren Erinnerungen, daß auch für *The House of Mirth* die eherne Regel des Romanciers gilt, das Ende des Romans müsse bereits in seiner ersten Seite enthalten sein.[7] Lily wird uns am Anfang aus Seldens Perspektive vorgestellt, so lernen wir sie gleich in ihrem widersprüchlichen Wesen kennen, denn Selden ist von ihrer Schönheit fasziniert, durchschaut jedoch auch ihre Absichten. Und Selden selbst wird auf diese Weise in der für ihn so typischen distanzierten Zuschauerrolle präsentiert, in der er zu lange verharrt, was im Endeffekt so tragische Auswirkungen auf Lilys Schicksal haben wird.[8] Der Roman lebt vom Wechsel der drei vorherrschenden Perspektiven, der Seldens, Lilys und der des allwissenden Erzählers. Vom Ende des ersten Kapitels an wird Lily zwar zu dem zentralen Bewußtsein, durch das das Geschehen vermittelt wird; ihre Gedanken und Wahrnehmungen sind jedoch durchsetzt von Werten und Beurteilun-

5 Vgl. *A Backward Glance*, S. 209.

6 Vgl. dazu Bruce Michelson, »Edith Wharton's House Divided«, in: *Studies in American Fiction* 13 (1985) S. 202.

7 Vgl. *A Backward Glance*, S. 208.

8 Vgl. hierzu und zum Folgenden Michael J. O'Neal, »Point of View and Narrative Technique in the Fiction of Edith Wharton«, in: *Style* 17 (1983) S. 270–289.

gen der Gesellschaft, in der sie lebt, sie verraten sich in dem für die New Yorker Gesellschaft typischen Idiom, das im Roman meist durch Anführungszeichen gekennzeichnet wird. Auch das trägt dazu bei, die Beschreibung im ersten Buch eher ironisch, kritisch und distanziert wirken zu lassen. Im zweiten Buch von *The House of Mirth* gelingt es Edith Wharton dann, den Ton der Erzählung einen Mittelweg zwischen der rein äußerlichen Beschreibung von Lilys Niedergang und der entgegengesetzten Möglichkeit, nur Lilys inneres Erleben weiterzuverfolgen, zu finden, indem sie die Gefühle der Verzweiflung, der Einsamkeit und Hilflosigkeit, denen Lily ausgesetzt ist, nominalisiert und häufig auch zum Agens der Sätze macht; hier ein Beispiel für diese Technik:

> Aber das *Gefühl der Einsamkeit kehrte* mit doppelter Kraft *zurück*, als sie sich von Seldens tiefstem Innern ausgeschlossen sah. Sie war zu ihm ohne jede bestimmte Absicht gekommen; allein *das Verlangen*, ihn zu sehen, *hatte sie hergeführt*; aber *die geheime Hoffnung*, die sie mit sich getragen hatte, *gab sich* plötzlich in ihrem Todesschmerz *zu erkennen*. (S. 428.)

Der Leser mag in diesem zweiten Buch die amüsante Schärfe der Gesellschaftskritik ein wenig vermissen; auch die Tatsache, daß gegen Ende die narrativen Passagen länger und manchmal etwas umständlich wirken, mag ihn stören, dennoch verliert sich die Erzählung nicht im Pathos wegen des oben beschriebenen Mittelwegs, den Edith Wharton in bezug auf die Perspektive beschreitet, und vor allem wegen der durchweg bewundernswert frischen und lebendigen Dialoge, mit denen Edith Wharton ihrem eigenen Diktum, wonach der Dialog das Mittel ist, einem Roman die richtige Würze zu geben,[9] wahrhaft gerecht wird.

Die Lektüre von *The House of Mirth* ist sicherlich eher dazu angetan, Geschmack an Edith Whartons Romanen zu

9 Vgl. *The Writing of Fiction*, New York 1925, S. 72 f.

finden als die der Romane ihrer späten Jahre, die ihrer Reputation mehr geschadet als genützt haben. Hinzu kam, daß in den dreißiger Jahren eine neue Generation von Romanschriftstellern das literarische Leben in den Vereinigten Staaten bestimmte, deren gemeinsamer Schwerpunkt im sozialen Realismus lag und denen Edith Wharton, weil diese Schriftsteller sich die Situation und die Probleme des Proletariats zum Thema machten, nur als negatives Vorbild dienen konnte. Erst in den siebziger Jahren wurden Edith Whartons Romane wieder öfter gelesen und häufiger zum Gegenstand wissenschaftlicher Arbeit gemacht; die Studien zu *The House of Mirth* beginnen sich zu häufen. Ein wichtiger Grund dafür ist wohl das verstärkte Interesse an Literatur, die von Frauen geschrieben wurde. Doch nicht nur, weil sie zu den wenigen Frauen ihrer Generation gehört, die gute Romane geschrieben haben, lohnt es sich Edith Wharton zu entdecken; man entdeckt mit ihr auch ein versunkenes Stückchen Amerika, und vielleicht nicht nur das . . .

Gerlinde Völker

Inhalt